Wilbur Smith

WENN ENGEL WEINEN

Roman

Aus dem Englischen von
Traudi Perlinger

GOLDMANN VERLAG

Ungekürzte Ausgabe
Titel der Originalausgabe: The Angels Weep
Originalverlag: William Heinemann Ltd., London

Der Goldmann Verlag
ist ein Unternehmen der Verlagsgruppe Bertelsmann

Made in Germany · 1. Auflage · 4/90
© 1982 der Originalausgabe bei Wilbur Smith
© 1990 der deutschsprachigen Ausgabe
bei Paul Zsolnay Verlag Gesellschaft mbH, Wien und Darmstadt
Lizenzausgabe mit freundlicher Genehmigung
des Paul Zsolnay Verlags, Wien und Darmstadt
Umschlagentwurf: Design Team München
Farbige Umschlagzeichnung: Loh Productions, Heidelberg
Satz: IBV Satz- und Datentechnik GmbH, Berlin
Druck: Elsnerdruck, Berlin
Verlagsnummer: 9317
Lektorat: Annemarie Bruhns
Herstellung: Sebastian Strohmaier
ISBN 3-442-09317-1

Dieses Buch widme ich meiner geliebten Frau
DANIELLE ANTOINETTE

Doch der Mensch, der stolze Mensch,
In kleine, kurze Majestät gekleidet,
Vergessend, was am mindsten zu bezweifeln,
Sein gläsern Element, wie zorn'ge Affen
Spielt solchen Wahnsinn gaukelnd vor dem Himmel,
Daß Engel weinen.

William Shakespeare, *Maß für Maß*

TEIL I

1895

Aus dem Wald tauchten drei Reiter auf, denen die Strapazen von Wochen ergebnislosen Suchens kaum anzumerken waren.

Sie zügelten die Pferde Steigbügel an Steigbügel und schauten in das flache Tal. Die flauschigen, blaßrosa Samenstände des trockenen Wintergrases wiegten sich im sanften Wind, und die Rappenantilopen in der Talmulde sahen aus, als stünden sie bis zu den Bäuchen in einer wogenden Nebelbank.

Die Herde wurde von nur einem Bock geführt. Er maß annähernd einen Meter fünfzig im Widerrist. Rücken und Schultern glänzten seidig schwarz wie bei einem Panther, der Bauch und die klar gezeichnete, ausdrucksstarke Gesichtsmaske schimmerten perlmuttweiß. Das mächtige, gerippte Gehörn, geschwungen wie Saladins Krummschwert, auf dem stolz nach hinten gebogenen Hals berührte fast seine Kruppe. Die edelste aller Antilopenarten Afrikas, vor langer Zeit bis zum Aussterben in ihren ursprünglichen Gebieten im Süden gejagt, war für Ralph Ballantyne zum Symbol dieses wilden und schönen neuen Landes zwischen dem Limpopo und den breiten grünen Armen des Sambesistroms geworden.

Der prächtige schwarze Bock äugte hochmütig zu den Reitern auf dem Hügelkamm herüber, warf schnaubend seinen hornbewehrten Kopf hoch. Seine scharfen Hufe klirrten auf dem felsigen Untergrund, als er seine schokoladenfarbenen Kühe mit wehender schwarzer Mähne im Galopp den gegenüberliegenden Hügel hinaufführte und hinter dem Kamm verschwand; die Reiter blickten den Tieren in stummer Bewunderung nach.

Ralph Ballantyne riß sich als erster los und drehte sich im Sattel zu seinem Vater.

»Na, Papa«, fragte er, »erkennst du irgendwas wieder?«

»Es sind über dreißig Jahre vergangen«, brummte Zouga Ballantyne, und eine senkrechte Falte grub sich in seine Stirnmitte. »Dreißig Jahre! Und die Malaria hatte mich am Wickel.« Dann wandte er sich an den dritten Reiter, einen kleinen, verhutzelten Hottentotten, seinen Kameraden und Diener seit jenen längst vergangenen Tagen. »Was meinst du, Jan Cheroot?«

Der Hottentotte lüpfte die zerschlissene Regimentskappe und kratzte sich den weißen, kraushaarigen Schädel. »Hm, also –«

Ralph fuhr schroff dazwischen: »Tja, dann war alles wohl nur ein Fiebertraum.«

Das markante, bärtige Gesicht seines Vaters verfinsterte sich, die Narbe auf seiner Wange wechselte die Farbe von Porzellanweiß zu Rosa, und Jan Cheroot grinste erwartungsvoll; mit den beiden zusammen hatte man soviel Spaß, als gäb's jeden Tag einen Hahnenkampf.

»Verdammt noch mal, Junge«, knurrte Zouga. »Reite doch zurück und leiste den Frauen in den Wagen Gesellschaft, wenn's dir zuviel wird.« Zouga fingerte die dünne Kette aus seiner Uhrentasche und ließ sie vor der Nase seines Sohnes baumeln. »Das da«, bellte er, »ist der Beweis!«

Am Kettenring hingen neben einem kleinen Schlüsselbund ein goldenes Siegel, ein heiliger Christophorus, ein Zigarrenschneider und ein Klumpen Quarz von der Größe einer reifen Weintraube, gesprenkelt wie feiner blauer Marmor und von einer Ader aus glänzendem Edelmetall durchzogen.

»Schieres Gold«, sagte Zouga. »Man muß es bloß holen!«

Ralph grinste seinen Vater an, unverschämt und provokativ, denn er hatte die Nase voll. Wochenlang ohne Erfolg durch die Gegend zu reiten, war ganz und gar nicht sein Fall.

»Du könntest es ja auch einem fliegenden Händler auf der Grand Parade in Kapstadt abgekauft haben. Oder das Zeug ist gar nicht echt.«

Die Narbe im Gesicht seines Vaters verfärbte sich nun in zorniges Dunkelrot; Ralph lachte vergnügt und schlug Zouga auf die Schulter.

»Ach, Vater, wenn ich das wirklich glaubte, meinst du, ich

würde wochenlang meine Zeit vertrödeln? Glaubst du, ich wäre hier trotz Eisenbahnbau und anderer Geschäfte, die in Johannesburg und Kimberley auf mich warten?«

Er rüttelte Zougas Schulter sanft, seine Stimme hatte ihren spöttischen Ton verloren. »Es ist hier irgendwo – das wissen wir beide. Vielleicht stehen wir schon auf einer Ader. Vielleicht stoßen wir an der nächsten Hügelkette drauf.«

Langsam verflüchtigte sich die Röte aus Zougas Narbe, und Ralph fuhr nachdenklich fort: »Das Kunststück ist bloß, sie wiederzufinden. Wir können in einer Stunde drüberstolpern, aber auch in zehn Jahren noch danach suchen.«

Jan Cheroot, der Vater und Sohn beobachtete, war ein wenig enttäuscht. Einmal hatte er eine Rauferei zwischen den beiden gesehen, aber das war lange her. Ralph stand nun in der Blüte seiner Mannesjahre, war knapp dreißig Jahre alt, gewöhnt an den Umgang mit Hunderten rauher Männer, die er in seinem Transportgeschäft und bei seinen Bautrupps beschäftigte. Er bearbeitete sie mit Worten, Stiefeln und Fäusten. Er war groß und stark und stolz wie ein Kampfhahn. Trotzdem hätte Jan Cheroot gewettet, daß der alte Hund den Welpen immer noch in den Staub zwingen könnte. Die Matabele hatten Zouga Ballantyne einen Spitznamen gegeben, »Bakela«, die Faust, und er war immer noch schnell und voller Kraft. Doch zu Jan Cheroots Bedauern hatte der auflodernde Zorn sich bereits gelegt, und die beiden Männer redeten wieder ruhig miteinander. Jetzt sahen sie eher aus wie Brüder, die Familienähnlichkeit war unverkennbar, nur wirkte Zouga zu jung, um Ralphs Vater zu sein. Seine Haut war gesund und faltenlos, sein Blick flink und lebhaft, und die Silberfäden in seinem goldenen Bart hätten auch von der sengenden Sonne Afrikas ausgebleicht worden sein können.

»Wenn du nur den Sonnenstand ermittelt hättest; deine anderen Ortsbestimmungen waren alle exakt«, klagte Ralph. »Die Elfenbeinverstecke, die du damals angelegt hast, konnte ich alle mühelos finden.«

»Die Regenfälle hatten eingesetzt.« Zouga schüttelte den Kopf. »Und bei Gott, wie das schüttete! Eine Woche bekamen wir die Sonne nicht zu Gesicht, alle Flüsse führten Hochwasser, und wir marschierten im Kreis herum auf der Suche nach einer Furt –« Er unterbrach sich, straffte die Zügel in seiner linken Hand. »Aber die Geschichte habe ich schon hundertmal erzählt. Wir wollen weiter.« Und die drei Reiter bewegten sich im Schritt ins Tal. Zouga beugte sich aus dem Sattel, um den Boden nach goldgeäderten Gesteinsbrocken abzusuchen, drehte sich im Sattel um und suchte mit Blicken den Horizont ab, ob er die Form der Felszacken oder den dunstblauen Schatten eines Kopje wiedererkannte, der sich in der Ferne in den hohen afrikanischen Himmel mit seinen silbernen Schönwetterwolken wölbte.

»Der einzige Fixpunkt, nach dem wir uns richten können, sind die Ruinen von Simbabwe«, murmelte Zouga. »Von den Ruinen marschierten wir acht Tage genau nach Westen.«

»Neun Tage«, verbesserte Jan Cheroot. »Einen Tag haben wir verloren, als Matthew starb. Sie lagen im Fieber. Ich mußte Sie pflegen wie einen Säugling, und außerdem schleppten wir den verdammten Steinvogel mit uns.«

»Wir schafften nicht mehr als zehn Meilen am Tag.« Zouga achtete nicht auf den Einwurf. »Acht Tagesmärsche und nicht mehr als achtzig Meilen.«

»Die alten Ruinen von Simbabwe liegen dort drüben. Genau östlich von uns.« Ralph zügelte sein Pferd, als sie den nächsten Hügelkamm erreichten. »Da hinten ist der Sentinel.« Er deutete auf einen Felskopje, dessen blauer Gipfel wie ein kauernder Löwe geformt war. »Die Ruinen liegen genau dahinter, diesen Blick würde ich immer wiedererkennen.«

Für Vater und Sohn hatte die Ruinenstadt eine besondere Bedeutung. Innerhalb der meterdicken Steinmauern hatten Zouga und Jan Cheroot die alten, aus Stein gehauenen Götterstatuen in Vogelform gefunden, die eine längst vergessene Kultur hinterlassen hatte. Trotz des bejammernswerten Zustands, in dem die Männer durch Fieber und andere Widrigkeiten waren, seit sie zu der beschwerlichen Expedition vom Sambesifluß im Norden aufgebrochen waren, hatte Zouga darauf bestanden, einen der Steinvögel mitzunehmen.

Viele Jahre später war Ralph an der Reihe. Mit Hilfe der Tagebuchaufzeichnungen seines Vaters und der darin sorgfältig eingetragenen Sextantenmessungen hatte Ralph sich erneut bis zur Ruinenstadt durchgeschlagen. Verfolgt von den Grenz-*Impis* von Lobengula, dem König der Matabele, hatte er den Alleinanspruch des Königs auf die Heilige Stätte mißachtet und die restlichen Steinfiguren weggebracht. Die drei Männer kannten also die geheimnisvollen, sagenumwobenen Ruinen sehr gut; nun blickten sie stumm zu den fernen Hügeln der alten Ruinenstätte, jeder schweigend seinen Erinnerungen nachhängend.

»Ich frage mich immer noch, was das für Menschen waren, die Groß-Simbabwe erbauten«, meinte Ralph schließlich, »und was aus ihnen geworden ist.« Seine Stimme klang verträumt, er erwartete keine Antwort. »Waren es die Minenarbeiter der Königin von Saba? Sind es die Ruinen des biblischen Ophir? Die Goldminen von König Salomo?«

»Das werden wir vielleicht nie erfahren.« Zouga holte ihn aus seinen Gedanken. »Wir wissen nur, daß die Menschen damals Gold ebenso schätzten wie wir. Ich fand Perlen und Goldbarren im Innenhof von Groß-Simbabwe, und nur wenige Meilen von hier entfernt stießen Jan Cheroot und ich auf die Schächte, die sie in die Erde gegraben haben.« Zouga wandte sich an den kleinen Hottentotten. »Kommt dir irgendwas an der Gegend bekannt vor?«

Das braune Koboldgesicht legte sich in Falten wie eine in der Sonne getrocknete Pflaume, so sehr strengte Jan Cheroot sein Hirn an. »Vielleicht vom nächsten Hügel«, murmelte er bekümmert, und die drei ritten hinunter ins Tal, das wie hundert andere aussah, die sie in den vergangenen Wochen durchquert hatten.

Ralph trabte ein paar Pferdelängen voraus, lenkte sein Roß um ein dichtes Ebenholzgestrüpp. Plötzlich stand er aufgerichtet in den Steigbügeln, riß sich den Hut vom Kopf und schwenkte ihn in der Luft.

»Halali!« brüllte er. »Auf zur Jagd!«

Und Zouga sah den goldbraunen Blitz der geschmeidigen Bewegung am offenen Gegenhang.

»Drei dieser Bestien!« Ralphs Stimme war aufgeregt und haßerfüllt. »Jan Cheroot, du nimmst sie von links! Papa, du schneidest ihnen den Sprung über die Schlucht am Kamm ab!«

Der Befehlston kam Ralph Ballantyne leicht über die Lippen, und die beiden älteren Männer fügten sich ohne Murren. Keiner von ihnen stellte die Frage nach dem Grund, warum die herrlichen Tiere, die Ralph aus dem Ebenholzgestrüpp aufgescheucht hatte, zur Strecke gebracht werden sollten. Ralph besaß zweihundert Transportfuhrwerke, jedes von sechzehn Ochsen gezogen. Zougas Grundbesitz umfaßte Zehntausende von Hektar; setzte sich zusammen aus seinem Gut King's Lynn und den Landzuteilungen der Britisch-Südafrikanischen Gesellschaft für freiwillige Pioniertruppen, die die *Impis* des Königs der Matabele geschlagen hatten. Auf seinem Land weideten die besten Rinder eroberter Matabele-Viehherden, gekreuzt mit Zuchtstieren vom Kap der Guten Hoffnung und aus England importierten Bullen.

Vater und Sohn waren Rinderzüchter und wußten um die furchtbaren Schäden, die Löwenrudel dem schönen Land nördlich des Limpopo und des Shashiflusses zugefügt hatten. Zu oft hatten sie nachts das entsetzte Blöken ihrer kostbaren und geliebten Rinder gehört und im Morgengrauen ihre aufgerissenen Kadaver gefunden. Für beide stellten Löwen die schlimmste Landplage dar, und sie nahmen begeistert die seltene Chance wahr, ein Rudel am hellichten Tage zur Strecke zu bringen.

Ralph riß die Winchester-Repetierflinte aus der Lederhalterung unter seinem linken Knie und spornte den kastanienbraunen Wallach an, der in gestrecktem Galopp hinter den großen gelben Katzen herjagte. Der männliche Löwe ergriff als erster die Flucht. Ralph bekam ihn nur kurz zu Gesicht, seinen schaukelnden Rücken und die hin und her schwingende Wamme; mit gesträubter dichter, dunkler Mähne verschwand er majestätisch auf schweren Pranken im Unterholz. Die ältere Löwin folgte ihm rasch. Sie war mager und abgezehrt von zahllosen Verfolgungsjagden, das Fell an Schultern und Rücken vom Alter blauschimmernd abgewetzt. Sie floh in langen, galoppierenden Sätzen. Die jüngere Löwin dagegen, nicht an Menschen gewöhnt, war mutig und neugierig wie eine Katze. Sie hatte noch die schwache Tupfenzeichnung des Jungtiers auf der cremegoldenen Wamme. Am Rand des Gestrüpps fuhr sie herum und knurrte ihren Verfolgern entgegen. Die Ohren waren flach an den Schädel gelegt, die pelzig rosa Zunge schlängelnd zwischen den Fängen, ihre Barthaare weiß und steif wie Borsten eines Stachelschweins.

Ralph ließ die Zügel des Wallachs fallen, das Pferd reagierte augenblicklich und blieb für den Schuß stocksteif stehen, nur das Spiel der Ohren verriet seine Erregung.

Ralph riß die Winchester hoch, drückte den Abzug und das Kolbenende schlug dumpf gegen seine Schulter. Die Löwin brüllte auf, als die Kugel in ihr Schulterblatt fuhr und sich in ihr Herz bohrte. Sie stieg hoch, überschlug sich in einem Salto und brüllte in Todesraserei. Sie schlug auf, rollte auf den Rücken, zerfetzte das Gestrüpp mit voll ausgefahrenen gelben Krallen, ein letzter schaudernder Krampf durchzuckte sie, bevor ihre Muskeln leblos erschlafften.

Ralph lud durch und nahm die Zügel hoch. Der Wallach preschte vorwärts.

Rechts von ihm stampfte Zougas Pferd zum Rand der Schlucht hinauf; er saß weit vorgebeugt im Sattel. In diesem Augenblick brach die zweite Löwin vor ihm auf offenes Gelände aus, jagte in langen Sätzen auf die tiefe, von Gestrüpp überwucherte Schlucht zu, und Zouga feuerte im gestreckten Galopp. Ralph sah unter dem Bauch des Tieres Staub hochspritzen.

»Zu tief und zu weit links. Papa wird alt«, dachte Ralph bedauernd und brachte seinen Wallach wieder zum Stehen. Doch bevor er abdrücken konnte, hatte Zouga einen zweiten Schuß abgegeben; die Löwin brach zusammen und rollte wie eine gelbe Kugel über den steinigen Boden; der Schuß hatte ihr die Kehle eine Handbreit hinter dem Ohr durchdrungen.

»Bravo!« Ralph stieß dem Wallach die Absätze in die Flanken und ritt Schulter an Schulter neben seinem Vater den Hang hinauf.

»Wo ist Jan Cheroot?« fragte Zouga; als Antwort krachte ein Schuß im Wald zu ihrer Linken, und sie schwenkten die Pferde in diese Richtung.

»Kannst du ihn sehen?« rief Ralph.

Der Busch vor ihnen war dichter, und die Dornenäste schlugen ihnen gegen die Schenkel. Ein zweiter Schuß fiel, und dann hörten sie das zornige, ohrenbetäubende Gebrüll des Löwen, dazwischen Jan Cheroots schrille Entsetzensschreie.

»Er ist in Schwierigkeiten!« rief Zouga nervös, und sie brachen aus dem dichten Gestrüpp.

Vor ihnen lag eine Parklandschaft, schönes hohes Gras unter ausladenden Wipfeln hoher Akazien. Etwa hundert Meter vor ihnen galoppierte Jan Cheroot den Kamm entlang; sein vor Entsetzen verzerrtes Gesicht hatte er über die Schulter gedreht. Mütze und Gewehr hatte er verloren, und er prügelte hemmungslos auf sein Tier ein, das ohnehin bereits in einem wilden, unkontrollierten Galopp dahinjagte.

Der Löwe war ein Dutzend Schritte hinter ihnen, holte mit jedem geschmeidigen Schwung auf, als würden Roß und Reiter stillstehen. Von seinen pumpenden Flanken tropfte frisches Blut aus einem Bauchschuß. Die Wunde hatte das Tier weder bewegungsunfähig noch langsamer gemacht, lediglich seinen Zorn zur Raserei gesteigert, und das Brüllen aus seiner Kehle war wie Donnergrollen.

Ralph schwenkte den Wallach ein und versuchte, das Pferd des Hottentotten zu zwingen, seinen Winkel zu verändern, damit er den Löwen voll ins Visier bekam. Im selben Moment schnellte das Tier aus seinem geduckten Galopp hoch, bäumte sich auf, grub seine Krallen in die Hinterflanken des Pferdes und riß ihm das Fell mit langen, gekrümmten Krallen auf; die schweißdunkle Haut platzte in tiefen parallelen Wunden, und Blut sprühte in einer feinen roten Wolke hervor.

Das Pferd wieherte schrill und schlug mit den Hinterhufen aus, traf den Löwen vor die Brust, der zurücktaumelte und ein wenig an Boden verlor, sich aber sofort faßte, aufholte und mit unergründlich gelben Augen zum seitlichen Sprung auf das von Panik ergriffene Tier ansetzte.

»Spring, Jan Cheroot!« brüllte Ralph. Der Löwe war zu nah, um einen Schuß zu riskieren. »Spring, verdammt noch mal!« Aber Jan Cheroot schien ihn nicht gehört zu haben, er klammerte sich hilflos an die fliegende Pferdemähne, vor Angst und Entsetzen wie gelähmt.

Der Löwe hob leicht vom Boden ab und ließ sich wie ein riesiger gelber Vogel auf den Rücken des Pferdes nieder, begrub Jan Cheroot unter seinem massigen, blutverschmierten Rumpf. Im nächsten Augenblick waren Pferd, Reiter und Löwe vom Erdboden verschluckt, und an der Stelle, wo sie eben noch zu sehen waren, stieg nur eine Staubsäule hoch. Aber das ohrenbetäubende Gebrüll des rasenden Raubtiers und Jan Cheroots Entsetzensgeheul waren noch lauter geworden, als Ralph die Stelle erreichte, wo sie verschwunden waren.

Mit der Winchester in einer Hand stieß er sich aus den Steigbügeln und sprang vom Sattel; die Wucht seines Körpergewichts schleuderte ihn nach vorn, und er stand am Rand einer senkrecht abfallenden Grube, auf deren Grund ein Gewirr von verzweifelt um sich schlagender Leiber lag.

»Der Satan bringt mich um!« kreischte Jan Cheroot gellend, und Ralph sah ihn unter dem Pferderumpf eingezwängt. Das Pferd mußte sich beim Sturz den Hals gebrochen haben; es war ein lebloser Haufen, den Kopf verdreht unter die Schulter geklemmt. Der Löwe zerrte an Kadaver und Sattel und versuchte Jan Cheroot zu fassen zu kriegen.

»Halt dich still!« brüllte Ralph nach unten. »Sonst kann ich nicht schießen!«

Aber nur der Löwe schien ihn zu hören. Er ließ vom Pferd ab und kam die senkrechte Wand der Grube nach oben, mit der Behendigkeit einer auf einen Baum kletternden Katze, seine gelben Augen fixierten Ralph, der am Rand der tiefen Mulde stand.

Ralph ließ sich auf ein Knie nieder, um ruhig zielen zu können, und richtete die Mündung auf die breite, goldbraune Brust. Das infernalische Brüllen dröhnte in seinen Ohren, er roch den Aasgestank aus dem Löwenmaul.

Er feuerte, spannte den Hahn und feuerte nochmals – so schnell hintereinander, daß die Schüsse sich zu einem einzigen verlängerten Knall vereinten. Der Löwe bog das Rückgrat durch, hing einen langen Augenblick an der Grubenwand, taumelte und stürzte nach unten auf das tote Pferd.

»Jan Cheroot, bist du in Ordnung?« rief Ralph unsicher.

Von dem kleinen Hottentotten war nichts zu sehen, er war völlig begraben unter den Kadavern von Pferd und Löwe.

»Jan Cheroot, hörst du mich?«

Als Antwort kam ein dumpfes Grabeswispern. »Ein toter Mann hört nichts – es ist vorbei. Sie haben den alten Jan Cheroot geholt.«

»Komm sofort von dort unten raus«, befahl Zouga Ballantyne, der neben Ralph getreten war. »Du sollst jetzt nicht den Clown spielen, Jan Cheroot.«

Ralph warf Jan Cheroot das Ende eines aufgerollten Hanfseils hinunter, und gemeinsam zogen sie ihn nebst Sattel des toten Pferdes hoch.

Das Loch, in das Jan Cheroot gefallen war, war ein tiefer, schmaler Graben, der am Rand des Hügelkamms entlangführte. An manchen Stellen war er sechs Meter tief, aber nie breiter als zwei Meter. Von Gestrüpp und Schlingpflanzen überwuchert war dennoch erkennbar, daß er von Menschen angelegt war.

»Hier wurde eine Ader freigelegt«, vermutete Zouga, während sie am Rand des alten Grabens entlanggingen. »Die Bergleute aus früheren Zeiten hoben die Gräben einfach aus und füllten sie nicht wieder auf.«

»Wie haben sie den Gang freigesprengt?« wollte Ralph wissen. »Das da unten ist solides Felsgestein.«

»Vermutlich haben sie Feuer angezündet und es dann mit Wasser gelöscht. Durch das Zusammenziehen und Ausdehnen wurde der Fels gesprengt.«

»Jedenfalls haben sie jedes Krümelchen der Erzader herausgescharrt und kein Körnchen für uns übriggelassen.«

Zouga wandte sich an Jan Cheroot und fragte: »Erkennst du die Gegend jetzt wieder, Jan Cheroot?« Und als der Hottentotte zögerte, wies er den Abhang hinunter. »Der Sumpf im Tal dort unten und die Teakbäume –«

»Ja, ja.« Jan Cheroot klatschte in die Hände, und seine Augen zwinkerten vor Begeisterung. »Das ist die Stelle, wo Sie den Elefantenbullen getötet haben – die Stoßzähne stehen in King's Lynn.«

»Die alte Geröllhalde muß direkt vor uns liegen.« Zouga stapfte eilig voran.

Er fand die flache, mit Gras bewachsene Hügelkuppe, ging auf die Knie, grub mit den Händen zwischen Graswurzeln und holte Brocken des weißen, körnigen Quarzes hervor. Er untersuchte jeden flüchtig und warf ihn weg. Gelegentlich feuchtete er einen mit der Zunge an, hielt ihn gegen die Sonne und untersuchte ihn nach dem begehrten Glitzern, runzelte die Stirn und schüttelte enttäuscht den Kopf.

Schließlich stand er auf und wischte sich die Hände an den Breeches ab.

»Das ist zwar Quarz, aber die Bergleute scheinen diese Halde damals gründlich untersucht zu haben. Wir müssen die alten Stollen finden, wenn wir wirklich auf Gold stoßen wollen.«

Von der Hügelkuppe der alten Halde aus orientierte Zouga sich rasch.

»Ungefähr dort drüben ist der Elefantenbulle zu Fall gekommen«, er wies auf eine Stelle. Um die Angabe zu bestätigen, suchte Jan Cheroot das Gras ab und hob einen mächtigen Hüftknochen hoch, ausgetrocknet und kalkweiß, der jetzt, nach dreißig Jahren, zu bröckeln anfing.

»Er war der Vater aller Elefanten«, sagte Jan Cheroot voller Ehrfurcht. »Einen wie ihn wird es nie mehr geben, und er hat uns an diesen Ort geführt. Als Sie ihn erschossen haben, ging er hier zu Boden, um die Stelle für uns zu markieren.«

Zouga machte eine Vierteldrehung und deutete auf eine andere Stelle. »Hier müßte die Stelle sein, wo wir den alten Matthew begraben haben.«

Ralph verstand und schwieg, als Zouga sich neben dem Steinhaufen hinkniete, der das Grab seines Büchsenträgers markierte.

Nach einer Minute erhob Zouga sich, klopfte sich den Staub ab und sagte nur: »Er war ein guter Mann.« Er wandte sich ab, und die anderen folgten ihm. Nach etwa hundert Metern blieb Zouga wieder stehen. »Hier!« rief er triumphierend. »Der zweite Schacht – es gab insgesamt vier davon.«

Diese Öffnung war mit Gestein aufgefüllt worden. Ralph zog seine Jacke aus, lehnte sein Gewehr gegen den nächsten Baumstamm und kletterte in die flache Mulde hinab, bis er über einen schmalen, blockierten Eingang stolperte.

»Den öffnen wir.«

Sie arbeiteten eine halbe Stunde, lockerten die Felsbrocken mit einem dicken Ast und hievten sie beiseite, bis eine viereckige Öffnung in den Schacht freigelegt war. Ein schmales Loch, so schmal, daß nur ein Kind durchschlüpfen konnte. Die Männer knieten und spähten nach unten. Es war nicht festzustellen, wie tief der Schacht war, er führte undurchdringlich schwarz in die Tiefe und roch nach Feuchtigkeit, Fledermäusen und Moder.

Ralph und Zouga starrten mit einem Anflug von Grauen und Faszination nach unten.

»Sie sollen früher Kindersklaven und gefangene Buschmänner in die Minen geschickt haben«, murmelte Zouga.

»Wir müssen herausfinden, ob da unten eine Goldader ist«, flüsterte Ralph. »Aber kein erwachsener Mann –« Er brach ab. Es entstand wieder ein Augenblick gedankenvoller Stille, bevor Zouga und Ralph einander zulächelten und beider Köpfe sich gleichzeitig Jan Cheroot zuwandten.

»Niemals!« verkündete der kleine Hottentotte. »Ich bin ein kranker, alter Mann. Niemals! Vorher müßt ihr mich töten!«

In seiner Satteltasche fand Ralph einen Kerzenstummel, und Zouga knotete rasch die drei Seilrollen von den Pferdesätteln aneinander. Jan Cheroot verfolgte ihre Vorbereitungen, wie ein zum Tode Verurteilter beim Galgenbau zusieht.

»Seit neunundzwanzig Jahren, seit dem Tag meiner Geburt, erzählst du mir von deinem Wagemut«, erinnerte Ralph ihn, legte einen Arm um Jan Cheroots Schulter und führte ihn sanft zum Schacht.

»Da habe ich vielleicht ein bißchen übertrieben«, gab Jan Cheroot zu, während Zouga den Strick unter seinen Achselhöhlen festzurrte und eine Satteltasche um seine mageren Hüften band.

»Du hast gegen wilde Männer gekämpft und Elefanten und Löwen gejagt – was hast du schon in diesem kleinen Loch zu befürchten? Ein paar Schlangen, das bißchen Finsternis, die Geister der Toten, weiter nichts.«

»Vielleicht habe ich doch mehr übertrieben als nur ein bißchen«, flüsterte Jan Cheroot heiser.

»Du bist doch kein Feigling, Jan Cheroot, oder?«

»Doch«, Jan Cheroot nickte heftig. »Genau das bin ich. Das ist nichts für einen Feigling wie mich.«

Ralph hob den wie ein Fisch an der Angel zappelnden kleinen Mann hoch und ließ ihn in den Schacht hinab. Allmählich wurde sein Protestgeschrei leiser, je mehr Seil Ralph in die Tiefe ließ.

Ralph maß die Länge des Seils an der Spannweite seiner ausgestreckten Arme. Jede Spanne betrug etwa einen Meter fünfzig. Er hatte den kleinen Hottentotten etwa fünfzehn Meter hinuntergelassen, als die Spannung im Seil nachließ.

»Jan Cheroot!« brüllte Zouga in den Schacht hinunter.

»Eine kleine Höhle.« Jan Cheroots Stimme kam gedämpft herauf. »Ich kann grade stehen. Der Felsen ist voll Ruß.«

»Kochfeuer. Die Sklaven blieben dort unten bis sie starben«, vermutete Zouga, »und sahen das Tageslicht nie wieder.« Dann schrie er wieder hinunter. »Was noch?«

»Seile, geflochtene Seile und Eimer, Ledereimer, wie wir sie in den Diamantenminen am New Rush –« Jan Cheroot stieß einen Schrei aus. »Sie zerfallen, wenn ich sie berühre, sie sind zu Staub zerfallen.« Gedämpft konnten sie Jan Cheroot niesen und husten hören. Seine Stimme war belegt und näselnd, als er wieder rief: »Eisenwerkzeuge, so was wie eine Axt« und dann mit Zittern in der Stimme: »Im Namen der Großen Schlange, da liegen Tote rum, Totengebeine. Ich will rauf – zieht mich hoch!«

Ralph konnte den winzigen flackernden Kerzenschein auf dem Grund des Schachts sehen.

»Jan Cheroot, führt von der Höhle ein Gang ab?«

»Zieht mich hoch.«

»Kannst du einen Gang sehen?«

»Ja, zieht ihr mich jetzt hoch?«

»Erst, wenn du diesen Gang entlanggegangen bist.«

»Seid ihr wahnsinnig! Da muß ich auf Händen und Knien kriechen.«

»Nimm eines von den Eisenwerkzeugen mit und schlag ein Stück von dem Felsen ab.«

»Nein. Es reicht. Ich gehe keinen Schritt weiter. Der Ort wird von Toten bewacht.«

»Na schön«, bellte Ralph in das Loch hinunter, »dann werfe ich das Seilende zu dir hinunter.«

»Ich geh' ja schon.« Jan Cheroots Stimme war tonlose Verzweiflung. Dann begann das Seil wieder nach unten zu kriechen, wie eine Schlange, die in ihr Nest schlüpft.

Ralph und Zouga kauerten neben dem Schacht, rauchten abwechselnd ihren letzten Stumpen und warteten ungeduldig und voll Spannung.

»Als diese Grube verlassen wurde, müssen sie die Sklaven im Schacht eingemauert haben. Da ein Sklave wertvoller Besitz war, beweist das, daß diese Grube noch ausgebeutet und überstürzt verlassen wurde.« Zouga machte eine Pause, hielt den Kopf schief, um zu horchen, und dann brummte er zufrieden: »Aha!« Aus den Tiefen der Erde war ein fernes Klopfen von Metall auf Gestein zu hören. »Jan Cheroot ist angekommen.«

Es dauerte noch eine Weile, bevor das Kerzenlicht auf dem Grund des Schachts wieder aufflackerte und Jan Cheroots jämmerliches Flehen zu ihnen heraufdrang, ihn endlich hochzuziehen.

Ralph stellte sich mit gespreizten Beinen über den Schacht und holte das Seil hoch. Seine Armmuskeln spannten sich unter dem dünnen Baumwollstoff seines Hemdes. Ohne zu pausieren hob er den Hottentotten und seine Last aus dem Schacht und stellte ihn auf den Boden. Sein Atem hatte sich nicht beschleunigt, keine Schweißperle stand auf seiner Stirn.

»Also, Jan Cheroot, was hast du gefunden?«

Jan Cheroot war über und über mit feinem, hellen Staub bedeckt, in den sein Schweiß sich dunkle Rinnsale gegraben hatte. Er stank nach Fledermausdreck und Moder. Seine Hände schlotterten vor Angst und Erschöpfung, als er die Klappe der Satteltasche an seiner Hüfte hochschlug.

»Das hab' ich gefunden«, krächzte er, und Zouga nahm ihm einen Felsklumpen aus der Hand.

Es war kristallines Gestein, glitzerte wie Eis, war blau gesprenkelt und durchzogen von winzigen Spalten, von denen einige durch die Schläge des Eisenbeils beschädigt waren, mit dem Jan Cheroot den Brocken vom Gestein gehauen hatte. Das glitzernde

Quarzgestein wurde zusammengehalten von einer Substanz, die jeden Riß und jede Vertiefung im Erz ausgefüllt hatte. Der Kitt war eine dünne, weiche, formbare Schicht eines glänzenden Metalls, das im Sonnenlicht aufblitzte, als Zouga es mit seiner Zungenspitze befeuchtete.

»Sieh dir das an!« Ralph nahm den Klumpen aus der Hand seines Vaters mit der Ehrfurcht eines frommen Mannes, der ein heiliges Sakrament empfängt.

»Gold!« flüsterte er, und es funkelte ihn an, schenkte ihm das verführerische gelbe Lächeln, das die Menschen seit Anbeginn der Zeit in seinen Bann gezogen hatte.

»Gold!« wiederholte Ralph.

Um dieses kostbar schimmernde Metall zu finden, hatten Vater und Sohn ihr Leben aufs Spiel gesetzt, waren Hunderte von Meilen geritten, hatten zusammen mit anderen Freibeutern blutige Schlachten geschlagen, hatten mitgeholfen, ein stolzes Volk zu vernichten und einen König in einen verzweifelten Tod zu treiben.

Unter der Führung eines siechen Mannes mit krankem Herzen und hochfliegenden Träumen hatten sie ein weites Land erschlossen, das nun den Namen dieses Giganten trug, Rhodesien, und sie hatten diesem Land nach und nach seine Schätze abgerungen. Sie hatten sich sein weites, saftiges Weideland, seine lieblichen Hügelketten, seine Edelholzwälder, seine fetten Viehherden, seine Legionen kräftiger Menschen schwarzer Hautfarbe angeeignet, die ihre Arbeitskraft für einen Hungerlohn einsetzten, um reiche Ernten einzubringen. Und nun endlich hielten sie den größten aller Schätze in ihren Händen.

»Gold!« sagte Ralph zum drittenmal.

Sie hackten Äste von Akazien, denen an den Schnittstellen heller Saft austrat, und schlugen die Pflöcke mit den Breitseiten der Äxte entlang des Hügelkamms in den Boden. Dann stapelten sie pyramidenförmige Steinhaufen und markierten damit die Ecken jedes Claims.

Gemäß des Vertrags von Fort Victoria, den sie beide bei ihrer Anwerbung unterzeichnet hatten, um gegen Lobengulas Krieger zu kämpfen, hatte jeder von ihnen Anspruch auf zehn Goldclaims. Davon ausgeschlossen war natürlich Jan Cheroot. Obschon auch er mit Jamesons Truppen in Matabeleland eingeritten war und die Matabele-*Amadoda* am Zusammenfluß von Shangani und Bembesi ebenso begeistert niedergeknallt hatte wie seine beiden Herren, war er ein Farbiger und hatte daher keinen Anspruch auf eine Belohnung.

Abgesehen von ihren Ansprüchen aus dem Victoria-Vertrag hatten Zouga und Ralph von leichtfertigen und verschwenderischen Soldaten aus Jamesons siegreicher Armee Anteile aufgekauft, von denen manche ihre Claims für eine Flasche Whisky hergegeben hatten. Die beiden Männer konnten also den gesamten Hügelzug und einen Großteil der Täler zu beiden Seiten für sich beanspruchen.

Eine Schwerarbeit, die jedoch dringend getan werden mußte, denn es gab andere Goldsucher, von denen sich einer vielleicht an ihre Fersen geheftet hatte. Sie arbeiteten in der Mittagshitze und bei Mondlicht, bis ihnen die Äxte in völliger Erschöpfung aus den Händen fielen und sie an Ort und Stelle einschliefen. Am vierten Abend hatten sie ihr Werk vollendet und stellten zufrieden fest, daß sie den ganzen Bergstock für sich gesichert hatten. Es gab keine Lücke zwischen ihren Claims, in die ein anderer Goldsucher sich hätte setzen können.

»Jan Cheroot, es ist nur noch eine Flasche Whisky übrig«, stöhnte Zouga und streckte seine schmerzenden Schultern, »aber heute abend kannst du dir dein eigenes Maß einschenken.«

Die Markierung im unteren Drittel für seine tägliche Alkohol-Ration mißachtend, füllte Jan Cheroot den Napf randvoll und schlurfte den ersten Schluck auf allen vieren wie ein Hund, um ja keinen Tropfen zu vergeuden.

Ralph nahm die Flasche an sich und betrachtete traurig den verbliebenen Rest, bevor er seinem Vater und sich einschenkte.

»Auf die Harkness-Mine«, brachte Zouga einen Toast aus.

»Warum Harkness?« wollte Ralph wissen, als er den Becher absetzte und sich mit dem Handrücken den Schnauzbart abwischte.

»Der alte Tom Harkness gab mir die Landkarte, die mich hierhergeführt hat«, antwortete Zouga.

»Wir könnten einen besseren Namen finden.«

»Mag sein. Aber ich will den.«

»Das Gold wird deshalb nicht weniger glänzen, denke ich«, fügte Ralph sich und stellte die Whiskyflasche sorgsam außer Reichweite des kleinen Hottentotten, denn Jan Cheroot hatte bereits ausgetrunken. »Ich freue mich, daß wir wieder gemeinsame Pläne machen, Papa.« Ralph lehnte sich bequem an seinen Sattel zurück.

»Ja«, nickte Zouga, »es ist lange her, seit wir Seite an Seite in der Diamantenmine am New Rush gearbeitet haben.«

»Ich kenne genau den richtigen Mann, der uns die Gruben erschließt. Der beste Goldminenexperte am Witwatersrand. Die nötigen Fördermaschinen und Geräte lasse ich mit meinen Fuhrwerken heranschaffen – noch vor der Regenzeit.«

Ihr Abkommen sah vor, daß Ralph Arbeitskräfte, Maschinen und Kapital stellen würde, um die Harkness-Mine zu erschließen, wenn Zouga ihn ans Ziel geführt hatte. Denn Ralph war ein reicher Mann. Man munkelte, er sei bereits Millionär, was Zouga allerdings bezweifelte. Andererseits hatte Ralph, wie Zouga sich erinnerte, für die Vergeltungsschläge gegen Lobengula in Maschonaland und Matabeleland Transportmittel und kriegswichtige Güter zur Verfügung gestellt, und beide Leistungen wurden von Mr. Rhodes' Britisch-Südafrikanischer Gesellschaft mit enormen Summen vergütet, zwar nicht in bar, so doch in Anteilscheinen. Wie Zouga hatte auch Ralph den leichtsinnigen Taugenichtsen, aus denen die Truppen sich vorwiegend zusammensetzten, Landzuteilungen abgekauft und mit Whisky bezahlt, den er in seinen eigenen Planwagen vom Endbahnhof transportierte. Ralphs Rhodesische Landgesellschaft verfügte über mehr Land, als Zouga selbst besaß.

Ralph hatte außerdem mit den Aktien der Britisch-Südafrikanischen Gesellschaft spekuliert. In jenen berauschenden Tagen, als die Truppen Fort Salisbury erreichten, hatte er Mr. Rhodes' Aktien mit einem Nennwert von 1 Pfund für die Summe von 3 Pfund und 15 Shilling an der Londoner Börse verkauft. Als die hochfliegenden Hoffnungen und die optimistischen Zukunftspläne der Pioniere im dürren Veld und in öden Erzgruben verdorrten, und Rhodes und Jameson heimlich ihren Krieg gegen den Matabele-König rüsteten, hatte Ralph Britisch-Südafrikanische Aktien für acht Schillinge zurückgekauft. Als dann die Truppen die brennenden Ruinen von Lobengulas Kral in GuBulawayo stürmten, und die Gesellschaft das ganze Reich des Königs der Matabele in Besitz nahm, sah er seine Aktien auf 8 Pfund ansteigen.

Während Zouga der charismatischen Begeisterung seines Sohnes zuhörte, der auch die harten Tage und Nächte hinter ihnen liegender, kräftezehrender Schwerarbeit der Sicherung ihrer Goldanteile nichts anhaben konnten, dachte Zouga daran, wie Ralph die Telegrafenlinie von Kimberley nach Fort Salisbury gelegt hatte, daß seine Bautrupps gerade im Begriff waren, die Eisenbahnlinie quer durch die Wildnis nach Bulawayo zu bauen, daß seine zweihundert Planwagen Handelswaren in die über hundert Lagerhäuser und Verkaufsläden – auch sie in Ralphs Besitz – in Betschuanaland, Matabeleland und Maschonaland transportierten und daß Ralph von heute an zu gleichen Teilen Mitbesitzer einer Goldmine war, die ebenso reiche Ausbeute versprach wie die sagenhaften Minen des Witwatersrand.

Zouga hatte lange vor Ralphs Geburt schwer gearbeitet und Pläne geschmiedet, hatte Opfer gebracht und Entbehrungen auf sich genommen, bei deren Erinnerung er heute noch erschauerte – und alles für weit weniger Lohn. Abgesehen von dieser neuen Goldmine hatte er nach einem Leben voller Mühsal nur King's Lynn und Louise vorzuweisen – und dann lächelte er. Mit diesen beiden Besitztümern war er reicher als Ralph und Mr. Rhodes zusammen. Seufzend zog Zouga den Hut über die Augen und ließ sich in Gedanken an Louises geliebtes Gesicht in den Schlaf treiben.

Es dauerte zwei volle Tagesritte zurück bis zu den Planwagen, doch schon eine halbe Meile vor dem Lager wurden sie erspäht und eine muntere Schar von Dienern, Kindern, Hunden und Ehefrauen kam ihnen lärmend zur Begrüßung entgegen.

Ralph gab seinem Pferd die Sporen, beugte sich herab und schwang Cathy so heftig vor sich auf den Sattel, daß sich ihr Haar löste und sie kleine Schreie ausstieß; er brachte sie zum Schweigen mit einem Kuß auf den Mund, den er unverschämt lang ausdehnte, während der kleine Jonathan ungeduldig um das Pferd hüpfte und quietschte: »Ich auch! Heb mich hoch, Papa!«

Endlich löste Ralph seinen Mund von ihren Lippen, ohne jedoch seinen festen Griff zu lockern. Sein Schnauzbart kitzelte sie am Ohr, und er raunte: »Sobald ich dich im Zelt habe, Katie, meine Geliebte, werden wir deine neue Matratze gehörig ausprobieren.«

Sie errötete tief und gab ihm einen liebevollen Klaps auf die Wange. Ralph grinste, beugte sich wieder aus dem Sattel, hob Jonathan mit einem Arm hoch und setzte ihn hinter sich auf die Kruppe des Wallach.

Der Junge schlang seine Arme um Ralphs Hüften und fragte mit seiner Piepsstimme: »Hast du Gold gefunden, Papa?«

»Eine Tonne.«

»Hast du Löwen geschossen?«

»Hundert«, lachte Ralph und zerzauste die wuscheligen, dunklen Locken seines Sohnes.

Louise folgte der jüngeren Frau und dem Kind in einigem Abstand, schritt leichtfüßig auf der staubigen Fahrspur aus. Ihr Haar war von der breiten Stirn nach hinten gekämmt und hing ihr in einem dicken Zopf bis in Hüfthöhe. Ihre hohen Wangenknochen kamen dadurch gut zur Geltung.

Ihre Augen hatten die Farbe gewechselt. Zouga war immer wieder fasziniert davon, Stimmungsschwankungen im Farbwechsel dieser großen, schrägen Augen zu sehen. Augenblicklich strahlten sie im hellen Blau, der Farbe des Glücks. Sie blieb stehen, Zouga schwang sich aus dem Sattel, nahm den Hut vom Kopf und studierte sie eine Weile ernsthaft, bevor er sprach.

»Wie konnte ich in dieser kurzen Zeit vergessen, wie schön du bist«, sagte er.

»Das war nicht kurz«, widersprach sie. »Jede Stunde, die ich von dir getrennt bin, ist eine Ewigkeit.«

Das weitläufige Camp war Cathy und Ralphs Heim. Sie besaßen keine feste Bleibe, zogen wie die Zigeuner von Ort zu Ort, dorthin, wo die Ernte am reichsten war. Vier Planwagen standen unter den hohen, gebogenen Wildfeigenbäumen am Flußufer über der Furt. Die Zelte waren aus neuem, schneeweißem Leinen, ein etwas abseits stehendes diente als Waschraum. Es enthielt eine Zinkbadewanne, in der man sich der Länge nach ausstrecken konnte. Ein Diener war ausschließlich dafür zuständig, über das Vierzig-Gallonen-Faß über dem Feuer hinter dem Zelt zu wachen und jederzeit, bei Tag und Nacht, unbegrenzte Mengen heißen Wassers vorrätig zu haben. Ein kleineres Zelt dahinter enthielt einen Nachtstuhl, dessen Sitz von Cathy mit Amoretten und Rosensträußen bemalt worden war; neben dem Nachtstuhl hatte sie – als höchsten Luxus – duftende Blätter weichen, farbigen Papiers in einer Sandelholzschale bereitgelegt.

Auf den Schlafpritschen lagen Roßhaarmatratzen, man konnte auf Leinenstühlen bequem sitzen, und im seitlich offenen Eßzelt stand ein langer Klapptisch unter einem ausladenden Moskitonetz. Es gab Kühltaschen für Champagner und Limonade; Fliegenschränke mit dichter Gaze bespannt, durch die auch nicht das kleinste Insekt krabbeln konnte, zur Aufbewahrung der Nahrungsmittel. Und es gab dreißig Bedienstete. Bedienstete, die Holz hackten und sich um die Feuer kümmerten; Bedienstete, die wuschen und bügelten, so daß die Frauen täglich ihre Kleidung wechseln konnten; andere, die Betten machten und jedes Blatt von der blanken Erde zwischen den Zelten fegten und sie anschließend mit Wasser besprengten, damit der Staub gebunden war. Eine Dienerin kümmerte sich ausschließlich um Jonathan, fütterte und badete ihn, trug ihn auf der Schulter herum, sang ihm vor, wenn er quengelig wurde. Es gab Bedienstete, die das Essen zubereiteten und bei Tisch servierten, Bedienstete, die abends die Lampen anzündeten und die Moskitonetze aufschnürten.

Ralph ritt durch das Tor der hohen Dornenpalisaden, die das Lager umgaben, um es vor nächtlichen Besuchen von Löwenrudeln und anderen Räubern zu schützen. Cathy saß immer noch im Sattel vor ihm und sein Sohn hinter ihm.

Er schaute sich zufrieden im Lager um und drückte Cathy an sich. »Bei Gott, es ist wunderbar, zu Hause zu sein – ein heißes Bad, und du kannst mir den Rücken schrubben, Katie.« Er stutzte, dann rief er überrascht: »Verdammt, Frau! Du hättest mich warnen sollen!«

»Du hast mich nicht zu Wort kommen lassen«, entgegnete sie.

Am Ende der Wagenreihe stand eine geschlossene Kutsche, ein Fahrzeug mit gefederten Rädern, an den Fenstern Teakholzläden, um die Hitze auszuschließen. Die Kutsche selbst war in einem angenehm kühlen Grünton lackiert, der jetzt aber unter dem Staub und dem hochgespritzten getrockneten Lehm einer langen Reise kaum sichtbar war. Die Türen waren mit Blattgold verziert, und golden waren die Speichen der hohen Räder. Die Polster der Innenausstattung waren mit glänzend grünem Leder bezogen, die grünen Vorhänge von Goldquasten gehalten. Auf dem Dachständer lagen Überseekoffer aus Leder mit Messingbeschlägen. Im Viehkral aus Dornengestrüpp dahinter standen kräftige weiße Maultiere und fraßen frische Grasbüschel, die Ralphs Diener am Flußufer geschnitten hatten.

»Wie hat der Große Meister uns gefunden?« fragte Ralph und stellte Cathy auf die Erde. Er mußte nicht fragen, wer der Besucher war; von dieser prachtvollen Luxuskarosse sprach der ganze Kontinent.

»Das Camp liegt nur fünf Meilen von der Hauptstraße aus dem Süden entfernt«, erwiderte Cathy spitz. »Er hätte uns wohl kaum verfehlen können.«

»Und er hat die ganze Bande bei sich, wie mir scheint«, murmelte Ralph. Im Kral bei den weißen Maultieren standen zwei Dutzend Vollblutpferde.

In diesem Augenblick stapfte Zouga mit Louise am Arm durchs Tor. Er war über den Besucher ebenso freudig erregt wie Ralph verärgert.

»Louise sagt, er hat seine Reise unterbrochen, nur um mit mir zu reden.«

»Dann solltest du ihn auch nicht warten lassen, Papa«, grinste Ralph spöttisch. Seltsam, daß alle Männer, selbst der souveräne und kühle Major Zouga Ballantyne, in den Bann dieses Menschen gerieten. Ralph rühmte sich, der einzige zu sein, der sich dem entzog, obgleich auch ihm das zuweilen nicht leicht fiel.

Zouga marschierte eilig die Wagenreihe entlang auf den inneren Palisadenzaun zu, Louise mußte einige Laufschritte einlegen, um Schritt zu halten. Ralph ließ sich absichtlich Zeit, bewunderte die bemerkenswerten Tierschöpfungen, die Jonathan aus Lehm vom Fluß modelliert hatte.

Cathy zupfte ihn schließlich am Ärmel. »Du weißt, daß er auch dich sprechen will, Ralph«, drängte sie. Ralph schwang sich Jonathan auf die Schulter, schlang den anderen Arm um Cathy, wissend, daß eine solche Zurschaustellung von Familienglück den Mann irritierte, dem sie gleich begegnen würden, und so schlenderte er durch das innere Palisadentor.

Die Seitenbahnen des Eßzeltes waren hochgerollt, damit die Nachmittagsbrise hindurchfächeln konnte. An dem langen Klapptisch saßen ein halbes Dutzend Männer. In der Mitte der Gruppe ein grobschlächtiger Mann im schlechtsitzenden Jackett aus teurem englischen Tuch, bis zum Hals zugeknöpft. Der Knoten seiner Krawatte saß schief, und ihre Farben waren unter dem Staub der langen Reise von Kimberley kaum zu erkennen.

Ralph, der diesem ungeschlachten Riesen gemischte Gefühle entgegenbrachte, Feindseligkeit gepaart mit widerstrebender Bewunderung, stellte erschrocken die Veränderungen fest, die ein paar Jahre bei ihm angerichtet hatten. Seine fleischigen Gesichtszüge waren schlaff und von ungesunder blauroter Farbe. Er war gerade vierzig Jahre alt, doch das Rotblond von Schnauzbart und Koteletten war in ein stumpfes Grau verwelkt, er wirkte fünfzehn Jahre älter. Nur seine hellblauen Augen hatten ihre Kraft und ihren mystischen, visionären Glanz behalten.

»Na, wie geht es Ihnen, Ralph?« Seine hohe, klare Stimme paßte nicht zu seinem unförmigen Körper.

»Guten Tag, Mr. Rhodes«, grüßte Ralph, ließ seinen zappelnden Sohn von der Schulter rutschen und stellte ihn sanft zu Boden. Das Kind machte auf dem Absatz kehrt und suchte das Weite.

»Welche Fortschritte macht meine Eisenbahn, während Sie sich hier amüsieren?«

»Wir kommen schneller voran als geplant und unterschreiten das Budget«, konterte Ralph mit kaum verhohlenem Ärger und löste sich mit etwas Mühe aus dem Bann des hypnotischen Blicks der blauen Augen, um sich den Männern, die Mr. Rhodes flankierten, zuzuwenden.

Zu seiner Rechten saß der Schatten des mächtigen Mannes, klein, schmalschultrig und so makellos gekleidet, wie sein Herr schlampig gekleidet war. Er hatte die sittsamen, aber undefinierbaren, unscheinbaren Gesichtszüge eines Schulmeisters, einen hohen Ansatz schütteren Haares, aber scharfe und habgierige Augen, die seine sonstige Erscheinung Lügen straften.

»Jameson.« Ralph nickte kühl in seine Richtung, sprach Doktor Leander Starr Jameson weder mit seinem Titel noch mit dem vertrauten und freundschaftlichen »Doktor Jim« an.

»Ballantyne junior.« Jameson legte eine leicht abfällige Betonung in das Diminutiv. Ihre Feindseligkeit beruhte von der ersten Begegnung an auf Gegenseitigkeit und war aus dem Instinkt geboren.

Zu Rhodes' Linker erhob sich ein junger, breitschultriger Mann mit offenem, gut geschnittenem Gesicht und freundlichem Lächeln, das große, ebenmäßige weiße Zähne entblößte.

»Hallo, Ralph.« Sein Handschlag war fest und trocken, sein Kentucky-Akzent angenehm.

»Harry, erst heute morgen habe ich von dir gesprochen.« Ralphs Freude war unverhohlen; er warf Zouga einen Blick zu. »Papa, das ist Harry Mellow, der beste Bergbauingenieur in ganz Afrika.«

Zouga nickte. »Wir wurden einander schon vorgestellt.« Vater und Sohn tauschten einen wissenden Blick.

Dies war der junge Amerikaner, den Ralph ausgesucht hatte, um die Harkness-Mine zu erschließen und in Betrieb zu nehmen. Es machte Ralph wenig aus, daß Harry Mellow wie die meisten vielversprechenden jungen, unverheirateten Männer mit besonderen Talenten in Südafrika bereits für Cecil John Rhodes arbeitete. Ralph würde einen Köder finden, der ihn weglockte.

»Wir sprechen uns später, Harry«, murmelte er und wandte sich einem anderen jungen Mann am Ende des Tisches zu.

»Jordan«, rief er. »Mein Gott, wie ich mich freue, dich zu sehen.«

Die beiden Brüder umarmten einander, und Ralph machte keinen Versuch, seine Zuneigung zu verbergen, schließlich war Jordan überall beliebt. Man liebte ihn nicht nur wegen seines guten Aussehens und seiner sanften Art, sondern auch wegen seiner vielen Talente und der Wärme und echten Herzlichkeit, die er ausstrahlte.

»Ach, Ralph, ich hab' dir so viel zu erzählen und eine Menge Fragen an dich.« Jordans Freude war ebenso groß wie die seines Bruders.

»Später, Jordan«, unterbrach Mr. Rhodes übellaunig. Er duldete keine Unterbrechungen und winkte Jordan, Platz zu nehmen. Jordan gehorchte augenblicklich. Seit seinem neunzehnten Lebensjahr war er Mr. Rhodes' Privatsekretär, und der Gehorsam auf den geringsten Wink seines Herrn war ihm inzwischen zur zweiten Natur geworden.

Rhodes wandte sich an Cathy und Louise. »Meine Damen, ich bin überzeugt, daß unser Gespräch Sie langweilt, und möchte Sie nicht unnötig von Ihren Beschäftigungen abhalten.«

Cathy bemerkte mit einem schnellen Seitenblick Ralphs Ärger über die unverhohlene Dreistigkeit, mit der Mr. Rhodes sich als Herr über das Camp und dessen Bewohner aufspielte. Verstohlen drückte sie seine Hand, um ihn zu beschwichtigen und spürte, wie Ralph sich etwas entspannte.

Cathys Blick wanderte weiter zu Louise, die über Rhodes' Worte gleichfalls pikiert war. Ihre blauen Augen blitzten und unter den Sommersprossen ihrer Wangen schimmerte eine leichte Röte, doch ihre Stimme klang gleichmütig und kühl, als sie für Cathy und sich antwortete: »Natürlich haben Sie recht, Mr. Rhodes. Wenn die Herren uns entschuldigen wollen.«

Jedermann wußte, daß Mr. Rhodes sich in Gegenwart von Damen nicht wohl fühlte. Er beschäftigte kein weibliches Personal, und in seinem luxuriös eingerichteten Herrenhaus in Groote Schuur am Kap der Guten Hoffnung gab es weder ein Gemälde noch eine Skulptur mit der Darstellung einer Frau. Er beschäftigte nicht einmal einen verheirateten Mann in einer ihm nahen

Position und entließ selbst den vertrauenswürdigsten seiner Angestellten auf der Stelle, der den unverzeihlichen Schritt ins Eheleben wagte. »Sie können nicht nach der Pfeife eines Frauenzimmers tanzen und gleichzeitig mir zu Diensten sein«, pflegte er den gefeuerten Übeltätern zu sagen.

Rhodes wandte sich mit einem Wink an Ralph. »Setzen Sie sich hier hin, wo ich Sie sehen kann«, gebot er und wandte sich sofort wieder an Zouga, um ihm seine Fragen ins Gesicht zu schleudern. Fragen, die wie Peitschenhiebe knallten. Doch die Aufmerksamkeit, mit der er den Antworten zuhörte, bewies die Hochachtung, die er Zouga Ballantyne entgegenbrachte. Ihre Beziehung ging viele Jahre zurück, in die Tage der ersten Diamantenfunde in der Nähe von Colesberg Kopje, das umbenannt worden war in Kimberley – nach dem Kolonialminister, der die Region als Dominion dem britischen Commonwealth einverleibt hatte.

Bei diesen Schürfungen hatte Zouga damals Claims ausgebeutet, aus denen der berühmte »Ballantyne-Diamant« stammte, doch heute gehörten diese Claims Rhodes, so wie jeder einzelne Anteil dieser Minen ihm gehörte. Damals wurde Zouga von Rhodes als persönlicher Agent in den Kral von Lobengula geschickt, dem König der Matabele, da er dessen Sprache fließend beherrschte. Als Doktor Jameson seine Schutztruppen in einem überraschenden und siegreichen Schlag gegen den König geführt hatte, hatte Zouga ihn als einer seiner Feldoffiziere begleitet und war als erster in den brennenden Kral von GuBulawayo eingeritten, nachdem der König geflohen war.

Nach Lobengulas Tod wurde Zouga von Rhodes zum »Verwalter von Feindeseigentum« ernannt und war verantwortlich dafür, die beschlagnahmten Herden der Matabele einzufangen und sie als Beute an die Gesellschaft und an Jamesons Freiwillige zu verteilen.

Nachdem Zouga diese Aufgabe erledigt hatte, wollte Rhodes ihn zum Oberkommissar für Eingeborenen-Angelegenheiten ernennen, der sich um die Zuluhäuptlinge kümmerte, doch Zouga hatte es vorgezogen, sich mit seiner jungen Braut auf seine Güter zurückzuziehen, und hatte den Posten General Mungo St.

John überlassen. Zouga war jedoch immer noch im Vorstand der Britisch-Südafrikanischen Gesellschaft, und Rhodes vertraute ihm wie nur wenigen anderen Männern.

»Matabeleland nimmt einen ungeheuren Aufschwung, Mr. Rhodes«, berichtete Zouga. »Bulawayo ist schon fast eine Stadt, hat eine eigene Schule und ein Krankenhaus. Es leben bereits über sechshundert weiße Frauen und Kinder in Matabeleland, ein sicheres Zeichen dafür, daß unsere Siedler die Absicht haben, sich endgültig niederzulassen. Alle Landzuteilungen sind angetreten worden, und viele der Farmen werden bereits bewirtschaftet. Das Zuchtvieh aus der Kap-Region hat sich gut angepaßt und läßt sich problemlos mit den Matabele-Rindern kreuzen.«

»Wie steht es mit Mineralvorkommen, Ballantyne?«

»Es sind mehr als zehntausend Claims registriert, und ich habe ein paar reiche Vorkommen entdeckt.« Zouga zögerte mit einem Blick zu Ralph; erst als sein Sohn unmerklich nickte, wandte er sich wieder an Rhodes. »Vor wenigen Tagen haben mein Sohn und ich die alten Goldgruben wiederentdeckt und abgesteckt, auf die ich zum erstenmal in den sechziger Jahren gestoßen bin.«

»Haben Sie Proben entnommen?«

Als Antwort legte Zouga ein Dutzend Quarzbrocken vor sich auf den Tisch, und das schiere Gold glänzte so stark, daß die Männer um den Tisch gierig die Hälse reckten. Mr. Rhodes drehte eine der Gesteinsproben in seinen fleischigen, fleckigen Händen, bevor er sie an den amerikanischen Ingenieur weitergab.

»Was halten Sie davon, Harry?«

»Das wären fünfzig Unzen pro Tonne.« Harry pfiff leise durch die Zähne. »Vielleicht zu reich, wie Nome und Klondike.« Der Amerikaner hob den Blick zu Ralph. »Wie dick ist die Ader? Wie breit die Strecke?«

Ralph schüttelte den Kopf. »Das weiß ich nicht. Die Stollen sind zu eng, um vor Ort zu gelangen.«

»Das hier ist Quarz und nicht Banket Reef wie am Witwatersrand«, murmelte Harry Mellow.

Das Banket Reef bestand aus dicken Sedimentärschichten uralter, verschütteter Seen, war weniger goldhaltig als dieser

Quarzbrocken, aber sehr tief und erstreckte sich über die ganze Fläche, die von den Seen einst eingenommen wurde, eine Lagerstätte, die hundert Jahre auszubeuten war, ohne die Vorkommnisse zu erschöpfen.

»Es ist zu reich«, wiederholte Harry Mellow und drehte den Quarzbrocken zwischen den Fingern. »Ich halte es für eine nur zentimeterdicke Nebenader.«

»Und wenn nicht?« wollte Rhodes barsch wissen.

Der Amerikaner lächelte gelassen. »Dann kontrollieren Sie nicht nur annähernd den Diamantenweltmarkt, Mr. Rhodes, sondern auch den Goldweltmarkt.«

Seine Worte riefen Ralph in Erinnerung, daß der Britisch-Südafrikanischen Gesellschaft fünfzig Prozent Förderabgaben auf jede Unze Gold, die in Matabeleland geschürft wurde, zustand. Er spürte, wie die Wut wieder in ihm hochstieg. Rhodes und seine raffgierige B.S.A.-Gesellschaft waren wie ein Riesenkrake, der sich an den Mühen und dem Lohn kleinerer Unternehmer bereicherte.

»Ich würde gerne mit Harry losreiten, Mr. Rhodes, um die Fundstelle zu untersuchen.« Der Groll verlieh Ralphs Stimme einen schneidenden Ton, so daß Rhodes' großer, zottiger Kopf herumfuhr, und seine blaßblauen Augen sich einen Augenblick in seine Seele zu bohren schienen, bevor er nickte, sprunghaft das Thema wechselte und Zouga die nächste Frage stellte.

»Zu den Matabele-Häuptlingen – wie verhalten sie sich?«

Diesmal zögerte Zouga. »Es gibt Unruhen und Klagen, Mr. Rhodes.«

»Ja?« Die schwammigen Gesichtszüge verfinsterten sich.

»Natürlich geht es dabei hauptsächlich um die Viehherden«, fuhr Zouga ruhig fort, doch Rhodes schnitt ihm schroff das Wort ab.

»Wir haben weniger als 125000 Stück Vieh eingefangen und dem Stamm 40000 zurückgegeben.«

Zouga erinnerte ihn nicht daran, daß die Rückgabe erst nach dringenden Bitten von Zougas Schwester, Robyn St. John, erfolgte. Robyn war Ärztin in der Missionsstation von Khami und ehemals Lobengulas engste Vertraute und Beraterin.

»Vierzigtausend Stück Vieh, Ballantyne! Eine mehr als großzügige Geste der Gesellschaft!« wiederholte Rhodes bombastisch und vergaß auch diesmal zu erwähnen, daß diese Rückgabe erfolgte, um die Hungersnot abzuwenden, vor der Robyn St. John ihn gewarnt hatte, eine Hungersnot, die ein Massensterben ausgelöst hätte und gewiß die Intervention der Regierung in Whitehall und möglicherweise den Widerruf der Royal Charter zur Folge gehabt hätte, nach der Rhodes' Gesellschaft sowohl über Maschonaland wie Matabeleland herrschte. »So großzügig war die Geste nun auch wieder nicht«, dachte Ralph verächtlich.

»Nachdem wir das Vieh den Häuptlingen zurückgegeben hatten, blieben uns weniger als 85 000 Stück, damit konnte die Gesellschaft kaum die Kriegskosten decken.«

»Die Häuptlinge beschweren sich darüber, wertloses Vieh zurückerhalten zu haben, Kühe, die nicht mehr tragen, und ausgemergelte Ochsen.«

»Verdammt noch mal, Ballantyne, es war das gute Recht der Kriegsfreiwilligen, sich zuerst zu bedienen. Logischerweise nahmen sie sich die besten Tiere.« Seine rechte Faust schoß nach vorne, der Zeigefinger zielte wie ein Pistolenlauf auf Zougas Herz. »Ihre eigenen Viehbestände, die Sie aus den eingefangenen Tieren ausgewählt haben, sollen zu den schönsten in Matabeleland gehören.«

»Die Häuptlinge haben dafür kein Verständnis«, antwortete Zouga.

»Nun, sie müssen zumindest lernen zu verstehen, daß sie eine besiegte Nation sind. Ihr Schicksal hängt vom guten Willen der Sieger ab. Im übrigen haben sie ihrerseits den Stämmen, die sie besiegten, kein großes Verständnis entgegengebracht, als sie über das ganze Land herrschten. Mzilikazi schlachtete eine Million wehrloser Menschen ab, als er das Land südlich des Limpopo verwüstete, und sein Sohn Lobengula nannte die geringeren Stämme seine ›Hunde‹, die er je nach Belieben töten oder in die Sklaverei stecken konnte. Sie sollen aufhören, über den bitteren Geschmack der Niederlage zu jammern.«

Der sonst so sanfte Jordan am Ende des Tisches nickte bei diesen Worten. »Nicht zuletzt sind wir nach GuBulawayo einmarschiert, um die Maschona-Stämme vor Lobengulas Greueltaten zu beschützen«, murmelte er.

»Ich sagte lediglich, daß es Klagen gibt«, betonte Zouga. »Ich sagte nicht, daß sie gerechtfertigt sind.«

»Worüber beschweren sie sich noch?« wollte Rhodes wissen.

»Über die Polizei der Gesellschaft. Die jungen Burschen der Matabele, die General St. John rekrutierte und bewaffnete, stolzieren durch die Krale, maßen sich Rechte der Häuptlinge an, mißbrauchen die jungen Mädchen –«

Wieder unterbrach Rhodes. »Immer noch besser als ein erneutes Aufflackern kriegerischer Auseinandersetzungen unter den Häuptlingen. Können Sie sich vorstellen, was zwanzigtausend Krieger unter Babiaan, Gandang und Bazo anrichten würden? Nein, St. John hat recht daran getan, die Macht der Induna-Häuptlinge zu brechen. Es ist seine Pflicht als Kommissar für Eingeborenen-Angelegenheiten, die kriegerische Haltung der Matabele in Schach zu halten.«

»Besonders im Hinblick auf die Ereignisse, die augenblicklich im Süden im Gange sind.« Doktor Leander Starr Jameson sprach seit seiner knappen Begrüßungsworte für Ralph zum erstenmal. Rhodes wandte sich ihm rasch zu.

»Ich weiß nicht, ob das der richtige Zeitpunkt ist, diesen Punkt ins Gespräch zu bringen, Doktor Jim.«

»Wieso nicht? Jeder der Anwesenden ist verschwiegen und vertrauenswürdig. Wir dienen alle dem gleichen hohen Gedanken des Empire, und in dieser Wildnis gibt es sicher keine Spione. Was könnte es für einen besseren Zeitpunkt geben, um darüber zu sprechen, daß die Polizeikräfte der Gesellschaft verstärkt, besser bewaffnet und besser ausgebildet werden müssen, um sie ständig in höchster Einsatzbereitschaft zu halten?« fuhr Jameson unbeirrt fort.

Instinktiv glitt Rhodes' Blick zu Ralph Ballantyne, der eine Augenbraue hochzog, eine spöttische und leicht herausfordernde Geste, die Rhodes' Entschluß zu festigen schien.

»Nein, Doktor Jim«, lehnte er entschieden ab. »Nicht jetzt.« James zuckte ergeben die Achseln. Rhodes wandte sich an Jordan. »Die Sonne sinkt«, sagte er, und Jordan erhob sich gehorsam, um die Gläser zu füllen. Der abendliche Whisky gehörte im Land nördlich des Limpopo bereits zum Ritual des zur Neige gehenden Tages.

Die glitzernden weißen Edelsteine des Kreuz des Südens hingen über dem Camp, ließen die kleineren Sterne verblassen und verliehen den kahlen Kuppen der Granitkopjes einen Perlmuttschein, als Ralph seinem Zelt zusteuerte. Die Trinkfestigkeit hatte er vom Vater geerbt, sein Schritt war fest und sicher. Er war von Ideen berauscht, nicht vom Whisky.

Er bückte sich unter dem Moskitonetz des dunklen Zelts, setzte sich auf die Bettkante und berührte Cathys Wange.

»Ich bin wach«, sagte sie leise. »Wie spät ist es?«

»Mitternacht vorbei.«

»Was hat dich so lange aufgehalten?« flüsterte sie, denn Jonathan schlief hinter einem stoffbezogenen Wandschirm.

»Die Träume und Prahlereien von erfolgs- und machttrunkenen Männern«, grinste Ralph im Dunkeln und zog sich die Stiefel aus. »Und, bei Gott, ich habe meinen guten Teil Träume und Prahlerei dazu beigetragen.« Er stand auf, um seine Breeches auszuziehen. »Was hältst du von Harry Mellow?« fragte er in plötzlich verändertem Tonfall.

»Der Amerikaner? Er ist sehr –« Cathy zögerte. »Ich finde, er wirkt sehr männlich und recht sympathisch.«

»Attraktiv?« hakte Ralph nach. »Wirkt er unwiderstehlich auf eine junge Frau?«

»Du weißt, daß ich nicht so denke«, widersprach Cathy sittsam.

»Und ob ich das weiß«, lachte Ralph leise glucksend, küßte sie und legte seine gewölbte Hand auf eine ihrer runden Brüste, die sich durch den dünnen Baumwollstoff abzeichnete, fest wie eine reife Melone. Sanft versuchte sie ihm ihre Lippen zu entziehen und sich von seinem Griff zu befreien, doch er gab nicht nach und bald sträubte sie sich nicht mehr, sondern schlang ihre Arme um seinen Hals.

»Du riechst nach Schweiß, Zigarren und Whisky.«

»Tut mir leid.«

»Das soll es nicht. Es ist wunderbar«, schnurrte sie.

»Ich zieh' mein Hemd aus.«

»Laß mich das für dich tun.«

Einige Zeit später lag Ralph auf dem Rücken, und Cathy schmiegte sich an seine nackte Brust.

»Was hältst du davon, wenn deine Schwestern aus Khami zu Besuch kommen?« fragte er unvermittelt. »Das Leben im Camp macht ihnen sicher Spaß, aber noch mehr freut es sie, der Knute deiner Mutter für eine Weile zu entkommen.«

»War nicht ich es, die die Zwillinge einladen wollte?« erinnerte sie ihn schläfrig. »Und du sagtest, sie bringen zu viel – Unruhe ins Camp.«

»Genaugenommen sagte ich, sie sind zu wild und ausgelassen«, korrigierte er, und sie hob den Kopf und sah ihn im fahlen Mondschein, der durch das Leinen schimmerte, prüfend an.

»Du änderst also deine Meinung.« Sie dachte einen Augenblick nach, wohl wissend, daß ihr Mann für alle Vorschläge seine guten Gründe hatte.

»Der Amerikaner«, entfuhr es ihr dann so laut, daß Jonathan hinter dem Wandschirm unruhig wurde und einen Laut von sich gab. Sofort senkte Cathy die Stimme zu einem zischelnden Flüstern. »Nicht einmal du würdest meine Schwestern für deine Pläne schamlos benutzen – das würdest du doch nicht, oder?«

Er zog ihren Kopf wieder an seine Brust. »Sie sind doch jetzt große Mädchen. Wie alt sind sie eigentlich?«

»Achtzehn.« Sie zog die Nase kraus, weil sein lockiges Brusthaar sie kitzelte. »Aber Ralph –«

»Also beinahe schon alte Jungfern.«

»Meine eigenen Schwestern – würdest du doch nicht benutzen?«

»In Khami lernen sie nie anständige junge Männer kennen. Deine Mutter schlägt sie alle in die Flucht.«

»Du bist schrecklich, Ralph Ballantyne.«

»Soll ich dir mal zeigen, wie schrecklich ich wirklich sein kann?«

Sie überlegte einen Augenblick, und dann kicherte sie leise. »Ja, bitte.«

Die Geier hockten noch in den Baumwipfeln, obschon die Knochen der Löwen sauber abgenagt auf dem felsigen Grund des Hügelkamms verstreut lagen. Die Vögel mußten den Inhalt ihrer geblähten Bäuche verdauen, bevor sie sich in die Lüfte schwangen. Die dunklen unförmigen Leiber gegen den klaren Winterhimmel wiesen Ralph und Harry die Richtung der letzten Meilen zu den Kuppen der Harkness-Claims.

»Sieht vielversprechend aus«, gab Harry als erste vorsichtige Schätzung am Abend von sich, als sie am Lagerfeuer saßen. »Das Grundgestein hat Verbindung mit der Lagerstätte. Wir könnten auf eine Ader stoßen, die wirklich tief geht, und wir haben die Strecke über zwei Meilen lang verfolgt. Morgen markieren wir die Stellen, an denen du deine Richtbohrungen anbringen mußt.«

»Dieses ganze Land ist durchzogen von Mineralvorkommen«, sagte Ralph. »Und du hast dieses Spezialtalent. Man sagt, du riechst Gold förmlich auf eine Entfernung von fünfzig Meilen.«

Harry machte eine abwehrende Geste mit seinem Kaffeebecher, aber Ralph ließ sich nicht beirren. »Ich habe die Transportmittel und das Kapital, um das Unternehmen vorzufinanzieren und die Lagerstätten zu erschließen. Ich mag dich, Harry, und ich glaube, wir würden gut zusammenarbeiten, zuerst die Harkness-Mine und – wer weiß – später vielleicht das ganze verdammte Land.«

Harry wollte etwas sagen, doch Ralph legte ihm beschwörend die Hand auf den Arm.

»Dieser Kontinent ist eine Schatztruhe. Die Kimberley-Diamantenfelder und die Witwatersrand-Goldfelder – nebeneinander –, alle Diamanten und alles Gold in einer Schüssel – wer hätte das gedacht?«

»Ralph.« Harry schüttelte den Kopf. »Ich habe meine Verträge bereits mit Mr. Rhodes abgeschlossen.«

Ralph seufzte und starrte eine ganze Minute ins Feuer. Dann zündete er seinen halbgerauchten Stumpen wieder an und fuhr fort, in seiner vernünftigen, überzeugenden Art auf ihn einzureden. Eine Stunde später wickelte er sich in seine Decke und wiederholte sein Angebot.

»Unter Rhodes wirst du nie dein eigener Herr sein. Du bleibst ewig ein Diener.«

»Du arbeitest doch auch für Mr. Rhodes, Ralph.«

»Ich habe Verträge mit ihm, Harry, aber Gewinn und Verlust gehen auf meine Rechnung. Meine Seele gehört immer noch mir.«

»Und ich habe meine verkauft«, lachte Harry.

»Tu dich mit mir zusammen, Harry. Probier es aus, wie es ist, auf eigenen Füßen zu stehen, Risiken zu kalkulieren, Befehle zu erteilen, statt sie auszuführen. Das Leben ist ein Spiel, Harry. Ein Spiel, in dem du aufs Ganze gehen mußt.«

»Ich bin Rhodes' Mann.«

»Wenn die Zeit reif ist, reden wir weiter«, sagte Ralph und zog sich die Decke über den Kopf. Nach wenigen Minuten waren seine Atemzüge langsam und regelmäßig.

Am Morgen markierte Harry die Stellen für die Richtbohrungen mit Steinpyramiden; gegen Mittag war er fertig, und als sie die Pferde sattelten, machte Ralph eine rasche Überschlagsrechnung: Es würde noch zwei Tage dauern, bevor Cathys Zwillingsschwestern aus der Khami-Mission im Camp eintrafen.

»Da wir schon mal hier draußen sind, sollten wir die Gegend nach Osten durchstreifen, bevor wir umkehren. Wer weiß, was wir noch finden – mehr Gold oder Diamanten.« Und als Harry zögerte: »Mr. Rhodes ist mittlerweile nach Bulawayo aufgebrochen. Dort hält er mindestens einen Monat Hof und wird dich nicht vermissen.«

Harry dachte einen Augenblick nach, dann grinste er wie ein Schuljunge, der vorhat, die Schule zu schwänzen und statt dessen Äpfel in Nachbars Garten zu klauen. »Dann wollen wir mal!«

Sie ritten langsam, und an jedem Flußlauf stiegen sie von den Pferden, um den Kies vom Grund der stehenden grünen Wassertümpel zu holen. Und wo immer Grundgestein aus der Erde ragte, schlugen sie Proben ab. Sie durchsuchten die Höhlen von Ameisenbären und Stachelschweinen und die Baue ausgeschwärmter Termiten, welche Art von Sandkörnern und Gesteinssplittern die Tiere aus den Tiefen befördert hatten.

Harrys Begeisterung hatte mit jeder gerittenen Meile zugenommen, doch jetzt fand sogar Ralph, daß es Zeit sei, umzukehren. Vor fünf Tagen waren sie vom Basislager aufgebrochen, ihre Vorräte an Kaffee, Zucker und Mehl waren zur Neige gegangen, und Cathy würde sich mittlerweile Sorgen machen.

Sie ließen den Blick lange über das Land schweifen, das sie vorläufig unerforscht zurücklassen mußten.

»Es ist wunderschön«, murmelte Harry. »Ich kenne kein herrlicheres Land. Wie heißt die Hügelkette dort drüben?«

»Das ist der Südausläufer der Matopos-Berge.«

»Mr. Rhodes sprach davon. Sind das nicht die heiligen Berge der Matabele?«

Ralph nickte. »Wenn ich an Zauberei glaubte –« Er lachte ein wenig verlegen. »Diese Berge haben etwas Besonderes.«

Der Abendhimmel im Westen begann sich schwach rosa zu färben, und die glatten Felswände der Berge in der Ferne sahen aus wie rosa Marmor, ihre Gipfel waren von zarten, elfenbeinfarbenen bis aschgrauen Wolkenschleiern bekränzt.

»Es gibt eine geheime Höhle, in der eine Hexe lebte, die von allen Stämmen verehrt wurde. Zu Beginn des Krieges gegen Lobengula führte mein Vater einen Schutztrupp in diese Berge und tötete sie.«

»Die Geschichte kenne ich, sie ist schon zur Legende geworden.«

»Aber sie ist wahr. Es heißt –« Ralph unterbrach und studierte nachdenklich die hohen Felszacken. »Das sind keine Wolken, Harry«, sagte er schließlich. »Das ist Rauch. Aber in den Matopos gibt es keine Krale. Vielleicht ein Buschfeuer. Dann müßten die Rauchschwaden aber dichter sein.«

»Woher kommt dann aber der Rauch?«

»Genau das werden wir feststellen«, antwortete Ralph. Und bevor Harry Protest einlegen konnte, war er aufs Pferd gesprungen und trabte durch das helle Wintergras der Ebene auf den hohen Granitwall zu, der sich am Horizont auftürmte.

Der Matabele-Krieger saß abseits von den Männern, die an den irdenen Brennöfen beschäftigt waren. Er kauerte im spärlichen

Schatten eines verkümmerten Baumes. Er war so mager, daß die Rippen seines Brustkorbes sich unter seinem Umhang abzeichneten. Seine Haut war von der Sonne tiefschwarz gebrannt und glänzte wie poliertes Ebenholz. An Brust und Rücken wies er alte Narben von Gewehrkugeln auf.

Er trug einen einfachen Lendenschurz und einen Umhang aus gegerbtem Leder, keine Federn, keine Kriegsrasseln, kein Fell als Kriegsauszeichnung, keine Marabu-Federn auf dem unbedeckten Kopf. Er war unbewaffnet, denn die weißen Männer hatten die langen Fellschilde auf prasselnden Scheiterhaufen verbrannt, und die breiten, glänzenden Assegais waggonweise abtransportiert; sie hatten auch die Martini-Henry-Gewehre konfisziert, mit denen die Gesellschaft König Lobengula für die Konzession aller Mineralvorkommen seines Landes bezahlt hatte.

Der Krieger trug den Kopfschmuck der Induna-Häuptlinge, einen Ring aus Gummiharz und Lehm, der mit seinem Haar verwoben und hart wie Eisen war. Dieses Rangabzeichen verkündete der Welt, daß er einst Berater von Lobengula, dem letzten König der Matabele, war. Der schlichte Kopfring bekundete außerdem seine königliche Abstammung. Das Zanzi-Blut des Kumalo-Stammes strömte durch seine Adern, das ihn als direkten Nachkommen der alten Zulukrieger tausend Meilen weiter südlich auswies.

Der Großvater dieses Mannes war Mzilikazi gewesen; jener Mzilikazi, der sich dem Tyrannen Tschaka widersetzte und sein Volk nach Norden führte. Mzilikazi, der Häuptling, der eine Million Seelen auf seinem grausigen Marsch nach Norden abschlachtete und später ein mächtiger König wurde, ebenso mächtig und grausam wie Tschaka es gewesen war. Mzilikazi, sein Großvater, der sein Volk schließlich in dieses reiche und schöne Land geführt hatte, der erste, der diese verzauberten Berge bestiegen hatte, um den Myriaden seltsamer Stimmen der Umlimo zu lauschen, der Auserwählten, der Hexe, dem Orakel von Matopos.

Lobengula, der Sohn von Mzilikazi, der nach dem Tod des alten Königs über die Matabele herrschte, war der Onkel dieses jungen Mannes. Und Lobengula hatte ihm die Ehre des Induna-

Kopfrings zuteil werden lassen und ihn zum Führer einer seiner Elite-Kampftruppen ernannt. Doch nun war Lobengula tot, und die Krieger des jungen Häuptlings waren unter den Maxim-Gewehren am Ufer des Shanganiflusses gefallen, die gleichen Maxim-Gewehre, die ihn mit den tiefen Narben an seinem Körper brandmarkten.

Sein Name war Bazo, »die Axt«, doch in letzter Zeit nannten die Menschen ihn häufiger »den Wanderer«. Den ganzen Tag hatte er unter dem Baumkrüppel gehockt und den Eisenschmieden bei ihren Riten zugesehen, denn allein diese Meister kannten das Mysterium der Geburt des Eisens. Die Schmiede waren keine Matabele, sie gehörten einem älteren Stamm an, einem uralten Volk, dessen Ursprünge auf jene sagenumwobenen Steinruinen von Groß-Simbabwe zurückgingen.

Die neuen, weißen Herren und ihre Königin hinter den Meeren hatten zwar bestimmt, daß die Matabele keine *Amaholi*, keine Sklaven, halten durften, doch diese Rozwi-Eisenschmiede waren bis zum heutigen Tag die »Hunde« der Matabele, führten ihre Kunst noch immer auf Geheiß ihrer kriegerischen Herren aus.

Die zehn ältesten und weisesten der Rozwi-Schmiede hatten das Erz aus dem Steinbruch ausgewählt und um jeden Klumpen wie eitle Frauen um Glasperlen eines fahrenden Händlers gefeilscht. Sie beurteilten das Eisenerz nach Farbe und Gewicht, nach der Reinheit des enthaltenen Metalls. Erst dann zerkleinerten sie das Erz auf den Felsambossen, bis jeder Klumpen die richtige Größe hatte. Während sie mit Sorgfalt und großer Konzentration arbeiteten, fällten ihre Lehrlinge Baumstämme und brannten sie in den Holzkohlegruben, kontrollierten die Verbrennung durch Erdschichten und löschten schließlich mit Wasser aus Lehmkrügen. Unterdessen begab sich eine andere Gruppe Lehrlinge auf den langen Marsch zu den Kalksteinbrüchen und kehrte zurück mit dem zerstoßenen Katalysatorgestein in Lederbeuteln, das den Lastochsen auf die Rücken gepackt war. Nachdem die Schmiedemeister mürrisch die Qualität von Holzkohle und Kalkstein geprüft hatten, konnte die Errichtung der langen Reihen Schmelzöfen aus Lehm beginnen.

Die Brennöfen hatten die Form des Torsos einer hochschwangeren Frau, fette, gewölbte Bäuche, die mit Schichten von Eisenerz, Holzkohle und Kalkstein gefüllt wurden. Am unteren Ende des Brennofens wurden symbolhaft gekürzte Schenkel aus Ton angebracht, an deren Schnittpunkt die enge Öffnung lag, in die der Stutzen des ledernen Blasebalgs aus ausgehöhltem Horn eingeführt wurde.

Nachdem alle Vorbereitungen getroffen waren, schlug der oberste Schmiedemeister dem Opferhahn den Kopf ab und ging die Reihe der Brennöfen entlang, bespritzte sie mit frischem Hühnerblut und sprach dabei die erste der alten Zauberformeln des Geistes des Eisens.

Bazo verfolgte die Vorgänge mit großer Spannung, und heilige Ehrfurcht erfüllte ihn, als die Brennöfen durch die Vaginalöffnungen in Brand gesetzt wurden. Der magische Augenblick der Befruchtung, der von den versammelten Schmieden mit einem Freudenschrei begrüßt wurde. Dann pumpten die Lehrlinge Luft durch die Lederbälge in einer Art religiöser Ekstase, sangen die Hymnen, die den Erfolg des Schmelzens gewährleisteten und den Rhythmus der Blasebälge bestimmten. Für jeden, der erschöpft zu Boden sank, trat ein anderer an seine Stelle, um die ständige Luftzufuhr in den Öfen zu gewährleisten.

Ein feiner Rauchschleier hing über den Arbeitsstellen, stieg hoch und wehte langsam um die hohen, kahlen Felsgipfel der Berge. Nun war endlich der Augenblick gekommen, den Schmelzofen zu öffnen, und als der oberste Schmiedemeister den Tonpfropfen aus dem ersten Ofen schlug, erhob sich ein Freudenschrei des Dankes zum Himmel beim Anblick des rotglühenden flüssigen Metalls, das aus dem Bauch des Ofens quoll.

Bazo zitterte vor Erregung und Staunen, wie damals, als sein erster Sohn geboren wurde – in einer der Höhlen dieser Berge. »Die Geburt der Speere«, flüsterte er.

Eine Berührung an der Schulter riß ihn aus seiner Träumerei, er hob den Kopf zu der Frau, die über ihm stand, und er lächelte. Sie trug den perlengeschmückten Lederschurz der verheirateten Frau, doch ihre glatten jungen Gelenke schmückten keine Armreifen.

Sie hielt sich aufrecht, ihre nackten Brüste reckten sich prall nach vorn. Obgleich sie schon einen prächtigen Sohn genährt hatte, waren ihre Brüste makellos geformt. Ihre Taille war schmal, ihre Haut glatt und gespannt wie eine Trommel. Ihr Hals lang und edel, die Nase gerade und schmal, ihre Augen schräg über hohen Wangenknochen. Sie sah aus wie eine der Statuen auf dem Grabmal eines längst vergessenen Pharaos.

»Tanase«, sagte Bazo, »das gibt wieder tausend Klingen.« Dann bemerkte er ihren Gesichtsausdruck. »Was ist?« fragte er besorgt.

»Reiter«, sagte sie. »Zwei weiße Männer reiten aus den Wäldern im Süden auf uns zu. Sie reiten schnell.«

Bazo schnellte hoch, geschmeidig wie ein Leopard, von nahenden Jägern aufgeschreckt. Erst jetzt wurden seine Körpergröße und seine breiten Schultern sichtbar, er überragte die Eisenschmiede um Haupteslänge. Er hob die Hornpfeife an einem Lederriemen um seinen Hals an die Lippen und ließ einen scharfen Pfiff hören. Augenblicklich wurde jegliche Arbeit an den Schmelzöfen eingestellt, und der oberste Schmiedemeister eilte auf ihn zu.

»Wie lange dauert es, bis das restliche Schmelzeisen herausgeflossen ist und die Schmelzöfen erkaltet sind?« wollte Bazo wissen.

»Zwei Tage, o Herr«, antwortete der Eisenarbeiter mit einem ehrerbietigen Neigen des Kopfes. Seine Augen waren blutunterlaufen von der Hitze des Schmelzofens, und der Rauch hatte sein krauses weißes Haar schmutziggelb gefärbt.

»Ihr habt bis zum Morgengrauen Zeit –«

»Herr!«

»Arbeitet die Nacht durch, aber schirmt die Feuer zur Ebene hin ab.« Bazo drehte sich um und stieg den steilen Hang hinauf, wo weitere zwanzig Männer unter der Granitkuppe des Berges warteten. Auch sie trugen wie Bazo einfache Lederschurze, waren unbewaffnet, aber ihre Körper waren vom Kampf und für den Kampf gestählt. Sie erhoben sich in der stolzen Haltung der Krieger, um ihren Häuptling zu begrüßen, und ihre Augen funkelten wild. Es gab keinen Zweifel, diese Männer waren Matabele, keine *Amaholi*-Hunde.

»Folgt mir!« befahl Bazo und führte sie im Trab einen Pfad quer zum Hang entlang. Am Fuß eines Felsens schob er wuchernde Schlingpflanzen vor einer Öffnung beiseite, bückte sich und trat in eine dämmrige Höhle. Sie war nur zehn Schritte tief und endete an einem losen Geröllhaufen.

Auf ein Zeichen Bazos traten zwei seiner Männer an die Rückwand der Höhle und wälzten die Steine beiseite. In der Nische dahinter glänzte poliertes Metall wie die Schuppen eines schlafenden Reptils. Als Bazo den Höhleneingang freigab, stachen schräge Strahlen der sinkenden Sonne tief in die Höhle und erleuchteten das geheime Arsenal. Die Assegais waren zu Zehnerbündeln gestapelt und mit Riemen ungegerbter Tierhaut verschnürt.

Die beiden Krieger hoben zwei Bündel hoch, öffneten die Verschnürung und reichten die Waffen rasch den Männern der Reihe nach, bis jeder bewaffnet war. Bazo hob seinen Wurfspeer hoch. Der Schaft war aus poliertem Holz des roten Mukusi, des Blutbaums. Die Lanze war handgeschmiedet, breit wie Bazos Handfläche und lang wie sein Unterarm. Mit der scharfgeschliffenen Schneide hätte er sich das Haar vom Handrücken schaben können.

Bis zu diesem Augenblick war er sich nackt vorgekommen, mit dem vertrauten Gewicht in der Hand fühlte er sich wieder als Mann. Er winkte seinen Kriegern, die Felsbrocken wieder an ihren Platz vor das Versteck glänzender Speerklingen zu rollen, danach führte er sie den Pfad wieder zurück. An der Schulter des Hügels erwartete Tanase ihn an einem Felsvorsprung, wo der Blick sich über das Grasland weitete, dahinter lagen friedlich träumend die blauen Wälder im Abendlicht.

»Da«, deutete sie, und Bazo sah sie sofort.

Zwei Reiter hatten den Fuß des Berges erreicht und ritten an ihm in leichtem Trab entlang, Ausschau nach einem Aufstieg haltend.

Zum Gebirgstal der Eisenschmiede führten nur zwei enge, steile, leicht zu verteidigende Pfade. Bazo drehte sich um und blickte nach hinten. Der Rauch der Schmelzöfen hatte sich verzogen, nur noch ein paar Rauchschwaden schlängelten sich um die grauen Granitfelsen. Bis zum Morgen gäbe es keinerlei verdächtiges Anzeichen, das neugierige Reiter an den geheimen Ort führen würde, aber bis zum Einbruch der Nacht dauerte es noch eine Stunde, vielleicht etwas weniger, denn über dem Limpopo brach die Nacht mit erstaunlicher Geschwindigkeit herein.

»Ich muß sie bis zum Einbruch der Nacht aufhalten«, sagte Bazo. »Ich muß sie ablenken, bevor sie den Weg finden.«

»Wenn sie sich nicht ablenken lassen?« fragte Tanase leise. Statt einer Antwort festigte Bazo den Griff um seinen breiten Assegai in seiner rechten Hand, dann zog er Tanase rasch vom Felsvorsprung zurück, denn die Reiter waren stehengeblieben und einer von ihnen, der größere und breitere, suchte die Bergflanke sorgfältig mit einem Fernglas ab.

»Wo ist mein Sohn?« fragte Bazo.

»In der Höhle«, antwortete Tanase.

»Du weißt, was du zu tun hast, wenn –« er mußte nicht weitersprechen, und Tanase nickte.

»Ich weiß«, sagte sie leise, und Bazo wandte sich ab und eilte den steilen Pfad nach unten. Die zwanzig bewaffneten *Amadoda* folgten ihm.

An der schmalen Stelle, die Bazo markiert hatte, machte er halt. Es war nicht nötig, etwas zu sagen, auf eine einzige Geste seiner freien Hand verteilten sich die Männer, duckten sich in die Spalten und Risse der mächtigen Felsbrocken, die zu beiden Seiten des Pfades hochragten. Innerhalb von Sekunden waren sie spurlos verschwunden. Bazo brach einen Ast von einem der verkrüppelten Bäume, die in den Felstaschen Wurzeln gefaßt hatten, rannte zurück und verwischte alle Spuren, die einem wachsamen Mann den Hinterhalt verraten hätten. Dann legte er seinen Assegai in Schulterhöhe auf einen Felsvorsprung und bedeckte ihn mit dem grünen Ast. Er lag in bequemer Reichweite, sollte er gezwungen sein, die weißen Reiter den Pfad hinaufzuführen.

»Ich versuche sie zur Umkehr zu bewegen, wenn mir das nicht gelingt, wartet, bis sie hier angekommen sind«, rief er den versteckten Kriegern zu. »Und dann macht schnell.«

Es war ein guter Hinterhalt: ein steiler, schmaler Pfad auf unwegsamem Gelände, wo ein Pferd schlecht kehrtmachen und schon gar nicht im gestreckten Galopp fliehen konnte. Bazo nickte zufrieden in sich hinein, dann eilte er unbewaffnet und ohne Schild den Pfad bergab auf die Ebene zu, flink wie ein Klippspringer.

»In einer halben Stunde ist es dunkel«, rief Harry Mellow hinter Ralph her. »Wir sollten uns einen Lagerplatz suchen.«

»Es muß einen Anstieg geben.« Ralph ritt mit einer Faust in die Hüfte gestemmt, den Filzhut in den Nacken geschoben, und suchte die Felswände mit Blicken ab.

»Was glaubst du dort oben zu finden?«

»Keine Ahnung, und das ist das Teuflische.« Ralph grinste über die Schulter nach hinten. Er war unvorbereitet, saß schräg im Sattel, und als sein Pferd heftig unter ihm scheute, rutschte er fast aus den Steigbügeln und mußte sich am Knauf festhalten, um nicht aus dem Sattel zu stürzen; dabei brüllte er zu Harry nach hinten.

»Gib mir Deckung!« Mit der freien Hand versuchte Ralph die Winchester aus der Lederschlaufe unter seinem Knie zu ziehen. Das Pferd stieg hoch, rutschte auf dem glatten Gestein, und er bekam das Gewehr nicht frei. Er fluchte hilflos und erwartete den Angriff schwarzer, mit Wurfspeeren bewaffneter Krieger, die sich aus Felsvorsprüngen und Gestrüpp auf ihn stürzten.

Dann wurde ihm klar, daß nur ein Mann, noch dazu ein unbewaffneter, vor ihm stand, und wieder brüllte er nach hinten zu Harry, diesmal noch dringender, denn er hatte den Schlag des Bolzens gehört, als der Amerikaner die Waffe entsicherte und den Hahn spannte. »Halt! Nicht schießen!«

Der Wallach stieg wieder hoch, doch diesmal drückte Ralph ihn nach unten, und dann starrte er den hochgewachsenen Schwarzen an, der lautlos und völlig unerwartet aus der Spalte eines zerklüfteten Granitblocks getreten war.

»Wer bist du?« Seine Stimme war noch heiser vor Schreck. »Verdammt noch mal, ich hätte dich beinahe niedergeschossen.« Ralph faßte sich und wiederholte seine Frage, diesmal in fließendem Sindebele, der Sprache der Matabele. »Wer bist du?«

Der große Mann im einfachen Lederumhang neigte leicht den Kopf, ohne sich sonst zu bewegen. Seine Arme hingen reglos an ihm herab. »Was für eine Frage«, sagte er mit ernster Stimme, »die ein Bruder dem anderen stellt.«

Ralph starrte ihn an. Den Induna-Kopfring auf seiner Stirn und die hageren Züge, ein Gesicht, das von tiefen Furchen durchzogen war, die Höllenqualen oder eine Krankheit eingegraben hatten, die diesen Mann an den Rand des Wahnsinns getrieben haben mußten. Ralph blickte gerührt in dieses zerklüftete Gesicht, denn da war etwas in den dunklen Augen und dem Ton der tiefen Stimme, das ihm einerseits vertraut und doch wieder bis zur Unkenntlichkeit verändert schien.

»Henshaw«, redete der Mann weiter, sprach Ralph Ballantyne mit seinem Matabele-Ehrennamen an. »Henshaw, der Falke, kennst du mich nicht mehr? Haben die wenigen Jahre uns so sehr verändert?«

Ralph schüttelte den Kopf und fragte ungläubig: »Bazo? Das bist doch nicht du – nein, das kann nicht sein. Dann bist du doch nicht mit deinen Kriegern am Shangani gefallen?« Mit einem Satz war Ralph vom Pferd. »Bazo. Du bist es!« Er rannte auf den Matabele zu und umarmte ihn. »Mein Bruder, mein schwarzer Bruder«, rief er, und seine Stimme war voller Freude.

Bazo ließ die Umarmung ungerührt über sich ergehen, ohne sie zu erwidern. Ralph trat einen Schritt zurück und hielt ihn in Armeslänge von sich.

»Am Shangani, nachdem die Waffen schwiegen, bin ich über das offene Feld gegangen. Deine Männer lagen da. Ich erkannte sie an ihren roten Schilden, an den Federn des Marabustorchs und den Stirnbändern aus Maulwurfsfellen.« Das waren die Abzeichen, die den Impi-Kriegern vom alten König verliehen worden waren. Bazos Augen glühten auf im Schmerz der Erinnerung, als Ralph fortfuhr. »Deine Männer lagen dort übereinander wie gefallenes Herbstlaub. Ich habe nach dir gesucht, Bazo, habe die Toten auf ihre Rücken gedreht, um ihre Gesichter zu sehen. Aber es waren so viele.«

»Ja, es waren sehr viele«, bestätigte Bazo, und nur seine Augen verrieten seine Gefühle.

»Und es blieb so wenig Zeit, nach dir zu suchen«, erklärte Ralph mit leiser Stimme. »Ich mußte vorsichtig, langsam suchen, denn manche deiner Männer machten *fanisa file.*« Der alte Zulutrick, sich auf dem Schlachtfeld tot zu stellen und zu warten, bis der Feind kam, um die Toten zu zählen und zu plündern. »Ich wollte keinen Assegai zwischen die Schulterblätter kriegen. Dann wurde das Lager abgebrochen, und die Wagen rollten auf den Kral des Königs zu. Ich mußte mit ihnen ziehen.«

»Ich lag dort«, sagte Bazo und schob seinen Lederumhang beiseite. Ralph starrte auf die furchtbaren Narben und senkte den Blick; Bazo bedeckte seinen Oberkörper wieder. »Ich lag unter den Toten.«

»Und jetzt?« fragte Ralph. »Jetzt, da alles vorüber ist, was machst du hier?«

»Was macht ein Krieger, wenn der Krieg vorüber ist, wenn seine *Impis* geschlagen und entwaffnet sind und der König tot ist?« Bazo zuckte die Achseln. »Ich bin jetzt ein Jäger des wilden Honigs.« Er warf einen Blick hinauf, wo die letzten Rauchschwaden in den dunkler werdenden Himmel wehten, während die Sonne die Baumwipfel des Waldes im Westen berührte. »Ich habe gerade einen Bienenstock ausgeräuchert, als ich dich kommen sah.«

»Aha!« nickte Ralph. »Dieser Rauch hat uns zu dir geführt.«

»Dann war es ein glückbringender Rauch, mein Bruder Henshaw.«

»Du nennst mich noch immer Bruder?« wunderte Ralph sich gerührt. »Ich hätte der Mann sein können, der die Kugeln abfeuerte –« Er beendete den Satz nicht, blickte statt dessen auf Bazos Brust.

»Kein Mann kann zur Rechenschaft gezogen werden für das, was er im Rausch der Schlacht tut«, antwortete Bazo. »Wäre ich an jenem Tag bis zu den Wagen vorgedrungen, hättest du heute vielleicht diese Narben.«

»Bazo«, Ralph winkte Harry heran, »das ist Harry Mellow, ein Mann, der die Geheimnisse der Erde versteht, der Gold und Eisen finden kann, wonach wir suchen.«

»*Nkosi,* ich sehe dich«, begrüßte Bazo den Amerikaner feierlich, nannte ihn »Herr« und ließ sich seinen tiefen Zorn mit keinem Wimpernzucken anmerken. Wegen der irrsinnigen Leidenschaft der weißen Männer für das verwünschte gelbe Metall war sein König gestorben, sein Volk vernichtet worden.

»Bazo und ich sind zusammen in den Kimberley-Diamantenfeldern groß geworden. Ich hatte nie einen besseren Freund«, erklärte Ralph voll Freude und wandte sich wieder an Bazo. »Wir haben etwas zu essen. Du teilst es mit uns, Bazo. Campiere hier mit uns. Wir haben viel zu reden.«

»Ich habe meine Frau und meinen Sohn bei mir«, antwortete Bazo. »Sie sind in den Bergen.«

»Bring sie zu uns«, sagte Ralph. »Geh schnell, bevor es dunkel wird, und bringe sie herunter ins Lager.«

Bazo rief seine Männer mit dem abendlichen Schrei des Rebhuhns, und einer trat aus dem Hinterhalt auf den Pfad.

»Ich halte die weißen Männer heute nacht am Fuß des Berges fest«, sagte Bazo leise zu ihm. »Vielleicht kann ich sie zur Umkehr bewegen, bevor sie versuchen, das Tal zu finden. Sage den Eisenschmieden, daß die Schmelzöfen bis zum Morgengrauen abgekühlt sein müssen und keine einzige Rauchschwade zu sehen sein darf.« Bazo erteilte weitere Befehle, wo die fertigen Waffen und das frisch geschmolzene Metall zu verstecken waren, daß alle Spuren verwischt werden mußten, daß die Eisenschmiede sich auf dem Geheimpfad tiefer in die Berge zu verstekken und die Matabele-Wachen ihren Rückzug zu decken hatten. »Ich werde euch folgen, wenn die weißen Männer fort sind. Wartet auf mich auf dem Gipfel des Blinden Affen.«

»Nkosi.« Die Männer grüßten ihn und schlichen lautlos in der hereinbrechenden Dämmerung davon. Bazo nahm die Abzweigung, und als er den Felsvorsprung erreichte, mußte er nicht rufen. Tanase erwartete ihn mit dem Kind auf der Hüfte, die eingerollten Schlafmatten auf dem Kopf und den körnergefüllten Lederbeutel auf dem Rücken.

»Es ist Henshaw«, sagte er und hörte das Schlangenzischen ihres Atems. Es war zu dunkel, um ihren Gesichtsausdruck zu sehen, doch das war nicht nötig.

»Er ist der Sohn des weißen Hundes, der die heiligen Stätten entweihte –«

»Er ist mein Freund«, sagte Bazo.

»Du hast den Eid geschworen«, wies sie ihn scharf zurecht. »Wie kann ein weißer Mann immer noch dein Freund sein?«

»Dann *war* er mein Freund.«

»Erinnerst du dich an die Vision, die über mich kam, bevor die Kräfte der Weissagung mir vom Vater dieses Mannes entrissen wurden?«

»Tanase.« Bazo überging ihre Frage. »Wir müssen zu ihm gehen. Wenn er sieht, daß meine Frau und mein Sohn mich begleiten, wird er keinen Verdacht schöpfen. Er wird glauben, daß wir wirklich den Honig der wilden Bienen jagen. Folge mir.« Er begann den Pfad wieder abzusteigen, sie hielt sich dicht hinter ihm, und ihre Stimme sank zu einem Flüstern, von dem er dennoch jedes Wort verstand. Er hörte ihr zu, ohne sich nach ihr umzuwenden.

»Erinnerst du dich an meine Vision, Bazo? Am ersten Tag, als ich diesem Mann begegnete, den du den Falken nennst, habe ich dich gewarnt. Vor der Geburt deines Sohnes, als der Schleier meiner Jungfräulichkeit noch nicht zerrissen war, bevor die weißen Reiter kamen mit ihren dreibeinigen Gewehren, die lachen wie die Flußdämonen in den Felsen, dort wo der Sambesi in die Tiefe stürzt. Als du ihn immer noch ›Bruder‹ und ›Freund‹ nanntest, habe ich dich vor ihm gewarnt.«

»Ich erinnere mich.« Bazos Stimme war so leise wie ihre.

»In meiner Vision sah ich dich hoch auf einem Baum, Bazo.«

»Ja«, flüsterte er im Gehen, ohne sich nach ihr umzudrehen. In seiner Stimme war jetzt ein ehrfürchtiges Zittern, denn seine schöne junge Frau war einst in Diensten der furchterregenden Zauberin Pemba gestanden. Als Bazo an der Spitze seiner Krieger die Bergfestung der Zauberin stürmte, hatte er Pemba den Kopf abgehackt und Tanase als Kriegsbeute genommen, doch die Geister hatten sie zurückgefordert.

Am Abend des Hochzeitsmahls, als Bazo die Jungfrau Tanase zu seiner ersten Braut machen wollte, seiner obersten Frau, war ein alter Hexenmeister von den Matopos-Bergen heruntergekommen und hatte sie mitgenommen, und Bazo hatte keine Macht, um einzuschreiten, denn sie war die Tochter der dunklen Geister, und sie war in diese Berge gekommen, um ihre Bestimmung zu erfüllen.

In der geheimen Höhle in den Matopos-Bergen hatte sich die ganze Kraft der Geister auf Tanase herabgesenkt, und sie war zur Umlimo geworden – zur Auserwählten, zum Orakel. Es war Tanase gewesen, die in den wirren Stimmen der Geister sprach und Lobengula vor seinem Schicksal gewarnt hatte. Es war Tanase, die die Ankunft der weißen Männer vorausgesehen hatte mit ihren Wundermaschinen, die die Nacht zum hellen Tage machten, und ihren kleinen Spiegeln, die wie Sterne auf den Bergen glitzerten und Botschaften über weite Entfernungen über die Ebenen trugen. Niemand bezweifelte, daß sie einst die Macht des Orakels besessen und in ihren mystischen Trance-Zuständen durch die dunklen Schleier die Zukunft des Matabele-Volkes zu schauen vermocht hatte.

Diese Wunderkräfte hingen jedoch von ihrer unangetasteten Jungfräulichkeit ab. Sie hatte Bazo davor gewarnt und ihn angefleht, ihr die Jungfräulichkeit zu nehmen, um sie von diesen angsteinflößenden Kräften zu befreien, doch er hatte Bedenken, war durch Gesetz und Sitte gebunden, bis es zu spät war und die Hexenmeister aus den Bergen herabstiegen und sie für sich beanspruchten.

Zu Beginn des Krieges, der die weißen Männer so rasch zu Lobengulas Kral in Bulawayo führte, hatte sich ein kleiner Trupp von der Hauptarmee abgesondert; sie waren die härtesten, grausamsten Soldaten, angeführt von Bakela, der Faust, auch er ein harter, grausamer Mann. Sie ritten in diese Berge, folgten dem Geheimpfad, den Bakela vor etwa fünfundzwanzig Jahren entdeckt hatte, und galoppierten auf die geheime Höhle der Umlimo zu. Denn Bakela wußte um die Bedeutung des Orakels, wußte, daß sie heilig war und daß ihre Vernichtung das Volk der Matabele in Verzweiflung stürzen würde. Bakelas Reiter hatten die Wachen vor der Höhle niedergeschossen und sich gewaltsam Einlaß verschafft. Zwei von Bakelas Soldaten hatten Tanase gefunden, jung und schön und nackt in den tiefsten Winkeln der

Höhle, und sie hatten sie vergewaltigt, hatten ihr die Jungfräulichkeit zerrissen, die sie einst Bazo liebevoll angeboten hatte. Sie schändeten sie, bis ihr Jungfrauenblut auf den Boden der Höhle spritzte und ihre Schreie Bakela herbeiholten.

Er hatte die Männer mit Fäusten und Stiefelspitzen von ihr geprügelt, und als sie alleine waren, hatte er zu Tanase hinabgeblickt, die blutbesudelt und gebrochen zu seinen Füßen lag. Und dann geschah etwas Seltsames, der harte, grausame Mann wurde von Mitleid übermannt. Der einzige Zweck seines gefährlichen Abenteuers war es, die Umlimo zu vernichten, durch die bestialische Grausamkeit seiner Soldaten geriet sein Entschluß ins Wanken, legte die schwere Last der Schuld auf seine Schultern.

Bakela mußte gewußt haben, daß sie mit dem Verlust ihrer Jungfräulichkeit ihre geheimnisvollen Kräfte verloren hatte.

Sie hatte Bazo diese Geschichte so oft erzählt, und er wußte, daß die Schleier der Zeit sich vor ihre Augen gesenkt hatten, die nun die Zukunft vor ihr verbargen, doch niemand bezweifelte, daß sie einmal die Kraft des Hellsehens besessen hatte.

Bazo schauderte erneut und spürte Geisterfinger in seinem Nacken, als Tanase mit ihrem heiseren Flüstern fortfuhr.

»Ich weinte, Bazo, mein Herr, denn ich sah dich auf einem hohen Baum, und während ich weinte, blickte der Mann, den du Henshaw, den Falken, nennst, hinauf zu dir – und lächelte!«

Sie aßen kaltes Fleisch aus der Büchse, benutzten die Jagdmesser als Löffel. Es gab keinen Kaffee, und sie spülten das klebrige Zeug mit lauwarmem Wasser aus den filzbezogenen Wasserflaschen hinunter. Nach dem Essen verteilte Ralph seine letzten Zigarren an Harry Mellow und Bazo. Sie zündeten sie an glühenden Zweigen vom Lagerfeuer an und rauchten lange schweigend.

In der Nähe heulte eine Hyäne in der Nacht, angezogen vom Feuers- und Essensgeruch, weiter draußen durchstreiften Löwen auf Jagd die Ebene, gaben nur kurze Kehllaute zur Verständigung mit dem Rudel von sich, um die Beute nicht zu vertreiben.

Tanase saß mit dem Kind auf dem Schoß am Rand des Feuerscheins, abseits von den Männern, die sie nicht beachteten. Es wäre eine Beleidigung für Bazo gewesen, ihr ungebührliche Aufmerksamkeit zu schenken.

»Erinnerst du dich an den Tag, als wir uns kennenlernten, Bazo?« fragte Ralph. »Du warst ein grüner Junge und von deinem Vater und deinem Onkel, dem König, zur Arbeit in die Diamantenfelder geschickt worden. Ich war noch jünger und grüner, als mein Vater und ich dich im Veld aufgabelten. Er gab dir einen Dreijahresvertrag, bevor ein anderer Schürfer dir sein Brandzeichen aufdrücken konnte.«

Die tiefen Furchen, die Bazos Gesicht durchzogen, schienen sich zu glätten, und er lächelte, und für ein paar Augenblicke war er wieder der unschuldige, sorglose Junge von früher.

»Erst viel später fand ich heraus, daß Lobengula dich und tausend andere junge Burschen nur deshalb in die Minen schickte, damit ihr so viele große Diamanten nach Hause bringen solltet, wie ihr stehlen konntet.« Beide lachten, Ralph kläglich und Bazo mit einer Spur seiner einstigen jugendlichen Schadenfreude.

»Lobengula muß irgendwo einen großen Schatz verborgen haben. Jameson hat die Diamanten nie gefunden, als er GuBulawayo einnahm.«

Sie unterhielten sich angeregt, erinnerten sich, wie sie Schulter an Schulter in der Diamantengrube gearbeitet hatten, an die verrückten Spiele, mit denen sie sich die grauenhafte Eintönigkeit dieser Schwerarbeit vertrieben hatten.

Harry Mellow, der die Sprache nicht verstand, wickelte sich in seine Decke und zog einen Zipfel über den Kopf. Tanase saß im Schatten, unbeweglich wie eine schöne Ebenholzschnitzerei, ohne zu lächeln, wenn die Männer lachten, doch ihre Augen hingen an den Lippen der ehemaligen Freunde.

Plötzlich wechselte Ralph das Thema. »Ich habe auch einen Sohn«, sagte er. »Er kam vor dem Krieg zur Welt, ist also zwei Jahre älter als deiner.«

Sofort erstarb das Lachen, und obgleich Bazos Gesichtsausdruck gleichmütig blieb, wurden seine Augen wachsam.

»Sie könnten Freunde werden wie wir«, meinte Ralph, und Tanase blickte beschützend auf ihren Sohn, Bazo schwieg.

»Du und ich, wir könnten wieder zusammen arbeiten«, fuhr Ralph fort. »Bald werde ich eine reiche Goldmine in den Wäldern dort drüben besitzen und brauche einen Induna, der auf die Hunderte von Männern aufpaßt, die für mich arbeiten.«

»Ich bin Krieger«, sagte Bazo, »kein Bergarbeiter mehr.«

»Die Zeiten haben sich geändert, Bazo«, entgegnete Ralph leise. »Es gibt keine Krieger mehr in Matabeleland. Die Schilde sind verbrannt. Die Assegai-Klingen zerbrochen. Die Augen sind nicht mehr rot, Bazo, denn die Kriege sind vorüber. Die Augen sind nun weiß, und in diesem Land werden tausend Jahre Frieden herrschen.«

Bazo schwieg wieder.

»Komm mit mir, Bazo. Bring mir deinen Sohn, damit er das Handwerk des weißen Mannes lernt. Eines Tages wird er lesen und schreiben und ein Mann von Bedeutung sein, nicht nur ein Jäger des wilden Honigs. Bringe ihn zu mir, damit er meinen Sohn kennenlernt. Gemeinsam werden sie in diesem schönen Land leben und Brüder sein, wie wir einmal Brüder waren.«

Bazo seufzte. »Vielleicht hast du recht, Henshaw. Wie du sagst, die *Impis* sind in alle Winde zerstreut. Männer, die einst Krieger waren, arbeiten nun an den Straßen, die Lodzi baut.« Den Matabele fiel es schwer, das »R« auszusprechen, und somit wurde Rhodes zu »Lodzi«, und Bazo sprach von der Zwangsarbeit, die der Oberkommissar für Eingeborenen-Angelegenheiten, General Mungo St. John, in Matabeleland eingeführt hatte. Bazo seufzte erneut. »Wenn ein Mann arbeiten muß, so sollte er in Würde an einer Aufgabe von Bedeutung arbeiten, mit jemandem, den er achtet. Wann wirst du beginnen, dein Gold auszugraben, Henshaw?«

»Nach der Regenzeit, Bazo. Komm jetzt mit mir. Mit deiner Frau und deinem Sohn –«

Bazo hob die Hand, um ihn zum Schweigen zu bringen. »Nach den Regenfällen, nach den großen Stürmen sprechen wir noch einmal darüber, Henshaw«, sagte Bazo ruhig, und Tanase nickte, und zum erstenmal lächelte sie – ein seltsames, kleines, beifälliges Lächeln. Bazo tat recht daran, Henshaw etwas vorzumachen und ihn mit vagen Versprechungen einzulullen. Mit ihrer geschulten Beobachtungsgabe erkannte Tanase, daß dieser junge weiße Mann trotz des geraden Blicks seiner grünen Augen und seines offenen, beinahe kindlichen Lächelns härter und gefährlicher war als Bakela, sein Vater.

»Nach den großen Stürmen«, hatte Bazo ihm versprochen, und darin lag eine versteckte Bedeutung. Der große Sturm war die geheime Sache, die sie planten.

»Vorher gibt es Dinge zu erledigen, doch sobald sie getan sind, komme ich zu dir«, versprach Bazo.

Bazo ging den steilen Pfad durch den tiefen Felseinschnitt voran. Tanase folgte ein Dutzend Schritte hinter ihm. Die Rolle der Schlafmatte und das eiserne Kochgeschirr trug sie mühelos auf dem Kopf, sie schritt geschmeidig in aufrechter Haltung und gleichmäßigem Schwung, um das Gleichgewicht der Kopflast zu halten. Der Junge hüpfte an ihrer Seite, plapperte mit hoher Piepsstimme kindlichen Unsinn.

Der Pfad endete plötzlich an einer senkrechten, perlweißen Granitwand, und Bazo blieb stehen, lehnte sich auf seinen leichten Wurfspeer, die einzige Waffe, die der weiße Verwalter in Bulawayo einem schwarzen Mann zubilligte, damit er sich und seine Familie gegen die Raubtiere schützte, die die Wildnis unsicher machten. Es war ein zerbrechliches Ding, keine kriegerische Waffe wie das breite Blatt des mörderischen Assegai.

Auf den Speer gestützt, blickte Bazo die hohe Felswand hinauf. Knapp unter dem Gipfel klebte die Strohhütte eines Wächters. Und nun drang die zittrige Greisenstimme zu ihm herunter.

»Wer wagt es, die Geheimstätte zu betreten?« Bazo hob das Kinn und antwortete mit der Stimmgewalt eines Stieres, und das Echo brach sich mehrfach von den Felswänden.

»Bazo, Sohn von Gandang. Bazo, Induna aus Kumalo-Königsblut.«

Ohne auf Antwort zu warten, trat Bazo in eine Felsspalte, die sich durch das Felsmassiv zwängte. Ein schmaler Einlaß, kaum breit genug, um zwei erwachsenen Männern Schulter an Schulter Platz zu bieten. Der Boden war mit weißem, mit Glimmer durchsetztem Sand bedeckt, der wie Zucker unter den nackten

Füßen knirschte. Der Gang schlängelte sich wie ein verletztes Reptil und öffnete sich unvermittelt in ein weites, üppig grünes Tal, von einem plätschernden Gebirgsbach durchzogen, der in der Nähe der Stelle entsprang, wo Bazo stand.

Das Tal war ein rundes Becken von etwa einer Meile Durchmesser, umgeben von hohen Felswänden. In seiner Mitte stand ein kleines Dorf aus strohbedeckten Hütten. Tanase trat nun ebenfalls aus dem Geheimgang und stellte sich neben Bazo, beide blickten über das Dorf hinweg zur gegenüberliegenden Felswand.

Am Fuße des Felsens war eine halbrunde Höhlenöffnung, die ihnen entgegenstarrte wie ein zahnloses Maul. Die beiden schwiegen lange Minuten ehrfurchtsvoll und blickten hinüber zur heiligen Höhle. In dieser Höhle hatte Tanase die furchterregende Indoktrination und die Weihen erhalten, die sie zur Umlimo machten. Und auf dem felsigen Boden hatte sie die brutale Grausamkeit der Schändung ertragen müssen, die sie ihrer übersinnlichen, seherischen Kräfte beraubte und sie wieder zu einer gewöhnlichen Frau machte.

Nun herrschte in dieser Höhle ein anderes Wesen an Tanases Stelle als geistiger Führer des Volkes, denn die Kräfte der Umlimo versiegten nie, gingen vielmehr von einer Geweihten zur nächsten, seit den längst verschollenen Tagen, als die Alten die Große Stadt Simbabwe erbauten.

»Bist du bereit?« fragte Bazo endlich.

»Ich bin bereit, Herr«, antwortete sie, und sie gingen auf das Dorf zu. Doch bevor sie es erreichten, kam ihnen eine Prozession seltsamer Wesen entgegen, manche kaum als Menschen erkennbar; sie krochen auf allen vieren und winselten und heulten wie Tiere. Alte, verhutzelte Greisinnen mit leeren Hängebrüsten, die gegen ihre Bäuche schlugen, hübsche kleine Mädchen mit knospenden Brustspitzen und leeren, ausdruckslosen Gesichtern, alte Männer mit verkrüppelten Gliedmaßen wanden sich durch den Staub und schlanke junge Männer mit muskulösen Körpern und dem Irrsinn in Augen, die nach hinten in die Augenhöhlen rollten, alle geschmückt mit den schauerlichen Zeichen der Geisterbeschwörer und Hexenmeister, mit Gallenblasen von Löwen und Krokodilen, Schlangenhaut und Gefieder, Totenschädeln und Zähnen von Affen und Menschen. Sie umringten Bazo und Tanase, hüpfend, winselnd und geifernd, bis Bazos Haut juckte von den Insekten des Ekels und er seinen Sohn hochhob und auf seine Schulter setzte, um ihn der Berührung der grapschenden Hände zu entziehen.

Tanase blieb unbeeindruckt, denn diese seltsame Schar war einst ihr Gefolge, sie blieb ruhig stehen, als eine der gräßlichen Hexen auf sie zukroch und ihre nackten Füße mit Geifer und Speichel benetzte. Singend und tanzend führten die Wächter der Umlimo die beiden Wanderer ins Dorf und krochen in ihre Strohhütten.

In der Mitte des Dorfes stand eine *Setenghi*, eine luftige, an allen Seiten offene Hütte aus weißen Pfählen und einem kunstvoll geflochtenen Strohdach. Im Schatten der *Setenghi* saß eine Männergruppe, die sich völlig von der seltsamen Schar unterschied, die die beiden Ankömmlinge am Eingang des Dorfes empfangen hatte.

Jeder der Männer saß auf einem niedrigen geschnitzten Schemel. Einige waren enorm fett, andere nur Haut und Knochen und vom Alter gebeugt, doch von allen ging eine beinahe greifbare Würde und Autorität aus. Manche hatten weißes Kraushaar und weiße wollige Bärte und tief eingegrabene Faltengesichter, andere befanden sich auf der Höhe ihrer körperlichen Kräfte, und alle trugen den schlichten schwarzen Kopfring aus Gummi und Lehm.

Hier im geheimen Tal der Umlimo hatten sich die überlebenden Führer des Matabele-Volkes versammelt, Männer, die einst an der Spitze der kämpfenden *Impis* standen. Die ältesten von ihnen erinnerten sich an den Exodus aus dem Süden, als sie von Buren vertrieben wurden; als junge Männer hatten sie unter dem großen Mzilikazi gekämpft und trugen noch immer voll Stolz die von ihm verliehenen Ehrenabzeichen.

Alle diese Männer saßen einst im Rat von König Lobengula, dem Sohn des großen Mzilikazi, und waren an jenem schicksalhaften Tag in den Bergen der Indunas zugegen, als der König vor die versammelten Regimenter trat und sich nach Osten wandte, in die Richtung, aus der die Wagenkolonnen und die weißen Soldaten nach Matabeleland eindrangen. Sie hatten den königlichen Salut *»Bayete!«* gerufen, Lobengula hatte seinen mächtigen, aufgedunsenen Körper auf den von Gicht verkrümmten Gliedmaßen aufgerichtet und den kleinen Speer, das Symbol seiner Königswürde, herausfordernd den Invasoren entgegengeschleudert, bevor sie noch am blauen Horizont zu sehen waren. Sie waren die Indunas, die an der Spitze ihrer Krieger am König vorbeizogen, ihn lobpreisend und die Kampfhymnen der Regimenter singend, und vor Lobengula ein letztes Mal salutierten, bevor sie den Maxim-Gewehren entgegenzogen, die hinter den Wagenburgen mit geflochtenen Mauern aus Dornengestrüpp lauerten.

In der Mitte dieser ehrwürdigen Versammlung saßen drei Männer – die drei überlebenden Söhne von Mzilikazi, dem edelsten und angesehensten aller Indunas. Somabula zur Linken war der Älteste, Sieger hunderter grausamer Schlachten, der Krieger, nach dem die stolzen Somabula-Wälder benannt worden waren. Zur Rechten saß der weise und tapfere Babiaan. Sein Oberkörper und seine Gliedmaßen waren von Ehrennarben bedeckt. Doch es war der Mann in der Mitte, der sich von seinem reich geschnitzten Schemel aus wildem Ebenholz erhob und in die Sonne trat.

»Gandang, mein Vater, ich sehe dich, und mein Herz singt«, rief Bazo.

»Ich sehe dich, mein Sohn«, sagte Gandang. Sein markant geschnittenes Gesicht war von Freude erhellt. Als Bazo vor ihn hinkniete, berührte er segnend seinen Kopf und hob ihn eigenhändig hoch.

»Baba!« Tanase legte ehrfurchtsvoll die Hände vor das Gesicht, und als Gandang nickte, zog sie sich stumm in die nächstgelegene Hütte zurück, wo sie hinter der Strohwand lauschen konnte.

Eine Frau nahm nicht an den hohen Ratssitzungen des Volkes teil. Zu Zeiten der Könige wäre eine geringere Frau bereits mit dem Speer getötet worden, wenn sie gewagt hätte, sich einem *Indaba* zu nähern. Doch Tanase war einst die Umlimo und noch heute das Sprachrohr der Auserwählten. Und außerdem änderten sich die Zeiten, die Könige waren verschwunden, die alten Bräuche starben mit ihnen, und diese Frau besaß ebensoviel Macht wie die höchsten der hier versammelten Indunas. Dennoch wahrte sie die Form und zog sich in die geschlossene Hütte zurück, um das Gedenken an die alten Bräuche nicht zu verletzen.

Gandang klatschte in die Hände, worauf Sklaven einen Schemel und einen gebrannten Bierkrug aus Ton für Bazo brachten. Bazo erfrischte sich mit einem tiefen Schluck des dicken, bitteren, schäumenden Gebräus, und danach begrüßte er seine Induna-Brüder streng nach ihrer Rangordnung; dabei gedachte er voll Trauer der toten Ratsmitglieder, nur noch sechsundzwanzig der Edlen waren am Leben geblieben.

Danach wandten sich die Köpfe Somabula zu, dem Ältesten und Erhabensten. Der alte Induna erhob sich und blickte in die Runde, und dann begann er, da dies eine *Indaba* von höchster Bedeutung war, die Geschichte des Matabele-Volkes zu erzählen. Obgleich alle sie seit ihrer Kindheit tausendmal gehört hatten, beugten die Indunas sich aufmerksam vor. Es gab kein geschriebenes Wort, keine Archive, wo ihre Geschichte verzeichnet gewesen wäre, sie wurde in Erinnerung behalten und mündlich den Kindern und Kindeskindern überliefert.

Die Geschichte begann in Zululand, tausend Meilen im Süden, als der junge Krieger Mzilikazi sich dem furchtbaren Tyrannen Tschaka widersetzte und mit seinen wenigen Anhängern nach Norden floh. Die Geschichte berichtete von seinen Wanderungen, seinen Schlachten mit den Truppen, die Tschaka zu seiner Verfolgung ausgeschickt hatte, den Siegen über die kleinen Stämme, die sich Mzilikazi entgegenstellten. Wie er die jungen Männer der besiegten Stämme in seine Truppen aufnahm und die jungen Frauen seinen Kriegern zu Ehefrauen gab. Er berichtete von Mzilikazis Werdegang, der vom Flüchtling und Rebell zum kleinen Häuptling und großen Kriegsheld und schließlich zum mächtigen König aufstieg.

Somabula berichtete wahrheitsgetreu über das schreckliche *M'fecane*, die Vernichtung einer Million Seelen, als Mzilikazi das Land zwischen dem Oranje und dem Limpopo verwüstete. Dann erzählte er weiter von der Ankunft der weißen Männer und der neuen Art der Kriegsführung. Er beschwor das Bild der Schwadronen bärtiger Männer auf ihren Ponys herauf, die in Schußweite herangaloppierten, ihre Gewehre abschossen, seitwärts schwenkten, um nachzuladen, bevor die Speere der *Amadoda* sie erreichten. Er erzählte, wie die *Impis* zum erstenmal auf die fahrenden Festungen stießen, Vierecke aus Planwagen, mit Ketten zusammengebunden, Dornengestrüpp in die Radspeichen und in jede Lücke der hölzernen Barrikaden geflochten; hinter diesen Mauern aus Holz und Dornengestrüpp schossen die Weißen in die anstürmenden Matabele, die reihenweise fielen und umkamen.

Seine Stimme senkte sich, als er von der Flucht nach Norden berichtete, verfolgt von den grimmigen, bärtigen Männern zu Pferd. Er erzählte, wie die Schwachen und Kinder auf diesem Treck des Grauens starben. Doch dann erhob Somabulas Stimme sich jubelnd, als er die Überquerung der Flüsse Limpopo und Sashi und die Entdeckung des schönen und fruchtbaren Landes dahinter schilderte.

Als Somabulas Stimme heiser wurde, sank er auf seinen Hokker nieder und trank aus seinem Bierkrug, und Babiaan, sein Halbbruder erhob sich und erzählte von den großen Tagen der Unterwerfung der Stämme, vom Anwachsen der Matabele-Viehherden, die alsbald das süße goldene Grasland verdunkelten, von Lobengulas Aufstieg, »dem, der schnell ist wie der Wind«, zur Königswürde, den blutigen Übergriffen, bei denen die *Impis* Hunderte von Meilen über die Grenzen in Feindesland vordrangen, mit reicher Kriegsbeute und Sklaven heimkehrten und das Volk der Matabele groß und mächtig machten. Er erinnerte daran, wie die Regimenter, mit Federn und Fellen geschmückt, ihre großen bemalten Kriegsschilde vor sich her tragend, am König vorbeizogen wie der endlose Strom des Sambesi; an die Tänze der Jungfrauen zum Fest der ersten Früchte, deren nackte Körper mit glänzender roter Tonerde eingerieben, mit Blumen und Perlen geschmückt waren. Er sprach von der geheimen Zurschaustellung des Schatzes, als Lobengulas Frauen seinen gedunsenen Körper dick mit Fett einschmierten und die glitzernden Steine hineinsteckten, die Diamanten, die von den jungen Böcken aus der großen Grube gestohlen worden waren, die die weißen Männer weit im Süden ausgehoben hatten.

Dann sank Somabula auf seinen Hocker, und Gandang erhob sich. Er war groß und mächtig, ein Krieger im letzten Mittag seiner Kraft, sein Edelmut unbezweifelt, seine Tapferkeit Hunderte von Malen erprobt und bewiesen, und mit tiefer und sonorer Stimme setzte er die Erzählung fort.

Er berichtete, wie die weißen Männer aus dem Süden kamen. Anfangs nur wenige, die um kleine Dienste baten, ein paar Elefanten schossen, die ihre Perlen und Flaschen gegen Kupfer und Elfenbein tauschten. Dann kamen mehr, und ihre Forderungen wurden dringlicher, unverschämter. Sie begannen von einem dreiköpfigen Gott zu predigen, sie wollten Löcher graben und das gelbe Metall und die glitzernden Steine suchen. Tiefbesorgt hatte Lobengula diesen Ort in den Matopos aufgesucht, und die Umlimo hatte ihn gewarnt, wenn die heiligen Vogelbilder aus den Ruinen der großen Stadt Simbabwe fortflögen, gäbe es keinen Frieden mehr im Land.

»Die Steinfalken wurden von den heiligen Stätten gestohlen«, berichtete Gandang, »und Lobengula wußte, daß er den weißen Männern ebensowenig Widerstand leisten konnte, wie sein Vater Mzilikazi es vermocht hatte.«

Der König wählte den mächtigsten der weißen Eindringlinge, Lodzi, den großen blauäugigen Mann, der die Diamantenmine an sich gerissen hatte und der ein Induna der weißen Königin über dem Meer war. In der Hoffnung, sich ihn zum Verbündeten zu machen, hatte Lobengula mit Lodzi einen Vertrag geschlossen; im Austausch für Goldmünzen und Gewehre hatte er ihm den Freibrief gegeben, als einziger nach den in der Erde vergrabenen Schätzen in den Ostgebieten von Lobengulas Reich zu graben.

Doch Lodzi hatte einen langen Wagentreck mit hart kämpfenden Männern wie Selous und Bakela geschickt, die Hunderte weißer, junger, schwer bewaffneter Soldaten anführten und das Land in Besitz nahmen. Mit tiefer Trauer zählte Gandang die lange Liste der Beschwerden auf, sprach von dem Vertragsbruch, vom Donnern der Maxim-Gewehre, von der Vernichtung des Königskrals in GuBulawayo und Lobengulas Flucht nach Norden.

Schließlich berichtete er über Lobengulas Tod. Mit gebrochenem Herzen und schwerkrank nahm der König Gift, und Gandang selbst legte den Leichnam in eine geheime Höhle über dem Tal des Sambesi und gab ihm die Besitztümer des Königs mit in sein Grab, seinen Schemel, sein Kopfkissen aus Elfenbein, seine Schlafmatte und seinen Fellumhang, seine Bierkrüge und Fleischschalen, seine Waffen und seinen Kriegsschild, seine Streitaxt und seinen Wurfspeer; schließlich stellte er die kleinen Tonschalen mit glitzernen Diamanten an die von der Gicht verkrümmten Füße des Königs. Nachdem alles getan war, ließ Gandang den Eingang der Höhle zumauern und die Sklaven, die die Arbeit verrichtet hatten, töten. Dann führte er das geschlagene Volk nach Süden in die Gefangenschaft.

Bei seinen letzten Worten ließ Gandang die Arme sinken, sein Kinn fiel auf seine breite, vernarbte, muskelbepackte Brust, und schwermütiges Schweigen senkte sich über die Versammlung. Schließlich ergriff einer der zweitrangigen Indunas das Wort. Er war ein gebrechlicher alter Mann ohne Zähne, seine Stimme war heiser und keuchend.

»Wir wollen einen neuen König wählen«, begann er, doch Bazo unterbrach ihn.

»Einen König von Sklaven, einen König von Gefangenen?« Er lachte bitter. »Es kann keinen König geben, bevor wir nicht wieder ein vereintes Volk sind.«

Der Greis sank auf seinen Platz zurück und bewegte seine zahnlosen Kiefer, blinzelte trübsinnig in die Runde, sein Verstand schlug eine andere Richtung ein, wie bei alten Männern üblich. »Das Vieh«, murmelte er. »Sie haben unser Vieh weggenommen.«

Die anderen murrten. Vieh war der wirkliche Reichtum; Gold und Diamanten waren die Flausen der Weißen, doch Vieh war der Grundstein zum Wohlstand eines Volkes.

»Glänzendes Einauge schickt niedere junge Böcke unseres eigenen Volkes, um es in den Kralen zu hüten –« klagte ein anderer. »Glänzendes Einauge« war der Matabele-Name für General Mungo St. John, dem Oberkommissar der Eingeborenen von Matabeleland.

»Die Polizisten der Gesellschaft sind mit Gewehren bewaffnet, und sie zeigen keinen Respekt für Sitte und Gesetz. Sie lachen über die Indunas und Stammesältesten und ziehen die jungen Mädchen ins Gebüsch –«

»Glänzendes Einauge zwingt alle unsere *Amadoda*, selbst die vom Geblüt der Zanzi, hochgeachtete Krieger und Väter von Kriegern, seine Straßen zu bauen.«

Die Liste ihrer Klagen, berechtigte und eingebildete, wurde erneut von mehreren erbosten Indunas vorgetragen, nur Somabula, Babiaan, Gandang und Bazo saßen abseits.

»Lodzi hat unsere Schilde verbrannt und unsere Wurfspeere zerbrochen. Er hat unseren jungen Männern das althergebrachte Recht verweigert, die Maschona anzugreifen, wo alle Welt weiß, daß die Maschona unsere Hunde sind, die wir nach Belieben töten oder am Leben lassen können.«

»Glänzendes Einauge hat die *Impis* aufgelöst, und nun weiß niemand, wer das Recht hat, eine Frau zu nehmen, niemand weiß, welche Maisfelder zu welchem Dorf gehören, und die Menschen zanken sich wie die Kinder um ein paar klapprige Rinder, die Lodzi uns zurückgegeben hat.«

»Was sollen wir tun?« rief einer, und dann geschah wieder etwas Seltsames, nie Dagewesenes. Alle, auch Somabula, blickten zu dem hochgewachsenen, vernarbten jungen Mann, den sie den Wanderer nannten, und alle warteten gespannt, und niemand wußte, worauf.

Bazo winkte mit einer Hand, und Tanase bückte sich unter dem Eingang der Strohhütte hindurch. Bekleidet nur mit dem kurzen Lederschurz, schlank und aufrecht und geschmeidig, trug sie die eingerollte Schlafmatte bei sich, kniete vor Bazo nieder und entrollte die Matte zu seinen Füßen.

Die nahe sitzenden Indunas knurrten vor Aufregung. Bazo bückte sich und hob das Speerblatt hoch über seinen Kopf. Es funkelte im Licht, und nun entfuhr allen Anwesenden ein Laut des Erstaunens. Der Entwurf dieses Speerblattes stammte von König Tschaka selbst; das Metall war von den kunstfertigen Schmieden der Rozwi flachgehämmert und zu blitzendem Silberglanz poliert worden, der rote Schaft war mit Kupferdraht und den dicken schwarzen Haaren des Schweifwedels eines Elefantenbullen umwickelt.

»*Jee!*« kreischte einer der Indunas den langgezogenen Kriegsruf der kämpfenden *Impis*, und die anderen stimmten in den Kriegsruf ein, wiegten sich leise, und ihre Gesichter erhellten sich in beginnender Kampfekstase.

Gandang sprang auf die Füße und gebot dem Gesang mit herrischer Armbewegung Einhalt.

»Ein Speerblatt bewaffnet noch kein ganzes Volk, ein Speerblatt siegt nicht über die dreibeinigen Gewehre von Lodzi.«

Bazo erhob sich und stand seinem Vater gegenüber.

»Nimm es in die Hände, Baba«, lud er ihn ein, und Gandang schüttelte verärgert den Kopf, konnte jedoch die Augen nicht von der Waffe wenden.

»Spüre, wie sein Gewicht einen Sklaven zu einem starken Mann macht«, drängte Bazo ihn mit fester Stimme, und diesmal streckte Gandang seine rechte Hand aus. Seine Handfläche war vor Aufregung blutleer, und seine Finger zitterten, als sie sich um den Schaft klammerten.

»Trotzdem ist es nur ein Speerblatt«, beharrte er, konnte der herrlichen Waffe jedoch nicht widerstehen und stocherte damit in die Luft.

»Es gibt tausend davon«, flüsterte Bazo.

»Wo?« bellte Somabula.

»Sag uns wo«, lärmten die anderen Indunas, doch Bazo stachelte sie nur noch mehr auf.

»Wenn die ersten Regen fallen, werden es noch einmal fünftausend sein. An fünfzig Orten in den Bergen arbeiten die Schmiede daran.«

»Wo?« wiederholte Somabula. »Wo sind sie?«

»Verborgen in den Höhlen dieser Berge.«

»Warum wurden wir davon nicht unterrichtet?« wollte Babiaan wissen.

Bazo antwortete: »Es hätte zweifelnde Stimmen gegeben, es hätte Stimmen gegeben, die zu Vorsicht und Abwarten geraten hätten, und es war keine Zeit zu debattieren.«

Gandang nickte. »Wir alle wissen, daß er recht hat, die Niederlage hat uns in geschwätzige alte Weiber verwandelt. Aber nun«, er reichte den Assegai seinem Nebenmann, »spüre sein Gewicht«, forderte er.

»Wie werden wir die *Impis* versammeln?« fragte der Mann und prüfte das Gewicht der Waffe in seinen Händen. »Sie sind in alle Winde zerstreut und vernichtet.«

»Es ist die Aufgabe eines jeden von euch, die *Impis* wieder zusammenzurufen und dafür zu sorgen, daß sie bereit sind, wenn die Speere verteilt werden.«

»Wie werden die Speere uns erreichen?«

»Die Frauen werden sie euch bringen, in Strohbündeln und eingerollten Schlafmatten.«

»Wo werden wir angreifen? Werden wir das Herz angreifen, den großen Kral, den die weißen Männer in GuBulawayo gebaut haben?«

»Nein.« Bazos Stimme war grimmig. »Das war der Wahnsinn, der uns schon einmal vernichtete. In unserem Zorn vergaßen wir die Kriegslist von Tschaka und Mzilikazi, wir griffen das Herz des Feindes an, marschierten direkt auf die Wagen des Feindes zu, wo die Gewehre uns erwarteten.« Bazo unterbrach sich und verbeugte sich vor den Indunas. »Vergib mir, Baba, der Welpe sollte nicht japsen, bevor der alte Hund bellt. Ich bin nicht an der Reihe zu sprechen.«

»Du bist kein Welpe, Bazo«, brummte Somabula. »Sprich weiter!«

»Wir müssen wie die Flöhe sein«, sagte Bazo mit gefaßter Stimme. »Wir müssen uns in den Kleidern des weißen Mannes verstecken und ihn an empfindlichen Stellen stechen, bis wir ihn in den Irrsinn treiben. Und wenn er sich kratzt, müssen wir zur nächsten empfindlichen Stelle hüpfen.

Wir müssen in der Dunkelheit lauern und bei Morgengrauen angreifen, wir müssen in unwegsamem Gelände auf ihn warten und in seine Flanken beißen.« Bazo sprach mit gleichbleibend gefaßter Stimme, aber alle hörten ihm begierig zu. »Wir dürfen nie gegen die Mauern der Lager stürmen, und wenn die dreibeinigen Gewehre zu lachen beginnen wie alte Weiber, müssen wir verschwinden wie der Morgennebel in den ersten Sonnenstrahlen.«

»Das ist kein Krieg«, protestierte Babiaan.

»Es ist Krieg, Baba«, widersprach Bazo, »die neue Art des Krieges, die einzige Art des Krieges, die wir gewinnen können.«

»Er hat recht«, rief eine Stimme aus den Reihen der Indunas. »So muß es gemacht werden.«

Einer nach dem anderen meldeten sie sich zu Wort, und keiner hatte Einwände gegen Bazos Pläne, bis die Reihe an Babiaan kam.

»Mein Bruder Somabula hat die Wahrheit gesprochen, du bist kein Welpe, Bazo. Sag uns nur noch eines, wann wird es soweit sein?«

»Das kann ich euch nicht sagen.«

»Wer kann es uns sagen?«

Bazo schaute zu Tanase, die noch immer zu seinen Füßen kniete.

»Wir haben uns aus gutem Grund in diesem Tal versammelt«, sagte Bazo. »Wenn wir uns alle einig sind, dann wird meine Frau, die Vertraute der Umlimo und Eingeweihte in die Mysterien, in die heilige Höhle hinaufsteigen und das Orakel befragen.«

»Sie muß sofort gehen.«

»Nein, Baba.« Tanases schönes Haupt war noch immer in tiefem Respekt gebeugt. »Wir müssen warten, bis die Umlimo nach uns schickt.«

Am dritten Tag kam die Botin der Umlimo aus der Höhle zu den wartenden Indunas ins Dorf.

Sie war ein wohlgestaltetes Mädchen mit ernstem Gesicht und alten, weisen Augen, am Beginn der Pubertät; in ihren maulbeerfarbenen Brustwarzen begannen sich harte kleine Steine zu bilden, und der erste Flaum überschattete die tiefe Spalte zwischen ihren Schenkeln. Um den Hals trug sie einen Talisman, den nur

Tanase erkannte. Das Zeichen, daß dieses Kind eines Tages an der Reihe war, den heiligen Umhang der Umlimo anzulegen und in der schauerlichen Höhle im Fels über dem Dorf zu residieren.

Das Mädchen blickte ein wenig unsicher zu Tanase, die seitlich hinter den Männern saß und die mit den Augen und einem geheimen Handzeichen der Geweihten auf Somabula, den obersten Induna, wies. Die Unsicherheit des Kindes war nur ein Zeichen des fortschreitenden Verfalls der Sitten und Gebräuche im Volk der Matabele. Zu Zeiten der Könige hätte niemand, kein Kind und kein Erwachsener, irgendeinen Zweifel an der Rangordnung der Ältesten gehabt.

Als Somabula sich erhob, um der Botschafterin zu folgen, erhoben seine Halbbrüder sich mit ihm, Babiaan auf einer Seite und Gandang auf der anderen.

»Bazo, du kommst mit uns«, sagte Somabula, und obgleich Bazo jünger als manch anderer war, protestierte keiner der restlichen Indunas gegen seine Teilnahme an der Mission.

Die Kindhexe nahm Tanases Hand, da sie Schwestern der dunklen Geister waren, und die beiden stiegen den steilen Weg hinauf. Die Höhlenöffnung war hundert Schritte breit, doch die Decke war kaum hoch genug, um einen erwachsenen Mann in aufrechter Haltung einzulassen. Vor langer Zeit war die Öffnung mit Steinblöcken befestigt worden, die ebenso behauen und aufgeschichtet waren wie die Mauern der Großen Stadt Simbabwe, doch das Gemäuer war teilweise eingestürzt und bildete Lücken wie die ausgefallenen Zähne im Mund eines alten Mannes.

Die vier Indunas hielten großen Abstand, drängten sich enger aneinander, als suchten sie Schutz beim anderen. Männer, die ihre Assegai in hundert blutigen Schlachten geschwungen und unerschrocken in die Gewehrsalven der Weißen gelaufen waren, standen nun ängstlich vor dem dunklen Eingang.

In der Stille ertönte plötzlich eine Stimme über ihnen, schien aus der glatten, mit Flechten bewachsenen Felswand zu kommen. »Ihr Indunas der königlichen Kumalo tretet ein in diesen heiligen Ort!« Es war die krächzende Stimme einer Greisin, und die vier Krieger wagten kaum den angstvollen Blick zur Felswand zu heben, an der kein Zeichen von Leben zu sehen war.

Tanase spürte beim Ertönen der Bauchrednerstimme die leise bebende Hand des Mädchens in ihrer. Und nur sie, die mit den Gepflogenheiten der Hexen vertraut war, wußte, wie die Kunst des Bauchredens die Schüler der Umlimo gelehrt wurde. Das Kind besaß bereits hohe Kunstfertigkeit, und Tanase schauderte unwillkürlich bei dem Gedanken daran, in welchen anderen furchterregenden Künsten sie unterwiesen wurde, welche schauerlichen Torturen und gräßlichen Schmerzen sie auszuhalten hatte. In aufwallendem Mitgefühl drückte sie die schmale, kühle Kinderhand, und gemeinsam traten sie durch das zerfallene Felsportal.

Hinter ihnen drängten sich die vier edlen Krieger furchtsam wie Kinder aneinander, spähten ängstlich um sich und stolperten auf dem unebenen Boden. Der Rachen der Höhle verengte sich, und Tanase dachte in einem Anflug bitteren Humors, wie gut, daß auch die Lichtverhältnisse schlechter wurden, denn die Heldenmütigen waren den Schrecken der Katakomben vielleicht nicht gewachsen.

In grauer Vorzeit, viele Generationen bevor der kühne Mzilikazi sein Volk in diese Berge geführt hatte, waren andere plündernde Räuberhorden hier vorbeigezogen. Möglicherweise war es Manatassi, die legendäre kriegerische Königin an der Spitze ihrer blutrünstigen Mordscharen, die das Land verwüstete und alles, was sich ihr in den Weg stellte, hinschlachtete, weder Frauen noch Kinder oder Tiere verschonte.

Die bedrängten Menschen hatten sich in dieses Tal geflüchtet, doch als die Marodeure durch den engen Einlaß drangen, zogen sich die Unglücklichen als letzte Zuflucht in diese Höhle zurück. Die Felsdecke war noch immer rußgeschwärzt, denn die Mörder hatten sich nicht die Mühe gemacht, die Höhle zu belagern. Sie hatten die Schutzmauer eingerissen und den Eingang mit Scheiterhaufen aus grünen Ästen und Zweigen verbarrikadiert und sie in Flammen gesetzt. Der gesamte Stamm war umgekommen, und der Rauch hatte die Leichen mumifiziert. So lagen sie seit undenklichen Zeiten übereinandergehäuft bis zur niederen Felsdecke.

Tanase führte die Gruppe weiter, und bald war ein schwacher

blauer Lichtschein zu sehen, der heller wurde. Bazo entfuhr plötzlich ein Schrei, er deutete auf die Leichenberge. Die Pergamenthaut hatte sich teilweise von den Gesichtern geschält, so daß Elfenbeinschädel sie angrinsten, und verrenkte Armskelette ihnen im Vorbeigehen makabere Grüße zuwinkten. Die Indunas hatten schweißnasse Gesichter in der dumpfen Kühle der Gruft.

Tanase und das Kind folgten unbeirrt dem gewundenen Pfad und erreichten schließlich die oberste Stufe eines natürlichen Amphitheaters. Ein dünnes Bündel Sonnenstrahlen fiel durch einen schmalen Riß in der gewölbten Höhlendecke. Auf dem Boden des Amphitheaters brannte ein Feuer, und hellblauer Rauch stieg spiralenförmig nach oben zur Öffnung im Gestein. Tanase und das Mädchen führten die Besucher die Felsstufen hinunter in das mit Sand bedeckte Rund des Amphitheaters. Auf ihr Zeichen ließen die vier Indunas sich nieder und blickten in die Feuerglut.

Tanase ließ die Hand des Mädchens los und setzte sich ein wenig seitlich hinter die Männer. Das Kind begab sich zur entfernten Felswand und nahm eine Handvoll Kräuter aus einem der großen runden Tongefäße, die dort standen, und warf die Kräuter in die Glut, so daß eine dicke gelbe Wolke beißenden Rauchs aufstieg. Als der Rauch sich langsam verzog, entfuhr den Indunas ein Schrei des Entsetzens.

Auf der anderen Seite der Feuerstelle kauerte eine groteske Gestalt. Ein Albino mit silberweißer, lepröser Haut. Eine Frau, deren riesige, fahle Brüste mit rot entzündeten Brustwarzen schwer nach unten hingen. Sie war splitternackt, und das dichte Büschel ihres Schamhaars war weiß wie frostiges Wintergras, und darüber hing ihr Bauch in massigen Speckwülsten. Ihre Stirn war niedrig und fliehend, ihr Mund breit und schmallippig wie ein bleiches Krötenmaul. Die pigmentlose Haut über ihrer breiten, flachen Nase und ihren fahlen Wangen war zu nässendem, eitrigem Ausschlag aufgebrochen. Ihre fleischigen Unterarme hatte sie über dem Bauch gefaltet. Sie kniete mit gespreizten Oberschenkeln, die von großen roten Geschwüren bedeckt waren, auf einem Zebrafell und starrte die Männer vor ihr unverwandt an.

»Ich sehe dich, o Auserwählte«, grüßte Somabula sie. Obwohl er all seine Beherrschung aufbot, zitterte seine Stimme.

Die Umlimo gab keine Antwort, und Somabula setzte sich auf seine Fersen und schwieg. Das junge Mädchen machte sich an den Gefäßen zu schaffen, kam nach vorne, kniete neben der fetten Albinofrau und bot ihr die Tonpfeife dar, die sie für sie gestopft hatte.

Die Umlimo nahm das lange Schilfrohr zwischen ihre dünnen, silbrigfahlen Lippen; das Mädchen holte mit bloßen Fingern ein Stück glühender Kohle aus dem Feuer und legte es auf den Kräuterklumpen im Pfeifenkopf. Der Klumpen begann sich knisternd zu entzünden, und die Umlimo zog langsam ihre Lungen voll und ließ den aromatischen Rauch aus ihren affenartigen Nasenlöchern. Der süßlich schwere Duft von *Insanghu* wehte zu den Besuchern herüber.

Das Orakel vermittelte sich auf verschiedene Weise. Tanase wurde davon, bevor sie ihre Kraft verloren hatte, unvorbereitet überfallen, sie war von krampfartigen Zuständen zur Erde geworfen worden, und Geisterstimmen kämpften darum, ihrer Kehle zu entfliehen. Ihre monströse Nachfolgerin brauchte die Hanfpfeife. Samen und Blüten der *Cannabis sativa*, die frisch gepflückt zerstoßen und zu Kugeln geformt in der Sonne getrocknet wurden, eröffneten ihr den Zugang zur Geisterwelt.

Sie rauchte stumm, indem sie den Rauch ein dutzendmal in kurzen Zügen tief in die Lungen zog, die Luft anhielt, bis ihr bleiches Gesicht anzuschwellen schien, und die rosaroten Pupillen ihrer Augen sich verglasten. Dann stieß sie den Rauch mit einem dumpfen Laut aus und begann von neuem. Die Indunas beobachteten sie mit solcher Faszination, daß sie das leise Scharren auf dem sandigen Boden nicht hörten. Es war Bazo, der schließlich vor Schreck zusammenzuckte und unwillkürlich den Unterarm seines Vaters packte. Gandang schrie auf und begann entsetzt zurückzuweichen, doch Tanases Stimme hielt ihn zurück.

»Bewege dich nicht. Er ist gefährlich«, flüsterte sie eindringlich, und Gandang sank zurück und erstarrte zu Stein.

Aus den dunklen Höhlenwinkeln krabbelte ein hummerähnliches Tier über den hellen Sand auf die kniende Umlimo zu. Der Feuerschein blinkte auf dem glänzenden Panzer des Tieres, das nun begann, den gedunsenen, silberfahlen Körper hinaufzukriechen. In ihrem Schoß machte es halt, der lange gegliederte Schwanz hob sich pulsierend, die behaarten Spinnenbeine krallten sich in die drahtige, weiße Wolle, dann kroch es weiter über den unförmigen Bauch, hing an einer welken, bleichen Brust wie eine giftige Frucht von einem Ast, kroch weiter über Schulter, Hals und Ohr.

Die Umlimo nahm keinerlei Notiz von dem Vorgang, inhalierte den berauschenden Rauch in hastigen Zügen aus dem Mundstück ihrer Pfeife, ihre roten Augen starrten blind auf die Indunas. Das riesige, glänzende Insekt krabbelte über ihre Schläfen und machte in der Mitte ihrer von Eiter und Schorf verkrusteten Stirn halt und sein langer Skorpionschwanz, länger als der Zeigefinger eines Mannes, krümmte sich über seinem gepanzerten Rücken.

Die Umlimo begann Laute auszustoßen, unverständliches Lallen, weißer Schaum trat auf ihre aufgesprungenen Lippen. Der Skorpion auf ihrer Stirn pumpte seinen langen Gliederschwanz, und an der Spitze des roten Stachels bildete sich ein klarer Tropfen Gift, der sich vergrößerte und im Dämmerlicht glitzerte wie ein Juwel.

Die Umlimo stieß weiterhin Laute mit heiserer, gepreßter Stimme in unverständlicher Sprache aus.

»Was sagt sie?« flüsterte Bazo, den Kopf zu Tanase gewandt. »In welcher Sprache spricht sie?«

»Sie spricht die Geheimsprache der Geweihten«, flüsterte Tanase. »Sie lädt die Geister ein, in ihren Körper einzutreten und von ihm Besitz zu nehmen.«

Die Albinohexe hob nun langsam die Arme und nahm den Skorpion von ihrer Stirn. Kopf und Körper hielt sie in ihrer geschlossenen Faust, nur der lange Schwanz peitschte wütend von einer Seite zur anderen. Langsam setzte sie sich das Tier an eine Brust. Der Skorpion stach zu, und der lange Stachel bohrte sich tief in das rot entzündete Fleisch. Das Gesicht der Umlimo zeigte keinerlei Regung, der Skorpionschwanz schnellte erneut vor und stach zu, wieder und wieder; hinterließ rote Wunden in dem weichen Brustgewebe.

»Sie wird sterben!« keuchte Bazo.

»Misch dich nicht ein«, zischte Tanase. »Sie ist nicht wie andere Frauen. Das Gift fügt ihr keinen Schaden zu – es öffnet ihre Seele den Geistern.«

Die Alte hob den Skorpion von ihrer Brust und warf ihn in die Flammen, wo er, sich krümmend und windend, zu einem schwarzen Klumpen verkohlte. Die Umlimo stieß plötzlich einen unmenschlichen Schrei aus.

»Die Geister nehmen von ihr Besitz«, flüsterte Tanase.

Das Krötenmaul der Umlimo war weit aufgerissen, und der Speichel lief ihr in schmalen, glasigen Fäden übers Kinn. Aus ihrer Kehle schienen drei oder vier wilde Stimmen gleichzeitig zu entweichen, jede versuchte die andere zu übertönen, Männerstimmen, Frauenstimmen, Tierlaute. Bis schließlich eine sich über alle erhob und die anderen zum Schweigen brachte. Eine Männerstimme, die in mystischer Zunge sprach, deren Tonfall und Modulation völlig fremd war, doch Tanase übersetzte in völliger Selbstverständlichkeit.

»Wenn die Mittagssonne sich von Flügelschlägen verdunkelt, und die Bäume im Frühling kein Laub tragen, dann, Krieger der Matabele, schärft eure Klingen.«

Die vier Indunas nickten. Diese Prophezeiung hatten sie bereits gehört, da die Umlimo sich häufig wiederholte und stets unklar blieb. Sie hatten über diese Worte bereits gerätselt. Dies war die Botschaft, die Bazo und Tanase den versprengten Stammesangehörigen der Matabele auf ihrer Wanderschaft von Kral zu Kral überbracht hatten.

Die unförmige Albino-Seherin grunzte und schlug mit den Armen um sich, als kämpfe sie gegen einen unsichtbaren Angreifer. Die roten Augen quollen ihr aus den Höhlen, verdrehten sich nach hinten, ihre Zähne schlugen krachend aufeinander.

Das Mädchen, das neben den Gefäßen kauerte, erhob sich, beugte sich über die Umlimo und warf ihr etwas rotes Pulver ins Gesicht. Die Zuckungen und Krämpfe der Umlimo ließen nach, ihr Unterkiefer klappte herunter, und eine andere Stimme gab lallende, kaum menschliche Laute in der gleichen unverständlichen Sprache von sich, und Tanase beugte sich aufmerksam vor, um jede Silbe zu verstehen, und wiederholte dann ruhig:

»Wenn die Rinder mit verdrehten Köpfen, die ihre Flanken berühren, am Boden liegen und nicht mehr hochkommen, dann, Krieger der Matabele, faßt euch ein Herz, denn die Zeit ist nah.«

Der Wortlaut dieser Prophezeiung unterschied sich ein wenig von der, die die Anwesenden bereits kannten, und alle suchten nach ihrem Sinn, als die Umlimo nach vorne aufs Gesicht fiel, und ihr fetter Leib wie eine knochenlose Qualle zuckte. Langsam erstarb jegliche Bewegung im Körper der Albino, und sie lag wie tot.

Gandang machte Anstalten, sich zu erheben, doch Tanase fauchte eine Warnung, und er erstarrte in der Bewegung. Sie warteten. Die einzigen Geräusche in der Höhle waren das Knistern und Fauchen der Flammen und der Flügelschlag der Fledermäuse hoch oben im Felsgewölbe.

Plötzlich lief ein erneutes Zucken über den Rücken der Umlimo, ihr Rückgrat wölbte sich, ihre monströse Fratze hob sich, und diesesmal war ihre Stimme süß wie die eines Kindes, und sie sprach in der Matabele-Sprache, so daß alle sie verstehen konnten.

»Wenn die hornlosen Rinder vom großen Kreuz aufgegessen sind, soll der Sturm beginnen.«

Ihr Kopf sackte nach vorn, und das Kind breitete eine Decke aus weichen Schakalfellen über sie.

»Es ist vorüber«, sagte Tanase. »Mehr wird sie nicht sagen.«

Erleichtert erhoben sich die vier Indunas und tappten den dämmrigen Pfad durch die Katakomben zurück, und als sie das Sonnenlicht im Eingang sahen, beschleunigten sie ihre Schritte und stürzten in solch ungebührlicher, würdeloser Hast ins Freie, daß sie beschämt die Augen voreinander niederschlugen.

In dieser Nacht wiederholte Somabula im Kreise der versammelten Indunas in der offenen *Setenghi* die Prophezeiungen der Umlimo. Sie nickten bei den ersten beiden bekannten Rätseln, so wie sie hundertmal genickt hatten, sannen, ohne zu einem Ergebnis zu gelangen, über ihre Bedeutung nach und kamen dann überein: »Wir werden den Sinn erkennen, wenn die Zeit reif ist – so war es immer.«

Und dann berichtete Somabula von der dritten Prophezeiung

der Umlimo, das neue, noch nicht gehörte Rätsel: »Wenn die hornlosen Rinder vom großen Kreuz aufgegessen sind.«

Die Indunas schnupften eine Prise, ließen den Bierkrug kreisen und redeten und debattierten über die rätselhafte Bedeutung, und erst als alle gesprochen hatten, blickte Somabula über sie hinweg zu Tanase, die abseits hockte mit ihrem Kind unter dem Lederumhang, um es vor der Nachtkälte zu wärmen.

»Was ist die wahre Bedeutung, Frau?« fragte er.

»Nicht einmal die Umlimo kennt die wahre Bedeutung«, erwiderte Tanase, »aber als unsere Vorfahren die ersten weißen Männer aus dem Süden heranreiten sahen, glaubten sie, die Männer säßen auf Rindern ohne Hörner.«

»Pferde?« fragte Gandang nachdenklich.

»So mag es sein«, meinte Tanase. »Doch ein einziges Wort der Umlimo kann so viele Bedeutungen haben, wie es Krokodile im Limpopo gibt.«

»Was ist das Kreuz, das große Kreuz der Prophezeiung?« fragte Bazo.

»Das Kreuz ist das Zeichen des dreiköpfigen Gottes der weißen Männer«, antwortete Gandang. »Meine oberste Frau Juba, die kleine Taube, trägt das Zeichen um ihren Hals, das ihr der Missionar in Khami gab, als er Wasser über ihren Kopf schüttete.«

»Ist es möglich, daß der Gott der weißen Männer die Pferde der weißen Männer aufißt?« fragte Babiaan zweifelnd. »Er ist doch gewiß ihr Beschützer, nicht ihr Vernichter.«

Und das Wort ging von einem Ältesten zum nächsten, während das Feuer herunterbrannte und das weite Firmament sich in unendlicher Würde über dem Tal wölbte.

Im Süden über dem Tal funkelte unter anderen Himmelskörpern ein Bild aus vier großen weißen Sternen, die den Matabele als »die Söhne der Manatassi« bekannt waren. Der Legende nach erwürgte Manatassi, die grausame Königin, ihre Nachkommen eigenhändig bei der Geburt, um zu verhindern, daß einer ihrer Söhne ihr dereinst die Königswürde streitig machte. Die Seelen der Knaben stiegen als glänzende Sterne zum Himmel auf, als ewige Zeugen der Grausamkeit ihrer Mutter.

Keiner der Indunas wußte, daß den Weißen dieses Sternbild als Kreuz des Südens bekannt war.

Ralph Ballantyne irrte sich, als er Harry Mellow vorausgesagt hatte, Mr. Rhodes sei mit seinem Gefolge nach Bulawayo abgereist, wenn die beiden ins Basislager zurückkehrten. Als sie durch die Tore des Palisadenzauns ritten, stand die prächtige Karosse immer noch an der gleichen Stelle und daneben ein Dutzend weiterer, von langen Reisen arg mitgenommener Fahrzeuge: Droschken und Einspänner, ja sogar ein Fahrrad war darunter.

»Mr. Rhodes hat sich hier häuslich niedergelassen«, beklagte Cathy sich empört, nachdem sie Ralph begrüßt hatte. »Ich habe mir das Camp gemütlich eingerichtet, und da kommt er daher und übernimmt das Regime.«

»So wie er es mit allem macht«, bemerkte Ralph trocken.

Die Szene am Klapptisch des Eßzeltes schien sich seit Ralphs Abwesenheit nicht verändert zu haben. Mr. Rhodes saß sogar noch im selben Anzug am Kopfende der Versammlung.

Nur die Nebenrollen der Bittsteller am langen Tisch waren ausgetauscht: eine buntgemischte Schar Glücksritter, Lizenzsucher, mittelloser Anhänger ehrgeiziger Projekte, die von Mr. Rhodes' Reputation und seinen Millionen angelockt wurden wie Schakale und Hyänen von der Beute des Löwen.

Ein Mann mit einem prächtig bestickten mexikanischen Sombrero gab gerade eine nicht endenwollende Leidensgeschichte von sich, die Mr. Rhodes unterbrach. Er hörte weniger gern zu, als er selbst redete.

»Dann haben Sie also genug von Afrika, wie? Und kein Geld für die Überfahrt?« fragte er unverblümt.

»Sie sehen das vollkommen richtig, Mr. Rhodes. Meine alte, kränkelnde Mutter, müssen Sie wissen –«

»Jordan, geben Sie dem Mann eine Rückfahrkarte und belasten Sie mein Privatkonto damit.« Er schnitt die Dankesworte des Mannes mit einer Handbewegung ab und hob den Kopf, als er Ralph das Zelt betreten sah.

»Harry sagte mir, Ihr Ausflug war sehr erfolgreich. Er schätzt die Förderung aus der Harkness-Mine auf dreißig Unzen pro Tonne, das wäre dreißigmal mehr, als das beste Banket Reef am Witwatersrand. Ich finde, darauf sollten wir eine Flasche Champagner trinken. Jordan, haben wir nicht noch ein paar Flaschen 87er Pommery übrig?«

»Wenigstens hat er seinen eigenen Champagner mitgebracht«, dachte Ralph spöttisch, als er das Glas zum Toast hob. »Auf die Harkness-Mine«, schloß er sich dem Männerchor an und wandte sich nach dem ersten Schluck Dr. Leander Starr Jameson zu.

»Was ist mit den Schürfrechten?« fragte er. »Harry sagt, Sie wollen den amerikanischen Schürfkodex einführen?«

»Was dagegen?« Jameson lief rot an, und sein sandfarbener Schnauzbart vibrierte.

»Dieser Kodex wurde von Rechtsanwälten erstellt, die sich lebenslange Pfründe sichern wollten. Die neuen Witwatersrand-Gesetze sind einfacher und tausendmal effektiver. Mein Gott, reicht es denn nicht, daß die Gesellschaft uns fünfzig Prozent unserer Gewinne abzwickt?« Ralph dämmerte, daß der hinterhältige Rhodes mit dem amerikanischen Schürfkodex nach Belieben schalten und walten konnte.

»Vergessen Sie nicht, junger Ballantyne«, James strich sich den Schnauzbart und blinzelte frömmlerisch, »vergessen Sie nicht, wem das Land gehört. Und vergessen Sie nicht, wer die Kosten für die Okkupation von Maschonaland trug und wer den Matabelekrieg finanzierte.«

»Das heißt also Regierung durch ein Wirtschaftsunternehmen.« Ralph spürte, wie der Zorn wieder in ihm hochstieg, und er ballte die Fäuste. »Eine Handelsgesellschaft, die sich Polizeikräfte und Gerichtsbarkeit gekauft hat. Wer entscheidet eigentlich, wenn ich eine Auseinandersetzung mit Ihrer Gesellschaft habe – etwa die Gerichte der Britisch-Südafrikanischen Gesellschaft selbst?«

»Es gibt vergleichbare Einrichtungen.« Mr. Rhodes' Stimme klang beschwichtigend, doch seine Augen waren kalt. »Denken Sie an die Britisch-Ostindische Gesellschaft –«

Ralphs Antwort kam schneidend. »Die britische Regierung war letztlich gezwungen, den Gaunern Clive, Hastings und ihresgleichen in Indien das Handwerk zu legen – wegen Korruption und Unterdrückung der Eingeborenen. Der Sepoy-Aufstand war die logische Konsequenz der Politik dieser feinen Herren.«

»Mr. Ballantyne!« Mr. Rhodes' Stimme klang schrill vor Erregung und Zorn. »Ich muß Sie bitten, Ihre Worte zurückzunehmen. Sie sind historisch unrichtig und unterschwellig beleidigend.«

»Gut, ich ziehe meine Worte uneingeschränkt zurück.« Ralph war nun wütend auf sich selbst; gewöhnlich war er zu besonnen, um sich provozieren zu lassen. Eine direkte Konfrontation mit Cecil John Rhodes brachte gar nichts. Und mit seinem offenen, freundlichen Lächeln setzte er hinzu: »Ich bin sicher, es besteht keine Veranlassung, die Gerichte der B. S. A.-Gesellschaft zu bemühen.«

Mr. Rhodes' Lächeln war ebenso freundlich, doch in seinen Augen war ein stahlblaues Funkeln, als er sein Glas hob. »Auf eine tiefe Mine und eine noch tiefere Beziehung«, sagte er, und nur einer der Anwesenden erkannte die Worte als Herausforderung.

Jordan rutschte unruhig auf seinem Klappstuhl hin und her. Er kannte und liebte diese beiden Männer. Sein Bruder Ralph war ihm in seiner einsamen und wechselvollen Kindheit Beschützer und Trost in schlechten und heiterer Freund in guten Zeiten gewesen.

Die beiden Brüder hätten nicht verschiedener sein können. Jordan war blond, schlank und elegant, Ralph dunkel, stämmig und kraftvoll; Jordan war sanft und zurückhaltend, Ralph energisch, ungestüm und verwegen, wie sein Matabele-Ehrenname ihm bescheinigte. Instinktiv blickte Jordan von seinem Bruder zu der großen, ungeschlachten Gestalt ihm gegenüber.

Für diesen Mann hegte Jordan Gefühle nahezu religiöser Verehrung. Er sah über den körperlichen Verfall hinweg, den wenige Jahre bei ihm angerichtet hatten; daß sein ohnehin massiger Körper aufgeschwemmt war, der Herzfehler seine schwammigen Gesichtszüge bläulich verfärbte, sein rotblondes Haar vorzeitig aus der Stirn gewichen, seine Schläfen ergraut waren. Ähnlich wie eine liebende Frau wenig Wert auf die äußere Erscheinung des von ihr erwählten Mannes legt, sah Jordan durch die Anzeichen der Krankheit und Zerstörung hindurch in den eisernen Kern des Mannes, dem Ursprung seiner immensen Kraft und magischen Ausstrahlung.

Jordan wollte dem geliebten Bruder eine Warnung zurufen, zu ihm laufen und ihn davon abhalten, die Torheit zu begehen, sich diesen Giganten zum Feind zu machen. Er hatte Männer erlebt, die das gewagt hatten und die rücksichtslos vernichtet worden waren.

Die Erkenntnis, welche Partei er ergreifen würde, falls die gefürchtete Konfrontation ihn zu einer Stellungnahme zwingen würde, traf ihn wie ein Faustschlag in die Magengrube. Er war Mr. Rhodes' Mann über alle brüderlichen und familiären Bindungen hinaus. Bis zu seinem Lebensende war er Mr. Rhodes' Mann!

Er suchte verzweifelt nach einer glaubwürdigen Ablenkung, um die Spannung zwischen den beiden wichtigsten Menschen in seinem Leben zu lösen, doch die Ablenkung kam von anderer Seite. Hinter dem Palisadenzaun wurde es laut, Hundegebell, Knirschen von Wagenrädern im Kies und aufgeregte Stimmen von mehr als einer Frauensperson.

»Anscheinend bekommen wir noch Gäste«, sagte Ralph schmunzelnd.

Victoria war die erste, wie Ralph nicht anders erwartet hatte. Sie kam auf langen, wohlgeformten Beinen, die sich unter den Falten ihrer dünnen Baumwollröcke abzeichneten – barfuß in Ablehnung aller damenhaften Manieren; die Schuhe trug sie in der Hand und Jonathan auf der Hüfte.

»Vicky! Vicky. Hast du mir was mitgebracht?« quietschte der Junge.

»Einen Kuß auf die Backe und einen Klaps auf den Po«, lachte Vicky und küßte ihn. Ihr Lachen war laut und ungezwungen; ihr Mund war ein wenig zu groß, ihre Lippen samtig wie Rosenblätter und schön geformt, ihre Zähne groß, gerade und weiß wie chinesisches Porzellan. Sie hatte grüne, weitauseinanderstehende Augen, ihre Haut hatte den Seidenschimmer englischer Schönheiten, dem weder die Sonne noch massive Chinin-Dosierungen gegen Malaria etwas anhaben konnten. Auch ohne die wilde kupferblonde Lockenmähne, die ihr vom Wind zerzaust bis über die Schulter fiel, wäre sie eine auffallende Erscheinung gewesen.

Jeder der Anwesenden, selbst Mr. Rhodes, sah dem Auftritt gebannt zu. Victoria rannte mit dem Jungen auf der Hüfte zu Ralph, warf ihren freien Arm um seinen Hals, stellte sich auf die Zehenspitzen und gab ihm einen Kuß auf den Mund. Kein langer Kuß, aber ihre Lippen waren weich und feucht, ihre Brüste schmiegten sich unter der Baumwollbluse fest und warm gegen seine Brust, und der Druck ihrer festen Schenkel schickte einen zuckenden Blitz sein Rückgrat hinauf. Ralph löste die Umarmung, und einen Augenblick verspotteten ihn ihre grünen Augen. Sie forderte ihn zu etwas heraus, das sie nicht ganz begriff, genoß dieses leichtfertige Gefühl der Macht, das sie noch nicht bis zu seinen Grenzen ausgekostet hatte.

Dann übergab sie Jonathan seinem Vater, stürmte durch das Zelt und warf sich in Jordans Arme.

»Jordan, Liebling, wie ich dich vermißt habe!« Sie wirbelte ihn im Kreis herum, ihr Haar flog, und sie lachte fröhlich.

Ralph blickte zu Mr. Rhodes, sah seinen Ausdruck des Entsetzens und des Unbehagens, grinste und setzte Jonathan zur Erde. Der rannte los, klammerte sich an Vickys Rock und tanzte mit den beiden quietschend und johlend im Kreis herum. Ralph begrüßte indes den zweiten Zwilling.

Elizabeth war ebenso groß wie Vicky, nur dunkler. Ihr Haar glänzte wie poliertes Mahagoni, ihre Haut war golden gebräunt. Sie war schlank wie eine Tänzerin. Ihre Stimme klang weich, und ihr Lachen war ein kehliges Gurren. In ihren honigfarbenen Augen funkelte erotische Neugier.

Sie ging Arm in Arm mit Cathy, löste sich und stellte sich vor Ralph.

»Mein Lieblingsschwager«, flüsterte sie. Elizabeths Stimme war zwar leiser und ihre Art scheinbar zurückhaltender als die ihrer Zwillingsschwester, doch stets war sie es, die irgendeinen

Streich ausheckte, und sie war die Anführerin der beiden. Aus der Nähe kam ihre Schönheit voll zur Geltung, weniger aufsehenerregend als Vickys, doch das Ebenmaß ihrer Gesichtszüge und die Tiefe ihrer goldbraunen Augen waren höchst beunruhigend.

Sie küßte Ralph, und die kurze Berührung war noch weniger geschwisterlich als die ihrer Schwester. Und als sie sich von ihm löste, waren ihre schrägen Augen voll gespielter Unschuld, gefährlicher als jede Keckheit. Ralph löste die knisternde Spannung mit einem Blick zu Cathy, schnitt eine komische Grimasse der Resignation und hoffte, daß sie immer noch glaubte, seine wohlweisliche Distanz zu den Zwillingen liege an deren kichernder, kindischer Jungmädchenart.

Vicky gab Jordan frei, stemmte die Hände in die Hüften und fragte: »Ralph, möchtest du uns den Herren nicht vorstellen?«

»Mr. Rhodes, darf ich Sie mit meinen Schwägerinnen bekannt machen«, sagte Ralph, und die Worte zergingen ihm auf der Zunge.

»Aah, der berühmte Mr. Rhodes«, schwärmte Vicky theatralisch mit spöttischem, grünem Gefunkel in ihren Augen. »Welche Ehre, den Sieger über das Volk der Matabele kennenzulernen. König Lobengula, müssen Sie wissen, war ein persönlicher Freund unserer Familie.«

»Bitte entschuldigen Sie meine Schwester, Mr. Rhodes.« Elizabeth machte mit todernstem Gesicht einen tiefen Knicks. »Sie möchte nicht unhöflich sein, aber unsere Eltern waren die ersten Missionare in Matabeleland, und mein Vater kam ums Leben, als er König Lobengula helfen wollte, den Ihre Truppen zu Tode hetzten. Meine Mutter –«

»Kleines Fräulein, ich weiß sehr wohl, wer Ihre Mutter ist«, schnitt Mr. Rhodes ihr scharf das Wort ab.

»Oh, wie schön«, flötete Vicky honigsüß. »Dann werden Sie sich gewiß über das Geschenk freuen, das sie Ihnen durch uns überreichen läßt.«

Vicky holte aus der tiefen Tasche ihres langen Rockes ein schmales kartoniertes Buch mit gelben, rauhen Seiten und legte es auf den Tisch vor Mr. Rhodes, dessen schwere Hängebacken sich beim Anblick des Titels noch dunkler verfärbten. Selbst Ralph erschrak. Er hatte zwar erwartet, daß die Zwillinge Unruhe stiften, aber nicht damit gerechnet, daß sie mit der Tür ins Haus fallen würden.

Der Titel des Buches lautete *Soldat Hackett aus Matabeleland, von Robyn Ballantyne*. Die Mutter der Zwillinge schrieb und veröffentlichte ihre Bücher unter ihrem Mädchennamen. Es gab vermutlich keinen Mann im Camp, der das schmale Bändchen nicht gelesen hatte, zumindest nicht seinen Inhalt kannte, und hätte Vicky eine lebendige Mamba auf den Tisch geworfen, hätte sie damit für nicht weniger Aufruhr sorgen können.

Der Inhalt des Buches war so brisant, daß drei angesehene Londoner Verlagshäuser die Veröffentlichung abgelehnt hatten. Robyn St. John hatte es schließlich im Eigenverlag herausgegeben und damit eine Sensation heraufbeschworen. In sechs Monaten waren nahezu zweihunderttausend Exemplare des von den Kritikern in England und den Überseekolonien ausführlich rezensierten Buches verkauft worden.

Das Bild auf der Titelseite gab einen Vorgeschmack auf seinen Inhalt. Eine unscharfe Fotografie zeigte ein Dutzend weißer Männer in den Uniformen der B. S. A.-Gesellschaft, die unter den ausladenden Zweigen eines hohen Teakbaumes standen und hinaufschauten zu vier halbnackten Matabele, die an Stricken von den oberen Ästen hingen.

»Das sind vier Matabele-Indunas, die in der Schlacht am Bembesi verwundet wurden und die sich lieber selbst aufhängten, als sich unseren Truppen zu ergeben«, knurrte Rhodes. »Sie sind keineswegs Opfer einer Greueltat, wie dieses üble Machwerk unterstellt.«

Mr. Rhodes schlug das Buch mit einem Knall zu, und Elizabeth rief mit vorwurfsvoller Stimme: »Aber, Mr. Rhodes, Mama wird sehr enttäuscht sein, wenn Ihnen ihre kleine Geschichte nicht gefällt.«

Das Buch erzählte die fiktiven Abenteuer des Soldaten Hakkett bei den Pioniertruppen der B. S. A.-Gesellschaft, seine begeisterte Teilnahme am Abschlachten der Matabele mit Maschinengewehren, es schilderte die Verfolgung und Erschießung flüchtender Überlebender, das Niederbrennen ihrer Krale, die Plünderung von Lobengulas Viehherden und die Vergewaltigungen junger Matabele-Frauen. Soldat Hackett verliert seine Schwadron und verbringt eine Nacht allein auf einem wilden Kopje, und als er an seinem Lagerfeuer hockt, tritt ein geheimnisvoller, weißer Fremder aus der Nacht und setzt sich zu ihm ans Feuer. Hackett sagt: »Wie ich sehe, warst du auch im Krieg«, beugt sich vor und mustert die Füße des Fremden. »Mein Gott! Beide Füße! Glatte Durchschüsse – da hast du ja ganz schön was abgekriegt!«

Der Fremde antwortet: »Das geschah vor sehr langer Zeit.« Und dem Leser sind wohl alle Zweifel genommen, um wen es sich handelt. Unvermittelt erteilt der Fremde dem jungen Hackett seinen Auftrag.

»Bring eine Botschaft nach England. Geh und frag dieses große Volk: ›Wo ist das Schwert, das in eure Hände gelegt wurde, mit dem ihr Gesetze erlaßt und für Recht sorgt? Wie könnt ihr es Männern aushändigen, deren Hunger das Gold, deren Durst der Reichtum ist, für die ihre Nächsten bloße Schachfiguren in einem Spiel sind, Männer, die aus dem Schwert einer großen Nation ein Werkzeug gemacht haben, um nach Gold zu scharren wie Schweineschnauzen nach Erdnüssen?‹«

Kein Wunder, lächelte Ralph in sich hinein, daß Mr. Rhodes das Buch angeekelt von sich schob und die Hand, die es angefaßt hatte, am Revers seines Jacketts abwischte.

»Ach, Mr. Rhodes«, hauchte Vicky mit Engelsmiene und großen Augen, »Sie müssen zumindest die Widmung lesen, die Mama Ihnen hineingeschrieben hat.« Sie nahm das zurückgewiesene Buch an sich, schlug das Vorsatzblatt auf und las laut: »›Für Cecil John Rhodes, ohne dessen Wirken dieses Buch niemals geschrieben worden wäre.‹«

Mr. Rhodes erhob sich mit schwerfälliger Würde.

»Ralph«, begann er kühl, »ich bedanke mich für Ihre Gastfreundschaft. Wir haben sie ohnehin lange genug beansprucht. Dr. Jim und ich werden nach Bulawayo aufbrechen.« Er blickte zu Jordan hinüber. »Die Maultiere sind ausgeruht. Jordan, bekommen wir eine Mondnacht?«

»Es wird eine mondhelle Nacht«, antwortete Jordan ohne Zögern. »Klarer Sternenhimmel, wir haben ausreichend Licht.«

»Wir können also noch heute abend aufbrechen!«

Das war ein Befehl. Mr. Rhodes wartete nicht auf Antwort, sondern stapfte aus dem Zelt, gefolgt von dem kleinen Doktor. Sobald sie verschwunden waren, platzten die Zwillinge beinahe vor Lachen und fielen einander kichernd in die Arme.

»Mama wäre stolz auf dich, Victoria Isabel –«

»Nun, ich bin es nicht.« Jordans Stimme fuhr schneidend in ihre Heiterkeit. Er war bleich und zitterte vor Wut. »Ihr seid schlecht erzogene, alberne kleine Mädchen.«

»Aber Jordan«, jammerte Vicky und ergriff seine Hand, »sei nicht böse. Wir lieben dich so sehr.«

»Ja, wir lieben dich beide.« Elizabeth ergriff seine andere Hand, doch er entzog sich ihnen.

»Ihr könnt euch in euren flatterhaften, leichtfertigen Köpfen gar nicht ausmalen, was für ein gefährliches Spiel ihr treibt, gefährlich nicht nur für euch selbst.« Er ließ sie stehen und wandte sich an Ralph. »Das gilt auch für dich, Ralph.« Seine Gesichtszüge wurden weicher, er legte seine Hand auf Ralphs Schulter. »Bitte, sei etwas vorsichtiger – wenn nicht für dich, dann wenigstens für mich.« Er drehte sich um und folgte seinem Herrn.

Ralph zog umständlich die goldene Uhr aus seiner Westentasche.

»Sechzehn Minuten, um das Camp zu räumen«, verkündete er den Zwillingen. »Das muß selbst für euch zwei ein neuer Rekord sein.« Er schob die Uhr wieder zurück und legte Cathy einen Arm um die Schultern. »Siehst du, Katie, mein Schatz, da hast du dein Heim wieder ohne einen einzigen Fremden.«

»Das stimmt nicht ganz«, murmelte ein weicher Kentucky-Akzent, und Harry Mellow erhob sich von dem Balken, auf dem er gesessen hatte, und nahm den Schlapphut von seinem Lockenkopf. Einen verdutzten Augenblick starrten die Zwillinge ihn an, dann warfen sie einander einen Blick absoluten Verständnisses zu, und in beiden vollzog sich eine wundersame Verwandlung. Liza glättete ihre Röcke, Vicky warf ihre Locken zurück, und ihre Gesichter wurden ernst und ihre Haltung damenhaft.

»Vielleicht stellst du uns dem jungen Herrn vor, Vetter Ralph«, sagte Vicky mit so vornehmem Akzent, daß Ralph ihr einen ungläubigen Blick zuwarf.

Als die von Maultieren gezogene Kutsche durch die äußere Umzäunung fuhr, fehlte ein Mann aus Mr. Rhodes' Gefolge.

»Was hast du Mr. Rhodes gesagt?« wollte Cathy wissen, die an Ralphs Arm hing und der Kutsche nachschaute, die sich wie ein dunkler Schatten auf der mondhellen Straße entfernte.

»Ich sagte ihm, daß ich Harry noch für ein, zwei Tage brauche, damit wir die Pläne für den Ausbau der Harkness-Mine besprechen.« Ralph zündete sich die letzte Zigarre dieses Tages an, und das Paar setzte seinen kleinen Spaziergang durch das Camp fort, der zum Abendritual ihres gemeinsamen Lebens geworden war. Eine Stunde der Beschaulichkeit, wo sie den Verlauf des vergangenen Tages besprachen, Pläne für den kommenden machten, die Nähe des anderen genossen, einander sanft berührend, eine Nähe, die ihre Schritte bald ganz natürlich an das breite Bett in ihrem Schlafzelt lenkte.

»War das die Wahrheit?« fragte Cathy.

»Die halbe«, gab er zu. »Ich brauche ihn länger als ein, zwei Tage, vermutlich zehn oder zwanzig Jahre.«

»Wenn dir das gelingt, dann bist du einer der wenigen Männer, die Mr. Rhodes austricksen, und das wird ihm nicht gefallen.«

Ralph blieb stehen. »Psst! Hör mal!«

Aus der inneren Umzäunung drang rötlicher Feuerschein und Banjomusik von so seltener Virtuosität, daß der Nachtchor der Zikaden beschämt verstummte.

»Dein Harry Mellow scheint ein vielseitig begabter Mann zu sein«, schmunzelte Cathy.

»Seine größte Begabung ist die, eine Goldfüllung in einem hohlen Zahn über die Entfernung eines Polofeldes zu erkennen. Ich denke, deine kleinen Schwestern werden noch ein paar andere seiner Talente kennenlernen.«

»Ich sollte sie ins Bett schicken«, murmelte Cathy.

»Spiel nicht die strenge ältere Schwester«, ermahnte Ralph sie, als nun Harry Mellows Bariton das Banjo begleitete, und die

Zwillinge mit klaren, melodischen Stimmen in den Refrain einstimmten.

»Laß die armen Dinger in Ruhe. Strenge haben sie zu Hause genug«, meinte Ralph.

»Es ist meine Pflicht«, protestierte Cathy halbherzig.

»Wenn du schon von Pflicht sprichst«, lachte Ralph glucksend, »dann, Weib, wartet eine andere, dringendere auf dich!« Und sie schlugen die Richtung zu ihrem Schlafzelt ein.

Im südlichen Frühling an den Gestaden eines der großen Seen in den heißen Senken des Rift Valley, dieser mächtigen geologischen Aufwerfung, die den afrikanischen Kontinent wie ein gigantischer Axthieb spaltet, ereignete sich zu dieser Zeit ein seltsamer Brutvorgang.

Aus den massenhaft in der lockeren Erde am Seeufer abgelegten Eiern der *Schistocerca gregaria*, der Wüstenheuschrecke, schlüpften die Larven mit ihren Flügelstummeln. Die Eier waren zu ungewöhnlich günstigen Wetter- und Bodenbedingungen gelegt worden. Die Schwärme der Brutinsekten waren von Winden, die zu dieser Jahreszeit höchst selten wehen, an die Papyrusufer des Sees getragen worden, ein Überfluß an Nahrung hatte ihre Fruchtbarkeit erhöht. Als die Zeit der Eiablage kam, wehte erneut ein zufälliger Wind sie massenweise auf trockenen, lockeren Boden mit genau dem richtigen Säuregehalt, um die Eimassen vor Pilzinfektionen zu schützen, die leichte Feuchtigkeit, die vom See aufstieg, bewahrte die Eierhaut vor dem Austrocknen, und die Larven konnten ohne Mühe schlüpfen.

In anderen, weniger günstigen Jahren betrug der Verlust häufig bis zu neunzig Prozent, doch in diesem Jahr gebar die Erde eine nie dagewesene Vielzahl von Larven. Die Brutstätte erstreckte sich über nahezu fünfundsiebzig Quadratkilometer, dennoch krochen die Insekten in mehreren Schichten übereinander, und die Wüste schien ein einziger brodelnder Organismus zu sein, monströs und erschreckend.

Als sie sich zum letztenmal häuteten und ihre Flügel getrocknet waren, fand die letzte Wetterbegünstigung statt. Die tropischen Wolken zogen ab, und eine sengende Sonne brannte auf die massenhaften Insektenschwärme, das Tal erhitzte sich wie ein Backofen, und der ganze Schwarm ausgewachsener Heuschrecken erhob sich in die Lüfte.

Sie flatterten unermüdlich und schwangen sich südwärts in einer Wolke, die die Sonne verfinsterte und sich über den gesamten Horizont erstreckte.

In der Abendkühle sank die mächtige Wolke zur Erde, und die Bäume des Waldes konnten ihr Gewicht nicht tragen. Äste von der Dicke eines Männerkörpers brachen unter den klammernden Insektenmassen. Am Morgen trieb die ansteigende Hitze die Tiere wieder in die Lüfte, die Schwärme verfinsterten den Himmel. Sie hinterließen einen kahlgefressenen Wald, dessen Bäume die nackten, geknickten Äste wie verkrüppelte Gliedmaßen in eine fremde, tote Landschaft reckten.

Nach Süden ergoß sich der endlose Schwarm über den Himmel, und weit unter ihm glitzerte das Silberband des Sambesiflusses.

Die weiß getünchten Mauern der Khami-Missionsstation lagen in der grellen Mittagssonne wie ausgebleichtes Gebein. Das Privathaus, umgeben von breiten, überdachten Veranden und mit dickem Stroh gedeckt, stand etwas abseits von der Kirche und den Nebengebäuden.

Der Garten, durch den ein kleiner Bach plätscherte, reichte bis an die Verandastufen. Nahe am Haus bildeten Rosen und Bougainvillea, Poinsettia und Phloxstauden bunte Farbflecke im noch winterbraunen, verdorrten Veld; näher am Bach standen Maisfelder, die von den Rekonvaleszenten des Missionskrankenhauses bearbeitet wurden.

Die Erde zwischen den Reihen der Maisstauden war von dunkelgrünen Schirmblättern der Kürbispflanzen abgedeckt. Diese Felder nährten einige hundert hungrige Mäuler: die Familie und die Bediensteten, die Kranken und Genesenden, die aus ganz Matabeleland in diese winzige Oase der Hoffnung und des Beistands pilgerten.

Auf der Veranda des Haupthauses saß die Familie an einem schweren, roh gezimmerten Tisch aus Mukwaholz beim Mittagessen, bestehend aus warmen Maisfladen, dazu gab es *Maas*, kühle, dicke, gesäuerte Milch, aus einem Steinkrug. Nach Ansicht der Zwillinge dauerte das Gebet, das diesem frugalen Mahl voranging, entschieden zu lang. Vicky zappelte unruhig und Elizabeth seufzte ungeduldig.

Dr. Robyn St. John, die Leiterin der Khami-Mission, hatte dem Allmächtigen innig für seine Güte gedankt, nun machte sie ihn darauf aufmerksam, daß ein bißchen Regen in naher Zukunft die Bestäubung der unreifen Maiskolben auf den Feldern beschleunigen und sein Übermaß an Güte voll machen würde. Robyn hielt die Augen geschlossen, und ihre Gesichtszüge waren entspannt und heiter, ihre Haut beinahe so faltenlos wie Victorias. Ihr dunkles Haar hatte den gleichen Rotschimmer wie Elizabeths. Nur der feine Silberhauch an ihren Schläfen verriet ihr Alter.

»O Herr«, sagte sie, »in Deiner Weisheit hat es Dir gefallen, daß Butterblume, unsere beste Kuh, keine Milch mehr gibt. Wir legen unser Geschick in Deine Hände, Dein Wille geschehe, aber wir brauchen Milch, wenn diese kleine Mission weiterhin zu Deinem Ruhm bestehen bleiben soll –« Robyn machte eine kleine Pause, um ihren Worten Nachdruck zu verleihen. »Amen!« sagte Juba vom anderen Ende des Tisches.

Seit sie zum christlichen Glauben übergetreten war, bedeckte Juba ihre riesigen schwarzen Melonenbrüste mit einer zugeknöpften Männerweste, und zwischen ihren Halsketten aus Straußeneierschalen und glänzenden Glasperlen hing ein schlichtes Kruzifix aus Gold an einer dünnen Kette. Ansonsten trug sie noch immer die traditionelle Kleidung einer hochgestellten Matabele-Matrone.

Robyn öffnete die Augen und lächelte sie an. Sie waren seit vielen Jahren befreundet, seit Robyn sie aus den Fängen eines arabischen Sklavenhändlers am Kanal von Mosambique befreit hatte, lange vor der Geburt eines ihrer Kinder, als beide noch jung und unverheiratet waren; doch König Lobengula hatte erst kurz vor seiner Vernichtung durch die Truppen der B.S.A.-Gesellschaft seine Einwilligung für Jubas Übertritt zum christlichen Glauben gegeben.

Juba, die kleine Taube – wie sehr hatte sie sich seit jenen längst vergangenen Tagen verändert. Nun war sie die erste Frau von Gandang, einem der größten Indunas des Matabele-Volkes, dem Bruder von König Lobengula, und sie hatte ihm zwölf Söhne geboren, der älteste war Bazo, die Axt, auch er ein Induna. Vier ihrer Söhne waren im Mündungsfeuer der Maxim-Maschinengewehre gefallen am Zusammenfluß von Shangani und Bembesi. Dennoch war Juba nach Beendigung dieses kurzen, grausamen Krieges in die Khami-Mission zu Robyn zurückgekehrt.

Jetzt erwiderte sie Robyns Lächeln. Ihr Gesicht war ein glänzender Vollmond, die seidige schwarze Haut spannte sich glatt über die Fettschichten. Ihre dunklen Augen funkelten in wacher Intelligenz, und ihre Zähne blitzten makellos weiß. Auf ihrem breiten Schoß, im Schutze ihrer Arme, von denen jeder den Umfang eines Männerschenkels hatte, hielt sie Robyn St. Johns einzigen Sohn.

Robert war noch keine zwei Jahre alt, ein schmächtiges Kind, das nicht den robusten Knochenbau seines Vaters geerbt hatte, nur die seltsam gelbgesprenkelten Augen hatte er von ihm. Sein Gesicht war teigig-fahl von den regelmäßigen Chinin-Gaben gegen Malaria. Wie bei vielen spätgeborenen Kindern ging ein eigentümlich feierlicher Ernst von ihm aus, er glich einem kleinen alten Gnom, der schon hundert Jahre gelebt hatte. Er blickte ins Gesicht seiner Mutter, als habe er jedes ihrer Worte verstanden.

Robyn schloß erneut die Augen, und die Zwillinge, die in Erwartung eines endgültigen Amens munterer geworden waren, warfen sich einen gelangweilten Blick zu und knickten resigniert wieder ein.

»O Herr, Du weißt von dem wichtigen Experiment, das Deine unwürdige Dienerin heute, bevor der Tag zu Ende geht, durchführen will, und wir alle erflehen Dein Verständnis und Deinen Schutz während der gefährlichen Tage, die vor uns liegen.«

Jubas Kenntnisse der englischen Sprache reichten aus, um die Bedeutung dieser Worte zu verstehen, und das Lächeln schwand aus ihrem Gesicht. Auch die Gesichter der Zwillinge wurden besorgt und unglücklich, und als Robyn das lang ersehnte »Amen« sprach, rührte keine der beiden Speis und Trank an.

»Victoria, Elizabeth, ihr dürft anfangen«, munterte Robyn sie auf, und sie stocherten beide mißmutig im Essen herum.

»Du hast uns nie gesagt, daß es heute sein soll«, meldete Vicky sich schließlich zu Wort.

»Das Mädchen aus Zamas Kral ist bestens für den Versuch geeignet. Vor einer Stunde bekam sie Schüttelfrost, und ich erwarte den Höhepunkt des Fiebers vor Sonnenuntergang.«

»Bitte, Mama!« Elizabeth sprang von ihrem Stuhl auf, kniete neben Robyn und umschlang sie mit beiden Armen. »Bitte, tu es nicht.«

»Sei nicht albern, Elizabeth«, wies Robyn sie streng zurecht. »Setz dich an deinen Platz und iß.«

»Lizzi hat recht.« Vicky standen Tränen in den grünen Augen. »Wir wollen nicht, daß du es tust. Es ist gefährlich, es ist einfach gräßlich.«

Robyns Gesichtsausdruck wurde etwas weicher, und sie legte ihre schmale, aber kräftige braune Hand auf Elizabeths Scheitel. »Manchmal sind wir gezwungen, Dinge zu tun, die uns Angst machen. Dadurch prüft Gott unsere Glaubensstärke.« Robyn strich ihrer Tochter das seidige, dunkle Haar aus der Stirn. »Euer Großvater, Fuller Ballantyne –«

»Großvater hatte nicht alle Tassen im Schrank«, fiel Vicky ihr hastig ins Wort. »Er war vollkommen verrückt.«

Robyn schüttelte den Kopf. »Fuller Ballantyne war ein großer, gottesfürchtiger Mann, seine Weitsicht und sein Mut kannten keine Grenzen. Nur kleinmütige Menschen nennen einen solchen Mann verrückt. Sie zweifelten an ihm, so wie sie jetzt an mir zweifeln, und so wie er werde ich den Wahrheitsbeweis erbringen«, sagte sie mit Nachdruck.

Im Jahr zuvor hatte Robyn in ihrer Eigenschaft als klinische Leiterin der Khami-Mission der englischen Ärztekammer eine medizinische Abhandlung vorgelegt, in der sie die Ergebnisse und Schlußfolgerungen ihrer zwanzigjährigen Studien und Forschungen des tropischen Malariafiebers darlegte.

Zu Beginn ihrer Schrift hatte sie das Werk von Charles Louis Alphonse Laveran uneingeschränkt anerkannt; er war der erste, der die Malariaparasiten unter dem Mikroskop isoliert hatte.

Doch im Verlauf der Abhandlung stellte Robyn die Theorie auf, daß die periodisch verlaufenden Anfälle von Fieber und Schüttelfrost, die das Wesen der Krankheit bestimmten, mit der Zellteilung dieser Parasiten im Blutkreislauf des Patienten ursächlich zusammenhingen.

Den hohen Herren in der British Medical Association war Robyn als politische Unruhestifterin, die sich über jegliche konservative Überzeugungen hinwegsetzte, wohl bekannt. Sie hatten ihr weder vergeben noch vergessen, daß sie als Mann verkleidet an der medizinischen Fakultät studierte, damit eines der ausschließlich männlichen Privilegien brach und sich unter falschen Voraussetzungen den Doktortitel erschlichen hatte. Sie erinnerten sich schmerzlich an den Aufruhr und den Skandal, den sie hervorgerufen hatte. Mit säuerlichen Mienen hatten die Herren verfolgt, wie sie eine Reihe höchst erfolgreicher Bücher veröffentlichte, die ihren Höhepunkt in der infamen Geschichte *Soldat Hackett aus Matabeleland* fanden, einer widerwärtigen Attacke gegen die B. S. A.-Gesellschaft, in die ein Großteil der Investitionsgelder der Ärztekammer flossen.

Selbstverständlich standen die ehrenwerten Mitglieder einer so erhabenen Institution über niederen Beweggründen wie Neid und Mißgunst, und niemand mißgönnte ihr die stattlichen Einkünfte aus ihren Veröffentlichungen, und als einige von Robyns abwegigen Theorien über tropische Krankheiten sich letztlich als richtig erwiesen, zog man großmütig ursprüngliche Einwände zurück. Dennoch, hätte Dr. Robyn St. John, verwitwete Codrington, geborene Ballantyne, sich einen Strick aus ihrer eigenen Dreistigkeit und Unverschämtheit gedreht und sich daran aufgehängt, keiner der Herren der englischen Ärztekammer hätte um sie getrauert.

Die Herren lasen den ersten Teil von Robyns neuester Veröffentlichung über das Sumpffieber mit milder Beunruhigung. Ihre Theorie über die zeitliche Übereinstimmung der Zellteilung der Parasiten mit dem starken Temperaturwechsel des Patienten konnte lediglich ihrer Reputation ein weiteres Glanzlicht aufsetzen. Mit wachsendem Hohn kamen sie zum zweiten Teil und wußten, daß sie damit ihren Ruf wieder einmal aufs Spiel setzte.

Seit Hippokrates zum erstenmal im 5. Jahrhundert v. Chr. über diese Krankheit berichtete, stand als unbestrittene Tatsache fest, daß Malaria, wie der Name sagte, durch faulige Luft und giftige Dämpfe in Sumpfgebieten übertragen wurde. Robyn St. John stellte nun die Behauptung auf, dies sei ein Irrtum; die Krankheit werde durch Blutkontakt eines Patienten auf ein gesundes Opfer übertragen. Weiterhin verstieg sie sich zu der Behauptung, die Krankheitserreger würden von Moskitos übertragen, die in Sümpfen und Mooren anzutreffen sind, dort, wo die Krankheit am häufigsten auftrat. Als Beweis ihrer Theorie führte Robyn an, sie habe die Malariaparasiten im Mageninhalt dieser Insekten unter dem Mikroskop entdeckt.

Bei solcher Gelegenheit konnten die hohen Herren der British Medical Association der Versuchung nicht widerstehen, eine wahre Flut des Spotts über sie auszugießen. »Es besteht nicht der entfernteste Hinweis darauf«, schrieb einer ihrer wohlmeinenderen Kritiker, »daß irgendeine Krankheit durch Blut übertragen werden kann, und fliegende Insekten als Verbreiter dieser Krankheit verantwortlich zu machen, scheint mir nicht weit entfernt vom heidnischen Aberglauben an Vampire und Werwölfe.«

»Euer Großvater ist ebenfalls verspottet worden.« Robyns vorgerecktes Kinn duldete keinen Widerspruch. »Als er gegen die landläufige Überzeugung behauptete, das Gelbfieber sei eine infektiöse, ansteckende Krankheit, forderte die Kollegenschaft Beweise von ihm.«

Die Zwillinge hatten dieses Stück Familiengeschichte ein dutzendmal gehört und erbleichten bereits in Erwartung des Brechreizes, der sie überkommen würde.

»Er berief alle berühmten Ärzte seiner Zeit in das Hospital, in dem er arbeitete, nahm ein Glas des gelben Erbrochenen eines im Sterben liegenden Gelbfieber-Patienten, prostete seinen Ärztekollegen zu und leerte das Glas vor versammelter Mannschaft in einem Schluck.«

Vicky hielt sich die Hand an den Mund, Elizabeth würgte und wurde kalkweiß.

»Euer Großvater war ein mutiger Mann, und ich bin seine

Tochter«, sagte Robyn schlicht. »Nun eßt eure Teller leer. Ihr werdet mir beide heute nachmittag assistieren.«

Hinter der Kirche befand sich die neue Krankenstation, die Robyn, nachdem ihr erster Mann im Matabele-Krieg gefallen war, eingerichtet hatte. Ein offener Bau, umgeben von einer niedrigen Mauer, dessen Strohdach von hohen Pfählen getragen wurde. Bei heißem Wetter strich die frische Luft ungehindert durch den Krankenbau, in der Regenzeit und bei Kälte wurden geflochtene Grasmatten heruntergerollt, um die Seiten abzudichten.

Auf dem Lehmboden lagen die Schlafmatten in dichten Reihen. Die Familien waren nicht voneinander getrennt, und gesunde Erwachsene und Kinder hausten zusammen mit Kranken und Siechen. Robyn zog es vor, eine betriebsame, lärmende Dorfgemeinde zur Krankenstation zu haben als sich vor Heimweh verzehrende Kranke. Die Einrichtung hatte sich so bewährt und das Essen war so gut, daß die Patienten nach ihrer Genesung nur äußerst schwer zu bewegen waren, das Hospital wieder zu verlassen. Bis Robyn auf die List verfiel, alle Rekonvaleszenten und ihre Familien zur Feldarbeit und zum Bau neuer Gebäude heranzuziehen. Diese Maßnahme hatte die Bewohner der Klinik drastisch auf eine überschaubare Anzahl reduziert.

Robyns Laboratorium stand zwischen Kirche und Krankenbau. Ein kleines Rundhaus aus ungebrannten Ziegeln mit einem Fenster. An der Innenwand waren eine Arbeitsplatte und Regale angebracht. Auf dem Ehrenplatz stand Robyns neues Mikroskop, erstanden von den Einkünften des *Soldat Hackett*, daneben ein dickes, ledergebundenes Buch, in das sie jetzt die einleitenden Beobachtungen ihres Experiments eintrug.

»Versuchsperson: Weiß, weiblich, gegenwärtig bei guter Gesundheit«, notierte sie in ihrer energischen, ordentlichen Handschrift. Bei Jubas tragischer Stimme stockte ihr die Feder.

»Du hast dem großen König Lobengula einen Eid geschworen, daß du dich nach seinem Tod um sein Volk kümmerst. Wie kannst du dieses Versprechen halten, wenn du tot bist, Nomusa?« fragte Juba in Sindebele und nannte Robyn bei ihrem Ehrennamen Nomusa – Frau der Gnade.

»Ich werde nicht sterben, Juba«, fuhr Robyn sie gereizt an. »Und um Himmels willen, mach nicht so ein Gesicht.«

»Es ist nicht weise, die dunklen Geister herauszufordern, Nomusa.«

»Juba hat recht, Mama«, meldete Vicky sich zu Wort. »Du hast absichtlich aufgehört, Chinin zu nehmen, keine einzige Tablette in sechs Wochen, und deine eigenen Untersuchungen haben gezeigt, daß erhöhte Gefahr von Schwarzwasserfieber besteht –«

»Genug!« Robyn schlug mit der flachen Hand auf den Tisch. »Ich hör' mir das nicht länger an.«

»Na schön«, lenkte Elizabeth ein. »Wir versuchen nicht mehr, dich davon abzubringen. Sollen wir nach Bulawayo reiten, um General St. John zu holen, wenn du ernsthaft krank wirst?«

Robyn warf den Federhalter auf die offene Buchseite, daß die Tinte spritzte, und sprang auf die Füße.

»Ihr werdet nichts dergleichen tun, habt ihr gehört? Ihr laßt diesen Mann aus dem Spiel.«

»Mama, du bist mit ihm verheiratet«, gab Vicky zu bedenken.

»Und er ist Bobbys Vater«, setzte Elizabeth hastig hinzu.

»Und er liebt dich.« Vickys Worte überschlugen sich fast, bevor Robyn ihr Einhalt gebieten konnte.

Robyn war bleich geworden und bebte vor Zorn und einem Gefühl, das ihr einen Augenblick lang die Stimme verschlug, und Elizabeth machte sich das ungewohnte Schweigen zunutze.

»Er ist ein so starker –«

»Elizabeth!« Robyn fand ihre Stimme wieder, und sie klang wie Stahl, der aus der Scheide gezogen wird. »Ich habe euch verboten, über diesen Mann zu sprechen.« Sie setzte sich wieder an ihren Schreibtisch, nahm die Feder zur Hand, und lange Zeit war das Kratzen auf Papier das einzige Geräusch im Raum. Als Robyn wieder zu sprechen begann, war ihre Stimme kühl und wissenschaftlich nüchtern. »In der Phase, in der ich dazu nicht in der Lage sein werde, macht Elizabeth die Eintragungen im Journal – sie hat die ordentlichere Schrift von euch beiden. Ich wünsche stündliche Eintragungen, egal, wie ernst die Situation ist.«

»Sehr wohl, Mama.«

»Vicky, du nimmst die Behandlung vor, jedoch erst, wenn der Fieberzyklus zweifelsfrei eingesetzt hat. Ich habe eine Liste von Instruktionen für dich aufgeschrieben für den Fall, daß ich das Bewußtsein verlieren sollte.«

»Sehr wohl, Mama.«

»Und ich, Nomusa?« frage Juba leise. »Was muß ich tun?«

Robyns Gesicht wurde weich, und sie legte der dicken Frau eine Hand auf den Arm.

»Juba, verstehe bitte, daß ich das Versprechen nicht breche, mich um dein Volk zu kümmern. Mit dieser Arbeit leiste ich einen Beitrag, daß die Menschen mehr über eine Krankheit wissen, die die Matabele und alle Völker Afrikas seit Urzeiten heimsucht. Glaube mir, es ist ein großer Schritt zur Befreiung deines und meines Volkes von einer furchtbaren Heimsuchung.«

»Ich wünschte, es gäbe einen anderen Weg, Nomusa.«

»Den gibt es nicht.« Robyn schüttelte den Kopf. »Du hast gefragt, was du tun kannst; wirst du bei mir bleiben Juba, um mir Halt zu geben?«

»Du weißt, daß ich das tun werde«, flüsterte Juba und nahm Robyn in die Arme. In der massigen Umarmung wirkte Robyn wie ein kleines Mädchen, und Jubas Schluchzen schüttelte die beiden Frauen.

Das schwarze Mädchen lag auf ihrer Schlafmatte an der niederen Wand der Krankenstation. Sie schrie im Delirium und warf die Felldecke fort. Die Hitze des Fiebers brannte sie innerlich aus. Ihre Haut war spröde wie Pergament, ihre Lippen grau und aufgesprungen, ihr Augen schwammen im unnatürlichen Glanz des Fiebers, das in ihr tobte.

Robyn schob ihre Hand in die Achselhöhle des Mädchens. »Sie ist heiß wie ein Schmelzofen, das arme Kind ist auf dem Höhepunkt der Krisis.« Sie zog ihre Hand zurück und bedeckte die Kranke mit dem dicken, weichen Fell. »Ich glaube, das ist der richtige Augenblick. Juba, du hältst ihre Schultern. Vicky, du ihren Arm. Elizabeth, bring mir die Schale.«

Der nackte Arm des Mädchens ragte unter der Decke hervor, und Vicky hielt ihn am Ellbogen fest, während Robyn den Arm mit einem Lederriemen abband, bis die Adern des Mädchens anschwollen, schwarz und hart wie unreife Trauben.

»Mach schon, Kind«, trieb Robyn Elizabeth an. Jetzt hielt sie der Mutter die weiße Emailschale hin und nahm das Tuch ab, mit dem sie bedeckt war. Ihre Hand zitterte.

Robyn nahm die Spritze heraus, deren Glaszylinder von einem Messingmantel umgeben war, zog die Hohlnadel ab, massierte mit dem Daumen der freien Hand Blut in die Vene am Handgelenk, bevor sie die dicke Nadel schräg unter die Haut stach.

»Ich nehme zwei Kubikzentimeter Blut ab«, murmelte sie, während die rote Linie an der Gradmarkierung hochstieg. Dann zog sie die Nadel mit einem Ruck aus der Vene, drückte den Daumen auf die Einstichstelle, um das Blut zu stillen, legte die Spritze in die Schale und öffnete die Schlaufe der Aderpresse.

»Juba«, sagte sie, »gib ihr jetzt Chinin und bleib bei ihr, bis sie zu schwitzen beginnt.« Robyn erhob sich mit raschelnden Rökken, und die Zwillinge mußten laufen, um mit ihr auf dem Weg zum Laboratorium Schritt zu halten.

Im runden Raum angekommen, warf Robyn die Tür zu.

»Wir müssen uns beeilen«, sagte sie, während sie sich den Puffärmel hochkrempelte. »Die Organismen im Blut dürfen nicht zerfallen.« Sie bot Vicky ihren Arm, die die Aderpresse anbrachte und festzurrte.

»Notiere die Zeit«, befahl Robyn.

»Siebzehn Minuten nach sechs«, sagte Elizabeth neben ihr mit der Emailschale in der Hand und starrte auf die blauen Adern unter der bleichen Haut des Arms ihrer Mutter.

»O Mama!« schrie Vicky, die nicht länger an sich halten konnte.

»Sei still, Victoria.«

Robyn setzte die Spritze auf die Nadel und drückte ohne dramatische Pause oder bedeutsame Worte das immer noch warme Blut des fieberkranken Matabele-Mädchens in die eigene Vene.

Sie zog die Nadel heraus und rollte den Ärmel herunter.

»Das wär's«, sagte sie. »Wenn ich recht habe – und ich habe recht – können wir den ersten Anfall in achtundvierzig Stunden erwarten.«

Der einzige Turnierbillardtisch nördlich des Kimberley Clubs und südlich des Shepheard's Hotel in Kairo stand im Salon des Grand Hotels von Bulawayo. In seine Einzelteile zerlegt, war er dreihundert Meilen von der Eisenbahnendstation hertransportiert worden, und Ralph Ballantynes Speditionsrechnung hatte sich auf 112 Pfund belaufen. Die Investition für die massive Schieferplatte auf den klobigen Teakholzbeinen hatte sich jedoch gelohnt.

Der Tisch war der Stolz aller Bürger von Bulawayo. War es doch irgendwie symbolisch für den Aufstieg aus der Barbarei in die Zivilisation, wenn Untertanen Ihrer Majestät, der Königin Victoria, die Elfenbeinkugel über den grünen Filz rollen ließen, an eben der Stelle, wo noch wenige Jahre zuvor ein schwarzer Heidenkönig seine abstoßenden Festrituale und grausamen Hinrichtungen abgehalten hatte.

Die Zuschauer in der Bar waren fast ausnahmslos bedeutende Männer, die Grund und Boden und Goldanteile erworben hatten, weil sie dieses Land mit Doktor Jims siegreichen Truppen in Besitz genommen hatten. Jeder von ihnen besaß dreitausend Hektar fruchtbaren Weidelands, auf dem ihr Anteil der konfiszierten Viehherden von Lobengula graste. Viele von ihnen hatten bereits ihre Goldanteile gesichert, indem sie die reichen Oberflächenadern abgesteckt hatten, in denen das Gold in der grellen Sonne von Matabeleland glitzerte.

Der Goldreichtum war immens, und der Allmächtige allein wußte, welche Schätze diese Erde sonst noch barg, und die Stimmung in der im Aufschwung begriffenen Stadt war voll Zuversicht und Lärm. Die Zuschauer in der Bar spornten die beiden Männer am Billardtisch mit heiseren Zurufen und hohen Wetteinsätzen an.

General Mungo St. John rieb sein Queue bedächtig ein und wischte sich den blauen Staub mit einem Seidentuch von den Fingern. Er war ein großer Mann mit breiten Schultern und schmalen Hüften; als er am Tisch entlangging, sah man, daß er eines seiner kraftvollen, langen Beine leicht nachzog. Eine alte Schußverletzung, die kein Mann in seiner Gegenwart zu erwähnen wagte.

Er trug keine Jacke, die Ärmel seines weißen Leinenhemdes wurden mit goldenen Klammern unter den Ellbogen gehalten, und er trug eine mit Silber- und Goldfäden bestickte Weste. Bei einem Mann von geringerem Stand hätte diese protzige Aufmachung affig gewirkt, doch an Mungo St. John war sie so selbstverständlich wie Hermelin und Purpur an einem Kaiser.

An der Ecke des Tisches blieb er stehen und studierte die Position der Elfenbeinkugeln. Sein Auge glitzerte bräunlichgelb und eigentümlich gesprenkelt – wie das Auge eines Adlers. Die leere Höhle des anderen Auges war mit einer schwarzen Klappe bedeckt und gab ihm das Aussehen eines vornehmen Piraten. Er lächelte seinem Gegner über den Tisch hinweg zu.

»Indirekte Karambolage, Touschieren, Versenken der Stoßkugel«, verkündete Mungo St. John gelassen, worauf ein Stimmengewirr losbrach und Wetten einander übertrafen. Harry Mellow grinste und nickte zur Dreistigkeit des hochgewachsenen Mannes.

Sie spielten ein Spiel, das mit herkömmlichem Billard überhaupt nichts gemeinsam hatte. Die Stoßkugel des Spielers mußte mehrfach die Bande berühren, um einen Punktgewinn zu machen; zu dieser Bedingung kam, daß der Spieler seine Züge vorher genau ansagen mußte. Dadurch wurden Zufallstreffer vermieden; wurde ein nicht angesagter und daher unbeabsichtigter Siegerstoß erzielt, wurden die Siegerpunkte als Strafpunkte abgezogen. Es war ein hartes Spiel. Die Mindesteinsätze beliefen sich auf fünf Pfund pro Punkt, doch selbstredend war es Spielern wie Zuschauern freigestellt, Nebenwetten für oder gegen den jeweils angesagten Spielstoß abzuschließen. Wenn Spieler vom Format eines Harry Mellow und Mungo St. John am Tisch standen, beliefen sich die Wetten auf mehr als tausend Pfund pro Stoß.

Mungo St. John steckte die lange schwarze Zigarre zwischen die Zähne, stützte die Finger seiner linken Hand auf den Tisch, legte das polierte Ahornqueue locker in die Öffnung zwischen Daumen und Zeigefinger. Hastig wurden letzte Wetten abgeschlossen, und dann senkte sich Stille über den gedrängt vollen Raum. Blauer Tabaksqualm hing in der Luft, und die Gesichter auf den gereckten Hälsen waren gerötet und verschwitzt. Mungo St. John trat an seine weiße Stoßkugel, und Harry Mellow auf der anderen Seite des Tisches holte langsam tief Luft. Wenn Mungo diese Kombination gelang, schaffte er zwei Punkte, das Touschieren brachte ihm drei weitere Punkte, aber das war noch nicht alles. Denn Harry hatte eine Nebenwette über fünfzig Pfund dagegen laufen. Er war im Begriff, über hundert Guineas zu verlieren – oder zu gewinnen.

Mit der ernsten Miene eines Philosophieprofessors, der über die Rätsel des Universums nachsinnt, führte Mungo St. John einen Probestoß aus, wobei die Lederspitze des langen Queues um Haaresbreite vor dem Elfenbein innehielt. Dann zog er das Queue in seiner vollen Länge zurück. Im Augenblick, als er zustieß, zerschnitt die Stimme einer jungen Frau die atemlose Stille der gespannt lauernden Männer.

»General St. John, kommen Sie bitte schnell.«

Im ganzen, riesigen Land nördlich des Shashi und südlich des Sambesi gab es nur etwa hundert Frauen, von denen neunzig verheiratet und der Rest versprochen war. Der Klang einer so lieblichen Stimme hätte selbst die Köpfe flanierender Herren auf den Champs-Elysées herumfahren lassen, aber im Billardsalon des Grand Hotels im nach Frauen ausgehungerten Bulawayo hatte sie die Wirkung eines Artillerievolltreffers. Der Kellner ließ ein Tablett mit vollen Bierhumpen fallen, eine schwere Holzbank kippte krachend nach hinten, als sechs Männer in Habtachtstellung hochsprangen, ein Angetrunkener an der Bartheke torkelte nach hinten, fiel auf den Barmann, der reflexartig zu einem Schwinger ausholte, verfehlte und eine Batterie Whiskyflaschen vom Regal fegte.

Der plötzliche Aufruhr hätte selbst eine Marmorstatue von Gottvater Zeus aus der Ruhe gebracht. Doch Mungo St. John führte seinen Stoß mit fast zärtlicher Geschmeidigkeit aus. Es war eine fabelhafte Karambolage, angesagt und ausgeführt, und in wenigen Sekunden waren tausend Pfund verloren oder gewonnen worden. Doch außer Mungo St. John hatte niemand den Stoß verfolgt, alles starrte wie in hypnotischer Trance zur Tür. Mungo St. John nahm seine Stoßkugel aus der Tasche, setzte sie auf den Ausgangspunkt, fettete sein Queue wieder und sagte gedehnt: »Meine liebe Victoria, es gibt Augenblicke, in denen auch die hübscheste junge Dame den Mund halten sollte.« Und wieder beugte er sich über den Tisch.

»General St. John, meine Mutter liegt im Sterben.«

Diesmal riß Mungo St. John den Kopf hoch, sein einziges Auge schreckgeweitet. Das Queue rollte klappernd zu Boden, und Mungo stürmte aus der Bar.

Vicky blieb noch ein paar Sekunden am Eingang stehen. Ihr Haar war vom Wind zerzaust, ihr Atem ging fliegend, und ihre Brüste hoben und senkten sich unter der dünnen Baumwollbluse. Ihr Blick flog über das Meer von grinsenden Gesichtern und blieb an der hochaufgerichteten Gestalt von Harry Mellow hängen. Vicky errötete, drehte sich um und hastete ins Freie.

Harry Mellow warf sein Queue dem Barmann zu und schob sich durch die enttäuschte Menge. Auf der Straße saß Mungo St. John, immer noch barhäuptig und in Hemdsärmeln, bereits auf seiner großen, rotbraunen Stute, beugte sich aus dem Sattel und redete aufgeregt auf Vicky ein, die an seinem Steigbügel stand.

Mungo hob den Kopf und sah Harry. »Mr. Mellow«, rief er, »ich wäre Ihnen dankbar, wenn Sie meine Stieftochter aus der Stadt begleiten würden. Ich werde in Khami gebraucht.« Damit grub er der Stute die Stiefelabsätze in die Flanken und preschte im gestreckten Galopp die Straße entlang.

Vicky kletterte auf den Kutschbock eines wackeligen Karrens, der von zwei Eseln mit schwermütig traurigen Ohren gezogen wurde, auf der Bank neben ihr saß der kolossale Fleischberg einer Matabele-Frau.

»Miß Codrington«, rief Harry drängend. »Bitte warten Sie.«

Mit wenigen langen Sätzen war er am Wagen und schaute zu Vicky hinauf.

»Ich wollte Sie wiedersehen – sehr sogar.«

»Mr. Mellow«, Vicky hob hochnäsig das Kinn, »die Straße zur Khami-Mission ist gut beschildert. Sie hätten den Weg leicht finden können.«

»Ihre Mutter hat mir den Zutritt zur Mission verboten – das wissen Sie verdammt gut.«

»Bitte bedienen Sie sich mir gegenüber eines höflicheren Umgangstons«, wies Vicky ihn zurecht.

»Ich bitte um Verzeihung, aber Ihre Mutter hat ja einen gewissen Ruf. Es heißt, sie habe eine doppelläufige Flinte auf einen unerwünschten Besucher abgefeuert.«

»Nun«, gestand Vicky, »das stimmt. Aber erstens war er einer von Mr. Rhodes' Lakaien und zweitens verfehlte sie ihn mit einem Lauf.«

»Nun, auch ich bin einer von Mr. Rhodes' Lakaien, und vielleicht hat sich ihre Treffsicherheit inzwischen erhöht.«

»Mir gefallen Männer von Entschlußkraft, die sich nehmen, was sie haben wollen – und auf die Folgen pfeifen.«

»Das ist ein ziemlich deftiger Umgangston, Miß Codrington.«

»Ich wünsche einen guten Tag, Mr. Mellow.« Vicky rüttelte die Esel wach, und sie fielen widerwillig in Trab.

Der kleine Karren erreichte die Außenbezirke der neuen Stadt, wo die wenigen Ziegelbauten von strohbedeckten Hütten und zerschlissenen Leinenzelten abgelöst wurden und die Wagen der Transportfahrer Rad an Rad zu beiden Seiten des Wegs standen, beladen mit Säcken, Bündeln und Ballen, die sie von der Eisenbahnendstation befördert hatten. Vicky saß kerzengerade auf ihrem Kutschbock, den Blick fest geradeaus gerichtet. Aus dem Mundwinkel sagte sie zu Juba: »Sag mir, ob du ihn kommen siehst. Er darf aber nicht merken, daß du nach ihm schaust.«

»Er kommt«, verkündete Juba seelenruhig.

Vicky hörte herangaloppierende Hufe und setzte sich noch etwas aufrechter.

»Hau!« lächelte Juba wehmütig. »Ein leidenschaftlicher Mann. Mein Mann rannte fünfzig Meilen ohne Rast und ohne einen Schluck zu trinken, denn damals machte meine Schönheit alle Männer verrückt.«

»Starr ihn bloß nicht an, Juba.«

»Er ist stark und leidenschaftlich, und er wird dir prächtige Söhne in deinem Bauch machen.«

»Juba!« Vicky wurde tiefrot. »Eine christliche Dame darf keine sündigen Gedanken haben. Ich werde ihn wahrscheinlich ohnehin abweisen.«

Juba zuckte die Achseln und kicherte. »Na schön! Dann macht er eben einer anderen prächtige Söhne. Ich sah, wie er Elizabeth Augen machte, als er in Khami war.«

Vickys Gesichtsröte vertiefte sich. »Wie kannst du nur so schlecht reden, Juba –« Doch bevor sie weiterreden konnte, zügelte Harry Mellow seinen Wallach neben dem Karren.

»Ihr Stiefvater hat mir aufgetragen, auf Sie aufzupassen, Miß Codrington, und es ist meine Pflicht, Sie so rasch wie möglich nach Hause zu bringen.«

Er streckte den Arm aus, und bevor sie seine Absicht durchschaute, hatte er seinen sehnigen Arm um ihre Taille geschlungen, hob das strampelnde, quietschende Mädchen hoch und setzte es hinter sich auf die Kruppe des Pferdes.

»Halten Sie sich fest!« befahl er. »Ganz fest!«

Instinktiv klammerte sie sich mit beiden Armen an seinen schlanken, muskelharten Körper. Seinen Körper zu spüren versetzte ihr einen solchen Schreck, daß sie genau in dem Augenblick ihren Griff lockerte, als Harry dem Wallach die Sporen gab. Vicky wurde nach hinten gerissen und wäre um ein Haar im Straßenstaub gelandet. Hastig klammerte sie sich wieder an Harry und versuchte ihre Gedanken und Gefühle vor den ungewohnten Empfindungen zu verschließen. Ihre Erziehung warnte sie, daß etwas, das eine solche Hitze in ihrer Magengegend verströmte, ihr Gänsehaut die Arme hinaufjagte, ihr den Atem verschlug und ein sausendes Schwindelgefühl im Kopf erzeugte, sündhaft und schlecht sein mußte.

Sie starrte auf die feinen Härchen, die ihm im Nacken wuchsen, und stellte fest, daß noch eine Empfindung in ihr aufstieg, ein Gefühl erstickender Zärtlichkeit. Sie hatte den kaum zu bezwingenden Drang, ihr Gesicht an das verwaschene blaue Hemd zu drücken und den männlichen Geruch seines Körpers einzuatmen.

Ihre Verwirrung klärte sich in der plötzlichen Erkenntnis, daß der Wallach immer noch im gestreckten Galopp lief und der Ritt nach Khami auf diese Weise sehr kurz sein würde.

»Sie quälen Ihr Tier, Sir«, sagte sie mit bebender Stimme, und Harry wandte den Kopf.

»Ich kann Sie nicht hören.«

Sie kam ihm unnötig nahe, ihr Haar strich über seine Wange, und ihre Lippen berührten sein Ohr.

»Nicht so schnell«, wiederholte sie.

»Ihre Mutter –«

»– ist gar nicht so krank.«

»Aber Sie sagten doch zu General St. John –«

»Glauben Sie, Juba und ich hätten Khami verlassen, wenn die geringste Gefahr bestünde?«

»St. John?«

»Es ist ein wunderbarer Vorwand, um sie wieder zusammenzubringen. Wir fanden die Idee so romantisch und sollten den beiden etwas gemeinsame Zeit gönnen.«

Harry zügelte den Wallach zu einem gemächlicheren Tempo, doch statt ihre Arme zu lösen, schmiegte Vicky sich enger an ihn.

»Meine Mutter ist sich über ihre eigenen Gefühle im unklaren«, erklärte sie. »Da müssen Lizzi und ich eben manchmal ein bißchen nachhelfen.«

Schon als sie den Namen aussprach, bedauerte Vicky, ihre Zwillingsschwester erwähnt zu haben. Auch sie hatte Harry Mellows Blicke für Elizabeth bei seinem einzigen Besuch in der Khami-Mission und Elizabeths Reaktion auf ihn bemerkt. Nachdem Harry, von ihrer Mutter verabschiedet, etwas überstürzt aus Khami abgereist war, hatte Vicky versucht, ein Abkommen mit ihrer Schwester zu treffen, wonach Elizabeth Mr. Mellow nicht zu weiteren glühenden Blicken ermutigen sollte. Als Antwort hatte Elizabeth sie in ihrer aufreizenden Art angelächelt. »Findest du nicht, wir sollten die Entscheidung Mr. Mellow überlassen?«

War Harry Mellow bis dahin attraktiv, so wurde er durch Elizabeths unverfrorenen Starrsinn unwiderstehlich, und Vicky festigte ihren Griff um seine Mitte. Sie erblickte die bewaldeten Kuppen der Kopjes, zu deren Füßen die Khami-Mission lag, und ein Stich fuhr ihr durchs Herz. Bald würde er Elizabeths honigbraunen Augen begegnen, ihrer weichen dunklen Haarflut mit dem roten Schimmer.

Vicky war, soweit sie sich erinnern konnte, das erstemal in ihrem bisherigen Leben ohne Aufsicht – ohne die Mutter oder Juba oder die Zwillingsschwester. Zu allen anderen neuen, überwältigenden Empfindungen, die sie bestürmten, gesellte sich ein berauschendes Gefühl der Freiheit, und die letzten Bastionen ihrer strengen religiösen Erziehung wurden in dieser plötzlichen kühnen, rebellischen Stimmung fortgeschwemmt. Mit zielsicherem, weiblichem Instinkt erkannte sie, daß sie jetzt haben konnte, was sie sich so sehnlichst wünschte, wenn sie den Mut dazu aufbrachte.

»Ist es nicht traurig, daß eine Frau alleine lebt, obwohl sie einen Mann innig liebt?«

Ihre Stimme war nun ein leises Schnurren, das Harry so verwirrte, daß er die Zügel straffte, und das Pferd im Schritt ging.

»Es ist nicht Gottes Wille, daß eine Frau allein sei«, murmelte sie und sah, wie das Blut in die zarte Haut hinter seinen Ohren schoß. »Ebensowenig ein Mann«, fuhr sie fort, und langsam drehte er den Kopf und schaute in ihre grünen Augen.

»Es ist so heiß in der Sonne«, hauchte Vicky und hielt seinem Blick stand. »Ich würde mich gern einen Augenblick im Schatten ausruhen.«

Er hob sie aus dem Sattel, und sie stand dicht vor ihm und blickte ihm immer noch unverwandt ins Gesicht.

»Am Wegrand ist es so staubig, daß man sich nicht setzen kann«, sagte sie. »Wollen wir es etwas abseits von der Straße versuchen?«

Und sie nahm seine Hand und führte ihn durch das trockene, kniehohe Gras zu einem Mimosenbaum, als sei es das Natürlichste von der Welt. Unter seinen breiten, fächerförmigen Zweigen würden sie vor den Blicken eines zufällig vorbeikommenden Reisenden verborgen sein.

Mungo St. Johns Stute rann der Schweiß in schwarzen Streifen von den Schultern; seine Reitstiefel waren von weißen Flocken ihres Speichels bespritzt, als er sie über den Einschnitt zwischen den Kopjes in die Talsenke auf die weißen Missionsgebäude zutrieb. Die Hufschläge hallten von den Bergen und den Mauern der Mission wider, und Elizabeths schlanke Gestalt erschien auf der breiten Veranda des Wohnhauses. Sie legte ihre Hand schützend an die Augen, und als sie Mungo erkannte, eilte sie ihm die Treppenstufen hinunter entgegen.

»General St. John, gottlob, daß Sie gekommen sind.« Sie hielt den Kopf der Stute.

»Was ist geschehen?« Mungos hageres Gesicht hatte einen wilden, verzweifelten Ausdruck. Mit einem Satz war er aus dem Sattel, packte Elizabeth an beiden Schultern und schüttelte sie.

»Es fing ganz harmlos an. Vicky und ich wollten, daß Sie zu Mama kommen, weil sie Sie braucht – es war nicht schlimm, nur ein leichter Fieberanfall.«

»Verdammt noch mal, Mädchen«, schrie Mungo sie an, »was ist geschehen?«

Bei seinem Tonfall brachen die lang zurückgehaltenen Tränen hervor und liefen ihr über die Wangen. »Sie hat sich verändert – es muß das Blut des Mädchens sein – sie verbrennt an dem Blut des Mädchens.«

»Nimm dich zusammen.« Mungo schüttelte sie wieder. »Komm schon, Lizzie, das paßt gar nicht zu dir.«

Elizabeth schluckte schwer und versuchte sich zu beruhigen. »Sie hat sich das Blut einer Fieberpatientin gespritzt.«

»Von einer Schwarzen? In Gottes Namen, warum?« Mungo wartete die Antwort nicht ab. Er ließ Elizabeth stehen, war mit wenigen Sätzen auf der Veranda, stürmte in Robyns Schlafzimmer und blieb erschrocken stehen.

In dem engen, geschlossenen Raum hing der ranzige Gestank des Fiebers wie in einem Schweinekoben, und die Hitze, die von dem Körper auf der schmalen Pritsche aufstieg, hatte die Scheiben des einzigen Fensters mit Wasserdampf beschlagen. Neben der Pritsche, zusammengerollt wie ein junger Hund zu Füßen seiner Herrin, lag Mungos Sohn. Robert schaute aus riesigen, ernsten Augen zu seinem Vater auf, und sein Mund verzog sich in dem dünnen, blassen Gesicht.

»Sohn!« Mungo trat einen Schritt auf das Lager zu, doch das Kind sprang auf die Füße, duckte sich flink unter Mungos ausgestreckter Hand und huschte blitzschnell aus der Tür; seine nackten Füße patschten über die Veranda. Einen Moment wollte

Mungo hinter ihm her, dann schüttelte er den Kopf, trat an das Krankenlager und starrte auf die reglose Gestalt.

Robyns Gesicht war eingefallen, ihre Schädelknochen zeichneten sich scharf unter der bleichen Haut ab. Die geschlossenen Augen waren tief in die rötlichgrauen Höhlen gesunken. Das an den Schläfen ergraute Haar wirkte trocken und spröde wie Wintergras auf dem verdorrten Veld. Er beugte sich über sie, um ihre Stirn zu berühren, als der Schüttelfrost einsetzte und sie beutelte, daß die Eisenbettstatt zu rütteln begann und ihre Zähne heftig aufeinanderschlugen. Die Haut, die Mungos Finger berührten, war fast schmerzhaft heiß. Er blickte Elizabeth scharf an, die fassungslos neben dem Bett stand.

»Chinin?« wollte er wissen.

»Ich habe ihr mehr gegeben, als ich sollte. Hundert Gran seit heute morgen. Aber sie reagiert nicht darauf.« Elizabeth zögerte, ihm das Schlimmste zu sagen.

»Ja, was noch?«

»Davor hat Mama sechs Wochen kein Chinin genommen. Sie wollte dem Fieber die Chance zum Ausbruch geben, um ihre Theorie zu beweisen.«

Mungo starrte sie entgeistert an. »Aber ihre eigenen Untersuchungen –« Er schüttelte ungläubig den Kopf. »Sie hat bewiesen, daß Enthaltung, gefolgt von –« er konnte nicht weitersprechen, als würden die Worte das gefürchtete Gespenst heraufbeschwören.

Elizabeth wußte, was er befürchtete. »Sie ist so blaß«, flüsterte sie, »spricht überhaupt nicht auf das Chinin an – ich habe solche Angst.«

Mungo legte seinen Arm um Elizabeths Schultern, und ein paar Sekunden lehnte sie sich an ihn. Mungo hatte schon immer eine besondere Beziehung zu den Zwillingen gehabt, sie waren stets seine willfährigen Komplizen und heimlichen Verbündeten in der Khami-Mission, vom ersten Tag, an dem er hier halbtot ankam, mit der eitrigen Schußwunde in seinem Bein. Damals zwar noch Kinder, konnten die Zwillinge sich dennoch der seltsamen hypnotischen Ausstrahlung nicht entziehen, die Mungo auf Frauen jeden Alters hatte.

»Vicky und ich haben das Schicksal herausgefordert, als wir Ihnen sagten, daß Mama im Sterben liegt.«

»Red keinen Unsinn.« Er rüttelte sie sanft. »Hat sie Wasser gelassen?«

»Nicht seit gestern abend.« Elizabeth schüttelte entmutigt den Kopf, und er schob sie zur Tür.

»Wir müssen sie zwingen, Flüssigkeit zu sich zu nehmen. In meiner Satteltasche ist eine Flasche Cognac. Hol Zitronen aus dem Garten, eine Dose Zucker und einen großen Krug heißes Wasser.«

Mungo hielt Robyns Kopf, und Elizabeth flößte ihr die heiße Flüssigkeit in kleinen Schlucken zwischen die farblosen Lippen. Robyn wehrte sich im Delirium, verfolgt und gequält von den schrecklichen Phantomen des Sumpffiebers.

Die eiskalten Schauer des Schüttelfrostes, die Robyns Körper unkontrolliert hin und her warfen, wichen plötzlich einer siedenden Hitze, die sie ausdörrte. Sie trank durstig, erstickte fast an ihrer Gier.

Das Licht im Zimmer wurde schwächer, der Abend begann sich über das Land zu senken. Elizabeth stand auf, hielt sich den Rücken, trat an die Tür und schaute über die Veranda zur Straße, die den Berghang herabführte.

»Vicky und Juba müßten längst zurücksein«, dachte sie. Beim Aufschrei der Mutter eilte sie zurück ans Krankenbett.

Als sie neben Mungo kniete, stach ihr ein scharfer Ammoniakgeruch in die Nase. Sie senkte den Blick und sagte leise: »Ich muß ihre Laken wechseln.«

Aber Mungo stand nicht auf. »Sie ist meine Frau«, sagte er. »Weder Vicky noch Juba sind hier, und du brauchst Hilfe.«

Elizabeth nickte und deckte die Kranke auf, und dann entfuhr ihr ein heiserer Schrei: »Gütiger Gott!«

»Das hatte ich befürchtet«, sagte Mungo tonlos.

Robyns Nachthemd war völlig durchnäßt, aber nicht von schwefelgelben Urinflecken, wie sie gehofft hatten. Mungo starrte finster auf die beschmutzte Bettwäsche.

Die stinkende Flüssigkeit war schwarz wie geronnenes Blut. Die Nieren schafften den Reinigungsprozeß nicht, das Blut zersetzte sich in fortschreitender Anämie, die zerstörten roten Blutkörperchen waren der Grund für ihre Leichenblässe. Die Malaria hatte sich in eine weit schlimmere, tödliche Krankheit entwickelt.

Während beide wie gelähmt dastanden, hörten sie Geräusche auf der Veranda, und die Tür wurde aufgestoßen. Victoria stand an der Schwelle. Sie war wie verwandelt, leuchtete von innen, war von dieser seltsamen, durchsichtigen Schönheit einer jungen Frau, die zum erstenmal das Wunder und Geheimnis der Liebe erlebt hat.

»Wo warst du so lange, Vicky?« fragte Elizabeth. Dann sah sie den großen jungen Mann hinter ihrer Zwillingsschwester. Sie erriet, was Harry Mellows abwesender und doch stolzer Gesichtsausdruck bedeutete. Sie verspürte keinen Ärger, keinen Neid, nur ein sekundenschnelles Glücksgefühl für Vicky. Elizabeth hatte sich nie etwas aus Harry Mellow gemacht; sie hatte ihre Schwester nur geneckt mit ihrem gespielten Interesse. Ihre Liebe galt einem Mann, der unerreichbar für sie war, mit dieser Tatsache hatte sie sich längst abgefunden.

»Was ist los?« Das Leuchten erlosch aus Vickys hübschem Gesicht, und sie hob eine Hand an ihre Brust, als wolle sie die Panik zurückhalten, die in ihr hochstieg. »Was ist passiert, Lizzie? Was ist los?«

»Schwarzwasser«, antwortete Elizabeth tonlos. »Mutter hat Schwarzwasserfieber.«

Es bedurfte keiner weiteren Erklärung. Die Zwillinge waren in einer Krankenstation aufgewachsen. Sie kannten die seltene Krankheit. Sie erfaßte nur Weiße, und Robyns wissenschaftliche Forschungen hatten diese Eigenheit dem Chinin zugeschrieben, das nahezu ausschließlich von Weißen genommen wurde. Im Lauf der Jahre hatte Robyn etwa fünfzig Fälle in ihrer Mission behandelt. Anfangs waren es alte Elfenbeinjäger und fahrende Händler gewesen, später Soldaten aus Jamesons Pionierkolonne und die neuen Siedler und Goldsucher, die den Limpopo überquerten.

Die Zwillinge wußten, von den fünfzig Schwarzwasser-Patienten hatten nur drei überlebt. Alle anderen lagen auf dem kleinen Friedhof am anderen Flußufer. Ihre Mutter schwebte in akuter Lebensgefahr, und Vicky flog an ihr Bett und fiel neben ihr auf die Knie.

»Ach Mama«, flüsterte sie schuldbewußt. »Ich hätte bei dir bleiben müssen.«

Robyns Lebenskraft stieg an und verebbte in den furchtbaren Gezeiten der Krankheit, sengendes Fieber folgte den eiskalten Schauern des Schüttelfrosts, und lange erschöpfte Komazustände wurden von Schweißausbrüchen abgelöst. Sie phantasierte im Delirium, gefoltert von Alpträumen und Dämonen der Vergangenheit.

Tage und Nächte verschwammen ineinander. Manchmal schreckte Mungo hoch. Benommen vor Müdigkeit stand er auf und zwang Robyn zu trinken.

»Trink«, flüsterte er, »trink oder stirb.«

Einmal erwachte er in der Morgendämmerung. Sein Sohn stand neben dem Stuhl und starrte ihm ins Gesicht. Sobald er die Augen öffnete, rannte der Junge weg, und als er ihm nachrief, zischte Robyn erbittert vom Krankenlager: »Du wirst ihn nie bekommen – niemals!«

Manchmal um die Mittagszeit, wenn Robyn bleich und stumm im Bett lag, erschöpft von den Fieberanfällen, konnte Mungo ein paar Stunden auf dem Notbett schlafen, das am Ende der Veranda für ihn aufgeschlagen worden war, bis Juba oder einer der Zwillinge ihn rief. Dann eilte er an Robyns Bett und holte sie aus ihrer Lethargie und zwang sie, weiterzukämpfen.

Dann wieder saß er grübelnd an ihrem Bett. In seinem Leben hatte er hundert schönere Frauen als sie besessen. Er war sich seiner Wirkung auf Frauen sehr wohl bewußt, und dennoch hatte er sich für diese entschieden, die eine, die er nie besitzen konnte. Die eine, die ihn ebenso leidenschaftlich haßte, wie sie ihn liebte; die seinen Sohn in maßlosem Liebeshunger empfangen hatte und dem Vater mit erbitterter Entschlossenheit vorenthielt. Sie war es, die von Mungo verlangt hatte, sie zu heiraten, ihm aber rigoros die ehelichen Pflichten versagte, ihn nicht in ihrer Nähe duldete, nur jetzt, da sie zu schwach war, sich zur Wehr zu setzen, nur zu jenen seltenen Gelegenheiten, wenn ihr Verlangen nach ihm stärker war als ihr Gewissen und ihr Abscheu.

Vor knapp einem Monat hatte es eine solche Gelegenheit gegeben. Er war im Hinterzimmer seiner Lehmziegelhütte am Stadtrand von Bulawayo aufgewacht. Robyn stand neben dem Feldbett, der einzigen Einrichtung seines Zimmers. Sie war durch Nacht und Wildnis geritten, um bei ihm zu sein.

»Gott vergib mir!« hatte sie geflüstert und war in leidenschaftlichem Verlangen über ihn hergefallen.

In der ersten Morgendämmerung hatte sie ihn ermattet verlassen, und als er ihr am nächsten Tag in die Khami-Mission gefolgt war, hatte sie mit der Jagdflinte im Anschlag auf der Veranda gestanden und keinen Zweifel daran gelassen, daß sie ihn über den Haufen knallen würde, wenn er die Stufen hinaufgestiegen wäre. Nie in seinem Leben hatte er so viel Haß in ihren Augen gesehen; Haß auf sich selbst und auf ihn.

Ständig wetterte sie in allen Zeitungen hier und in der Kapprovinz gegen ihn; attackierte und verhöhnte alle Verfügungen, die er als Kommissar für Eingeborenen-Angelegenheiten in Matabeleland erlassen hatte. Seine Politik der Zwangsarbeit hatte sie angegriffen, die den Ranchern und Minenbesitzern die Arbeitskräfte verschaffte, die sie dringend benötigten, um Fortschritt und Wohlstand in diesem neuen Land zu sichern. Sie stellte sich gegen seine Eingeborenen-Polizei, mit der er Ordnung und Gesetz unter den Stammesangehörigen aufrecht erhielt. Einmal stürmte sie sogar in eine *Indaba*, die er mit Stammes-Indunas abhielt, und wiegelte die Schwarzen in seiner Gegenwart in fließendem Sindebele auf, schimpfte die Indunas »alte Weiber« und »Feiglinge«, weil sie sich Mungo und der Britisch-Südafrikanischen-Gesellschaft beugten. Kaum eine Stunde später hatte sie ihn auf seinem Rückweg abgepaßt. Nackt hatten sie sich auf seiner Satteldecke im Veld geliebt, und in ihrer Raserei lag eine Selbstzerstörung, die ihm Angst machte.

»Ich hasse dich, o Gott, wie ich dich hasse«, hatte sie mit Tränen in den Augen gezischt, als sie ihr Pferd bestieg und in die Nacht galoppierte.

Ihre Hetze bei den Indunas gegen ihn war ein offener Aufruf

zu Rebellion und blutiger Revolution, und in ihrem Buch *Soldat Hackett aus Matabeleland*, in dem sie Mungo namentlich erwähnte, legte sie ihm Worte in den Mund und schrieb ihm Taten zu, die nichts als gemeine Verleumdungen waren. Mr. Rhodes und andere Direktoren der B.S.A.-Gesellschaft hatten Mungo gedrängt, gerichtliche Schritte gegen sie zu unternehmen.

»Gegen meine eigene Frau, Sir?« hatte er mit zusammengekniffenen Augen geantwortet. »Ich mach' mich doch nicht lächerlich.«

Sie war sein erbittertster und erbarmungslosester Gegner, aber der Gedanke an ihren Tod brachte ihn an den Rand des Wahnsinns.

Der Aufruhr seiner Gefühle, die vielen schlaflosen Nächte, das Bangen um ihr Leben zehrten an seinen Kräften – und als Elizabeth ihn nach kurzem, todesähnlichem Schlaf auf seinem Notbett weckte, hörte er nur die Gefühlsaufwallung in ihrer Stimme, sah nur die Tränen in ihren Augen.

»Es ist vorbei, General St. John.« Er zuckte zusammen, als habe sie ihm ins Gesicht geschlagen, und taumelte benommen auf die Füße.

»Das glaub' ich nicht.« Erst dann sah er, daß Elizabeth durch Tränen lächelte und das Emailgefäß mit beiden Händen vor sich hielt.

Es stank nach Ammoniak und dem Verwesungsgeruch der Krankheit, doch die Farbe der Flüssigkeit hatte sich verändert. Das tödliche Schwarz der Körperflüssigkeit war einem goldenen Farbton gewichen.

»Es ist vorbei«, wiederholte Elizabeth. »Ihr Wasser ist klar. Sie wird gesund. Gott sei Dank, sie ist über dem Berg.«

Bis zum Nachmittag hatte Robyn sich soweit erholt, daß sie Mungo St. John erneut befahl, die Khami-Mission zu verlassen, und am nächsten Morgen versuchte sie das Krankenbett zu verlassen, um ihrem Befehl Nachdruck zu verleihen.

»Ich lasse nicht zu, daß mein Sohn noch einen einzigen Tag Ihrem schlechten Einfluß ausgesetzt ist.«

»Madam –« begann er, doch sie schnitt ihm jeden Einwand ab.

»Bislang habe ich mich zurückgehalten und dem Kind nichts über Sie erzählt. Er weiß nicht, daß sein Vater einmal die größte Sklavenflotte befehligte. Er weiß nichts von den Tausenden verdammter Seelen, den unschuldigen Kindern Afrikas, die Sie in einen fernen Kontinent verfrachtet haben. Er begreift noch nicht, daß Sie und Ihresgleichen es waren, die Lobengula und das Land der Matabele grundlos mit einem blutigen Krieg überzogen haben, ebensowenig versteht er, daß Sie das Werkzeug grausamer Unterdrückung sind – und wenn Sie mein Haus nicht verlassen, werde ich mich eines anderen besinnen. Ich befehle Ihnen, Khami augenblicklich zu verlassen.«

Robyn war vor Anstrengung bleich geworden und keuchte schwer, und Jubas wulstige Hände zwangen sie sanft in die Kissen zurück. Elizabeth wandte sich im Flüsterton an Mungo.

»Es ist besser, Sie gehen. Sonst bekommt sie noch einen Rückfall.«

Mungos Mundwinkel zogen sich zu dem spöttischen Lächeln hoch, das Robyn so gut kannte, aber in der goldenen Tiefe seines Auges lag ein Schatten, Bedauern oder verzweifelte Einsamkeit, Robyn wußte es nicht zu deuten.

»Wie Sie wünschen, Madam.« Mit einer übertriebenen Verbeugung verließ er das Krankenzimmer.

Auf dem Bergsattel, wo der Weg zwischen dicht bewaldeten Hügeln entlangführte, zügelte Mungo St. John seine Stute und warf einen Blick zurück auf die leere Veranda des Wohnhauses. Seufzend nahm er die Zügel wieder hoch und wandte den Blick der Straße nach Norden zu. Dann hob er irritiert den Kopf.

Im Norden war es schwarz, als würde ein schwerer Vorhang aus dem hohen Himmel zur Erde fallen. Das Gebilde war dichter und tödlicher als eine Wolke und reichte in einem großen Bogen halb über den Horizont.

Mungo kannte die gewaltigen Sandstürme der Sahara, doch hier gab es im Umkreis von tausend Meilen keine Wüste, die ein solches Gebilde hätte hervorbringen können. So etwas hatte er noch nie gesehen, und sein Staunen wandelte sich in Besorgnis, mit welcher Geschwindigkeit das Ding sich näherte.

Die Ränder des dunklen Schleiers erreichten die Sonne, und

das grelle Mittagslicht verblaßte. Die Stute tänzelte nervös, und eine Schar wilder Perlhühner, die im Gras neben dem Weg gakkerten, verstummte. Rasch verfinsterte die dunkle Masse den Himmel, die Sonne wurde rußig-orange wie eine glühende Metallscheibe auf einem Schmiedeamboß, und ein riesiger Schatten senkte sich über das Land.

Tiefe Stille lag über der Landschaft. Der raunende Insektenchor des Waldcs, das Zwitschern der kleinen Vögel im Gestrüpp, die Geräuschkulisse Afrikas war verstummt.

Die Stille wurde erdrückend. Die Stute nickte aufgeregt mit dem Kopf, und das Klirren ihres Zaumzeugs war unangenehm laut. Der sich senkende Vorhang verdichtete sich, der Himmel verfinsterte sich zusehends.

Jetzt war etwas zu hören. Ein leises, fernes Zischen, wie der Wind, wenn er in Sanddünen fuhr. Die Sonne glühte jetzt dumpf wie die Asche eines sterbenden Lagerfeuers.

Das entfernte Zischen kam näher, wurde zum Summen einer Seemuschel am Ohr. Mungo lief ein kalter Schauer über den Rükken, obgleich die Mittagshitze drückte wie nie zuvor.

Das seltsame Summen schwoll zu einem tiefen Rauschen an, und dann verdunkelte die Sonne sich vollständig. Dichte Schwaden einer mächtigen Nebelbank wehten knapp über dem Wald auf ihn zu.

Ein Dröhnen von Millionen und Abermillionen von Flügelschlägen senkte sich über ihn. Gepanzerte Flugobjekte trafen ihn mit der Wucht von Schrotmunition, seine Haut platzte blutend auf.

Er warf die Hände schützend vors Gesicht, die erschrockene Stute stieg hoch, und er mußte all seine Reitkunst aufbieten, um im Sattel zu bleiben. Halbblind und benommen vom millionenfachen Schwirren um seinen Kopf, griff er sich eines der fliegenden Insekten aus der Luft.

Es war annähernd zweimal so lang wie sein Zeigefinger und hatte leuchtendorangerote Flügel. Das Ungeheuer war mit einem Brustpanzer bewehrt, unter dem Kopfhelm starrten ihn hervorquellende Augensegmente an, gelb wie polierter Topas, und die langen schwarzen Sprungbeine endeten in roten Widerhaken. Das Tier schlug zuckend in seiner Hand um sich, durchstach seine Haut, auf der feine Blutstropfen austraten.

Er zerdrückte das Insekt, das mit einem Knall in gelben Saft zerplatzte. »Heuschrecken!« Er hob wieder den Kopf, fassungslos über die ungeheure Masse. »Die dritte Plage Ägyptens«, sagte er laut. Dann schwang er die Stute herum, weg von der fliegenden Insektenwand, drückte dem Pferd die Stiefelabsätze in die Flanken und preschte im Galopp den Hügel hinunter zurück zur Mission. Die Heuschreckenwolke war schneller als die Stute, und Mungo St. John ritt im Halbdunkel, inmitten dröhnender, millionenfacher Flügelschläge.

Er drohte vom Weg abzukommen, so dicht war der ihn einhüllende Schwarm. Die Tiere ließen sich auf seinem Rücken nieder, krochen auf ihm herum, die scharfen Krallen stachen in seine nackte Haut. Wenn er sie abschüttelte, saßen sofort die nächsten auf ihm; Panik erfaßte ihn, das Brodeln der millionenfachen Organismen könnte ihn überwältigen und ersticken.

Vor ihm tauchten die Umrisse der Khami-Mission auf. Die Zwillinge und Bediensteten standen auf der Veranda, starr vor Schreck. Er sprang vom Pferd und rannte auf sie zu.

»Alles, was Beine hat, hinaus auf die Felder! Macht Lärm mit Töpfen und Pfannen. Schlagt mit Decken nach ihnen.«

Die Zwillinge faßten sich rasch. Elizabeth zog einen Schal über den Kopf und rannte hinaus in den Wirbelsturm aus Heuschrecken auf die Kirche und Krankenstationen zu, Vicky verschwand in der Küche und kam mit einem Armvoll Eisentöpfen wieder.

Mungo riß ihr den größten Topf aus der Hand. »Los, komm!«

Schlagartig klärte sich der Himmel, und die Sonne war ein weißer Ball, so grell, daß jeder sich schützend die Hände an die Augen hielt.

Der Spuk war keineswegs vorüber. Der ganze himmelhohe Heuschreckenschwarm hatte sich auf die Erde niedergelassen, der Himmel strahlte wieder blau, aber Felder und Wald waren unter einer lebendigen Decke begraben. Hohe Bäume sahen aus wie riesige Heuhaufen aus brodelnden, surrenden, orangeschwarzen Insektenleibern. Die schwankenden Äste hingen durch die tonnenschwere Insektenlast bis zum Boden, und in Abständen weniger Sekunden barsten Äste mit scharfem Knall und stürzten zur Erde. Die Menschen mußten zusehen, wie die hochstehenden Maisstauden abknickten und Myriaden surrender, knackender Beißwerkzeuge sich über sie hermachten.

Sie rannten in die Felder, hundert aufgeregte Menschen, trommelten auf Blechtöpfen und schlugen mit den grauen Krankenhausdecken um sich, und vor ihnen stoben die Insekten in kurzen Wirbeln hoch, um sich sofort wieder niederzulassen.

Nun erfüllte die Luft sich mit neuen Geräuschen, dem aufgeregten Kreischen tausender Vögel, die sich auf die Beute stürzten. Schwärme lackschwarzer Drongos mit langen gegabelten Schwänzen, malachitgrün schimmernde Stare, Sittiche und Webervögel in Farben wie Edelsteine, türkis und sonnengelb, karmin und purpur, fielen zwitschernd und flügelschlagend über die Insektenmassen her. Störche stakten knietief durch den lebenden Teppich, Marabus mit häßlich schuppigen Köpfen, Nimmersattstörche mit wollig-weißen Halskrausen, und alle pickten hungrig in die krabbelnde Festtafel.

Das alles dauerte kaum eine Stunde. So unerwartet, wie er eingefallen war, erhob der riesige Schwarm sich wieder in die Lüfte. Die lebendige Wolke verfinsterte die Sonne, und ein geisterhaftes Halbdunkel lag über der Erde, bis die Wolke sich langsam hob und nach Süden zog. In den kahlen Feldern standen die Menschen winzig und verloren und schauten sich voller Entsetzen um. Sie erkannten ihre Heimat nicht wieder.

Die Maisfelder waren nur noch braune Erde, selbst die faserigen Strünke hatten die gierigen Insekten gefressen. Die Rosensträucher am Haus waren nur noch braune Ruten. Pfirsich- und Apfelbäume im Obstgarten waren abgefressen und reckten ihre kahlen Äste in den Himmel. Die bewaldeten Hügel und das dichte Ufergebüsch am Khamifluß waren wie abrasiert.

Es gab keine Spur von Grün, kein Blatt, keinen Grashalm in der breiten braunen Schneise der Vernichtung, die der Heuschreckenschwarm durch das Herz von Matabeleland gerissen hatte.

Juba war mit nur zwei Begleiterinnen unterwegs. Auch dies ein Zeichen des Niedergangs des Matabele-Volkes. Es gab Zeiten, vor der Besetzung durch die B. S. A.-Gesellschaft, da reiste die erste Frau eines der großen Indunas aus dem Hause Kumalo mit einem Gefolge von vierzig Hofdamen und fünfzig federgeschmückten und bewaffneten *Amadoda*, die sie sicher in den Kral ihres Mannes geleiteten. Heute trug Juba ihre Schlafmatte selbst auf dem Kopf, schritt aber trotz ihrer Fleischmassen mit ungewöhnlicher Leichtigkeit und Grazie, hielt ihren Rücken gerade und ihren Kopf hoch erhoben.

Nach Verlassen der Mission hatte sie die Männerweste abgelegt, nur das Kruzifix schmückte noch ihren Hals. Ihre riesigen nackten Brüste hüpften federnd bei jedem Schritt. Sie trug einen kurzen Lendenschurz, und ihre Haut, die sie mit Fett eingeschmiert hatte, glänzte in der Sonne.

Ihre beiden Begleiterinnen, zwei jungvermählte Frauen aus Jubas Kral, hielten sich dicht hinter ihr, stumm, ohne zu singen oder zu lachen. Nur die Köpfe drehten sie unter ihren Lasten von einer Seite zur anderen und blickten in ehrfürchtigem Staunen auf die kahlgefressene Landschaft. Die Heuschreckenschwärme waren auch hier eingefallen. In den nackten Bäumen summte kein Insekt, zwitscherte kein Vogel. Die Sonne hatte die nackte Erde verbrannt, und der geringste Windhauch wehte den Humusstaub fort.

An einer Hügelkuppe angekommen, hielt die Frauengruppe an, drängte sich furchtsam aneinander beim Anblick des einstigen großen Krals der Inyati-*Impis*, deren Anführer Gandang war. Auf Befehl des neuen Kommissars in Bulawayo waren die *Impi* aufgelöst worden und hatten sich in alle Winde verstreut. Der Kral war niedergebrannt worden. Als die Frauen das letztemal hier waren, hatte frisches Gras begonnen, die Wunden zu überwuchern, das war nun von den Heuschreckenschwärmen weggefressen, und die runden schwarzen Flecken lagen wieder wie offene Wunden da, riefen Erinnerungen an vergangene Größe wach, denn der neuerbaute Kral, in dem Gandang und seine engere Familie lebten, war im Vergleich dazu winzig und unbedeutend.

Er lag eine Meile unter ihnen am Ufer des Inyati, und das Weideland dazwischen war vernichtet. Die Frühjahrsregenfälle hatten den Fluß noch nicht gefüllt, und die Sandbänke schimmerten silbrigweiß, die vom Wasser glattgewaschenen Felsbrocken glänzten wie Reptilschuppen in der Sonne. Der neue Kral selbst wirkte verlassen, und die Viehpferche waren leer.

»Sie haben die Rinder wieder geholt«, sagte Ruth, die hübsche junge Frau neben Juba. Sie war noch keine zwanzig Jahre alt. Obwohl sie seit zwei Jahreszeiten den Kopfschmuck der verheirateten Frau trug, hatte sie noch nicht empfangen. Ihre geheime Angst, unfruchtbar zu sein, hatte sie zum Übertritt zum Christentum veranlaßt – drei allmächtige Götter, wie Juba sie schilderte, würden gewiß nicht zulassen, daß eine ihrer Dienerinnen kinderlos blieb. Sie war vor fast einem ganzen Mond von der Nomusa getauft worden, und die Nomusa und ihre neuen Götter hatten ihren Namen von Kampu in Ruth geändert. Sie freute sich sehr auf die Vereinigung mit ihrem Mann, einem Neffen Gandangs, um ihre neue Religion auf die Probe zu stellen.

»Nein«, sagte Juba überzeugt. »Gandang wird die Herden nach Osten getrieben haben, um neues Weideland zu finden.«

»Die *Amadoda* – wo sind die Männer?«

»Vielleicht sind sie mit dem Vieh gezogen.«

»Das ist Arbeit für Knaben, nicht für Männer.«

Juba schnaubte verächtlich. »Seit glänzendes Einauge ihnen die Schilde weggenommen hat, sind unsere Männer auch nur *Mujiba*.«

Mujiba hießen die noch nicht zu Kriegern erhobenen Hirtenknaben, und Jubas Begleiterinnen waren beschämt über die Wahrheit ihrer Worte. Ihre Männer waren entwaffnet, und das Rauben von Vieh und Sklaven, die Hauptbeschäftigung der *Amadoda*, war verboten. Wenigstens waren ihre Ehemänner bereits Krieger, die ihre Spieße in das Blut von Wilsons Truppen getaucht hatten, an den Ufern des Shanganiflusses, in dem berauschenden Tötungsfest, dem einzigen Sieg der Matabele jenes Krieges. Aber was würde aus den jüngeren Männern werden? Würden sie je auf dem Schlachtfeld das Recht erwerben, sich unter den Töchtern des Volkes eine Frau zu wählen? Oder würden die Sitten und Gebräuche, mit denen sie aufgewachsen waren, ganz verkommen und in Vergessenheit geraten? Wenn das geschah, was würde dann aus dem Volk werden?

»Die Frauen sind dageblieben.« Juba wies auf die gebeugten Rücken in den braunen, öden Feldern, die sich im Rhythmus der Hacken bewegten.

»Sie bepflanzen die Felder neu«, sagte Ruth.

»Es ist zu spät«, murmelte Juba. »Es wird keine Ernte geben, die wir mit Tänzen feiern können.« Dann straffte sie sich. »Gehen wir.«

An einem der seichten Tümpel zwischen den Sandbänken legten sie ihre Kopflasten und die Lendentücher ab. Im kühlen grünen Wasser wuschen sie sich Staub und Schweiß der Wanderschaft ab. Ruth fand eine Büffelkriechpflanze, die den Heuschrecken entgangen war, pflückte die gelben Blüten und alle schmückten sich damit.

Als die Frauen auf den Feldern sie erspähten, kamen sie lärmend zu ihrer Begrüßung angelaufen, drängten und schubsten einander in ihrem Eifer, Juba ihre Ehrerbietung zu erweisen.

»Mamewethu« nannten sie sie, verbeugten sich in tiefer Hochachtung und klatschten in die Hände. Sie nahmen ihr die Last ab, und zwei ihrer Enkelkinder traten schüchtern vor und hielten ihre Hände. Dann begab sich die kleine Prozession singend zum Kral.

Nicht alle Männer waren fortgegangen. Gandang saß unter den kahlen Zweigen eines Feigenbaumes auf seinem geschnitzten Häuptlingsschemel, und Juba kniete vor ihn hin.

Er lächelte sie liebevoll an, nickte huldvoll zu ihren Bezeugungen der Unterwürfigkeit und Ergebenheit. Und als Zeichen seiner großen Zuneigung hob er sie eigenhändig auf und setzte sie neben sich auf die Matte, die eine seiner Nebenfrauen für sie ausbreitete. Er wartete, bis Juba sich aus dem großen irdenen Bierkrug erfrischt hatte, den eine andere Frau ihr kniend darbot.

Er gab Frauen und Kindern einen Wink zu gehen, und als die beiden endlich allein waren, legten sie die Köpfe aneinander und redeten in liebevoller Freundschaft miteinander.

»Geht es der Nomusa gut?« fragte Gandang, der Jubas innige

Liebe für die Medizinfrau in der Khami-Mission nicht teilte. Im Gegenteil, er brachte der fremden Religion, die seine oberste Frau angenommen hatte, tiefes Mißtrauen entgegen. Es waren Gandangs *Impis*, die im Krieg auf Wilsons kleine Patrouille an den Ufern des Shanganiflusses gestoßen waren und sie bis auf den letzten Mann niedergemetzelt hatten. Unter den Leichen, denen seine Krieger die Kleider vom Leib gerissen hatten, so daß die Assegai-Wunden in ihrem weißen Fleisch maulbeerfarben leuchteten, befand sich auch der Leichnam des ersten Ehemanns der Missionarsfrau. Wo einmal Blut geflossen war, konnte es keine Liebe geben. Doch Gandang respektierte die weiße Frau. Er kannte sie so lange, wie er Juba kannte, und er hatte ihre unermüdlichen Bemühungen aufmerksam verfolgt, dem Matabele-Volk zu helfen und es zu beschützen. Sie war dem alten König Lobengula Freundin und Ratgeberin gewesen, und sie hatte Tausenden von kranken und sterbenden Matabele geholfen. Seine Anteilnahme war echt. »Hat sie die bösen Geister besiegt, die sie auf sich gezogen hat, als sie das Blut des Mädchens trank?«

Es war unvermeidlich, daß Berichte über Robyns Experiment verfälscht weitergegeben worden waren und alsbald die Aura von Hexerei annehmen würden.

»Sie hat das Blut des Mädchens nicht getrunken.« Juba versuchte den Vorgang zu erklären, da sie die Zusammenhänge jedoch selbst nicht recht begriff, war ihre Erklärung nicht überzeugend. Sie sah den Zweifel in Gandangs Augen und ließ die Sache auf sich beruhen.

»Bazo, die Axt?« fragte sie statt dessen. »Wo ist er?« Ihr Erstgeborener war ihr Lieblingssohn.

»In den Bergen, zusammen mit allen anderen jungen Männern«, antwortete Gandang.

Die Matopos-Berge waren seit jeher die Zuflucht der Matabele in Zeiten von Gefahr und Unruhen. Juba beugte sich besorgt vor und fragte: »Hat es Unruhen gegeben?«

Gandang zuckte zur Antwort die Schultern. »Heutzutage gibt es immer Unruhen.«

»Woher kommen die Unruhen?«

»Glänzendes Einauge hat uns durch seine *Kanka* – seine Schakale – wissen lassen, daß er zweihundert junge Männer für die Arbeit in der neuen Goldmine im Süden braucht, die Henshaw, dem Falken, gehört.«

»Hast du die Männer nicht geschickt?«

»Ich habe seinen *Kanka* gesagt« – die verächtliche Bezeichnung für die Eingeborenenpolizei der B. S. A.-Gesellschaft stellte sie auf die Stufe von Aasfressern, die sich in der Nähe von Löwen herumtrieben, um die Reste ihrer Beute zu fressen, und war Ausdruck des Hasses, den die Matabele diesen Verrätern entgegenbrachten – »ich habe ihnen gesagt, daß die weißen Männer mir meinen Schild, meinen Assegai und meine Ehre als Induna genommen haben, damit habe ich das Recht verloren, meinen jungen Männern zu befehlen, Löcher für die weißen Männer zu graben oder Straßen für sie zu bauen.«

»Und jetzt kommt glänzendes Einauge?«

Juba sprach mit Resignation. Sie wußte, welche Maßnahmen folgten: Befehl, Widerstand, Kampf. Sie kannte das alles und hatte den Stolz und die Kriege der Männer satt, den Tod, die Verstümmelung, die Hungersnöte und das Leid.

»Ja«, stimmte Gandang zu. »Nicht alle *Kanka* sind Verräter, und einer hat uns die Nachricht zukommen lassen, daß glänzendes Einauge unterwegs ist mit fünfzig Mann – deshalb sind die jungen Männer in die Berge gegangen.«

»Aber du bleibst hier, um ihn zu empfangen?« fragte Juba. »Unbewaffnet und allein wartest du auf glänzendes Einauge und seine fünfzig bewaffneten Männer?«

»Ich bin noch nie vor einem Mann weggelaufen«, sagte Gandang schlicht.

»Gandang, o Herr, die alten Zeiten sind vorbei. Die Dinge verändern sich. Die Söhne von Lobengula arbeiten als Hausboys im Kral von Lodzi weit im Süden am großen Wasser. Die Krieger sind verstreut, und es gibt einen neuen und gütigen Gott im Land, den Gott Jesus. Alles hat sich verändert, und wir müssen uns auch ändern.«

Gandang schwieg lange Zeit, blickte über den Fluß, als habe er ihre Worte nicht gehört. Dann seufzte er, nahm eine kleine Prise roten Schnupftabak aus dem Horn, das an einem Lederriemen um seinen Hals hing. Er nieste, wischte sich die Augen und schaute sie an.

»Dein Körper ist ein Teil meines Körpers«, sagte er. »Dein erstgeborener Sohn ist mein Sohn. Wenn ich dir nicht vertraue, kann ich mir selbst nicht vertrauen. Und ich sage dir, die alten Zeiten werden zurückkehren.«

»Was sind das für seltsame Worte?« fragte Juba.

»Die Worte der Umlimo. Sie hat ein Orakel gesprochen. Das Volk wird wieder frei und groß sein –«

»Die Umlimo hat die *Impis* am Shangani und Bembesi vor die Gewehre der Weißen geschickt«, zischte Juba bitter. »Die Umlimo predigt Krieg und Tod und Pest. Jetzt gibt es einen neuen Gott. Den Gott des Friedens, Jesus.«

»Frieden?« schnaubte Gandang verächtlich. »Wenn dies das Wort dieses Gottes ist, dann hören die weißen Männer ihrem Gott nicht richtig zu. Frage die Zulu, welchen Frieden sie in Ulundi gefunden haben, frage den Schatten von Lobengula, welchen Frieden sie nach Matabeleland gebracht haben.«

Juba wußte keine Antwort, denn auch hier hatte sie die Erklärungen der Nomusa nicht ganz verstanden, und sie senkte beschämt den Kopf. Nach einer Weile, als Gandang sicher war, daß sie seine Worte angenommen hatte, fuhr er fort.

»Das Orakel der Umlimo besteht aus drei Teilen – der erste ist bereits eingetreten. Die Mittagssonne hat sich von den Flügelschlägen der Heuschrecken verdunkelt, und die Bäume tragen im Frühling kein Laub. Das ist geschehen, und nun müssen wir uns um unsere Klingen kümmern.«

»Die weißen Männer haben die Assegais zerbrochen.«

»In den Bergen wird neuer Stahl geboren.« Gandang senkte seine Stimme zu einem Flüstern. »Die Essen der Rozwi-Schmiede brennen Tag und Nacht, und das geschmolzene Eisen fließt unaufhörlich wie die Wasser des Sambesi.«

Juba starrte ihn an. »Wer hat das zuwege gebracht?«

»Bazo, dein eigener Sohn.«

»Die Wunden der Gewehre sind noch frisch in seiner Brust.«

»Aber er ist ein Induna von Kumalo«, flüsterte Gandang stolz, »und er ist ein Mann.«

»Ein Mann«, entgegnete Juba. »Nur *ein* Mann. Wo sind die *Impis*?«

»Sie bereiten sich an geheimen Orten vor, üben sich in den Kunstfertigkeiten, die sie noch nicht vergessen haben.«

»Gandang, o Herr, ich spüre, wie mein Herz wieder bricht, ich spüre wie meine Tränen sich sammeln wie die Regenstürme im Sommer. Muß es denn immer Krieg geben?«

»Du bist eine Tochter der Matabele von reinem Zanzi-Blut. Der Vater deines Vaters folgte Mzilikazi, dein Vater vergoß sein Blut für ihn, so wie dein Sohn sein Blut für Lobengula vergossen hat – mußt du diese Frage stellen?«

Sie schwieg. Es war sinnlos, mit ihm zu diskutieren, wenn dieses Glitzern in seinen Augen stand. Wenn der kriegerische Wahnsinn ihn gepackt hatte, gab es keinen Platz für Vernunft.

»Juba, meine kleine Taube, es wird Arbeit für dich geben, wenn die Vorhersage der Umlimo wahr wird.«

»Herr?« fragte sie.

»Die Frauen müssen die Eisenspitzen tragen. Sie werden in Schlafmatten und Strohbündel gewickelt, und die Frauen tragen sie an die Orte, wo die *Impis* warten.«

»Herr.« Ihre Stimme war gleichmütig, und sie senkte die Augen vor seinem durchdringenden Blick.

»Die weißen Männer und ihre *Kanka* werden die Frauen nicht verdächtigen, sie werden sie frei ihrer Wege ziehen lassen«, fuhr Gandang fort. »Du bist jetzt die Mutter unseres Volkes, nachdem die Frauen des Königs tot und vertrieben sind. Es ist deine Pflicht, die jungen Frauen um dich zu scharen, sie in ihren Pflichten zu unterweisen und darauf zu achten, daß sie den gehärteten Stahl in die Hände der Krieger legen zu einer von der Umlimo ausersehenen Zeit, wenn die hornlosen Rinder vom großen Kreuz aufgegessen worden sind.«

Juba zögerte ihre Antwort hinaus, fürchtete ihn zu erzürnen. Er mußte ihr die Antwort abfordern.

»Du hast mein Wort gehört, Frau, und du kennst deine Pflicht, die du deinem Ehemann und deinem Volk gegenüber hast.«

Erst dann hob Juba den Kopf und schaute tief in seine dunklen, glühenden Augen.

»Vergib mir, o Herr. Diesmal kann ich dir nicht gehorchen. Ich kann nicht dazu beitragen, erneutes Leid über das Land zu bringen. Ich kann es nicht ertragen, erneut das Wehklagen der Witwen und Waisen zu hören. Du mußt dir eine andere suchen, die deine blutigen Eisenspitzen trägt.«

Sie erwartete seinen Zorn, den hätte sie überstanden, wie sie es hundertmal zuvor getan hatte, doch sie sah etwas in seinen Augen, das sie nie zuvor gesehen hatte: Verachtung. Und sie wußte nicht, wie sie die ertragen sollte. Als Gandang wortlos aufstand und zum Fluß ging, wollte sie ihm nachlaufen und sich ihm zu Füßen werfen, doch dann erinnerte sie sich an die Worte der Nomusa.

»Er ist ein gütiger Gott, doch er setzt uns schweren Prüfungen aus, die unser Verständnis übersteigen.«

Und Juba stellte fest, daß sie sich nicht bewegen konnte. Sie war gefangen zwischen zwei Welten und zwei Pflichtauffassungen, und ihr war, als reiße ihre Seele in der Mitte entzwei.

Den ganzen Tag saß Juba unter dem kahlen Feigenbaum. Sie saß da, die Arme über ihren großen, glänzenden Brüsten gekreuzt, und wiegte sich leise hin und her, als könne das Schaukeln sie trösten, wie es ein weinendes Kind tröstete, doch sie fand keinen Trost, weder in der Bewegung noch in ihren Gedanken. Als sie schließlich den Blick hob und ihre Begleiterinnen vor ihr knieten, spürte sie Erleichterung. Sie wußte nicht, wie lange sie schon bei ihr waren, hatte ihr Kommen nicht gehört, so gefangen war sie in ihrer Sorge und Verwirrung.

»Ich sehe dich, Ruth«, sagte sie und nickte der getauften jungen Frau und ihrer Freundin zu. »Und auch dich, Imbali, meine kleine Blume. Warum macht ihr so traurige Gesichter?«

»Die Männer sind in die Berge gegangen«, flüsterte Ruth.

»Und eure Herzen begleiten sie.« Juba lächelte die beiden liebevoll und traurig an.

»Ich habe von nichts anderem geträumt als von meinem schönen Mann, jede einsame Nacht, die ich von ihm getrennt war«, murmelte Ruth.

»Und von dem prächtigen Sohn, den er mit dir machen wird«,

schmunzelte Juba. Sie kannte den verzweifelten Wunsch des Mädchens und neckte sie liebevoll. »Lelesa, der zuckende Blitz, dein Mann trägt einen guten Namen.«

Ruth ließ den Kopf hängen. »Spotte nicht über mich, Mamewethu«, murmelte sie, und Juba wandte sich an Imbali.

»Und du, kleine Blume, sehnst auch du dich nach einer Biene, um deine Blütenblätter zu kitzeln?«

Das Mädchen kicherte, hielt sich die Hand an den Mund und wand sich in peinlicher Verlegenheit.

»Wenn du uns brauchst, Mamewethu«, sagte Ruth ernsthaft, »dann bleiben wir bei dir.«

Juba lächelte und klatschte in die Hände. »Fort mit euch beiden«, sagte sie. »Da gibt es zwei, die euch mehr brauchen als ich. Folgt euren Männern in die Berge.«

Die Mädchen quietschten vor Freude, vergaßen alle Ehrerbietung und umarmten Juba stürmisch.

»Du bist der Sonnenschein und der Mond«, sagten sie zu ihr, und dann flogen sie in ihre Hütten, um die Reise vorzubereiten, und für kurze Zeit war Jubas Kummer verflogen. Doch bei Einbruch der Nacht, als keine der jungen Frauen kam, um sie in Gandangs Hütte zu bringen, kehrte er mit aller Macht wieder, und sie weinte, bis der Schlaf sie endlich übermannte, doch dann kamen die Träume – Träume, in denen die Flammen glühend hochschlugen, in denen es nach verwestem Fleisch stank, und sie schrie auf in ihrem Schlaf, aber es war niemand da, der sie hörte und geweckt hätte.

General Mungo St. John straffte die Zügel und schaute sich in dem verwüsteten Waldgebiet um. Nirgends gab es Deckung, dafür hatten die Heuschrecken gesorgt, und das würde seine Aufgabe erschweren.

Er nahm den Schlapphut vom Kopf und wischte sich über die Stirn. Die großen Wolkenbänke türmten sich hoch in den Himmel, und die Hitze waberte über der nackten, verbrannten Erde. Sorgfältig rückte Mungo seine Augenklappe zurecht und drehte sich im Sattel nach dem Trupp um, der ihm folgte.

Es waren fünfzig Männer, samt und sonders Matabele, in einem abenteuerlichen Aufzug aus Eingeborenen- und europäischer Kleidung. Da gab es Reithosen aus Maulwurffellen neben ausgefransten Lendenschurzen aus Pelz. Manche waren barfuß, andere trugen Sandalen aus getrockneter Tierhaut, dazwischen sah man auch genagelte Stiefel ohne Socken und Gamaschen. Die meisten hatten ihren Brustkorb entblößt, einige trugen zerschlissene Uniformjacken oder zerrissene Hemden. Ein Bestandteil der Uniform war jedoch allen gemein: eine polierte Messingplakette mit den eingravierten Buchstaben »B.S.A.-Co.-Polizei«, die sie an einer Kette um das linke Handgelenk trugen.

Alle waren mit neuen Winchester-Repetiergewehren und jeweils einem Gurt Messingpatronen ausgerüstet. Mungo überblickte die Schar seiner Männer mit grimmiger Zufriedenheit. Es gab zwar nirgends eine Möglichkeit der Deckung, er glaubte aber, die Krale im Überraschungsangriff nehmen zu können.

Wie damals bei seinen Sklavenexpeditionen an der Westküste – vor langer Zeit, bevor dieser verdammte Lincoln und die verfluchte Royal Navy ihm das Multimillionengeschäft versaut hatten. Bei Gott, das waren Zeiten damals! Rasches Vorrücken, Umstellen des Dorfes und Sturmangriff in der Dämmerung; die Knüppel der Sklaventreiber prasselten dumpf auf die schwarzen Wollschädel nieder... Mungo riß sich aus seinen Gedanken. War es ein Zeichen des nahen Alters, wenn die Gedanken in die Vergangenheit wanderten, fragte er sich.

»Ezra«, rief er seinen Sergeant zu sich, den zweiten Reiter in der Kolonne, der auf einem struppigen Grauen saß.

Ezra war ein mächtiger Matabele mit vernarbtem Gesicht, Erinnerungen an einen Bergwerksunfall in der großen Diamantenmine in Kimberley, sechshundert Meilen im Süden. Dort hatte er seinen neuen Namen bekommen und sein Englisch gelernt.

»Wie weit ist es noch bis zu Gandangs Kral?« fragte Mungo.

Ezra beschrieb mit dem Arm einen Bogen am Himmel, um zwei Stunden der Sonnenwanderung anzuzeigen. »So weit.«

»Gut«, nickte Mungo. »Schick die Kundschafter los. Ich möchte nicht, daß Fehler begangen werden. Erkläre ihnen noch einmal, daß sie den Inyati oberhalb des Krals überqueren, sich verteilen und an den Hügelausläufern warten sollen.«

»Nkosi«, nickte Ezra.

»Sag ihnen, sie sollen jeden aufgreifen, der den Kral verläßt, und ihn zu mir bringen.«

Daß jeder Befehl übersetzt werden mußte, verdroß Mungo, und zum hundertstenmal nahm er sich vor, sich die Sindebele-Sprache anzueignen.

Ezra salutierte mit übertriebener Gebärde vor Mungo, wie er es den britischen Soldaten hinter seinem vergitterten Gefängnisfenster abgeschaut hatte, als er seine Strafe wegen Diamantendiebstahl absaß, drehte sich im Sattel um und rief den Männern hinter den beiden Berittenen die Befehle zu.

»Sag ihnen, sie müssen vor Tagesanbruch in Stellung gegangen sein. Das ist der Zeitpunkt, an dem wir angreifen.«

Mungo band die Feldflasche vom Sattelknauf und schraubte den Verschluß auf.

»Sie sind bereit«, meldete der Sergeant.

»Gut, Sergeant. Schick sie los«, sagte Mungo und setzte die Wasserflasche an die Lippen.

Noch eine Weile nach dem Erwachen glaubte Juba, die Schreie der Frauen und das Weinen der Kinder gehörten zu ihren Alpträumen, und zog die Felldecke über den Kopf.

Dann wurde die Tür krachend aufgerissen, und Juba wachte ganz auf und warf die Pelzdecke von sich. Grobe Hände packten sie, und obwohl sie sich kreischend wehrte, wurde sie nackt ins Freie gezerrt. Juba erkannte Mungo und duckte sich hinter die schluchzenden, jammernden Frauen, bevor er sie wahrnahm.

Wutentbrannt schrie der seinen Sergeant an, stapfte auf und ab und schlug die Reitpeitsche gegen seinen glänzenden Stiefelschaft.

»Wo sind die Männer? Ich möchte wissen, wo die Männer hingegangen sind!«

Sergeant Ezra ging wütend an den aufgereihten, sich windenden Frauen vorbei. Vor Juba blieb er stehen, die er sofort als eine der Würdenträgerinnen des Stammes erkannte; sie richtete sich zu voller Größe auf und war trotz ihrer völligen Nacktheit eine würdevolle und königliche Erscheinung. Sie erwartete ein Anzeichen von Respekt von ihm, eine Geste der Höflichkeit, statt dessen packte der Sergeant ihr Handgelenk und verdrehte es so schmerzhaft, daß sie in die Knie gezwungen wurde.

»Wo sind die *Amadoda*?« zischte er sie an. »Wohin sind die Männer gegangen?«

Juba unterdrückte einen Schmerzensschrei und krächzte: »Es ist wahr, daß hier keine Männer sind, denn die mit den Ketten von Lodzi um den Arm sind keine Männer.«

»Kuh«, fauchte der Sergeant, »fette, schwarze Kuh.« Er riß ihr den Arm noch weiter nach hinten, zwang ihr Gesicht in den Staub.

»Genug, *Kanka!*« Eine Stimme erhob sich über dem Lärm, deren Ton sofortiges Schweigen gebot. »Laß die Frau los!«

Der Sergeant ließ Juba unwillkürlich los und trat einen Schritt zurück.

Gandang trat in den Feuerschein, und obgleich er nur seinen Kopfring und einen kurzen Lendenschurz trug, wirkte er bedrohlich wie ein Löwe auf der Jagd, und der Sergeant fuhr bei seinem Anblick zusammen. Juba kam auf die Beine, rieb sich das Handgelenk, doch Gandang würdigte sie keines Blickes. Er trat vor Mungo St. John und fragte: »Was suchst du, weißer Mann, und warum kommst du in meinen Kral wie ein Dieb in der Nacht?«

Mungo wandte sich an den Sergeant um Übersetzung.

»Er sagt, du bist ein Dieb«, übersetzte der Sergeant, und Mungo riß das Kinn hoch und starrte Gandang an.

»Sag ihm, er weiß, weshalb ich hier bin. Sag ihm, ich wünsche zweihundert kräftige, junge Männer.«

Gandang flüchtete sich sofort in die einstudierte Begriffsstutzigkeit der Afrikaner, mit der wenige Europäer umzugehen wissen und die einen Mann wie St. John zur Raserei brachte.

Die Sonne stand bereits hoch am Himmel, als Gandang die Frage wiederholte, die er eine Stunde zuvor zum erstenmal gestellt hatte.

»Warum will er, daß meine Männer mit ihm gehen sollen? Sie sind hier zufrieden.«

Mungo ballte die Fäuste in kaum unterdrückter Wut.

»Alle Männer müssen arbeiten«, übersetzte der Sergeant. »Es ist das Gesetz der weißen Männer.«

»Sag ihm«, entgegnete Gandang, »es ist nicht Sitte und Gesetz der Matabele. Die *Amadoda* sehen keine Würde und keine große Tugend darin, Löcher zu graben. Das sollen Frauen und *Amaholi* tun.«

»Der Induna sagt, daß seine Männer nicht arbeiten wollen«, übersetzte der Sergeant hinterhältig, und Mungo St. John platzte der Kragen. Er trat einen knappen Schritt vor und zog dem Induna die Reitpeitsche übers Gesicht.

Nur Gandangs Augenlider zuckten, er fuhr weder zusammen, noch hob er die Hand an den schwellenden Striemen quer über seiner Wange. Er machte keine Anstalten, das dünne Blutrinnsal von seiner aufgeplatzten Lippe zu stillen, das über sein Kinn lief und auf seine nackte Brust tropfte.

»Meine Hände sind jetzt leer, weißer Mann«, sagte er in einem Flüstern, das durchdringender war, als es jedes laute Wort hätte sein können, »aber sie werden es nicht immer sein.« Damit drehte er sich um und ging zu seiner Hütte.

»Gandang«, rief Mungo St. John hinter ihm her, »deine Männer werden arbeiten, und wenn ich sie mir einfange und an die Kette lege wie wilde Tiere!«

Die beiden Mädchen folgten dem Pfad in geschmeidigem, wiegendem Trab, um das Gleichgewicht der großen Bündel, die sie auf den Köpfen trugen, zu halten. In den Bündeln waren Geschenke für ihre Männer: Salz und zerstoßener Mais, Schnupftabak und Perlen und Kattunreste für Lendenschurze, die sie der Nomusa in ihrem Laden in der Khami-Mission abgeschwatzt hatten. Sie waren beide guter Dinge, denn sie hatten die Schneise der Vernichtung durch die Heuschreckenschwärme hinter sich gelassen und wanderten durch einen Akazienwald, in dem Vögel zwitscherten und Bienen summten.

Vor ihnen ragte die erste der perlgrauen Granitzacken hoch, wo sie ihre Männer finden würden, und sie schwatzten munter miteinander, ihr Lachen klang hell und süß wie Glockenklang und eilte ihnen weit voraus. Bald begannen sie die natürlichen

Stufen im Gestein hinaufzuklettern. Ihr Weg führte sie zu einer steilen Felsspalte, die sie schließlich zum Gipfel führen würde.

Imbali ging voran, ihre runden, festen Hinterbacken schwangen unter dem kurzen Rock, als sie über das unwegsame Gelände sprang. Ruth folgte ihr ebenso behende um eine scharfe Wegbiegung zwischen zwei riesigen Felsbrocken, die aus großer Höhe herabgerollt waren.

Imbali blieb so plötzlich stehen, daß Ruth beinahe in sie hineingerannt wäre, und fauchte alarmiert.

In der Mitte des Weges stand ein Mann. Er war unzweifelhaft Matabele, doch die Mädchen hatten ihn noch nie gesehen. Der Fremde trug ein blaues Hemd und einen Lendenschurz, an seinem Handgelenk blitzte eine runde Messingplakette. In der Hand hielt er ein Gewehr. Ruth wandte schnell den Kopf und fauchte wieder. Aus dem toten Winkel des Felsbrockens trat ein zweiter bewaffneter Mann und schnitt ihnen den Rückzug ab. Er lächelte, doch in diesem Lächeln war nichts, das die Mädchen hätte beruhigen können. Sie nahmen ihre Bündel vom Kopf und drängten sich aneinander.

»Wohin geht ihr kleinen Kätzchen?« fragte der grinsende *Kanka.* »Sucht ihr euch etwa einen Kater?«

Keines der Mädchen antwortete. Sie starrten ihn aus großen, angstvollen Augen an.

»Wir werden euch begleiten.« Der grinsende *Kanka* hatte eine so breite Brust und muskelbepackte Arme und Beine, daß er wie verwachsen aussah. Seine Zähne waren sehr weiß und groß wie die eines Pferdes, doch sein Lächeln erreichte seine Augen nicht. Die Augen waren klein und kalt und todbringend.

»Nehmt eure Bündel wieder hoch, Kätzchen, und führt uns zu den Katern.«

Ruth schüttelte den Kopf. »Wir suchen nur Medizinwurzeln, wir wissen nicht, was ihr von uns wollt.«

Der *Kanka* kam näher. Seine dicken Beine waren krumm und bewegten sich in einem seltsam schwankenden Gang. Plötzlich versetzte er Ruths Bündel einen Tritt, und es platzte auf.

»Aha!« lächelte er kalt. »Warum habt ihr Geschenke bei euch, wenn ihr auf der Suche nach *Muti* seid?«

Ruth fiel auf die Knie und versuchte das verschüttete Maisschrot und die Perlen einzusammeln. Der *Kanka* legte seine Hand auf ihren Rücken und strich ihr über die glänzende schwarze Haut.

»Schnurr, kleines Kätzchen«, feixte er, und Ruth, zu seinen Füßen kauernd, erstarrte.

Die Finger des *Kanka* bewegten sich nach oben, und seine Hand legte sich auf ihren Nacken. Eine riesige Hand mit wulstigen Fingern. Ruth begann zu zittern, als die Finger sich um ihren Hals schlossen.

Der *Kanka* schaute zu seinem Kameraden hoch, der den Pfad immer noch versperrte. Die beiden wechselten einen Blick. Imbali sah und verstand.

»Sie ist eine Braut«, flüsterte sie. »Ihr Mann ist der Neffe von Gandang. Nimm dich in acht, *Kanka.*«

Der Mann schenkte ihr keine Beachtung. Er zog Ruth hoch und drehte ihr Gesicht zu sich.

»Bringt uns in das Versteck, in dem eure Männer sich verkrochen haben.«

Ruth starrte ihn eine Sekunde schweigend an, und dann spuckte sie ihm ins Gesicht. Der schaumige Speichel lief ihm über die Wange und tropfte vom Kinn.

»*Kanka!*« zischte sie. »Verräterischer Schakal!«

Der Mann hörte nicht auf zu lächeln. »Das wollte ich von dir hören«, sagte er, hakte einen Finger in die Schnur ihres Lendenschurzes und riß ihn mit einem Ruck ab. Der Schurz fiel zu Boden. Der *Kanka* musterte ihren nackten Körper, sein Atem begann sich zu beschleunigen.

»Paß auf die andere auf«, schrie er und warf seinem Kumpan die Winchester zu. Der fing die Waffe auf und stieß Imbali mit dem Lauf nach hinten, bis ihr Rücken gegen den hohen Granitbrocken gedrückt war.

»Wir kommen auch bald dran«, versicherte er ihr und wandte den Kopf, um die Vorgänge hinter sich zu verfolgen, hielt aber Imbali mit dem Gewehrlauf in Schach.

Der *Kanka* zerrte Ruth hinter ein Gestrüpp neben dem Weg.

»Mein Mann wird dich töten!« schrie Ruth.

»Dann gib mir einen guten Gegenwert, wenn ich schon mit dem Leben bezahlen muß«, keuchte er, dann entfuhr ihm ein Schmerzensschrei. »Du hast scharfe Krallen, Kätzchen.« Ein dumpfer Schlag in weiches Fleisch, Kampfgeräusche, die Zweige des Gestrüpps bewegten sich heftig, und loses Geröll rollte den Abhang hinunter.

Der Polizist, der Imbali bewachte, reckte den Hals, um besser zu sehen, und leckte sich die Lippen. Durch das Gestrüpp konnte er undeutliche Bewegungen wahrnehmen, dann wurde ein Körper schwer zu Boden geworfen.

»Halt still, Kätzchen«, keuchte der *Kanka.* »Du machst mich wütend. Lieg still.« Ruth fing an zu schreien. Gellend wie ein Tier in Todesqualen, wieder und wieder. Der *Kanka* ächzte, und dann grunzte er wie ein Schwein am Trog. Ruths unablässiges Schreien wurde von leise rhythmisch klatschenden Geräuschen begleitet.

Der Bewacher lehnte die zweite Waffe gegen den Felsen, trat auf das Gestrüpp zu, teilte die Zweige mit dem Lauf seiner Waffe und glotzte. Sein Gesicht schwoll an und wurde dunkel vor Gier, seine ganze Aufmerksamkeit war bei dem, was er beobachtete.

Imbali nutzte die Chance, schob sich seitlich an der Felswand entlang, sammelte sich eine Sekunde und rannte los. Sie war bereits an der Wegbiegung, bevor der Mann sich nach ihr umdrehte.

»Komm zurück!« schrie er.

»Was ist los?« wollte der andere *Kanka* mit belegter Stimme wissen.

»Die andere, sie rennt weg.«

»Halt sie auf.«

Imbali war fünfzig Schritte den Hang hinuntergelaufen, flink wie eine Gazelle sprang sie über die Steine, gejagt vom Entsetzen. Der Mann hinter ihr zog den Hahn der Winchester zurück, riß den Kolben an die Schulter und feuerte drauflos ohne zu zielen. Es war ein Zufallstreffer. In den Rücken des Mädchens. Die großkalibrige Bleikugel bohrte sich durch ihren Bauch. Sie stürzte und rollte den steilen Hang hinunter mit schlenkernden Gliedmaßen.

Der Polizist ließ erschrocken und ungläubig das Gewehr sinken. Langsam, zögernd trat er auf das Mädchen zu. Sie lag mit offenen Augen auf dem Rücken. Die Austrittswunde war ein grauenhaft klaffendes Loch im jungen Bauch, aus dem die zerfetzten Eingeweide hingen. Die Augen des Mädchens erfaßten das Gesicht ihres Mörders, einen Moment flammte das Entsetzen wieder auf, dann verschwamm der Glanz und verlor sich in völliger Leere.

»Sie ist tot.« Der *Kanka* hatte von Ruth abgelassen und kam den Pfad herunter. Um seine nackten Beine flatterten die Hemdschöße.

Beide starrten auf das tote Mädchen.

»Das wollte ich nicht«, sagte der eine, die rauchende Waffe noch in der Hand.

»Die dürfen nicht erfahren, was hier passiert ist«, sagte sein Kumpan, stieg den Hang hinauf, nahm im Vorbeigehen sein Gewehr, das noch am Felsen lehnte, und trat an das Gestrüpp.

Der andere starrte immer noch in Imbalis tote Augen. Als der zweite Schuß krachte, zuckte er zusammen. Das Echo peitschte mehrfach von den Granitfelsen zurück. Der *Kanka* trat wieder auf den Pfad, warf die leere Patronenhülse aus der Kammer, die singend gegen den Felsen prallte.

»Jetzt müssen wir uns eine Geschichte für glänzendes Einauge und die Indunas ausdenken«, sagte er seelenruhig und verknotete den Lendenschurz um die feisten Hüften.

Sie brachten die beiden Mädchen auf dem Rücken des Pferdes des Polizeisergeants in Gandangs Kral zurück. Auf einer Seite schlenkerten die Beine, auf der anderen die Arme herunter. Sie hatten eine graue Decke über die nackten Leichen geworfen, als schämten sie sich der Wunden, doch das Blut war durchgesickert und zu großen schwarzen Flecken getrocknet, auf denen sich Schwärme metallisch grüner Fliegen niedergelassen hatten.

In der Mitte des Krals angekommen, machte der Sergeant dem *Kanka*, der das Pferd führte, ein Zeichen, der drehte sich um und schnitt die Verschnürungen auf, mit denen die Knöchel der Mädchen zusammengebunden waren. Die Leichen glitten kopfüber zu Boden. Sie fielen in einem Haufen verrenkter Gliedmaßen in sich zusammen, wie erlegtes Wild, das man von der Jagd nach Hause gebracht hatte.

Die Frauen hatten bis zu diesem Moment geschwiegen, doch nun begannen sie die monotone Totenklage, und eine hob eine Handvoll Staub auf und ließ ihn sich über den Kopf rieseln. Die anderen folgten ihrem Beispiel, und ihre Klage jagte dem Sergeant Gänsehaut über den Rücken, doch sein Ausdruck blieb undurchdringlich und seine Stimme gleichmütig, als er sich an Gandang wandte.

»Du hast diese Trauer über dein Volk gebracht, alter Mann. Wenn du dich den Wünschen von Lodzi gebeugt und ihm deine jungen Männer geschickt hättest, wie es deine Pflicht gewesen wäre, könnten diese Frauen noch leben und Söhne zur Welt bringen.«

»Welches Verbrechen haben sie begangen?« fragte Gandang und beobachtete, wie seine erste Frau neben den staubbedeckten, blutverschmierten Leichen niederkniete.

»Sie versuchten zwei meiner Polizisten zu töten.«

»Hau!« Gandang verlieh seinem Mißtrauen verächtlich Ausdruck, und die Stimme des Sergeant wurde zum erstenmal schneidend vor Zorn.

»Meine Männer hielten sie fest und verlangten von ihnen, sie zum Versteck der *Amadoda* zu führen. Als meine Männer nachts schliefen, wollten sie ihnen zugespitzte Stöcke durch die Ohren ins Hirn bohren, doch meine Männer haben einen leichten Schlaf, und als sie aufwachten, rannten die Frauen in die Nacht, und meine Männer mußten sie aufhalten.«

Einen langen Augenblick starrte Gandang den Sergeant an, und sein Blick war so durchdringend, daß Ezra die Augen abwandte zu der Frau, die neben einem der Mädchen kniete. Juba wischte sanft das geronnene Blut von Ruths Lippen und Nasenlöchern.

»Ja«, riet Gandang Ezra, »schau gut hin, Schakal des weißen Mannes, und denke daran alle Tage, die du noch zu leben hast.«

»Wagst du mir zu drohen, alter Mann?« plusterte der Sergeant sich auf.

»Alle Menschen müssen sterben.« Gandang zuckte die Achseln. »Manche sterben früher und schmerzhafter als andere.« Er drehte sich um und ging in seine Hütte zurück.

Gandang saß allein am kleinen, rauchigen Feuer in seiner Hütte. Weder das gekochte Fleisch noch die weißen Maisfladen in der Schale neben sich hatte er angerührt. Er starrte in die Glut und horchte auf die Totenklage der Frauen und das Schlagen der Trommeln.

Er wußte, daß Juba kommen würde, um ihm zu sagen, wann die Körper der Mädchen gebadet und in die Haut eines frisch geschlachteten Ochsen gehüllt waren. Sobald der Morgen graute, war es seine Aufgabe, das Ausheben der Gräber in der Mitte des Viehkrals zu überwachen. Als er ihr Kratzen an der Tür hörte, forderte er Juba leise auf einzutreten.

Sie kniete an seiner Seite. »Es ist alles bereit für den Morgen, mein Mann.«

Er nickte. Sie schwiegen eine Weile, und dann sagte Juba: »Wenn die Mädchen in die Erde gelegt werden, möchte ich das Lied singen, das Nomusa mich gelehrt hat.«

Er neigte den Kopf zum Einverständnis, und sie fuhr fort.

»Ich wünsche auch, daß die Gräber im Wald ausgehoben werden, damit ich Kreuze darauf stellen kann.«

»Wenn das die Sitte deines neuen Gottes ist.« Wieder stimmte er zu, stand auf und ging zu seiner Schlafmatte in der Ecke.

»*Nkosi.*« Juba blieb knien. »Herr, da ist noch etwas.«

»Was ist es?« Er wandte sich ihr zu. Sein Gesicht war verschlossen und kalt.

»Ich und meine Frauen werden das gehärtete Eisen tragen, worum du mich gebeten hast«, flüsterte sie. »Ich habe meinen Finger in die Wunde von Ruths Fleisch gelegt und einen Eid geschworen. Ich werde die Assegais zu den *Amadoda* bringen.«

Er lächelte nicht, aber die Kälte schwand aus seinen Augen, und er streckte ihr eine Hand entgegen. Juba erhob sich, und er nahm ihre Hand und führte sie zu seiner Schlafmatte.

Drei Tage nachdem die Mädchen in die Erde gelegt worden waren kam Bazo in Begleitung zweier junger Männer aus den Bergen herunter. Die drei begaben sich sofort unter Jubas Führung zu den Gräbern. Bazo ließ die beiden jungen Männer alsbald allein, damit sie um ihre Frauen trauern konnten, und ging zu seinem Vater zurück, der unter dem Feigenbaum auf ihn wartete.

Nach der ehrerbietigen Begrüßung ließen sie schweigend den Bierkrug zwischen sich wandern, und als er leer war, sagte Gandang: »Es ist eine furchtbare Sache.«

Bazo sah ihn scharf an. »Freu dich, mein Vater. Danke den Geistern unserer Ahnen«, sagte er. »Denn sie sind uns wohlgesonnen, mehr als wir je erwarten konnten.«

»Ich verstehe deine Rede nicht.« Gandang fixierte seinen Sohn.

»Für zwei Leben – bedeutungslose Leben, Leben die in eitler Flatterhaftigkeit verbracht worden wären –, für diesen geringen Preis haben wir das Feuer im Bauch unseres Volkes geschürt. Wir haben selbst die schwächsten und feigesten unserer *Amadoda* gestählt. Wenn die Zeit kommt, wissen wir, es gibt kein Zögern mehr. Freue dich, mein Vater, über das Geschenk, das uns gemacht wurde.«

»Du bist ein erbarmungsloser, harter Mann geworden«, murmelte Gandang schließlich.

»Ich bin stolz, daß du das sagst«, entgegnete Bazo. »Und wenn ich für die bevorstehende Arbeit nicht erbarmungslos und hart genug bin, dann wird es mein Sohn und dessen Sohn sein, wenn ihre Zeit gekommen ist.«

»Hast du kein Vertrauen zum Orakel der Umlimo?« fragte Gandang. »Sie hat uns Erfolg versprochen.«

»Nein, mein Vater.« Bazo schüttelte den Kopf. »Denk genau über ihre Worte nach. Sie hat uns nur gesagt, wir sollen es versuchen. Sie hat uns nichts versprochen. Erfolg oder Mißerfolg liegen allein bei uns. Deshalb müssen wir hart und unbarmherzig sein, dürfen niemandem vertrauen, müssen auf jeden Vorteil achten und ihn voll nutzen.«

Gandang dachte eine Weile darüber nach, dann seufzte er wieder.

»So war es früher nicht.«

»Es wird nie wieder so sein wie früher. Die Dinge haben sich verändert, Baba, und wir müssen uns ebenfalls verändern.«

»Sag mir, was noch zu tun ist«, forderte Gandang ihn auf. »Was kann ich dazu beitragen, damit wir Erfolg haben?«

»Du mußt den jungen Männern befehlen, von den Bergen zu steigen und zur Arbeit zu gehen, wie die weißen Männer es fordern.«

Gandang überlegte schweigend.

»Von nun an, bis zu unserer Stunde, müssen wir wie Flöhe sein. Wir müssen unter dem Umhang des weißen Mannes leben, so dicht an seiner Haut, daß er uns nicht sieht, so nah, daß er vergißt, daß wir darauf warten zuzustechen.«

Gandang nickte, doch in seinen Augen war namenlose Trauer. »Wie schön war es, als wir anrückten, den Lobgesang unserer Krieger auf den Lippen, und dem Geschäft des Tötens am hellen Tag und mit wehenden Federbüschen nachgingen.«

»So wird es nie wieder«, sagte Bazo. »In Zukunft werden wir im Gras liegen wie die zusammengerollte Puffotter. Vielleicht müssen wir ein Jahr oder zehn Jahre warten, ein Leben lang oder länger – vielleicht erleben wir es nicht mehr, mein Vater. Vielleicht werden es die Kinder unserer Kinder sein, die aus den Schatten zustoßen, mit anderen Waffen als dem Silberstahl, den wir beide so sehr lieben, aber wir beide sind es, die ihnen den Weg bereiten, den Weg zurück zur Größe unseres Volkes.«

Gandang nickte, und in seinen Augen flammte ein neues Licht auf, wie der erste Dämmerschein des kommenden Tages. »Du siehst sehr klar, Bazo. Du kennst sie gut, und du hast recht. Der weiße Mann hat viele Stärken, nur Geduld, die hat er nicht. Er will, daß alles noch heute geschieht. Und wir wissen, was es heißt, abzuwarten.«

Sie verstummten wieder, saßen nebeneinander, und das Feuer brannte herunter, bevor Bazo wieder sprach.

»Bei Tagesanbruch bin ich schon fort«, sagte er.

»Wohin?« fragte Gandang.

»Nach Osten, zu den Maschona.«

»Aus welchem Grund?«

»Auch sie müssen sich auf den Tag vorbereiten.«

»Du suchst Hilfe bei den Maschona-Hunden, den Dreckfressern?«

»Ich suche Hilfe, wo ich sie finden kann«, antwortete Bazo schlicht. »Tanase sagt, daß wir Verbündete außerhalb unserer Grenzen finden, am anderen Ufer des großen Flusses. Sie spricht sogar von Verbündeten in einem Land, das so kalt ist, daß das Wasser dort hart und weiß wie Salz wird.«

»Gibt es ein solches Land?«

»Ich weiß es nicht. Ich weiß nur, daß wir jeden Verbündeten willkommen heißen müssen, wo immer er herkommen mag. Denn Lodzis Männer sind harte Kämpfer. Wir beide haben das zu spüren bekommen.«

Alle Fenster der Maultier-Droschke waren offen, so daß Mr. Rhodes mit den Männern, die zu beiden Seiten des Gefährts ritten, sprechen konnte. Seine Begleitung war die Elite dieses neuen Landes, ein Dutzend Männer, denen riesige Flächen jungfräulichen, fruchtbaren Landes gehörte, prächtige Herden Eingeborenen-Rinder und Anteile von Gruben, in welchen unvorstellbarer Reichtum lagerte.

Der Mann in der von fünf weißen Maultieren gezogenen Luxuskarosse war ihr Führer. Als normaler Bürger besaß er soviel Reichtum und Macht wie sonst nur ein König. Sein Wirtschaftsimperium gebot über ein Land, das größer war als England und Irland zusammen und das er wie einen Privatbesitz verwaltete. Er kontrollierte die Weltproduktion an Diamanten über ein Kartell, das er mit Regierungsvollmachten ausgestattet hatte. Er war Alleininhaber der Minen, die fünfundneunzig Prozent des gesamten Weltertrags an Diamanten lieferten. Nur bei den legendären Goldminen am Witwatersrand war sein Einfluß nicht so groß, wie er hätte sein können, da er manche Gelegenheit verpaßt hatte, um Schürfrechte zu sichern.

Als er schließlich gezwungen war, das wahre Potential des »Kamms des weißen Wassers« anzuerkennen, und im Begriff stand, die wenigen noch erhältlichen Grubenanteile zu kaufen, ereilte ihn ein schwerer Schicksalsschlag. Sein bester Freund, ein schöner junger Mann namens Neville Pickering, sein langjähriger Gefährte und Partner, war vom Pferd gestürzt und an den Steigbügeln mitgeschleift worden.

Rhodes war in Kimberley geblieben, um ihn zu pflegen, und, als Neville starb, um ihn zu betrauern. In diesen Wochen verpaßte Rhodes viele Möglichkeiten. Später gründete er dann doch noch seine Goldfeld-Gesellschaft auf dem Reef, und obschon nicht zu vergleichen mit der De-Beers-Minengesellschaft oder der seines alten Rivalen J. B. Robinson, hatte sie ihm zum Ende des Finanzjahres eine Dividende von 125 Prozent gebracht.

Sein Reichtum gestattete ihm, aus einer Laune heraus den Entschluß zu fassen, in Südafrika Kernobstplantagen anzulegen, und er erteilte einem seiner Manager den Auftrag, das ganze Franschhoek-Tal zu kaufen.

»Mr. Rhodes, das wird eine Million Pfund kosten«, hatte der Manager ihm entgegengehalten.

»Ich habe Sie nicht nach dem Kaufpreis gefragt«, entgegnete Rhodes gereizt. »Ich habe Ihnen nur einen Auftrag erteilt – kaufen Sie!«

So war er im privaten Bereich, sein öffentliches Leben verlief jedoch nicht weniger spektakulär.

Er war Geheimer Rat der Königin und konnte in dieser Funktion direkt mit den Männern verhandeln, die das größte Imperium steuerten, das die Welt je gekannt hatte. Viele von ihnen hegten keineswegs freundschaftliche Gefühle für ihn. Gladstone hatte einmal gesagt: »Ich weiß nur eines über Mr. Rhodes. Er hat sehr viel Geld in sehr kurzer Zeit gemacht. Das erfüllt mich nicht mit überwältigendem Vertrauen.«

Der Rest der britischen Aristokratie war weniger kritisch, und wann immer Rhodes sich in London aufhielt, war er der Liebling der Gesellschaft, umringt von Lords und Herzögen und Grafen, denn es gab lukrative Direktorenposten im Aufsichtsrat der B. S. A.-Gesellschaft zu besetzen, und ein einziges Wort von Mr. Rhodes konnte zu einem Börsenkrach führen. Zu all dem war Mr. Rhodes gewählter Premierminister der Kapkolonie.

Als er nun in der grünen Lederpolsterung seiner Karosse geschaukelt wurde, nachlässig gekleidet in einen zerknitterten, hochgeschlossenen Anzug, mit verrutschtem Krawattenknoten, war er auf dem Höhepunkt seines Reichtums, seiner Macht und seines Einflusses.

Ihm gegenüber saß Jordan Ballantyne, scheinbar vertieft in seine Stenogrammnotizen, die Mr. Rhodes ihm soeben diktiert hatte, doch über den Block hinweg warf er seinem Chef besorgte Blicke zu. Die Hutkrempe überschattete Mr. Rhodes' Augen, sein Gesicht war aufgedunsen und von ungesunder Röte, und er schwitzte schon jetzt, in der Morgenkühle, übermäßig.

Nun rief er mit hoher Fistelstimme: »Ballantyne«, und Zouga Ballantyne gab seinem Pferd die Sporen, ritt ans Fenster und beugte sich aufmerksam aus dem Sattel.

»Sagen Sie, mein Lieber«, begann Rhodes, »was wird hier gebaut?«

Dabei deutete er auf die frisch ausgehobene Baugrube und die Stapel roter gebrannter Ziegelsteine, die in einem Eckgrundstück an der Kreuzung zweier breiter Straßen aufgeschichtet waren.

»Das wird die neue Synagoge«, erklärte Zouga.

»Dann bleiben meine Juden also hier«, sagte Mr. Rhodes mit einem Lächeln, und Zouga hätte wetten können, daß er genau wußte, was hier entstehen sollte, die Frage nur als Einleitung für seine weitere Rede gestellt hatte. »Und mein neues Land wird blühen und gedeihen, Ballantyne. Die Juden sind wie ein gutes Omen, wie die Vögel, die nie in einem Baum nisten, der zum Fällen markiert ist.«

Zouga lachte, und die beiden unterhielten sich, während der in der Gruppe dahinter reitende Ralph Ballantyne den beiden solches Interesse entgegenbrachte, daß er die Dame neben sich vernachlässigte, bis sie ihm mit ihrer Reitgerte auf den Arm klopfte.

»Ich sagte, ich bin gespannt, was passiert, wenn wir Khami erreichen«, wiederholte Louise, und Ralph wandte sich wieder seiner Stiefmutter zu. Sie war die einzige Dame in seinem Bekanntenkreis, die im Herrensitz ritt und sicher und elegant im Sattel saß. Ralph war dabei, als sie seinen Vater in einem harten Kopf-an-Kopf-Rennen auf schwerem Boden geschlagen hatte. Das war in Kimberley – bevor sie nach Norden in dieses Land gezogen war. Doch die Jahre hatten Louise wenig anhaben können. Ralph schmunzelte bei dem Gedanken an seine schwärmerische Bewunderung, als er sie zum erstenmal in ihrer Equipage, gezogen von zwei goldbraunen Palominos, die belebte Hauptstraße von Kimberley hatte entlangfahren sehen. Das lag viele Jahre zurück, und obwohl sie inzwischen seinen Vater geheiratet hatte, hegte er immer noch eine besondere Zuneigung für sie, die wenig mit den Gefühlen eines Sohnes zu tun hatte. Sie war nur ein paar Jahre älter als er, und das Blut der Schwarzfußindianer in ihren Adern verlieh ihrer Schönheit eine seltene Zeitlosigkeit.

»Ich kann mir nicht vorstellen, daß meine verehrte Tante und Schwiegermutter die Hochzeit ihrer jüngsten Tochter für politische Zwecke ausnutzen würde«, sagte Ralph.

»Bist du deiner Sache so sicher, daß du eine Wette darauf abschließen würdest, sagen wir eine Guinea?« fragte Louise, und ihre weißen, ebenmäßigen Zähne blitzten. Ralph warf den Kopf in den Nacken und lachte.

»Ich habe meine Lektion gelernt – ich wette nie wieder gegen dich.« Dann senkte er die Stimme. »Und außerdem bin ich mir der Zurückhaltung meiner Schwiegermutter nicht so sicher.«

»Und warum in aller Welt besteht dann Mr. Rhodes darauf, an dieser Hochzeit teilzunehmen? Er muß doch wissen, was ihn dort erwartet.«

»Nun, erstens gehört ihm das Land, auf dem die Mission steht, und zweitens fühlt er sich vermutlich durch die Damen der Khami-Mission eines wertvollen Besitzes beraubt.« Ralph wies mit dem Kinn auf den Bräutigam, der in einiger Entfernung vor ihnen ritt. Harry Mellow trug eine Blume im Knopfloch, auf Hochglanz polierte Stiefel und ein Lächeln auf den Lippen.

»Er hat ihn nicht verloren«, sagte Louise.

»Er hat ihn gefeuert, sobald ihm klar wurde, daß er ihn nicht umstimmen konnte.«

»Aber er ist ein hochbegabter Geologe. Es heißt, er riecht Gold meilenweit.«

»Mr. Rhodes hat etwas dagegen, wenn seine jungen Männer heiraten, egal welche Begabungen sie aufweisen.«

»Armer Harry, arme Vicky, was werden sie tun?«

»Och, dafür ist schon gesorgt«, strahlte Ralph.

»Du?«

»Wer sonst?«

»Ich hätte es wissen müssen. Es würde mich keineswegs wundern, wenn du die ganze Sache eingefädelt hättest«, meinte Louise vorwurfsvoll, und Ralph zog ein schmerzliches Gesicht.

»Du tust mir unrecht, Mama.« Er wußte, daß sie es nicht gerne hörte, wenn er sie Mutter nannte, und neckte sie damit. Dann blickte Ralph wieder nach vorne, und sein Gesicht veränderte sich wie das eines Hühnerhundes, der einen Fasan wittert.

Die Hochzeitsgäste hatten die Stadt hinter sich gelassen und befanden sich auf der breiten Fahrstraße. Aus südlicher Richtung kam ihnen ein Konvoi von Speditionsfuhrwerken entgegen. Zehn Wagen insgesamt, die in so großem Abstand voneinander fuhren, daß der hinterste nur an der hohen weißen Staubwolke über den flachen Wipfeln der Schirmakazien zu erkennen war. Auf der Plane des ersten Wagens konnte Louise bereits den Firmennamen lesen, »Rholands«, die Kurzform für »Rhodesian Lands und Mining Co.«, eine Bezeichnung, die Ralph als Sammelbezeichnung für seine mannigfachen Geschäftsverbindungen gewählt hatte.

»Verflucht und zugenäht«, rief er fröhlich aus. »Der alte Isazi ist fünf Tage früher dran als geplant. Der kleine schwarze Teufel ist ein Wunder.« Zu Louise gewandt tippte er den Finger an die Hutkrempe. »Geschäfte! Entschuldige mich bitte, Mama.« Er preschte davon. Am ersten Wagen angekommen, schwang er sich vom Pferd und umarmte die kleine Gestalt in der abgerissenen Militärjacke, die neben dem Ochsengespann mit einer besonders langen Treckerpeitsche her trabte.

»Du bist ja reichlich spät dran, Isazi«, brummte Ralph. »Dir ist unterwegs wohl ein hübsches Matabele-Mädchen in die Quere gekommen, wie?«

Der kleine Zulukutscher verkniff sich ein Grinsen, doch das Netzwerk von Falten, das sein Gesicht durchzog, vertiefte sich, und seine Augen funkelten koboldhaft.

»Ich bin mit einem Matabele-Mädchen und ihrer Mutter und

ihren Schwestern eher fertig, als du einen einzigen Ochsen einspannst.«

Das war nicht nur eine Deklaration seiner Männlichkeit, sondern auch eine versteckte Anspielung auf Ralphs Fähigkeiten als Fuhrmann. Isazi hatte ihm alles beigebracht, was er über die offene Straße wußte, und behandelte Ralph immer noch scherzhaft herablassend wie einen kleinen Jungen.

»Nein, kleiner Falke, ich wollte dir nur nicht zuviel Bonusgeld aus der Tasche ziehen, wenn ich mehr als fünf Tage zu früh komme.«

Dies war ein schlauer Hinweis darauf, was Isazi in seiner nächsten Lohntüte vorzufinden erwartete.

Nun trat der kleine Zulu, der immer noch den Kopfring in seinem weißen Haar trug, den ihm König Cetewayo vor der Schlacht am Ulundi verliehen hatte, einen Schritt zurück und musterte Ralph mit Blicken, die er gewöhnlich seinen Ochsen zudachte.

»*Hau*, Henshaw, wie hast du dich herausgeputzt?« Er meinte Ralphs Anzug, die englischen Stiefel, den Mimosenzweig im Knopfloch. »Sogar Blumen – wie eine gezierte Jungfer zum ersten Tanz. Mach nur so weiter, kleiner Falke mit den schönen Federn.« Isazi schüttelte mißbilligend den Kopf. Sein warmes Lächeln strafte seine Worte aber Lügen, und Ralph klopfte ihm auf die Schulter.

»Noch nie hat es einen Kutscher wie dich gegeben, Isazi, und wahrscheinlich wird es nie wieder einen wie dich geben.«

»*Hau*, Henshaw, dann habe ich dir also doch etwas beigebracht, und sei es nur, daß du wahre Größe erkennst, wenn du sie siehst.« Jetzt lachte Isazi, schwang seine lange Peitsche durch die Luft, ließ sie knallen wie eine Kanone und trieb seine Ochsen an.

Ralph bestieg sein Pferd, machte den Weg frei und sah zu, wie die beladenen Planwagen an ihm vorbeifuhren. Mit dieser einen Wagenkolonne machte er dreitausend Pfund Gewinn, und er besaß zweihundert Fuhrwerke, die ständig in dem riesigen Subkontinent auf Achse waren. Er dachte daran, wie er und Isazi mit seinem ersten klapprigen Planwagen aus Kimberley losgefahren waren. Gekauft mit geliehenem Geld und mit Handelsware beladen, die ihm nicht gehörte.

»Ein langer, steiniger Weg«, sagte er laut, bevor er sein Pferd herumschwenkte, ihm die Absätze in die Flanken drückte und hinter der Maultier-Karosse und den Hochzeitsgästen her galoppierte.

Er gesellte sich wieder zu Louise, die, in Gedanken versunken, seine Abwesenheit gar nicht bemerkt zu haben schien.

»Träumst du?« fragte Ralph. Sie lächelte schuldbewußt.

»Sieh doch mal, Ralph, wie schön das alles ist.« Vor ihnen flatterte ein Vogel über die Straße, ein Würger mit glänzendem schwarzen Rückengefieder und roter Brust, die im hellen Sonnenlicht leuchtete wie ein kostbarer Rubin.

»Wie schön!« rief sie aus, drehte sich im Sattel um und ließ den Blick über den weiten Horizont schweifen. »Weißt du, Ralph, daß King's Lynn meine erste wirkliche Heimat ist?« Erst jetzt wurde Ralph klar, daß sie sich immer noch auf seines Vaters Grund und Boden befanden. Zouga Ballantyne hatte sein ganzes Vermögen, das er aus der blauen Erde der Kimberley-Minen geholt hatte, darauf verwendet, um den verkrachten Existenzen und ewig Unzufriedenen das Land wieder abzukaufen, das ihnen als Teilnehmer an Dr. Jamesons Vorstoß ins Matabeleland zustand.

Ein Mann auf einem guten Pferd brauchte drei Tage, um die Grenzen von King's Lynn abzureiten. Das Haus, das Zouga für Louise auf einem Hügel gebaut hatte, von wo der Blick ungehindert über die Ebene mit Akazienbäumen und Weiden schweifen konnte, sah mit seinem goldenen Schilfdach und den durch das Laub hoher Bäume schimmernden gebrannten Ziegelmauern aus, als hätte es schon immer da gestanden.

»Dieses schöne Land meint es gut mit uns«, flüsterte sie, und ihre Augen leuchteten in beinahe religiöser Inbrunst. »Heute heiratet Vicky, und ihre Kinder werden hier geboren und aufwachsen. Vielleicht ist eines Tages Jonathan oder einer deiner noch ungeborenen Söhne Herr auf King's Lynn.« Sie legte ihre Hand auf seinen Unterarm. »Ralph, ich bin ganz gewiß, daß unsere Nachkommen für immer hier leben werden.«

Ralph lächelte liebevoll und legte seine Hand auf ihre. »Nun, liebste Louise, selbst Mr. Rhodes spricht nur von viertausend Jahren. Willst du dich damit nicht zufriedengeben?«

»Ach du!« Sie schlug ihm scherzhaft auf die Schulter. »Kannst du denn nie ernst sein!«

Sie ritten weiter, und nach einer Weile sagte Louise mit leisem Bedauern: »Hier ist die Grenze. Ich verlasse unser Land nicht gern.«

Der Zug der Hochzeitsgäste passierte einen schlichten Holzpflock und ritt auf das Land, auf dem die Khami-Mission stand. Es dauerte aber noch fast eine Stunde, bis die Maultiere die Karosse den steilen Hang durch dichten Busch hinaufzogen und auf dem ebenen Bergsattel eine Verschnaufpause einlegten, hoch über der weißgetünchten Kirche und den Gebäuden der Missionsstation.

Im Tal schien eine Armee ihr Lager aufgeschlagen zu haben.

Jordan sprang aus der Kutsche, schüttelte sich den Staub vom Mantel, der seinen eleganten, taubengrauen Anzug schützte, fuhr sich durch seine dichten goldenen Locken und ging auf seinen Bruder zu.

»Was, in aller Welt, geht da vor, Ralph?« wollte er wissen. »So etwas hätte ich nie erwartet.«

»Robyn hat das halbe Matabele-Volk zur Hochzeit eingeladen, und die andere Hälfte hat sich selbst eingeladen.« Ralph lächelte zu seinem Bruder hinunter. »Manche von ihnen sind hundert Meilen gewandert, um sich das Fest nicht entgehen zu lassen; jeder Patient, den sie einmal behandelt hat, jeder, den sie getauft hat, alle Männer, Frauen und Kinder, die sie um Rat oder einen Gefallen gebeten haben, alle, die sie Nomusa nennen – alle sind gekommen und haben ihre Familien und Freunde mitgebracht.«

»Und wer versorgt die alle mit Essen?« Jordan war ein Praktiker.

»Robyn kann es sich leisten, etwas von ihren Bucheinkünften auf den Kopf zu hauen, und ich habe ihr fünfzig Schlachtochsen geschenkt. Wie ich höre, hat Gandangs Frau, die fette Juba, tausend Gallonen ihres berühmten *Twala* gebraut. Die werden sich die Bäuche vollfressen und -saufen.« Ralph knuffte den Arm seines Bruders liebevoll. »Da fällt mir ein, daß ich auch ziemlich durstig bin. Los, weiter.«

Den Fahrweg zu beiden Seiten säumten Hunderte singender Mädchen, alle mit Blumen und Ketten geschmückt. Ihre eingesalbten Körper glänzten wie Bronze in der Sonne, die kurzen Lendentücher schwangen um ihre Schenkel, sie stampften und wiegten sich, und ihre nackten Brüste hüpften federnd auf und ab.

»Bei Gott, Jordan, hast du je einen prächtigeren Anblick gesehen?« neckte ihn Ralph, der die prüde und zurückhaltende Art seines Bruders bei Frauen sehr wohl kannte. »Bei der da drüben hättest du selbst in einem Schneesturm noch warme Ohren, wette ich!«

Jordan errötete und eilte zurück zur Kutsche seines Chefs, die nun von Mädchen umringt war, so daß die Maultiere gezwungen waren, im Schritt zu gehen.

Eines der Mädchen erkannte Mr. Rhodes.

»Lodzi!« schrie sie, und ihr Ruf wurde von der Menge weitergetragen. »Lodzi! Lodzi!«

Dann sahen sie Louise. »Balela, wir sehen dich. Willkommen, Balela«, sangen sie, klatschten in die Hände und wiegten sich rhythmisch. »Willkommen, die den klarblauen Himmel bringt.«

Dann erkannten sie Zouga und schrien: »Komme in Frieden, du Faust.« Und dann Ralph. »Wir sehen dich, kleiner Falke, und unsere Augen sind weiß vor Freude.«

Zouga schwenkte seinen Hut über dem Kopf. »Bei Gott«, sagte er leise zu Louise, »ich wünschte, Labouchère und die ganze verdammte Gesellschaft zum Schutz der Eingeborenen wären hier und würden sich das ansehen.«

»Sie sind fröhlich und unbeschwert, wie sie es nie unter Lobengulas blutrünstiger Herrschaft waren«, stimmte Louise ihm zu. »Dieses Land wird gut zu uns sein, das fühle ich tief in meinem Herzen.«

Aus dem Sattel seines Pferdes konnte Ralph über die Köpfe der Mädchen hinwegsehen. Es waren nur vereinzelte Männer in der Menge, und die wenigen hielten sich hinter dem Gedränge der schwarzen Frauenkörper. Doch ein Gesicht stach Ralph ins Auge, das einzige ernste unter all den fröhlich lachenden Gesichtern.

»Bazo!« rief Ralph und winkte ihm. Der junge Induna sah ihn unverwandt, aber ohne zu lächeln, an.

»Wir reden später miteinander«, rief Ralph ihm zu, und dann war er an ihm vorbei, im Gedränge vorwärtsgeschoben in die Allee dunkelgrüner Spathodeenbäume mit ihren flammend orangeroten Blüten.

An der Rasenfläche blieben die tanzenden Mädchen zurück, denn hier begann in schweigender Übereinkunft das Territorium der weißen Gäste. Unter der strohgedeckten Veranda hatten sich etwa hundert Gäste versammelt. Darunter auch Cathy, vor drei Tagen bereits angereist, um bei den Vorbereitungen zu helfen.

Jonathan stimmte ein Jubelgeschrei an, als er Ralph sah, doch Cathy hielt seine Hand fest, um zu verhindern, daß er von der Menge niedergetrampelt wurde, die nun zur Begrüßung des Bräutigams vorwärts drängte und ihn mit Glückwünschen überhäufte. Ralph stieg vom Pferd, schob sich durch das Gewühl, und Cathy verlor beinahe ihren Hut in seiner heftigen Umarmung. Sie hielt ihn krampfhaft fest, und dann erstarrte sie, und die Farbe wich aus ihrem Gesicht.

Die Tür der Maultier-Karosse hatte sich geöffnet, Jordan sprang heraus und stellte den Schemel bereit.

»Ralph«, entfuhr es Cathy, und sie klammerte sich an seinen Arm. »Er ist es! Was macht er hier?«

Mr. Rhodes' massige Gestalt erschien in der Türöffnung, und erschrockenes Schweigen senkte sich über die Anwesenden.

»O Ralph, was wird Mama bloß sagen? Hättest du ihn nicht daran hindern können?«

»Niemand kann ihn an etwas hindern«, murmelte Ralph, ohne sie loszulassen. »Und außerdem wird das spannender als jeder Hahnenkampf.«

Bei seinen Worten trat Robyn St. John, vom Lärm und Getöse angezogen, aus dem Haus. Ihr Gesicht, gerötet von der Hitze am Herd, lächelte strahlend zur Begrüßung der neuangekommenen Gäste. Das Lächeln erstarb, als sie den Mann an der Kutsche erblickte. Sie versteifte sich, die Gesichtsröte machte einer eisigen Blässe Platz.

»Mr. Rhodes«, rief sie mit lauter Stimme in die Stille. »Ich bin entzückt, Sie in der Khami-Station zu sehen.«

Mr. Rhodes' Augen blinzelten, als habe sie ihm ins Gesicht geschlagen. Er hatte alles erwartet, nur das nicht, und er neigte galant den Kopf.

Doch Robyn fuhr fort. »Denn dadurch gibt mir der Himmel Gelegenheit, Ihnen zu verbieten, Ihren Fuß über meine Schwelle zu setzen.«

Mr. Rhodes verbeugte sich erleichtert, ungeklärte Situationen, über die er keine Kontrolle hatte, waren ihm zuwider.

»Unterstellen wir einmal, daß Ihr Zuständigkeitsbereich so weit reicht«, grinste er. »Doch diese Seite der Schwelle, der Boden, auf dem ich stehe, gehört der B. S. A.-Company, deren Direktor ich –«

»Nein, Sir«, unterbrach Robyn ihn hitzig. »Die Gesellschaft hat mir Nutznießung –«

»Ein interessanter juristischer Aspekt.« Mr. Rhodes schüttelte ernsthaft den Kopf. »Ich werde meinen Verwalter beauftragen, dies schriftlich festzuhalten.« Der Verwalter war Doktor Leander Starr Jameson. »Doch unterdessen möchte ich mein Glas auf das Wohl des jungen Paares erheben.«

»Ich versichere Ihnen, Mr. Rhodes, daß Ihnen auf Khami keine Erfrischungen angeboten werden.«

Mr. Rhodes nickte Jordan zu, der in eiliger Hast den uniformierten Bediensteten Befehle erteilte. Klappstühle und Tische wurden ausgepackt und im Schatten der Spathodeenbäume, deren frisches Grün nach der Heuschreckenplage wieder sproß, aufgestellt.

Mr. Rhodes und seine Begleiter nahmen Platz, Jordan ließ den Korken der ersten Flasche Champagner knallen, und der edle Schaumwein ergoß sich in die Kristallgläser. Robyn St. John machte kehrt und verschwand im Haus.

Ralph setzte Jonathan in Cathys Arme. »Sie hat etwas vor«, sagte er und eilte in großen Sätzen über den Rasen, sprang über die niedrige Verandamauer und stürmte ins Wohnzimmer, wo

Robyn gerade dabei war, ein Gewehr aus dem Gestell über dem Kamin zu holen.

»Tante Robyn, was machst du da?«

»Ich tausche die Munition aus. Nehme das Vogelschrot heraus und lege großkalibrige Patronen ein!«

»Liebste Schwiegermutter, das kannst du nicht tun«, erhob Ralph Einspruch und näherte sich ihr vorsichtig.

»Keine großkalibrige Munition einlegen?« Robyn ging argwöhnisch ein paar Schritte rückwärts, das Gewehr mit seinem ziselierten, gekrümmten Hahn in Brusthöhe haltend.

»Du kannst ihn nicht erschießen.«

»Warum nicht?«

»Denk an den Skandal.«

»Der Skandal und ich sind Reisegefährten, seit ich denken kann.«

»Dann denk an die Schweinerei«, beschwor Ralph sie.

»Ich knall' ihn auf dem Rasen ab«, erwiderte Robyn, und Ralph wußte, daß sie es ernst meinte. Er suchte verzweifelt nach einer Erleuchtung und fand sie.

»Siebtes Gebot!« rief er, und Robyn erstarrte. »Siebtes Gebot: Du sollst nicht töten.«

»Gott hat damit nicht Cecil Rhodes gemeint«, sagte Robyn.

»Wenn der Allmächtige bestimmte Personen zum Abschuß freigegeben hätte, hätte er das sicher in einer Fußnote erwähnt.« Ralph nutzte seinen Vorteil, und Robyn wandte sich seufzend dem ledernen Munitionsbeutel am Haken zu.

»Und was machst du jetzt?« fragte Ralph argwöhnisch.

»Ich lege die Schrotladung wieder ein«, brummte Robyn. »Gott hat nichts von Fleischwunden gesagt.« Ralph packte den Gewehrschaft, und Robyn leistete nur zum Schein Widerstand.

»Ach, Ralph«, murmelte sie. »Die Unverschämtheit dieses Kerls! Ich wünschte, es wäre erlaubt zu fluchen.«

»Gott wird Verständnis dafür haben«, ermunterte Ralph sie.

»Der Dreckskerl soll zur Hölle fahren!« fauchte sie.

»Besser?«

»Nicht viel.«

»Hier.« Er holte eine Silberflasche aus seiner Gesäßtasche. Sie nahm einen Schluck und blinzelte die Tränen der Wut, die ihr in den Augen brannten, zurück.

»Besser?«

»Etwas«, gab sie zu. »Was soll ich tun, Ralph?«

»Gib dich kühl und würdevoll.«

»Genau.« Sie hob trotzig das Kinn und marschierte wieder auf die Veranda.

Jordan hatte sich eine blütenweiße Schürze umgebunden, eine hohe Kochmütze aufgesetzt und servierte Champagner und goldene Blätterteigpasteten. Die Veranda, vor der Ankunft der Karosse mit Gästen angefüllt, hatte sich geleert, und die fröhlich plaudernde Gästeschar umringte nun Mr. Rhodes.

»Wir fangen an, die Würste zu braten«, sagte Robyn zu Juba. »Bring deine Mädchen auf Trab.«

»Aber das Paar ist noch nicht verheiratet, Nomusa«, protestierte Juba. »Die Hochzeitsfeier ist erst um fünf –«

»Es wird gegessen«, befahl Robyn. »Ich wette meine Würste gegen Jordan Ballantynes Pasteten, daß ich sie mir zurückhole.«

»Und ich setze mein Geld auf Mr. Rhodes' Champagner, daß sie drüben bleiben«, sagte Ralph. »Kannst du gleichziehen?«

»Ich habe nicht einen Tropfen, Ralph«, gestand Robyn. »Ich habe Bier und Brandy, aber keinen Champagner.«

Ralphs Blick suchte die Aufmerksamkeit eines jungen Mannes auf dem Rasen. Er war der Geschäftsführer einer von Ralphs Großhandelsniederlassungen in Bulawayo. Mit einem Wink rief er ihn zu sich, der Mann hörte aufmerksam an, was Ralph ihm zu sagen hatte, und eilte zu seinem Pferd.

»Wohin hast du ihn geschickt?« erkundigte Robyn sich.

»Heute morgen kam einer meiner Wagenkonvois an. Sie haben gewiß noch nicht abgeladen. In ein paar Stunden haben wir eine Ladung Schampus hier draußen.«

»Ich werde dir das nie zurückzahlen können, Ralph.«

Einen Augenblick fixierte Robyn ihn, dann stellte sie sich auf Zehenspitzen und hauchte ihm einen leichten Kuß auf die Lippen, bevor sie in ihrer Küche verschwand.

Ralphs Wagen tauchte im entscheidenden Moment auf der Hügelkuppe auf. Jordan war bei seiner letzten Flasche Champagner angelangt, die leeren grünen Flaschen häuften sich zu einem Berg hinter seinem Ausschank, und die Menge begann sich zu zerstreuen und wanderte zum Grillplatz hinüber, wo Robyns berühmte würzige Rinderbratwürste in Wolken aromatischen Rauches brutzelten.

Isazi hielt das Fuhrwerk vor der Veranda an und schlug die Plane mit der großen Geste eines Zirkuszauberers zurück, um den Inhalt zu präsentieren. Von allen Seiten strömten die Gäste herbei, und Mr. Rhodes saß alsbald allein neben seiner Prunkkutsche.

Wenige Minuten später stand Jordan neben seinem Bruder.

»Ralph, Mr. Rhodes würde gern ein paar Kisten deines besten Champagners kaufen.«

»Ich verkaufe nicht in kleinen Posten. Entweder die ganze Fuhre oder gar nichts.« Ralph lächelte liebenswert. »Zu zwanzig Pfund die Flasche.«

»Das ist Wucherei«, entgegnete Jordan entrüstet.

»Aber auch der einzig greifbare Champagner in ganz Matabeleland.«

»Mr. Rhodes wird nicht erfreut darüber sein.«

»Nun, meine Freude reicht für uns beide«, versicherte Ralph. »Im übrigen nur gegen Vorkasse.«

Jordan begab sich mit der schlechten Nachricht zu seinem Chef. Ralph schlenderte zum Bräutigam und legte ihm den Arm auf die Schulter.

»Du kannst mir dankbar sein, Harry, mein Junge. Von deiner Hochzeit werden die Leute noch in hundert Jahren reden. Aber hast du der bezaubernden Victoria schon gestanden, wohin die Hochzeitsreise geht?«

»Noch nicht«, gab Harry Mellow zu.

»Du bist ein kluger Junge. Die Wildnis von Wankieland hat weniger Reiz als die Brautsuite des Mount Nelson Hotels in Kapstadt.«

»Sie wird Verständnis dafür haben«, sagte Harry mit mehr Zuversicht als Überzeugung.

»Natürlich wird sie das«, unterstützte ihn Ralph und wandte sich an Jordan, der zurückkam und mit dem Schuldschein wedelte, den Mr. Rhodes auf das Etikett einer Champagnerflasche gekritzelt hatte.

»Welch charmante Idee«, lächelte Ralph und steckte das Papier in seine Brusttasche. »Ich schicke Isazi zurück, um den nächsten Wagen zu holen.«

Das Gerücht von ganzen Wagenladungen freien Champagners für jedermann in der Khami-Mission verwandelte Bulawayo in eine Geisterstadt. Diese Preise konnte der Barmann des Grand Hotels nicht unterbieten, er sperrte sein verwaistes Lokal zu und schloß sich dem Exodus nach Süden an. Sobald die Kunde sie erreichte, pfiffen die Schiedsrichter das Kricket-Match auf dem Exerzierhof der Polizeikaserne ab, und die zweiundzwanzig Spieler formierten sich, ohne die Spielkleidung zu wechseln, zu einer Ehrengarde an beiden Seiten von Isazis Planwagen, gefolgt vom Troß der Restbevölkerung der Stadt – zu Pferd, zu Fahrrad und zu Fuß.

Die kleine Missionskirche faßte nur einen Bruchteil der Geladenen und Ungeladenen, der Rest drängte sich auf dem Platz davor. Der stärkste Andrang herrschte nach wie vor an den in großem Abstand voneinander stehenden Champagner-Wagen. Die Ströme warmen Schaumweins versetzten die Männer in sentimentale Stimmung, die Damen ließen ihren Tränen freien Lauf, und als die Braut endlich auf der Veranda der Mission erschien, empfing sie jubelnder Applaus.

Am Arm ihres Schwagers, begleitet von ihren Schwestern, schritt Victoria durch die Gasse, die sich ihr öffnete, zur Kirche.

Sie war wunderhübsch mit ihren strahlend grünen Augen, ihrer glänzenden kupferfarbenen Haarfülle, dem weißen Seidenkleid, doch als sie nach der Trauung den gleichen Weg zurückging, diesmal am Arm ihres frisch angetrauten Ehemanns, war sie zur echten Schönheit erblüht.

»Nun denn«, verkündete Ralph. »Jetzt ist alles gesetzlich – das Fest kann beginnen.«

Im Morgengrauen des zweiten Tages war das Fest immer noch in vollem Gang. Braut und Bräutigam, die sich den Spaß nicht entgehen lassen wollten, waren noch nicht zur Hochzeitsreise aufgebrochen und tanzten unter den Spathodeenbäumen.

Eine Flasche von Mr. Rhodes' Champagner in der Hand und seinen Sohn huckepack auf dem Rücken, machte Ralph sich auf den Weg zu den schwarzen Hochzeitsgästen. Bei fünfzig Schlachtochsen und tausend Gallonen von Jubas Bier ließen die es sich gutgehen. Hier wurde noch eifriger getanzt als unter den Spathodeenbäumen.

Ralph und Jonathan sahen eine Weile zu, dann zogen sie weiter, grüßten diejenigen in der Menge, die sie kannten, nahmen ein hingehaltenes Stück Fleisch, Ralph gelegentlich einen Schluck des haferschleimdicken, bitteren Biers, bis er schließlich an einem Hang auf einem Baumstamm abseits von den Tänzern und Feiernden sitzend, den Mann fand, den er suchte.

»Ich sehe dich, Bazo, die Axt«, sagte er und setzte sich zu ihm, stellte die Champagnerflasche zwischen sie und gab Bazo eine seiner Zigarren, auf deren Geschmack der Schwarze vor so langer Zeit in den Diamantenfeldern gekommen war. Sie rauchten schweigend, schauten den Tanzenden und Schmausenden zu, bis Jonathan unruhig wurde und sich nach einer kurzweiligeren Beschäftigung umsah und sie auch sogleich fand.

Vor ihm stand ein Kind, das etwa ein Jahr jünger war als er. Tungata, Sohn von Bazo, Sohn von Gandang, Sohn des großen Mzilikazi, war splitternackt, bis auf eine Schnur bunter Keramikperlen um die Hüften. Sein Nabel wölbte sich in der Mitte seines dicken Bauches, seine Beine waren stramm, seine Knie hatten Grübchen und die Handgelenke feiste Fettwülste. Sein Gesicht war rund und glatt und glänzend, seine riesigen, ernsten Augen musterten Jonathan voll Faszination.

Jonathan erwiderte seine Blicke mit gleicher Neugier, und als Tungata die Hand ausstreckte und seinen großen Matrosenkragen anfaßte, ließ er es geschehen.

»Wie heißt dein Sohn?« fragte Bazo und schaute den Kindern mit undurchdringlichem Gesicht zu.

»Jonathan.«

»Was bedeutet das?«

»Geschenk Gottes«, antwortete Ralph.

Jonathan nahm seinen Hut vom Kopf und setzte ihn dem kleinen Matabele-Prinzen auf. Der Strohhut mit den Bändern auf dem Kopf des nackten schwarzen Jungen, dessen kleiner unbeschnittener Penis keck unter dem runden Kugelbäuchlein hervorspitzte, sah so komisch aus, daß die beiden Männer unwillkürlich lächelten. Tungata gurgelte vergnügt, packte Jonathans Hand und zog ihn in die Menge der Tänzer.

Der Zauber dieses Augenblicks kindlicher Wärme taute das Eis zwischen den beiden Männern. Flüchtig tauchten Erinnerungen aus ihrer Jugend auf. Die Champagnerflasche ging zwischen ihnen hin und her, und als sie leer war, klatschte Bazo in die Hände, und Tanase brachte frisches, schäumendes Bier in einem Tonkrug, den sie ihm kniend darbot. Sie hob den Blick kein einziges Mal zu Ralph und zog sich so still, wie sie gekommen war, wieder zurück.

Gegen Mittag kam Tanase wieder zu den Männern, die immer noch ins Gespräch vertieft saßen. An einer Hand hielt sie Jonathan und an der anderen Tungata, der noch den Strohhut auf dem Kopf hatte. Ralph erschrak beim Anblick seines Sohnes, den er völlig vergessen hatte. Das selige Kinderlächeln war kaum zu erkennen unter der Schicht von Dreck und Fett. Sein Matrosenanzug hatte bei den wunderbaren Spielen, die er und sein neuer Freund erfunden hatten, erheblich gelitten. Der Kragen war halb abgerissen, die Knie durchgescheuert, und einige der Flecken identifizierte Ralph als Asche, Ochsenblut, Lehm und frischen Kuhmist. Über andere war er sich nicht so sicher.

»O mein Gott«, stöhnte Ralph. »Deine Mutter wird uns beiden den Kopf abreißen.« Leicht widerstrebend hob er seinen Sohn hoch. »Wann sehe ich dich wieder, alter Freund?« fragte er Bazo.

»Früher, als du denkst«, antwortete Bazo leise. »Ich sagte dir, ich arbeite für dich, wenn ich dazu bereit bin.«

»Ja«, nickte Ralph.

»Jetzt ist es soweit«, sagte Bazo.

Victoria nahm die Veränderung der Pläne der Hochzeitsreise mit erstaunlichem Gleichmut auf, als Harry Mellow sie stockend davon unterrichtete. »Ralph hat da so eine Idee. Er möchte einer alten afrikanischen Legende nachgehen, an einem Ort, der Wankieland heißt, in der Nähe der großen Wasserfälle, die Doktor Livingstone am Sambesi entdeckt hat. Vicky, ich weiß, wie sehr du dich auf Kapstadt gefreut hast und darauf, das Meer zum erstenmal zu sehen, aber –«

»Ich habe zwanzig Jahre gelebt, ohne das Meer zu sehen, da kann ich auch noch ein wenig länger warten«, sagte sie und drückte Harrys Hand.

Die Expedition lief nach Ralph Ballantynes üblicher Manier ab. Sechs Planwagen und vierzig Bedienstete begleiteten die beiden Familien nach Norden durch das herrliche Waldgebiet von Nord-Matabeleland zum großen Sambesi. Das Wetter war mild und das Tempo gemächlich. Es gab Wild im Überfluß, und die Jungvermählten turtelten und gurrten und warfen einander so begehrliche Blicke zu, daß sich ihre Stimmung übertrug.

»Wer ist hier eigentlich in Flitterwochen?« hauchte Cathy an einem Liebesmorgen in Ralphs Ohr.

»Erst die Arbeit, Fragen werden später beantwortet«, entgegnete Ralph, und Cathy lachte wohlig gurrend und kuschelte sich in das Federbett im Planwagen.

Zu den Mahlzeiten und abends konnte Jonathan nur mit Mühe dazu gebracht werden, von seinem Pony zu steigen, das Ralph ihm zum fünften Geburtstag geschenkt hatte, und Cathy mußte seinen entzündeten Po mit Zambuk einreiben.

Am einundzwanzigsten Tag der Reise erreichten sie Wankies Dorf. Wankie war unter der Regierung von König Lobengula ein Abtrünniger und Gesetzloser gewesen. Lobengula hatte vier Straf-*Impis* ausgesandt mit dem Auftrag, seinen abgehackten Kopf nach GuBulawayo zu bringen, doch Wankie war ebenso listig wie unverschämt, ebenso glatt wie verlogen, und die *Impis* mußten mit leeren Händen heimkehren und den Zorn des Königs über sich ergehen lassen.

Nach Lobengulas Niederlage und Tod hatte Wankie sich schamlos zum Häuptling des Landes zwischen Sambesi und Gwaai ernannt und Tribut von Händlern und Elefantenjägern verlangt.

Wankie war ein gutaussehender, hochgewachsener Mann in mittleren Jahren, der die Pose des Häuptlings, für den er sich ausgab, beherrschte. Die Decken und Perlen, die Ralph ihm zum Geschenk machte, nahm er ohne überschwenglichen Dank an, erkundigte sich höflich nach Ralphs Gesundheit und der seines Vaters, seiner Brüder und seiner Söhne und wartete wie ein Krokodil an der Tränke darauf, bis Ralph ihm den wahren Grund seines Besuches nannte.

»Steine, die glühen?« wiederholte er vage mit halbgeschlossenen Lidern, als denke er darüber nach, ob er so etwas schon einmal gehört habe, dann ließ er ganz arglos die Bemerkung fallen, er habe sich schon immer ein Fuhrwerk gewünscht. Lobengula hatte einen Planwagen besessen, und Wankie glaubte, jeder große Häuptling müsse einen Wagen besitzen. Er drehte sich auf seinem Schemel und spähte in die Richtung, wo Ralphs sechs prächtige, in Kapstadt gebaute Vierachser auf der Lichtung hinter dem Kral standen.

»Dieser verdammte Gauner hat die Unverschämtheit eines Weißen«, beschwerte Ralph sich bitter bei Harry Mellow über das Lagerfeuer hinweg. »Einen Planwagen will er, der Schurke. Für dreihundert Pfund.«

»Aber Liebling, wenn Wankie uns den Weg zeigt, ist der Preis doch angemessen«, warf Cathy beschwichtigend ein.

»Nein. Ich denke nicht daran, verflucht noch mal. Ein paar Decken kann er haben und eine Kiste Brandy. Aber kein Fuhrwerk für dreihundert Pfund.«

»Völlig deiner Meinung, Ralph«, schmunzelte Harry. »Diesen Preis haben wir für ganz Long Island bezahlt –«

Er wurde von einem diskreten Husten im Hintergrund unterbrochen. Bazo war lautlos vom zweiten Lagerfeuer, wo die Kutscher und Bediensteten biwackierten, herangetreten.

»Henshaw«, begann er, als Ralph ihn heranwinkte, »du hast mir gesagt, wir kommen hierher, um Büffel zu jagen«, fuhr er vorwurfsvoll fort. »Hast du kein Vertrauen zu mir?«

»Bazo, du bist mein Bruder.«

»Lügst du deine Brüder an?«

»Hätte ich in Bulawayo von den Steinen, die glühen, gesprochen, hätten sich hundert Wagen an unsere Fersen geheftet.«

»Weißt du denn nicht, daß ich meine *Impis* über diese Berge geführt habe, als wir diesen haarlosen Pavian gejagt haben, den du jetzt mit Geschenken überhäufst?«

»Das hast du mir nicht gesagt«, antwortete Ralph, und Bazo wechselte rasch das Thema. Dieser Feldzug gegen Wankie war kein Ruhmesblatt für ihn, der einzige in all den Jahren, aus dem Bazo nicht siegreich hervorgegangen war. Bis heute hatte er die bitteren Vorhaltungen seines Königs nicht vergessen.

»Henshaw, hättest du mit mir gesprochen, so hätten wir unsere Zeit nicht vergeudet, uns nicht erniedrigt, mit diesem Sohn von dreißig Vätern zu verhandeln, diesem widerwärtigen Auswurf eines Schakals, diesem –«

Ralph kürzte ab, was Bazo an Attributen für ihren Gastgeber auf Lager hatte, stand auf und packte ihn bei den Schultern. »Bazo, kannst du uns führen? Ist das wahr? Kannst du uns die Steine, die glühen, zeigen?«

Bazo nickte. »Und es kostet dich nicht einmal einen Wagen«, setzte er hinzu.

Sie ritten durch eine weite Lichtung in die dunstige Morgenröte. Vor ihnen teilten sich die Büffelherden, machten Platz und schlossen sich hinter ihnen wieder. Die mächtigen schwarzen Tiere hoben ihre nassen Schnauzen, die gewaltigen Hornwülste ihrer Stirnpanzer verliehen ihnen eine schwerfällige Würde, und sie äugten in behäbigem Staunen zu den Reitern hinüber, die in wenigen hundert Schritten Abstand an ihnen vorüberzogen, bevor sie gelassen weitergrasten. Die Reiter achteten kaum auf sie, ihr Augenmerk galt Bazos breitem, von Kugeln vernarbtem Rükken, der sie in leichtem Trab auf die abgeflachte Bergkette zuführte, die sich über den Wäldern erhob.

Am ersten Hang banden sie die Pferde fest und kletterten zu Fuß weiter. Über ihnen sprangen wuschelige, kleine braune Klippspringer flink wie Gemsen auf sicheren Hufen über die Felsen, und vom Gipfel bellte ein alter Hundepavian drohend auf sie herab. Obgleich sie den Hang hinaufrannten, konnten sie nicht mit Bazo Schritt halten; er wartete auf halbem Weg auf einem Felsvorsprung, über dem die Felswand senkrecht bis zum Gipfel aufragte. Ohne viel Aufhebens deutete er mit dem Kinn nach oben. Ralph und Harry starrten fassungslos. Ihre Brustkörbe hoben und senkten sich schwer unter den Hemden, die schweißnaß auf der Haut klebten.

Die Felswand war von einem horizontalen, sieben Meter starken Flöz durchzogen, soweit das Auge reichte, schwarz wie die finsterste Nacht und dennoch grünlich schimmernd in den schrägen Strahlen der Morgensonne.

»Das war das einzige, was uns in diesem Land fehlte«, sagte Ralph leise. »Die Steine, die glühen, schwarzes Gold – nun haben wir alles.«

Harry Mellow trat vor und legte seine Hand ehrfurchtsvoll auf die Ader.

»Ich habe Kohle dieser Qualität in einem so tiefen Flöz noch nie gesehen, nicht einmal in Kentucky.«

Plötzlich riß er sich den Hut vom Kopf und schleuderte ihn mit wildem Indianergeheul den Hang hinunter.

»Wir sind reich!« brüllte er. »Reich! Reich! Reich!«

»Ist das nicht besser, als für Mr. Rhodes zu arbeiten?« fragte Ralph, und Harry packte ihn an den Schultern, und die beiden Männer stampften in einem wilden Freudentanz johlend und grölend auf dem schmalen Felsvorsprung herum. Bazo schaute ihnen mit unbewegter Miene zu.

Sie brauchten zwei Wochen, um ihre Claims abzugehen und abzustecken. Harry vermaß das Gelände mit seinem Theodoliten, und Bazo und Ralph wurden hinter ihm mit einem Arbeitstrupp tätig, der Pfähle in den Boden rammte und die Ecken mit aufgeschichteten Steinpyramiden markierte.

Im Verlauf ihrer Arbeiten entdeckten sie noch ein Dutzend weiterer Stellen im Gestein, wo die reichen Flöze glänzender Kohle bis an die Oberfläche reichten.

»Kohle für tausend Jahre«, prophezeite Harry. »Kohle für Eisenbahnen und Hochöfen, Kohle, um einer neuen Nation zur Macht zu verhelfen.«

Am fünfzehnten Tag machten sie sich an der Spitze ihres todmüden Matabele-Arbeitertrupps zurück auf den Weg zum Camp. Victoria, die sich zwei Wochen nach ihrem Ehemann verzehrt hatte, wirkte blaß wie eine trauernde Witwe, doch beim Frühstück des folgenden Tages waren ihre blühende Gesichtsfarbe und das Funkeln ihrer Augen zurückgekehrt, und sie umsorgte ihren Harry liebevoll, schenkte ihm Kaffee nach und belegte seinen Teller mit dicken Scheiben geräuchertem Schinken von einem Warzenschwein und einem Berg von dunkelgelbem Straußenrührei.

Ralph, am Kopfende der Frühstückstafel unter den mächtigen Msasabäumen, rief Cathy zu: »Laß einen Champagnerkorken knallen, Katie, meine Süße, es gibt was zu feiern.« Und er hob seinen randvollen Becher. »Ladies und Gentlemen, ich trinke auf das Gold der Harkness-Mine und die Kohle von Wankiefeld und auf den unerschöpflichen Reichtum beider!«

Lachend stießen sie die Becher aneinander und prosteten sich zu.

»Laß uns für immer hierbleiben«, sagte Cathy. »Ich bin so glücklich. Ich möchte, daß es immer so bleibt.«

»Wir bleiben noch ein wenig länger«, sagte Ralph und schlang seinen Arm um Cathys Taille. »Ich sagte Doktor Jim, daß wir hier auf Büffeljagd gehen wollten. Wenn wir nicht ein paar Wagenladungen Büffelhäute mitbringen, kommt der kleine Doktor vielleicht auf dumme Gedanken.«

Der Gestank von verwesendem, verbranntem Fleisch und der Gestank der Aasfresser wehte zur Wagenburg herüber und raubte den Frauen den Schlaf.

»Ralph, können wir morgen von hier fort?« flüsterte Cathy.

»Warum?« fragte er schläfrig. »Es gefällt dir doch so gut hier.«

»Jetzt nicht mehr«, antwortete sie, und nach einer Weile fuhr sie fort: »Ralph, wenn wir weiter die Erde verbrennen und die Tiere abschlachten, wie lange kann das denn noch dauern?«

»Wovon in aller Welt sprichst du, mein Mädchen?«

»Wenn es keine Tiere mehr gibt, dann ist das nicht mehr das Land, das ich kenne und liebe.«

»Keine Tiere?« Er schüttelte nachsichtig den Kopf, als habe er ein unverständiges Kind vor sich. »Keine Tiere? Mein Gott, Katie, du hast die Herden doch selbst gesehen. Es gibt unzählige davon. Und diese Fülle setzt sich fort bis nach Khartum im Norden.

Und wenn wir jeden Tag so viele Büffel jagten wie heute, würde das nicht einmal die Oberfläche ankratzen. Nein, Katie, Büffel wird es hier immer geben.«

»Wie viele hast du getötet?« fragte sie leise.

»Ich? Zweihundertvierzehn, zweiunddreißig mehr als dein verehrter Herr Schwager.« Ralph lehnte sich bequem zurück und zog ihren Kopf zu sich auf die Brust.

»Ihr beide habt also rund vierhundert Büffel abgeknallt – an einem einzigen Tag.« Ihre Stimme war so leise, daß er sie kaum verstehen konnte, dennoch reagierte er unwirsch darauf.

»Verdammt noch mal, Katie, ich brauche die Häute. Die Büffel gehören mir, wenn ich sie mir nehmen will. Und damit basta. Nun schlaf endlich, Dummerchen.«

Ralph Ballantynes Schätzungen waren eher zurückhaltend. Vermutlich hat sich kein anderes großes Säugetier in der gesamten Erdgeschichte so fruchtbar vermehrt wie die Büffel. Vom Sudan, wo der junge Nil sich durch unergründliche Sümpfe aus Papyruswäldern schlängelt, südwärts über die weiten Savannen von Ost- und Zentralafrika hinunter zum Sambesi und weiter zu den goldenen Lichtungen und Wäldern von Matabeleland zogen die riesigen schwarzen Büffelherden.

Die primitiven Stämme jagten sie nur selten. Sie waren zu schnell, zu gewaltig und kraftvoll für deren Pfeile und Bogen. Fallgruben, die tief und breit genug waren für diese mächtigen Tiere, bedeuteten Arbeit, die nur wenige Stammesangehörige als lohnend in Erwägung zogen, um dafür ihre Tänze, Biergelage und Viehdiebstähle aufzugeben. Arabische Abenteurer waren an dem grobschlächtigen Wild nicht interessiert, sie zogen es vor, zarte junge Mädchen und Knaben einzufangen, in Ketten zu legen und auf den Märkten in Malindi und Sansibar anzubieten oder die verwitterten, grauen Elefanten wegen ihrer geschwungenen Stoßzähne aus Elfenbein zu jagen. Europäer mit ihren Wunderwaffen verirrten sich nur äußerst selten in diese abgelegenen Gegenden, und selbst die großen Löwenrudel, die den Herden folgten, konnten ihrer natürlichen Vermehrung nicht Einhalt gebieten.

Das Grasland war schwarz von den massigen Wildrindern. In manchen Herden – zwanzig- oder dreißigtausend Stück stark – verhungerten die letzten Tiere buchstäblich, da die Weiden abgegrast und zertrampelt waren, bevor die Nachzügler sie erreichten. Geschwächt durch ihre ungeheuer große Zahl, waren sie reif für die Seuche, die aus dem Norden kam.

Sie kam aus Ägypten. Es war die gleiche Plage, die Jehova, der Gott von Moses, dem Pharao von Ägypten geschickt hatte, die Rinderpest. Sie verbreitete sich mit der Geschwindigkeit eines Gewittersturms über den Kontinent. In Gegenden, wo die dichtesten Büffelpopulationen herrschten, konnte es geschehen, daß eine Herde von zehntausend der mächtigen Horntiere zwischen Morgengrauen und Abenddämmerung eines einzigen Tages ausgelöscht war. Die Kadaver lagen so dicht in den kahlen Savannen, daß sie einander berührten wie Schwärme vergifteter Sardinen, die von der Flut an den Strand gespült werden. Über dieser Verwüstung hing der charakteristische übelriechende Gestank der Krankheit, der sich bald mit Verwesungsgestank mischte, trotz der Geier und gierigen Hyänen, von denen es nur so wimmelte.

Der Sturm von Krankheit und Tod fegte weiter nach Süden, bis er den Sambesi erreichte. Doch selbst das breite, fließende Band des grünen Wassers konnte die Rinderpest nicht aufhalten. Sie wurde in den vollen Kröpfen der Geier und Marabustörche ans andere Ufer geflogen und im Grasland mit dem Kot, den sie im Flug ausschieden, verteilt.

Der grausame Sturm setzte von neuem ein, wälzte sich nach Süden, unablässig weiter nach Süden.

Isazi, der kleine Zulukutscher, war stets als erster am Morgen auf den Beinen. Es erfüllte ihn mit Zufriedenheit, wach und geschäftig zu sein, während andere, halb so alt wie er, noch schliefen.

Er erhob sich von seiner Matte und trat ans Wachfeuer, das nur noch ein Haufen flockiger weißer Asche war. Isazi schob die schwarz verrußten Scheite aneinander, stopfte ein paar trockene Blätter der Ilalapalme dazwischen, beugte sich vor und blies hinein. Die Asche flog auf, und ein Stück Kohle begann schwach zu glimmen, bis sich aus dem welken Blatt ein lustiges Feuerchen hochschlängelte und auf die Scheite übergriff. Isazi wärmte sich kurz die Hände, dann verließ er die Wagenburg und wanderte hinüber zum Ochsenpferch.

Der Zulu liebte seine Zugochsen, wie manche Männer ihre Kinder oder ihre Hunde lieben. Er kannte jeden beim Namen. Er kannte ihre verschiedenen Eigenarten, ihre Stärken, ihre Schwächen. Er wußte, welcher von ihnen im Gespann auszuscheren versuchte, wenn das Gelände unwegsam oder der Untergrund zu weich wurde, er wußte, welcher besonders mutig und welcher besonders klug war. Natürlich hatte er seine Lieblinge, den riesigen Roten zum Beispiel, den er »dunkler Mond« getauft hatte wegen seiner großen, sanften Augen, ein Ochse, der einen hochbeladenen Vierachser gegen die Fluten des Sashi gehalten hatte, als die Lehmbank unter seinen Hufen nachgegeben hatte, oder »Dutchman«, der schwarzweiß gefleckte Leitochse, dem er beigebracht hatte, auf sein Pfeifen zu gehorchen wie ein Hund und die anderen an ihren Platz im Gespann zu führen.

Isazi lachte leise in sich hinein, als er das Tor aus Dornengestrüpp zum provisorischen Kral öffnete und nach Dutchman pfiff. Im ersten Morgengrauen hustete ein Tier, und es klang seltsam gequält. In Isazis Magengrube zog Kälte ein. So hustete kein gesunder Ochse.

Er stand an der Öffnung des Krals, zögerte hineinzugehen, und dann stieg ihm etwas in die Nase, das er noch nie gerochen hatte. Nur ein leiser Hauch, doch der drehte ihm den Magen um. So stank ein Bettler aus dem Maul, so stanken die Geschwüre eines Leprakranken. Er zwang sich, trotz seines Ekelgefühls weiterzugehen.

»Dutchman«, rief er. »Wo bist du, mein Schönster?«

Dann hörte er das explodierende Platzen eines an Ruhr erkrankten Tieres und fing an zu rennen. Im Halbdunkel der frühen Morgendämmerung erkannte er die Masse eines Tieres. Der Ochse lag am Boden.

Isazi rannte zu ihm. »Auf!« schrie er. »Steh auf, mein Liebling!«

Der Ochse bewegte sich zuckend, kam aber nicht auf die Füße. Isazi hockte sich neben ihn, legte ihm den Arm um den Hals, der in unnatürlicher Verrenkung nach hinten gedreht war. Die Samtschnauze drückte sich in die Flanke des Tieres. Die Muskelstränge unter der Nackenhaut waren eisenhart gespannt.

Isazis Hände strichen dem Tier über den Nacken, spürten die starke Hitze des Fiebers. Er berührte sein Gesicht, es war schleimig naß. Der Zulu hob seine Hand an die Nase. Sie war bedeckt mit dickem Schleim, und er würgte von dem Gestank, der ihm entgegenschlug. Er rappelte sich auf die Füße, ging angstvoll rückwärts, bis er am Tor war. Dann fuhr er herum und rannte zu den Planwagen.

»Henshaw!« brüllte er gellend. »Komm schnell, kleiner Falke!«

»Flammenlilien«, knurrte Ralph Ballantyne. Mit versteinertem, zornrotem Gesicht stapfte er durch den Kral. Die Lilie war eine schöne rote, goldgeränderte Blüte, die in üppig grünen Sträuchern wuchs und jedes grasende Tier anzog, das sie nicht kannte.

»Wo sind die Hirtenjungen? Bringt mir die verfluchten *Mujiba.*« Er blieb neben dem verrenkten Kadaver von Dutchman stehen. Ein erfahrener Zugochse wie er kostete fünfzig Pfund, und er war nicht der einzige Verlust. Acht weitere Ochsen waren zu Boden gegangen, und noch mehr waren krank.

Isazi und die anderen Kutscher zerrten die Hirten herbei. Verängstigte Kinder, der älteste knapp vor der Pubertät, der jüngste keine zehn Jahre alt. Sie waren nur mit kurzen Lendentüchern bekleidet, die Pobacken und Schenkel waren nackt.

»Wißt ihr nicht, was eine Flammenlilie ist?« schrie Ralph sie an. »Es ist eure Pflicht, auf Giftpflanzen zu achten und die Ochsen davon fernzuhalten. Ich prügle euch die Haut von euren schwarzen Hintern, das wird euch lehren.«

»Wir haben keine Lilien gesehen«, erklärte der älteste Junge beherzt, und Ralph wandte sich an ihn.

»Du unverschämter Lümmel!«

Die Nilpferdpeitsche in Ralphs Faust war fast einen Meter fünzig lang, am Schaft dicker als der Daumen eines Mannes, zum

Ende verjüngte sie sich zur Dicke einer Schnur. Das Trocknen hatte sie in das schöne Goldbraun einer Meerschaumpfeife ausgebleicht.

»Ich werde euch lehren, unter dem nächsten Baum zu schlafen, statt die Ochsen zu hüten!«

Die Peitsche zischte wie eine Puffotter, als sie sich um die Beine des laut schreienden Buben schlängelte. Ralph packte ihn am Handgelenk und zog ihm noch ein Dutzend Hiebe über Beine und Hinterbacken. Dann ließ er ihn los und griff sich den nächsten. Das Kind tanzte zur Melodie der Peitsche und schrie bei jedem Hieb wie am Spieß.

Ralph gab sich endlich zufrieden. »Spannt die gesunden Tiere ein!«

Es waren nur noch Ochsen für drei Gespanne übrig. Ralph mußte die Hälfte der Wagen mitsamt der Ladung gesalzener Büffelhäute zurücklassen, und als die Sonne über den Horizont stieg, setzte sich der Treck nach Süden in Bewegung.

Binnen einer Stunde brach der nächste Ochse zusammen. Sie schnitten ihn los und ließen ihn liegen. Nach einer halben Meile gingen zwei weitere Ochsen zu Boden. Sie fielen in regelmäßigen Abständen um. Gegen Mittag mußte Ralph zwei weitere Fuhrwerke zurücklassen, und das letzte fuhr nur noch mit einem unvollständigen Gespann weiter. Längst hatte Ralphs Zorn sich in ungläubige Verwirrung verwandelt. Das war keine gewöhnliche Vergiftung. Keiner der Kutscher hatte je etwas Ähnliches gesehen, und keiner hatte etwas Vergleichbares in der langen, blutigen afrikanischen Geschichte je gehört.

Zum Lupanefluß waren es nur noch wenige Meilen, sie konnten bereits das üppige Grün des Uferwaldes erkennen. Ralph und Harry ritten nebeneinander, beide besorgt und in Gedanken.

»Fünf Wagen liegengeblieben«, knurrte Ralph verdrießlich. »Jeder dreihundert Pfund wert, ganz zu schweigen von dem Vieh, das ich verloren habe –« Er brach ab und richtete sich hoch im Sattel auf.

Ralph fixierte die drei gefleckten Giraffen am anderen Ende der Lichtung. Die drei Tiere bewegten sich hintereinander über das Vlei. Der alte Bulle vorneweg, fast schwarz vor Alter, die rötlich gefleckte Kuh dahinter und zuletzt das beige, halb ausgewachsene Kalb.

Das Kalb tanzte. So etwas hatte Ralph noch nie gesehen. Es wiegte sich und drehte sich in trägen, eleganten Pirouetten, verrenkte den Hals, schwang ihn nach einer Seite, dann zur anderen. Das Muttertier wandte gelegentlich besorgt den Kopf nach ihrem Sprößling. Schließlich sackte das Kalb langsam, widerstrebend im hohen Gras zusammen und lag da in einem Gewirr verrenkter Gliedmaßen. Das Muttertier verharrte etwa eine Minute, dann gehorchte es dem Gesetz der Wildnis, das die Schwachen verläßt, und trottete hinter seinem Gefährten her.

Ralph und Harry ritten zögernd an die Stelle, wo das Kalb lag. Erst aus der Nähe bemerkten sie den tödlichen Schleimausfluß aus Nase und Maul, den Durchfall, der das gefleckte Hinterteil verschmierte. Sie starrten ungläubig auf das tote Tier hinunter, bis Harry plötzlich die Nase rümpfte und schnupperte.

»Dieser Gestank – wie bei den Ochsen.« Ralph erstarrte, und plötzlich dämmerte es ihm. »Eine Seuche«, flüsterte er. »Bei der heiligen Mutter Gottes, Harry, es ist eine unbekannte Seuche, die alle umbringt, Giraffen, Büffel und Ochsen.« Ralphs Gesicht hatte unter der tiefen Bräune eine lehmige Farbe angenommen. »Zweihundert Wagen, Harry«, flüsterte er. »An die viertausend Ochsen. Wenn sich die Seuche ausbreitet, verliere ich sie alle.« Er schwankte im Sattel und mußte sich am Knauf festhalten. »Ich bin erledigt. Ausgelöscht – aus und vorbei.« Seine Stimme bebte vor Selbstmitleid, und dann schüttelte er sich wie ein nasser Spaniel, schüttelte damit die Verzweiflung ab, und die Farbe kehrte in sein markant geschnittenes Gesicht zurück.

»Nein, bin ich nicht«, sagte er grimmig. »Noch bin ich es nicht, jedenfalls nicht ohne Kampf.« Er fuhr zu Harry herum. »Du mußt die Frauen alleine nach Bulawayo zurückbringen«, befahl er. »Ich nehme die vier besten Pferde.«

»Wohin willst du?« fragte Harry.

»Nach Kimberley.«

»Weshalb?«

Doch Ralph hatte sein Pferd bereits wie ein Polopony herumgeschwenkt und raste im gestreckten Galopp zurück zum verbliebenen Wagen, der gerade aus dem Wald hinter ihnen aufgetaucht war. Als er ankam, brach wieder ein Ochse im Gespann zusammen und blieb mit verrenktem Hals liegen.

Im Morgengrauen des folgenden Tages ging Isazi nicht in den Kral wie sonst. Er fürchtete sich vor dem, was er vorzufinden vermutete. Bazo ging an seiner Stelle.

Sie waren alle tot. Jeder einzelne Ochse. Sie waren bereits steif und kalt wie Stein, erstarrt in diesem furchtbaren letzten Krampf. Bazo schauderte und zog seinen Umhang aus Affenfell enger um die Schultern. Es war aber nicht die Morgenkühle, sondern der eisige Finger einer gespenstischen Ehrfurcht, der ihn berührte.

»Wenn die Rinder mit verdrehten Köpfen, die ihre Flanken berühren, am Boden liegen und nicht mehr hochkommen –« Er sagte sich den genauen Wortlaut der Umlimo mit lauter Stimme vor, und sein Trübsinn war verflogen. Ein kriegerischer Jubel stieg in ihm hoch. »Es trifft zu, genau wie sie es prophezeit hat!« Noch nie hatte eine Umlimo deutlichere Worte gesprochen. Er hätte es gleich sehen müssen, aber der Sturm der Ereignisse hatte ihn verwirrt, so daß die wahre Bedeutung dieser tödlichen Seuche sich ihm jetzt erst offenbarte. Er wollte sofort das Lager verlassen, nach Süden laufen, Tag und Nacht, ohne Rast und Ruh, bis er die geheime Höhle in den heiligen Bergen erreichte.

Er wollte sich vor die versammelten Indunas hinstellen und sagen: »Ihr, die ihr gezweifelt habt, glaubt nun die Worte der Umlimo. Ihr, die ihr Milch und Bier in euren Bäuchen habt, legt einen Stein statt dessen hinein.«

Er wollte von jedem Bergwerk zu jeder Farm zu jeder neuen, von Weißen gebauten Ansiedlung wandern, in denen seine Kameraden jetzt Schaufel und Pickel in Händen hielten, statt blinkende Lanzen, zerfetzte Kleider ihrer Herren trugen, statt Federn und Lendenschurz ihres Stammes.

Er wollte sie fragen: »Erinnert ihr euch an das Kriegslied der *Izimvukuzane Ezembintaba*, der Maulwürfe? Kommt herbei, die ihr im Dreck anderer Leute scharrt, kommt und übt das Kriegslied der Maulwürfe mit mir.«

Aber die Zeit war noch nicht reif, der dritte und letzte Akt der Prophezeiung mußte noch eintreten, und bis dahin mußten Bazo und seine Gefährten die Diener der Weißen spielen. Nur mit Mühe verbarg er seine wilde Freude hinter der undurchdringlichen Maske Afrikas. Bazo verließ den Kral der toten Ochsen und ging zum letzten verbliebenen Wagen. Die weißen Frauen und das Kind schliefen im Wagen, und Harry Mellow lag in seine Decke gewickelt unter dem Fuhrwerk, wo er vor der Morgenfeuchtigkeit geschützt war.

Henshaw hatte den Treck am späten Nachmittag des vorangegangenen Tages verlassen, bevor sie das Ufer des Lupani erreichten. Er hatte die vier schnellsten und kräftigsten Pferde mitgenommen und Bazo strikt befohlen, die kleine Reisegesellschaft sicher nach Bulawayo zurückzubringen, hatte seine Frau und seinen Sohn geküßt, Harry Mellow kurz die Hand gedrückt und war nach Süden galoppiert, auf die Strömung des Lupani zu.

Nun bückte Bazo sich und redete langsam und deutlich mit dem in die Decke gewickelten Mann. Harry Mellows Sindebele-Kenntnisse verbesserten sich zwar mit jedem Tag, waren jedoch noch immer auf dem Stand eines Fünfjährigen, und Bazo mußte sich vergewissern, daß er ihn verstand.

»Der letzte Ochse ist tot. Ein Pferd wurde vom Büffel getötet, und Henshaw hat vier mitgenommen.«

Harry Mellow setzte sich auf. »Bleibt ein Pferd für jede der Frauen, Jon-Jon kann hinter einer sitzen. Der Rest von uns geht zu Fuß. Wie lange bis Bulawayo, Bazo?«

Bazo zuckte mehrfach die Achseln. »Wären wir schnelle, ausgeruhte Krieger, fünf Tage. Aber im Tempo eines weißen Mannes mit Stiefeln...«

Ralph Ballantyne machte in King's Lynn Rast. Er warf Jan Cheroot, dem alten Hottentottenjäger, die Zügel zu. »Gib ihnen zu trinken, alter Mann, und füll die Körnersäcke für mich. In einer Stunde reite ich weiter.« Dann rannte er zur Veranda des schilfgedeckten Hauses, wo ihm seine Stiefmutter entgegenkam.

»Wo ist mein Vater?« wollte Ralph wissen, nachdem er sie zur Begrüßung auf die Wange geküßt hatte.

»In der Nordsektion. Die Kälber bekommen Brandzeichen – aber was ist mit dir, Ralph? So kenne ich dich gar nicht.«

Er überging ihre Frage. »Die Nordsektion, das sind fünf Stunden Ritt. So viel Zeit habe ich nicht.«

»Was ist passiert«, fragte sie. »Spann mich nicht auf die Folter, Ralph.«

»Verzeih.« Er legte seine Hand auf ihren Arm. »Es kommt eine furchtbare Seuche aus dem Norden auf uns zu. Sie befiel meine Rinder am Gwaai, und wir haben alle verloren, mehr als hundert Stück in zwölf Stunden.«

Louise starrte ihn an. »Vielleicht –« flüsterte sie, aber er schnitt ihr das Wort ab.

»Sie bringt alles um, Giraffen, Büffel und Ochsen, nur die Pferde blieben bisher verschont. Louise, ich sah Büffel links und rechts der Fahrspur liegen, tot und stinkend. Tiere, die einen Tag zuvor noch gesund und kraftvoll waren.«

»Was sollen wir tun, Ralph?«

»Verkaufen«, antwortete er. »Alle Rinder verkaufen, zu jedem Preis, bevor die Seuche uns erreicht.« Er wandte sich um und schrie nach Jan Cheroot. »Bring mir das Notizbuch aus meiner Satteltasche.«

Er schrieb rasch eine Nachricht für seinen Vater, und Louise fragte: »Wann hast du zum letztenmal gegessen?«

»Kann mich nicht erinnern.«

Er aß kaltes Antilopenfleisch, Zwiebel und Käse mit hausgebackenem Brot, spülte es mit einem Krug Bier hinunter und gab Jan Cheroot Instruktionen. »Du sprichst mit niemandem, außer mit meinem Vater. Kein Mensch erfährt etwas davon. Beeil dich, Jan Cheroot.« Noch bevor der Hottentotte aufbrach, saß Ralph wieder im Sattel und ritt los.

Er machte einen großen Bogen um die Stadt Bulawayo, um keine Bekannten zu treffen. An einer einsamen Stelle stieß er auf die Telegrafenmasten, weitab von der Hauptstraße. Die Telegrafenstrecke war von Ralphs Bautrupps gelegt worden, und er kannte jede Meile der Strecke, auch jede Schwachstelle, an der er Bulawayo und Matabeleland wirkungsvoll von Kimberley und dem Rest der Welt abschneiden konnte.

Er band die Pferde am Telegrafenmast fest und kletterte zu den Porzellanisolatoren und den glänzenden Kupferdrähten hinauf, befestigte einen Lederriemen mit einem Magnusknoten am Draht, um zu verhindern, daß die losen Enden zu Boden fielen, danach schnitt er den Draht durch, der mit einem singenden Ton riß. Und als Ralph wieder unten bei den Pferden war und hinaufschaute, wußte er, daß nur ein wirklich erfahrener Telegrafenmann die Unterbrechung entdecken würde.

Er warf sich wieder in den Sattel, trat dem Pferd kräftig in die Seiten und galoppierte los. Gegen Mittag nahm er eine Abzweigung nach Süden. Jede Stunde wechselte er das Pferd und ritt, bis es zu dunkel war, um die Fahrspur zu sehen. Er band die Vorderbeine der Pferde zusammen und schlief wie ein Toter auf dem harten Boden. Vor Tagesanbruch aß er einen Kanten Käse und Brot, die Louise in seine Satteltasche gesteckt hatte, und war beim ersten hellen Schein im Osten wieder unterwegs.

Am späten Vormittag verließ er die Fahrspur und fand die Telegrafenlinie, die hinter der flachen Kuppe eines Kopje verlief. Er wußte, daß die Männer der Gesellschaft jetzt bereits nach der ersten Unterbrechung suchten, und vielleicht hatte jemand im Telegrafenamt in Bulawayo Interesse daran, Mr. Rhodes von der Seuche zu unterrichten, die unter den Herden wütete.

Ralph schnitt die Drähte an zwei weiteren Stellen durch und ritt weiter. Am späten Nachmittag brach eines der Pferde zusammen. Er hatte es zu hart geritten und ließ es neben der Straße los. Wenn es die Löwen nicht zerfleischten, erkannte einer der Fuhrleute vielleicht das Brandzeichen.

Am nächsten Tag, fünfzig Meilen vom Shashi entfernt, traf er auf einen seiner Konvois aus dem Süden. Sechsundzwanzig Fuhrwerke unter der Leitung eines weißen Aufsehers. Ralph hielt sich nur so lange auf, um die Pferde des Mannes gegen seine erschöpften Tiere auszutauschen. Er zerschnitt die Telegrafendrähte an zwei weiteren Stellen, bevor er die vorderste Eisenbahnbaustelle erreichte.

Als ersten traf er den Landvermesser, einen rothaarigen Schotten, der mit einem Trupp Schwarzer fünf Meilen vor dem Hauptbautrupp die Schienentrasse markierte. Ralph blieb im Sattel.

»Haben Sie das Telegramm bekommen, das ich Ihnen aus Bulawayo schickte, Mac?« erkundigte er sich, ohne sich die Zeit für eine Begrüßung zu nehmen.

»Nein, Mr. Ballantyne.« Der Schotte schüttelte seinen staubbedeckten Kopf. »Seit fünf Tagen kein Wort aus dem Norden – es heißt, die Leitung ist gestört, längste Störung, von der ich je gehört habe.«

»Verdammte Scheiße!« fluchte Ralph wütend, um seine Erleichterung zu verbergen. »Ich wollte, daß Sie einen Güterwagen für mich bereithalten.«

»Wenn Sie sich beeilen, Mr. Ballantyne, erreichen Sie den leeren Zug, der heute zurückfährt.«

Nach fünf Meilen war Ralph an der Endstation angelangt. Die Schienen durchschnitten eine weite, flache Ebene mit spärlichem Dornengestrüpp als einziger Vegetation. Die geschäftige Betriebsamkeit paßte gar nicht in diese öde Landschaft am Rande der Kalahari-Wüste. Eine grüne Lokomotive puffte silbrige Dampfwolken in den Himmel und schob die flachen Wagen bis zum Ende der gleißenden Schienenstränge. Arbeitstrupps singender Schwarzer, nackt bis auf ihre Lendentücher, stemmten die Geleisestücke mit Brecheisen über die Güterwagen und ließen sie in einer hellen Staubwolke zur Erde fallen. Dann kam der nächste Arbeitertrupp heran und paßte sie in die Teakholzschwellen ein.

Der Vormann setzte die Eisenbolzen und der Mann mit dem Hammer trieb die Stahlnägel mit klingenden Hammerschlägen hinein. Eine halbe Meile weiter hinten lag die Baubaracke, eine viereckige Holzbude mit Wellblechdach, die jeden Tag ein Stück weiter versetzt werden konnte. Der Bauleiter saß in Hemdsärmeln schwitzend über einem aus Kisten zusammengenagelten Tisch.

»Wie ist der Meilenstand?« fragte Ralph bereits an der Tür der Baracke.

»Mr. Ballantyne, Sir.« Der Ingenieur sprang hoch. Er war ein paar Zentimeter größer als Ralph, stiernackig, mit starken, behaarten Unterarmen, und er hatte Angst vor Ralph. Sie stand in seinen Augen. Ralph registrierte das mit einem Anflug von Zufriedenheit. Er war nicht bestrebt, der beliebteste Mann in Afrika zu sein. Dafür zahlte ihm kein Mensch etwas. »Wir haben Sie erst Ende des Monats erwartet.«

»Ich weiß. Wie ist der Meilenstand?«

»Es hat ein paar Schwierigkeiten gegeben, Sir.«

»Mein Gott, Mann, muß ich die Antwort aus Ihnen rausprügeln?«

»Seit Anfang des Monats –« der Ingenieur zögerte, wohl wissend, daß es sich nicht auszahlte, Ralph Ballantyne anzulügen. »Sechzehn Meilen«, sagte er schließlich.

Ralph trat an die Vermessungskarte und verglich die Zahlen. »Fünfzehn Meilen und sechshundert Yards sind keine sechzehn Meilen«, sagte er.

»Nein, Sir. Fast sechzehn.«

»Sind Sie damit zufrieden?«

»Nein, Sir.«

»Ich auch nicht.« Das war genug, sagte sich Ralph, mehr würde die Leistungsfähigkeit des Mannes herabsetzen, und es gab keinen besseren, jedenfalls nicht zwischen hier und dem Oranje. »Haben Sie mein Telegramm aus Bulawayo erhalten?«

»Nein, Mr. Ballantyne. Die Leitung ist seit Tagen unterbrochen.«

»Die Leitung nach Kimberley?«

»Die ist intakt.«

»Gut. Ich muß ein Telegramm aufgeben.«

Ralph schrieb die Nachricht schnell auf.

»An Aaron Fagan, Rechtsanwalt, De Beers Street, Kimberley. Ankomme 6. frühmorgens. Dringend Besprechung mit wildem Reiter für Mittag ansetzen.«

Wilder Reiter war sein Geheimcode für Roelof Zeederberg, Ralphs Hauptkonkurrent im Transportgeschäft. Zeederbergs Expreßkutschen fuhren die Route von Delagoa zur Algoa-Bucht, von den Goldminen am Pilgrims Rest zum Witwatersrand und zur Bahnendstation in Kimberley.

Während der Telegrafist die Morsezeichen in sein Instrument aus Messing und Holz tippte, wandte Ralph sich wieder an den Bauleiter.

»Dann erzählen Sie mir mal, welche Schwierigkeiten Sie hatten und was wir verbessern können?«

»Am schlimmsten ist der Engpaß am Rangierbahnhof in Kimberley.«

Sie waren etwa eine Stunde mit dem Problem beschäftigt, als die Lokomotive vor der Baubaracke pfiff. Sie gingen nach draußen. Ralph warf seine Satteltasche mit der zusammengerollten Decke auf den ersten flachen Wagen und hielt den Zug noch zehn Minuten auf, bis er die letzten Details mit seinem Ingenieur besprochen hatte.

»Von heute an bekommen Sie ihr Arbeitsmaterial schneller, als Sie die Bolzen einschlagen können«, versprach er grimmig, schwang sich auf den Wagen und winkte dem Lokomotivführer.

Die Pfeife stieß einen Dampfstrahl in den trockenen Wüstenhimmel, die Räder der Lokomotive drehten sich, griffen mit einem Ruck, und die lange Kette leerer Wagen setzte sich in südlicher Richtung in Bewegung. Ralph suchte sich eine windgeschützte Ecke und wickelte sich in seine Decke. Acht Tage Ritt vom Lupani zur Bahnstation. Das war Rekordzeit, überlegte er noch, und dann war er eingeschlafen.

Sechzehn Stunden später fuhren sie in den Verschiebebahnhof von Kimberley ein. Es war kurz nach vier Uhr morgens.

Ralph sprang von dem Wagen, als die Lokomotive langsam über die Weichen fuhr, und schlenderte mit den Satteltaschen über der Schulter die De Beers Street entlang. Im Telegrafenamt war Licht, und Ralph klopfte an den Holzverschlag, bis der Mann im Nachtdienst ihn anstarrte wie eine Schleiereule aus ihrem Nest.

»Ich möchte ein dringendes Telegramm nach Bulawayo aufgeben.«

»Tut mir leid, junger Mann, die Strecke ist unterbrochen.«

»Wann wird sie denn repariert sein?«

»Weiß der Himmel. Seit sechs Tagen geht da schon nichts mehr.«

Ralph grinste noch immer, als er in die Halle des Diamond Lil's Hotel stapfte.

Der Nachtportier war neu und kannte Ralph nicht. Er sah einen großen, mageren, sonnenverbrannten Mann, dessen verschwitzte, staubige Kleider lose an ihm herunterhingen. Der harte, tagelange Ritt hatte ihn jedes überflüssige Pfund gekostet. Seit er den Lupani verlassen hatte, hatte er sich nicht rasiert, und das Oberleder seiner Stiefel war fast durchgewetzt von dem Dornengestrüpp, durch das er geprescht war. Der Ruß der Lokomotive hatte sein Gesicht geschwärzt und seine Augen gerötet, und der Portier erkannte einen Landstreicher, wenn er einen zu Gesicht bekam.

»Tut mir leid, Sir«, sagte er. »Das Hotel ist voll.«

»Wer ist in der Blauen Diamanten-Suite?« fragte Ralph freundlich.

»Sir Randolph Charles«, antwortete der Portier mit Ehrfurcht in der Stimme.

»Werfen Sie ihn raus«, sagte Ralph.

»Was erlauben Sie sich?« Der Mann wich entrüstet zurück. Ralph langte über die Theke, packte ihn an der Seidenkrawatte und zog ihn zu sich.

»Werfen Sie ihn aus meiner Suite«, wiederholte Ralph laut und nah am Ohr des Mannes. »Und zwar augenblicklich!«

In diesem Augenblick betrat der Tagesportier die Rezeption.

»Mr. Ballantyne«, rief er in einer Mischung aus Schreck und geheuchelter Freude und eilte seinem Kollegen zu Hilfe. »Ihre Dauersuite ist in einer Minute fertig.« Dann zischte er dem Nachtportier ins andere Ohr: »Laß augenblicklich diese Suite räumen, oder der Teufel holt dich.«

Die Blaue Diamanten-Suite hatte eines der wenigen Badezimmer in Kimberley mit fließend heißem Wasser. Der Tagesportier hatte dafür gesorgt, daß Ralphs Schiffskoffer aus dem Abstellraum geholt wurde, und nun beaufsichtigte er die Kammerdiener, die Ralphs Anzüge bügelten und die ausgepackten, geputzten Stiefel auf noch größeren Hochglanz zu bringen versuchten.

Um fünf vor zwölf Uhr mittags betrat Ralph, nach Brillantine und Eau de Cologne duftend, Aaron Fagans Büro. Aaron war ein magerer, gebeugter Mann mit schütterem Haar, das aus seiner hohen, durchgeistigten Stirn streng nach hinten gekämmt war.

Seine Nase war gebogen, seine Lippen weich und sensibel und seine dunklen Augen wach und glänzend.

Er war ein harter Verhandlungspartner, der keinen Fußbreit wich, dennoch zeigte er Sinn für Gerechtigkeit, was Ralph ebensosehr schätzte wie seine anderen Qualitäten. Nachdem die Männer sich umarmt und einander freundschaftlich auf die Schultern geklopft hatten, fragte er: »Sind sie da?« Er öffnete die Tür zum Hauptbüro.

Roelof und Doel Zeederberg erhoben sich nicht bei seinem Eintreten, und weder Ralph noch einer der Herren machten Anstalten, sich mit Handschlag zu begrüßen. Sie waren zu häufig hart aneinandergeraten.

»Also, Ballantyne, Sie wollen uns wieder einmal die Zeit stehlen?« Roelof hatte noch immer den starken schwedischen Akzent seines Herkunftslandes. Unter seinen rötlichblonden Augenbrauen blickte er wachsam, argwöhnisch und interessiert.

»Mein lieber Roelof«, wehrte Ralph ab, »das würde ich nie tun. Alles was ich will, ist, daß wir uns über diesen Tarif der neuen Matabeleland-Route einig werden, bevor wir uns gegenseitig das Geschäft kaputtmachen.«

»Ja«, stimmte Doel sarkastisch zu, »das ist ein guter Gedanke, darüber wird sich meine Schwiegermutter freuen.«

»Wir sind bereit, Ihnen ein paar Minuten zuzuhören«, sagte Roelof gleichmütig, doch sein Interesse schien sich gesteigert zu haben.

»Einer von uns sollte den anderen ausbezahlen, damit der seine Tarife festsetzen kann«, sagte Ralph unverblümt, und die Brüder wechselten einen Blick. Roelof zündete sich umständlich seine ausgebrannte Zigarre wieder an, um seine Verblüffung zu verschleiern.

»Sie fragen sich natürlich, wieso?« sagte Ralph. »Sie wollen wissen, warum Ralph Ballantyne verkaufen möchte.« Keiner der Brüder hatte dem etwas dagegenzusetzen; sie warteten schweigend wie die Geier in den Baumwipfeln.

»Um die Wahrheit zu sagen, ich habe mich in Matabeleland übernommen. Die Harkness-Mine –«

Der gespannte Zug um Roelofs Mund lockerte sich. Sie hatten

von der Mine gehört, an der Johannesburger Börse redete man davon, daß die Erschließung der Mine fünfzigtausend Pfund kostete.

»Ich bin im Verzug mit dem Eisenbahnvertrag für Mr. Rhodes«, fuhr Ralph ruhig und ernsthaft fort. »Ich brauche Bargeld.«

»Haben Sie an eine bestimmte Summe gedacht?« fragte Roelof und paffte an seiner Zigarre.

Ralph nickte und nannte die Summe, und Roelof erstickte fast an seinem Rauch. Sein Bruder schlug ihm auf den Rücken, bis er wieder durchatmen konnte, und dann lachte Roelof kopfschüttelnd in sich hinein.

»Sieht so aus, als hätten Sie recht gehabt«, nickte Ralph. »Ich verschwende Ihre Zeit.« Er schob seinen Stuhl zurück und stand auf.

»Setzen Sie sich.« Roelof hatte aufgehört zu lachen. »Setzen Sie sich und reden wir«, sagte er lebhaft.

Am späten Nachmittag hatte Aaron Fagan den Vertrag eigenhändig aufgesetzt. Es war ganz einfach. Die Käufer akzeptierten die beigefügte Vermögensaufstellung als vollständig und korrekt. Sie verpflichteten sich, alle existierenden Transportverträge und die Verantwortung für alle im Augenblick im Transit befindlichen Waren zu übernehmen. Der Verkäufer gab keine Garantien. Die Kaufsumme wurde in bar ausbezahlt, es fand keine Aktienübereignung statt, das Fälligkeitsdatum war das Datum der Unterzeichnung – Zug um Zug.

Der Vertrag wurde im Beisein der Rechtsanwälte beider Parteien unterzeichnet, im Anschluß begaben die Parteien sich in Begleitung ihrer Rechtsberater über die Straße zur Hauptniederlassung der Dominion Colonial & Overseas Bank, wo der Scheck der Gebrüder Zeederberg vorgelegt und vom Direktor der Bank persönlich eingelöst wurde. Ralph stopfte die Bündel Fünfpfundnoten in seine Leinentasche und tippte mit dem Finger an die Hutkrempe.

»Viel Glück, meine Herrn«, grüßte er die Gebrüder Zeederberg, nahm Aaron Fagans Arm und steuerte mit ihm auf das Diamond Lil's Hotel zu.

Roelof Zeederberg massierte die kahle Stelle auf seinem Kopf. »Ich hab' auf einmal ein ganz komisches Gefühl«, murmelte er beklommen und schaute den beiden hinterher.

Am nächsten Morgen verabschiedete Ralph sich an der Tür von Aaron Fagans Büro.

»Die reizenden Gebrüder Zeederberg werden sich früher bei Ihnen melden, als Sie denken«, meinte er mit freundlicher Miene. »Versuchen Sie bitte, mich mit ihren Anschuldigungen zu verschonen.« Damit schlenderte er über den Marktplatz, und Aaron schaute ihm gedankenvoll nach.

Ralph wurde von einem Dutzend Bekannten aufgehalten, die sich besorgt nach seiner Gesundheit erkundigten, Fragen nach der Richtigkeit des Verkaufs seines Transportunternehmens stellten und herausfinden wollten, ob er tatsächlich vorhabe, die Harkness-Mine in eine Aktiengesellschaft umzuwandeln.

Gerüchten zufolge brachte das Harkness-Erz sechzig Unzen pro Tonne »zahlbare« Werte, und jeder, den er traf, wollte an dem Geschäft teilnehmen, und so dauerte es fast eine Stunde, bis er die fünfhundert Meter zu den Büros der De Beers Consolidated Mines Company zurückgelegt hatte.

Ralph trug sich ins Gästebuch ein und wurde von einem livrierten Portier in weißen Handschuhen die geschwungene Treppe in das oberste Stockwerk hinaufgeführt. An der Teakholztür war ein Messingschild angebracht, auf dem nur ein Name stand, kein Titel: »Mr. Jordan Ballantyne«. Doch die Eleganz des Büros, das er betrat, ließ einige Rückschlüsse auf Jordans Position in der Hierarchie der De Beers Diamantengesellschaft zu.

Die Doppelfenster blickten auf die Kimberley-Mine, eine Grube, die sich über nahezu eine Quadratmeile erstreckte und selbst aus dieser Höhe nicht bis auf ihren Grund einsehbar war. Die Grube hatte bereits nahezu zehn Millionen Karat lupenreiner Diamanten hervorgebracht, und all dieser Reichtum befand sich im Besitz von Mr. Rhodes' Minengesellschaft.

Ralph warf nur einen kurzen Blick auf die Diamantengrube, in der er einen Großteil seiner Jugend nach den kostbaren Steinen gegraben hatte, und ließ seine Blicke beifällig durch den getäfelten Raum schweifen, dessen Eichenpaneele reich geschnitzt waren. Auf dem Parkett lagen Seidenteppiche, und in den Regalen standen ledergebundene Prachtbände mit Goldschnitt.

Aus der halboffenen Tür des angrenzenden Badezimmers plätscherte Wasser, und eine Stimme rief: »Wer ist da?«

Ralph warf seinen Hut mit gezieltem Schwung an einen Kleiderhaken und wandte sich dem eintretenden Jordan zu. Bei Ralphs Anblick stutzte der, warf das Handtuch beiseite und war mit drei langen Schritten bei seinem Bruder.

Ralph löste sich als erster aus der brüderlichen Umarmung und hielt Jordan eine Armlänge von sich.

»Der perfekte Dandy«, neckte er und fuhr ihm durch den modisch geschnittenen, goldenen Lockenkopf.

Selbst als Bruder mußte Ralph zugeben, daß Jordan zu den bestaussehenden Männern gehörte, denen er je begegnet war. Nein, er war mehr als gutaussehend, er war schön. Jordan war beglückt, Ralph zu sehen, und seine grünen Augen unter den langen, geschwungenen Wimpern blitzten. Wie immer faszinierte Ralph das sanfte Wesen und die charismatische Ausstrahlung seines jüngeren Bruders.

»Und du«, lachte Jordan, »braungebrannt und abgezehrt. Wo ist denn dein Wohlstandsbäuchlein geblieben?«

»Das hab' ich unterwegs auf der Straße von Matabeleland verloren.«

»Matabeleland!« Jordans Gesichtsausdruck veränderte sich. »Dann kennst du die Schreckensbotschaft bereits.« Jordan trat an den Schreibtisch mit der lederbezogenen Platte. »Die Telegrafenleitung war über eine Woche unterbrochen, das ist die erste Nachricht, die durchkam. Ich habe sie erst vor einer Stunde entschlüsselt.«

Er reichte Ralph den Durchschlag der Meldung, deren Übersetzung in Jordans sauberer Handschrift zwischen den Zeilen notiert war. Der Adressat war »Jove«, Mr. Rhodes' privates Schlüsselwort, und der Absender General Mungo St. John, der stellvertretende Gouverneur von Matabeleland in Abwesenheit von Doktor Jameson.

»Ausbruch einer Rinderkrankheit in Nord-Matabeleland. Verlust sechzig Prozent, wiederhole sechzig Prozent. Veterinärgutachten stellt ähnliche Symptome wie bei *Pestebovine*-Epidemie in Italien 1880 fest. Auch als Rinderpest bekannt. Keine Behandlungsmöglichkeit bekannt. Mögliche Verluste hundert Prozent, falls Isolation und Kontrolle nicht möglich. Erbitte dringend Order, alle Rinder in Zentralprovinz zu töten und zu verbrennen, um Ausbreitung nach Süden zu verhindern.«

Mit geheucheltem Erstaunen und Entsetzen überflog Ralph den ersten Absatz und konzentrierte sich dann auf den restlichen Text. Eine seltene Gelegenheit, einen dechiffrierten Bericht der B.S.A.-Gesellschaft zu lesen; allein die Tatsache, daß Jordan ihm das Schriftstück ausgehändigt hatte, bewies seine Erregung.

Es enthielt Namen von Polizeieinheiten und Verordnungen, erhaltene und ausgegebene Geldbeträge, Verwaltungsbelange und eine Empfehlung für eine Handelsniederlassung sowie einen Auszug registrierter Mineralanteile in Bulawayo. Ralph gab seinem Bruder das Blatt mit entsprechend ernster Miene zurück.

An erster Stelle der Neuregistrierungen hatte er die Eintragung von vierzig Quadratmeilen auf den Namen Wankie Coal Mining Company gelesen. Für den Namen hatten er und Harry Mellow sich entschieden, und Ralph war höchst zufrieden, was er sich aber nicht anmerken ließ. Harry hatte also die Frauen und Jonathan heil nach Bulawayo gebracht und keine Zeit verloren, um ihre Claims anzumelden. Wieder einmal beglückwünschte Ralph sich zu seiner Wahl des Geschäftspartners und Schwagers. Die einzige Ungewißheit war der angeheftete Zettel an dem Auszug, den St. John geschickt hatte.

»Erbitte umgehend Anweisungen in Sachen Kohle- und Leichtmetallfunde – Register 198 Wankie Coal Mining Co. bis zur Klärung ruhend.«

Die Claims waren also angemeldet, aber noch nicht bestätigt; darum würde Ralph sich jedoch später kümmern. Jetzt mußte er auf Jordans Sorgen eingehen.

»Papa liegt mitten im Bereich dieser Rinderpest. Er hat sein ganzes Leben so schwer gearbeitet und hatte so viel Pech – o Ralph, das darf nicht passieren, nicht noch eine Katastrophe.

Und du ja auch. Wie viele deiner Ochsengespanne waren in Matabeleland, Ralph?«

»Keines.«

»Keines? Das verstehe ich nicht.«

»Ich habe jeden Ochsen und jedes Fuhrwerk an die Zeederbergs verkauft.«

Jordan starrte ihn an. »Wann?« fragte er entgeistert.

»Gestern.«

»Wann hast du Bulawayo verlassen, Ralph?«

»Was hat das damit zu tun?«

»Die Telegrafendrähte – waren durchgeschnitten. An vier Stellen.«

»Merkwürdig. Wer könnte so was wohl getan haben?«

»Ich wage nicht einmal zu fragen.« Jordan schüttelte den Kopf. »Und wenn ich darüber nachdenke, möchte ich gar nicht wissen, wann du von Bulawayo weggeritten bist, oder ob Papa seine Rinder ebenso plötzlich verkauft hat wie du.«

»Laß gut sein, Jordan, ich lade dich zum Essen in den Club ein. Eine Flasche Schampus wird dich darüber hinwegtrösten, daß du aus einer Gaunerfamilie stammst und für einen Gauner arbeitest.«

Der Kimberley Club hatte eine Allerweltsfassade. Seit seiner Gründung war er zweimal vergrößert worden. Das Eisendach war nicht angestrichen, dennoch gab es seltsame kleine Anflüge von Prunk, der weiße Gartenzaun zum Beispiel oder die Eingangstür aus venezianischem Glas.

Ein Mann, der nicht Mitglied des Clubs war, konnte sich nicht als wirklich zu Südafrika gehörig betrachten.

Für Ralphs und Jordans Mitgliedschaft war schon gesorgt worden, sobald sie volljährig geworden waren. Denn ihr Vater war nicht nur Gründungsmitglied und Direktor auf Lebenszeit, er war außerdem Königlicher Hofrat und ein Gentleman. Diese Dinge zählten im Kimberley Club vor ordinärem Reichtum.

Im Speisesaal bestellten die Brüder saftiges Lamm, gewürzt mit Kräutern aus dem Karru, dazu neue Petersilienkartoffeln. Jordan lehnte den von Ralph vorgeschlagenen Champagner ab.

»Ich bin ein arbeitender Mann«, lächelte er. »Ich habe einen schlichteren Geschmack als du. Ein 73er Château Margaux würde es für mich tun.«

Der über zwanzig Jahre alte Claret kostete viermal mehr als der teuerste Champagner auf der Weinliste.

»Bei Gott«, lächelte Ralph ein wenig schief, »unter deiner Städterpolitur bist du ein echter Ballantyne geblieben.«

»Und du mußt ja nun im schnöden Mammon schwimmen nach diesem geglückten Coup. Ich halte es für meine brüderliche Pflicht, dir zu helfen, ihn wieder loszuwerden.«

»Ein Notverkauf«, wiegelte Ralph ab. Sie aßen ein paar Minuten schweigend, dann hob Ralph sein Glas.

»Was hält Mr. Rhodes von den Kohlefunden, die Harry und ich abgesteckt haben?« fragte er und tat so, als studiere er die rubinroten Lichter im Wein, beobachtete dabei aber genau die Reaktion seines Bruders.

Jordans Mundwinkel zitterten überrascht, in seinen Augen leuchtete flüchtig etwas auf, das Ralph so schnell nicht identifizieren konnte. Jordan führte die Silbergabel mit seinem saftigrosafarbenen Bissen Fleisch zum Mund, kaute ausgiebig und schluckte, bevor er seinerseits fragte: »Kohle?«

»Ja, Kohle«, wiederholte Ralph. »Harry Mellow und ich haben ein großes Kohlevorkommen in Nord-Matabeleland abgesteckt – hast du den Registerauszug noch nicht zu Gesicht bekommen? Hat der Vorstand den Antrag noch nicht genehmigt? Du mußt doch davon wissen, Jordan.«

»Ein herrlicher Wein«, Jordan zog das Bouquet ein. »Ein großer, würziger Wein –«

»Ach, ich vergaß, die Telegrafenleitung war unterbrochen. Du hast den Auszug noch nicht bekommen, wie?«

Jordan hielt den Blick gesenkt. »Du weißt, daß ich über gewisse Dinge nicht sprechen kann«, murmelte er unglücklich.

Sie aßen noch Stilton mit Kräcker und tranken dazu Port vom Faß, der nicht auf der Weinkarte stand, und von dessen Existenz nur erlesene Mitglieder wußten. Schließlich zog Jordan seine goldene Uhr aus der Westentasche.

»Ich muß zurück, Mr. Rhodes und ich reisen morgen mittag nach Londen. Ich hab' noch eine Menge zu tun.«

Beim Verlassen des Clubs nahm Ralph den Ellbogen seines Bruders und lotste ihn in die De Beers Straße, lenkte ihn mit Familienklatsch ab, bis sie vor einem hübschen Ziegelhäuschen standen, das fast versteckt war hinter hohen Stockrosen. Die rautenförmigen Fensterscheiben schmückten gerüschte Spitzenvorhänge, und am Gartentor stand auf einem bescheidenen Schild zu lesen: »Französische Schneiderei. *Haute Couture.* Europäische Modeneuheiten. Wir erfüllen Ihre Sonderwünsche.«

Bevor Jordan die Absicht seines Bruders begriff, war das Gartentor geöffnet, und er wurde den Gartenweg entlang geschoben. Nach gutem Essen und gutem Wein würde nach Ralphs Ansicht die Gesellschaft einer der jungen Damen, die Diamanten-Lil mit soviel Geschmack auswählte, selbst einem so treuen Diener, wie Jordan einer war, die Zunge lösen, um einige Indiskretionen über die Geschäfte seines Herrn auszuplaudern.

Nach wenigen Schritten entzog Jordan sich dem brüderlichen Griff mit unnötiger Heftigkeit.

»Wohin gehen wir?« wollte er wissen. Er war bleich geworden, als hätte eine Mamba seinen Weg gekreuzt. »Weißt du, was das hier ist?«

»Gewiß«, nickte Ralph. »Das einzige Bordell, das ich kenne, wo ein Arzt das Warenangebot mindestens einmal die Woche untersucht.«

»Ralph, du kannst nicht dort hinein«

»Nun komm schon, Jordie«, lächelte Ralph und nahm seinen Arm wieder. »Ich bin es, dein Bruder Ralph. Mir mußt du nichts vormachen. Ein stattlicher Junggeselle wie du, mein Gott. Ich wette, über jedem Bett da drin ist eine Plakette angebracht mit deinem Namen drauf –« Er stockte, als er Jordans echte Bestürzung begriff. »Was ist los, Jordie?« Zum erstenmal war Ralph seiner Sache nicht sicher. »Sag bloß nicht, du hast dir noch nie von einer von Lils Näherinnen eine Hose kürzen lassen?«

»Ich habe noch nie einen Fuß in dieses Haus gesetzt.« Jordan schüttelte heftig den Kopf. Seine Lippen bebten. »Und du solltest das ebensowenig tun. Du bist ein verheirateter Mann!«

»O Mann, Jordie, sei nicht dämlich, Junge. Selbst Kaviar und Champagner jeden Tag wird auf die Dauer langweilig. Zwischendurch schmeckt auch mal ein ordentlicher Fetzen Bauernschinken und ein Krug Most.«

»Das ist deine Sache«, zischte Jordan. »Ich habe nicht die Absicht, noch eine Sekunde länger vor diesem – Etablissement zu stehen und mit dir darüber zu diskutieren.«

Er drehte sich auf dem Absatz um. Und nach ein paar Schritten auf dem Gehsteig fauchte er über die Schulter: »Du solltest dich lieber bei deinem Anwalt wegen deiner verdammten Kohle erkundigen –« Jordan stockte erschrocken, sichtlich entsetzt über seine Indiskretion, dann entfernte er sich hastig in Richtung Marktplatz.

Ralphs Unterkiefer verhärtete sich, seine Augen wurden kalt wie geschliffene Smaragde. Er hatte seinen Hinweis von Jordan bekommen, und es hatte ihn nicht einmal den Preis eines von Diamanten-Lils hübschen Mädchen gekostet.

Grimmig trat er die halbgerauchte Zigarre unter seinem Stiefelabsatz aus und steuerte das Büro von Aaron Fagan an.

Aaron Fagan nannte sie die »Wolfsmeute«.

»Mr. Rhodes hält sie an Ketten in eigens dafür gebauten Zwingern, hin und wieder läßt er sie frei, damit sie Menschenfleisch schnuppern können.«

Sie wirkten nicht sonderlich wölfisch. Es waren vier dezent gekleidete Herren im Alter zwischen Ende Dreißig und Mitte Fünfzig.

Aaron stellte jeden einzelnen vor. »Diese Herren sind die ständigen Rechtsberater der Firma De Beers. Gehe ich recht in der Annahme, wenn ich sage, Sie vertreten auch die Interessen der Britisch-Südafrikanischen Gesellschaft?«

»Das ist richtig, Mr. Fagan«, sagte der älteste der Herren und nahm mit seinen Kollegen an einer Seite des langen Tisches Platz. Jeder legte sorgsam eine Schweinsledermappe vor sich hin, und dann hoben sie gleichzeitig die Köpfe, wie eine geübte Vaudeville-Schauspielertruppe. Erst jetzt erkannte Ralph das wölfische Funkeln in ihren Augen.

»Was können wir für Sie tun?«

»Mein Klient wünscht Klarheit über die Handhabung der

Schürfrechte seitens der B.S.A.-Gesellschaft«, antwortete Aaron. Zwei Stunden später wühlte Ralph sich durch ein Gewirr von Fachausdrücken und verwinkelten Gesetzeshintertürchen, versuchte der Diskussion zu folgen, und seine Gereiztheit stieg von Minute zu Minute.

Aaron erflehte in einer stummen Geste seine Geduld, und Ralph schluckte mit Mühe die zornigen Worte hinunter, die ihm auf der Zunge lagen, begnügte sich statt dessen damit, tiefer in seinem Sessel zu versinken und in einer derben Trotzgeste seinen Stiefel auf den polierten Tisch zwischen all die Gesetzestexte zu knallen und den anderen darüber zu kreuzen.

Er hörte eine weitere Stunde zu, in der er die Anwälte ihm gegenüber mit finsterer Miene fixierte, bis Aaron Fagan bescheiden fragte: »Heißt das, mein Klient habe Ihrer Meinung nach die Bedingungen laut Paragraph 27B, Absatz 5 in Beziehung zu Paragraph 7ff. nicht erfüllt?«

»Nun, Mr. Fagan, zuerst gilt es doch, die Frage der zu erbringenden Leistung, wie in Paragraph 31 ausgeführt, zu klären«, antwortete der Anführer des Wolfsrudels bedächtig, strich sich den Schnurrbart und blickte seine Mitarbeiter an, die begeistert und gleichzeitig nickten. »Dieser Paragraph –«

Plötzlich war Ralphs Geduld erschöpft. Er stellte seine Stiefel mit einem Knall auf den Boden, so daß die vier grauen Herren zusammenzuckten. Einem von ihnen entglitt sogar die Ledermappe, und Dokumente flatterten durch den Raum wie Federn im Hühnerstall nach dem Besuch eines Luchses.

»Es mag mir schwerfallen, diese Paragraphen von Ihren Ärschen zu unterscheiden, meine Herren«, verkündete Ralph in einem Ton, der den Wortführer erbleichen und in Deckung gehen ließ. Wie alle redegewandten Menschen verabscheute er Gewalt, und die verspürte er in dem Blick, mit dem Ralph ihn maß. »Aber ich erkenne einen Haufen Scheiße, wenn ich ihn sehe. Und das, was Sie mir hier erzählen, meine Herren, ist erstklassige Scheiße.«

»Mr. Ballantyne!« Einer der jüngeren Herren war kühner als sein Chef. »Ich muß mich gegen Ihre Ausdrucksweise verwehren! Ihre Anspielung –«

»Das ist keine Anspielung«, wandte Ralph sich an ihn. »Ich sage Ihnen hiermit ins Gesicht, daß Sie eine Bande von Gaunern sind, ist das immer noch nicht deutlich genug? Wie wäre es mit Räubern und Banditen?«

»Sir –« Der Assistent sprang mit vor Entrüstung gerötetem Gesicht auf, und Ralph packte ihn über den Tisch hinweg an der Krawatte und schnürte ihm mit einer scharfen Handdrehung beinahe den Hals ab.

»Halten Sie den Mund, Mann, jetzt rede ich«, donnerte Ralph ihn an und fuhr fort: »Ich habe es satt, mich mit diesen Dieben herumzuschlagen. Ich möchte mit dem Oberbanditen sprechen. Wo ist Mr. Rhodes?«

In die Stille, die Ralphs Frage folgte, hallte das ferne Pfeifen eines abfahrenden Zuges. Und Ralph erinnerte sich an Jordans Entschuldigung, mit der er am Vortag das Mittagessen beendet hatte. Er ließ den zappelnden Rechtsanwalt so unvermutet los, daß der Mann auf seinen Stuhl plumpste und nach Luft schnappte.

»Aaron«, fragte Ralph, »wie spät ist es?«

»Acht Minuten vor zwölf.«

»Er hat mich reingelegt – der Hund hat mich reingelegt!«

Ralph fuhr herum und stürmte aus dem Büro.

Vor dem De-Beers-Gebäude waren ein halbes Dutzend Pferde angebunden. Ohne Zögern wählte Ralph einen hochbeinigen, kräftigen Braunen, packte ihn am Zaumzeug, löste die Zügel und drehte ihm den Kopf zur Straße.

»He, Sie da!« brüllte der Hauswart. »Das ist Sir Randolphs Pferd!«

»Sagen Sie Sir Randolph, er kann meine Suite wieder haben«, rief Ralph ihm zu und schwang sich in den Sattel. Die Wahl war gut, der Braune bewegte sich kraftvoll zwischen seinen Knien. Er galoppierte durch eine Bergbaulandschaft, vorbei an hohen Abraumhalden, und dann sah Ralph Mr. Rhodes' Privatzug.

Er fuhr bereits über die Weichen am südlichen Ende des Bahnhofs und erreichte offenes Gelände. Vier Waggons hingen an der Lokomotive. Die Kolben der Antriebsräder stießen weiße Dampfwolken aus. Die Lokomotive beschleunigte rasch.

»Komm, mein Junge«, spornte Ralph den Braunen an und lenkte ihn auf den Stacheldrahtzaun zu, der neben dem Bahnkörper verlief. Der Gaul sammelte sich, spitzte die Ohren, und dann ging er das Hindernis beherzt an.

Sie flogen mit einem halben Meter Abstand über den Stacheldraht und kamen drüben sauber auf. Vor ihnen lag flaches, offenes Gelände, und Ralph legte sich an den Hals des Pferdes, um den Boden nach Unebenheiten abzusuchen. Fünfhundert Meter weiter vorne wuchs die Entfernung zum Zug, doch der Braune legte sich tapfer ins Zeug.

Dann kam die Lokomotive an die Steigung zu den Magersfontein-Bergen, und das Stampfen der Kolben wurde langsamer. Vierhundert Meter unterhalb der Kuppe hatten sie ihn eingeholt, und Ralph drängte den Braunen dicht an den Zug, griff sich den Handlauf der rückwärtigen Plattform des letzten Waggons, stieß sich ab und landete auf der Plattform. Er wandte den Kopf. Der Braune rupfte bereits seelenruhig an einem Strauch neben dem Bahnkörper.

»Irgendwie ahnte ich, daß du kommst.« Ralph drehte sich rasch um. Jordan stand in der Waggontür. »Ich habe für dich ein Bett in einem der Gästeabteile herrichten lassen.«

»Wo ist er?« wollte Ralph wissen.

»Wartet auf dich – im Salonwagen. Er hat deinen Teufelsritt mit Interesse verfolgt. Ich habe eine Guinea auf dich gewettet und gewonnen.«

Offiziell stand der Zug allen Direktoren der Firma De Beers zur Verfügung, doch keiner der anderen Herren hatte bisher die Kühnheit besessen, von diesem Recht Gebrauch zu machen.

Waggons und Lokomotive waren dunkelbraun lackiert und mit Gold abgesetzt. Der Luxus der Innenausstattung entsprach den unbegrenzten finanziellen Mitteln, die zur Verfügung standen, von den speziell angefertigten Wilton-Teppichen und Lüstern aus geschliffenem Glas im Salonwagen bis zu den Armaturen aus echtem Gold und Onyx in den Waschräumen.

Mr. Rhodes saß zusammengesunken in einem ledergepolsterten Sitz am großen Panoramafenster seines Privatabteils. Die goldgeprägte Lederauflage des Schreibtischs war mit Papieren bedeckt, neben ihm stand ein Kristallglas mit Whisky. Er sah müde und krank aus. Sein gedunsenes Gesicht war violettgefleckt. Doch seine hellblauen Augen hatten noch immer diesen fanatischen Glanz und seine Stimme den hohen, schrillen Ton.

»Setzen Sie sich, Ballantyne«, sagte er. »Jordan, bringen Sie ihrem Bruder etwas zu trinken.«

Jordan stellte ein Silbertablett mit Karaffe, Glas und Wasserkrug auf den Tisch neben Ralph. Währenddessen widmete Mr. Rhodes sich den Papieren auf dem Tisch.

»Was ist der wichtigste Aktivposten jeder Nation, Ballantyne?« fragte er unvermittelt, ohne den Blick zu heben.

»Diamanten?« schlug Ralph spöttisch vor und hörte, wie Jordan hinter ihm nach Luft schnappte.

»Männer«, sagte Mr. Rhodes, als habe er ihn nicht gehört. »Junge, intelligente Männer, die in den empfänglichsten Jahren ihres Lebens erfüllt sind von großen Ideen. Junge Männer wie Sie, Ralph, Engländer mit allen Mannestugenden.« Mr. Rhodes machte eine Pause. »Ich werde in meinem Testament eine Stiftung vorsehen. Ich möchte, daß hochbegabte junge Männer in Oxford studieren.« Jetzt hob er den Kopf und sah Ralph zum erstenmal an. »Sehen Sie, es ist absolut nicht einzusehen, wieso das edle Gedankengut eines Mannes untergehen soll, nur weil dieser Mann stirbt. Meine Ideen werden weiterleben. Durch solche jungen Männer werde ich ewig leben.«

»Nach welchen Kriterien treffen Sie Ihre Wahl?« fragte Ralph, unwillkürlich interessiert an diesem Gedanken der Unsterblichkeit eines Giganten mit einem kranken Herzen.

»Daran arbeite ich augenblicklich.« Rhodes ordnete die Papiere. »Leistung auf Gebieten der Literatur und Wissenschaft natürlich, sportliche Fähigkeiten, Führungsqualitäten.«

»Und wo werden Sie suchen?« Für einen Augenblick schob Ralph seine Wut und Frustration beiseite. »Nur in England?«

»Nein, nein.« Mr. Rhodes schüttelte seine zerzauste Löwenmähne. »Aus allen Ecken des Empire – Afrika, Kanada, Australien, Neuseeland, auch aus Amerika. Dreizehn Amerikaner pro Jahr, einer aus jedem Staat.«

Ralph verkniff sich ein Lächeln. Der »Koloß von Afrika«,

über den Mark Twain geschrieben hatte: »Wenn er auf dem Tafelberg steht, fällt sein Schatten über den Sambesi«, hatte weiße Flecken in seinem großen, listigen Verstand. Für ihn bestand Amerika noch immer aus den ursprünglichen dreizehn Staaten. Solch kleine Mängel gaben Ralph den Mut, sich ihm zu widersetzen. Er ließ die Karaffe auf dem Silbertablett unberührt. Er brauchte seinen klaren Verstand, um andere Schwachstellen zu finden, die er sich zunutze machen konnte.

»Und nach den Männern?« fragte Rhodes. »Was ist der zweitwichtigste Faktor eines neuen Landes? Diamanten, wie Sie vorschlagen, oder Gold vielleicht?« Er schüttelte den Kopf. »Es ist die Energie, die Eisenbahnen und Bohrtürme im Bergbau antreibt, die Energie, womit die Schmelzöfen geheizt werden, die Energie, die alle Räder antreibt: Kohle.«

Beide fixierten einander schweigend. Ralph spürte die Anspannung jedes Muskels in seinem Körper. Seine Nackenhaare sträubten sich in animalischer Wachsamkeit. Der Junghirsch stellte sich dem Platzhirsch zur ersten Kraftprobe.

»Es ist ganz einfach, Ralph. Die Kohlevorkommen in Wankieland müssen in verantwortliche Hände kommen.«

»In die Hände der Britisch-Südafrikanischen Gesellschaft?« fragte Ralph grimmig.

Mr. Rhodes konnte sich die Antwort sparen. Er starrte Ralph weiterhin unverwandt an.

»Und mit welchen Mitteln werden Sie das bewerkstelligen?« Ralph brach das Schweigen.

»Mit allen Mitteln, die nötig sind.«

»Legal oder auf andere Weise?«

»Ich bitte Sie, Ralph. Sie wissen, es liegt in meiner Macht, die Gesetze in Rhodesien zu bestimmen.« Nicht Matabeleland oder Maschonaland, stellte Ralph im stillen fest, sondern Rhodesien. Die Erfüllung des größenwahnsinnigen Traums. »Natürlich werden Sie entschädigt – Land, Goldanteile – was Sie wünschen. Wofür entscheiden Sie sich, Ralph?«

Ralph schüttelte den Kopf. »Ich will die Kohlelager, die ich entdeckt und abgesteckt habe. Sie gehören mir. Ich werde dafür kämpfen.«

Rhodes kratzte sich seufzend den Nasenrücken. »Sehr gut. Ich ziehe mein Angebot der Entschädigung zurück. Statt dessen lege ich Ihnen einige Punkte vor, die Ihnen vermutlich nicht bewußt sind. Zwei Streckenwärter haben vor dem Friedensrichter in Bulawayo eine eidesstattliche Erklärung abgegeben, Sie persönlich gesehen zu haben, wie Sie vor ein paar Tagen um vier Uhr morgens die Telegrafendrähte im Süden der Stadt durchtrennt haben.«

»Sie lügen«, sagte Ralph und wandte sich seinem Bruder zu. Nur er konnte diese Schlußfolgerung gezogen und Mr. Rhodes davon unterrichtet haben. Jordan saß gelassen in einem Lehnstuhl am Ende des Salonwagens. Er blickte nicht von seinem Stenogrammblock hoch. Ralph hatte den bitteren Geschmack von Verrat im Mund.

»Möglicherweise lügen sie«, stimmte Mr. Rhodes sanft zu. »Aber sie sind bereit, einen Eid darauf zu schwören.«

»Seit wann ist Sachbeschädigung von Eigentum der Gesellschaft ein Kapitalverbrechen?« Ralph hob fragend eine Augenbraue.

»Sie scheinen immer noch nicht zu verstehen. Ein unter wissentlich falschen Voraussetzungen geschlossener Vertrag kann von jedem Gericht außer Kraft gesetzt werden. Angenommen, Roelof Zeederberg kann beweisen, daß Sie zum Zeitpunkt Ihres kleinen Vertragsabschlusses über die Epidemie der Rinderpest unterrichtet waren, die Rhodesien heimsucht« – wieder dieser Name – »und Sie eine kriminelle Handlung begingen, um diese Tatsache vor ihm zu verschleiern...« Mr. Rhodes beendete den Satz nicht. Seufzend rieb er sich das Kinn, und seine Bartstoppeln schabten hörbar unter seinem Daumen. »Am selben Tag verkaufte Ihr Vater, Major Zouga Ballantyne, fünftausend Stück Zuchtrinder an die Gwaai-Rinderfarmen, eines meiner Unternehmen. Drei Tage später war die Hälfte des Bestands verendet, der Rest wird demnächst im Zuge der Maßnahmen gegen die Rinderpest vernichtet. Die Brüder Zeederberg haben bereits sechzig Prozent der Ochsen verloren, die Sie ihnen verkauft haben, zweihundert Fuhrwerke samt Fracht liegen auf der großen Straße nach Norden. Verstehen Sie nicht, Ralph, daß sowohl Ihr

Kaufvertrag wie der Ihres Vaters für null und nichtig erklärt werden wird, Sie beide zur Rückerstattung der Kaufsumme und zur Rücknahme Tausender toter Tiere verpflichtet werden.«

Ralphs Gesicht versteinerte, seine Haut hatte einen gelblichen Farbton angenommen. Nun goß er sich mit einer ruckartigen Bewegung ein halbes Glas Whisky aus der Kristallkaraffe ein und trank, als würde er Glasscherben schlucken. Mr. Rhodes ließ das Thema Rinderpest zwischen ihnen wie eine zusammengerollte Viper liegen und wandte sich einer anderen Sache zu.

»Ich hoffe, meine Rechtsberater haben meine Instruktionen befolgt und Sie von den neuen Montan- und Schürfgesetzen in Kenntnis gesetzt. Wir haben uns für das amerikanische Gesetz entschieden und das Transvaal-Gesetz außer Kraft gesetzt.« Mr. Rhodes nippte an seinem Glas und drehte es dann zwischen den Fingern. Dort wo es gestanden hatte, hatte es einen nassen Ring auf dem feinen italienischen Leder hinterlassen. »Diese amerikanischen Gesetze weisen einige Besonderheiten auf. Ich zweifle, daß Sie die Gelegenheit hatten, sie alle zu studieren, deshalb erlaube ich mir, Sie auf einen Punkt aufmerksam zu machen. Laut Paragraph 23 ist jeder Mineral-Claim, der zwischen Sonnenuntergang eines Tages und Sonnenaufgang des nächsten Tages abgesteckt wurde, hinfällig, und der Anspruch auf diese Anteile erlischt auf Anordnung des Revierbeamten. Wußten Sie das?«

Ralph nickte. »Das ist mir bekannt.«

»Dem Verwalter liegt eine eidesstattliche Erklärung eines gewissen Jan Cheroot, eines Hottentotten im Dienst von Major Zouga Ballantyne, beim Friedensrichter vor, wonach bestimmte Anteile, die bei der Land-und-Bergbau-Gesellschaft registriert sind, Anteile, die unter der Bezeichnung Harkness-Mine laufen, in den Nachtstunden abgesteckt wurden und daher für nichtig erklärt werden können.«

Ralph erschrak so sehr, daß er sein Glas gegen das Silbertablett stieß und der Whisky überschwappte.

»Bevor Sie diesen unglückseligen Hottentotten zur Rechenschaft ziehen, darf ich Ihnen versichern, daß er glaubte, ganz in Ihrem und im Interesse Ihres Vaters zu handeln, als er seine Aussage machte.«

Diesmal zog sich das Schweigen viele Minuten hin, in denen Mr. Rhodes aus dem Fenster schaute.

Dann ergriff Mr. Rhodes unvermittelt wieder das Wort. »Wie ich höre, haben Sie sich bereits zum Kauf von Förderanlagen für die Harkness-Mine entschlossen und eine persönliche Bürgschaft über 30 000 Pfund unterzeichnet. Ihre Wahl ist demnach ganz einfach. Entweder Sie verzichten auf jeglichen Anspruch der Wankie-Kohlevorkommen, oder Sie verlieren nicht nur diese, sondern auch den Zeederberg-Vertrag und die Harkness-Anteile. Entweder Sie bleiben ein reicher Mann oder –«

Ralph ließ den nicht zu Ende geführten Satz zehn jagende Herzschläge im Raum stehen, bevor er fragte: »Oder?«

»Oder ich vernichte Sie vollends«, sagte Mr. Rhodes. Gelassen begegnete er dem lodernden Haß in den Augen des jungen Mannes, denn er war mittlerweile sowohl gegen Verherrlichung wie gegen Haß gefeit; solche Empfindungen waren ohne Bedeutung, gemessen am großen Plan seiner Bestimmung. Er konnte sich sogar versöhnliche Worte leisten.

»Sie müssen verstehen, daß dies keine persönlichen Gründe hat, Ralph«, sagte er. »Ich hege große Bewunderung für Ihren Mut und Ihre Entschlossenheit. Wir bereits gesagt, in junge Männer wie Sie setze ich meine Hoffnung für die Zukunft. Nein, Ralph, es ist nicht persönlich gemeint. Ich lasse es lediglich nicht zu, daß ein Mensch mir Hindernisse in den Weg legt. Ich weiß, was getan werden muß, und es bleibt nicht mehr viel Zeit, es zu tun.«

Der Wunsch zu töten überkam Ralph in einer Woge schwarzen, unendlichen Zorns. Er spürte geradezu, wie seine Finger sich um den fetten Hals schlossen, spürte, wie seine Daumen den Kehlkopf, aus dem die schrille, grausame Stimme ertönte, nach hinten drückten. Ralph schloß die Augen und bezähmte seinen Zorn. Warf ihn von sich, wie ein Mann einen durchnäßten Umhang wegwirft, wenn er aus dem Gewitter in ein trockenes Haus kommt, und als er die Augen wieder öffnete, war ihm, als habe sich sein ganzes Leben verändert. Eisige Ruhe hatte sich über ihn gesenkt, seine Hände zitterten nicht mehr, und seine Stimme war ausgeglichen.

»Ich verstehe«, nickte er. »An Ihrer Stelle würde ich wohl nicht anders handeln. Sollen wir Jordan bitten, einen Vertragsentwurf aufzusetzen, wonach meine Partner und ich alle Rechte an den Wankie-Kohlegruben an die B. S. A.-Gesellschaft abtreten, die B. S. A.-Gesellschaft als Gegenleistung meine Rechte an der Harkness-Mine unwiderruflich bestätigt.«

Mr. Rhodes nickte zustimmend. »Sie werden es weit bringen, junger Mann. Sie sind ein Kämpfer.« Dann blickte er zu Jordan. »Fangen Sie an!« sagte er.

Ralph nahm das ausgezeichnete Essen, die erlesenen Weine wie Sägespäne zu sich und empfand eine ungemeine Erleichterung, als Mr. Rhodes den Abend schließlich für beendet erklärte. Seiner ruppigen Art entsprechend schob er seinen Stuhl ohne Vorankündigung zurück und stand auf. Erst da studierte er kurz Ralphs Gesicht.

»Ich beurteile einen Mann nach der Form, wie er Rückschläge einsteckt«, sagte er. »Sie sind in Ordnung, Ballantyne.«

In diesem Moment war Ralph wieder drauf und dran, die Beherrschung zu verlieren, doch dann verließ Mr. Rhodes den Salonwagen in seinem schlingernden Bärengang und ließ die Brüder alleine am Tisch sitzen.

»Es tut mir leid, Ralph«, sagte Jordan leise. »Ich versuchte dich zu warnen. Du hättest ihn nicht herausfordern dürfen. Es war falsch, mich zu zwingen, zwischen ihm und dir zu wählen. Ich habe eine Flasche Whisky in dein Abteil gestellt. Morgen früh erreichen wir die Ortschaft Matjiesfontein. Dort kannst du den Gegenzug nach Norden abwarten, der dich wieder nach Kimberley zurückbringen wird.«

Die Whiskyflasche war bereits leer, stellte Ralph erstaunt fest. Von der Menge, die er getrunken hatte, mußte er eigentlich bewußtlos sein. Erst beim Aufstehen versagten ihm die Beine, und er taumelte gegen den Waschtisch, hielt sich fest und beäugte sein Gesicht im Spiegel.

Das war nicht das Gesicht eines Trunkenbolds. Seine Züge waren scharf geschnitten, die Lippen fest, seine Augen dunkel und zornig. Er schaute zum Bett hinüber, nein, er würde nicht schlafen können, auch jetzt nicht, obgleich er ausgebrannt war vor Wut und Haß. Er wollte sich betäuben, wollte vergessen und wußte, wo er etwas finden würde. Im Salonwagen hinter der hohen Doppeltür mit der Einlegearbeit stand eine Flaschensammlung der besten exotischen Liköre aus aller Herren Länder.

Ralph durchquerte sein Abteil, fummelte am Türriegel und trat hinaus. Die kühle Nachtluft zerzauste sein Haar. Er überquerte die offene Plattform zwischen den Waggons, tastete nach dem Handlauf und trat in den Korridor des zweiten Wagens, als sich vor ihm eine Tür öffnete und ein schräger Lichtstrahl die schlanke Männergestalt beleuchtete, die heraustrat.

Jordan blieb stehen, ohne seinen Bruder zu bemerken, und blickte ins Abteil zurück. Sein Gesicht war weich und liebevoll, wie das einer Mutter, die ihr schlafendes Kind betrachtet. Mit übertriebener Behutsamkeit schloß er die Schiebetür, um auch nicht das leiseste Geräusch zu machen. Dann drehte er sich um – vor ihm stand Ralph.

Jordan trug kein Jackett wie sein Bruder, die Schöße seines aufgeknöpften Hemdes waren nur hastig in die Silberschnalle des Gürtels gesteckt, die Manschetten flatterten lose. Jordans nackte Füße sahen sehr weiß und gepflegt aus auf dem dunklen Teppich.

Nichts davon erstaunte Ralph. Vielleicht hatte Jordan Hunger oder mußte aufs Klo. Er war zu beschwipst, um darüber nachzudenken, und wollte Jordan gerade einladen, mit ihm noch eine Flasche zu leeren, als er das Gesicht seines Bruders sah.

Und plötzlich sah er sich um fünfzehn Jahre zurückversetzt in die strohgedeckte Hütte im Lager seines Vaters neben der großen Grube der Kimberley-Mine, wo er und Jordan einen Großteil ihrer Jugend verbracht hatten. Damals hatte Ralph eines Nachts seinen Bruder beim kindlichen Onanieren ertappt, und damals hatte er genau den gleichen Gesichtsausdruck gesehen, das gleiche schuldbewußte Erschrecken in seinem hübschen Gesicht.

Jordan starrte Ralph mit geweiteten, erschrockenen Augen an, eine Hand erhoben, als wolle er sich an die Kehle greifen. Plötzlich wußte Ralph alles. Er wich entsetzt zurück bis zur geschlossenen Tür der Plattform und lehnte sich daran, endlose Sekunden unfähig zu sprechen. Als er schließlich seine Stimme wiederfand, krächzte er, als sei er am Ersticken.

»Mein Gott, jetzt weiß ich, warum du mit Huren nichts anfangen kannst. Du bist ja selbst eine Hure.«

Ralph drehte sich um, riß die Tür auf, stürmte auf die Plattform und blickte wild um sich in die mondhelle Weite des offenen Velds, wie ein Tier in der Falle. Er stieß die Sicherung der Plattform auf, stolperte die Eisenstufen hinunter und ließ sich in die Nacht fallen.

Der Aufprall traf ihn hart, er rollte die Böschung hinunter und blieb mit dem Gesicht nach unten im Gestrüpp neben dem Bahnkörper liegen. Als er den Kopf hob, verloschen die Rücklichter in der Ferne, und das Rattern der Räder erstarb.

Ralph raffte sich auf und humpelte torkelnd ins freie Veld. Nach einer halben Meile stürzte er wieder auf die Knie, würgte und erbrach den Whisky und sein Ekelgefühl. Die Morgendämmerung zeichnete einen überirdisch roten Streifen hinter den scharfen Konturen der gedrungenen Hügelkuppen. Ralph hob das Gesicht in den roten Schein und sagte laut: »Ich schwöre, ich kriege ihn. Ich schwöre, ich werde dieses Monster vernichten – oder mich selbst.«

In diesem Augenblick schob die Sonne sich über die Kuppe und schickte einen blitzenden Lichtstrahl in Ralphs Gesicht, als habe ein Gott ihm zugehört und den Pakt mit einer Flamme besiegelt.

»Genau an dieser Stelle hat mein Vater einen großen Elefanten getötet. Die Stoßzähne stehen auf der Stoep in King's Lynn«, sagte Ralph leise. »Und ich habe hier einen prächtigen Löwen erlegt. Irgendwie seltsam, daß das alles vorbei sein soll.«

Harry Mellow richtete sich mit ernstem Gesicht hinter seinem Theodoliten auf.

»Ich dachte, wir sind hier, um die Wildnis zu besiegen«, sagte er. »Bald ragt hier ein Förderturm in den Himmel, und wenn die Harkness-Mine ergiebig ist, dann steht hier eines Tages eine Stadt für Hunderte, vielleicht Tausende von Familien. Genau das ist es doch, was wir beide wollen, oder?«

Ralph nickte. »Es kommt mir nur seltsam vor, wenn ich es mir jetzt so ansehe.«

In der flachen Talsenke wiegte sich weiches, rosafarbenes Gras, an den Berghängen standen hohe Bäume, deren Stämme silbrig in der Sonne schimmerten. Jetzt erbebte eine Baumkrone, ihr Stamm neigte sich und stürzte mit einem Rauschen, gefolgt von einem dumpfen Aufprall, zur Erde. Die Matabele-Holzfäller machten sich über den gefällten Riesen her und fingen an, die Äste abzuhacken. In Ralphs Augen lag immer noch ein Schatten von Trauer. Dann wandte er sich ab.

»Du hast einen guten Platz ausgesucht«, sagte er, und Harry folgte seinem Blick.

»Knobs Hill«, lachte er.

Die strohgedeckte Lehmhütte stand abgewandt vom Lager der schwarzen Arbeiter. Von hier hatte man einen atemberaubenden Blick über den Wald, wo die südliche Randstufe abfiel und das Land sich in unendliche blaue Weiten ausdehnte. Jetzt trat eine zierliche Frauengestalt vor die Hütte, deren Schürze einen heiteren, tulpengelben Fleck gegen die nackte rote Erde abgab, von der Vicky sich eines Tages einen blühenden Garten erhoffte. Sie sah die beiden Männer und winkte.

»Weiß Gott, dieses Mädchen hat Wunder vollbracht.« Harry nahm seinen Hut vom Kopf und schwenkte ihn mit glücklichem Gesicht. »Sie kommt mit allem so gut zurecht, nichts regt sie auf – nicht einmal die Kobra im Klosett heute morgen – sie griff sich die Flinte und knallte sie ab.«

»Das Leben hier draußen gefällt ihr«, meinte Ralph. »In der Stadt wäre sie wahrscheinlich todunglücklich.«

»Nicht mein Mädchen«, sagte Harry stolz.

»Na schön, du hast es gut getroffen«, pflichtete Ralph ihm bei. »Aber es schickt sich nicht, mit der eigenen Frau zu prahlen.«

»Schickt sich das nicht?« Harry schüttelte verwundert den Kopf. »Ihr Engländer!« Damit beugte er sich wieder vor und legte sein Auge an die Linse des Theodoliten.

»Vergiß das verdammte Ding mal für eine Minute.« Ralph boxte ihn leicht gegen die Schulter. »Ich bin nicht dreihundert Meilen geritten, um mir deinen Rücken anzuschauen.«

»Gut.« Harry richtete sich auf. »Worüber willst du mit mir reden?«

»Zeig mir, warum du dich für diesen Platz für den Hauptschacht entschieden hast.« Beide gingen ins Tal hinunter, und Harry erklärte die Gesichtspunkte, nach denen er die Stelle gewählt hatte.

Eine Gruppe schwarzer Arbeiter war dabei, die Fläche um die Bohrungen zu roden, und Ralph erkannte den größten unter ihnen.

»Bazo«, rief er. Der Induna richtete sich auf und stützte sich auf den Griff seiner Picke.

»Henshaw«, grüßte er Ralph mit ernstem Gesicht. »Bist du gekommen, um echten Männern bei der Arbeit zuzuschauen?«

Bazos harte Muskelpakete schimmerten wie nasser Anthrazit, durchzogen von schlängelnden Schweißbächen.

»Echte Männer?« fragte Ralph. »Du hast mir zweihundert versprochen und gebracht hast du mir zwanzig.«

»Die anderen warten«, versprach Bazo. »Aber sie wollen nicht kommen, wenn sie ihre Frauen nicht mitbringen dürfen. Glänzendes Einauge möchte, daß die Frauen in den Dörfern zurückbleiben.«

»Sie sollen ihre Frauen nur bringen, so viele sie wollen. Ich werde mit glänzendem Einauge sprechen. Geh zu ihnen. Suche dir die Stärksten und Besten aus. Bring mir deine alten Kameraden von den Maulwurf-*Impis* und sage ihnen, ich bezahle gut und gebe ihnen noch besser zu essen; sie können ihre Frauen mitbringen und starke Söhne zeugen, die in meinen Minen arbeiten.«

»Ich gehe morgen früh los«, entschied Bazo, »und bin zurück, bevor der Mond seine Hörner wieder zeigt.«

Bazo bewegte sich in täuschend leichtem Trab, den er im steil ansteigenden und abfallenden Gelände nie veränderte. Er war in Hochstimmung. Erst jetzt, wieder in Freiheit, wurde ihm klar, wie sehr die Arbeit der letzten Wochen ihn verdroß. Vor langer Zeit hatte er mit Schaufel und Hacke in der gelben Diamantengrube von Kimberley gearbeitet. Damals war Henshaw sein Gefährte gewesen, und die beiden hatten die grausame, endlose Arbeit als Spiel betrachtet, die ihre Muskeln stählte und sie stark machte. Aber ihren Geist hatte sie gefangengehalten und verkrüppelt, bis sie es nicht mehr aushielten und gemeinsam flohen.

Seit jenen Tagen kannte Bazo die wilde Freude und den göttlichen Wahnsinn jenes furchterregenden Augenblicks, den die Matabele »Annäherung« nannten. Er hatte sich den Feinden des Königs entgegengestellt und im Sonnenschein mit wehenden Regimentsfedern getötet. Er hatte Ehre und Achtung seiner Stammesältesten errungen. Er hatte im Rat des Königs gesessen mit dem Kopfring der Induna auf der Stirn, und er war an das Ufer des schwarzen Flusses getreten und hatte kurz in das verbotene Land geblickt, das die Menschen den Tod nennen, und jetzt hatte er eine neue Wahrheit entdeckt. Es war für einen Mann schmerzhafter umzukehren, als vorwärts zu gehen. Der Stumpfsinn niederer Arbeit wurmte um so mehr, wenn er an die Glorie vergangener Tage dachte.

Der Pfad fiel steil ab und verschwand in der dichten, grünen Vegetation wie eine Schlange in ihrem Bau. Bazo folgte ihm und bückte sich in den dämmrigen Gang – und erstarrte. Instinktiv griff seine rechte Hand nach einem nicht vorhandenen Assegai am Lederriemen unter dem Griff des langen Schildes, der gleichfalls nicht da war – so schwer sterben alte Gewohnheiten. Der Schild war längst zusammen mit zehntausend anderen Schilden auf den Scheiterhaufen verbrannt und die Stahllanzen auf den Ambossen der B. S. A.-Gesellschaft entzweigebrochen.

Dann sah er, daß ihm kein Feind in der engen Gasse des Ufergebüschs entgegentrat, und das Herz kopfte ihm beinahe schmerzhaft gegen die Rippen.

»Ich sehe dich, Herr«, grüßte Tanase ihn leise.

Sie war schlank und ging aufrecht wie das junge Mädchen, das er einst aus der Festung von Pemba, dem Zauberer, erobert hatte, die gleichen langen, geschwungenen Beine und die schmale Mitte, der gleiche lange Reiherhals wie der Stiel einer schönen schwarzen Lilie.

»Was tust du so weit weg vom Dorf?« wollte er wissen, als sie sich demütig vor ihn hinkniete und ihre Hände faltete.

»Ich sah dich auf der Straße, Bazo, Sohn von Gandang.«

Er öffnete den Mund, um sie weiter auszufragen, dann änderte er seine Meinung und spürte das Kribbeln wie von Insektenfüßen in seinem Nacken. Manchmal gab es immer noch Dinge an dieser Frau, die ihn beunruhigten, denn sie hatte nicht all ihre übersinnlichen Kräfte in der Höhle der Umlimo zurückgelassen.

»Ich sehe dich, Herr«, wiederholte Tanase. »Und mein Körper sehnt sich nach deinem, wie ein hungriges Kind sich nach der Mutterbrust sehnt.«

Er hob sie auf, hielt ihr Gesicht zwischen seinen Händen und schaute sie an, als habe er eine seltene, schöne Blume gepflückt. Es hatte ihn Überwindung gekostet, sich an die Art zu gewöhnen, wie sie über ihr geheimes körperliches Verlangen sprach. Er war gelehrt worden, daß es für eine Matabele-Frau unschicklich sei, Vergnügen am Akt der Zeugung zu zeigen und darüber wie ein Mann zu sprechen. Eine Frau sollte lediglich ein fügsames Gefäß für den Samen des Mannes sein, bereit, ihn jederzeit zu empfangen, und ihn in Ruhe zu lassen, wenn er keine Lust hatte.

Tanase wies keinen dieser Züge auf. Anfangs hatte sie ihn mit einigen der Dinge, die sie als Lehrling der dunklen Geheimnisse gelernt hatte, erschreckt und entsetzt. Der Schock hatte sich jedoch in Faszination gewandelt, als sie diese Fertigkeiten vor ihm ausbreitete.

Sie kannte Tränke und Düfte, die einen Mann erregten, auch wenn er erschöpft und verwundet vom Schlachtfeld heimkam, sie vollbrachte Kunststücke mit ihrer Stimme und ihren Augen, die stachen wie Pfeilspitzen. Ihre Finger fanden bei ihm Körperstellen, die er gar nicht kannte, auf denen sie spielte wie auf den Tasten einer Marimba. Mit ihrem Körper konnte sie geschickter umgehen, als er mit seinem Schild und seinem langen Speer.

»Wir waren lange getrennt«, flüsterte sie, und ihre Stimme und der Schwung ihrer ägyptischen Augen nahmen ihm den Atem und brachten sein Herz in Aufruhr. »Ich ging dir entgegen, um mit dir allein zu sein, bevor dein Sohn und die bewundernden Augen der Dorfbewohner dich verschlingen.« Sie führte ihn vom Pfad weg, nahm ihren Lederumhang ab und breitete ihn auf einem weichen Bett aus welkem Laub aus.

Lange nachdem der Sturm sich gelegt hatte, die schmerzhafte Spannung aus seinem Körper gewichen war, als seine Atmung wieder tief und gleichmäßig ging und seine Augenlider sich in der zufriedenen Trägheit senkten, die dem Liebesakt folgt, stützte sie sich über seinem Gesicht auf ihren Ellbogen und zeichnete mit der Fingerspitze in achtungsvoller Bewunderung seine Gesichtszüge nach, und dann sagte sie zärtlich: *»Bayete!«*

Dieser Gruß stand nur einem König zu, und er bewegte sich unbehaglich, und seine Augen öffneten sich weit. Er sah sie an und kannte diesen Ausdruck. Der Liebesakt hatte sie nicht weich und schläfrig gemacht wie ihn. Der königliche Gruß war kein Scherz.

»Bayete!« wiederholte sie. »Das Wort beunruhigt dich, meine schöne, scharfschneidige Axt. Warum nur?«

Plötzlich spürte Bazo wieder die Insekten der Angst und der Vorahnung über seine Haut krabbeln, und er wurde ärgerlich und furchtsam. »Sprich nicht so, Weib. Fordere die Geister nicht heraus mit deinem albernen Geschwätz.«

Sie lächelte, doch es war ein grausames, katzenähnliches Lächeln, und sie wiederholte: »O Bazo, du Tapferster und Stärkster, warum wirst du über meine kindischen Worte wütend? Du, in dessen Adern das reinste Blut von Zanzi strömt? Sohn von Gandang, Sohn von Mzilikazi, träumst du vielleicht von dem kleinen Rotholzspeer, den Lobengula in seiner Hand trug? Sohn von Juba, deren Urgroßvater der mächtige Diniswayo war, der edler war als sein Schützling Tschaka, der König der Zulu wurde. Spürst du nicht das königliche Blut in deinen Adern, verlangt es dich nicht nach Dingen, über die du nicht einmal laut zu sprechen wagst?«

»Du bist wahnsinnig, Weib, die Mopanibienen sind in deinen Kopf gedrungen und haben dich wahnsinnig gemacht.«

Doch Tanase lächelte immer noch mit geschlossenen Lippen nah an seinem Ohr und berührte seine Augenlider mit ihrer weichen rosafarbenen Fingerkuppe.

»Hörst du nicht die Witwen vom Shangani und Bembesi laut weinen. ›Unser Vater Lobengula ist gegangen, wir sind Waisen, wir haben niemanden, der uns beschützt.‹ Siehst du nicht, wie die Männer von Matabeleland die Geister mit leeren Händen anflehen? ›Gib uns einen König‹, rufen sie. ›Wir brauchen einen König‹.«

»Babiaan«, flüsterte Bazo. »Somabula und Gandang. Sie sind Lobengulas Brüder.«

»Sie sind alte Männer, und der Stein ist aus ihren Bäuchen gefallen, das Feuer in ihren Augen erloschen.«

»Tanase, sprich nicht so.«

»Bazo, mein Ehemann, mein König, siehst du denn nicht, zu wem die Augen aller Indunas sich wenden, wenn das Volk im Rat sitzt?«

»Wahnsinn.« Bazo schüttelte den Kopf.

»Weißt du nicht, auf wessen Wort sie nun warten, siehst du nicht, wie sogar Babiaan und Somabula zuhören, wenn Bazo spricht?«

Sie legte ihre Handfläche über seinen Mund, um seine Proteste zu ersticken, und in einer schnellen Bewegung saß sie mit gespreizten Beinen über ihm, und wunderbarerweise war er für sie bereit, mehr als bereit, und sie schrie inbrünstig: »*Bayete,* Sohn der Könige! *Bayete,* Vater von Königen, deren Samen regieren werden, wenn die weißen Männer wieder vom Ozean verschlungen wurden, der sie ausgespuckt hat.«

Und mit einem bebenden Schrei war ihm, als habe sie die Lebenskraft aus seinen Eingeweiden gezogen und an ihrer Stelle eine furchtbar schmerzhafte Sehnsucht hinterlassen, ein Feuer in seinem Blut, das sich erst beruhigen würde, wenn er den kleinen Speer aus Rotholz, das Zeichen des Nguni-Monarchen, in der Hand halten würde.

»Eine furchtbare Seuche sucht das Land heim.« General Mungo St. John stand auf einem Ameisenhügel, von dem aus er das Wort an seine Zuhörer richtete. »Sie befällt ein Tier nach dem andern, wie ein Buschfeuer von Baum zu Baum springt. Wenn wir es nicht aufhalten können, wird alles Vieh sterben.«

Am Fuße des Ameisenhügels übersetzte Sergeant Ezra laut den vor ihnen kauernden Stammesangehörigen. Es waren beinahe zweitausend, die Bewohner aller Dörfer, die zu beiden Ufern des

Inyati erbaut worden waren, um die Truppenkrale der *Impis* von Lobengula zu ersetzen.

Die Männer saßen mit ausdruckslosen Gesichtern, aber wachsamen Augen in den vorderen Reihen, dahinter die Jugendlichen und Knaben, die den Rang der Krieger noch nicht erreicht hatten, die *Mujiba,* die Hirtenjungen, die ständig mit den Herden des Stammes zu tun hatten. Diese *Indaba* betraf sie ebenso wie die älteren Männer. Frauen waren nicht anwesend, denn es ging um das Vieh und damit um den Wohlstand des Volkes.

»Es ist eine große Sünde, wenn ihr versucht, euer Vieh zu verstecken, wie ihr es getan habt. Wenn ihr es in die Berge oder in den dichten Dschungel treibt. Diese Rinder tragen die Samen der Seuche in sich«, erklärte Mungo St. John und wartete, bis sein Sergeant übersetzt hatte, bevor er weitersprach. »Lodzi und ich sind sehr wütend über einen solchen Betrug. Die Dorfbewohner, die ihr Vieh verstecken, werden schwer bestraft, und ich werde die Arbeitsstunden der Männer verdoppeln; ihr werdet arbeiten wie *Amaholi,* wie Sklaven werdet ihr schuften, wenn ihr versucht, Lodzi zu hintergehen.« Mungo St. John machte wieder eine Pause und hob die schwarze Augenklappe, um den Schweiß wegzuwischen, der ihm übers Gesicht lief. Mungo war es leid, seine Maßnahmen dieser dumpfen Menge halbnackter Wilder zu erklären, er hatte die gleiche Drohung bereits in dreißig anderen *Indabas* in Matabeleland ausgesprochen. Sein Sergeant war mit der Übersetzung fertig und schaute zu ihm hoch.

Mungo St. John wies auf die Rinder im Dornenkral hinter sich. »Wie ihr gesehen habt, hat es keinen Sinn, die Herden zu verstecken. Die Eingeborenenpolizei findet sie doch.« Mungo machte wieder eine Pause und runzelte unmutig die Stirn. In der zweiten Reihe war ein Matabele aufgestanden und blickte ihn gelassen an.

Es war ein großer, muskelbepackter Mann, obgleich ein Arm deformiert schien, der in einem verdrehten Winkel aus der Schulter ragte. Körperlich stand dieser Mann in voller Blüte, doch sein Gesicht war durch Schmerz oder Leid verwüstet und vorzeitig gealtert. Im dicht gekräuselten Haar trug er den Kopfring eines Induna und um die Stirn ein graues Fellband.

»*Baba,* mein Vater«, sagte der Induna. »Wir hören deine Worte, aber wie Kinder verstehen wir sie nicht.«

»Wer ist der Bursche?« wollte Mungo von Sergeant Ezra wissen und nickte, als er die Antwort hörte. »Ich hab' von ihm gehört. Er ist ein Störenfried.« Dann zu Bazo gewandt mit erhobener Stimme: »Was verstehst du nicht von dem, was ich sage?«

»Du sagst, *Baba,* daß die Krankheit die Rinder tötet – bevor die Krankheit sie tötet, schießt du sie aber tot. Du sagst, *Baba,* daß du unser Vieh umbringen mußt, um es für uns zu retten.«

Zum erstenmal kam Bewegung in die stummen Reihen der Matabele. Obgleich ihre Gesichter immer noch gleichmütig blieben, hustete hier ein Mann und ein anderer scharrte mit den nackten Füßen, und wieder ein anderer schlug mit seiner Gerte nach den Fliegen. Niemand lachte, niemand sagte ein Wort oder zeigte ein Lächeln, und dennoch spürte Mungo St. John den Spott. Hinter diesen undurchdringlichen, schwarzen, afrikanischen Gesichtern hörten sie hämisch die spöttisch bescheidenen Fragen des jungen Induna mit dem alten, zerklüfteten Gesicht.

»Solche tiefe Weisheit verstehen wir nicht, *Baba.* Bitte sei gut und geduldig mit deinen Kindern und erkläre es uns. Du sagst, daß du uns das Vieh wegnimmst, wenn wir versuchen, es zu verstecken, und daß wir die Strafe zahlen müssen, die Lodzi fordert. Du sagst im gleichen Atemzug, *Baba,* wenn wir gehorsame Kinder sind und das Vieh zu dir bringen, dann wirst du es erschießen und verbrennen.«

In den engen Reihen nieste ein älterer Weißbart laut, der eine Prise geschnupft hatte, und sofort brach eine Epidemie von Niesen und Husten aus. Mungo St. John wußte, daß sie den jungen Induna mit dieser hinterhältigen Unverschämtheit anfeuerten.

»*Baba,* gütiger Vater, du drohst uns, daß wir das Doppelte arbeiten müssen und wie die Sklaven sein werden. Auch das ist eine Sache, die wir nicht verstehen, denn ist ein Mann, der einen Tag unter der Aufsicht eines anderen arbeitet, weniger Sklave als der, der zwei Tage unter den gleichen Bedingungen arbeitet? Ist ein Sklave nicht einfach ein Sklave – und ist ein freier Mann nicht wahrhaft ein freier Mann? *Baba,* erkläre uns die Stufen der Sklaverei.«

Jetzt erhob sich ein leises Summen, wie das Geräusch eines Bienenstocks zur Mittagsstunde, und obgleich die Lippen in den Gesichtern der Matabele, die zu Mungo St. John hochschauten, sich nicht bewegten, sah er, wie ihre Kehlen leicht vibrierten.

»Ich kenne dich, Bazo«, rief Mungo St. John. »Ich höre und merke mir deine Worte. Sei versichert, daß auch Lodzi sie hören wird.«

»Ich bin geehrt, kleiner Vater, daß meine bescheidenen Worte bis zu dem großen weißen Vater Lodzi getragen werden.«

Diesmal lag ein böses Feixen auf den Gesichtern der Männer in Bazos Nähe.

»Sergeant«, schrie Mungo St. John, »bring den Mann zu mir!«

Der große Sergeant stürmte vor, doch gleichzeitig erhoben sich die ersten Reihen der schweigenden Matabele und rückten enger zusammen. Kein Mann erhob eine Hand, doch der Sturmlauf des Sergeanten wurde aufgehalten, der sich in der Menge vorwärtskämpfte wie in Treibsand, und als er die Stelle erreichte, wo Bazo gestanden hatte, war der Induna verschwunden.

»Na schön«, nickte Mungo St. John grimmig, als der Sergeant ihm Meldung machte. »Laß ihn gehn. Das hat Zeit. Jetzt müssen wir an die Arbeit. Bring deine Männer in Stellung!«

Ein Dutzend bewaffneter schwarzer Polizisten trabte vor und nahm in einer Reihe vor der Menge der Stammesangehörigen Aufstellung, die Gewehre im Anschlag. Der Rest des Trupps kletterte über die Dornenumzäunung des Krals und lud auf Befehl ihre Repetier-Winchesterbüchsen.

»Feuer!« befahl Mungo, und die erste Salve krachte.

Die schwarzen Polizisten feuerten in die Rinder im Kral, und bei jedem Schuß riß ein Tier seinen gehörnten Schädel hoch und stürzte zu Boden, andere stürzten darüber. Der Geruch von frischem Blut machte die Herde wahnsinnig, und die Tiere drängten wild gegen die Dornenbarrieren, das Getöse des Todesgebrülls war ohrenbetäubend, und aus den Reihen der zuschauenden Matabele erhob sich ein schauerliches Geheul.

Diese Rinder waren ihr Wohlstand und ihre Existenz. Als *Mu-*

jiba hatten sie das Kalben auf dem Veld beobachtet, hatten die Herde vor Hyänen und anderen Raubtieren geschützt. Sie kannten jedes Tier beim Namen und liebten sie mit einer besonderen Form der Liebe, die einen Mann dazu bringen kann, sein eigenes Leben zu opfern, um seine Herde zu schützen.

In der ersten Reihe stand ein alter Krieger auf dünnen Beinen wie ein Marabustorch, seine Haut war von einem Netzwerk feiner Falten durchzogen. Seine ausgemergelte Gestalt schien völlig vertrocknet, und doch rollten dicke, schwere Tränen über sein verwittertes Gesicht, als er zuschaute, wie die Rinder erschossen wurden. Das Krachen des Gewehrfeuers dauerte bis Sonnenuntergang, und als es endlich schwieg, war der Kral mit Kadavern angefüllt. Sie lagen übereinander wie Weizenähren, nachdem die Sensen sie niedergemäht hatten. Nicht ein einziger Matabele hatte den Schauplatz verlassen, sie schauten schweigend zu, ihr Trauergesang war längst verstummt.

»Die Kadaver müssen verbrannt werden.« Mungo St. John schritt die erste Reihe der Matabele ab. »Ihr werdet sie mit Holz bedecken. Kein Mann wird von dieser Arbeit ausgenommen, weder die Kranken noch die Alten. Jeder schwingt die Axt, und wenn die Kadaver bedeckt sind, werde ich selbst sie in Brand stecken.«

»Wie ist die Stimmung im Volk?« fragte Bazo leise, und Babiaan, der älteste aller Ratgeber des alten Königs, antwortete.

»Sie sind krank vor Trauer«, sagte Babiaan. »Seit dem Tod des alten Königs gab es keine solche Verzweiflung mehr in ihren Herzen wie jetzt, da ihre Rinder umgebracht werden.«

»Es scheint fast so, als wünschen die weißen Männer, daß die Assegai sich in ihre Brust bohren«, nickte Bazo. »Jede grausame Tat stärkt uns und bestätigt die Prophezeiung der Umlimo. Kann es einen unter euch geben, der noch Zweifel hegt?«

»Es gibt keinen Zweifel. Wir sind bereit«, erwiderte sein Vater Gandang.

»Wir sind noch nicht bereit.« Bazo schüttelte den Kopf. »Wir werden erst bereit sein, wenn die dritte Prophezeiung der Umlimo eintrifft.«

»›Wenn die hornlosen Rinder vom großen Kreuz aufgefressen sind‹«, flüsterte Somabula. »Wir haben heute gesehen, wie die Rinder vernichtet wurden, die von der Seuche übrigblieben.«

»Das ist nicht die Prophezeiung«, sagte Bazo. »Wenn sie eintrifft, wird es keinen Zweifel in unseren Köpfen geben. Bis dahin müssen wir mit den Vorbereitungen weitermachen. Wie groß ist die Zahl der Speere, und wo werden sie versteckt?«

Einer nach dem anderen standen die Indunas auf und erstatteten ihren Bericht. Sie zählten die Anzahl der Krieger auf, die kampferprobt und bereit waren, wo jede Gruppe sich aufhielt und wie schnell sie bewaffnet und kampfbereit sein würde. Als der letzte fertig war, zog Bazo die älteren Indunas zu Rate, wie die Form es befahl, und dann unterwies er die Anführer in ihren Aufgaben.

»Suku, Induna der Imbezu-*Impi.* Deine Männer verteilen sich auf der Straße nach Malundi nach Süden zur Gwanda-Mine. Ihr tötet jeden, der euch auf der Straße begegnet, und ihr schneidet die Kupferdrähte an jedem Mast ab. Die *Amadoda,* die in der Mine arbeiten, werden sich euch anschließen, wenn ihr an Ort und Stelle seid. In Gwanda gibt es achtundzwanzig Weiße, einschließlich der Frauen und der Familie im Ladengeschäft. Zählt die Leichen hinterher, damit ihr sicher seid, daß niemand entkommen ist.«

Suku wiederholte die Befehle wortgetreu mit dem phänomenalen Gedächtnis der Analphabeten, die sich nicht auf geschriebene Notizen verlassen können, und Bazo nickte und wandte sich an den nächsten Anführer, um ihm Instruktionen zu erteilen und zu hören, wie er sie wiederholte.

Es war lange nach Mitternacht, bevor alle ihre Befehle erhalten und wiederholt hatten, und dann wandte Bazo sich wieder an alle.

»Heimlichkeit und Schnelligkeit sind unsere einzigen Verbündeten. Kein Krieger wird einen Schild tragen, weil die Versuchung zu groß ist, wie in alten Tagen darauf zu trommeln. Nur die Speerspitzen werdet ihr bei euch haben. Ihr werdet keine Kriegslieder singen, wenn ihr stürmt, denn der Leopard knurrt nicht, bevor er springt. Der Leopard jagt in der Dunkelheit, und wenn er den Ziegenstall überfällt, verschont er keinen – er beißt dem Bock die Kehle durch, der Geiß und den Kitzen.«

»Frauen?« fragte Babiaan düster.

»So wie sie Ruth und Imbali niedergeschossen haben«, sagte Bazo.

»Kinder?« fragte ein anderer Induna.

»Kleine weiße Mädchen wachsen heran und bringen kleine weiße Knaben zur Welt, und kleine weiße Knaben wachsen heran und tragen Waffen. Wenn ein kluger Mann ein Mamba-Nest findet, tötet er die Schlange und zertritt die Eier unter seinen Füßen.«

»Werden wir niemanden verschonen?«

»Niemanden«, bestätigte Bazo gelassen, doch in seiner Stimme war ein Ton, der seinen Vater Gandang schaudern machte. Er erkannte den Augenblick, in dem die Führungsmacht vom alten Bullen auf den jüngeren überging. Bazo war nun unbestritten ihr Führer.

»Die Sitzung ist beendet«, sagte Bazo schließlich. Einer nach dem anderen grüßten die Indunas ihn, verließen die Hütte und verschwanden in der Nacht, und nachdem der letzte gegangen war, hob sich der Vorhang aus Ziegenfellen im Hintergrund und Tanase trat auf Bazo zu.

»Ich bin so stolz«, flüsterte sie, »daß ich weinen möchte wie ein kleines Mädchen.«

Es war eine lange Schlange – mit Frauen und Kindern an die tausend Menschen. Die Schlange zog sich über eine Meile hin, wand sich wie eine verletzte Viper aus den Bergen ins Tal. Wieder wurde ein alter Brauch verletzt, die Männer gingen zwar voran, waren aber mit Körnersäcken und Kochtöpfen beladen. In früheren Tagen hätten sie nur ihren Schild und ihre Waffen getragen. Es waren mehr als zweihundert starke Männer, wie Bazo versprochen hatte.

Die Frauen folgten ihnen. Viele der Männer hatten mehr als eine, manche sogar vier Frauen gebracht. Auch die ganz jungen Mädchen, die noch nicht die Reife erreicht hatten, trugen eingerollte Schlafmatten auf ihren Köpfen, und die Mütter hatten ihre

Säuglinge um die Hüften gebunden, damit sie unterwegs an den fetten schwarzen Brüsten saugen konnten. Jubas Last war schwerer als die der anderen, dennoch mußten die jüngeren Frauen sich anstrengen, um Schritt mit ihr zu halten. Mit ihrem klaren Sopran stimmte sie die Gesänge an.

Bazo trabte leichtfüßig die Kolonne entlang nach hinten, unverheiratete Mädchen wandten die Köpfe nach ihm, vorsichtig, um ihre Lasten nicht aus dem Gleichgewicht zu bringen, und dann flüsterten und kicherten sie miteinander, denn obwohl er vernarbt und schwer gezeichnet war, verlieh ihm die Aura von Macht und Entschlossenheit eine Anziehungskraft, der selbst die kleinen Mädchen erlagen.

Bei Juba angekommen, gesellte er sich zu ihr.

»*Mamewethu*«, grüßte er sie ehrerbietig. »Die Lasten deiner jungen Mädchen werden bald leichter, wenn wir den Fluß durchquert haben. Wir werden dreihundert Assegais in den Hirsekästen verstecken und unter den Ziegenställen von Sukus Leuten vergraben.«

»Und der Rest?« fragte Juba.

»Die nehmen wir mit zur Harkness-Mine. Dort ist ein Versteck vorbereitet. Von dort werden deine Mädchen sie nach und nach in die umliegenden Dörfer bringen.«

Bazo wollte lostraben, um sich wieder an die Spitze der Kolonne zu setzen, doch Juba rief ihn zurück.

»Mein Sohn, ich bin tief besorgt.«

»Das schmerzt mich, kleine Mutter. Was bekümmert dich?«

»Tanase sagt, daß alle weißen Menschen vom Stahl geküßt werden sollen.«

»Ja, alle«, nickte Bazo.

»Nomusa ist mehr als eine Mutter für mich, muß sie auch sterben, mein Sohn? Sie ist so gut und freundlich zu unserem Volk.«

Bazo nahm sanft ihren Arm und führte sie beiseite, damit niemand sie hören konnte.

»Diese Freundlichkeit, von der du sprichst, macht sie zur Gefährlichsten von allen«, erklärte Bazo. »Die Liebe, die du für sie empfindest, schwächt uns alle. Wenn ich dir sage: ›Wir verschonen diese‹, dann wirst du fragen: ›Können wir nicht auch ihren

kleinen Sohn und ihre Töchter und deren Kinder verschonen?‹ «
Bazo schüttelte den Kopf. »Nein, ich sage dir offen, wenn ich einen schonen würde, dann wäre es glänzendes Einauge.«

»Glänzendes Einauge!« Juba erschrak. »Das verstehe ich nicht. Er ist grausam und streng.«

»Wenn unsere Krieger in sein Gesicht blicken und seine Stimme hören, erinnern sie sich an alle Ungerechtigkeiten, die sie erdulden mußten, und werden stark und zornig. Wenn sie die Nomusa anschauen, werden sie weich und unentschlossen. Sie muß eine der ersten sein, die stirbt, und ich werde einen guten Mann ausschicken, der diese Arbeit tut.«

»Du sagst, alle müssen sterben?« fragte Juba. »Der da vorne, muß er auch sterben?« Juba wies nach vorne, wo der Pfad sich unter den ausladenden, flachen Akazienbäumen schlängelte. Ein Reiter trabte aus der Richtung der Harkness-Mine heran, den sie selbst aus der Entfernung an seinen breiten Schultern und seiner lässigen und doch stolzen Haltung im Sattel erkannte. »Sieh ihn dir an«, fuhr Juba fort. »Du warst es, der ihm den Ehrennamen ›Kleiner Falke‹ gegeben hat. Du hast mir oft davon erzählt, wie ihr als junge Burschen Schulter an Schulter gearbeitet und aus demselben Napf gegessen habt. Stolz hast du mir von dem wilden Falken erzählt, den ihr gemeinsam gefangen und gezähmt habt.« Jubas Stimme sank zu einem Flüstern. »Wirst du diesen Mann töten, den du deinen Bruder nennst, mein Sohn?«

»Ich werde ihn keinem anderen überlassen«, versicherte Bazo. »Ich werde es eigenhändig tun, um sicher zu gehen, daß es schnell und sauber geschieht. Und nach ihm werde ich seine Frau und seinen Sohn töten. Wenn das vollbracht ist, wird es kein Zurück geben.«

»Du bist ein harter Mann geworden, mein Sohn«, flüsterte Juba mit tiefen Schatten der Trauer in ihren Augen und Schmerz in der Stimme.

Bazo ließ sie stehen und trat zurück auf den Pfad. Ralph Ballantyne sah ihn und schwenkte seinen Hut über dem Kopf.

»Bazo«, lachte er und ritt heran. »Ob ich je lerne, dir zu vertrauen? Du bringst mehr als die zweihundert, die du versprochen hast.«

Ralph Ballantyne passierte die Südgrenze von King's Lynn, doch erst nach zwei weiteren Stunden machte er die milchig-grauen Bergrücken der heimatlichen Kopjes am Horizont aus.

Das Veld, durch das er jetzt ritt, war wie ausgestorben, Ralphs Stimmung düster und seine Gedanken schwer. Wo noch vor wenigen Monaten die gescheckten Rinderherden seines Vaters weideten, sproß frisches Gras, dicht und grün, als wolle es die Knochenskelette überdecken, mit denen die Erde übersät war.

Nur Ralphs Warnung hatte Zouga Ballantyne vor dem völligen finanziellen Ruin bewahrt. Er hatte es geschafft, einen kleinen Teil seiner Herden an die Gwaai-Rinderfarmbetriebe, eine Tochtergesellschaft der B. S. A.-Gesellschaft, zu verkaufen, bevor die Rinderpest King's Lynn erreichte, doch den Rest seiner Viehbestände hatte er verloren, und ihre Knochen schimmerten wie Elfenbein im frischen grünen Gras.

Unter den Mimosenbäumen lag einer der Rinderpferche seines Vaters, und Ralph stellte sich in die Steigbügel und beschattete die Augen, erstaunt über den rosafarbenen Staubschleier, der über der alten Umzäunung hing. Von Hufen aufgewirbelter Staub. Dann hörte Ralph das scharfe Knallen einer Treckpeitsche, ein Geräusch, das in Matabeleland seit vielen Monaten nicht mehr zu hören war.

Auch aus der Ferne erkannte er die Gestalten, die wie magere alte Krähen auf der Umzäunung hockten.

»Jan Cheroot!« schrie er im Heranreiten. »Isazi! Was habt ihr beiden alten Gauner hier verloren?«

Sie grinsten ihn vergnügt an und kletterten vom Zaun.

»Guter Gott!« Ralphs Erstaunen war echt, als er sah, welche Tiere in der Umzäunung standen. Die dichte Staubwolke hatte ihm den Anblick bis jetzt verborgen. »Damit verbringt ihr also eure Zeit, wenn ich fort bin. Wessen Idee war das?«

»Die Idee deines Vaters.« Isazis Gesicht wurde auf der Stelle trübsinnig. »Und es war eine dumme Idee.«

Die drallen, glatten Tiere waren schwarz und weiß gestreift, ihre Mähnen steif wie Borsten eines Schornsteinfegerbesens.

»Zebras, mein Gott!« Ralph schüttelte den Kopf. »Wie habt ihr die nur eingefangen?«

»Mit einem Dutzend Pferden haben wir sie gejagt«, erklärte Jan Cheroot, und sein ledergelbes Gesicht legte sich angewidert in Falten.

»Dein Vater möchte die Treckochsen durch diese dummen Esel ersetzen. Sie sind wild und unzugänglich, beißen und schlagen um sich, und wenn man sie endlich im Geschirr hat, werfen sie sich hin und weigern sich zu ziehen.« Isazi spuckte angeekelt aus.

Es war eine absolute Torheit, in wenigen Monaten zu versuchen, aus einem Wildpferd ein zahmes Zugtier zu machen. Es hatte Tausender Kreuzungen und Züchtungsversuche bedurft, um die Ausdauer, Gutmütigkeit und den starken Rücken der Zugochsen heranzuzüchten.

»Isazi«, Ralph schüttelte den Kopf, »wenn du mit diesem Kinderspiel fertig bist, habe ich Männerarbeit für dich beim Eisenbahnbau.«

»Ich bin bereit, mit dir zurückzureiten«, versprach Isazi leidenschaftlich. »Mir steht es bis zum Hals, mich mit gestreiften Eseln herumzuärgern.«

Ralph wandte sich an Jan Cheroot. »Ich möchte mit dir reden, alter Freund.« Als sie in guter Entfernung von der Umzäunung waren, fragte er den kleinen Hottentotten: »Hast du dein Zeichen unter ein Papier der Gesellschaft gesetzt, in dem steht, daß wir die Harkness-Claims bei Dunkelheit abgesteckt haben?«

»Ich würde dich nie im Stich lassen«, sagte Jan Cheroot stolz. »General St. John erklärte es mir, und ich habe mein Zeichen auf das Papier gesetzt, um die Anteile für dich und den Major zu retten.« Bei Ralphs Gesichtsausdruck fragte er bang: »Hab' ich es richtig gemacht?«

Ralph beugte sich aus dem Sattel und schlug ihm auf die alte, knochige Schulter. »Du warst mir mein ganzes Leben ein guter und treuer Freund.«

»Vom Tag deiner Geburt an«, erklärte Jan Cheroot. »Als deine Mama starb, hab' ich dich gefüttert und auf meinen Knien geschaukelt.«

Ralph öffnete seine Satteltasche, und die Augen des alten Hottentotten leuchteten, als er die Flasche Kap-Brandy sah.

»Gib Isazi einen Schluck davon ab«, sagte Ralph, doch Jan Cheroot drückte die Flasche an seine Brust, als sei sie sein erstgeborener Sohn.

»Ich werde doch diesen guten Brandy nicht an einen wilden Schwarzen vergeuden«, erklärte er entrüstet, und Ralph ritt lachend auf das Haus von King's Lynn zu.

Dort empfing ihn das Getriebe und die Aufregung, die er erwartet hatte. Auf dem Sattelplatz vor dem Haus standen Pferde, die Ralph nicht kannte, darunter auch die weißen Maultiere von Mr. Rhodes. Die Kutsche selbst stand unter den Bäumen im Hof, blitzblank, Geschirre und Zügel hingen sorgsam an den Haken in der Sattelkammer neben den Ställen. Bei diesem Anblick stieg in Ralph wieder Zorn hoch. Er schluckte schwer, um seine Beherrschung zu wahren.

Zwei schwarze Stallburschen eilten herbei und nahmen sein Pferd in Empfang. Einer nahm die eingerollte Decke, die Packtaschen und das Gewehr ab und lief damit auf das große Haus zu. Ralph folgte ihm und sah auf halbem Wege, wie Zouga Ballantyne auf die breite Stoep trat. Er kaute noch an einem Bissen seines Mittagessens.

»Ralph, mein Junge. Ich habe dich erst heute abend erwartet.«

Ralph eilte die Stufen hinauf, Zouga ergriff seinen Arm und führte ihn die Veranda entlang. An der Wand hingen Jagdtrophäen, lange, geschwungene Hörner von Kudus und Antilopen, und die beiden Flügel der Doppeltür zum Eßzimmer flankierten die riesigen Stoßzähne des großen Elefantenbullen, den Zouga Ballantyne vor langer Zeit an der Stelle der jetzigen Harkness-Mine geschossen hatte. Die mächtigen gebogenen Elfenbeinschäfte waren so hoch, daß ein Mann mit gestreckten Armen knapp die Spitze erlangte, und dicker als die Schenkel einer fülligen Dame.

Zouga und Ralph betraten das Eßzimmer. Unter dem Schilfdach war es kühl und dämmrig nach der gleißenden Mittagshelle. Fußboden und Deckenbalken bestanden aus breiten Teakholzplanken. Den langen Eßtisch und die Stühle mit den ledergeflochtenen Sitzflächen hatte Jan Cheroot aus eigenhändig gefällten Bäumen gezimmert. Das glänzende Silber hingegen stammte aus dem Familienbesitz der Ballantynes von King's Lynn in England, die einzige Verbindung zweier Orte, die ansonsten lediglich den Namen gemeinsam hatten.

Zougas Platz war am entfernten Ende der langen Tafel, ihm gegenüber saß der vertraute massige Mann, der bei Ralphs Eintritt den Kopf mit der zerzausten Löwenmähne hob.

»Ah, Ralph, wie schön, Sie zu sehen.« Ralph hörte zu seinem Erstaunen weder aus Mr. Rhodes' Stimme noch las er in seinen Augen Bitterkeit. Hatte er tatsächlich die Auseinandersetzung über die Wankie-Kohleminen verdrängt, als habe es sie nie gegeben? Er bemühte sich um eine ebenso arglose Haltung.

»Wie geht es, Sir?« Ralph gelang sogar ein Lächeln, als er die kräftige, grobknochige Hand ergriff. Sie faßte sich kühl an, wie die Haut eines Reptils. Der Grund lag in der schlechten Durchblutung seines kranken Herzens. Ralph war froh, sie wieder loszulassen und seine Begrüßung die Tafel entlang fortzusetzen. Er wußte nicht, wie lange er seine wahren Gefühle vor den hellen, hypnotischen Augen verbergen konnte.

Alle waren da. Der aalglatte kleine Doktor zu Mr. Rhodes' Rechten, seinem angestammten Platz.

»Ballantyne junior«, sagte er kühl und bot ihm die Hand, ohne aufzustehen.

»Jameson!« nickte Ralph, wohl wissend, daß sein vorsätzliches Weglassen des Titels ihn wurmte, ebenso wie Ralph das herablassende junior wurmte.

Zu Mr. Rhodes' Linken saß ein Überraschungsgast. Es war das erstemal, daß Ralph General Mungo St. John auf King's Lynn sah. Zwischen dem hageren, graumelierten Soldaten mit dem gelbgesprenkelten, bösen Auge und Louise Ballantyne, Ralphs Stiefmuttert, hatte einmal eine Beziehung bestanden. Das war vor vielen Jahren, lange bevor Ralph Kimberley verlassen hatte, um nach Norden zu ziehen.

Ralph hatte sich nie wirklich Gedanken über diese Affäre gemacht, ebensowenig über den Skandal, der sie überschattete. Bezeichnend war jedoch, daß Louise Ballantyne nicht im Zimmer und auch kein Gedeck für sie aufgelegt war. Wenn Mr. Rhodes darauf bestanden hatte, daß St. John bei dieser Zusammenkunft anwesend war, und Zouga Ballantyne diesem Wunsch nachkam und den Mann einlud, dann hatte das zwingende Gründe. Mungo St. John schenkte Ralph ein wölfisches Lächeln, als sie sich die Hände gaben. Ungeachtet der Familienkomplikationen hegte Ralph stets eine heimliche Bewunderung für diese romantische Piratenfigur, und sein Begrüßungslächeln war echt.

Die Anwesenheit der übrigen Männer bestätigte die Wichtigkeit dieser Zusammenkunft. Ralph vermutete, das Gespräch fand aus Gründen der absoluten Geheimhaltung hier statt, die in der Stadt Bulawayo nicht garantiert war. Er vermutete ferner, daß jeder Gast von Mr. Rhodes persönlich ausgewählt und eingeladen worden war und nicht von seinem Vater.

Außer Jameson und St. John bestand die Runde aus Percy Fitzpatrick, einem Partner der Corner-House-Bergbaugruppe und prominenten Vertreter der Montanbehörde, dem Organ der Goldbarone in Johannesburg. Ein lebhafter junger Mann von sympathischem Äußeren, mit rosigem Gesicht, rötlichem Haar und Schnurrbart, dessen bewegte Karriere unter anderem Bankangestellter, Transportreiter, Zitrusfarmer, Leiter der Afrika-Expedition von Lord Randolph Churchill sowie Schriftsteller und Montanindustrieller umfaßte.

Fitzpatrick gegenüber saß der ehrenwerte Bobbie White, der auf Einladung von Mr. Rhodes zu Besuch in Johannesburg weilte. Er war ein gutaussehender, liebenswürdiger junger Aristokrat, die Sorte Engländer, die Mr. Rhodes vorzog. Außerdem war er Berufsoffizier mit einer stattlichen Karriere.

Neben ihm saß John Willoughby, zweiter Kommandierender der Pionierkolonne, die Fort Salisbury und Maschonaland eingenommen hatte. Er war in Jamesons Kolonne geritten und hatte Lobengula zur Strecke gebracht, und sein Konzern, ein Konkurrenzunternehmen von Ralphs Rholands-Gesellschaft, verfügte über nahezu eine Million Hektar erstklassigen Weidelands in Rhodesien. Ihre Begrüßung war entsprechend reserviert.

Dann gab es noch Doktor Rutherford Harris, den ersten Sekretär der Britisch-Südafrikanischen Gesellschaft und Mitglied von Mr. Rhodes' politischer Partei, für die er den Wahlkreis Kimberley im Kap-Parlament vertrat. Ein wortkarger Mann mit düsterem Blick, dem Ralph als einem von Mr. Rhodes' absolut treu ergebenen Handlangern mißtraute.

Am Ende der Tafel stand Ralph seinem Bruder Jordan gegenüber, und es dauerte nur den Bruchteil einer Sekunde, bevor er die verzweifelte Bitte in Jordans sanften Augen las. Er nahm kurz die Hand seines Bruders und begrüßte ihn kühl und unpersönlich wie einen flüchtigen Bekannten, bevor er sich an den Platz neben Zouga an das Kopfende der Tafel begab.

Die lebhafte Unterhaltung, die Ralph mit seinem Eintreffen unterbrochen hatte, wurde unter Mr. Rhodes' Wortführung wieder aufgenommen.

»Wie steht es mit Ihren gezähmten Zebras?« fragte er Zouga, der seinen blonden Bart strich.

»Eine Verzweiflungstat und von Anfang an zum Scheitern verurteilt. Aber wenn Sie bedenken, daß von hunderttausend Stück Vieh, die wir in Matabeleland vor der Rinderpest hatten, nur an die fünfhundert die Seuche überlebt haben, dann verstehen Sie, warum ich jede Chance zu ergreifen suche.«

»Es heißt, die Kaffernbüffel seien durch die Seuche völlig ausgerottet«, warf Doktor Jameson ein.

»Die Verluste sind katastrophal. Vor zwei Wochen bin ich bis zum Pandamatengafluß hinaufgeritten, wo ich vor einem Jahr Herden mit über fünftausend Stück gezählt habe. Diesmal sah ich kein einziges lebendiges Tier. Aber ich glaube nicht, daß sie ausgerottet sind. Vermutlich haben vereinzelte Tiere überlebt, Tiere mit besonders starken Abwehrkräften. Und ich glaube, sie werden sich wieder vermehren.«

Mr. Rhodes war kein sportlicher Mann, und das Gespräch über Wildtiere langweilte ihn sofort. Das Thema wechselnd wandte er sich an Ralph.

»Ihre Eisenbahnlinie – wie sind die letzten Meldungen, Ralph?«

»Wir liegen immer noch fast zwei Monate vor dem Zeitplan«, sagte Ralph ihm mit leisem Trotz. »Vor zwei Wochen passierten wir die Grenze zu Matabeleland – ich schätze, daß die Gleisbauarbeiten heute noch die Ortschaft Plumtree erreichen.«

»Das trifft sich gut«, nickte Rhodes. »Wir werden Ihre Eisenbahn in kurzer Zeit dringend brauchen.« Er und Doktor Jim tauschten wissende Blicke.

Nachdem sie sich alle Louises Brotauflauf mit Nüssen, Rosinen und wildem Honig hatten schmecken lassen, entließ Zouga die Dienerschaft, goß eigenhändig Cognac ein, während Jordan Zigarren herumreichte. Die Herren saßen wohlig in ihre Stühlen zurückgelehnt, und Mr. Rhodes wechselte wieder einmal plötzlich das Thema. Ralph wußte, daß er nun den wahren Grund erfahren sollte, warum er und die anderen Herren nach King's Lynn beordert worden waren.

»Meine Herren, Sie alle wissen, daß ich mein Lebenswerk darin sehe, die Landkarte Afrikas von Kapstadt bis Kairo für England in einer Farbe zu malen, das heißt, ich möchte diesen Kontinent unserer Majestät der Königin als weiteres Juwel der Krone zu Füßen legen.« War seine Stimme bisher gereizt und nörgelnd, so nahm sie jetzt eine seltsam suggestive Klangfarbe an. »Als Engländer, als Angelsachsen gehören wir einer auserwählten Nation an, und die Bestimmung hat uns eine heilige Pflicht auferlegt – die Welt in Frieden unter einer Flagge und einer großen Monarchie zu vereinen. Wir brauchen Afrika, ganz Afrika, um es dem Herrschaftsbereich unserer Königin einzugliedern. Meine Vertreter sind bereits in den Norden gereist, in das Land zwischen Sambesi und Kongo, um den Weg zu bereiten.« Rhodes machte eine Pause und schüttelte trübsinnig den Kopf. »Aber alles ist vergebens, wenn uns die Südspitze des Kontinents verloren geht.«

»Die Republik Südafrika«, sagte Jameson leise und bitter. »Paul Krüger und seine kleine Bananenrepublik im Transvaal.«

»Bitte keine Emotionen, Doktor Jim«, wies Rhodes ihn milde zurecht. »Wir wollen uns lediglich auf Fakten konzentrieren.«

»Und was sind die Fakten, Mr. Rhodes?« Zouga Ballantyne am Kopfende der Tafel beugte sich aufmerksam vor.

»Faktum ist, daß ein bigotter Ignorant glaubt, der Pöbel analphabetischer holländischer Nomaden, die er anführt, seien die neuen Israeliten, erwählt von ihrem alttestamentarischen Gott – dieser unglaubliche Mensch hockt auf einem riesigen und dem reichsten Gebiet des afrikanischen Kontinents wie ein struppiger

Köter auf seinem Knochen und widersetzt sich knurrend allen Bemühungen um Fortschritt und Zivilisation.«

Die Tafelrunde verstummte bei diesen bitteren Schmähungen, und Mr. Rhodes blickte eindringlich in die Gesichter der Männer, bevor er fortfuhr.

»Achtunddreißigtausend Engländer arbeiten auf den Goldfeldern des Witwatersrand, Engländer, die neunzehn von zwanzig Pfund Verdienst Steuern bezahlen, die in Krügers Kassen fließen; Engländer, die erst Zivilisation in die gottverlassene kleine Republik gebracht haben. Aber Krüger verweigert ihnen das Wahlrecht, sie werden gnadenlos besteuert und sind nicht im Parlament vertreten. Ihre Eingaben um Stimmrecht stoßen im Volksraad auf Verachtung und Hohn einer Bande kurzsichtiger, ungehobelter Bauernlümmel.« Rhodes wandte sich an Fitzpatrick. »Habe ich unrecht, Percy? Sie kennen diese Leute, haben täglich mit ihnen zu tun. Ist meine Schilderung der Transvaal-Buren korrekt?«

Percy Fitzpatrick zuckte die Achseln. »Mr. Rhodes hat recht, die Transvaal-Buren unterscheiden sich von ihren Vettern am Kap. Die Kap-Holländer hatten Gelegenheit, ein wenig von der englischen Lebensart anzunehmen. Sie sind vergleichsweise städtische und zivilisierte Menschen, während die Transvaaler kein einziges der Wesensmerkmale ihrer holländischen Vorfahren abgelegt haben, sie sind langsam, starrköpfig, feindselig, mißtrauisch, hinterhältig und mißgünstig. Und es ist besonders ärgerlich, von solchen Menschen gesagt zu bekommen, man möge sich zum Teufel scheren, besonders da wir nichts anderes als eines unserer Menschenrechte verlangen, das Recht zu wählen.«

Mr. Rhodes ließ sich das Wort nicht lange entziehen und fuhr fort.

»Krüger beleidigt nicht nur unsere Landsleute, er spielt auch andere gefährliche Spiele. Er belegt Waren britischer Herkunft mit extrem hohen Zöllen. Er hat Handelsmonopole auf alle für den Bergbau wichtigen Güter, darunter auch Dynamit, an Mitglieder seiner Familie und seiner Regierung verteilt. Er bewaffnet seine Bürger mit deutschen Waffen, baut ein Korps mit deutscher Krupp-Artillerie auf und liebäugelt öffentlich mit dem Kaiser.« Rhodes machte eine Pause. »Ein deutscher Einflußbereich mitten im Herrschaftsbereich Ihrer Majestät der Königin würde unsere Träume eines britischen Afrika für immer zunichte machen.«

»All das schöne, glänzende Gold geht nach Berlin«, sann Ralph halblaut nach und bedauerte sofort, gesprochen zu haben, aber Mr. Rhodes schien ihn nicht gehört zu haben, denn er fuhr fort.

»Wie kann man mit einem Mann wie Krüger vernünftig umgehen? Wie kann man überhaupt reden mit einem Mann, der unverrückbar daran glaubt, daß die Erde flach sei?«

Mr. Rhodes brach der Schweiß aus, obgleich es kühl war im Raum. Mit zitternder Hand wollte er nach dem Glas greifen, stieß es um, der goldene Cognac ergoß sich über die Tischplatte. Jordan war sofort bei ihm und wischte auf, bevor das Rinnsal sich auf seinen Anzug ergoß, holte eine kleine silberne Dose aus seiner Westentasche, entnahm ihr eine weiße Pille und legte sie neben Mr. Rhodes rechte Hand. Der mächtige Mann nahm sie schwer keuchend und schob sie in den Mund. Nach einiger Zeit atmete er wieder leichter und konnte weitersprechen.

»Ich bin zu ihm gegangen, meine Herren. Ich reiste nach Pretoria, um Krüger in seinem neuen Haus zu besuchen. Er ließ mir durch einen Bediensteten eine Nachricht übermitteln, daß er mich an diesem Tag nicht empfangen könne.«

Sie alle kannten die Geschichte, waren lediglich erstaunt, daß Mr. Rhodes einen so entwürdigenden Vorfall zum wiederholten Male erzählte. Präsident Krüger hatte einem der reichsten und mächtigsten Männer der Welt durch einen schwarzen Diener folgende Botschaft überbringen lassen: »Ich habe im Moment keine Zeit. Einer meiner Bürger will über einen kranken Ochsen mit mir sprechen. Kommen Sie am Dienstag wieder.«

»Gott weiß«, meldete Doktor Jim sich zu Wort, um das peinliche Schweigen zu brechen, »Mr. Rhodes hat alles getan, was ein vernünftiger Mann tun kann. Weitere Beleidigungen von diesem alten Bauernschädel hinzunehmen, könnte nicht nur Mr. Rhodes persönlich in Mißkredit bringen, sondern auch unsere Königin und das Britische Empire.« Der kleine Doktor schwieg und blickte jeden der Anwesenden der Reihe nach an. Ihre Gesichter waren aufmerksam, sie warteten gespannt auf seine nächsten Worte. »Was können wir dagegen unternehmen? Was *müssen* wir dagegen tun?«

Mr. Rhodes schüttelte sich und wandte sich an den jungen Stabsoffizier in seiner prächtigen Ausgehuniform.

»Bobbie?« forderte er ihn einladend auf.

»Meine Herren, wie Sie vielleicht wissen, bin ich soeben aus Transvaal zurückgekehrt.« Bobbie White stellte seine Ledertasche auf den Tisch und holte einen Stapel Blätter heraus, die er an die Tafelrunde verteilte.

Ralph überflog das Blatt und erschrak. Es war die Aufstellung der Truppenstärke der Armee der Südafrikanischen Republik. Ralphs Überraschung war so heftig, daß er die ersten Sätze von Bobbie Whites Ausführungen verpaßte.

»Das Fort in Pretoria wird momentan erweitert und umgebaut. Daher sind die Mauern teilweise eingerissen und für eine kleine, entschlossene Streitmacht leicht einzunehmen.« Ralph konnte kaum glauben, was er da hörte. »Abgesehen vom Artilleriekorps gibt es dort keine regulär stationierten Truppen. Wie Sie dem vorliegenden Papier entnehmen können, ist die Verteidigung Transvaals von seiner Bürgerwehr abhängig. Diese zu einer schlagkräftigen Armee zu formieren, dauert sechs Wochen.«

Bobbie White beendete seinen Vortrag, und Mr. Rhodes wandte sich an Percy Fitzpatrick.

»Percy?« forderte er ihn auf.

»Sie wissen, wie Krüger unsere Männer nennt, deren Kapital und wirtschaftliche Mittel seine Goldindustrie aufgebaut haben? Er nennt uns ›Uitlanders‹ – Ausländer und Fremde. Sie wissen auch, daß wir Ausländer unsere eigenen Volksvertreter gewählt haben, das ›Johannesburg-Reformkomitee‹. Ich habe die Ehre, einer der gewählten Vertreter dieses Komitees zu sein, und daher spreche ich für jeden Engländer in Transvaal.« Er machte eine Pause, strich sich mit dem Zeigefinger bedächtig über den Schnurrbart und fuhr fort. »Ich bringe Ihnen zwei Botschaften. Die erste ist kurz und einfach. Sie lautet: ›Wir sind entschlossen und in der Sache einig. Sie können voll mit unserer Unterstützung rechnen.‹ «

Die Männer am Tisch nickten, nur Ralph spürte ein Kribbeln auf seiner Haut. Sie redeten ernsthaft darüber – es war kein Jungenstreich. Sie planten einen verwegenen, unverfrorenen Überfall auf ein benachbartes Land. Er bemühte sich um eine gelassene Miene, während Fitzpatrick fortfuhr.

»Die zweite Botschaft ist ein von allen Mitgliedern des Reformkomitees unterzeichnetes Schreiben. Mit Ihrer Erlaubnis lese ich es vor. Es ist adressiert an Dr. Jameson in seiner Eigenschaft als Gouverneur von Rhodesien und hat folgenden Wortlaut:

›Sehr geehrter Dr. Jameson,
Die Zustände in diesem Land haben eine so kritische Phase erreicht, daß wir der Überzeugung sind, daß es in nicht ferner Zukunft zu einem Konflikt zwischen der Regierung von Transvaal und der Uitlander-Bevölkerung kommen wird…‹ «

Der weitere Wortlaut machte Ralph klar, daß es sich um eine Rechtfertigung für einen bewaffneten Aufstand handelte.

»›Eine Fremdherrschaft aus Deutschen und Holländern bestimmt unser Schicksal; die Buren-Führer sind weiterhin bestrebt, den englischen Bürgern eine Form aufzuzwingen, die der britischen Wesensart völlig fremd ist…‹ «

Diese Männer hatten die Absicht, die reichste Goldmine der Welt mit Waffengewalt in Besitz zu nehmen. Ralph saß in Gedanken versunken.

»›Als unser Gesuch nach Wahlrecht im Transvaal-Volksraad debattiert wurde, forderte ein Mitglied die ›Uitlanders‹ auf, für die von ihnen geforderten Rechte zu kämpfen, und keine einzige Stimme erhob dagegen Einspruch.

Die Regierung von Transvaal hat alle Voraussetzungen für einen bewaffneten Konflikt geschaffen.

Unter diesen Umständen sehen wir uns gezwungen, Sie als Engländer zu ersuchen, uns zu Hilfe zu kommen, sollte es zum Äußersten kommen.

Wir verpflichten uns, für alle Ausgaben aufzukommen, die Ihnen durch Ihre Unterstützung für unsere Sache entstehen. Seien

Sie überzeugt, daß nur äußerster Zwang uns zu diesem Schritt veranlaßt hat.

Unterzeichnet von allen Mitgliedern des Komitees, Leonard Phillips, Mr. Rhodes Bruder Francis, John Hays Hammond, Farrar und meiner Person. Wir haben das Schriftstück nicht datiert.‹ «

An der Stirnseite der Tafel ließ Zouga Ballantyne einen leisen Pfeifton hören. Niemand sprach. Jordan erhob sich und ging den Tisch entlang, um die Gläser aus der Kristallkaraffe nachzufüllen. Mr. Rhodes saß über den Tisch gebeugt, sein Kinn in die Handfläche gestützt, und blickte aus dem Fenster über den Rasen zur blauen Hügelkette in der Ferne. Die Tischrunde wartete schweigend, bis er schließlich schwer seufzte.

»Ich halte es für weit vernünftiger, den Preis eines Mannes herauszufinden und ihn zu bezahlen, statt gegen ihn zu kämpfen; aber wir haben es hier nicht mit einem normalen Mann zu tun. Gott bewahre uns vor Heiligen und Fanatikern und schicke uns statt dessen einen soliden Gauner.« Er wandte sich an Doktor Jameson, und seine blauen Augen verloren den verträumten Glanz. »Doktor Jim«, forderte er ihn auf, und der kleine Doktor schob seinen Stuhl zurück und vergrub seine Hände tief in den Hosentaschen.

»Wir müssen fünftausend Gewehre und eine Million Schuß Munition nach Johannesburg schaffen.«

Unwillkürlich mitgerissen und neugierig gemacht unterbrach ihn Ralph mit der Frage: »Woher wollen Sie – woher wollen wir die bekommen? Das sind nicht unbedingt normale Handelswaren.«

Doktor Jim nickte. »Gute Frage, Ballantyne. Gewehre und Munition befinden sich bereits in den Lagerhäusern der De-Beers-Minen in Kimberley.«

Ralph blinzelte, der Plan war weiter gereift, als er für möglich gehalten hätte, die Vorbereitungen mußten seit Monaten im Gang sein.

»Wie wollen wir sie nach Johannesburg schaffen? Sie müssen eingeschmuggelt werden, und es ist eine ziemlich umfangreiche Ladung –«

»Ralph«, lächelte Mr. Rhodes. »Sie werden doch nicht glauben, daß wir Sie zu einem netten Beisammensein hierher gebeten haben. Wen halten Sie für am besten geeignet, für uns Waffentransporte durchzuführen? Wer hat die Martini-Büchsen für Lobengula transportiert? Wer ist der gerissenste Transportunternehmer auf dem Subkontinent?«

»Ich?« fragte Ralph erschrocken.

»Sie«, bestätigte Mr. Rhodes, und in Ralph stieg eine diebische Freude auf. Er sollte die Zentralstelle dieser phantastischen Verschwörung sein, in alle Einzelheiten eingeweiht werden. Seine Gedanken rasten, er wußte intuitiv, dies war eine Gelegenheit, wie sie einem Mann nur einmal im Leben geboten wurde, und er mußte jeden Vorteil daraus ziehen.

»Sie übernehmen doch die Aufgabe?« Ein kleiner Schatten senkte sich auf die stechend blauen Augen.

»Natürlich«, sagte Ralph, doch der Schatten blieb. »Ich bin Engländer. Ich kenne meine Pflicht«, fuhr Ralph ruhig und aufrichtig fort und sah, wie der Schatten aus Mr. Rhodes' Augen wich. Das war etwas, woran er glauben, dem er vertrauen konnte. Rhodes wandte sich wieder an Doktor Jameson.

»Tut mir leid. Wir haben Sie unterbrochen.«

Und Jameson fuhr fort. »Wir werden eine berittene Streitmacht von etwa sechshundert erstklassigen Soldaten aufstellen–« Dabei blickte er zu John Willoughby und Zouga Ballantyne, beides erfahrene Soldaten. »In diesem Punkt verlasse ich mich ganz auf Sie beide.« Willoughby nickte, aber Zouga sagte stirnrunzelnd: »Es wird Wochen dauern, bis sechshundert Mann von Bulawayo nach Johannesburg reiten.«

»Ausgangspunkt der Operation wird nicht Bulawayo sein«, entgegnete Jameson gelassen. »Ich habe die Zusage der britischen Regierung, eine mobile Streitmacht in Betschuanaland bereitzuhalten, am Eisenbahnteilstück an der Grenze von Transvaal. Die Streitkräfte dienen dem Schutz der Eisenbahn und werden in Pitsani, keine 180 Meilen von Johannesburg entfernt, stationiert. Wir können in fünfzig Stunden hartem Ritt am Ziel sein, lange bevor die Buren irgendeine Art von Gegenwehr auf die Beine stellen können.«

Unter dieser Voraussetzung, das wußte Ralph, war die Operation machbar. Mit Doktor Leander Starr Jamesons legendärem Glück konnten sie es schaffen. Sie konnten Transvaal mit derselben Mühelosigkeit nehmen, wie sie Lobengula Matabeleland weggenommen hatten.

Bei Gott, was für Gewinne das bringen würde! Eine Million Pfund Sterling in Gold würden in Rhodes' eigenes Land, Rhodesien, fließen. Wenn das gelang, war alles möglich – Britisch-Afrika, ein ganzer Kontinent. Ralph war überwältigt von der Größe dieses Vorhabens.

Und wieder war es Zouga Ballantyne, der besonnen auf die Schwachstelle in dem Plan verwies. »Welche Position nimmt die Regierung Ihrer Majestät ein? Wird sie unsere Sache unterstützen?« fragte er. »Ohne sie sind unsere Bemühungen vergeblich.«

»Ich komme gerade aus London zurück«, entgegnete Mr. Rhodes. »Dort habe ich mit dem Kolonialminister Joseph Chamberlain diniert. Wie Sie wissen, ist mit ihm ein neuer dynamischer Geist der Entschlossenheit in Downing Street eingezogen. Er bringt der Situation der englischen Bürger in Johannesburg vollstes Verständnis entgegen. Er ist sich auch der Gefahr einer deutschen Intervention in Südafrika absolut bewußt. Ich darf Ihnen versichern, daß Mr. Chamberlain und ich in völligem Einklang stehen.«

Wenn das der Wahrheit entsprach, dachte Ralph, dann sind die Chancen für einen vollen Erfolg besser denn je. Rascher Vorstoß auf das Herz des unvorbereiteten Feindes, Aufstand bewaffneter Bürger, Appell an eine sympathisierende britische Regierung und schließlich Annexion des Landes.

Während er den Erörterungen zuhörte, machte Ralph rasch eine Überschlagsrechnung über die Folgen eines siegreichen Ausgangs. Zunächst einmal würden die Britisch-Südafrikanische Gesellschaft und die De-Beers-Diamantengesellschaft zu den reichsten und mächtigsten Wirtschaftsimperien der Welt aufsteigen, und sie waren Mr. Rhodes *alter ego*. Ralphs Zorn und Haß kehrten in solcher Heftigkeit zurück, daß er seine zitternden Hände unter dem Tisch verbergen mußte. Automatisch wanderte sein Blick zu seinem Bruder.

Jordans Augen hingen mit unverhohlener Bewunderung an Mr. Rhodes, und Ralph wußte mit Bestimmtheit, daß keinem der Anwesenden die Gefühle seines Bruders verborgen blieben, und der Magen zog sich ihm vor Scham zusammen. Er hätte unbesorgt sein können: Alle waren von der Erhabenheit und Größe der Vision gefesselt, die das Charisma und die bezwingende Führungskraft des zerzausten Kolosses am Kopfende der Tafel vor ihnen ausbreitete.

Doch wieder war es Zouga, der pragmatische Soldat, der den Plan nach Fehlern und Schwächen abtastete.

»Doktor Jim, werden Sie alle sechshundert Männer hier in Rhodesien rekrutieren?« fragte er.

»Aus Gründen der Geheimhaltung ist es ratsam, sie weder in der Kapkolonie noch woanders zu rekrutieren«, nickte Jameson. »Die Rinderpest hat viele Männer ihrer Existenzgrundlage beraubt, daher werden sich gewiß sechshundert und mehr junge Rhodesier freiwillig melden, und wäre es nur gegen Sold und Verpflegung, und alle werden gute Kämpfer sein, wie damals, als sie gegen die Matabele gekämpft haben.«

»Halten Sie es für ratsam, dem Land den Schutz aller wehrtauglichen Männer zu entziehen?«

Mr. Rhodes mischte sich mit gerunzelter Stirn ein. »Es handelt sich nur um wenige Monate, und hier gibt's doch nichts zu befürchten.«

»Nein?« entgegnete Zouga. »Was ist mit den Zehntausenden Matabele –«

»Nun hören Sie schon auf, Major«, unterbrach Jameson. »Die Matabele sind niedergeworfen und ein unorganisierter Haufen. General St. John wird das Land in meiner Abwesenheit verwalten, vielleicht kann er Ihre Befürchtungen zerstreuen.«

Alle Blicke wandten sich dem hochgewachsenen Mann neben Jameson zu. Mungo St. John nahm die dicke Zigarre aus dem Mund und lächelte.

»Ich verfüge über zweihundert Mann bewaffneter Eingeborenenpolizei, deren Loyalität außer Zweifel steht. Meine Informanten sitzen in jedem größeren Matabele-Dorf und machen mir über jegliche Unregelmäßigkeiten Meldung. Nein, Major, ich versichere Ihnen, der einzige Feind, auf den wir unser Augenmerk lenken müssen, ist der starrsinnige alte Bure in Pretoria.«

Ralph beobachtete die Gesichter der Männer, wie sie planten und debattierten, und stellte zu seinem Erstaunen fest, daß sein Vater genauso gierig und eifrig war wie alle anderen. Was sie auch sagen, wie sie es formulieren, dachte Ralph, eigentlich geht es ihnen dabei nur ums Geld.

Und er rief sich jenen frühen Morgen im öden Karru ins Gedächtnis, als er alleine in der Wüste kniete und einen Eid schwor, sich auf Gott als seinen Zeugen berief, und es kostete ihn all seine Willenskraft, um der Versuchung zu widerstehen, Mr. Rhodes zu beobachten. Er wußte, diesmal konnte er seine Gefühle nicht vor ihm verbergen, daher hielt er seinen Blick auf das Kristallglas mit Cognac gesenkt, während er um Selbstkontrolle rang und sich zwang, kühl zu denken.

Wenn es möglich war, diesen Koloß von einem Mann zu zerstören, war es dann nicht auch möglich, seine Gesellschaft zu vernichten, ihm die Regierungsmacht, die Landrechte und die Mineralschürfrechte, deren Monopol für ganz Rhodesien in seinen Händen lag, zu entreißen?

Der erregende Gedanke versetzte Ralphs Blut in Wallung, denn hier bot sich nicht nur die Chance für einen grausamen Racheakt, ihm winkte auch noch ein riesiges Vermögen. Wenn das Komplott scheiterte, würden die Aktien der darin verwickelten Mineralgesellschaften wie die Corner-House-Bergbaugruppe, die Randminen, Consolidated Goldfields in den Keller fallen. Ein simpler Krach an der Johannesburger Börse konnte Millionen Pfund bringen.

Ralph Ballantyne war betroffen vom Ausmaß der Konsequenzen, von der Aussicht auf Macht und Reichtum, wie er es bisher nicht einmal zu träumen gewagt hatte. Er überhörte fast die Frage und hob erst den Blick, als Mr. Rhodes sie wiederholte.

»Ich sagte, wann können Sie nach Kimberley aufbrechen, um sich um die Transporte zu kümmern, Ralph?«

»Morgen«, antwortete Ralph ruhig.

»Ich wußte, daß wir uns auf Sie verlassen können«, nickte Mr. Rhodes.

Ralph wollte absichtlich der letzte sein, der King's Lynn verließ.

Nun stand er mit seinem Vater auf der Veranda und sah der Staubwolke nach, die Mr. Rhodes' Maultierkutsche hochwirbelte, als sie den Berg hinabrollte. Ralph lehnte an einer der weiß gestrichenen Säulen der Veranda, seine sonnengebräunten Arme über der Brust gefaltet und seine Augen verengt gegen den aufsteigenden Rauch aus der Zigarre zwischen seinen Zähnen.

»Du bist hoffentlich nicht so naiv, Percys Meinung über die Buren zu teilen, wie Papa?«

Zouga schmunzelte. »Langsam, mißtrauisch, mißgünstig und all der Quatsch.« Er schüttelte den Kopf. »Sie reiten gut und schießen genau, sie haben alle schwarzen Stämme südlich des Limpopo unterworfen –«

»Unsere eigenen Soldaten nicht zu vergessen«, ergänzte Ralph. »Majuba Hill, 1881, General Colley und neunzig seiner Männer liegen dort begraben, die Buren haben keinen einzigen Mann verloren.«

»Sie sind gute Soldaten«, sagte Zouga, »aber wir haben das Überraschungsmoment auf unserer Seite.«

»Und du bist mit mir der Meinung, daß der Einfall ein Akt internationaler Räuberei ist, Papa?« Ralph nahm die Zigarre aus dem Mund und klopfte die Asche ab. »Wir haben nicht die geringste moralische Rechtfertigung für einen solchen Schritt.«

Ralph beobachtete, wie die Narbe auf Zougas Wange porzellanweiß wurde. Das verläßliche Barometer seiner Stimmung.

»Ich verstehe dich nicht«, knurrte Zouga, und beide wußten, daß er sehr wohl verstand.

»Es ist ein Raubüberfall«, beharrte Ralph. »Nicht nur ein kleiner Straßenraub, sondern Raub im großen Stil. Wir schmieden ein Komplott, ein Land zu stehlen.«

»Haben wir dann auch dieses Land von den Matabele gestohlen?« wollte Zouga wissen.

»Das war etwas anderes«, lächelte Ralph. »Sie waren wilde Heiden, aber jetzt planen wir, eine Regierung gleichgestellter Christen zu stürzen.«

»Es geht schließlich um das Wohl des Empire.« Zougas Narbe hatte die Farbe von Weiß auf Rot gewechselt.

»Das Empire, Papa?« Ralph lächelte immer noch. »Wenn es zwei Menschen gibt, die ganz aufrichtig miteinander reden sollten, dann sind wir beide das. Sieh mich an und sag mir, ob die Sache für uns keinen Gewinn bringt – abgesehen von der Befriedigung, unsere Pflicht für das Empire erfüllt zu haben.«

Aber Zouga mied seinen Blick. »Ich bin Soldat –«

»Ja«, schnitt Ralph ihm das Wort ab. »Aber du bist auch ein Rancher, der gerade die Rinderpest überstanden hat. Du hast es geschafft, fünftausend Stück Vieh zu verkaufen, aber wir beide wissen, daß das nicht genug war. Wie hoch sind deine Schulden, Papa?«

Nach kurzem Zögern antwortete Zouga knurrend: »Dreißigtausend Pfund.«

»Siehst du eine Möglichkeit, diese Schulden zu bezahlen?«

»Nein.«

»Es sei denn, wir nehmen Transvaal ein?«

Zouga antwortete nicht, doch die Narbe verblaßte, und er seufzte.

»Na schön«, sagte Ralph. »Ich wollte bloß sicher gehen, daß ich mit meinen Motiven nicht allein bin.«

»Du bist also dabei?« fragte Zouga.

»Keine Sorge, Papa. Wir schaffen es, das verspreche ich dir.« Ralph stieß sich von der Säule und rief den Stallburschen zu, sein Pferd zu holen.

Aus dem Sattel blickte er auf seinen Vater hinunter, und zum erstenmal fiel ihm auf, wie das Alter seine grünen Augen ausgewaschen hatte.

»Mein Junge, nur weil einige von uns für unsere Leistungen belohnt werden, bedeutet das nicht, daß dem Unternehmen keine edlen Motive zugrunde liegen. Wir sind die Diener des Empire, und treue Diener haben ein Recht auf gerechten Lohn.«

Ralph beugte sich aus dem Sattel und schlug ihm auf die Schulter, dann nahm er die Zügel auf und ritt durch den Akazienwald den Hügel hinunter.

Das Schienenende tastete sich die Randstufe hinauf wie ein vorsichtiges Reptil, folgte häufig alten Elefantenpfaden, denn die riesigen Tiere hatten die leichtesten Steigungen und sanftesten Pässe ausgewählt. Die bauchigen Affenbrotbäume und gelben Fieberbäume im Tal des Limpopo lagen tief unten, und hier waren die Wälder lieblicher, die Luft süßer, die Bäche klarer.

Ralphs Camp lag in einem der abgeschiedenen Hochtäler, außer Hörweite der Hämmer der Bautrupps, die Stahlbolzen in die Bahnschwellen aus Teakholz trieben. Ein verzauberter Platz in der Wildnis. In den Abendstunden äste ein Antilopenrudel auf der Lichtung unterhalb des Camps, und morgens wurde man vom Bellen der Paviane geweckt. Und die Telegrafenhütte am Schienenende lag nur zehn Minuten entfernt am Fuß des bewaldeten Hügels, und die Lokomotive, die Schienen und Schwellen aus Kimberley brachte, lieferte auch die neueste Ausgabe des *Diamond Fields Advertiser* und jeden anderen bescheidenen Luxus, den das Camp brauchte.

Im Notfall konnte Cathy sich an den Bauleiter oder an einen seiner Leute wenden; das Camp selbst wurde von zwanzig treuen Matabele-Dienern und Isazi, dem kleinen Zulu-Fuhrmann, beschützt, der in aller Bescheidenheit darauf hinwies, daß er allein mehr wert sei als zwanzig der tapfersten Matabele. Für den unwahrscheinlichen Fall, daß Cathy die Einsamkeit oder Langeweile packte, war die Harkness-Mine nur dreißig Meilen entfernt, und Harry und Vicky versprachen, jedes Wochenende herüberzureiten.

»Dürfen wir nicht mit dir kommen, Daddy?« bettelte Jonathan. »Ich könnte dir doch helfen, das könnte ich wirklich.«

Ralph setzte ihn sich auf den Schoß. »Einer von uns muß dableiben und sich um Mama kümmern«, erklärte er. »Du bist der einzige, dem ich sie anvertrauen kann.«

»Wir können sie doch mitnehmen«, schlug Jonathan zweckmäßigerweise vor, und Ralph stellte sich Frau und Kind mitten in einem bewaffneten Aufstand vor, mit Barrikaden in den Straßen und Buren-Horden, die das Land verwüsteten.

»Das wäre wunderschön, Jon-Jon«, pflichtete Ralph ihm bei, »aber was ist mit dem neuen Baby? Was geschieht, wenn der Storch hier ankommt, wenn wir fort sind, und niemand ist da, um dein Schwesterchen in Empfang zu nehmen?«

Jonathan schmollte. Er begann diesem ungeborenen, aber allgegenwärtigen weiblichen Wesen bereits eine gesunde Abneigung entgegenzubringen, das ihm allen Anschein nach jedes Vergnügen und Abenteuer verdarb. Papa und Mama erwähnten sein liebes Schwesterchen in beinahe jedem Gespräch, seine Mutter verbrachte viel von der Zeit, die ehedem Jonathans Interessen galt, mit Stricken und Nähen, oder saß einfach da und lächelte in sich hinein. Sie ritt nicht mehr jeden Morgen und jeden Abend mit ihm aus, und die Balgereien mit ihr, die er so sehr liebte, fanden auch nicht mehr statt. Jonathan hatte bereits Isazi zu Rate gezogen über die Möglichkeit, den Storch wissen zu lassen, er möge die Sache auf sich beruhen lassen, sie hätten ihre Meinung geändert. Isazi war nicht sehr ermutigend, versprach aber, die Angelegenheit mit dem hiesigen Medizinmann zu besprechen.

Erneut mit der lästigen Weibsperson konfrontiert, kapitulierte Jonathan auf nicht sehr feine Art.

»Kann ich dann wenigstens mit dir kommen, wenn meine kleine Schwester da ist, um auf Mama aufzupassen?«

»Hör mal zu, großer Mann. Wir machen was viel Besseres. Wie würde es dir gefallen, wenn wir auf einem großen Schiff übers Meer fahren?« Das waren Reden, die Jonathans Herz erfreuten, und sein Gesicht leuchtete auf.

»Darf ich es segeln?« fragte er.

»Ich bin sicher, der Kapitän ist froh, wenn du ihm hilfst«, lachte Ralph. »Und wenn wir nach London kommen, wohnen wir in einem großen Hotel und kaufen ganz viele Geschenke für deine Mama.«

Cathy ließ das Strickzeug sinken und schaute ihn im Schein der Lampe an.

»Und ich?« forderte Jonathan. »Kaufen wir auch ganz viele Geschenke für mich?«

»Und für deine kleine Schwester«, fügte Ralph hinzu. »Und wenn wir zurückkommen, reisen wir nach Johannesburg und kaufen ein großes Haus mit vielen Kerzenleuchtern und Marmorfußböden.«

»Und einen Stall für mein Pony.« Jonathan klatschte in die Hände.

»Und einen Zwinger für Tschaka.« Ralph zerzauste ihm den Wuschelkopf. »Und du gehst in eine schöne Schule aus roten Ziegeln mit vielen anderen kleinen Buben.« Jonathans Lächeln wurde ein bißchen dünner, das war vielleicht etwas zuviel des Guten. Ralph stellte ihn wieder auf die Füße, gab ihm einen Klaps auf den Po und sagte: »Jetzt gibst du deiner Mutter einen Gutenachtkuß und bittest sie, dich ins Bett zu bringen.«

Cathy kam aus dem Kinderzelt. Sie bewegte sich mit der rührenden Unbeholfenheit ihrer Schwangerschaft und ging auf Ralph zu, der auf dem Leinenstuhl saß, seine Stiefel ans Feuer gestreckt, ein Whiskyglas in der Hand. Sie blieb hinter ihm stehen, legte beide Arme um seinen Hals, drückte ihre Lippen an seine Wange und flüsterte: »Stimmt das, oder machst du dich über mich lustig?«

»Du warst lange genug ein gutes, tapferes Mädchen. Ich kaufe dir ein Haus, von dem du nicht zu träumen gewagt hättest.«

»Mit Kerzenleuchtern?«

»Und einer Prachtkutsche, die dich in die Oper bringt.«

»Ich weiß nicht, ob mir die Oper gefällt – ich war noch nie in einer.«

»Das werden wir in London herausfinden, nicht wahr?«

»O Ralph, ich bin so glücklich, daß ich weinen könnte. Aber warum jetzt? Was ist geschehen, daß sich alles verändert?«

»Etwas passiert noch vor Weihnachten, und das wird unser Leben verändern. Wir werden reich sein.«

»Ich dachte, wir sind reich.«

»Ich meine wirklich reich, so wie Robinson und Rhodes reich sind.«

»Kannst du mir sagen, was passiert?«

»Nein«, sagte er nur. »Aber du mußt nur noch ein paar Wochen warten, nur bis Weihnachten.«

»Ach Liebling«, seufzte sie. »Wirst du lang fortbleiben? Du fehlst mir so.«

»Dann sollten wir unsere kostbare Zeit nicht noch länger mit Reden verschwenden.« Er stand auf, nahm sie in die Arme und trug sie behutsam zum Rundzelt unter dem ausladenden Feigenbaum.

Am nächsten Morgen stand Cathy mit Jonathan an der Hand neben dem Zug, und beide schauten zu Ralph im Führerhaus der großen grünen Lokomotive hinauf.

»Ständig müssen wir uns voneinander verabschieden.« Sie mußte schreien, um das Fauchen des Dampfes und das Prasseln des Feuers im Heizkessel zu übertönen.

»Es ist das letztemal«, versprach Ralph.

Wie gut er aussah, wie fröhlich er war; ihr Herz weitete sich, bis es sie zu ersticken drohte.

»Komm schnell zu mir zurück.«

»Mach ich. So schnell wie möglich.« Der Lokführer zog den Messinggriff des Ventils nach unten, und das Fauchen der Dampfpfeife erstickte Ralphs nächste Worte.

»Was? Was hast du gesagt?« Cathy trabte schwerfällig neben der Lokomotive her, die sich langsam in Bewegung setzte.

»Verlier den Brief nicht«, wiederholte er.

»Nein«, versprach sie und konnte nicht mehr Schritt halten. Sie blieb stehen und winkte mit dem weißen Spitzentaschentuch, bis der Zug hinter der Kurve und dem Ausläufer des Kopje verschwunden und der letzte bekümmerte Seufzer der Dampfpfeife verhallt war. Dann wandte sie sich um und ging zu Isazi, der neben der zweirädrigen Kutsche wartete. Jonathan entzog sich ihrer Hand, rannte voraus und kletterte auf den Sitz.

»Darf ich fahren, Isazi?« bettelte er, und Cathy spürte einen kleinen enttäuschten Stich über Unbeständigkeit – einen Augenblick tieftraurig und in Tränen, im nächsten quietschvergnügt bei der Aussicht, die Zügel in der Hand halten zu dürfen.

Sie lehnte sich in das Lederpolster des Wagens zurück, fuhr mit der Hand in ihre Schürzentasche und tastete nach dem versiegelten Umschlag, den Ralph ihr anvertraut hatte. Sie zog ihn aus der Tasche und las die verlockende Anweisung, die er darauf geschrieben hatte: »Erst öffnen nach Erhalt meines Telegramms.«

Sie wollte ihn wieder in die Tasche stecken; dann biß sie sich auf die Unterlippe, kämpfte gegen die Versuchung an, und schließlich schob sie ihren Fingernagel in den Umschlag, brach ihn auf und zog das gefaltete Blatt heraus.

»Sofort nach Erhalt meines Telegramms schickst du folgendes Eiltelegramm: »An Major Zouga Ballantyne. Hauptquartier der Rhodesischen Kavallerie in Pitsani, Betschuanaland: IHRE FRAU MRS. LOUISE BALLANTYNE SCHWER ERKRANKT, UMGEHENDE RÜCKKEHR NACH KING'S LYNN ERFORDERLICH.«

Cathy las den Text zweimal und plötzlich hatte sie Todesangst.

Die Werkstatt der Simmer & Jack-Goldmine stand unter dem Förderturm aus Stahl auf dem Bergrücken. Darunter breitete sich die Stadt Johannesburg in einer sanften Talsenke aus und zog sich über die dahinterliegenden abgeflachten Hügel. Wände und Dach der Werkstatt bestanden aus Wellblech, und der Betonfußboden war mit schwarzen Pfützen ausgelaufenen Motorenöls beschmutzt. Es war heiß wie in einem Backofen, und hinter dem hohen Schiebetor am Ende der Baracke blendete grell die Frühsommersonne.

»Schließt die Türen«, befahl Ralph Ballantyne, und zwei Männer aus der kleinen Gruppe machten sich daran, die schwere Eisen- und Holzkonstruktion zu bewegen. Bei geschlossenen Toren war es düster wie in einer gotischen Kathedrale, und in den weißen Sonnenstrahlen, die durch die Ritzen der Wellblechwände stachen, wirbelte der Staub.

In der Mitte des Raums standen fünfzig gelbe Blechfässer. Auf jeden Deckel war mit schwarzer Farbe gepinselt: »Schweres Industrie-Maschinen-Öl. 44 Galn.«

Ralph zog sein beiges Leinenjackett aus, legte die Krawatte ab und rollte die Hemdsärmel hoch. Er nahm einen schweren Hammer und einen Meißel von der Werkbank und begann den Deckel eines Fasses aufzumachen. Die vier anderen Männer kamen näher. Die Hammerschläge hallten durch den langen Wellblechschuppen. Die gelbe Farbe splitterte unter dem Meißel ab, und das rohe Metall glänzte wie frisch geprägte Schillinge.

Endlich brach Ralph den halbgelösten Deckel auf und bog ihn nach hinten. Die Oberfläche des Öls glänzte kohlschwarz im Dämmerlicht; Ralph tauchte seinen rechten Arm bis zum Ellbogen ein und zog ein langes, in Ölzeug gewickeltes Bündel hervor, trug es zur Werkbank, schnitt die Verschnürung auf und wurde mit Bravorufen bedacht, als er die Verpackung öffnete.

»Die neuesten Lee-Metford-Bolzengewehre und neue, nichtrauchende Corditmunition. Es gibt keine bessere Feuerwaffe auf der ganzen Welt.«

Das Gewehr ging von Hand zu Hand. Als Percy Fitzpatrick an der Reihe war, öffnete und schloß er die Kammer knatternd mehrere Male rasch hintereinander.

»Wieviel Schuß?«

»Zehn pro Magazin«, antwortete Ralph. »Fünfzig Magazine.«

»Und der Rest?« wollte Frank Rhodes wissen. Er glich seinem jüngeren Bruder ebenso wenig wie Ralph seinem Bruder Jordan. Ein hochgewachsener, hagerer Mann mit tiefliegenden Augen und hohen Wangenknochen, den grauen Haaransatz hoch über der knochigen Stirn.

»In den nächsten fünf Wochen schaffe ich eine Lieferung pro Woche«, sagte Ralph und wischte sich die öligen Hände an einem Baumwollfetzen ab.

»Können Sie nicht schneller liefern?«

»Können Sie die Waffen schneller säubern und verteilen?« konterte Ralph und wandte sich, ohne die Antwort abzuwarten, an John Hays Hammond, einen erstklassigen amerikanischen Bergbauingenieur, zu dem er mehr Zutrauen hatte als zu Mr. Rhodes' wichtigtuerischem Bruder.

»Haben Sie einen endgültigen Aktionsplan festgelegt?« fragte er. »Mr. Rhodes wird mich bei meiner Rückkehr nach Kimberley danach fragen.«

»Das Fort und das Waffenarsenal in Pretoria werden unser erstes Angriffsziel sein«, sagte Hays Hammond, und die beiden vertieften sich in eine Debatte, während der Ralph Notizen auf eine Zigarettenschachtel kritzelte. Schließlich nickte er und steckte die Schachtel in seine Gesäßtasche. Frank Rhodes meldete sich wieder zu Wort:

»Was gibt es Neues aus Bulawayo?«

»Jameson hat seine Männer beisammen, über sechshundert. Sie sind beritten und bewaffnet. Er wird voraussichtlich am letzten dieses Monats in Pitsani eintreffen, das ist meine letzte Information.« Ralph zog sein Jackett wieder an. »Es ist klüger, wenn wir nicht zusammen gesehen werden.«

Er gab jedem der Männer die Hand, bei Colonel Frank Rhodes angekommen, konnte er der Versuchung nicht widerstehen. »Im übrigen wäre es klüger, Colonel, wenn Sie Ihre telegrafischen Botschaften auf das Nötigste beschränkten. Der Code Ihrer täglichen Meldungen über fiktive Aktienemissionen könnte selbst den dämlichsten Polizeibeamten von Transvaal hellhörig machen, und wir wissen mit Sicherheit, daß im Johannesburger Telegrafenamt ein Polizeispitzel sitzt.«

»Sir, wir haben uns nur auf das Nötigste beschränkt«, antwortete Frank Rhodes pikiert.

»Und als was würden Sie Ihren letzten Erguß bezeichnen? *›Sind die sechshundert Aktionäre aus dem Norden in der Lage, ihre Obligationen einzulösen?‹* « Ralph äffte seine affektierte, altjüngferliche Ausdrucksweise nach; dann nickte er zum Abschied in die Runde, verließ den Schuppen und ritt die Straße des Fordbergs hinunter in die Stadt.

»Es wird Zeit, daß Elizabeth sich verheiratet.« Juba schüttelte bekümmert den Kopf. »Sie braucht einen Mann in ihrem Bett und ein Baby an ihrer Brust, das sie zum Lächeln bringt.«

»Rede keinen Unsinn, Juba«, erwiderte Robyn. »Dafür ist später noch Zeit. Sie hat hier wichtige Arbeit zu tun, ich könnte sie nicht entbehren. Sie ist so gut wie ein ausgebildeter Arzt.«

»Die jungen Männer kommen einer nach dem anderen aus Bulawayo heraus, und sie schickt sie alle weg«, fuhr Juba fort, ohne sich von Robyn beirren zu lassen.

»Sie ist eben ein vernünftiges, ernsthaftes Mädchen«, nickte Robyn.

»Sie ist ein trauriges Mädchen mit einem Geheimnis.«

»Aber Juba, nicht jede Frau will ihr Leben als Besitztum eines Mannes verbringen«, entgegnete Robyn verächtlich.

»Erinnerst du dich, als sie noch ein kleines Mädchen war?« fuhr Juba fort. »Wie klug sie war, wie sie glänzte vor Freude, sie glitzerte wie ein Tropfen Morgentau.«

»Inzwischen ist sie erwachsen geworden.«

»Ich dachte, es hätte mit dem großen Mann von der anderen Seite des Meeres zu tun, dem jungen Steinesucher, der Vicky fortgeholt hat.« Juba schüttelte den Kopf. »Aber der war es nicht. Bei Vickys Hochzeit lachte sie, und es war nicht das Lachen eines Mädchens, das ihre Liebe verloren hat. Es ist was anderes«, entschied Juba, »oder ein anderer Mann.«

Robyns weitere Einwände wurden von der aufgeregten Stimme aus der Nacht draußen unterbrochen. Sie stand schnell auf.

»Was ist los?« rief sie. »Was ist da draußen los, Elizabeth?« Der Laternenschein tanzte über den Hof, beleuchtete Elizabeths laufende Füße, ließ aber ihr Gesicht im Dunkeln.

»Mama! Mama! Komm schnell!« rief sie. Dann stürmte sie herein.

»Nimm dich zusammen, Mädchen.« Robyn rüttelte sie an der Schulter, und Elizabeth holte tief Luft.

»Der alte Moses ist aus dem Dorf heraufgekommen – er sagt, Soldaten, Hunderte von Soldaten reiten an der Kirche vorbei.«

»Juba, zieh Bobby den Mantel über.« Robyn nahm einen Wollschal und ihren Stock vom Haken hinter der Tür. »Elizabeth, gib mir die Lampe!«

Robyn ging voran auf der Fahrspur unter den dunklen Spathodeenbäumen, vorbei an den Krankenunterkünften auf die Kirche zu. Sie gingen dicht zusammengedrängt, Bobby, eingehüllt in einen Wollmantel, saß auf Jubas breiter Hüfte. Noch bevor sie die Kirche erreichten, eilten weitere dunkle Gestalten aus der Dunkelheit auf die Kirche zu.

»Sie kommen aus dem Hospital«, brummte Juba verärgert. »Und morgen sind sie wieder krank.«

»Man kann es ihnen nicht verbieten«, seufzte Elizabeth. »Neugier bringt die Katze um.« Und dann rief sie aus: »Da sind sie! Moses hat recht – seht euch das an!«

Die Sterne leuchteten hell genug, um die Schatten des Reiterzuges zu erkennen, der sich auf der Straße den Hang herunter bewegte. Sie ritten paarweise und hielten eine Pferdelänge Abstand zum Vordermann. In der Dunkelheit konnte man die Gesichter unter den breiten Krempen ihrer Schlapphüte nicht erkennen, doch hinter jeder Schulter ragte ein Gewehrlauf in das kalt glitzernde Sternenmeer des Himmels. Der tiefe Staub der Wagenspuren dämpfte die Hufschläge zu dumpfem Klopfen, die Ledersättel knarzten, und gelegentlich klirrte ein Zaumzeug, wenn ein Pferd schnaubend den Kopf hob.

Das Schweigen so vieler Menschen war unheimlich. Keine Stimme wurde laut, kein Befehl erteilt, auch nicht das übliche »Achtung!«, wenn viele Reiter in Formation auf unbekanntem Gelände bei Dunkelheit unterwegs waren. Die Spitze der Kolonne erreichte die Weggabelung hinter der Kirche und schwenkte nach links in südliche Richtung.

»Wer sind die?« fragte Juba in aufgeregtem Flüsterton. »Sie sehen aus wie Gespenster.«

»Das sind keine Gespenster«, sagte Robyn tonlos. »Das sind Jamesons Zinnsoldaten, das ist seine neue rhodesische Kavallerie.«

»Wieso nehmen sie die alte Straße?« Auch Elizabeth flüsterte, angesteckt von Juba und dem unheimlichen Schweigen. »Und wieso reiten sie bei Nacht?«

»Das stinkt nach Jameson – und seinem Herrn.« Robyn trat an den Straßenrand und rief laut, die Laterne über ihren Kopf haltend: »Wohin wollt ihr?«

Eine tiefe Stimme aus der Kolonne antwortete: »Hin und zurück, um zu wissen, wie weit es ist, Missus!« Vereinzelte leise Lacher aus der Kolonne, die unablässig an der Kirche vorbeiritt.

In der Mitte des Zuges befand sich die Fracht. Sieben Fuhrwerke, von Maultieren gezogen, da keine Zugochsen die Rinderpest überlebt hatten. Nach den Fuhrwerken kamen acht zweirädrige, mit Zeltplanen bedeckte Karren, auf denen die Maxim-Maschinengewehre lagen, dahinter drei leichte Feldgeschütze, Restbestände von Jamesons Expeditionscorps, das vor wenigen Jahren Bulawayo eingenommen hatte. Die Nachhut bildeten wieder zwei Reiter.

Es dauerte fast zwanzig Minuten, bis sie die Kirche passiert hatten, und dann wurde es völlig still, nur die in der Luft schwebende Staubwolke zeugte von dem Reiterzug. Die Kranken aus dem Hospital verzogen sich vom Straßenrand zurück in die dunkleren Schatten unter den Spathodeenbäumen, die kleine Familiengruppe blieb schweigend stehen und wartete darauf, daß Robyn sich in Bewegung setzte.

»Mami, mir ist kalt«, jammerte Bobby schließlich, und Robyn fuhr aus ihren Gedanken hoch.

»Ich würde gern wissen, was die vorhaben«, murmelte sie und ging wieder voran den Hügel hinauf zum Haus.

Juba setzte Bobby ab, der in die Wärme des Eßzimmers huschte. Juba wollte hinter ihm her, doch Robyn legte ihr die Hand auf den Unterarm und hielt sie zurück. Die beiden Frauen standen beieinander, nah und geborgen in der Liebe und Freundschaft, die sie füreinander empfanden. Sie blickten über das Tal in die Richtung, in der die dunkle, schweigende Reiterkolonne verschwunden war.

»Wie schön die Nacht ist«, murmelte Robyn. »In den Sternen habe ich immer meine Freunde gesehen, sie sind so beständig, man kennt sie, und heute nacht sind sie besonders nah.« Sie hob ihre Hand, als wolle sie einen Stern vom Himmelszelt pflücken. »Dort ist der Orion und da der Taurus.«

»Und dort sind Manatassis vier Söhne«, sagte Juba, »die armen hingeschlachteten Kinder.«

»Dieselben Sterne.« Robyn zog Juba näher zu sich, »dieselben Sterne leuchten uns allen, auch wenn wir verschiedene Namen für sie haben. Du nennst diese vier weißen Sterne Manatassis Söhne, und wir nennen sie das Kreuz. Das Kreuz des Südens.«

Sie spürte, wie Juba erschrak und ein Schauder sie durchlief, und fragte besorgt: »Was ist los, meine kleine Taube?«

»Bobby hat recht«, flüsterte Juba. »Es ist kalt. Wir sollten hineingehen.« Sie schwieg während der restlichen Mahlzeit. Und als Elizabeth Bobby zu Bett brachte, sagte sie: »Nomusa, ich muß zurück ins Dorf.«

»Aber Juba, du bist doch gerade erst zurückgekommen. Was ist los?«

»Ich habe so ein Gefühl, Nomusa, ein Gefühl in meinem Herzen, daß mein Mann mich braucht.«

»Männer«, sagte Robyn bitter. »Wenn wir sie doch bloß alle

los wären – das Leben wäre viel einfacher, wenn wir Frauen die Geschicke der Welt in die Hand nehmen könnten.«

»Es ist das Zeichen«, flüsterte Tanase, die ihren Sohn an ihre Brust drückte, und der Schein von dem winzigen, rauchigen Feuer in der Mitte der Hütte beschattete ihre Augen wie die Höhlen eines Totenkopfs. »So ist es immer mit den Weissagungen der Umlimo, die Bedeutung wird erst klar, wenn die Ereignisse eintreten sollen.«

»Die Mittagssonne hat sich von Flügelschlägen verdunkelt«, nickte Bazo, »und die Rinder lagen mit verdrehten Köpfen und jetzt –«

»Und jetzt hat das Kreuz die hornlosen Rinder aufgegessen, die Reiter sind in der Nacht nach Süden geritten. Das ist das dritte und letzte Zeichen, auf das wir gewartet haben«, ergänzte Tanase in verhaltenem Jubel. »Die Geister unserer Ahnen drängen uns. Die Zeit des Wartens ist vorüber.«

»Kleine Mutter, die Geister haben dich erwählt, um ihre Botschaft deutlich zu machen. Ohne dich hätten wir nie gewußt, wie die weißen Männer die vier großen Sterne nennen. Nun haben die Geister eine weitere Arbeit für dich. Du bist diejenige, die weiß, wo sie sind, du weißt, wie viele Weiße in der Khami-Mission sind.«

Juba schaute zu ihrem Mann, ihre Lippen bebten, ihre großen, dunklen Augen schwammen in Tränen. Gandang nickte ihr aufmunternd zu.

»Nomusa ist dort«, flüsterte sie. »Nomusa, die mir mehr bedeutet als eine Mutter und eine Schwester. Nomusa, die meine Ketten auf dem Sklavenschiff durchschnitten hat –«

»Verbanne diese Gedanken aus deinem Kopf«, riet Tanase ihr sanft. »Für sie ist jetzt kein Platz. Sag uns, wer noch in der Mission ist.«

»Elizabeth ist dort, meine zarte, traurige Lizzie, und Bobby, den ich auf meiner Hüfte herumtrage.«

»Wer sonst?« beharrte Tanase.

»Sonst niemand«, flüsterte Juba.

Bazo blickte zu seinem Vater.

»Sie gehören dir, alle in der Khami-Mission. Du weißt, was du zu tun hast.«

Gandang nickte, und Bazo wandte sich wieder an seine Mutter. »Erzähl mir von Bakela, der Faust, und von seiner Frau. Was weißt du von ihnen?«

»Letzte Woche waren sie in dem großen Haus auf King's Lynn.«

Bazo wandte sich an einen anderen Induna, der hinter Gandang in der Reihe saß.

»Suku!«

Der Induna erhob sich auf ein Knie.

»Baba?« fragte er.

»Bakela und seine Frau gehören dir«, sagte Bazo. »Und wenn du diese Arbeit getan hast, gehst du in die Hartley-Hügel und nimmst die Bergleute dort – drei Männer, eine Frau und vier Kinder.«

»Nkosi Nkulu«, bestätigte der Induna den Befehl, und niemand fragte oder erhob Einspruch dagegen, daß er Bazo *Nkosi Nkulu* – König – nannte.

»Kleine Mutter, wo sind Henshaw und seine Frau, die Tochter der Nomusa?«

»Die Nomusa bekam vor drei Tagen einen Brief von ihr. Sie ist am Eisenbahnbau, sie und der Junge. Sie trägt ein Kind, das um das Fest von *Chawala* zur Welt kommt. Sie schrieb von ihrer großen Freude und ihrem Glück.«

»Und Henshaw?« fragte Bazo geduldig. »Was ist mit Henshaw?«

»Sie schrieb, daß er, die Quelle ihres Glücks, bei ihr ist. Vielleicht ist er noch dort.«

»Sie gehören mir«, sagte Bazo. »Sie und die fünf weißen Männer, die an der Eisenbahn arbeiten. Danach begeben wir uns an die Fahrstraße und nehmen die zwei Männer, die Frau und die drei Kinder an der Antilopen-Mine.« Er fuhr fort, jedem seiner Männer in ruhigem Ton seine Aufgabe zu erklären, jedem wurde eine Farm und eine einsam gelegene Mine zugeteilt. Sie hatten die Aufgabe, Telegrafendrähte zu zerschneiden, die Eingeborenenpolizei zu töten, die Fahrwege nach Reisenden abzusuchen,

Feuerwaffen einzusammeln, Viehbestände fortzutreiben und zu verstecken. Als er seine Befehle erteilt hatte, wandte er sich an die Frauen.

»Tanase, du kümmerst dich darum, daß alle unsere Frauen und Kinder sich an den alten Zufluchtsort begeben. Du selbst führst sie in die heiligen Matopos-Berge. Achte darauf, daß sie in kleinen Gruppen und weit getrennt voneinander marschieren. Und die *Mujiba* werden von den Berggipfeln Ausschau halten nach weißen Männern. Die Frauen bereiten Tränke und *Muti* für unsere verwundeten Krieger.«

»Nkosi Nkulu«, bestätigte Tanase jede seiner Anweisungen und sah ihm dabei unverwandt ins Gesicht, bemüht, sich ihren Stolz und wilden Jubel nicht anmerken zu lassen. »König« nannte sie ihn, wie die anderen Indunas es getan hatten.

Nachdem alle Befehle erteilt waren, warteten sie weiter. In der Hütte herrschte gespanntes Schweigen, in den Gesichtern wie poliertes Ebenholz glänzte das Augenweiß. Und schließlich sprach Bazo wieder.

»Nach uraltem Brauch feiern die Söhne und Töchter von Maschobane, von Mzilikazi und von Lobengula in der Nacht des *Chawala*-Mondes das Fest der ersten Früchte. Diesmal reifen keine Maiskolben, da sie uns von Heuschrecken geraubt wurden. Diesmal können die jungen Krieger keinen schwarzen Büffel mit bloßen Händen töten, die Rinderpest hat ihnen diese Arbeit abgenommen.«

Bazo blickte langsam von einem Gesicht zum anderen.

»Wir wollen die Nacht dieses *Chawala*-Mondes als Zeitpunkt bestimmen. In dieser Nacht soll der Sturm beginnen. Unsere Augen werden sich röten. Die jungen Matabele-Männer werden zuschlagen!«

»Jee!« begann Suku in der zweiten Reihe der Indunas zu summen, und *»Jee!«* stimmte der alte Babiaan in den Kriegsgesang ein, und bald wiegten sich alle, und ihre Kehlen vibrierten, und ihre Augen glühten rötlich im Feuerschein, und das göttliche Fieber der Kampfeslust senkte sich über sie.

Die Vorbereitung des Munitionstransports war der zeitraubendste Faktor des Unternehmens, und Ralph verfügte nur über zwanzig vertrauenswürdige Männer für diese Arbeit.

In jeder Aluminiumkiste befanden sich zehntausend Patronen. Die großen Verpackungen mußten aufgerissen und der Inhalt in kleineren Mengen in Wachspapier neu verpackt werden. Einhundert Schuß pro Paket, wovon jedes in Aluminiumfolie gepackt, eingelötet und dann in Öl gelegt wurde. Eine eintönige Arbeit, der Ralph nur zu gern aus den Werksschuppen der De-Beers-Gesellschaft, wo sie durchgeführt wurde, für ein paar Stunden entfloh.

Aaron Fagan erwartete ihn bereits in Hut und Mantel in seinem Büro.

»Sie entwickeln sich in letzter Zeit immer mehr zum Geheimniskrämer, Ralph«, beschuldigte er ihn. »Könnten Sie mir nicht einen kleinen Wink geben, was Sie vorhaben?«

»Das erfahren Sie früh genug«, vertröstete Ralph ihn und steckte sich eine Zigarre zwischen die Lippen. »Ich muß lediglich von Ihnen wissen, ob dieser Bursche vertrauenswürdig und verschwiegen ist.«

»Er ist der älteste Sohn meiner leiblichen Schwester«, entrüstete sich Aaron, und Ralph hielt das brennende Streichholz an die Zigarre.

»Schön und gut, aber kann er auch seinen Mund halten?«

»Dafür verbürge ich mein Leben.«

»Das müssen Sie vielleicht auch«, entgegnete Ralph trocken. »Dann wollen wir diesem Ausbund an Tugendhaftigkeit einen Besuch abstatten.«

David Silver war ein pummeliger junger Mann von schweinchenrosa Gesichtsfarbe, trug einen goldgeränderten Zwicker und viel Brillantine im Haar. Der exakte Strich seines Mittelscheitels sah aus wie die Narbe eines Schwerthiebes. Er begrüßte seinen Onkel Aaron mit einem höflichen Diener und bemühte sich beflissen um das Wohlergehen seiner Gäste, rückte ihre Stühle mit dem Rücken zum Fenster und stellte Aschenbecher und Teetasse in Reichweite jedes der Herren.

»Orange Pekoe«, wies er bescheiden auf die Teesorte hin und

setzte sich hinter seinen Schreibtisch. Dann legte er die Fingerspitzen aneinander, schürzte die Lippen geschäftsmäßig und blickte Ralph erwartungsvoll an.

Während Ralph sein Anliegen erläuterte, nickte er eifrig und machte kleine, schmatzende Geräusche.

»Mr. Ballantyne«, ergriff er, immer noch nickend wie ein chinesischer Mandarin, das Wort, als Ralph geendet hatte, »Sie sprechen von einer Transaktion, die wir Börsenmakler im Fachjargon ›Baissespekulation‹ oder ›Verkauf ohne Deckung‹ nennen. Ein ziemlich gebräuchliches Börsengeschäft.«

Aaron Fagan rutschte unbehaglich auf seinem Stuhl hin und her und warf Ralph einen entschuldigungheischenden Blick zu. »David, ich denke, Mr. Ballantyne weiß –«

»Nein, nein«, fiel Ralph ihm ins Wort, »bitte lassen Sie Mr. Silver fortfahren. Ich bin sicher, seine Erläuterungen werden mir Aufschluß geben.« Dabei blieb sein Gesicht ernst, nur in seinen Augen blitzte die Heiterkeit. David Silver blieb die Ironie verborgen, und er kam Ralphs Einladung eilfertig nach.

»Also bei der Baissespekulation geht es um Folgendes: Ein Klient geht zur Börse und bietet Aktien eines bestimmten Unternehmens zum Verkauf an, die er gar nicht besitzt, zu einem Kurs unter dem gegenwärtigen Börsenkurs, zahlbar zu einem bei Abschluß festgesetzten, späteren Datum, im Normalfall ein bis drei Monate nach Absichtserklärung.«

»Ja«, nickte Ralph ernst. »Ich glaube, bisher kann ich folgen.«

»Der Baissespekulant geht selbstverständlich davon aus, daß die besagten Aktien erheblich fallen, bevor er seine Verpflichtung einlösen muß. Je krasser der Kursverfall, desto größer sein Gewinn.«

»Aha!« sagte Ralph. »Ein einfacher Weg, zu Geld zu kommen.«

»Andererseits«, David Silvers Wabbelgesicht wurde streng, »muß der Baissespekulant mit erheblichen Verlusten rechnen, wenn die Aktien steigen.«

»Natürlich!«

»Sie werden also verstehen, daß ich meinen Klienten von einer solchen Spekulation abrate.«

»Ihr Onkel versicherte mir, daß Sie ein umsichtiger Mann sind.«

David Silver fühlte sich geschmeichelt. »Mr. Ballantyne, darf ich Sie darauf hinweisen, daß die Kurse steigende Tendenzen aufweisen. Es ist zu erwarten, daß einige der Gesellschaften am Witwatersrand in diesem Quartal hohe Gewinne abwerfen. Ich rate Ihnen zu diesem Zeitpunkt, Goldaktien zu kaufen statt zu verkaufen.«

»Mr. Silver, ich bin ein unverbesserlicher Pessimist.«

»Wie Sie meinen.« David Silver seufzte mit der Miene eines Menschen höherer Intelligenz, der sich mit der Unbelehrbarkeit eines Esels abzufinden hat. »Wenn Sie mir nun bitte Ihr Vorhaben spezifizieren, Mr. Ballantyne?«

»Ich möchte Aktien zweier Gesellschaften ohne Deckung verkaufen«, sagte Ralph. »Und zwar Consolidated Goldfields und Britisch-Südafrikanische Gesellschaft.«

David Silver wurde von tiefer Schwermut befallen. »Da haben Sie sich die zwei blühendsten Wirtschaftsunternehmen ausgesucht. Beide im Besitz von Mr. Rhodes. Haben Sie eine Vorstellung von der Größenordnung, Mr. Ballantyne? Ich meine, die Mindestanzahl sind einhundert Aktien –«

»Zweihunderttausend«, sagte Ralph milde.

»Zweihunderttausend Pfund!« japste David Silver.

»Aktien«, verbesserte Ralph.

»Mr. Ballantyne«, hauchte Silver bleich. »B. S. A. stehen bei zwölf und Consolidated bei acht Pfund. Wenn Sie zweihunderttausend Aktien verkaufen, dann beläuft sich die Transaktion auf zwei Millionen Pfund.«

»Nein, nein«, schüttelte Ralph den Kopf. »Sie mißverstehen mich.«

»Dem Herrn sei Dank!« In David Silvers Pausbacken kehrte etwas Farbe zurück.

»Ich spreche nicht von einer Gesamtstückzahl von zweihunderttausend, sondern von zweihunderttausend pro Gesellschaft. Das wäre eine Summe von etwa vier Millionen Pfund.«

David Silver sprang so heftig auf die Füße, daß sein Stuhl mit lautem Krach gegen die Wand knallte.

»Aber«, stotterte er, »aber –« Und der Protest erstarb ihm auf den Lippen. Sein Zwicker war beschlagen, seine Unterlippe wölbte sich vor wie die eines schmollenden Kindes.

»Setzen Sie sich«, forderte Ralph ihn freundlich auf, und Silver plumpste auf seinen Stuhl.

»Ich muß Sie um eine Anzahlung bitten.« Das war Silvers letzter Versuch.

»Wieviel soll es sein?«

»Vierzigtausend Pfund.«

Ralph klappte sein Scheckbuch auf und nahm einen von David Silvers Federhaltern vom Schreibtisch. Das Kratzen der Feder war das einzige Geräusch in dem stickigen kleinen Büro. Ralph lehnte sich zurück und fächelte das Papier trocken.

»Da wäre noch eine Sache«, sagte er. »Niemand außerhalb dieser vier Wände, kein Mensch darf je erfahren, daß ich der Auftraggeber dieser Transaktion bin.«

»Ich gebe Ihnen mein Wort darauf.«

»Oder Ihre Hoden«, warnte Ralph ihn und händigte ihm den Scheck aus, lächelnd zwar, doch seine Augen waren von einem so kalten Grün, daß David Silver ein kalter Schauer über den Rücken rieselte und ein Stich durch seine bedrohten Körperteile zuckte.

Es war ein für Buren typisches Haus auf einer Felserhöhung über dem sanft hügeligen, baumlosen, silbrigen Grasland. Das Wellblechdach war an einigen Stellen rostzerfressen, der verwaschene weiße Anstrich der breiten Veranda blätterte ab. Die Rotationsblätter des Windrads auf dem rostigen Eisengerüst hinter dem Haus drehten sich flirrend gegen den hellen, wolkenlosen Himmel im trockenen, staubigen Wind. Und mit jeder mühsamen Umdrehung des Flaschenzugs ergoß sich ein Eimer bräunliches Wasser in die runde Betonzisterne neben der Küchentür.

Es gab keinen Garten, keine Rasenfläche. Ein Dutzend zerrupfte, magere Hühner kratzten auf der nackten, dürren Erde, hockten niedergeschlagen auf dem Wrack eines Fuhrwerks und anderer verwahrloster Gerätschaften, die allem Anschein nach zu jedem Buren-Anwesen gehörten. An der windabgewandten

Seite stand ein hoher australischer Eukalyptusbaum, dessen alte Rinde in Fetzen vom silbrigen Stamm hing; er sah aus wie eine sich häutende Schlange. In seinem spärlichen Schatten standen acht stämmige braune Ponys angebunden.

Ralph stieg vom Pferd, und eine Meute undefinierbarer Köter schnappte knurrend nach seinen Stiefeln. Er wehrte sie mit Fußtritten und einem knallenden Peitschenhieb ab, und die Köter suchten japsend das Weite.

»U kom 'n bietjie laat, meneer.« Ein Mann war auf die Veranda getreten, in Hemdsärmeln, die Hosen reichten nicht ganz bis zu den Knöcheln und wurden von Hosenträgern gehalten. An den Füßen trug er Sandalen ohne Socken.

»Jammer«, entschuldigte Ralph sich für sein Zuspätkommen in dem vereinfachten Holländisch, das die Buren *taal*, Sprache, nannten.

Der Mann hielt die Tür auf, Ralph bückte sich und betrat den fensterlosen Raum. Es roch nach Rauch und kalter Asche aus dem offenen Kamin. Der Fußboden war mit Schilfmatten und Tierhäuten belegt. In der Mitte stand ein schwerer, roh gezimmerter Tisch aus dunklem Holz. Der einzige Wandschmuck gegenüber dem Kamin war ein mit den zehn Geboten in holländischer Sprache bestickter Behang. Auf der blanken Holztischplatte lag eine große holländische Bibel mit Ledereinband und Messingbeschlägen.

Auf Stühlen mit ledergeflochtenen Lehnen und Sitzflächen saßen acht Männer an dem langen Tisch, die alle bei Ralphs Eintreten die Köpfe hoben. Keiner der Männer war jünger als fünfzig Jahre, denn für die Buren waren Erfahrung und Weisheit hochgeschätzte Führungsqualitäten. Die meisten trugen Bärte und alle grobe, abgetragene Kleider, ihre Gesichter waren finster; keiner lächelte. Der Mann, der Ralph begrüßt hatte, wies stumm auf einen leeren Stuhl. Nachdem Ralph sich gesetzt hatte, wandten sich die zerzausten, bärtigen Köpfe der Gestalt an der Stirnseite des Tisches zu.

Es war ein Mensch von monumentaler Häßlichkeit, eine Mischung aus Bulldogge und Gorilla. Sein Bart ein graues zerzaustes Gewirr, nur die Oberlippe rasiert. Die Gesichtshaut hing ihm in Falten und Säcken herab, dunkel verbrannt von tausend gnadenlosen Sonnen Afrikas, mit Warzen, Auswüchsen und Flecken bedeckt. Ein herabhängendes Augenlid verlieh ihm einen verschlagenen, mißtrauischen Zug. Auch die hellbraunen Augen hatten unter der gleißenden Sonne Afrikas und dem beißenden Staub zahlloser Jagden und Schlachten gelitten und waren blutunterlaufen und entzündet. Seine Anhänger nannten ihn Ohm Paul, Onkel Paul, und verehrten ihn fast so wie ihren alttestamentarischen Gott.

Paul Krüger begann laut und langsam aus der vor ihm liegenden Bibel vorzulesen, wobei er dem Text mit dem Finger folgte. Der Daumen dieser Hand fehlte, war ihm vor dreißig Jahren von einem zersplitternden Gewehrlauf abgerissen worden.

Ralph beobachtete ihn genau, studierte den riesigen, zusammengesackten Körper mit den breiten Schultern, auf dem der häßliche Kopf wie ein zerrupfter Vogel auf einem Berggipfel hockte, und er dachte an die seltsame Lebensgeschichte dieses Mannes.

Paul Krüger war neun Jahre alt, als sein Vater und seine Onkel ihre Wagen packten, ihre Herden zusammentrieben und nach Norden treckten, weg von der britischen Herrschaft, getrieben von der Erinnerung an ihre Volkshelden, die am Slachters Nek von den Rotröcken aufgehängt worden waren. Die Krügers entflohen der Ungerechtigkeit, die sie zwang, ihre Sklaven freizulassen, flohen vor den schwarzen Gerichtsbezirken, vor Richtern, die nicht ihre Sprache sprachen, vor der Besteuerung ihres Landes und vor ausländischen Soldaten, die ihnen ihre geliebten Rinder wegnahmen als Vergütung für diese Steuern.

Das war 1835, und auf diesem harten Treck wurde Paul Krüger zum Mann in einem Alter, in dem die meisten Buben noch Drachen steigen lassen und mit Murmeln spielen. Jeden Tag bekam er eine einzige Kugel und eine Ladung Pulver zugeteilt und wurde losgeschickt, um die Familie mit Fleisch zu versorgen. Kam er ohne ein Stück erlegtes Wild zurück, verprügelte sein Vater ihn. So wurde er notgedrungen zum ausgezeichneten Schützen.

Eine seiner Aufgaben bestand darin, dem Treck voranzureiten, nach Wasser und gutem Weideland Ausschau zu halten. Das machte ihn zum erfahrenen Reiter, und er entwickelte eine fast mystische Verbundenheit mit dem Veld und den Herden der Fettsteißschafe und gescheckten Rinder, dem Reichtum der Familie. Wie die *Mujiba* der Matabele kannte er jedes Tier mit Namen und erkannte ein krankes Tier aus einer Herde in einer Entfernung von einer Meile.

Als die *Impis* des Matabele-Herrschers Mzilikazi mit ihren ovalen Schilden von allen Seiten auf die kleine Wagenkarawane einstürmten, nahm Paul seinen Platz bei den anderen Männern an den Barrikaden ein. In der runden, mit Ketten verbundenen Wagenburg, deren Zwischenräume mit Dornengestrüpp ausgestopft waren, kämpften dreiunddreißig Buren.

Sie kämpfen gegen ungezählte Matabele-*Amadoda*. Eine Formation nach der anderen stürmte auf sie ein mit ihrem fauchenden, tiefdröhnenden »*Jee!*« Sechs Stunden ohne Pause griffen sie an, und als die Kugeln zu Ende zu gehen drohten, schmolzen und gossen die Buren-Frauen mitten im Kampfgeschehen Bleikugeln. Als die Matabele schließlich aufgaben, lagen ihre Toten bis in Brusthöhe um die Wagenburg, und der kleine Paul war zum Mann geworden, denn er hatte Menschen getötet, viele Menschen.

Seltsamerweise sollten weitere vier Jahre vergehen, bevor er seinen ersten Löwen tötete, dem er eine Kugel ins Herz jagte, als das Raubtier sein Pferd ansprang.

Um diese Zeit begann er auch die Gabe übersinnlicher Wahrnehmungen zu entwickeln. Vor der Jagd neben seinem Pferd stehend, versetzte er sich in einen Trancezustand und beschrieb die Umgebung und die darin lebenden Wildtiere. »Eine Stunde Ritt nach Norden an einem Schlammloch steht eine Quagga-Herde. Fünf fette Elenantilopen nähern sich der Wasserstelle. Und auf dem Hügel darüber liegt ein Rudel Löwen unter einem Kameldornbaum. Im Tal dahinter stehen drei Giraffen.« Die Jäger spürten die Tiere auf oder die Spuren, die sie hinterließen, genau wie der junge Paul sie beschrieben hatte.

Mit sechzehn hatte er wie jeder Mann Anspruch auf so viel Land, wie ein Reiter in einem Tag umrunden konnte. Jedes dieser Gebiete betrug annähernd sechzehntausend Hektar. Damit war der Anfang seines riesigen Landbesitzes gemacht, den er im Laufe seines Lebens erwarb, wobei er manchmal sechzehntausend Hektar erstklassigen Weidelands gegen einen Pflug oder einen Sack Zucker eintauschte.

Mit zwanzig wurde er Feldkornett, eine Mischung aus Verwaltungsbeamter und Sheriff, ein Amt, in das man gewählt wurde; in so jungen Jahren von Männern, die Ehrfurcht vor dem Alter hatten, in ein Amt gewählt zu werden, wies ihn als ungewöhnliche Persönlichkeit aus. Damals trat er in einem Wettrennen zu Fuß gegen einen Mann zu Pferd über eine Meile an – und gewann. In der Schlacht gegen den schwarzen Häuptling Sekukuni stürzte der Buren-General mit einem Kopfschuß einen Berghang hinunter. Der General war ein großer, stämmiger Mann, wog zweihundertvierzig Pfund, und Paul Krüger rannte den Felsenhang hinunter, lud sich den General auf die Schulter und rannte den Berg unter dem Musketenbeschuß vom Sekukunis Kriegern wieder hinauf.

Er begab sich auf Brautschau und sah seinen Weg durch den breiten Vaal blockiert, in dessen tosenden Hochwasserfluten die Kadaver von Rindern und Wild an ihm vorbeitrieben. Die Warnrufe des Fährmanns waren vergebens. Krüger trieb sein Pferd in die reißenden braunen Fluten und schwamm ans andere Ufer. Hochwasser hielt einen Mann wie Paul Krüger nicht von einem Vorhaben ab.

Nachdem er Moshesh und Mzilikazi und alle anderen Stämme südlich des Limpopo besiegt hatte, nachdem er Dr. David Livingstones Mission niedergebrannt hatte, den er verdächtigte, Waffen an die Stämme zu liefern, nachdem er auch seine eigenen Leute, die aufständischen Buren im Oranje-Freistaat, unterworfen hatte, wurde er zum Oberbefehlshaber der Armee und später zum Präsidenten der Südafrikanischen Republik ernannt.

Dieser unbeugsame, tapfere, kraftvolle, häßliche, starrköpfige, knurrige alte Mann, reich an Ländereien und Herden, hob nun den Kopf von der Bibel und beendete seine Lesung mit einer knapp formulierten Devise an die Männer, die ihm aufmerksam zuhörten.

»Fürchtet Gott und mißtraut den Engländern!« Damit klappte er die Bibel zu. Ohne seine blutunterlaufenen Augen von Ralphs Gesicht zu wenden, bellte er mit erschreckender Lautstärke: »Bring Kaffee!« Ein farbiges Dienstmädchen eilte dienstbeflissen herbei mit einem Blechtablett, beladen mit dampfenden Bechern. Die Männer um den Tisch tauschten Tabaksbeutel aus, stopften ihre Pfeifen und musterten Ralph mit finsteren, verschlossenen Gesichtern. Bald verschleierte der blaue Rauch die Luft, und Krüger fing erneut zu sprechen an.

»Sie wollten mich sprechen, *mijn heer?*«

»Allein«, sagte Ralph.

»Ich vertraue diesen Männern.«

»Wie Sie wünschen.«

Sie redeten in *taal.* Ralph wußte, daß Krüger die englische Sprache gut beherrschte, sie aber aus Prinzip nicht benutzte. Ralph hatte *taal* in den Diamantengruben gelernt. Die einfachste aller europäischen Sprachen, dem Alltag einer unkomplizierten Gesellschaft von Jägern und Bauern angepaßt, obschon auch die Buren in politischen Diskussionen oder im Gottesdienst sich des eleganteren Hochholländisch bedienten.

»Mein Name ist Ballantyne.«

»Ich weiß, wer Sie sind. Ihr Vater war der Elefantenjäger. Ein starker Mann, wie es heißt, und aufrecht – aber Sie«, und seine Stimme war voller Abscheu, »Sie gehören zu diesem Heiden, diesem Rhodes.« Und obgleich Ralph den Kopf schüttelte, fuhr er fort. »Glauben Sie bloß nicht, ich hätte seine Gotteslästerungen nicht gehört. Auf die Frage, ob er an die Existenz Gottes glaube, antwortete er« – und jetzt sprach er zum erstenmal Englisch mit schwerem Akzent – »›Ich gebe Gott eine Fifty-fifty-Chance zu existieren.‹« Krüger schüttelte bedächtig den Kopf. »Eines Tages wird er dafür bezahlen, denn der Herr hat geboten: ›Du sollst Meinen Namen nicht mißbrauchen.‹«

»Vielleicht ist der Tag der Bezahlung bereits gekommen«, sagte Ralph gelassen. »Und vielleicht sind Sie das von Gott erwählte Werkzeug.«

»Wagen auch Sie gotteslästerliche Reden?« fragte der alte Mann scharf.

»Nein«, Ralph schüttelte den Kopf. »Ich bin gekommen, um Ihnen den Gotteslästerer auszuliefern.« Mit diesen Worten legte er einen Umschlag auf die dunkle Holzplatte, gab ihm einen Schubs, daß er den Tisch entlangglitt und vor dem Präsidenten liegenblieb. »Darin befindet sich eine Aufstellung der Waffenlieferungen, die heimlich nach Johannesburg geschafft wurden, und der Orte, wo sie versteckt sind; die Namen der Aufständischen, die davon Gebrauch zu machen gedenken; Stärke der an der Grenze von Pitsani zusammengezogenen Streitkräfte; die Marschrouten, auf denen sie sich mit den Aufständischen in Johannesburg vereinen werden; schließlich noch das vorgesehene Abmarschdatum.«

Alle Anwesenden waren vor Schreck erstarrt, nur der alte Mann paffte weiterhin gelassen an seiner Pfeife und machte keine Anstalten, den Umschlag an sich zu nehmen.

»Wieso kommen Sie damit zu mir?«

»Wenn ich einen Einbrecher dabei beobachte, wie er sich ins Haus meines Nachbars schleicht, halte ich es für meine Pflicht, ihn zu warnen.«

Krüger nahm die Pfeife aus dem Mund und schnalzte einen Strahl gelben Tabaksaftes aus dem Schaft auf den Lehmboden neben seinem Stuhl.

»Wir sind Nachbarn«, erklärte Ralph. »Wir sind Weiße, die in Afrika leben. Wir haben ein gemeinsames Schicksal. Wir haben viele Feinde, und eines Tages sind wir vielleicht gezwungen, sie gemeinsam zu bekämpfen.«

Krügers Pfeife gurgelte leise. Ansonsten herrschte volle zwei Minuten tiefes Schweigen, bis Ralph das Schweigen brach.

»Na schön«, sagte er. »Wenn Rhodes' Schlag mißglückt, mache ich viel Geld.«

Krüger nickte seufzend. »In Ordnung. Jetzt glaube ich Ihnen, denn das ist ein triftiger Grund für einen Engländer, Verrat zu begehen.« Und er nahm den Umschlag in seine braune, knorrige Hand. »Leben Sie wohl, *mijn heer*«, sagte er leise.

Cathy hatte ihre Malsachen wieder hervorgeholt. Bei Jon-Jons Geburt hatte sie das Malen aufgegeben, doch nun fand sie wieder Muße dafür. Diesmal hatte sie sich vorgenommen, ernsthafter zu arbeiten, keine süßen Familienporträts und hübsche Landschaften mehr zu pinseln.

Sie hatte angefangen, Studien der rhodesischen Baumarten zu machen, und bereits eine beträchtliche Skizzensammlung angelegt.

An diesem Morgen hatte sie sich mit Jon-Jon in einen der engen Taleinschnitte über dem Camp begeben, wo sie einen schönen ausladenden Baum mit seltsamen, kandelaberartigen Früchten an den oberen Ästen entdeckt hatte. Jonathan war hoch hinauf in den Baum geklettert und hangelte sich auf einen Ast hinaus, um an die Früchte zu gelangen. Plötzlich hörte Cathy Rufe im dichten Busch, der die Schlucht abschirmte. Der Telegrammbote kam schwitzend und keuchend den steilen Hang herauf – ein mickriges Männchen mit Glatze und hervorquellenden Augen, aber einer von Cathys glühendsten Verehrern. Eine telegrafische Nachricht für sie nahm er stets als Entschuldigung, um seine Baracke zu verlassen und sie aufzusuchen.

»Passage gebucht Union Castle, Abfahrt Kapstadt nach London, 20. März stop Öffne Umschlag und befolge Anweisungen genau stop Bis bald, in Liebe, Ralph.«

»Geben Sie ein Telegramm für mich auf, Mr. Braithwaite?«

»Selbstverständlich, Mrs. Ballantyne, mit dem größten Vergnügen.« Der kleine Mann errötete wie ein junges Mädchen und senkte schüchtern den Kopf.

Cathy kritzelte eine Nachricht auf ihren Skizzenblock, die Zouga Ballantyne nach King's Lynn berief, und Mr. Braithwaite drückte das Blatt an seine eingefallene Brust wie ein heiliges Amulett.

»Frohe Weihnachten, Mrs. Ballantyne«, sagte er. Cathy erschrak. Die Tage waren so eintönig verlaufen, daß ihr gar nicht bewußt war, wie weit das Jahr 1895 bereits vorangeschritten war. Plötzlich jagte der Gedanke, das Weihnachtsfest allein in der Wildnis verbringen zu müssen, ihr Angst ein, wieder ein Weihnachten ohne Ralph.

»Frohe Weihnachten, Mr. Braithwaite«, sagte sie und hoffte, er würde gehen, bevor sie anfing zu weinen. Ihre Schwangerschaft machte sie weinerlich und rührselig – wenn Ralph nur zurückkäme...

Pitsani war keine Stadt, nicht einmal ein Dorf. Eine einsame Wellblechbaracke, die als Warenlager diente, stand verloren in dem flachen Sandveld am Rande der Kalahari-Wüste, die sich 1500 Meilen nach Westen erstreckte. Von hier waren es nur wenige Meilen bis zur Grenze nach Transvaal, die durch keine Schranke und keinen Grenzpfosten markiert war. Das Land war flach und eintönig, bewachsen mit vereinzeltem, niederem Gestrüpp. Der Reiter sah den Blechschuppen bereits aus einer Entfernung von sieben Meilen, umgeben von kleinen, spitzen weißen Armeezelten.

Der Reiter hatte sein Pferd schonungslos die dreißig Meilen vom Endbahnhof in Mafeking gejagt, denn er hatte eine wichtige Nachricht zu überbringen. Als Friedensbote eine unglaubwürdige Erscheinung, denn er war Soldat und ein Mann der Tat. Sein Name war Captain Maurice Heany, ein gutaussehender Bursche mit dunklem Haar, Schnurrbart und blitzenden Augen. Er hatte in Carringtons Kavallerie und bei der Betschuana-Polizei gedient, und im Matabele-Krieg einen Zug berittener Infanterie befehligt. Ein Falke, der die Botschaft einer Taube brachte. Die Wachen nahmen die Staubwolke in zwei Meilen Entfernung wahr und machten Meldung.

Als Heany in das Lager einritt, hatten sich die Offiziere bereits im Zelt des Kommandanten versammelt. Doktor Jameson empfing ihn persönlich mit Handschlag und führte ihn in das Zelt, wo sie vor neugierigen Ohren abgeschirmt waren. Zouga Ballantyne goß drei Finger breit Gin mit Indian Tonic auf und brachte ihm das Glas.

»Tut mir leid, Maurice, ich fürchte wir haben kein Eis.«

»Mit oder ohne Eis, Sie retten mir das Leben.«

Heany trank und wischte sich den Bart, bevor sein Blick von John Willoughby zu dem kleinen Doktor wanderte. Er wußte nicht, wem er Meldung machen sollte. Willoughby war zwar der Regimentskommandeur und Zouga Ballantyne sein Stellvertreter, Doktor Jameson offiziell lediglich Zivilbeobachter, doch jedermann wußte, wer letztlich die Entscheidung und Befehlsgewalt hatte.

Jameson half ihm aus der Verlegenheit und befahl: »Na los, Mann. Heraus damit.«

»Ich bringe keine guten Nachrichten, Doktor Jim. Mr. Rhodes ist fest entschlossen, die Kompanie hier festzuhalten, bis das Reformkomitee Johannesburg eingenommen hat.«

»Wann das wohl sein wird«, stellte Jameson bitter fest. »Sehen Sie sich das an.« Er nahm einen Stapel Telegrammdurchschläge vom Klapptisch. »Alle paar Stunden ein neues Telegramm in Frank Rhodes abscheulichem Code. Hier, das kam gestern.« Jameson las laut vor: »*›Unternehmensgründung unbedingt aufschieben, bis Einigkeit über Firmenbezeichnung erzielt.‹*« Jameson warf die Papiere angeekelt zurück auf den Tisch. »Diese lächerliche Debatte, unter welcher Flagge wir marschieren sollen. Verdammt noch mal, wenn wir die Operation nicht für den Union Jack durchführen, wofür denn dann?«

»Erinnert mich an eine scheue Braut, die dem festgesetzten Hochzeitstag zitternd entgegenbangt«, lächelte Zouga Ballantyne. »Sie dürfen nicht vergessen, daß unsere Freunde im Reformkomitee Johannesburg mehr an Börsengeschäfte und finanzielle Transaktionen gewöhnt sind als an den Umgang mit Waffen. Sie brauchen vielleicht wie die errötende Jungfrau etwas Nachdruck.«

»Genau das ist es«, nickte Doktor Jameson. »Aber Mr. Rhodes will keinesfalls, daß wir vor ihnen anrücken.«

»Da gibt es noch etwas, das Sie wissen sollten.« Heany stockte. »Allem Anschein nach ahnen die Herren in Pretoria, daß etwas im Gange ist. Man spricht sogar davon, daß sich in unseren Reihen ein Verräter befindet.«

»Ausgeschlossen«, meinte Zouga.

»Ganz Ihrer Ansicht, Zouga«, nickte Doktor Jim. »Viel eher sind diese verdammten, albernen Telegramme von Frank Rhodes dem alten Krüger zu Ohren gekommen.«

»Wie dem auch sei, meine Herren. Die Buren treffen Vorbereitungen – möglicherweise haben sie bereits ihre in Rustenburg und Zeerust stationierten Divisionen in Bereitschaft gesetzt.«

»Wenn das zutrifft«, sagte Zouga leise, »haben wir zwei Möglichkeiten. Entweder wir marschieren sofort los, oder wir können alle wieder nach Hause gehen.«

Doktor Jameson hielt es nicht länger aus, er sprang auf und durchmaß die Länge des Zeltes mit nervösen, knappen Schritten. Alle sahen ihm schweigend zu, bis er im Zelteingang stehenblieb und über die sonnenverbrannte Erde zum östlichen Horizont blickte, unter dem der langgezogene Rücken des goldgespickten Witwatersrand lag. Endlich drehte er sich um, und seine Entscheidung war getroffen.

»Ich marschiere«, sagte er.

»Dachte ich mir«, brummte Zouga.

»Was tun Sie?« fragte Jameson ebenso brummig.

»Ich auch«, erwiderte Zouga.

»Dachte ich mir«, meinte Jameson und blickte zu Willoughby, der nickte.

»Jameson gefangengenommen!« Der Schrei hallte durch die eleganten Salons des Kimberley Clubs und löste allgemeine Bestürzung aus.

Aus der Bar strömten die Herren in die Marmorhalle und umringten den Rufer. Andere traten aus dem Leseraum an die Balustrade im ersten Stock und riefen ihre Fragen nach unten.

Der Überbringer der Schreckensbotschaft war einer der prosperierenden Diamantenkäufer in Kimberley. Er stand mitten in der Halle und las die Meldung aus dem *Diamond Fields Advertiser* vor, dessen frische Druckerschwärze ihm die Finger färbte. »Jameson hißt weiße Flagge in Doornkop, nachdem er sechzehn seiner Männer in heftigen Kämpfen verloren hat. ›Dr. Jameson, welche Ehre, Ihre Bekanntschaft zu machen.‹ Mit diesen Worten nimmt General Cronje die Kapitulation entgegen.«

Ralph Ballantyne hatte seinen Platz an der Stirnseite des Ecktisches nicht verlassen, obgleich seine Gäste sich ins Gedränge in der Halle gestürzt hatten. Er gab dem Weinkellner ein Zeichen, sein Glas nachzufüllen, und nahm sich noch eine kleine Portion *Sole bonne femme*. Bald kehrten seine Gäste im Gänsemarsch wie ein Leichenzug zurück, allen voran Aaron Fagan.

»Die Buren müssen auf sie gewartet haben –«
»Doktor Jim lief ihnen direkt in die Arme –«
»Er hatte 660 bewaffnete Männer bei sich.«
»Das wird ziemlichen Ärger geben.«
»Und manche Köpfe werden rollen.«
»Nun hat das Glück Doktor Jim doch verlassen.«
»Ralph, Ihr Vater befindet sich unter den Gefangenen!« Aaron hob den Kopf von der Zeitung.

Erst jetzt zeigte Ralph eine Regung. »Das ist unmöglich.« Er riß ihm die Zeitung aus der Hand und las entsetzt.

»Was ist passiert?« murmelte er. »O Gott, was ist bloß passiert?«

Da schrie schon wieder jemand in der Halle.

»Krüger hat alle Mitglieder des Reformkomitees verhaften lassen und droht ihnen mit der Todesstrafe.«

»Die Goldminen!« Dieser Ausruf ließ alle Köpfe zur Wanduhr über dem Eingang des Speisesaals herumfahren. Zwanzig vor zwei. Um zwei öffnete die Börse nach der Mittagspause ihre Pforten. Erneutes hastiges Gedränge, diesmal nach draußen. Auf dem Gehsteig riefen vornehm gekleidete Herren barsch nach ihren Kutschen, andere zogen es vor, im Laufschritt das Börsengebäude zu erreichen.

Der Club war nun fast verlassen, nicht mehr als zehn Gäste waren an den Tischen zurückgeblieben. Aaron und Ralph saßen allein am Ecktisch. Ralph hielt die Zeitung mit der Liste der Gefangenen noch immer in der Hand.

»Das begreife ich nicht«, flüsterte er.

»Es ist eine Katastrophe. Was kann Jameson bloß zu diesem Schritt verleitet haben?« pflichtete Aaron ihm bei.

Man hätte glauben können, die Schreckensnachrichten könnten durch nichts übertroffen werden. Und dennoch kam der Clubsekretär mit aschfahlem Gesicht aus seinem Büro und blieb an der Schwelle des Speisesaals stehen.

»Meine Herren«, krächzte er. »Ich habe noch schlimmere Nachrichten. Soeben wurde gedrahtet, daß Mr. Rhodes seinen Rücktritt als Premierminister der Kapkolonie angekündigt hat. Weiterhin stellt er seinen Posten als Vorstandsvorsitzender der

Consolidated Goldfields, der De-Beers-Gesellschaft und der B. S. A.-Goldminen-A. G. zur Verfügung.«

»Rhodes«, flüsterte Aaron. »Mr. Rhodes hatte seine Hände im Spiel. Eine Verschwörung – Gott allein weiß, welche Konsequenzen das nach sich zieht und wen Mr. Rhodes mit sich ins Verderben stürzt.«

»Ich finde, wir sollten eine Karaffe Port bestellen«, sagte Ralph und schob seinen Teller von sich. »Mir ist der Hunger vergangen.«

»Ralph.« Aaron blickte ihn über den Tisch hinweg an. »Die Baissespekulation. Sie haben die Aktien der Consolidated Goldfields und der B. S. A. ohne Deckung verkauft.«

»Ich habe Ihre gesamten Transaktionen zum Abschluß gebracht«, sagte David Silver. »Die B. S. A.-Aktien sind auf knapp sieben Pfund gefallen, das macht nach Abzug von Steuern und Provision einen Nettogewinn von nahezu vier Pfund pro Aktie. Bei der Goldminen-Transaktion liegen Sie noch günstiger. Der Konzern hat bei dem Börsenkrach noch größeren Schaden genommen, die Papiere fielen von acht Pfund auf knapp unter zwei Pfund, als damit gerechnet werden mußte, daß Krüger die Goldgruben am Witwatersrand als Vergeltungsmaßnahme konfisziert.« David Silver machte eine Pause und blickte Ralph ehrfürchtig an. »Spekulationsgewinne in dieser Höhe werden zur Legende, Mr. Ballantyne. Das immense Risiko, das Sie wagten«, er schüttelte den Kopf voll Bewunderung. »Dieser Mut! Dieser Weitblick!«

»Es war Glück«, sagte Ralph ungeduldig. »Haben Sie meinen Scheck?«

»Selbstverständlich.« David Silver öffnete die schwarze Ledermappe auf seinen Knien und holte einen schneeweißen, mit einer roten Wachsrosette versiegelten Umschlag hervor.

»Von meiner Bank gegengezeichnet und mit Garantie versehen.« David legte das Papier ehrfürchtig auf die Schreibtischplatte seines Onkels Aaron. »Über einen Gesamtbetrag von«, er hauchte wie ein Verliebter, »einer Million und achtundfünfzig Pfund, acht Shilling und sechs Pence.«

Ralph wandte sich an Aaron. »Sie wissen, wie Sie weiterhin in der Sache verfahren müssen. Sorgen Sie dafür, daß die Transaktion niemals auf mich zurückzuführen ist.«

»Ich verstehe«, nickte Aaron, und Ralph wechselte das Thema.

»Gibt es noch keine Antwort auf mein Telegramm? Meine Frau zögert gewöhnlich nie so lange mit einer Antwort.« Und da Aaron ein alter Freund war, der die sanfte Cathy nicht weniger verehrte als all ihre anderen Bewunderer, erklärte Ralph weiter: »Sie steht zwei Monate vor der Niederkunft. Da der Wirbel um Jamesons kleines Abenteuer sich allmählich legt und die Kriegsgefahr gebannt ist, möchte ich, daß Cathy anreist, um sich hier einer fachgerechten medizinischen Behandlung zu unterziehen.«

»Ich schicke sofort einen Angestellten ins Telegrafenbüro.« Aaron erhob sich und begab sich zur Tür des Vorzimmers, um seine Anweisungen zu erteilen. Dann wandte er sich an seinen Neffen. »Gibt es noch etwas, David?« Der kleine Börsenmakler fuhr hoch. Er fixierte Ralph Ballantyne immer noch mit glühender Heldenverehrung im Blick. Nun sammelte er hastig seine Papiere ein, verstaute sie in seiner Mappe, stand auf und reichte Ralph seine weiche, blasse Hand.

»Ich kann Ihnen gar nicht sagen, welche Ehre es für mich ist, für Sie tätig gewesen zu sein, Mr. Ballantyne. Wenn ich je etwas für Sie tun kann...«

Aaron mußte ihn aus der Tür schieben.

»Armer David«, murmelte er auf dem Weg zum Schreibtisch. »Sein erster Millionär; das ist eine Wendemarke im Leben eines jeden jungen Börsenmaklers.«

»Mein Vater –« Ralph brachte nicht einmal ein Lächeln zustande.

»Tut mir leid, Ralph. Ich kann nichts für ihn tun. Er wird zusammen mit Jameson und den anderen in Ketten zurück nach England gebracht und bis zur Gerichtsverhandlung dort im Gefängnis bleiben.« Aaron nahm ein Blatt Papier aus dem Stapel auf seinem Schreibtisch. »›*...werden beschuldigt, zusammen mit anderen Verschwörern im Monat Dezember 1895 in Südafrika in den Dominions Ihrer Majestät eine ungesetzliche mili-*

tärische Aktion gegen die Herrschaftsgebiete eines befreundeten Staates, nämlich der Südafrikanischen Republik, vorbereitet und ausgeführt zu haben und sich damit eines Verstoßes gegen den Friedensbeschluß von 1870 schuldig gemacht zu haben.‹ «

Aaron ließ das Schriftstück sinken und schüttelte den Kopf. »Dagegen können wir momentan nichts unternehmen.«

»Was wird mit ihnen geschehen? Das ist ein Kapitalverbrechen –«

»Aber nein, Ralph. Es wird sicher nicht zum Äußersten kommen.«

Ralph sank in seinen Stuhl und starrte düster aus dem Fenster, machte sich zum hundertsten Male Vorwürfe, warum er nicht daran gedacht hatte, daß Jameson die Telegrafendrähte kappen würde, bevor er nach Johannesburg vorrückte. Das von Cathy an Zouga Ballantyne geschickte Telegramm mit der fingierten Botschaft, seine Frau Louise sei ernsthaft krank, hatte ihn nie erreicht. Und Zouga war zusammen mit den Truppen der Aufständischen mitten hinein in die wartenden Buren-Soldaten geritten.

Ralph wurde aus seinen Gedanken gerissen. Er hob den Blick erwartungsvoll zu dem zögernd eintretenden Angestellten.

»Haben Sie eine Nachricht von meiner Frau?« erkundigte Ralph sich, und der Mann schüttelte den Kopf.

»Es tut mir furchtbar leid, Mr. Ballantyne, Sir, keine Nachricht.« Er stockte, und Ralph drängte ihn.

»Na, was ist, Mann? Spucken Sie es aus.«

»Anscheinend ist seit Montag jede Telegrafenverbindung nach Rhodesien unterbrochen.«

»Aha, deshalb.«

»Ja, Mr. Ballantyne, das ist noch nicht alles. Es kam eine Nachricht aus Tati an der rhodesischen Grenze. Heute morgen scheint ein Reiter durchgekommen zu sein.« Der Mann schluckte. »Anscheinend der einzige Überlebende.«

»Der einzige Überlebende!« Ralph starrte ihn an. »Was heißt das? Wovon in aller Welt reden Sie?«

»Die Matabele haben sich zu einem Aufstand zusammengerottet. Sie bringen alle Weißen in Rhodesien um – Männer, Frauen und Kinder werden niedergemetzelt!«

»Mami, Douglas und Suss sind nicht da. Niemand macht mir Frühstück.« Jon-Jon tapste ins Zelt, wo Cathy ihr Haar bürstete und es in dicke Zöpfe flocht.

»Hast du sie gerufen?«

»Ja, ganz oft.«

»Sag einem der Pferdeknechte, er soll hinuntergehen und sie holen, mein Schatz.«

»Die Knechte sind auch nicht da.«

Cathy stand auf. »Na schön, dann kümmern wir uns eben um dein Frühstück.«

Cathy trat in die Dämmerung. Die Morgenröte im Osten spielte von Dunkelrosa bis Orange, und das Vogelgezwitscher in den Bäumen über dem Lager war ein vielstimmiger melodischer Chor. Das Lagerfeuer war zu einem Häufchen grauer, flockiger Asche heruntergebrannt, und niemand hatte es neu entzündet.

»Lege etwas Holz nach, Jon-Jon«, trug Cathy ihm auf und ging zur Küchenhütte. Sie zog verärgert die Stirn in Falten. Kein Mensch. Sie nahm eine Konservendose aus dem Fliegenschrank und wandte den Kopf, als ein Schatten den Eingang verdunkelte.

»Ach, Isazi«, begrüßte sie den kleinen Zulu. »Wo sind die anderen?«

»Wer weiß schon, wo ein Matabele-Hund sich versteckt, wenn er gebraucht wird?« entgegnete Isazi verächtlich. »Wahrscheinlich haben sie die ganze Nacht Bier getrunken und getanzt, und nun ist ihnen der Kopf zu schwer, um ihn zu tragen.«

»Du mußt mir helfen«, sagte Cathy. »Bis der Koch zurückkommt.«

Nach dem Frühstück im Zelt rief Cathy nach draußen.

»Ist schon einer da?«

»Bist jetzt noch nicht.«

»Ich will hinunter zur Eisenbahnbaustelle. Ich erwarte ein Telegramm von Henshaw. Spannst du mir die Pferde an, Isazi?«

Jetzt erst bemerkte sie die Besorgnis im zerknitterten Gesicht des alten Zulu.

»Was ist los?«

»Die Pferde – sind nicht im Kral.«

»Wo sind sie denn?«

»Vielleicht hat sie einer der *Mujiba* heute morgen zeitig herausgelassen. Ich suche sie.«

»Ach, es macht nichts.« Cathy schüttelte den Kopf. »Es ist nicht weit zum Telegrafenbüro. Der Spaziergang tut mir gut.« Sie rief nach Jonathan. »Bring mir bitte meinen Hut, Jon-Jon.«

»Nkosikazi, es ist vielleicht nicht gut für das Kleine –«

»Mach dir keine Sorgen«, sagte Cathy liebenswürdig und nahm Jonathans Hand. »Wenn du die Ponys rechtzeitig gefunden hast, kommst du uns abholen.« Den Hut an den Bändern in der Hand schwenkend und den fröhlich hüpfenden Jonathan an der anderen Hand, machte sie sich auf den Weg den bewaldeten Berghang hinunter zur Baustelle.

Keine Hammerschläge klirrten gegen Eisen. Jonathan war der erste, dem das auffiel.

»Es ist so still, Mama.« Sie blieben stehen und horchten.

»Heute ist doch nicht Freitag«, murmelte Cathy, »da bezahlt Mr. Mac die Arbeiter aus.« Sie schüttelte den Kopf, setzte aber, nicht im geringsten beunruhigt, ihren Weg fort.

An einer Wegbiegung blieben sie wieder stehen, und Cathy beschattete ihre Augen mit dem Hut gegen die noch tief stehende Sonne. Die nach Süden laufenden Eisenbahnschienen glänzten wie Seidenfäden eines Spinnennetzes und endeten abrupt zu ihren Füßen an der Rodung des dichten Dschungels. Ein Stapel Teakholzschwellen lag neben einem kleineren Stapel Schienen. Am Nachmittag wurde der Güterzug aus Kimberley mit Materialnachschub erwartet. Die Vorschlaghämmer und Schaufeln lagen ordentlich aufeinandergeschichtet, so wie die Arbeiter sie bei Sonnenuntergang tags zuvor verlassen hatten. Kein Anzeichen menschlichen Lebens an der Baustelle.

»Das wird immer eigenartiger«, meinte Cathy.

»Wo ist Mr. Henderson, Mama?« fragte Jonathan mit ungewöhnlich verzagter Stimme. »Wo sind Mr. Mac und Mr. Braithwaite?«

»Ich weiß nicht. Wahrscheinlich noch in ihren Zelten.«

Die Zelte des weißen Bauleiters, des Ingenieurs und seiner Vorarbeiter standen in einer Gruppe direkt hinter dem viereckigen Blechschuppen des Telegrafisten. Weder am Schuppen noch vor den Zeltkegeln war ein Zeichen menschlichen Lebens zu sehen. Auf der Spitze eines Zeltes saß eine schwarze Krähe. Ihr heiseres Krächzen drang gedämpft bis zu ihnen herauf. Cathy sah zu, wie sie ihre schwarzen Schwingen ausbreitete und mit schweren Flügelschlägen zum Zelteingang flatterte.

»Wo sind denn die Männer mit den Hämmern?« piepste Jonathan, und plötzlich schauderte Cathy.

»Ich weiß es nicht, Liebling.« Ihre Stimme überschlug sich, und sie räusperte sich. »Wir werden mal nachsehen.« Ihr fiel auf, daß sie zu laut gesprochen hatte, und Jonathan drängte sich an sie.

»Mami, ich hab' Angst.«

»Sei nicht albern«, wies Cathy ihn streng zurecht, nahm ihn bei der Hand und ging den Berg hinunter.

Sie rannte so schnell, wie ihr großer, runder Bauch es zuließ, und ihr eigenes Keuchen schien ihr ohrenbetäubend.

»Du bleibst hier.« Sie wußte nicht, warum sie Jonathan befahl, an der Stufe des Vordachs stehen zu bleiben, als sie sich dem Telegrafenschuppen näherte.

Die Tür war halb offen. Sie stieß sie ganz auf.

Mr. Braithwaite saß an seinem Tisch, den Blick zur Tür gerichtet. Er starrte sie mit seinen blassen, hervorquellenden Augen und weit geöffnetem Mund an.

»Mr. Braithwaite«, sagte Cathy, und beim Klang ihrer Stimme ertönte ein Summen, als würde ein Bienenschwarm auffliegen, und die großen kobaltblauen Fliegen, die seine Hemdbrust bedeckt hatten, erhoben sich in einer Wolke in die Luft. Cathy sah die klaffende Bauchwunde, aus der die Eingeweide wie verschlungenes, glitschiges Gewürm zwischen seinen Knien auf den Boden hingen.

Sie wich bis zur Tür zurück. Ihre Beine waren aus Gummi, und vor ihren Augen tanzten schwarze Schatten wie Fledermausschwingen bei Sonnenuntergang. Eine der metallisch-blauen Fliegen ließ sich auf ihrer Wange nieder und kroch träge zu ihrem Mundwinkel.

Cathy beugte sich langsam vor und erbrach explosionsartig, ihr Frühstück spritzte auf die Holzdielen zu ihren Füßen. Sie wich langsam nach hinten aus der Tür, kopfschüttelnd versuchte sie sich den säuerlichen Geschmack des Erbrochenen vom Mund zu wischen. Sie taumelte an der Stufe und setzte sich schwer auf den Boden. Jonathan rannte zu ihr und umklammerte ihren Arm.

»Was ist los, Mami?«

»Du mußt jetzt ein tapferer kleiner Mann sein«, krächzte sie.

»Bist du krank, Mami?« Das Kind zerrte aufgeregt an ihrem Arm, und Cathy konnte kaum einen klaren Gedanken fassen.

Ihr dämmerte, worauf die grausige Verstümmelung der Leiche in der Hütte zurückzuführen war. Die Matabele rissen ihren Opfern immer die Eingeweide heraus. Ein Ritual, das den Geist des Toten freiließ, und ihm Einlaß ins Jenseits verschaffte. Blieb die Bauchdecke geschlossen, bedeutete das, der Schatten des Opfers war auf der Erde festgehalten und verfolgte seinen Mörder und suchte Vergeltung.

»Wo ist Mr. Henderson, Mama?« Jon-Jons Stimme war schrill. »Ich seh' in seinem Zelt nach.«

Der große, stämmige Ingenieur war einer von Jonathans großen Freunden. Cathy packte den Arm ihres Sohnes.

»Nein, Jon-Jon, geh nicht!«

»Warum nicht?«

Die Krähe hatte nun ihre Scheu überwunden und hüpfte zum Zelteingang des Ingenieurs und verschwand. Cathy wußte, was sie angezogen hatte.

»Bitte sei still, Jon-Jon«, flehte Cathy. »Laß Mami nachdenken.«

Die verschwundenen Bediensteten. Natürlich waren sie gewarnt worden, ebenso wie die Matabele-Bauarbeiter. Sie wußten, daß ein Aufstand geplant war, und hatten sich verzogen – ein entsetzlicher Gedanke durchfuhr Cathy. Vielleicht nahmen die Bediensteten, ihre eigenen Leute, teil an dem blutigen Gemetzel. Sie schüttelte heftig den Kopf. Nein, unmöglich. Es mußte eine kleine Bande Aufständischer sein, gewiß nicht ihre Leute.

Sie hatten bei Morgengrauen zugeschlagen, völlig klar, das war ihre bevorzugte Stunde. Sie hatten Henderson und seinen Vorarbeiter schlafend im Zelt vorgefunden. Nur der treue, kleine Braithwaite war an seinem Gerät. Der Telegraf – Cathy schrak hoch – der Telegraf war ihre einzige Verbindung zur Außenwelt.

»Jon-Jon du rührst dich nicht von der Stelle«, befahl sie und ging zur Hütte zurück.

Sie nahm all ihre Kraft zusammen und schaute ins Innere, versuchte an dem kleinen Mann auf dem Stuhl vorbeizusehen. Ein kurzer Blick genügte. Der Telegraf war von der Wand gerissen und auf dem Fußboden des Schuppens zertrümmert worden. Sie taumelte rückwärts und lehnte sich draußen an die Blechwand neben der Tür, umklammerte mit beiden Händen ihren geschwollenen Bauch und zwang sich klar zu denken.

Die Krieger hatten die Eisenbahn überfallen und sich danach wieder in den Dschungel zurückgezogen – und sie dachte wieder an die verschwundenen Bediensteten. Das Lager. Nein, sie waren nicht verschwunden, sie schlichen sich durch den Busch ans Lager heran. Sie schaute sich verzweifelt um, erwartete jeden Augenblick, einen der federgeschmückten Krieger hinter dem anderen aus dem dichten Busch treten zu sehen.

Der Güterzug aus Kimberley sollte am späten Nachmittag eintreffen, in etwa zehn Stunden, und sie war allein, allein mit Jonathan. Cathy sank auf die Knie, schlang ihre Arme um ihr Kind und drückte es verzweifelt an sich. Erst dann bemerkte sie, wie der Junge durch die offene Tür starrte.

»Mr. Braithwaite ist tot!« stellte Jonathan sachlich fest. Sie drehte ihm den Kopf zur anderen Seite. »Sie werden uns auch töten, nicht wahr, Mami?«

»Ach Jon-Jon.«

»Wir brauchen ein Gewehr. Ich kann schießen. Papa hat es mir beigebracht.«

Eine Waffe – Cathy schaute zu den stummen Zelten hinüber. Sie glaubte nicht, die Kraft zu haben, eines zu betreten, auch nicht, um eine Waffe zu holen. Sie wußte, welches Blutbad sie dort erwartete.

Ein Schatten fiel über sie, und sie schrie auf.

»Nkosikazi. Ich bin es.« Isazi war den Hang heruntergekommen, lautlos wie ein Panther.

»Die Pferde sind fort«, sagte er, und sie forderte ihn mit einer Kopfbewegung auf, in den Telegrafenschuppen zu schauen.

Isazis Gesichtsausdruck zeigte keine Regung.

»Die Matabele-Schakale können also immer noch beißen«, sagte er ruhig.

»Die Zelte«, flüsterte Cathy. »Schau nach, ob du eine Waffe findest.«

Isazi entfernte sich in geschmeidig schwingendem Laufschritt, duckte sich in einen Zelteingang nach dem anderen, und als er zu ihr zurückkam, trug er einen Assegai mit einem abgebrochenen Schaft.

»Der Große hat schwer gekämpft. Er war noch am Leben, die Krähen fraßen bereits an seinen herausgerissenen Gedärmen. Er konnte nicht mehr reden, aber er schaute mich an. Ich habe ihm den Frieden gegeben. Es sind keine Waffen da – die Matabele haben sie mitgenommen.«

»Im Lager sind Gewehre«, flüsterte Cathy.

»Komm, Nkosikazi.« Er half ihr behutsam auf die Füße, und Jonathan nahm mannhaft ihren anderen Arm, obwohl er ihr kaum bis zur Hüfte reichte.

Der erste Schmerz durchfuhr Cathy, bevor sie den dichten Busch am Ende der Rodung erreichten, und sie krümmte sich zusammen. Sie hielten sie solange fest, bis die Wehe nachließ. Jonathan begriff nicht, was geschah, und der kleine Zulu war ernst und still.

»Gut. Es ist vorüber.« Cathy richtete sich endlich wieder auf und versuchte sich eine Haarsträhne aus dem Gesicht zu wischen. Der Schweiß klebte sie an ihrer Haut fest.

Sie schleppten sich mühsam den Weg hinauf. Isazi beobachtete den Busch zu beiden Seiten des Wegs und hielt den abgebrochenen Assegai stoßbereit in seiner freien Hand.

Cathy stöhnte und taumelte, als die nächste Wehe einsetzte. Diesmal konnte sie sich nicht auf den Beinen halten und sackte im Staub in die Knie. Als die Wehe nachließ, schaute sie zu Isazi hoch.

»Sie folgen zu knapp aufeinander. Es ist soweit.«

Er brauchte ihr nicht zu antworten.

»Bring Jonathan zur Harkness-Mine.«

»Nkosikazi, der Zug –«

»Der Zug kommt zu spät. Du mußt gehen.«

»Nkosikazi – du, was wird aus dir?«

»Ohne Pferd würde ich die Harkness-Mine nie erreichen. Es sind fast dreißig Meilen. Jede Minute, die du jetzt zögerst, bedroht das Leben meines Jungen.«

Er rührte sich nicht von der Stelle.

»Wenn du ihn rettest, Isazi, rettest du einen Teil von mir. Wenn du hierbleibst, werden wir alle sterben! Geh! Geh schnell!« drängte sie ihn.

Isazi wollte Jonathans Hand nehmen, doch der riß sich los.

»Ich lasse meine Mami nicht allein«, kreischte er gellend. »Mein Papa hat gesagt, ich muß auf meine Mami aufpassen.«

Cathy raffte sich auf. Es bedurfte all ihrer Willenskraft, die schwierigste Aufgabe ihres jungen Lebens auszuführen. Sie schlug Jonathan mit der offenen Hand ins Gesicht, links und rechts, mit aller Kraft. Das Kind taumelte rückwärts. Die roten Abdrücke ihrer Finger zeigten sich auf der hellen Kinderhaut. Sie hatte ihn nie zuvor geschlagen.

»Du tust, was ich dir sage«, fuhr Cathy ihn zornig an, »und gehst augenblicklich mit Isazi.«

Der Zulu griff sich das Kind und schaute noch einmal zu ihr hinunter.

»Du hast das Herz einer Löwin. Ich grüße dich, Nkosikazi.« Er rannte mit langen Sätzen in den Wald, Jonathan auf dem Arm tragend. In wenigen Sekunden war er verschwunden, und erst jetzt befreite sich das Schluchzen aus ihrer zugeschnürten Kehle.

Die völlige Einsamkeit war unerträglich. Sie dachte an Ralph, und nie zuvor hatte sie ihn so geliebt und sich so sehr nach ihm gesehnt. Der Gedanke, ihr Kind geschlagen, es wegen einer winzigen Überlebenschance fortgeschickt zu haben, raubte ihr lange Zeit die letzte Kraft, den letzten Mut. Sie wollte im Staub liegenbleiben, bis die Mörder mit ihrem grausamen Stahl kamen.

Dann fand sie irgendwo tief in ihrem Innern die Kraft, aufzustehen und sich den Weg hinaufzuschleppen. Auf der Hügelkuppe blickte sie auf das Camp hinunter, das ruhig und friedlich in der Sonne lag. Ihr Heim. Der Rauch des Lagerfeuers stieg wie eine hellgraue Feder in die Morgenluft, einladend, Geborgenheit winkend; völlig irrational glaubte sie, wenn sie ihr Zelt nur erreichte, wäre alles in Ordnung.

Sie setzte sich wieder in Bewegung, war keine zehn Schritte weit gekommen, als etwas in ihr platzte, und sie spürte den heißen Schwall an den Innenseiten ihrer Schenkel, als das Fruchtwasser sich aus ihrem Leib ergoß. Sie kämpfte sich weiter, der durchnäßte Rock klebte an ihren Beinen, und dann hatte sie wunderbarerweise ihr Zelt erreicht.

»Es ist kühl und dunkel im Innern – wie in einer Kirche«, dachte sie, und wieder sackten ihr die Beine weg. Sie kroch mühsam über den Lehmboden, ihr Haar löste sich und fiel ihr über die Augen. Sie tastete sich zur Kiste am Fußende des breiten Feldbettes, lehnte sich dagegen und wischte sich die Haare vom Gesicht.

Der Deckel war schwer, und nur mit aller Kraft gelang es ihr, ihn hochzuheben. Krachend schlug er hinten gegen das Bett. Die Pistole war unter den gehäkelten weißen Bettüberwürfen versteckt, die sie hortete für das Heim, das Ralph eines Tages für sie bauen würde. Es war ein großer Webley-Militärrevolver. Sie hatte ihn erst einmal abgefeuert; Ralph war hinter ihr gestanden und hatte ihre Handgelenke festgehalten, um den Rückstoß zu mildern. Nun brauchte sie beide Hände, um ihn aus der Kiste zu holen. Sie war zu erschöpft, um auf das Bett zu klettern. Sie saß mit dem Rücken gegen die Kiste gelehnt, die Beine ausgestreckt, auf dem Fußboden und hielt die Pistole mit beiden Händen in ihrem Schoß.

Sie mußte eingedöst sein, denn als sie hochfuhr, hörte sie leises Füßescharren auf blanker Erde. Sie hob den Kopf. Der Schattenriß eines Mannes hob sich durch das schräg einfallende Sonnenlicht gegen die weiße Zeltplane wie eine Laterna-magica-Figur ab. Sie hob die Pistole und zielte. Die schwere Waffe zitterte unsicher in ihrem Griff. Da trat ein Mann durch die Zeltklappe.

»Oh, Gott sei Dank.« Cathy ließ die Pistole in ihren Schoß sinken. »Gott sei Dank, du bist es«, flüsterte sie, und ihr Kopf sackte nach vorn.

Bazo trug einen Lendenschurz aus Zibetkatzenschwänzen, ein Stirnband aus Maulwurfsfell – keine Federn, keine Quasten. Seine Füße waren nackt, in der Linken hielt er einen breiten Wurf-Assegai. Die Rechte umfing einen Knobkerrie, eine Waffe wie ein mittelalterlicher Morgenstern. Der fast einen Meter lange Griff bestand aus poliertem Rhinozeroshorn, das verdickte Ende trug eine Kugel aus schwerem Hartholz, gespickt mit handgeschmiedeten Nägeln aus von Eingeborenen geschmolzenem Eisen.

Er schwang die Keule mit aller Kraft seiner breiten Schultern hinter dem Schlag, sein Ziel war der Pulsschlag an Cathys zartem Hals.

Zwei seiner Krieger betraten das Zelt und stellten sich neben Bazo, in ihren Augen glühte die Mordlust. Sie blickten auf den zusammengesackten Körper auf dem Boden des Zeltes. Einer der Krieger wechselte den Griff des Assegai, machte sich zum Aufschlitzen bereit.

»Der Geist der Frau muß fliegen«, sagte er.

»Tu es«, forderte Bazo ihn auf, und der Krieger bückte sich und arbeitete rasch, erfahren.

»Es ist Leben in ihr«, sagte er. »Schau! Es bewegt sich.«

»Bring es zum Schweigen«, ordnete Bazo im Verlassen des Zeltes an und schritt in den Sonnenschein.

»Sucht den Jungen«, befahl er seinen Männern, die auf ihn warteten. »Findet das weiße Junge.«

Der Lokomotivführer hatte Todesangst. Sie hatten ein paar Minuten am Warenhaus neben dem Abstellgleis des Bahnhofs Plumtree angehalten, und er hatte die Leichen des Ladenbesitzers und seiner Familie im Vorhof liegen sehen.

Ralph Ballantyne stieß ihm die Gewehrmündung zwischen die Schulterblätter, schob ihn vor sich her ins Führerhaus und zwang ihn, die Fahrt nach Norden fortzusetzen, immer tiefer hinein ins Matabeleland.

Die ganze Strecke vom Bahnhof Kimberley hatten sie in voller Fahrt zurückgelegt. Ralph half dem Heizer und schaufelte die schwarzen Kohlebrocken in monotonem Rhythmus unablässig in den Kessel, sein bloßer Oberkörper schweißgebadet in der glühenden Hitze, Gesicht und Arme von Kohlestaub geschwärzt, an den Handflächen platzten die Blutblasen, und die Haut ging ihm in Fetzen ab.

Sie hatten den Streckenrekord bis zum Schienenende um fast zwei Stunden unterboten. Als die Lok um die Kurve zwischen den Bergflanken stampfte und das Blechdach des Telegrafenschuppens sichtbar wurde, warf Ralph die Schaufel weg, kletterte seitlich aus dem Führerhaus und spähte nach vorne.

Zwischen den Zelten und am Schuppen nahm er Bewegung wahr. Sein Herz machte einen Sprung. Dort war Leben! Und gleich darauf sank alle Hoffnung. Er erkannte die gedrungenen, hundeähnlichen Schatten.

Die Hyänen waren so sehr damit beschäftigt, ihre Beute aus den Zelten zu zerren und einander kläffend streitig zu machen, daß sie ihre Scheu völlig verloren hatten. Erst als Ralph schoß, stoben sie auseinander. Er knallte ein halbes Dutzend der widerlichen Biester ab, bis der Lauf leer war. Er rannte von der Hütte in jedes Zelt und zurück zur Lokomotive. Weder der Lokführer noch der Heizer hatten das Führerhaus verlassen.

»Mr. Ballantyne, diese blutrünstigen Heiden können jeden Augenblick zurückkommen –«

»Warten Sie!« brüllte Ralph ihn an und kletterte auf den Viehwagen hinter dem Tender. Er stieß die Riegel auf, die Tür fiel krachend nach unten und bildete eine Rampe.

Eines der vier Pferde, die Ralph aus dem Waggon führte, war bereits gesattelt. Er zog mit einem raschen Griff den Sattelgurt fest und schwang sich aufs Pferd, das Gewehr immer noch in der Hand.

»Ich habe keine Lust, hier auf Sie zu warten«, brüllte der Lokführer. »Herr des Himmels, diese Nigger sind Bestien, Mann, wilde Bestien.«

»Wenn meine Frau und mein Sohn hier sind, muß ich sie zurückbringen. Geben Sie mir eine Stunde«, bat Ralph.

»Ich warte keine einzige Minute länger. Ich fahre zurück.« Der Lokführer schüttelte den Kopf.

»Dann fahr zur Hölle«, zischte Ralph kalt.

Er gab seinem Pferd die Sporen und galoppierte den Hang zum Lager hinauf, die Ersatzpferde an der Führleine hinter sich herziehend.

Unterwegs dachte er, ob er nicht doch besser auf Aaron Fagan hören und in Kimberley ein Dutzend Reiter hätte anheuern sollen. Aber er hätte es nicht ertragen, kostbare Stunden zu vergeuden, die es gedauert hätte, gute Männer zu finden. In weniger als einer halben Stunde nach der Schreckensbotschaft aus Tati verließ er Kimberley – er nahm sich lediglich die Zeit, seine Winchester zu holen, die Satteltaschen mit Munition zu füllen und die Pferde aus Aarons Ställen am Rangierbahnhof zu holen.

An der Wegbiegung schaute er kurz über die Schulter. Die Lokomotive stampfte bereits in weiter Ferne in Richtung Süden. So wie die Dinge lagen, war er vielleicht der einzige überlebende Weiße in Matabeleland.

Ralph galoppierte ins Lager. Sie waren vor ihm dagewesen. Das Camp war geplündert, Jonathans Zelt zusammengebrochen, seine Kleider im Staub verstreut und zertrampelt.

»Cathy!« rief Ralph und sprang vom Pferd. »Jon-Jon! Wo seid ihr?«

Unter seinen Füßen raschelte Papier. Cathys Zeichenmappe lag aufgerissen im Dreck, die Blätter, auf die sie so stolz war, zerfetzt und zerknittert. Ralph hob eine Zeichnung auf. Er versuchte das zerknitterte Papier zu glätten, und dann wurde ihm die Sinnlosigkeit seines Tuns bewußt.

Er rannte zum Wohnzelt und riß die Klappe auf.

Cathy lag auf dem Rücken, ihr ungeborenes Kind neben ihr. Sie hatte Ralph eine Tochter versprochen – und ihr Versprechen gehalten.

Er fiel neben ihr auf die Knie, versuchte ihren Kopf zu heben, doch die Leichenstarre war bereits eingetreten, sie war steif wie eine Marmorstatue. Er drehte sie halb zur Seite und sah die große, halbrunde Vertiefung in ihrem Hinterkopf.

Ralph fuhr zurück und stürzte aus dem Zelt.

»Jonathan!« schrie er. »Jon-Jon! Wo bist du!«

Er rannte wie ein Wahnsinniger durch das Lager.

»Jonathan! Bitte, Jonathan!«

Es gab kein Lebewesen mehr, und er taumelte in den Busch am Hang des Kopje.

»Jonathan! Ich bin es, Papa. Wo bist du, mein Liebling?«

Verschwommen kam ihm zum Bewußtsein, daß sein Geschrei die *Amadoda* anziehen könnte, und plötzlich sehnte er sich aus tiefster Seele danach.

»Kommt her!« schrie er gellend in den schweigenden Busch. »Kommt doch. Kommt und bringt mich auch um!« Er blieb stehen und feuerte die Winchester in die Luft und horchte auf das Echo, das sich ins Tal hinunter fortsetzte.

Schließlich konnte er nicht mehr rennen und nicht mehr schreien und lehnte sich keuchend an einen Baumstamm.

»Jonathan«, krächzte er. »Wo bist du, mein Junge?«

Langsam drehte er sich um und ging den Berg hinunter. Er setzte einen Fuß vor den anderen, wie ein sehr alter Mann.

Am Rand des Lagers blieb er stehen und spähte auf etwas im Gras, bückte sich und hob es auf. Er drehte es zwischen den Fingern hin und her, und dann ballte er die Faust darum, bis seine Knöchel weiß anliefen. Es war ein Stirnband aus weichgegerbtem Maulwurfsfell. Er machte sich daran, seine Toten zu begraben, dabei hielt er den Fellstreifen immer noch in der Hand.

Robyn St. John erwachte von einem leisen Kratzen am Fensterladen ihres Schlafzimmers.

»Wer ist da?« rief sie.

»Ich bin es, Nomusa.«

»Juba, meine kleine Taube. Dich habe ich nicht erwartet!«

Robyn schlüpfte aus dem Bett und ging zum Fenster. Sie öffnete den Laden. Die Nacht schimmerte im Vollmondschein, Juba kauerte unter dem Fenster.

»Du frierst ja.« Robyn ergriff ihren Arm. »Du holst dir den Tod. Komm sofort herein. Ich bring' dir eine Decke.«

»Nomusa, warte«, flüsterte Juba. »Ich muß gleich wieder fort.«

»Aber du bist doch eben erst gekommen.«

»Niemand darf wissen, daß ich hier bin, bitte sag es niemandem, Nomusa.«

»Was ist denn? Du zitterst ja –«

»Hör zu, Nomusa. Ich kann dich nicht im Stich lassen – du bist meine Mutter und meine Schwester und meine Freundin, ich kann dich nicht verlassen.«

»Juba –«

»Sprich nicht. Hör mir eine Minute zu«, flehte Juba. »Ich habe sehr wenig Zeit.«

Erst jetzt begriff Robyn, daß nicht die Nachtkälte Jubas mächtigen Körper schüttelte. Sie schlotterte vor Angst und Schrecken.

»Du mußt fort, Nomusa. Du und Elizabeth und das Baby. Nimm nichts mit, fliehe auf der Stelle. Nach Bulawayo, vielleicht bist du dort in Sicherheit. Es ist deine einzige Chance.«

»Ich verstehe dich nicht, Juba. Was soll der Unsinn?«

»Sie kommen, Nomusa. Sie kommen. Bitte, beeil dich.«

Und damit war sie fort. Geschmeidig und lautlos schien die dicke Frau sich in den Mondschatten unter den Spathodeenbäumen aufzulösen. Bis Robyn ihren Schal gegriffen und die Veranda entlanggelaufen war, war sie verschwunden.

Robyn rannte zu den Krankenbauten, stolperte einmal am Wegrand und rief in zunehmend gereiztem Ton: »Juba, komm zurück! Hörst du mich? Ich dulde diesen Unsinn nicht länger!«

An der Kirche blieb sie stehen, unsicher, welche Richtung sie einschlagen sollte. »Juba! Wo bist du?«

Die Stille wurde nur vom Heulen eines Schakals auf dem Hügel oberhalb der Mission unterbrochen. Das Heulen wurde von einem zweiten beantwortet auf der Paßhöhe, wo die Straße nach Bulawayo über die Berge führte.

»Juba!«

Das Wachfeuer neben den Krankenbauten war heruntergebrannt. Sie ging hinüber und warf ein Scheit vom Holzstapel in die Asche. Die Stille kam ihr unnatürlich vor. Das Scheit fing Feuer. Im flackernden Lichtschein ging sie die Stufen der nächstliegenden Baracke hinauf.

Die Schlafmatten der Patienten entlang der beiden Längswände waren leer. Selbst die Todkranken waren fort. Sie mußten weggetragen worden sein, denn zum Gehen waren sie zu schwach.

Robyn zog den Schal enger um ihre Schultern. »Arme, unwissende Heiden«, sagte sie laut. »Bei ihrer Angst vor Hexenzauber rennen sie selbst vor ihrem eigenen Schatten davon.«

Sie wandte sich bekümmert ab und ging durch die Dunkelheit zum Haus zurück. In Elizabeths Zimmer brannte Licht, und als Robyn die Verandastufen hinaufging, öffnete sich die Tür.

»Mama, bist du das?«

»Wieso bist du noch wach, Elizabeth?«

»Ich dachte, ich hätte Stimmen gehört.«

Robyn zögerte, wollte ihre Tochter nicht erschrecken, doch sie war ein vernünftiges Mädchen und würde vermutlich keinen hysterischen Anfall wegen eines albernen Matabele-Aberglaubens bekommen.

»Juba war hier. Sie ist wohl wieder in einem Hexenwahn. Sie faselte etwas und ist gleich wieder weggelaufen.«

»Was hat sie gesagt?«

»Ach, daß wir nach Bulawayo fahren sollen, um uns vor irgendeiner Gefahr in Sicherheit zu bringen.«

Elizabeth trat im Nachthemd auf die Veranda, eine Kerze in der Hand.

»Juba ist Christin, sie hat nichts mit Hexerei im Sinn.« Elizabeths Stimme klang besorgt. »Was hat sie sonst noch gesagt?«

»Nichts sonst«, Robyn gähnte. »Ich geh' wieder ins Bett.« Nach ein paar Schritten blieb sie noch einmal stehen. »Übrigens, die Kranken sind weggelaufen. Das Hospital ist leer. Sehr ärgerlich.«

»Mama. Ich finde, wir sollten tun, was Juba uns gesagt hat.«

»Was willst du damit sagen?«

»Ich finde, wir sollten noch heute nacht nach Bulawayo fahren.«

»Elizabeth, ich hätte dich für vernünftiger gehalten.«

»Ich habe ein scheußliches Gefühl. Ich finde, wir sollten fahren. Vielleicht besteht wirklich Gefahr.«

»Das ist mein Haus. Dein Vater und ich haben es eigenhändig gebaut. Keine Macht der Welt kann mich zwingen, es zu verlassen«, sagte Robyn streng. »Geh jetzt wieder zu Bett. Ohne Hilfe haben wir morgen einen anstrengenden Tag vor uns.«

Sie kauerten in langen, schweigenden Reihen im hohen Gras unterhalb des Bergkamms. Gandang bewegte sich lautlos die Reihen entlang, verharrte gelegentlich, um mit einem alten Krieger ein Wort zu wechseln, um die Erinnerung an eine andere Wartezeit vor einer lange zurückliegenden Schlacht wachzurufen.

Sie waren es nicht gewohnt, während des Wartens auf der blanken Erde zu kauern. In alten Tagen hätten sie auf ihren länglichen, gefleckten Schilden aus eisenharten Ochsenhäuten gehockt. Nicht um der Bequemlichkeit willen, sondern um sie vor den Augen eines wachsamen Feindes zu verbergen, bis der Augenblick gekommen war, wo sie Schrecken in seinen Bauch stießen und Stahl in sein Herz. Ungewohnt war auch, daß sie nicht im Kriegsschmuck auftraten. Sie waren gekleidet wie unblutige Knaben, nur mit ihrem Lendenschurz, aber die Narben auf ihren dunklen Körpern und das Feuer in ihren Augen hätten einen Betrachter eines Besseren belehrt.

Ein Gefühl des Stolzes schnürte Gandang die Kehle zu, das er geglaubt hatte nie wieder erleben zu dürfen. Er liebte sie, er liebte ihre Wildheit und ihre Tapferkeit, sein Gesicht war zwar ausdruckslos, doch die Liebe leuchtete aus seinen Augen.

Sie nahmen sie auf und gaben sie ihm hundertfach zurück. »Baba« nannten sie ihn mit ihren weichen, tiefen Stimmen. »Vater, wir glaubten, wir würden nie mehr an deiner Schulter kämpfen«, sagten sie. »Vater, jene deiner Söhne, die heute sterben, werden ewig jung bleiben.«

Von der gegenüberliegenden Hangschulter war das traurige Heulen eines Schakals zu hören, die Antwort erfolgte ganz aus der Nähe. Die Krieger waren in Stellung gegangen.

Der Himmel wurde nun von einem schwachen Schein erhellt. Die Vordämmerung, der eine noch schwärzere Finsternis vor der echten Morgendämmerung folgte. Diese tiefe Dunkelheit bevorzugten die *Amadoda,* in ihr fühlten sie sich wohl.

Leise Bewegung kam in die Reihen, sie warteten auf den Befehl: »Auf, meine Kinder! Die Zeit der Speere ist gekommen.«

Diesmal kam der Befehl nicht, und die echte Dämmerung überschüttete den Himmel mit Blut. In diesem Licht blickten die *Amadoda* einander an.

Einer der älteren Krieger, der Gandangs Respekt in fünfzig Schlachten gewonnen hatte, sprach für sie alle. Er ging zu Gandang, der etwas abseits von den Kriegern kauerte.

»*Baba,* deine Kinder sind verwirrt. Sag uns, warum wir warten.«

»Alter Freund, sind eure Speere so durstig nach dem Blut von Frauen und Kindern, daß sie nicht auf reichere Kost warten können?«

»Wir können so lange warten, wie du es befiehlst, *Baba*. Selbst wenn es schwerfällt.«

»Alter Freund, ich locke den Leoparden mit einer zarten Ziege«, sagte Gandang, und sein Kinn sank wieder auf die Muskelpakete seiner Brust.

Die Sonne stieg hoch und vergoldete die Baumwipfel an den Bergen, ohne daß Gandang sich rührte, und die schweigenden Reihen kauerten hinter ihm im Gras.

Und dann ertönte vom Gipfel des Berges der Ruf eines Rebhuhns. Der schrille, durchdringende Ruf war typisch für das Veld, und nur ein äußerst geschärftes Ohr hätte an diesem Schrei gezweifelt.

Gandang erhob sich. »Der Leopard kommt«, sagte er ruhig und begab sich zum Aussichtspunkt, von wo er einen langen Abschnitt der Straße überblicken konnte, die in die Stadt Bulawayo führte. Der Wachposten, der den Ruf des wilden Rebhuhns nachgeahmt hatte, deutete wortlos mit dem Schaft seines Assegais.

Auf der Straße näherten sich eine offene Kutsche und ein Trupp Berittener. Gandang zählte sie, es waren elf Männer, die im gestreckten Galopp direkt auf die Berge zukamen. Der Anführer war unverkennbar, selbst aus dieser Entfernung. Seine aufrechte Körperhaltung, das erhobene Haupt, die langen Steigbügel.

»*Hau!* Glänzendes Einauge!« grüßte Gandang ihn leise. »Viele lange Monde habe ich auf dich gewartet.«

General Mungo St. John war mitten in der Nacht geweckt worden. Im Nachthemd hatte er dem hysterischen Wortschwall eines farbigen Bediensteten zugehört, der aus dem Warenhaus an der Zehn-Meilen-Drift entkommen war. Er faselte eine wilde Geschichte von Gemetzel und Brandstiftung, und der Atem des Mannes roch nach Brandy.

»Er ist betrunken«, sagte Mungo St. John matt. »Bringt ihn weg und peitscht ihn ordentlich aus.«

Der erste Weiße erreichte die Stadt drei Stunden vor Morgengrauen. Er hatte eine tiefe Stichwunde im rechten Oberschenkel, und sein linker Arm war zweimal von den Schlägen der Wurfkeule gebrochen. Mit dem gesunden Arm klammerte er sich an den Hals des Pferdes.

»Die Matabele sind aufgestanden!« schrie er. »Sie brennen alle Farmen nieder –« Damit rutschte er bewußtlos aus dem Sattel.

Im ersten Morgenrot waren fünfzig Planwagen zu einer Wagenburg auf dem Marktplatz zusammengeschoben worden; da es keine Zugochsen mehr gab, wuchteten die Männer sie in die Positionen. Frauen und Kinder wurden in die Wagenburg gebracht und begannen Verbandsstoff aufzurollen, Vorbereitungen zum Nachladen der Gewehre zu treffen und hartes Brot für einen eventuellen Belagerungszustand zu backen. Die wenigen gesunden, kräftigen Männer, die nicht mit Doktor Jameson in die Gefangenschaft nach Transvaal geritten waren, formierten sich zu Trupps, und man beeilte sich, alle Männer mit Pferden und Waffen auszurüsten.

Inmitten der Hektik und Verwirrung hatte Mungo St. John eine schnelle offene Kutsche mit einem farbigen Kutscher beschlagnahmt, sich in seiner Eigenschaft als stellvertretender Gouverneur einen Trupp der dem Augenschein nach besten Reiter zusammengestellt und war mit dem Befehl »Mir nach!« aus der Stadt gestürmt.

Jetzt zügelte er sein Pferd an der Paßhöhe über der Khami-Mission, dort, wo die Fahrspur am schmalsten war und hohes gelbes Gras und Busch zu beiden Seiten sie wie eine Mauer säumten, und beschattete sein gesundes Auge.

»Gott sei Dank!« raunte er. Die strohgedeckten Häuser der Mission, aus denen er Qualm und Rauch hervorquellen zu sehen fürchtete, lagen unversehrt und friedlich im sanften, grünen Tal.

Die Pferde dampften und schnaubten vom harten Ritt die Berge hinauf, und die Kutsche war zweihundert Meter hinter Mungo zurückgefallen. Sobald sie aufgeschlossen hatte, rief Mungo, ohne den Maultieren eine Minute Rast zu gönnen: »Abteilung – vorwärts!« und sprengte den Berghang hinunter, seine Begleitmannschaft mit klappernden Hufen hinter ihm her.

Robyn St. John trat aus der strohgedeckten Rundhütte ihres Laboratoriums, und sobald sie den Mann an der Spitze der Reiterschar erkannte, stemmte sie die Hände in ihre schmalen Hüften und hob trotzig das Kinn.

»Was hat dieser Überfall zu bedeuten, Sir?« begrüßte sie ihn.

»Madam, der Stamm der Matabele rebelliert. Sie bringen Frauen und Kinder um und verbrennen die Häuser.«

Robyn trat beschützerisch einen Schritt zurück, denn der blasse kleine Robert war aus dem Haus getrippelt und klammerte sich an ihre Röcke.

»Ich bin gekommen, um Sie und die Kinder in Sicherheit zu bringen.«

»Die Matabele sind meine Freunde«, sagte Robyn. »Ich fürchte mich nicht vor ihnen. Dies ist mein Haus, und ich habe nicht die Absicht, es zu verlassen.«

»Es ist keine Zeit, um sich auf eine Ihrer Debatten einzulassen, die Sie so lieben, Madam«, erwiderte er grimmig und stellte sich in die Steigbügel.

»Elizabeth!« donnerte er und sie erschien sogleich auf der Veranda des Wohnhauses. »Die Matabele rebellieren. Wir befinden uns alle in Lebensgefahr. Du hast zwei Minuten, um das Nötigste für die Familie einzupacken –«

»Hör nicht auf ihn, Elizabeth!« rief Robyn verärgert. »Wir bleiben hier!«

Bevor sie seine Absicht durchschaute, hatte Mungo seinem Pferd die Sporen gegeben und war an der Labortür, beugte sich aus dem Sattel, packte Robyn um die Mitte und schwang sie hoch. Unbeirrt von ihrer Gegenwehr packte er sie vor sich auf den Sattel, lenkte sein Pferd neben die offene Kutsche und lud sie mit einer Schulterdrehung wie einen Sack ab. Sie landete mit wehenden Unterröcken auf dem Rücksitz.

»Sie bleiben gefälligst sitzen, Madam. Wenn nicht, lege ich Sie in Fesseln. Sie werden einen ziemlich würdelosen Anblick abgeben.«

»Das verzeihe ich Ihnen nie«, keuchte sie durch ihre bleich gewordenen Lippen, wußte aber, daß er seine Drohung wahrmachen würde.

»Robert«, befahl Mungo St. John seinem Sohn, »steig zu deiner Mutter in die Kutsche!«

Das Kind trippelte zur Kutsche und kletterte hinein.

»Elizabeth!« rief Mungo St. John wieder. »Beeil dich, Mädchen. Es geht um unser Leben.«

Elizabeth kam mit einem Bündel über der Schulter auf die Veranda gelaufen.

Mungo St. John lächelte sie an. Er hatte das hübsche, tapfere und besonnene Mädchen immer schon gern gemocht. Er sprang vom Pferd, half ihr in die Kutsche und war sofort wieder im Sattel.

»Abteilung – Marsch! Und – Trab!« brüllte er seinen Befehl, und sie verließen den Hof.

Die Kutsche bildete das Ende der Kolonne von zehn Soldaten in Zweierreihen; fünf Pferdelängen voraus ritt Mungo St. John. Elizabeth durchlief ein Schauer der Erregung, Abenteuerlust und Gefahrenkitzel. Es war alles so anders als der stille, eintönige, sich ewig wiederholende Alltag in der Khami-Mission. Diese Flucht im Begleitschutz bewaffneter Männer, die Spannung der Bedrohung einer dunklen, unbekannten Gefahr. Die romantische Vorstellung des treuen Gatten, der durch das vom Tode überschattete Tal reitet, um seine geliebte Frau zu retten. Wie elegant und schneidig er aussah an der Spitze des Zugs, wie gewandt er im Sattel saß, wie verwegen sein Lächeln, wenn er einen schnellen Blick über die Schulter warf – es gab nur einen einzigen Mann auf der ganzen Welt, der ihm glich. Ach, wäre nur Ralph Ballantyne zu ihrer Rettung geeilt! Rasch wischte sie den sündigen Wunsch beiseite und warf einen Blick nach hinten, um auf andere Gedanken zu kommen.

»O Mama!« rief sie, sprang in der schlingernden Kutsche auf und deutete aufgeregt nach hinten. »Schau nur!«

Die Mission stand in Flammen. Das Strohdach der Kirche war eine lodernde Fackel. Aus dem Wohnhaus quollen Rauchwolken. Winzige dunkle Menschengestalten rannten den Weg unter den Bäumen mit Fackeln aus dürrem Gras entlang. Jetzt schleuderte einer seine Fackel auf das Dach einer Krankenbaracke.

»Mein Lebenswerk«, flüsterte Robyn.

»Schau nicht hin, Mama.« Elizabeth sank neben ihr auf den Sitz zurück, und sie klammerten sich aneinander wie verirrte Kinder.

Der kleine Trupp erreichte die Paßhöhe; ohne Pause wurden die Pferde die andere Seite des Hangs hinuntergetrieben – da griffen die Matabele gleichzeitig von beiden Seiten des Wegs an. Sie erhoben sich aus dem Gras in zwei schwarzen Wellen, und das Summen ihres Kriegsgesangs schwoll an wie das Dröhnen einer Lawine, die sich in zunehmender Geschwindigkeit einen steilen Felshang hinabstürzt.

Die Soldaten hielten die geladenen und entsicherten Karabiner mit dem Kolbenende auf dem rechten Oberschenkel gestützt. Doch der Überfall der Matabele kam so rasch, daß sie nur eine einzige Gewehrsalve abgaben, die in kurzen Abständen hintereinander krachte. Die schwarze Menschenflut stürmte unbeirrt auf den Zug ein. Die Pferde bäumten sich auf und wieherten vor Entsetzen, die Soldaten wurden aus den Sätteln gezerrt und von Speerspitzen durchbohrt, zehn- und zwanzigmal. Die Krieger waren im wildesten Blutrausch, stürzten sich zähnefletschend und kläffend auf ihre Opfer wie Hunde, die den toten Fuchs zerfleischen.

Ein riesiger, schweißglänzender Krieger packte den farbigen Kutscher am Bein, riß ihn vom Bock. Und während das Opfer noch in der Luft zappelte, spießte ihn ein anderer Krieger mit der breiten, glänzenden Assegai-Klinge auf.

Nur Mungo St. John, fünf Pferdelängen vor der Kolonne, konnte durchbrechen. Er hatte zwar einen Speerhieb in die Seite abgekriegt, saß aber immer noch aufrecht. Er drehte sich halb im Sattel um und blickte über die Köpfe der Matabele hinweg direkt in Robyns Augen. Einen kurzen Moment. Dann hatte er sein Pferd herumgerissen und stürzte sich wieder in das Getümmel der schwarzen Krieger, um die Kutsche zu erreichen. Er feuerte seine Militärpistole in das Gesicht eines Angreifers, der seinem Pferd an den Hals sprang, doch von der anderen Seite stieß ihm ein anderer Matabele seinen Assegai mit gestrecktem Arm in die Brust. Mungo St. John stöhnte laut auf, sprengte aber weiter.

»Ich bin bei dir!« schrie er Robyn zu. »Keine Angst, meine Geliebte –« Da rammte ihm ein Krieger den Speer in den Bauch. Mungo knickte nach vorn. Sein Pferd sackte in die Knie, das Herz von scharfem Stahl durchbohrt, und das schien das Ende zu sein. Doch wie durch ein Wunder kam Mungo St. John wieder auf die Füße, stand breitbeinig da, die Pistole in der Hand. Seine Augenklappe war ihm vom Kopf gerissen, und die leere Augenhöhle glotzte so dämonisch, daß die Krieger zurückschreckten. Er stand in ihrer Mitte mit den furchtbaren Speerwunden in Brust und Bauch, aus denen das Blut sprudelte.

Gandang trat aus dem Gedränge, und plötzlich war es ganz still. Die beiden Männer standen sich einen langen Augenblick gegenüber, Mungo versuchte die Pistole zu heben, doch seine Kraft reichte nicht mehr aus, und Gandang trieb die glänzende Schneide mitten durch St. Johns Brust, die Spitze ragte eine Spanne aus seinem Rücken.

Gandang trat heran, stellte seinen Fuß auf Mungo St. Johns Brust und zog den Speer heraus. Danach herrschte tiefes Schweigen. Die Stille war noch grauenerregender als der Kriegsgesang und die Schreie der sterbenden Männer.

Die Kutsche war vom dichten Gedränge schwarzer Leiber eingeschlossen. Die *Amadoda* bildeten einen Kreis um den auf dem Rücken liegenden Mungo St. John, dessen Gesichtszüge im Tod vor Zorn und Schmerz verzerrt waren. Sein einziges Auge starrte den Feind an, den er nicht mehr sehen konnte.

Einer nach dem anderen hoben die Krieger die Köpfe zu den Frauen mit dem Kind, die eng umschlungen in der offenen Kutsche kauerten. Eine furchtbare Bedrohung lag in der Luft, die Augen der Männer waren fiebrig verschwommen in ihrer Mordlust, das Blut lief ihnen über Brust und Arme und sprenkelte ihre Gesichter mit makaberer Kriegsbemalung. Die Reihen begannen sich wie Präriegras zu wiegen, durch das eine leichte Brise strich.

Ganz hinten begann eine einzelne Stimme zu summen, doch bevor das Summen anschwellen konnte, stand Robyn St. John auf und blickte aus der Höhe der Kutsche auf die Männer herunter. Das Summen erstarb.

Robyn nahm die Zügel zur Hand. Die Matabele sahen zu, und keiner von ihnen rührte sich. Robyn schnalzte mit den Zügeln, und die Maultiere setzten sich in Bewegung.

Gandang, Sohn von Mzilikazi, oberster Induna der Matabele, trat zur Seite, und nach ihm öffneten sich die Reihen seiner *Amadoda.* Die Maultiere bewegten sich im Schritt durch die Gasse, hoben vorsichtig die Hufe über die verstümmelten Leichen der Soldaten. Robyn hielt die Augen geradeaus gerichtet und die Zügel fest in der Hand. Nur einmal, als sie an der Stelle vorbeikamen, wo Mungo St. John lag, warf sie einen kurzen Blick zu ihm hinunter, dann schaute sie wieder geradeaus.

Die Kutsche rollte langsam den Berg hinunter, und als Elizabeth einen Blick über die Schulter wagte, war die Straße leer.

»Sie sind fort, Mama«, flüsterte sie, und erst jetzt bemerkte sie, daß Robyn von lautlosem Schluchzen geschüttelt wurde.

Elizabeth legte ihr den Arm um die Schultern, und einen Augenblick lehnte Robyn sich an sie.

»Er war ein schrecklicher Mann, aber Gott vergib mir, ich habe ihn bis zum Wahnsinn geliebt«, flüsterte sie, und dann richtete sie sich kerzengerade auf und trieb die Maultiere im Trab auf Bulawayo zu.

Ralph Ballantyne ritt durch die Nacht auf dem beschwerlichen, aber direkten Weg durch die Berge, nicht auf der breiten Fuhrstraße. Die Ersatzpferde hatte er mit Proviant und Decken beladen, die er in dem Vorratsschuppen an der Eisenbahnbaustelle gefunden hatte. Über felsiges Gelände führte er sie im Schritt, um sie für spätere Strapazen zu schonen.

Das Gewehr lag geladen und entsichert quer vor ihm über dem Sattel. In Abständen von jeweils einer halben Stunde zügelte er sein Pferd und feuerte drei Schüsse hintereinander in den Sternenhimmel. Drei Schüsse, das internationale Suchsignal. Nachdem das Echo rollend verklungen war, horchte er gespannt, drehte sich langsam im Sattel und spähte in alle Richtungen, und dann rief er, schrie seine Verzweiflung in die Stille der Wildnis.

»Jonathan! Jonathan!«

Dann ritt er langsam weiter durch die Nacht. Im Morgengrauen führte er die Pferde zur Tränke, ließ sie ein paar Stunden grasen, setzte sich auf einen Baumstumpf, kaute Kekse und Dosenfleisch und horchte.

Am Vormittag sattelte er wieder und ritt weiter. Bei Tageslicht bestand größere Gefahr, auf einen Trupp Matabele zu stoßen, doch die Aussicht erschreckte ihn nicht. Er sehnte sich richtig danach. Tief in seinem Innern war eine kalte, dunkle Stelle, ein Ort, an dem er noch nie war, und während er jetzt ritt, erforschte er sie und fand so viel Haß und Zorn, wie er nie für möglich gehalten hatte. Langsam ritt er durch liebliche Wälder im klaren, hellen Sonnenschein und entdeckte, daß er sich selbst fremd war; bis zu diesem Tag hatte er nicht gewußt, wer er war, und erst jetzt begann er es herauszufinden.

Er zügelte sein Pferd auf der Kuppe eines kahlen Bergrückens, wo wachsame Matabele-Augen ihn aus weiter Ferne gegen den blauen Himmel sehen mußten, und feuerte absichtlich wieder drei einzelne Schüsse ab. Doch weit und breit keine Spur von heraneilenden Kriegern, und Haß und Zorn wuchsen nur noch stärker.

Eine Stunde nach Mittag erklomm er den Kamm der alten Goldgruben, wo Zouga den großen Elefanten erlegt hatte, und blickte hinunter auf die Harkness-Mine.

Die Gebäude waren niedergebrannt. Auf dem Gegenhang standen noch die Mauern des Hauses, das Harry Mellow für Vicky gebaut hatte, doch die leeren Fenster starrten ihn an wie die Augenhöhlen eines Totenkopfs. Vereinzelt ragten nackte, geschwärzte Balken des eingestürzten Dachs in den Himmel. Der Garten war zertrampelt, auf dem Rasen lagen Trümmer verstreut – das Messingbett, zerstochene Matratzen, herausgerissene Schubladen aus Vickys Aussteuerkommode, ihr Inhalt zerfetzt und verbrannt.

Weiter unten im Tal die Ruinen von Gruben-Lagerhaus und Büro. Von den verkohlten Warenstapeln stieg noch Rauch auf, und der Gestank nach versengtem Gummi und Leder hing in der Luft. Darunter mischte sich ein anderer Geruch. Ralph hatte noch nie verbranntes Menschenfleisch gerochen, wußte aber instinktiv, daß er es jetzt roch, und sein Magen drehte sich um.

Er ritt den Hang hinunter und stieß auf die ersten Leichen. Matabele-Krieger, stellte er mit grimmiger Zufriedenheit fest, die sich verkrochen hatten, bevor sie an ihren Wunden verendeten. Harry Mellow hatte sich besser gehalten als sein Eisenbahnbautrupp.

»Wenn er nur tausend von den schwarzen Schlächtern mitgenommen hat«, hoffte Ralph laut und ritt vorsichtig weiter, die Flinte im Anschlag.

Hinter den Ruinen des Lagerhauses band er die Pferde mit einer lockeren Schlaufe an, um sie bei Gefahr sofort losmachen zu können. Hier lagen weitere tote Matabele neben ihren zerbrochenen Waffen. Innerhalb der Mauerruinen befanden sich drei oder vier weitere Leichen, bis zur Unkenntlichkeit verkohlt, der Geruch nach verbranntem Fleisch war unerträglich.

Mit dem Gewehr im Anschlag schlich Ralph vorsichtig durch noch heiße Asche und Trümmer bis zu einer Ecke der Ruine. Das Kreischen und Flügelschlagen der Geier und anderer Aasfresser überdeckte die wenigen Geräusche, die er verursachte, und er war auf einen plötzlichen Ansturm von Kriegern gefaßt, die sich aus dem Hinterhalt auf ihn stürzten. Außerdem machte er sich darauf gefaßt, die Leichen von Harry und Vicky zu finden. Die verstümmelten Leichen seiner Lieben begraben zu müssen, hatte ihn nicht gegen das Entsetzliche gewappnet, das ihn hier mit Sicherheit erwartete.

Zwischen dem ausgebrannten Lagerhaus und der Öffnung des ersten Schrägschachts, den Harry in die Bergflanke getrieben hatte, lag eine freie Strecke von hundert Metern. Der gesamte Bereich war mit toten Kriegern bedeckt. Sie lagen übereinandergehäuft in Reihen – wie mit der Sense gemäht.

Das Schlachtfeld gab Ralph ein bittersüßes Gefühl der Freude.

»Das hast du gut gemacht, Harry, mein Junge«, flüsterte er.

Ralph war im Begriff vorzutreten, da platzten ihm fast die Trommelfelle vom Krachen eines Schusses. Die Kugel peitschte so nah an ihm vorbei, daß er ihren Luftzug im Gesicht spürte. Er zuckte hinter den Schutz der Mauer zurück, schüttelte den Kopf, um das Insektengebrumm in seinen Ohren zum Schweigen zu bringen. Die Kugel hatte ihn nur um wenige Zentimeter verfehlt. Guter Schuß für einen Matabele, die gewöhnlich miserable Schützen waren.

Er war unvorsichtig gewesen. Die Haufen toter Krieger hatten ihn abgelenkt, er hatte angenommen, daß die *Impis* ihr blutiges Geschäft erledigt und sich zurückgezogen hätten – eine törichte Annahme.

Tiefgebückt rannte er am abgebrannten Gebäude nach hinten, suchte die offene Flanke mit geschärftem Blick ab. Die Matabele pflegten ihre Feinde zu umkreisen. Wenn sie jetzt vor ihm waren, hatte er sie bald im Rücken, oben am Hang zwischen den Bäumen.

Bei den Pferden angekommen, löste er die Schlaufe und führte die Tiere über die warme Asche in den Schutz der Mauern, holte sich aus der Satteltasche einen zweiten Munitionsstreifen, den er sich quer über die andere Schulter hängte. Mit den gekreuzten Patronengurten über der Brust sah er aus wie ein mexikanischer Bandit.

»Na schön, ihr schwarzen Hunde, dann wollen wir mal ein kleines Feuerwerk veranstalten.«

An einer Ecke war die Mauer zusammengebrochen. Die Bruchstelle war schartig ausgefranst, dadurch würde der Umriß seines Kopfes weniger leicht sichtbar sein, und die hintere Wand warf zudem einen günstigen Schatten. Vorsichtig spähte er über das blutige Schlachtfeld.

Und mit verblüfftem Erschrecken stellte er fest, daß die Schachtöffnung zur Mine verbarrikadiert war, blockiert mit Holzpfählen und etwas, das aussah wie Maissäcke.

Sie hatten sich im Minenschacht verschanzt – das war höchst ungewöhnlich. Umgehend erhielt er Bestätigung. Er nahm eine undeutliche, schattenhafte Bewegung hinter der Barrikade in der Höhle des Schachts wahr, und wieder krachte ein Schuß; die Kugel sprang pfeifend von der Mauer ab, knapp unter Ralphs Nase, dem der Ziegelstaub in die Augen flog.

Er duckte sich und wischte sich die tränenden Augen. Dann holte er tief Luft und brüllte: »Harry! Harry Mellow!«

Absolute Stille, auch Geier und Schakale gaben keinen Laut mehr von sich nach dem erschreckenden Gewehrdonner.

»Harry – ich bin es, Ralph!«

Jetzt kam eine gedämpfte Antwort, und Ralph sprang hoch, hechtete über die eingestürzte Mauer und rannte auf den Schacht zu. Harry Mellow kam ihm entgegen. Auf halbem Wege trafen sie sich und fielen einander erleichtert in die Arme, klopften sich wortlos gegenseitig auf den Rücken. Bevor Ralph sprechen konnte, schaute er dem großen Amerikaner über die Schulter.

Aus der Verbarrikadierung schlüpften weitere Menschen. Vicky in Männerhosen und Hemd, eine Flinte in der Hand, ihr Kupferhaar kringelte sich über den Schultern. Neben ihr Isazi, der kleinwüchsige Zulu, und beiden voraus rannte eine noch kleinere Gestalt.

Ralph fing ihn im Laufen auf, hob ihn an seine Brust und drückte seine stachelige, unrasierte Wange an die samtige Haut des Jungen.

»Jonathan«, brachte er mühsam hervor, und dann versagte ihm die Stimme.

»Daddy.« Jon-Jon legte den Kopf zurück und sein Gesicht war bleich und kummervoll.

»Ich konnte nicht auf Mama aufpassen. Sie hat es nicht zugelassen.«

»Schon gut, Jon-Jon«, flüsterte Ralph. »Du hast deine Sache gut gemacht.«

Und dann weinte er. Das furchtbare, trockene, abgehackte Schluchzen eines Mannes, der bis an die Grenzen seiner Leidensfähigkeit getrieben worden war.

Es fiel ihm schwer, sich auch nur eine Sekunde von seinem Kind zu trennen, dennoch schickte Ralph Jonathan zu Isazi, er solle ihm beim Füttern der Pferde am Eingang des Schachts helfen. Dann nahm er Vicky und Harry Mellow beiseite, und im Halbdunkel der Grube, wo sie sein Gesicht nicht sehen konnten, sagte er bloß: »Cathy ist tot.«

»Wie?« Harry brach das betroffene Schweigen. »Wie ist sie gestorben?«

»Schlimm«, antwortete Ralph, »sehr schlimm. Mehr möchte ich nicht sagen.«

Harry hielt die weinende Vicky im Arm, und nachdem der erste furchtbare Schmerz vorüber war, sprach Ralph weiter. »Wir dürfen nicht hierbleiben. Wir haben die Wahl zwischen dem Endbahnhof und Bulawayo.«

»Vielleicht ist Bulawayo inzwischen niedergebrannt und geplündert«, meinte Harry.

»Und auf der Strecke zum Bahnhof lauern vielleicht *Impis*«, sagte Ralph. »Wenn Vicky versuchen möchte, die Endstation zu erreichen, können wir sie und Jon-Jon mit dem ersten Zug, der kommt, nach Süden schicken.«

»Und dann?« fragte Harry. »Was dann?«

»Dann reite ich nach Bulawayo. Wenn es dort noch Überlebende gibt, brauchen sie kampferprobte Männer.«

»Vicky?« Harry umarmte seine Frau.

»Ich bin in diesem Land geboren – ich laufe nicht weg.« Sie wischte sich mit den Händen die Tränen vom Gesicht. »Ich komme mit euch nach Bulawayo.«

Ralph nickte. Er wäre überrascht gewesen, wenn sie sich für die Reise nach Süden entschieden hätte.

»Wir reiten los, sobald wir etwas gegessen haben.«

Sie nahmen die Fahrstraße nach Norden, die einen bejammernswerten Anblick bot. In regelmäßigen Abständen trafen sie auf die während der Rinderpest liegengebliebenen Fuhrwerke.

Dann begegneten sie Tod und Verderben, deren Spuren frischer und schmerzlicher waren. Eine von Zeederbergs Expreßkutschen stand mitten auf der Fahrspur, die Maultiere waren mit Speeren niedergestochen, die Leichen des Kutschers und seiner Passagiere hingen mit aufgeschlitzten Bäuchen an den Ästen eines Dornenbaums.

An der Furt des Inyati standen nur noch die geschwärzten Mauern des Lagerhauses. Die Leichen des griechischen Ladenbesitzers und seiner Familie lagen, zum Teil verstümmelt, im Vorgarten.

Ralph schickte Isazi als Kundschafter vor, der feststellte, daß die Furt bewacht war. In enger Formation galoppierte Ralphs kleiner Trupp auf den Verteidigungsposten zu und überrumpelte die etwa zehn Matabele-*Amadoda*. Dann überquerten sie den Fluß.

In der Nacht hielt Ralph den kleinen Jonathan in den Armen, schreckte alle paar Minuten aus Alpträumen hoch, in denen Cathy schrie und um Gnade flehte. Im Morgengrauen stellte er fest, daß er im Schlaf das Stirnband aus Maulwurffell aus seiner Jackentasche geholt hatte und in der geballten Faust hielt. Er steckte es in die Tasche zurück und knöpfte sie zu, als sei der Fellfetzen eine seltene Kostbarkeit.

Den ganzen Tag ritten sie nach Norden, vorbei an den kleinen Ein-Mann-Goldgruben und den Häusern, wo Männer mit ihren Familien angefangen hatten, sich ein Leben in der Wildnis aufzubauen. Manche waren von dem Überfall völlig überrascht worden, trugen noch immer Fetzen ihrer Nachtbekleidung. Ein kleiner Junge drückte seinen Teddybär an sich, seine tote Mutter streckte den Arm nach ihm aus, ihre Finger hatten seine blutverklebten Locken nicht mehr erreicht.

Andere hatten ihr Leben teuer verkauft, und die toten Matabele lagen in weitem Umkreis um abgebrannte Häuser. Einmal stießen sie auf tote *Amadoda,* aber es gab keine weißen Leichen. Huf- und Wagenspuren führten nach Norden.

»Die Andersons. Sie konnten fliehen«, sagte Ralph. »Bitte, lieber Gott, laß sie in Bulawayo sein.«

In den frühen Morgenstunden des dritten Tages ritten sie in die Stadt Bulawayo ein. Die Barrikaden wurden geöffnet, und sie wurden in das riesige Zentrallager auf dem Stadtplatz eingelassen; die Bewohner drängten sich um die Pferde und bestürmten sie mit Fragen.

Robyn winkte von einem der Wagen auf dem Marktplatz herunter, und als Vicky sie entdeckte, weinte sie zum erstenmal, seit sie die Harkness-Mine verlassen hatten. Elizabeth sprang vom Wagen und bahnte sich einen Weg durch das Gedränge zu Ralphs Pferd.

»Cathy?« fragte sie.

Ralph schüttelte den Kopf, und seine Trauer spiegelte sich in ihren klaren, honigfarbenen Augen. Elizabeth streckte die Arme hoch und hob Jon-Jon zu sich herunter.

»Ich kümmere mich um ihn, Ralph«, sagte sie weich.

Die Familie richtete sich in einer Ecke des Lagers ein. Unter Anleitung von Robyn und Louise war der Planwagen in eine drangvolle, jedoch passable Unterkunft verwandelt worden.

Am ersten Tag des Aufstands hatten Louise und Jan Cheroot den Wagen von King's Lynn in die Stadt gebracht. Ein Überlebender des Matabele-Angriffs in der Victoria-Mine war an dem großen Haus vorbeigaloppiert und hatte Louise eine kaum verständliche Warnung zugerufen.

Louise und Jan Cheroot, bereits durch die Fahnenflucht der Matabele-Arbeiter und -Bediensteten alarmiert, hatten den Wagen mit lebensnotwendigen Vorräten bepackt, Konserven, Dekken und Munition, und waren nach Bulawayo gefahren, Jan Cheroot auf dem Kutschbock und Louise oben auf der Ladung sitzend, die Flinte im Anschlag. Zweimal hatten sie kleine Trupps kriegerischer Matabele in der Ferne gesehen, sie sich aber mit einigen Warnschüssen auf Distanz gehalten. Sie erreichten die Stadt mit den ersten Flüchtlingen.

Die Familie war also nicht angewiesen auf die Barmherzigkeit der Stadtbewohner wie so viele andere, die nur mit einem schweißnassen Pferd und einer leeren Flinte in Bulawayo eintrafen.

Unter einer Zeltplane neben dem Wagen hatte Robyn eine Krankenstation eingerichtet. Sie war vom Belagerungskomitee gebeten worden, sich um die Gesundheits- und sanitären Belange des Lagers zu kümmern. Louise hatte sich ganz selbstverständlich der übrigen Frauen angenommen, erstellte ein System, nach dem alle Nahrungsmittel und andere lebenswichtigen Vorräte eingesammelt und rationiert wurden, teilte das halbe Dutzend Waisenkinder Pflegemüttern zu und organisierte andere Aktivitäten, angefangen von der Bildung eines Unterhaltungsausschusses bis zu einem Kurs im Umgang mit Feuerwaffen für jene Damen, die damit noch nicht umzugehen gelernt hatten.

Ralph gab Jon-Jon in Elizabeths Fürsorge und machte sich auf den Weg, um sich mit dem Belagerungskomitee in Verbindung zu setzen.

Es war bereits dunkel, als Ralph zum Wagen zurückkehrte. Elizabeth hatte Jonathan und Robert gebadet, beide saßen, nach Kernseife duftend, am Klapptisch und löffelten ihr Abendessen; Elizabeth erzählte ihnen eine Geschichte, und die großen runden Augen der Kinder leuchteten im Schein der Lampe wie Murmeln.

Ralph lächelte ihr dankbar zu und winkte Harry Mellow mit einem Kopfnicken zu sich.

Die beiden Männer machten einen Spaziergang durchs Lager, steckten die Köpfe zusammen, und Ralph sagte leise zu Harry: »Das Belagerungskomitee macht seine Sache recht gut. Sie haben bereits eine Zählung durchgeführt. Es befinden sich 632 Frauen und Kinder und 915 Männer im Lager. Die Verteidigung der Stadt scheint gesichert zu sein, aber niemand hat bisher an etwas anderes als Verteidigung gedacht. Mit großer Freude haben sie gehört, daß ihre Situation in Kimberley und Kapstadt bekannt geworden ist, und sie scheinen mit absoluter Gewißheit davon auszugehen, daß bereits ein paar Kavallerieregimenter zu ihrer Befreiung unterwegs sind. Wir beide wissen, daß das nicht der Fall ist.«

»Es kann Monate dauern, bis Soldaten hier heraufkommen.«

»Jameson und seine Offiziere sind unterwegs nach England, wo ihnen der Prozeß gemacht wird, und Rhodes muß sich vor einer Untersuchungskommission verantworten.« Ralph schüttelte den Kopf. »Und es kommt noch schlimmer. Die Maschona-Stämme haben sich mit den Matabele verbündet.«

»Guter Gott!« Harry blieb stehen und ergriff Ralphs Arm. »Das ganze Gebiet – alle zur gleichen Zeit? Das ist ein sorgsam geplanter Aufstand.«

»Im Mazoetal und in den Distrikten um Fort Salisbury ist es zu schweren Gefechten gekommen.«

»Ralph, wie viele Menschen haben diese Wilden umgebracht?«

»Das weiß niemand. Da draußen gibt es Hunderte einsam gelegener Farmen und Minen. Wir müssen mit wenigstens fünfhundert Frauen, Männern und Kindern rechnen.«

Sie setzten ihren Weg schweigend fort und kamen ans andere Ende des Lagers. Ralph redete leise mit dem Wachtposten.

»In Ordnung, Mr. Ballantyne, aber halten Sie die Augen offen. Diese blutrünstigen Heiden sind überall.«

Ralph und Harry verließen die Barrikaden und betraten die ausgestorbene Stadt. Alle Bewohner waren in das Zentrallager gebracht worden. Die strohgedeckten Lehmhütten lagen dunkel und schweigend da, und die beiden Männer gingen die breite, staubige Hauptstraße entlang, bis nur noch vereinzelte Hütten den Wegrand säumten; sie blieben stehen und spähten über das Buschland.

»Horch!« sagte Ralph. Am Ufer des Umguza heulte ein Schakal und erhielt Antwort aus dem Akazienwald im Süden.

»Schakale«, sagte Harry, doch Ralph schüttelte den Kopf.

»Matabele!«

»Werden sie die Stadt angreifen?«

Ralph zögerte mit der Antwort. Er starrte auf das Veld hinaus, während er etwas in der Hand hielt, das er stetig durch die Finger gleiten ließ wie eine griechische Gebetsschnur. »Da draußen liegen vielleicht zwanzigtausend Kampfböcke. Wir sitzen hier in der Falle, und früher oder später, wenn sie ihre Kampftruppen geordnet und ihren Mut genügend angestachelt haben, kommen sie. Sie kommen lange bevor die Soldaten hier sein können.«

»Welche Chancen haben wir?«

Ralph wickelte sich das Ding in seiner Hand um einen Finger, und Harry sah, daß es ein grauer Fellstreifen war. »Wir haben vier Maxim-Maschinengewehre, aber sechshundert Frauen und Kinder, und von den neunhundert Männern sind nur die Hälfte in der Lage, eine Flinte zu halten. Bulawayo kann nur verteidigt werden, wenn wir nicht im Lager sitzenbleiben und auf sie warten...«

Ralph drehte sich um, und sie gingen die ausgestorbene Straße wieder zurück. »Sie wollten mich als Ausschußmitglied gewinnen, aber ich sagte ihnen, ich hielte nicht viel von Komitees.«

»Was hast du vor, Ralph?«

»Ich werde einen kleinen Trupp zusammenstellen. Männer, die den Stamm und das Land kennen, Männer, die schießen können und Sindebele soweit beherrschen, daß man sie für Eingeborene halten könnte. Und wir ziehen hinaus in die Matopos-Berge – oder wo sie sich sonst verstecken – und machen Jagd auf Matabele.«

Isazi kam mit vierzehn Männern. Zulus aus dem Süden, Fuhrleute und Ochsenknechte, die nach der Rinderpest in Bulawayo hängengeblieben waren.

»Ich weiß, daß ihr ein Gespann mit achtzehn Ochsen fahren könnt«, nickte Ralph in die Gesichter der Männer, die um das Feuer hockten. »Ich weiß auch, daß jeder von euch sein eigenes Gewicht in Maisbrei zu einer Mahlzeit verschlingen und mit so viel Bier hinunterspülen kann, daß einem Rhinozeros vor Staunen das Maul offen stehen bliebe, aber könnt ihr auch kämpfen?«

Und Isazi antwortete im Namen aller in dem geduldigen Ton, der eigentlich für begriffstutzige Kinder vorbehalten ist: »Wir sind Zulu.« Weiterer Worte bedurfte es nicht.

Jan Cheroot brachte noch sechs Burschen vom Kap, alle mit Buschmann- und Hottentottenblut in den Adern – wie Jan Cheroot selbst.

»Der hier heißt Grootboom, der große Baum.« Ralph fand, daß er eher aussah wie ein Dornengestrüpp in der Kalahari: dunkel, vertrocknet und stachelig. »Er war Corporal beim 52. Infanterieregiment im Fort von Kapstadt. Er ist ein Neffe von mir.«

»Warum hat er Kapstadt verlassen?«

Jan Cheroot machte ein schmerzliches Gesicht. »Es gab einen Streit wegen einer Dame. Einem Mann wurde der Bauch aufgeschlitzt. Und mein lieber Neffe der gemeinen Tat beschuldigt.«

»Hat er sie begangen?«

»Natürlich hat er sie begangen. Er ist der beste Messerstecher, den ich kenne – nach mir«, erklärte Jan Cheroot bescheiden.

»Warum willst du Matabele töten?« fragte Ralph ihn in Sindebele, und der Hottentotte antwortete ihm fließend in derselben Sprache.

»Es ist eine Arbeit, von der ich was verstehe und die mir gefällt.«

Ralph nickte und wandte sich dem nächsten zu.

»Möglicherweise ist der noch näher mit mir verwandt«, stellte Jan Cheroot ihn vor. »Er heißt Taas, und seine Mutter war eine große Schönheit. Ihr gehörte eine berühmte Spelunke am Fuß des Signal Hill über den Docks von Kapstadt. Es gab eine Zeit, da waren sie und ich gut befreundet, doch dann hatte die Dame zu viele andere Freunde.«

Der Kandidat hatte eine flache Nase und hohe Wangenknochen, orientalisch geschnittene Augen und die gleiche wachsglatte Haut wie Jan Cheroot – wenn er einer von Jan Cheroots Abkömmlingen war und seine Kindheit im berüchtigten Hafenviertel von Kapstadt verbracht hatte, mußte er ein guter Kämpfer sein. Ralph nickte.

»Fünf Schillinge pro Tag«, sagte er. »Und eine kostenlose Kiste, in der wir dich begraben, wenn die Matabele dich schnappen.«

Jameson hatte mehrere hundert Pferde mit sich genommen, als er nach Süden gezogen war, und die Matabele hatten alle Pferde von den Farmen gestohlen. Maurice Gifford war bereits mit 160 berittenen Männern nach Gwanda aufgebrochen, um etwaigen Überlebenden, die von umliegenden Farmen und Minen abgeschnitten waren und immer noch durchhielten, zu Hilfe zu kommen. Captain George Grey hatte einen Trupp berittener Infanterie, die »Greys Scouts«, mit fast allen verbliebenen Pferden zusammengestellt. Ralph hatte vier gute Gäule mitgebracht und er schaffte es, noch sechs weitere zu Wucherpreisen zu erstehen. Bis weit nach Mitternacht lag er wach und grübelte über ihr Schicksal.

Ralph hielt die Augen geschlossen, die tiefen, regelmäßigen Atemzüge von Harry Mellow, der in einiger Entfernung schlief, übertönten alle kleinen Geräusche. In seinen besorgten Grübeleien spürte Ralph plötzlich die Gegenwart eines anderen. Er roch sie. Leichter Holzrauch, getrocknete Tierhaut und Fett, mit dem ein Matabele-Krieger seinen Körper einreibt.

Ralphs rechte Hand glitt unmerklich unter den Sattel, der ihm als Kissen diente, und seine Finger umspannten den Nußholzgriff seiner Webley.

»Henshaw«, flüsterte eine Stimme, die er nicht kannte, und Ralphs linker Arm schnellte um einen kräftigen, sehnigen Hals, gleichzeitig stieß er dem Mann die Pistolenmündung in die Seite.

»Mach schnell«, knirschte er. »Sag, wer du bist, bevor ich dich kaltmache.«

»Alle sagen, du bist schnell und stark.« Der Mann sprach Sindebele. »Jetzt glaube ich es.«

»Wer bist du?«

»Ich habe dir gute Männer und gute Pferde gebracht.«

»Warum kommst du wie ein Dieb?«

»Weil ich Matabele bin, die Weißen werden mich töten, wenn sie mich hier finden. Ich bin gekommen, um dich zu diesen Männern zu bringen.«

Ralph ließ ihn widerstrebend los und langte nach seinen Stiefeln.

Sie schlichen sich aus dem Lager und durch die schweigende, verlassene Stadt. Ralph hatte zuvor nur noch einen Satz gesagt.

»Du weißt, daß ich dich umbringe, wenn das ein Hinterhalt ist.«

»Das weiß ich«, antwortete der Matabele.

Er war so groß wie Ralph, aber noch kräftiger gebaut. Als er sich einmal zu Ralph umwandte, erhellte das Mondlicht den Seidenglanz des Narbengewebes quer über seiner Wange unter dem rechten Auge.

Im Hof eines der letzten Häuser der Stadt, nahe am offenen Veld, jedoch abgeschirmt durch eine Mauer, die ein ordentlicher Bürger errichtet hatte, um seinen Garten zu schützen, warteten zwölf weitere Matabele-*Amadoda*. Einige von ihnen trugen Fellröcke, andere waren in abgerissene europäische Sachen gekleidet.

»Wer sind diese Männer?« fragte Ralph. »Wer bist du?«

»Ich heiße Ezra, Sergeant Ezra. Ich war Sergeant bei glänzendem Einauge, den die *Impis* in den Khami-Bergen getötet haben. Diese Männer gehören zur Polizei der B.S.A.-Gesellschaft.«

»Die Polizei ist aufgelöst und entwaffnet«, sagte Ralph.

»Ja, man hat uns die Gewehre weggenommen. Die Weißen trauen uns nicht. Sie fürchten, daß wir zu den Rebellen überlaufen.«

»Warum tut ihr das nicht?« wollte Ralph wissen. »Ein paar eurer Brüder haben es getan. Es sollen etwa hundert Mann von der B. S. A.-Polizei übergelaufen sein und ihre Flinten mitgenommen haben.«

»Wir können nicht – selbst wenn wir wollten.« Ezra schüttelte den Kopf. »Hast du von der Ermordung zweier Matabele-Frauen am Inyati gehört? Eine Frau namens Ruth und eine andere namens Imbali?«

Ralph runzelte die Stirn. »Ja, ich erinnere mich.«

»Das haben zwei Männer aus dieser Truppe getan, und ich bin ihr Sergeant. Der Induna Gandang hat befohlen, daß wir ihm lebend gebracht werden. Er möchte unsere Todesart selbst bestimmen.«

»Ich brauche Männer, die die Frauen der Matabele ebenso leicht töten, wie sie unsere getötet haben«, sagte Ralph. »Und was ist mit den Pferden?«

»Die Pferde, die von den Matabele in Essexvale und Belingwe eingefangen wurden, werden in den Bergen versteckt, an einem Ort, den ich kenne.«

Lange vor dem Abendläuten hatten sich Jan Cheroot und seine sechs Burschen mit den Pferden, einzeln und paarweise, aus dem Zentrallager geschlichen, und als Ralph und Harry Mellow die Hauptstraße entlangschlenderten, als schnappten sie vor dem Abendessen noch etwas frische Luft, waren die anderen bereits in dem ummauerten Garten am Ende der Straße versammelt.

Sergeant Ezra hatte die Lendenröcke, Speere und Wurfkeulen gebracht und Jan Cheroot den großen, schwarzen, dreibeinigen Topf mit einer Paste aus Ruß und Rindertalg. Ralph, Harry und die Hottentotten zogen sich nackt aus und rieben einander mit der ranzigen Schmiere ein.

Als die Abendglocke in der anglikanischen Kirche zu läuten begann, trugen alle die Lendenschurze der Matabele-*Amadoda*.

Ralph und Harry bedeckten ihr Haar, das sie verraten hätte, mit einem Kopfschmuck aus schwarzen Federn der Witwenvögel. Isazi und Jan Cheroot umwickelten die Pferdehufe mit Stulpen aus Tierhaut. Ralph erteilte seine letzten Befehle in Sindebele, der Sprache, die sie während der gesamten Operation benutzen wollten.

Sie verließen die Stadt in der plötzlich einsetzenden Dunkelheit zwischen Sonnenuntergang und Mondaufgang. Sie hielten sich nach Südosten, bis die gezackten Gipfel der Matopos-Berge sich gegen den mondbleichen Himmel abhoben.

Kurz nach Mitternacht murmelte Ezra: »Wir sind da!«

Ralph stellte sich in die Steigbügel und hob seinen rechten Arm. Der Trupp schloß auf und stieg ab. Jan Cheroots mutmaßlicher Sprößling Taas sammelte die Pferde ein, während Jan Cheroot die Waffen seiner Männer überprüfte.

»Ich werde sie dir in den Feuerschein stellen«, flüsterte Ralph ihm zu. »Achte auf mein Signal.«

Dann lächelte Ralph zu Isazi hinüber, seine Zähne blitzten in der glänzenden schwarzen Gesichtsmaske. »Es gibt keine Gefangenen. Bleibt zusammen und nehmt euch vor Jan Cheroots Kugeln in acht.«

»Henshaw, ich möchte mit dir gehen.«

Harry Mellow sprach Sindebele, und Ralph antwortete ihm in dieser Sprache.

»Du schießt besser als du sprichst. Geh mit Jan Cheroot.«

Auf einen weiteren Befehl von Ralph griff jeder der Männer in einen Lederbeutel an seiner Hüfte, holte ein Band aus weißen Kuhschwanzquasten heraus und knüpfte es sich um den Hals. Das war ihr Erkennungszeichen, um einander im Eifer des Gefechts nicht gegenseitig zu meucheln. Nur Ralph fügte seiner Verkleidung noch einen zusätzlichen Schmuck bei. Aus seinem Hüftbeutel holte er den Streifen Maulwurfsfell heraus und band ihn um seinen Oberarm; dann nahm er den schweren Assegai und die Wurfkeule auf und nickte Ezra zu.

»Führe uns!«

Die Männer trabten hintereinander, Ralph an zweiter Stelle, in einer Traverse über die Bergflanke. Bald sahen sie den roten

Schein eines Wachfeuers im Tal. Ralph überholte Ezra und setzte sich an die Spitze des Zuges. Er holte tief Luft, füllte seine Lungen und begann zu singen. Es war ein altes Kampflied der Insukamini-*Impis.* Und hinter ihm wiederholten die Matabele den Refrain mit ihren tiefen, melodischen Stimmen. Der Gesang hallte von den Hügeln wider und weckte das Lager im Tal. Nackte Gestalten erhoben sich von ihren Schlafmatten, warfen Holz in die Feuer, und der rötliche Schein erhellte die Unterseite der Akazienwipfel, die sich wie das Dach eines Zirkuszelts über dem Lager wölbten.

Ezra hatte vermutet, daß etwa vierzig *Amadoda* die Pferde bewachten, aber es waren schon über vierzig um die Feuer versammelt, und ständig strömten weitere herbei; die Außenposten rannten neugierig heran, um den Grund für den Aufruhr zu erfahren. Genau das war Ralphs Absicht gewesen. Nachzügler konnte er nicht gebrauchen. Sie mußten dicht beisammen sein, so daß seine Schützen in den Menschenhaufen schießen konnten. Ein Schuß, ein Treffer. Ralph trottete in das Matabele-Lager. »Wer hat hier den Befehl?« erkundigte er sich im Brüllton. »Der Anführer soll vortreten und das Wort hören, das ich von Gandang bringe.« Aus Robyns Schilderung von dem Massaker in den Khami-Bergen wußte er, daß der alte Induna einer der obersten Anführer des Aufstands war. Sein Name zeigte die Wirkung, die er sich erhoffte.

»Ich bin Mazui.« Ein Krieger trat respektvoll vor. »Ich warte auf das Wort von Gandang, dem Sohn von Mzilikazi.«

»Die Pferde sind in ihrem Versteck nicht mehr sicher. Die weißen Männer haben erfahren, wo sie sind. Bei Sonnenaufgang bringen wir sie tiefer in die Berge hinein«, sagte Ralph. »An einen Ort, den ich dir zeigen werde.«

»So soll es geschehen.«

»Wo sind die Pferde?«

»Sie sind im Kral, bewacht von meinen *Amadoda,* sicher vor den Löwen.«

»Rufe deine Außenposten herbei«, befahl Ralph. Der Matabele bellte einen Befehl und wandte sich dann wieder beflissen Ralph zu.

»Welche Neuigkeiten gibt es vom Kampf?«

»Es hat eine große Schlacht gegeben.« Ralph erzählte eine phantastische Geschichte mit pantomimischen Einlagen, hüpfte und schrie und stieß seinen Assegai in die Luft.

Die Zuschauer begannen zu stampfen und sich zu wiegen. Die Wachen und Außenposten waren alle versammelt. Es tauchten nun keine schwarzen Gestalten mehr aus dem Schatten auf. Sie waren hundert, vielleicht hundertzwanzig Männer, mehr nicht, schätzte Ralph, gegen seine vierzig. Die Chancen standen nicht schlecht. Jan Cheroots Burschen waren durchweg ausgezeichnete Schützen, und Harry Mellow mit einer Flinte war mehr wert als fünf normale Männer.

Vom ersten Berghang, ziemlich nah, rief ein Ziegenmelker. Auf dieses Signal hatte Ralph gewartet. Auf Jan Cheroot war Verlaß, dachte er mit eiskalter Zufriedenheit. Aus dieser Position am Hang hatte Jan Cheroot die Menge der *Amadoda* als Silhouetten gegen das Feuer.

Ralph hüpfte und stampfte weiter in seinem kriegerischen Tanz und entfernte sich dabei etwa zwanzig Schritt von den Matabele. Unvermittelt beendete er seinen Tanz mit ausgebreiteten Armen. Er stand reglos wie ein Kruzifix, starrte seine Zuschauer mit wilden Augen an, und Schweigen senkte sich über sie.

Langsam hob Ralph seine Arme über den Kopf. So stand er einen Augenblick, eine Heldenfigur, fettglänzend, jeder Muskel seiner Arme und seiner Brust angespannt, der Rock aus Zibetkatzenfellen hing ihm bis zu den Knien, der Kragen aus weißen Kuhschwänzen um den Hals, sein Zaubermittel gegen den Tod, der im Dunkel hinter dem Flammenschein lauerte. Seine geschwärzten Gesichtszüge zu einer grimmigen Grimasse verzerrt, hielt er seine Zuschauer in Bann. Sein Tanzen und Singen hatte seinen Zweck erreicht – die *Amadoda* waren abgelenkt, hatten kein Geräusch gehört, das die Zulus und Hottentotten vielleicht gemacht hatten, während sie im Kreis um das Lager in Stellung gegangen waren.

Plötzlich stieß Ralph ein dämonisches Geheul aus, das die *Amadoda* erschauern ließ, und seine Arme sanken herab – das Zeichen für Harry und Jan Cheroot.

Der Vorhang der Finsternis zerriß durch die Explosion vielfachen Gewehrfeuers. Aus kürzester Entfernung – die Mündungen berührten fast das Getümmel der schwarzen, nackten Leiber.

Der Überfall kam so unerwartet, daß die Masse der Krieger sich kopflos aneinanderdrängte, drei Salven der Winchester hinnahm, bevor sie sich löste und zu rennen begann. Mehr als die Hälfte lag bereits auf dem Boden, und viele von denen, die noch aufrecht standen, waren verwundet. Sie rannten direkt in Isazis Zulus, schwappten wie Wasser gegen einen Damm.

Ralph hörte die Schreie, mit denen die Zulus ihre Speere ins Fleisch bohrten, und hörte die Schreie der sterbenden Männer.

Erst jetzt sammelten sich die Matabele, rückten Schulter an Schulter gegen die schmale Front der Zulus vor, um sie zu überrennen. Auch darauf war Ralph vorbereitet. Er griff sie mit seinen Matabele von hinten an, warf sich mit ihnen gegen die nackten, ungeschützten Rücken der kämpfenden Krieger.

Vor langer Zeit, als Ralph noch ein Junge war, hatte Bazo ihm in den Kimberley-Diamantenfeldern die Kunst des Speerwerfens beigebracht.

Er stieg über den von ihm getöteten Krieger und versenkte seine Stahlschneide im nächsten, im dritten und weiter und weiter. Der Blutgeruch und die Schreie machten ihn halb verrückt, er wurde von einem kalten, wilden Fieber gepackt, das seine Sinne schärfte und sein Gesichtsfeld erweiterte, er nahm das Schlachtgeschehen verlangsamt wahr, ahnte einen gegnerischen Stoß im voraus und wich dem feindlichen Speer mit Todesverachtung aus.

»Henshaw!« kreischte ihm eine Stimme ins Gesicht. »Ich bin es!« Ralph erkannte die weißen Kuhschwänze am Hals des Mannes und hielt in seinem Stoß inne; die beiden Linien der Kämpfenden waren aufeinandergetroffen.

»Es ist vorbei«, keuchte Isazi, und Ralph schaute sich verwirrt um. Es war alles so schnell gegangen. Er schüttelte den Kopf, um das kalte Böse der Kriegslust, die ihn gepackt hatte, zu vertreiben.

Sie lagen alle am Boden, ein paar zuckten und wälzten sich noch stöhnend.

»Isazi, mach Schluß mit ihnen!« befahl Ralph und beobachtete die Zulus bei ihrer grausigen Arbeit, die rasch von einem zum anderen gingen, den Puls unter dem Ohr fühlten, und wenn sie ihn fanden, dem Opfer mit einem raschen Stoß ein Ende bereiteten.

»Wir holen jetzt die Pferde. Bringt das mitgebrachte Zaumzeug und die Führleinen.«

Im Kral aus Dornengestrüpp standen dreiundfünfzig gute Pferde. Die meisten trugen das Brandzeichen der B. S. A.-Gesellschaft. Jeder seiner unberittenen Zulus und Matabele nahm sich ein Tier, und die restlichen wurden an die Führleinen genommen.

Eine Stunde nach dem ersten Schuß zog der Trupp bereits weiter. Sie ritten die Hauptstraße von Bulawayo im diffusen grauen Licht der Morgendämmerung entlang. Ralph und Harry in der ersten Reihe hatten sich das Gröbste der schwarzen Schmiere aus den Gesichtern gewischt, doch um sicher zu gehen, daß die nervösen Wachtposten nicht das Feuer auf sie eröffneten, schwenkten sie eine Fahne aus Harry Mellows weißem Baumwollunterhemd.

Die Bewohner des Lagers schälten sich aus ihren Decken, gafften und fragten, und als sie anfingen zu begreifen, daß dieser kleine Haufen den ersten siegreichen Vergeltungsschlag gegen Gemetzel und Brandstiftung der Negerstämme geführt hatte, erklangen erste Beifallrufe, die zu einem Freudentaumel anschwollen.

Ralph hatte einen Wucherpreis für die Flasche Whisky bezahlt, indem er einen Schuldschein über zwanzig Pfund auf einem Etikett einer Rindfleischdose ausschrieb. Unter dem Jackett verborgen trug er sie hinüber, wo Isazi, Jan Cheroot und Sergeant Ezra abseits von ihren Männern zusammen am Feuer saßen.

Sie schwenkten die Kaffeereste aus ihren Emailbechern und ersetzten sie durch einen ordentlichen Schluck Whisky. Eine Weile tranken sie schweigend, schauten in die Flammen des Lagerfeuers und ließen den Schnaps warm durch ihren Körper rinnen.

Schließlich nickte Ralph Sergeant Ezra zu, und der große Matabele begann leise zu sprechen.

»Gandang und seine *Impis* warten noch immer in den Khami-Bergen – zwölfhundert Mann. Alles erfahrene Krieger. Babiaan lagert mit sechshundert Kriegern am Fuß der Berge der Indunas. Er könnte in einer Stunde hier sein...« Ezra erstattete Meldung über die Positionen der *Impis*, die Namen ihrer Führer, ihrer Kriegslust und Zähigkeit.

»Was ist mit Bazo von den Maulwürfen?« Ralph stellte erst jetzt die Frage, die ihm auf der Seele brannte, und Ezra zuckte die Achseln.

»Von ihm wissen wir gar nichts. Ich habe meine besten Männer ausgeschickt, in den Bergen nach ihm zu suchen. Kein Mensch weiß, wo die Maulwürfe sich verkrochen haben.«

»Wo werden wir als nächstes zuschlagen?« Ralph stellte die rhetorische Frage nachdenklich und schaute ins Feuer. »Nehmen wir uns Babiaan in den Bergen der Indunas vor oder Zama mit seinen tausend Kriegern, die an der Mangiwe-Straße im Hinterhalt liegen?«

Isazi hüstelte höflich. Nach einem Blick von Ralph sagte er: »Gestern nacht bin ich an einem von Babiaans Lagerfeuern gesessen und habe seinen Männern zugehört. Sie redeten von unserem Überfall auf das Pferdelager und davon, daß die Indunas sie gewarnt haben, in Zukunft mißtrauisch gegen alle Fremden zu sein, auch wenn sie die Felle und Federn der kämpfenden *Impis* tragen. Ein zweites Mal kommen wir mit dem gleichen Trick nicht durch.«

Jan Cheroot und Ezra brummten ihre Zustimmung, und der kleine Hottentotte drehte seinen Becher um, um zu zeigen, daß er leer war, während er einen bedeutsamen Blick auf die Flasche zwischen Ralphs Füßen warf. Ralph schenkte allen nach, wölbte beide Hände um seinen Becher und zog das scharfe Aroma des Schnapses in die Nase. Seine Stimme klang rauh und häßlich. »Ihre Frauen und Kinder«, sagte er. »Sie werden in den Höhlen und verborgenen Tälern der Matopos versteckt sein. Sucht sie!«

Fünf kleine Buben standen am Ufer des Baches, alle splitternackt, die Beine bis über die Knie mit zähem Lehm beschmiert. Sie lachten und neckten einander, während sie den Lehm mit zugespitzten Stöcken aus dem Ufer gruben und ihn in grob geflochtene Schilfkörbe schichteten.

Tungata Zebiwe kletterte als erster aus dem Bach, schleppte den schweren Korb an eine schattige Stelle, hockte sich hin und begann zu arbeiten. Die anderen Kinder kletterten hinter ihm die Uferböschung hinauf und setzten sich im Kreis um ihn herum.

Tungata nahm eine Handvoll Lehm aus seinem Korb und rollte ihn in seinen rosigen Handflächen zu einer dicken, weichen Wurst, aus der er mit Geschick einen buckligen Rücken und vier stämmige Beine formte. Den Tierkörper stellte er vorsichtig auf ein flaches Stück getrocknete Rinde; dann modellierte er den Kopf, steckte rote Teufelsdornen als Hörner hinein und kleine, vom Wasser glatt geschliffene Splitter aus Bergkristall als Augen und klebte das Ganze auf den dicken Hals. Er setzte sich zurück und musterte sein Werk mit kritischem Blick. Dann bejubelte er seine Schöpfung. »Großer Büffelbulle!« rief er aus. Mit strahlendem Lächeln trug er den Büffel aus Lehm zu einem Ameisenhaufen und stellte ihn auf einem Rindensockel zum Trocknen in die Sonne. Dann eilte er zurück, um Kühe und Kälber für seine Herde zu formen. Bei der Arbeit machte er sich über die Schöpfungen der anderen Buben lustig, verglich sie mit seinem großen Herdenbullen und lachte über ihre Antworten.

Tanase beobachtete ihn aus dem Schatten. Sie war lautlos den Pfad durch das dichte Ufergebüsch herangekommen, angelockt vom hellen Kinderlachen und dem fröhlichen Geplapper. Nun zögerte sie, die reizende Idylle zu stören.

In der Zeit von Not und Kampf, in der Bedrohung und im Feuer des Krieges schien alle Fröhlichkeit, alles Lachen vergessen. Es bedurfte der Unwissenheit und Phantasie eines Kindes, um sie daran zu erinnern, was einmal war – und was wieder sein mochte. Sie spürte, wie das erstickende Gewicht der Liebe sich auf sie legte, dem unmittelbar eine unbestimmte Angst folgte. Sie wollte zu ihrem Kind laufen und es in die Arme schließen, um es zu beschützen – ohne genau zu wissen, wovor.

Tungata hob den Kopf, sah sie und brachte ihr den Lehmbüffel mit scheuem Stolz.

»Schau, was ich gemacht habe.«

»Er ist schön.«

»Er ist für dich, Umame, ich habe ihn für dich gemacht.«

Tanase nahm das Geschenk entgegen. »Was für ein schöner Büffelbulle. Er wird viele Kälber zeugen«, sagte sie, und ihre Liebe war so stark, daß Tränen ihre Wimpern netzten. Sie wollte nicht, daß ihr Sohn es bemerkte.

»Wasch dir den Lehm ab«, befahl sie. »Wir müssen zurück in die Höhle.«

Er hüpfte neben ihr den Pfad hinauf, seine nasse Haut glänzte vom Bad im Bach wie schwarze Seide, und er lachte vergnügt, als Tanase sich den Büffel aus Lehm auf den Kopf setzte und sich mit geradem Rücken und schwingenden Hüften in Bewegung setzte, um die leichte Last im Gleichgewicht zu halten.

So erreichten sie die Höhle, die eigentlich ein langgezogener niederer Überhang der Felswand war. Und sie waren nicht die ersten, die diesen Ort als Behausung benutzten. Das felsige Dach war vom Ruß unzähliger Kochfeuer geschwärzt und die schwarze Wand mit uralten Malereien und Zeichnungen der kleinen gelben Buschmänner geschmückt, die hier lange, bevor Mzilikazi seine *Impis* in diese Berge führte, gejagt hatten. Es waren hübsche Zeichnungen von Rhinozerossen, Giraffen und Gazellen und kleinen Strichmännchen mit übergroßen Genitalien, bewaffnet mit Pfeil und Bogen.

Der von nahezu fünfhundert Personen bevölkerte Ort war eine der geheimen Zufluchtsstätten des Stammes, wohin Frauen und Kinder geschickt wurden, wenn Krieg oder andere Katastrophen die Matabele bedrohten. Das Tal war steil und eng, aber es gab fünf Fluchtwege, versteckte Pfade durch Felsklippen oder enge Spalten in den Granitwänden, die es einem Feind unmöglich machten, die Zufluchtsuchenden in der Talenge einzuschließen.

Der Bach lieferte klares Trinkwasser, dreißig Milchkühe, die die Rinderpest überlebt hatten, lieferten *Maas*, die gesäuerte Milch, ein Grundnahrungsmittel des Stammes. Beim Anmarsch hatte jede Frau einen Ledersack mit Körnern auf dem Kopf getragen. Mit umsichtiger Haushaltung konnten sie hier viele Monate überdauern.

Die Frauen hatten sich unter dem langgestreckten Felsdach niedergelassen und gingen alle ihren verschiedenen Tätigkeiten nach. Manche stampften das Korn in Mörsern aus getrockneten, ausgehöhlten Baumstrünken. Dabei benutzten sie schwere Holzstößel, hoben sie mit beiden Händen über die Köpfe und ließen sie durch das Eigengewicht in die Schale fallen, klatschten in die Hände und hoben den Stößel erneut zum nächsten Schlag. Andere flochten Rinden zu Schlafmatten, gerbten Felle wilder Tiere oder fädelten Keramikperlen zu Ketten auf. Über der Szenerie hing der schwach bläuliche Rauch der Kochstellen.

Juba hockte am Ende des Felsvorsprungs und unterwies zwei ihrer Töchter und die neue Frau eines ihrer Söhne in die Geheimnisse der Bierbraukunst. Sie war so sehr in ihre Arbeit versunken, daß sie ihre älteste Schwiegertochter und ihren Enkel erst bemerkte, als sie vor ihr standen. Sie hob den Kopf, und ihr Lächeln erhellte ihr großes rundes Gesicht.

»Meine Mutter.« Tanase kniete sich respektvoll vor sie hin. »Ich muß mit dir sprechen.«

Juba bemühte sich aufzustehen, doch ihre enormen Körpermassen ließen es nicht zu. Ihre Töchter nahmen sie an den Ellbogen und hievten sie auf die Beine. Sobald sie einmal aufrecht stand, bewegte sie sich mit erstaunlicher Behendigkeit, schwang sich Tungata auf die Hüfte und trug ihn leichtfüßig den Weg entlang. Tanase gesellte sich zu ihr.

»Bazo schickt nach mir«, sagte ihr Tanase. »Es herrscht Zwietracht unter den Indunas. Bazo braucht Klarheit über die Worte der Umlimo. Sonst verfällt unser Kampf in Unschlüssigkeit und Geschwätzigkeit, und wir verlieren alles, was wir so teuer erkämpft haben.«

»Dann mußt du gehen, meine Tochter.«

»Ich muß mich beeilen und kann Tungata nicht mitnehmen.«

»Hier ist er in Sicherheit, ich werde mich um ihn kümmern. Wann verläßt du uns?«

»Sofort.«

Juba seufzte und nickte. »Wenn es sein muß.«

Tanase berührte die Wange des Kindes. »Gehorche deiner Großmutter«, sagte sie zärtlich und war gleich darauf wie ein Schatten um die Biegung des schmalen Pfades verschwunden.

Tanase schlüpfte durch die Granittore, die das Tal der Umlimo bewachten. Sobald sie die kleine Ansammlung der Hütten in der Talsohle betrat, spürten ihre geschärften Sinne die Spannungen und den Zwist, der über dem Ort hing wie die giftigen Gase über einem Fiebersumpf. Sie spürte Bazos Zorn und Enttäuschung, als sie vor ihm kniete und ihre Huldigung darbrachte. Sie wußte genau, was die Knoten verspannter Muskeln, seine aufeinandergebissenen Kiefer und der rötliche Glanz seiner Augen bedeuteten.

Noch bevor sie sich erhob, hatte sie bemerkt, daß die Indunas sich in zwei Gruppen gespalten hatten. Auf einer Seite die Alten, und ihnen gegenüber scharten sich die störrischen Jungen um Bazo. Sie ging zu den Alten und kniete vor Gandang und seinen weißhäuptigen Brüdern Somabula und Babiaan nieder.

»Ich sehe dich, meine Tochter.« Gandang nahm ihre Begrüßung feierlich entgegen und kam dann gleich zur Sache. »Wir möchten mit dir über die Bedeutung der letzten Prophezeiung der Umlimo reden.«

»Mein Herr und Vater, ich bin mit den Mysterien nicht mehr vertraut –«

Ungeduldig wischte Gandang ihren Einwand beiseite. »Du weißt mehr als jeder andere außerhalb dieser furchterregenden Höhle. Höre die Worte der Umlimo und sprich aufrichtig darüber.«

Sie senkte fügsam den Kopf, drehte ihn aber gleichzeitig eine Winzigkeit, so daß sie Bazo aus dem Augenwinkel sehen konnte.

»Die Umlimo sprach so: ›Nur ein törichter Jäger versperrt die Öffnung der Höhle, aus der ein verwundeter Leopard zu entkommen sucht‹«, wiederholte Gandang die Prophezeiung, und seine Brüder nickten zustimmend über die Genauigkeit der Wiedergabe.

Tanase senkte den Schleier ihrer dichten schwarzen Wimpern

über die Augen und drehte den Kopf einen Fingerbreit. Nun konnte sie Bazos rechte Hand sehen, die auf seinem nackten Oberschenkel lag. Sie hatte ihn die Grundbegriffe der geheimen Zeichensprache der Eingeweihten gelehrt. Sein Zeigefinger krümmte sich und berührte das oberste Glied seines Daumens. Es war ein Befehl.

»Schweig!« besagte die Geste. »Sage nichts!« Sie gab ihm mit der Hand, die an ihrer Seite herunterhing das Zeichen, verstanden zu haben. Dann hob sie den Kopf.

»War das alles, Herr?« fragte sie Gandang.

»Es gibt noch mehr«, antwortete er. »Die Umlimo sprach ein zweites Mal. ›Der heiße Wind aus dem Norden wird die Gräser in den Feldern versengen, bevor das neue Korn gepflanzt werden kann. Wartet auf den Nordwind.‹« Alle Indunas beugten sich gespannt vor, und Gandang befahl ihr: »Sage uns, was das bedeutet.«

»Die Bedeutung der Worte der Umlimo sind nie sofort klar. Ich muß darüber nachdenken.«

»Wann wirst du zu uns sprechen?«

»Wenn ich eine Antwort gefunden habe.«

»Morgen bei Sonnenaufgang?« drängte Gandang.

»Vielleicht.«

»Dann wirst du die Nacht alleine verbringen, damit deine Meditation ungestört ist«, ordnete Gandang an.

»Mein Ehemann –« erhob Tanase Einspruch.

»Allein«, wiederholte Gandang scharf. »Mit einer Wache an der Tür deiner Hütte.«

Der für die Wache an ihrer Hütte eingesetzte Posten war ein junger, noch nicht verheirateter Krieger und daher besonders anfällig für die Reize einer schönen Frau. Als er Tanase die Essensschale brachte, lächelte sie ihn auf eine Art und Weise an, die ihn veranlaßte, sich noch eine Weile an der Tür der Hütte aufzuhalten. Dann bot sie ihm einen ausgesuchten Bissen an, er blickte verstohlen nach draußen und kam dann, um ihn aus ihrer Hand entgegenzunehmen.

Das Essen hatte einen komisch bitteren Geschmack, aber er wollte nicht unhöflich sein und schluckte es tapfer hinunter. Das

Lächeln der Frau versprach Dinge, die sich ein junger Krieger kaum erträumen konnte, doch als er auf ihre verführerischen Andeutungen antworten wollte, hörte er seine Stimme ganz verschwommen und fühlte sich so matt, daß er die Augen einen Moment schließen mußte.

Tanase verstöpselte das in ihrer Handfläche verborgene Hornflakon wieder und stieg gleichmütig über den schlafenden Wachtposten hinweg. Auf ihr Pfeifen huschte Bazo flink und lautlos zum Treffpunkt am Bach.

»Sag mir, Herr«, flüsterte sie, »was du von mir verlangst.«

Als sie zur Hütte zurückkehrte, schlief der Wachtposten noch immer tief. Sie lehnte ihn an die Türschwelle und legte ihm die Waffe quer über die Knie. Am Morgen würde er Kopfschmerzen haben, sich jedoch hüten, den Indunas zu berichten, wie er die Nacht verbracht hatte.

»Ich habe lange über die Worte der Umlimo nachgedacht.« Tanase kniete vor den Indunas. »Und ich las aus ihnen die Bedeutung des törichten Jägers, der am Eingang der Höhle zaudert.«

Gandang zog die Stirn in Falten, da er die Tendenz ihrer Antwort vermutete, doch sie fuhr unbeirrt fort.

»Sollte der tapfere und erfahrene Jäger nicht kühn in die Höhle eindringen, wo das Tier lauert, und ihm den Todesstoß versetzen?« Einer der älteren Indunas zischte seine Mißbilligung und sprang auf.

»Ich sage, die Umlimo hat uns ein Zeichen gegeben, die Straße nach Süden offen zu lassen, damit die weißen Männer mit all ihren Frauen und ihrer Habe diesem Land den Rücken kehren«, rief er. Bazo schnellte auf die Beine und stellte sich ihm entgegen.

»Die weißen Männer werden diesem Land niemals den Rükken kehren. Wir können sie nur loswerden, wenn wir sie begraben.« Seinen Worten folgte lautstarke Zustimmung der jüngeren, um ihn versammelten Indunas. Doch er hob seine Hand, um sie zum Schweigen zu bringen.

»Wenn ihr die Straße nach Süden offen haltet, wird sie gewiß benutzt werden – von Soldaten, die mit ihren dreibeinigen Gewehren anrücken.«

Wütendes Geschrei des Protests und der Zustimmung.

»Ich sage euch, wir sind der heiße Wind aus dem Norden, den die Umlimo vorausgesagt hat, wir sind diejenigen, die die Gräser in Brand stecken –«

Das Geschrei zeigte, wie tief die Führer der Nation gespalten waren; und Tanase spürte, wie schwarze Hoffnungslosigkeit sich über sie senkte. Gandang erhob sich, und seine Gestalt war so ehrfurchtgebietend und würdevoll, daß auch die wildesten und grimmigsten der jungen Indunas zum Schweigen gebracht wurden.

»Wir müssen den weißen Männern die Möglichkeit geben, mit ihren Frauen fortzuziehen. Wir werden die Straße für sie offen halten und in Geduld auf den heißen Wind warten, den wundersamen Wind aus dem Norden, den die Umlimo uns verspricht, der unsere Feinde wegweht –«

Nur Bazo hatte sich nicht respektvoll vor dem obersten Induna zur Erde gekauert, und jetzt tat er etwas noch nie Dagewesenes. Er unterbrach seinen Vater, und seine Stimme war voll Verachtung.

»Du hast ihnen genügend Möglichkeiten gegeben«, sagte er. »Du hast der Frau aus Khami und ihrer Brut freien Durchlaß gewährt. Ich stelle dir eine Frage, mein Vater. Ist dein Vorschlag Güte oder ist er Feigheit?«

Alle Anwesenden schnappten hörbar nach Luft. Wenn ein Sohn so zu seinem Vater sprechen konnte, dann hatte sich die Welt, die sie einst kannten und verstanden, verändert. Gandang blickte zu Bazo über die knappe Entfernung, die sie trennte, die jedoch eine Kluft geworden war, die keiner von ihnen je wieder überbrücken konnte. Gandang stand hochaufgerichtet da, und die Kümmernis in seinen Augen machte ihn so alt wie die das Tal umgebenden Granitfelsen.

»Du bist nicht länger mein Sohn«, sagte er tonlos.

»Und du bist nicht länger mein Vater«, sagte Bazo, drehte sich auf den Fersen um und verließ die Hütte. Zuerst stand Tanase auf, und dann folgten die jungen Indunas Bazo hinaus in die grelle Sonne.

Ein Kundschafter kam in gestrecktem Galopp angeritten und zügelte sein Pferd so scharf, daß es hochstieg.

»Sir, ein starker Rebellentrupp kommt uns auf der Straße entgegen«, rief er aufgeregt.

»Gut, Soldat.« Maurice Gifford, befehlshabender Offizier der Abschnitte B und D der Bulawayo-Einheiten, tippte die behandschuhte Rechte an die Krempe seines Schlapphutes.

»Reiten Sie zurück und behalten Sie den Feind im Auge.« Dann drehte er sich im Sattel um. »Captain Dawson, wir verschanzen uns unter diesen Bäumen. Von hier haben wir freie Schußlinie für das Maxim-MG. Ich reite mit fünfzig Mann voraus und greife den Feind an.«

In der Tat ein erstaunliches Glück, so nahe an Bulawayo auf einen Rebellentrupp zu stoßen. Nach wochenlangen Streifzügen durch die Gegend war es Gifford und seinen 160 Kavalleristen gelungen, an die dreißig Überlebende aus abgelegenen Dörfern und Farmen zu retten, ohne auch nur ein einziges Mal auf eine Spur der Matabele zu stoßen. Gifford überließ es Dawson, das Geschütz in Stellung zu bringen und sprengte an der Spitze von fünfzig seiner besten Leute die Bulawayo-Straße entlang.

Auf dem Hügelkamm zügelte er sein Pferd und hob die Hand, dem Trupp Halt gebietend.

»Dort sind sie, Sir!« brüllte der Vorreiter.

Maurice Gifford reinigte die Linsen seines Feldstechers mit seinem gelben Seidenschal, bevor er das Glas an die Augen hob.

»Sie sind beritten und sitzen nicht schlecht im Sattel«, knurrte er. »Was für eine mörderisch aussehende Horde.«

Die ankommenden Reiter waren eine halbe Meile entfernt, ein wilder Haufen in Kriegsröcken und Kopfschmuck der Eingeborenen, ausgerüstet mit einer sonderbaren Mischung aus modernen und primitiven Waffen.

»Abteilung in einer Reihe aufschließen! Rechts und links schwenkt!« erteilte Gifford Befehl. »Sergeant, wir werden sie am Hang angreifen, dann abrücken, um sie in den Schußbereich der Maxim zu locken.«

»Verzeihung, Sir«, murmelte der Sergeant, »aber ist das nicht ein Weißer an der Spitze?«

Gifford hob den Feldstecher erneut an die Augen. »Zum Teufel, es ist einer«, brummte er. »Aber der Kerl hat diese Fellfetzen am Leib.«

Der Bursche an der Spitze der verwegenen Schar winkte und rief ihm fröhlich zu: »Sind Sie zufällig Maurice Gifford?«

»Das bin ich, Sir«, entgegnete Gifford frostig. »Und wer sind Sie, wenn ich fragen darf?«

»Mein Name ist Ballantyne, Ralph Ballantyne.« Der Bursche grinste ihn aufmunternd an. »Und diese Herren«, dabei deutete er mit dem Daumen hinter sich, »sind die Ballantyne Scouts.«

Maurice Gifford betrachtete den wilden Haufen angeekelt. Unmöglich, ihre rassische Herkunft zu bestimmen, sie waren alle mit Fett und Dreck eingeschmiert, um auszusehen wie Matabele, und trugen Kleiderfetzen oder Stammestracht. Nur das Gesicht dieses Ballantyne hatte natürliche Hautfarbe, vermutlich um sich der Bulawayo-Kampftruppe zu erkennen zu geben. Gleichfalls naheliegend war, daß er sich das Gesicht wieder schwärzen würde, sobald er bekommen hatte, was er wollte. Und er zögerte nicht, seinen Wunsch kundzutun.

»Eine Requirierung, Mr. Gifford«, sagte er und händigte dem Offizier einen versiegelten Umschlag aus, den er aus dem Beutel an seiner Hüfte holte.

Gifford nahm einen Finger seines rechten Handschuhs zwischen die Zähne und zog daran, bevor er das Schreiben entgegennahm und das Siegel brach. »Ich kann Ihnen mein Maxim unmöglich überlassen, Sir«, entrüstete er sich. »Ich muß die mir überantwortete Zivilbevölkerung schützen.«

»Sie befinden sich nur vier Meilen vom Lager in Bulawayo, und die Straße ist frei von Matabele. Wir haben sie gerade für Sie leergefegt. Ihre Leute sind nicht mehr in Gefahr.«

»Aber –« sagte Gifford.

»Die Requirierung ist von Colonel William Napier, dem befehlshabenden Offizier der Streitkräfte in Bulawayo, unterzeichnet. Ich schlage vor, Sie tragen ihm die Angelegenheit vor, wenn Sie in Bulawayo sind.« Ralph lächelte noch immer. »Wir haben es leider ziemlich eilig. Wir erleichtern Sie nur um das Maxim, und schon sind Sie uns wieder los.«

Gifford zerknüllte das Schreiben und starrte Ralph wütend an. Dann änderte er seine Taktik.

»Sie und Ihre Männer scheinen feindliche Uniformen zu tragen«, meinte er vorwurfsvoll. »Das ist eine Verletzung des Kriegsrechts, Sir.«

»Lesen Sie die Paragraphen des Kriegsrechts den Indunas vor, Mr. Gifford, besonders denen, die Zivilpersonen foltern und umbringen.«

»Ein Engländer hat es nicht nötig, sich auf den Stand einer Horde Wilder herabzulassen«, entgegnete Gifford hochnäsig. »Ich hatte die Ehre, ihren Herrn Vater, Major Zouga Ballantyne, kennenzulernen. Er ist ein Gentleman. Ich frage mich, was er zu Ihrer Haltung sagen würde.«

»Mein Vater und seine Mitverschwörer, allesamt englische Gentlemen, stehen gegenwärtig vor den Schranken des Gerichts unter der Anklage, einen Krieg gegen eine freundlich gesinnte Regierung angezettelt zu haben. Ich werde es jedoch nicht versäumen, ihn bei der ersten sich bietenden Gelegenheit nach seiner Meinung über mein Verhalten zu fragen. Wenn Sie nun die Freundlichkeit besitzen, mir Ihren Sergeanten zur Begleitung mitzugeben und mir das Maxim aushändigen. Ich wünsche Ihnen einen guten Tag, Mr. Gifford.«

Das Maxim, Dreifuß und Munitionskisten wurden vom Karren geladen und auf drei Packpferde verteilt.

»Wie hast du Napier dazu gebracht, eines seiner kostbaren Maxims wegzugeben?« wollte Harry Mellow wissen und zurrte die Riemen der Packsättel fest.

»Mit einem Trick«, Ralph zwinkerte ihm zu. »Papier ist geduldig –«

»Eine Fälschung?« Harry starrte ihn an. »Man wird dich erschießen.«

»Vorher müssen sie mich erst kriegen«, konterte Ralph und brüllte seinen Scouts zu: »Abteilung – aufsitzen! Im Schritt – marsch! Vorwärts!«

Er war zweifellos ein Zauberer. Ein verhutzeltes kleines Männchen, nicht viel größer als Tungata und seine Gefährten, in den schönsten Farben bemalt, rote, weiße und schwarze Zickzacklinien, die sich über sein Gesicht und seine Brust zogen.

Als er urplötzlich aus dem Gebüsch neben dem Bach im versteckten Tal auftauchte, waren die Kinder vor Schreck erstarrt. Doch bevor sie ihren Grips soweit zusammennehmen konnten, um wegzulaufen, ließ der bemalte Zauberer eine solche Fülle von Rufen und Grunzern hören, imitierte Pferd und Adler und Affe und hüpfte dabei stampfend und scharrend und mit den Armen fuchtelnd, daß ihr Schreck sich in Entzücken verwandelte.

Dann holte der Zauberer aus dem Beutel über seiner Schulter einen großen Klumpen Kandiszucker und lutschte schmatzend daran. Die Kinder, die seit Wochen keinen Zucker gekostet hatten, kamen näher und schauten ihm mit glänzenden dunklen Augen zu. Er hielt Tungata den Klumpen Zucker hin, der sich ein paar Schritte vorwagte, danach griff und geschwind wieder nach hinten sauste. Der kleine Zauberer lachte so ansteckend, daß die anderen Kinder mit ihm lachten und herankamen und sich weitere Zuckerklumpen holten, die er ihnen hinhielt. Inmitten der lachenden, in die Hände klatschenden Kinder kletterte der kleine Zauberer den Pfad am Hang hinauf zum Felsunterschlupf.

Die Frauen, vom Lachen der Kinder beruhigt und in Sicherheit gewiegt, umringten den kleinen Zauberer neugierig und kichernd, und die Kühnsten unter ihnen fragten: »Wer bist du?«

»Woher kommst du?«

»Was hast du in dem Sack?«

Als Antwort auf die letzte Frage holte der Zauberer eine Handvoll bunter Bänder heraus, die die jüngeren Frauen sich in kichernder Eitelkeit um Handgelenke und Hals banden.

»Ich bringe Geschenke und frohe Botschaft«, gackerte der Zauberer. »Seht, was ich euch bringe.«

Da gab es Eisenkämme und runde Spiegel und eine kleine Schachtel, die liebliche Musik machte. Sie umringten ihn hellauf begeistert. »Geschenke und frohe Botschaft«, sang der Zauberer.

»Sprich zu uns! Sprich zu uns!« sangen sie im Chor.

»Die Geister unserer Vorväter sind uns zu Hilfe gekommen. Sie haben einen göttlichen Wind geschickt, der die weißen Männer aufgegessen hat, so wie die Rinderpest das Vieh aufgegessen hat. Alle Weißen sind tot!«

»Die *Amakiwa* sind tot!«

»Sie haben all diese wunderbaren Geschenke zurückgelassen. In der Stadt Bulawayo gibt es keine Weißen mehr, nur diese Kostbarkeiten haben sie dort gelassen, und jeder kann sie haben. Soviel ihr wollt – aber ihr müßt euch beeilen, alle Männer und Frauen der Matabele eilen in die Stadt. Für die, die zu spät kommen, ist nichts mehr übrig. Seht euch diese schönen Tücher an, davon gibt es tausend. Wer möchte diese hübschen Knöpfe, diese scharfen Messer? Wer sie haben will, braucht mir nur zu folgen!« sang der Zauberer. »Denn der Kampf ist vorüber. Die Weißen sind tot! Die Matabele haben gesiegt. Wer möchte mir folgen?«

»Führe uns, kleiner Vater«, bettelten sie. »Wir werden dir folgen.«

Der bemalte Zauberer holte immer mehr Plunder und Krimskrams aus seinem Sack, während er sich in Richtung Ausgang des engen Tals in Bewegung setzte. Die Frauen hoben ihre Kleinen hoch, banden sie sich mit Stofftüchern auf den Rücken, riefen ihre älteren Kinder zu sich und eilten dem Zauberer hinterher.

Tungata, am Rande der Hysterie vor Aufregung und Angst, zurückgelassen zu werden, rannte den Felsüberhang entlang, bis er die massige Frau an der Felswand kauern sah.

»Großmutter«, kreischte er. »Der Zauberer hat schöne Sachen für uns alle. Wir müssen uns beeilen!«

In Jahrmillionen hatte der Bach sich eine gewundene, schmale Schlucht in die hohen, mit orangeroten und gelben Flechten bewachsenen Felswände gespült. Eingeengt in der Klamm rauschte der Bach in schäumenden Wildwasserkaskaden, bis er in einem flachen, breiteren Tal an den Ausläufern der Berge zur Ruhe kam, in dem schönes Gras in der Farbe eines reifenden Weizenfeldes wuchs.

Der Pfad schmiegte sich an die Felswand, die auf einer Seite in schauerliche Tiefen zum tosenden Wildwasser abstürzte und zur anderen senkrecht in die Höhe ragte. Später, wo der Pfad in das stille Tal mündete, wurde das Gelände sanfter. Die Talhänge waren von tiefen, durch schwere Regenfälle ausgewaschene Geröllrinnen zerfurcht, und eine davon bot ein ideales Versteck für das Maxim.

Zwei von Ralphs Männern brachten das Maschinengewehr in Stellung, so daß nur der dicke, wassergekühlte Lauf über den Rand der Rinne ragte. Neben der Waffe standen in langen Kisten zweitausend Schuß Munition bereit. Während Harry Mellow Äste vom Dornengestrüpp schnitt, um das Maxim zu tarnen, schritt Ralph die Entfernung von der Rinne bis zum Pfad ab, schichtete an einer Stelle eine Pyramide aus losen Steinen auf, kletterte den Hang wieder hinauf und wies Harry an.

»Stell das Ziel auf dreihundert Meter ein.«

Dann ging er die Rinne entlang, erteilte jedem Mann seine Anweisungen und ließ sie seine Worte wiederholen, um sicher zu gehen, daß er nicht mißverstanden wurde.

»Wenn Jan Cheroot an der Steinpyramide angelangt ist, eröffnet das Maxim das Feuer. Ihr wartet die erste MG-Salve ab, dann beginnt ihr.«

Sergeant Ezra nickte und schob eine Patrone in die Kammer der Winchester. Er verengte die Augen und schätzte die Windabweichung am Gewoge des Grases und die Geschwindigkeit an der Heftigkeit, mit der der Wind ihm ins Gesicht wehte. Dann stützte er die Ellbogen auf den Rand der Geröllfurche und legte seine vernarbte Wange gegen den Kolben.

Ralph kam im Graben zu Harry Mellow zurück, der das Maxim vorbereitete.

»Ladevorgang eins!« befahl Ralph, und Taas, der als Lader fungierte, schob den Messinghaken des Munitionsgurtes in die geöffnete Kammer. Harry schob den Ladehebel zurück, und der Mechanismus schnappte hörbar ein.

»Ladevorgang zwei!« Er drückte den Hebel nach unten und schob ihn ein zweites Mal zurück, der Gurt wurde eingezogen, die erste Patrone glitt in die Kammer.

»Fertig!« Harry blickte zu Ralph hoch.

»Nun müssen wir nur abwarten.«

Ralph nickte, öffnete den Beutel an seiner Hüfte, holte den Fetzen Maulwurfsfell hervor und band ihn sorgsam um seinen rechten Oberarm. Das Warten begann.

Sie warteten in der Sonne, die auf ihre nackten, eingefetteten Rücken brannte, bis der Schweiß aus ihren verstopften Poren brach und die Fliegen sich in Schwärmen auf ihnen niederließen. Sie warteten, bis die Sonne ihren Höhepunkt überschritt und den Horizont tiefer hinunter wanderte.

Plötzlich hob Ralph den Kopf, und seine Bewegung setzte sich in der Reihe der Schützen fort, die am Rand der Erdfurche in Stellung lagen. Entferntes Stimmengewirr wurde laut, dessen Echo sich an den flechtenbewachsenen Felswänden brach, die den Eingang zur Schlucht bewachten. Dann hörte man Singen, Kinderstimmen, der Klang schwoll an und näherte sich mit jedem Windstoß und jeder Biegung der Felsschlucht.

Aus dem Eingang zur Schlucht tanzte nun eine zwergenhafte Gestalt. Das wilde Zickzackmuster aus roter, schwarzer und weißer Farbe verbarg Jan Cheroots flache, mopsähnliche Gesichtszüge und den Gelbton seiner Haut, doch seine schwungvollen Bewegungen und die schräge, vogelähnliche Kopfhaltung waren unverkennbar. Der Sack mit Geschenken, die ihm als Köder dienten, war längst leer und weggeworfen.

Er hüpfte den Pfad entlang auf den Steinhaufen zu, den Ralph aufgeschichtet hatte, und die Matabele hinter ihm hatten es so eilig, daß sie sich zu dritt und zu viert nebeneinander drängten, um mit dem Rattenfänger, der sie führte, Schritt zu halten.

»Mehr als ich erhofft hatte«, flüsterte Ralph, aber Harry Mellow schaute ihn nicht an. Die Rußschicht überdeckte die Blässe seines Gesichts, nur seine erschrockenen Augen starrten über die Zielvorrichtung des Maxim.

Die lange Kolonne der Matabele strömte immer noch aus der Schlucht, als Jan Cheroot fast schon am Steinhaufen angelangt war.

»Fertig«, knurrte Ralph.

Jan Cheroot erreichte die Steinpyramide und war plötzlich mit einem leichtfüßigen Sprung verschwunden – wie vom Erdboden verschluckt.

»Jetzt!« befahl Ralph.

Keiner der Männer in der langen Reihe der Schützen rührte sich. Sie starrten alle ins Tal hinunter.

»Jetzt!« wiederholte Ralph.

Die Spitze des Zuges war bei Jan Cheroots plötzlichem Verschwinden stehengeblieben, und die hinteren Reihen drängten nach vorn.

»Feuer!« befahl Ralph.

»Ich kann nicht«, krächzte Harry, der hinter dem Maschinengewehr mit beiden Händen an den Hebeln saß, rauh.

»Zum Teufel mit dir!« Ralphs Stimme bebte. »Sie haben Cathy den Bauch aufgeschlitzt und meine Tochter aus ihrer Gebärmutter gerissen. Bring sie um, verdammt noch mal!«

»Ich kann nicht«, brachte Harry mit erstickter Stimme hervor; Ralph packte ihn an der Schulter und zerrte ihn nach hinten.

Er nahm Harrys Platz hinter dem Maschinengewehr ein und packte die Griffe mit beiden Händen. Mit den Zeigefingern schob er die Sicherheitshähne hoch, dann drückte er beide Daumen auf den Feuerknopf. Das Maxim begann sein höllisches, flatterndes Getöse, und die leeren Messinghüllen wurden in einem unablässigen Strahl aus der Kammer gespuckt.

Ralph spähte durch die Schwaden blauen Pulverdampfs und schwenkte die Waffe langsam von links nach rechts den Pfad vom Eingang der Schlucht bis zum Steinhügel entlang, und von der Geröllfurche zu beiden Seiten von ihm fielen die Winchester-Repetierbüchsen in das infernalische Getöse ein. Das Gewehrfeuer erstickte die Schreie aus dem Tal nahezu, aber nicht vollständig.

Juba konnte mit den jüngeren Frauen nicht Schritt halten, und mit den laufenden Kindern schon gar nicht. Sie blieb immer weiter zurück, und Tungata drängte sie ungeduldig voran.

»Wir kommen zu spät, Großmutter. Wir müssen uns beeilen.«

Bevor sie die Schlucht erreichten, war Juba völlig außer Atem, ihre glänzenden Fettwülste wabbelten bei jedem mühseligen Schritt, und sie sah schwarze Flecken vor ihren Augen.

»Ich muß mich ausruhen«, keuchte sie und sank auf einen

Stein neben dem Pfad nieder. Die letzten Nachzügler strömten an ihr vorbei, lachten und hänselten sie, bevor sie die Schlucht betraten.

Tungata wartete neben ihr, hüpfte von einem Fuß auf den anderen und schlenkerte ungeduldig mit den Armen.

»Großmutter, komm nur noch ein bißchen weiter.«

Als die schwarzen Flecken endlich vor ihren Augen verschwunden waren, nickte sie ihm zu, und er nahm ihre Hände und stemmte das ganze Gewicht seines winzigen Körpers dagegen, um sie auf die Beine zu ziehen.

Juba humpelte weiter den Weg entlang; sie waren nun die allerletzten im Zug, konnten aber das Lachen und Singen vor ihnen hören, das durch den Trichter der Schlucht verstärkt wurde. Tungata rannte nach vorne und kam, von Gewissensbissen geplagt, wieder nach hinten und ergriff Jubas Hand.

»Bitte, Großmutter – bitte!«

Juba mußte noch zweimal Rast machen. Sie waren nun völlig allein in der engen, schattigen Schlucht, in die nie ein Sonnenstrahl drang, und die vom schäumenden Wildwasser aufsteigende Kälte dämpfte Tungatas Hochstimmung ein wenig.

Die beiden kamen um eine Biegung und blickten zwischen den hohen Granitportalen hinaus in das weite, sonnige, grasbewachsene Tal.

»Da sind sie!« rief Tungata erleichtert.

Auf dem Pfad durch das gelbe Grasland bewegten sich die Menschen dicht gedrängt hintereinander. Und wie bei einer Kolonne von Wanderameisen auf dem Vormarsch, die an ein unüberwindliches Hindernis stieß, staute sich plötzlich der Kopf des Zuges.

»Beeil dich, Großmutter, wir können sie einholen!«

Juba wuchtete ihre Massen hoch und humpelte dem freundlich warmen Sonnenschein entgegen.

Da begann die Luft um sie herum zu flattern, als sei ein Vogel in ihrem Schädel eingesperrt. Einen Augenblick dachte sie, ihre Erschöpfung sei der Grund dafür, doch dann sah sie, wie die Menschenmassen vor ihr zu wirbeln, zu taumeln und zu brodeln begannen wie Staubkörner im Sandsturm.

Sie hatte das Getöse selbst noch nie gehört, aber sie hatte den Erzählungen der Krieger gelauscht, die am Zusammenfluß von Shangani und Bembesi gekämpft hatten und die dreibeinigen Gewehre beschrieben hatten, die schnatterten wie alte Weiber. Juba mobilisierte Kraftreserven, die sie nie für möglich gehalten hätte, packte Tungata und stapfte zurück in die Schlucht wie eine große Elefantenkuh auf der Flucht.

Ralph Ballantyne saß auf der Kante seines Feldbetts. Eine Kerze, angeklebt in ihrem Wachsbett, brannte auf der umgedrehten Teekiste, die als Tisch diente; daneben standen eine halbvolle Flasche Whisky und ein Emailbecher.

Ralph versuchte seinen Blick im flackernden, gelben Kerzenschein auf die aufgeschlagene Seite seines Tagebuchs zu richten. Er war betrunken. Noch vor einer halben Stunde war die Flasche voll gewesen. Er nahm den Becher, leerte ihn, setzte ihn ab und schenkte nach. Ein paar Tropfen vergoß er auf die leere Seite, wischte sie mit dem Daumen weg und studierte den nassen Abdruck mit der gedankenverlorenen Konzentration des Betrunkenen. Er schüttelte den Kopf, um ihn klar zu kriegen, dann nahm er den Federhalter zur Hand, tauchte ihn ein und streifte behutsam die überschüssige Tinte von der Feder.

Mühsam machte er seine Eintragungen; an den nassen Stellen zerfloß die Tinte zu einem fächerförmigen Gebilde. Das verärgerte ihn über die Maßen, er warf den Federhalter weg und füllte den Emailbecher erneut bis zum Rand. Er trank, setzte zweimal ab, um Luft zu holen, und als der Becher leer war, hielt er ihn zwischen den Knien, und der Kopf fiel ihm vornüber.

Nach langer Zeit und mit großer Mühe hob er den Kopf wieder und las, was er geschrieben hatte, seine Lippen formten die Worte wie ein Schulkind, das zum erstenmal vorliest. »Der Krieg macht uns alle zu Ungeheuern.«

Er wollte wieder nach der Flasche greifen, stieß dagegen und die goldbraune Flüssigkeit ergoß sich in einer Pfütze auf den Deckel der Teekiste. Entmutigt sackte er auf die Pritsche zurück und schloß die Augen, seine Beine hingen zu Boden, einen Arm hatte er schützend übers Gesicht gelegt.

Elizabeth hatte die Jungen im Wagen ins Bett gebracht und kroch leise auf ihre Pritsche, ohne die Mutter zu wecken. Ralph hatte nicht mit der Familie zu Abend gegessen und den kleinen Jonathan mit schroffen Worten weggeschickt, als er ins Zelt kam, um seinen Vater zum Essen zu holen.

Elizabeth lag unter der Wolldecke, die schmale Öffnung der Leinenplane in Augenhöhe. In Ralphs Zelt flackerte immer noch Kerzenschein. Im Zelt von Harry und Vicky weiter hinten im Lager war das Licht schon seit einer Stunde gelöscht. Sie schloß die Augen und versuchte zu schlafen, war aber so unruhig, daß Robyn St. John neben ihr ungeduldig seufzte und sich auf die andere Seite drehte. Nach einiger Zeit öffnete Elizabeth wieder die Augen und spähte heimlich durch den Schlitz in der Plane. Die Kerze in Ralphs Zelt brannte immer noch.

Vorsichtig schälte sie sich aus der Decke, horchte eine Weile auf die regelmäßigen Atemzüge ihrer Mutter, nahm ihren Schal vom Kistendeckel und huschte lautlos aus dem Wagen.

Mit dem Tuch um die Schultern saß sie auf der Wagendeichsel.

Die Nacht war warm und das Lager ruhig. Zwei Wachtposten trafen sich an einer Ecke des Lagers, und sie hörte ihr Gemurmel eine Weile. Dann trennten sie sich, und sie nahm schemenhaft einen Schlapphut gegen den Nachthimmel wahr, als einer der Männer nah an ihr vorbeiging.

Die Kerze brannte immer noch im Zelt; Mitternacht mußte vorbei sein. Das Licht zog sie an wie eine Motte. Sie stand auf und ging zum Zelt hinüber. Lautlos hob sie die Klappe, huschte ins Innere und schloß sie wieder.

Ralph lag auf dem Rücken auf der Eisenpritsche, die Beine in den Stiefeln auf dem Boden ausgestreckt, ein Arm bedeckte sein Gesicht. Er gab im Schlaf gequälte Stöhnlaute von sich. Die Kerze flackerte, der Docht ertrank beinahe in einer geschmolzenen Wachspfütze, und es stank nach verschüttetem Whisky. Elizabeth ging zur Teekiste und stellte die umgefallene Flasche auf. Dann fiel ihr Blick auf die offene Tagebuchseite. Sie las die großen, schwankenden Buchstaben: »Der Krieg macht uns alle zu Ungeheuern.«

Ein scharfer Stich des Mitgefühls durchfuhr sie, hastig klappte sie den Ledereinband zu und sah zu dem Mann hinunter, der diesen gepeinigten Aufschrei der Seele niedergeschrieben hatte. Am liebsten hätte sie ihm über die Wange gestreichelt. Statt dessen raffte sie ihr Nachthemd, kauerte sich neben ihn, löste die Riemen seiner Reitstiefel, nahm erst einen, dann den anderen zwischen die Knie und zog ihm die Stiefel aus. Ralph murmelte im Schlaf, warf seinen Arm vom Gesicht und rollte zur anderen Seite. Behutsam hob Elizabeth seine Beine hoch und legte sie auf die Pritsche. Brummend rollte er sich zusammen.

»Großes Baby«, flüsterte sie und lächelte in sich hinein. Dann konnte sie nicht widerstehen und streichelte ihm die dunkle Locke aus der Stirn. Sein Gesicht war heiß und feucht, sie legte ihre Handfläche auf seine Wange. Sein dunkler Stoppelbart war stachelig, und die Berührung jagte ein Kribbeln ihren Arm hinauf. Hastig zog sie ihre Hand zurück, entfaltete die Decke vom Fußende der Pritsche und breitete sie über ihn.

Als sie sich vorbeugte, um ihn bis zum Kinn zuzudecken, rollte er herum, und bevor sie zurückweichen konnte, hatte sein harter, muskulöser Arm ihre Schulter umfangen. Sie verlor das Gleichgewicht und fiel gegen seine Brust, wehrlos in der Umklammerung seines Armes.

Sie lag ganz still, mit wild klopfendem Herzen. Nach einer Minute lockerte sich sein Griff, und sie versuchte sich sacht zu befreien. Bei ihrer ersten Bewegung festigte sein Griff sich wie ein Schraubstock, so daß die Luft keuchend aus ihren Lungen entwich.

Ralph murmelte etwas, hob den anderen Arm, und sie erstarrte vor Schreck, als seine Hand ihren Oberschenkel von hinten umfing. Sie wagte keine Bewegung, wußte, daß sie gegen seine Kraft nichts ausrichten konnte. Sie war völlig in seiner Gewalt. Seine Körperwärme drang durch ihr Nachthemd, sie spürte, wie die Hand an ihrem Oberschenkel sich nach oben tastete – und dann spürte sie den Augenblick, als er erwachte.

Seine Hand glitt bis zu ihrem Nacken hinauf und bog ihren Kopf mit sanfter, aber unwiderstehlicher Kraft nach vorne, bis sie seine heißen, nassen Lippen auf ihren spürte. Sie schmeckten nach Whisky, und ohne ihr Zutun wurden ihre Lippen weich und öffneten sich für seinen Mund.

Hinter ihren geschlossenen Augenlidern wirbelten ihre Sinne wie Flammenräder, sie befand sich in einem solchen Aufruhr der Gefühle, daß sie lange Sekunden nicht begriff, daß er ihr Nachthemd bis zu den Schultern hochgeschoben hatte. Jetzt strichen seine schwieligen, glühendheißen Finger in einer langen, zärtlichen Berührung über ihren Rücken, die Rundung ihrer Pobakken und blieben in der sanften Wölbung liegen, wo sie in ihre Schenkel übergingen. Die Berührung elektrisierte sie.

Der Atem blieb ihr in der Kehle stecken, sie wehrte sich gegen ihn, um der Qual ihrer eigenen wilden Begierde, ihres hemmungslosen Verlangens nach ihm und seiner erfahrenen, drängenden Berührung zu entfliehen. Er hielt sie mühelos, sein Mund an ihre weiche Kehle gedrückt, und flüsterte heiser krächzend: »Cathy! Meine Katie! Du hast mir so gefehlt.«

Elizabeth wehrte sich nicht mehr. Sie lag an ihn gedrängt wie eine Tote. Kämpfte nicht mehr, wagte kaum zu atmen.

»Katie!« Seine Hände suchten nach ihr.

Jetzt war er vollkommen wach. Seine Hände lösten sich von Elizabeths Körper, wölbten sich um ihr Gesicht und hoben es hoch. Er schaute sie einen langen Augenblick verständnislos an, und dann sah sie, wie das Grün seiner Augen sich veränderte.

»Nicht Cathy!« flüsterte er.

Sie löste sanft seine Finger und stand auf.

»Nicht Cathy«, sagte sie weich. »Cathy ist fort, Ralph.«

Sie beugte sich über die flackernde Kerze, hielt eine hohle Handfläche dahinter und blies sie aus. Dann stand sie wieder aufrecht in der totalen Finsternis. Sie öffnete das Mieder ihres Nachthemds, streifte es über die Schultern und ließ es auf den Boden fallen. Sie stieg heraus, legte sich auf das Feldbett neben Ralph, nahm seine widerstandslose Hand und legte sie dorthin, wo sie zuvor war.

»Nicht Cathy«, flüsterte sie. »Heute nacht ist es Elizabeth. Heute nacht und für alle Zeit.« Und ihre Lippen berührten seine.

Als sie ihn endlich spürte und er all die traurigen und einsamen Winkel in ihr ausfüllte, war ihr Glück so überschwenglich, daß ihre Seele schmerzte. »Ich liebe dich. Ich habe dich immer geliebt. Ich werde dich immer lieben.«

Jordan Ballantyne stand neben seinem Vater auf dem Bahnsteig des Bahnhofs in Kapstadt. Beide waren etwas verlegen im Augenblick des Abschieds.

»Vergiß bitte nicht, Louise herzlich von mir zu grüßen«, meinte Jordan.

»Darüber wird sie sich sicher freuen«, sagte Zouga. »Ich habe sie so lange nicht gesehen –« Er beendete den Satz nicht.

Die Trennung von seiner Frau hatte lange gedauert. Monate hatte sich der Prozeß am Obersten Gerichtshof der englischen Krone hingezogen, bis der Oberste Richter die zaudernden Geschworenen behutsam zum unvermeidlichen Schuldspruch geführt hatte.

Leander Starr Jameson und John Willoughby waren zu einer Gefängnisstrafe von fünfzehn Monaten, Major Zouga Ballantyne zu drei Monaten Gefängnis verurteilt worden.

Zouga saß vier Wochen in Holloway, die Reststrafe wurde ihm erlassen. Bei seiner Entlassung erfuhr er die Schreckensmeldungen vom Matabele-Aufstand in Rhodesien und von der Belagerung Bulawayos.

Die Schiffsreise nach Süden entlang der Atlantikküste war eine nicht endenwollende Qual. Er hatte keine Nachricht von Louise oder aus King's Lynn, und in seiner Phantasie malte er sich alles in den schlimmsten Farben aus. Erst als das Postschiff an diesem Morgen im Hafen von Kapstadt vor Anker ging, wurde er von seinen gräßlichen Ängsten erlöst.

»Sie ist wohlauf und in Bulawayo in Sicherheit«, hatte Jordan seine erste Frage beantwortet. Von Gefühlen überwältigt, hatte Zouga seinen jüngsten Sohn in die Arme geschlossen und immer wieder »Dem Himmel sei Dank, dem Himmel sei Dank!« gestammelt.

Sie speisten zu Mittag im Mount Nelson Hotel, und Jordan informierte seinen Vater über den neuesten Stand der Dinge im Norden.

»Napier und seinem Belagerungskomitee scheint eine Entschärfung der Situation gelungen zu sein. Die Überlebenden wurden nach Bulawayo gebracht. Grey, Selous und Ralph haben den Rebellen mit ihren irregulären Truppen ganz schön eingeheizt und sie auf Distanz gehalten.

Matabele-Banden durchstreifen plündernd und mordend das Land im Umkreis der Lager von Bulawayo, Gwelo und Belingwe. Seltsamerweise scheinen sie die Straße nach Süden nicht zu blockieren. Wenn du rechtzeitig in Kimberley ankommst, um dich der von Spreckley angeführten Hilfskolonne anzuschließen, kannst du Ende des Monats bereits in Bulawayo sein. Mr. Rhodes und ich kommen ebenfalls bald nach.

Spreckley liefert lebenswichtigen Nachschub und ein paar hundert Männer, um die Verteidigungslinien von Bulawayo zu stärken, bis die Truppen Ihrer Majestät eingetroffen sind. Wie du vermutlich weißt, hat Generalmajor Sir Frederick Carrington das Kommando, und Mr. Rhodes und ich werden mit seinem Stab reisen. Ich habe keinen Zweifel, daß wir die Rebellen sehr bald unterworfen haben.«

Jordan hielt während der gesamten Mahlzeit einen Monolog, um die Peinlichkeit der Blicke und des Raunens der anderen Gäste zu überspielen, die sich sensationslüstern über die Anwesenheit eines von Jamesons Freibeutern in ihrer Mitte entrüsteten.

Auf dem Bahnhof machte er sich große Umstände, um sich zu vergewissern, daß Zougas Schiffskoffer auch wirklich im Güterwagen verfrachtet war und daß Zouga im letzten Waggon einen Fensterplatz bekam. Dann standen sie einander verlegen gegenüber, bis der Bahnhofsvorsteher zur Abfahrt des Zuges pfiff.

»Mr. Rhodes bat mich, dich zu fragen, ob du weiterhin Interesse daran hast, seine Firma in Bulawayo zu vertreten?«

»Sag Mr. Rhodes, daß ich mich von seinem ungebrochenen Vertrauen geehrt fühle.«

Sie schüttelten einander die Hände, und Zouga stieg in den Waggon.

»Wenn du Ralph siehst –«

»Ja?« fragte Zouga.

»Ach nichts.« Jordan winkte ab. »Ich wünsch' dir eine gute Reise, Papa.«

Der Zug rollte aus dem Bahnhof, und Zouga lehnte aus dem Waggonfenster und blickte lange auf die immer kleiner werdende Gestalt seines jüngsten Sohnes.

Jordan Ballantyne ritt in leichtem Trab die Auffahrt zu dem stattlichen weißen Haus entlang, das unter Eichen und Steinpinien an den Ausläufern des Tafelberges thronte. Er wurde von Schuldgefühlen getrieben. Er konnte sich nicht erinnern, seine Pflichten einen ganzen Tag lang vernachlässigt zu haben. Noch vor einem Jahr wäre ihm ein solches Verhalten unmöglich erschienen. Mr. Rhodes wollte ihn jeden Tag, auch sonntags und feiertags, um sich haben.

Die unmerkliche Veränderung in ihrer Beziehung war etwas, das seine Schuldgefühle erhöhte und ihnen eine tiefere, zerstörerische Empfindung hinzufügte. Er hätte nicht unbedingt den ganzen Tag mit seinem Vater verbringen müssen. Er hätte sich entschuldigen und nach wenigen Stunden an seinen Schreibtisch zurückkehren können. Aber er hatte es darauf angelegt, wollte von Mr. Rhodes hören, daß er unentbehrlich sei.

Nun zügelte Jordan den großen, glänzenden Braunen an den Stufen der hinteren Veranda von Groote Schuur, warf dem Burschen die Zügel zu und eilte ins Haus. Er nahm die Hintertreppe in den zweiten Stock und begab sich direkt in sein Zimmer. Bereits im Eintreten knöpfte er das Hemd auf, zog die Hemdschöße aus den Reithosen, während er die Tür mit dem Ellbogen hinter sich zuklappte.

Er goß Wasser in die Waschschüssel und schwappte es sich mit hohlen Händen ins Gesicht. Dann trocknete er sich an einem flauschigen, weißen Handtuch ab und fuhr sich mit den zwei Silberbürsten durch die blonden Locken. Er war im Begriff, sich vom Spiegel wegzudrehen, um ein frisches Hemd anzuziehen, warf aber noch einen nachdenklichen Blick auf sein Bild.

Langsam näherte er sein Gesicht dem Spiegel und berührte es mit Fingerspitzen. Unter den äußeren Augenwinkeln waren Krähenfüße sichtbar, er straffte die Haut zwischen den Fingern, ließ los, doch die Falten blieben. Er drehte den Kopf etwas in das Licht vom hohen Fenster, das den Anflug von Tränensäcken unter den Augen betonte. Und plötzlich überfiel Jordan eine kalte, durchdringende Hoffnungslosigkeit.

»In knapp zwei Wochen bin ich dreißig – o Gott, ich werde alt, alt und häßlich. Wie kann mich überhaupt noch jemand gern haben?«

Er unterdrückte nur mit Mühe ein Schluchzen, das ihn zu ersticken drohte, und wandte sich von dem grausamen Spiegel ab.

In seinem Büro lag ein Zettel auf der Saffianlederauflage seines Schreibtisches.

»Melden Sie sich umgehend bei mir. C. J. R.«

Jordans Stimmung stieg beim Anblick der krakeligen Schrift. Er nahm seinen Stenogrammblock und klopfte an der Verbindungstür.

»Herein!« befahl die schrille Stimme, und Jordan trat ein.

»Guten Abend, Mr. Rhodes. Sie wollen mich sprechen?«

Mr. Rhodes antwortete nicht sogleich, fuhr fort, das getippte Blatt vor sich zu korrigieren, strich ein Wort durch und kritzelte ein anderes darüber, machte aus einem Komma ein Semikolon. Jordan studierte sein Gesicht.

Der Verfall war erschreckend. Er war jetzt nahezu völlig ergraut, und die Säcke unter seinen Augen waren von violettblauer Farbe. Seine Hängebacken fielen ihm über den Hemdkragen. Seine Augen waren rotgerändert und das messianische Blau verschwommen und verblaßt. All das in den sechs Monaten seit Jamesons katastrophalem Einfall in Transvaal. Jordans Gedanken schweiften zurück zu dem Tag, als die Meldung kam. Jordan hatte sie ihm hier in diesem Raum überbracht.

Es waren drei Telegramme. Eines von Jameson persönlich war an Mr. Rhodes' Büro in Kapstadt adressiert, nicht an seinen Privatsitz Groote Schuur, und übers Wochenende im Briefkasten liegengeblieben. Es begann: »Da mir keine anderslautende Nachricht von Ihnen vorliegt –«

Das zweite Telegramm war vom Magistrat in Mafeking und lautete: »Colonel Grey ist mit einer Spezialeinheit der Polizei zur Verstärkung von Dr. Jameson aufgebrochen.«

Das dritte Telegramm war vom Polizeipräsidenten in Kimberley. »Ich halte es für meine Pflicht, Sie davon zu unterrichten, daß Dr. Jameson an der Spitze einer Einheit bewaffneter Männer die Grenze zu Transvaal überschritten hat«, hatte er telegrafiert.

Mr. Rhodes hatte die Telegramme gelesen und sie ordentlich nebeneinander vor sich auf die Schreibtischplatte gelegt.

»Ich dachte, ich hätte ihn zurückgehalten«, stammelte er beim Lesen. »Ich dachte, er begreift, daß er zu warten hat.«

Er war blaß geworden wie Kerzenwachs, und das Fleisch hing ihm im Gesicht wie zusammengefallener Hefeteig.

»Armer alter Jameson«, flüsterte er schließlich. »Zwanzig Jahre waren wir befreundet, und nun vernichtet er mich.« Mr. Rhodes hatte seine Ellbogen auf den Schreibtisch gestützt und sein Gesicht in die Hände gelegt. Lange saß er so, und dann sagte er klar und deutlich: »Ja, Jordan, nun wird sich herausstellen, wer meine wahren Freunde sind.«

Nach diesem Vorfall hatte Mr. Rhodes fünf Nächte nicht geschlafen. Jordan hatte in seinem eigenen Zimmer am Ende des Flurs wach gelegen und auf die schweren Schritte gehorcht, die auf den blanken Holzdielen hin und her wanderten. In den frühen Morgenstunden war er mit Mr. Rhodes gemeinsam stundenlang an den Hängen des Tafelbergs entlanggeritten, bevor sie in das große weiße Herrenhaus zurückkehrten, um die neuesten Schreckensmeldungen zu erfahren, um in hilflosem Entsetzen zuzusehen, wie sein Leben und Werk unerbittlich im Staub zertreten wurde.

Dann war Arnold auf der Bildfläche erschienen – als Jordans Assistent. Offiziell als zweiter Sekretär eingestellt, hatte Jordan seine Hilfe bei den einfacheren Aufgaben der Haushaltsführung für angebracht gehalten. Doch er hatte sie nach Jamesons mißglücktem Abenteuer auf ihrer Reise nach London begleitet, und während der langen Rückfahrt war er stets an Rhodes' Seite gewesen.

Nun stand Arnold beflissen neben Mr. Rhodes' Schreibtisch, reichte ihm ein getipptes Blatt, wartete, bis er es gelesen und korrigiert hatte, und legte ihm das nächste vor. Mit dem sauren Geschmack des Neides stellte Jordan fest, und das nicht zum erstenmal, daß Arnold dieses gepflegte, adrette Aussehen hatte, das Mr. Rhodes so sehr schätzte. Sein Auftreten war bescheiden und offen, und wenn er lachte, schien sein ganzes Wesen mit einer inneren Leuchtkraft zu erstrahlen, und es trat immer deutlicher zutage, daß Mr. Rhodes ihn gern um sich sah, so wie er früher Jordans Gegenwart geschätzt hatte.

Jordan wartete still an der Tür, bis Mr. Rhodes die letzte korrigierte Seite Arnold gereicht hatte und den Kopf hob.

»Ach, Jordan«, sagte er. »Ich wollte Sie davon in Kenntnis setzen, daß ich demnächst nach Bulawayo reise. Ich glaube, meine Rhodesier brauchen mich. Ich muß bei ihnen sein.«

»Ich werde sogleich das Nötige veranlassen«, nickte Jordan. »Haben Sie sich schon für ein Datum entschieden, Mr. Rhodes?«

»Kommenden Montag.«

»Wir nehmen den Expreßzug nach Kimberley, nicht wahr?«

»Sie werden mich nicht begleiten«, sagte Mr. Rhodes tonlos.

»Ich verstehe nicht, Mr. Rhodes.« Jordan machte eine kleine, hilflose Geste.

»Ich verlange von meinen Angestellten absolute Loyalität und Aufrichtigkeit.«

»Ja, Mr. Rhodes, das weiß ich.« Jordan nickte, und dann allmählich wurde sein Gesichtsausdruck unsicher und ungläubig. »Sie wollen damit doch nicht unterstellen, daß ich je unloyal oder unaufrichtig war –«

»Arnold, bringen Sie mir bitte die Akte«, befahl Mr. Rhodes, und als der junge Mann sie vom Bibliothekstisch geholt hatte, setzte er hinzu: »Geben Sie sie ihm.«

Arnold kam schweigend auf dem dicken Seidenteppich zu Jordan und reichte ihm den Ordner. Und plötzlich entdeckte Jordan zum erstenmal etwas anderes als Offenheit und freundlichen Diensteifer in Arnolds Augen: das Aufblitzen eines rachsüchtigen Triumphs, so bösartig, daß Jordan ihn wie einen Peitschenhieb im Gesicht verspürte. Das dauerte nur einen winzigen Augenblick und war so rasch vorbei, als sei er nie gewesen, doch Jordan fühlte sich völlig hilflos und in furchtbarer Gefahr.

Er legte die Akte auf den Tisch neben sich und öffnete den Deckel. Die meisten der etwa fünfzig Seiten waren getippt und jede mit der Bezeichnung »Abschrift« versehen.

Es handelte sich um Börsen-Kauf- und Verkaufsaufträge für Aktien der De Beers- und Consolidated-Goldminen. Ein enorm hohes Aktienpaket, dessen Summe sich auf Millionen Pfund Sterling belief. Die Maklerfirma war Silver & Co., von der Jordan noch nie gehört hatte, obgleich sie sich mit Niederlassungen in Johannesburg, Kimberley und London auswies.

Des weiteren waren Kopien von Bankauszügen von einem halben Dutzend Banken in den verschiedenen Städten, wo Silver & Co. Zweigstellen hatte, abgeheftet. Etwa ein Dutzend Eintragungen auf den Bankauszügen waren mit roter Tinte unterstrichen: »Überweisung an Rholands £ 86321 – Überweisung an Rholands £ 146821.«

Der Name erschreckte ihn, es war Ralphs Unternehmen. Und obgleich er nicht wußte, wieso, spürte er erhöhte Gefahr.

»Ich verstehe nicht, was das mit mir zu tun haben soll.« Er hob den Kopf und schaute Mr. Rhodes an.

»Ihr Bruder hat eine Reihe hoher Baisse-Transaktionen vorgenommen, und zwar bei den Gesellschaften, die durch den Fehlschlag von Jamesons Unternehmen den größten Schaden erlitten haben.«

»Allem Anschein nach –« begann Jordan unsicher und wurde von Mr. Rhodes unterbrochen.

»Allem Anschein nach hat er einen Gesamtgewinn von über einer Million Pfund gemacht, und allem Anschein nach haben er und sein Makler sich große Mühe gegeben, diese Transaktionen zu vertuschen und geheimzuhalten.«

»Mr. Rhodes, warum sagen Sie mir das? Er ist zwar mein Bruder, aber ich bin nicht verantwortlich –«

Mr. Rhodes hob die Hand, um ihn zum Schweigen zu bringen. »Kein Mensch hat Sie bisher in irgendeiner Weise beschuldigt – Ihr Eifer, sich zu rechtfertigen, scheint mir allerdings kurios.«

Nun öffnete er den Lederband von Plutarchs *Leben,* der auf dem Schreibtisch lag. Zwischen den Buchseiten lagen drei handgeschriebene Blätter. Mr. Rhodes nahm sie heraus und hielt Jordan das oberste hin.

»Erkennen Sie das?«

Jordan spürte, wie er verlegen errötete. Er haßte sich dafür, daß er diesen Brief geschrieben hatte. Damals, unter der furchtbaren seelischen Belastung, die der Nacht von Ralphs Entdekkung folgte, in der er ihn im Pullman von Kimberley so grausam beschuldigt hatte.

»Es ist die Abschrift eines Briefes, den ich an meinen Bruder geschrieben habe…« Jordan konnte seine Augen nicht heben, um Mr. Rhodes anzusehen. »Ich weiß nicht, was damals über mich gekommen ist, eine Abschrift davon zu machen.«

Sein Blick fiel auf einen bestimmten Absatz, und er las seine eigenen Worte.

Ich würde alles tun, um Dir meine aufrichtige Zuneigung zu beweisen, denn erst jetzt, da ich sie augenscheinlich verloren habe, wird mir deutlich bewußt, wie viel Deine Achtung mir bedeutet.

Er hielt das Blatt besitzergreifend an sich. »Das ist ein privater und intimer Brief«, sagte er mit leiser Stimme, die vor Scham und Empörung zitterte. »Niemand hat das Recht, diese Zeilen zu lesen.«

»Sie bestreiten also nicht, der Verfasser dieser Zeilen zu sein?«

»Es wäre wohl sinnlos, dies zu bestreiten.«

»Ja, das wäre es«, stimmte Mr. Rhodes zu und reichte ihm das zweite Blatt.

Jordan las es bis zum Ende in wachsender Verwirrung. Das war seine Handschrift, aber es waren nicht seine Worte. Andererseits eine so natürliche Fortsetzung der Gefühle der ersten Seite, daß er beinahe in Zweifel geriet, sie nicht doch geschrieben zu haben. Was er da las, war sein Einverständnis, Ralph vertrauliche Informationen über Planung und Zeitpunkt von Jamesons Einfall in Transvaal zukommen zu lassen.

Ich stimme mit Dir überein, daß die geplante Unternehmung völlig außerhalb der Legalität ist, und das sowie die moralische Verpflichtung, die ich Dir schulde, haben mich bewogen, Dir meine Unterstützung zukommen zu lassen.

Erst da wußte er mit absoluter Sicherheit, daß dieses Schreiben nicht aus seiner Feder stammte. Die ganze Seite war eine hervorragende Fälschung. Er schüttelte wortlos den Kopf. Ihm war, als würde sein Inneres zerrissen wie ein Stück dünner Stoff.

»Daß eure Verschwörung gelungen ist, wissen wir aus der reichen Ernte, die Ihr Bruder einbrachte«, sagte Mr. Rhodes müde – ein Mann, der zu oft verraten worden war, als daß dieser Betrug ihn noch schmerzen konnte. »Ich gratuliere Ihnen, Jordan.«

»Woher stammt das?« Das Blatt Papier zitterte in Jordans Hand. »Wo –« Er stockte und blickte zu Arnold, der einen Schritt hinter der Schulter seines Herrn stand. Keine Spur von gemeinem Triumph, Arnold war ernst und bekümmert – und unerträglich gutaussehend.

»Ich verstehe«, nickte Jordan. »Das ist natürlich eine Fälschung.«

Mr. Rhodes machte eine unwirsche Handbewegung. »Jordan, ich bitte Sie. Wer würde sich die Mühe machen, Bankauszüge zu fälschen, die mühelos nachgeprüft werden können?«

»Nicht die Bankauszüge. Der Brief.«

»Sie haben doch zugegeben, ihn geschrieben zu haben.«

»Nicht diese Seite, nicht diesen –«

Mr. Rhodes' Miene war verschlossen, seine Augen kalt und gefühllos. »Ich lasse den Buchhalter aus meinem Stadtbüro herüberkommen, damit er mit Ihnen die Haushaltskonten überprüft und eine Inventur macht. Sie übergeben Ihre Schlüssel an Arnold. Sobald das erledigt ist, hat der Buchhalter Anweisung, Ihnen einen Scheck über drei Monatsgehälter auszuhändigen. Sie werden gewiß Verständnis dafür haben, daß ich Ihnen kaum ein Empfehlungsschreiben ausstellen kann. Ich wäre Ihnen verbunden, wenn Sie mitsamt Ihrer Habe mein Anwesen bei meiner Rückkehr aus Rhodesien verlassen haben.«

»Mr. Rhodes –«

»Ich wüßte nicht, was wir noch zu besprechen hätten.«

Mr. Rhodes und sein Gefolge, darunter auch Arnold, waren vor drei Wochen mit dem Nordexpreß nach Kimberley und der Matabeleland-Endstation abgereist. So lange hatte Jordan gebraucht, um die Inventarlisten und Haushaltskonten abzuschließen.

Jetzt war er allein in dem großen, verwaisten Haus. Er hatte die Dienerschaft früh nach Hause geschickt. Langsam schritt er durch die mit Teppichen belegten Korridore, die Öllampe in beiden Händen haltend. Er fühlte sich ausgebrannt wie ein Baum nach einem Buschfeuer, dessen verkohlter Baumstrunk innen noch schwelte.

Es war ein Abschied von dem großen Haus und den Erinnerungen, die es enthielt. Seit den ersten Tagen der Planung zur Renovierung und Neugestaltung des alten Gebäudes war er hier gewesen. Viele Stunden hatte er damit verbracht, dem Architekten Mr. Rhodes' zuzuhören, Gesprächsnotizen zu machen und gelegentlich auf Mr. Rhodes' Wunsch einen Vorschlag einzubringen.

Und es war Jordan, der das Motiv der Neugestaltung des Herrenhauses vorschlug, stilisierte figurative Nachbildungen eines Fundes aus den alten Ruinen von Rhodesien, des Falken von Simbabwe. Der Greifvogel auf dem mit Haifischzahnmuster verzierten Sockel schmückte die Balustraden der Haupttreppe, war in den geschliffenen Granit des riesigen Badezimmers von Mr. Rhodes' Suite eingehämmert, kehrte wieder im Freskenband an den Wänden des Speisesaals, und vier Repliken der seltsamen Vogelskulptur trugen die schwere Platte von Mr. Rhodes Schreibtisch.

Der Vogel gehörte zu Jordans Leben, soweit seine Erinnerungen zurückreichten. Die Originalskulptur war von Zouga Ballantyne aus dem alten Tempel entwendet worden; eine der sieben Steinskulpturen, die er dort entdeckt hatte, von denen er nur die am besten erhaltene mitnehmen konnte.

Nahezu dreißig Jahre später war Ralph Ballantyne an die Ruinenstätte einer versunkenen Kultur nach Groß-Simbabwe zurückgekehrt, geführt vom Tagebuch seines Vaters und der Karte, die er angefertigt hatte. Ralph hatte die sechs übrigen Figuren in den elliptischen Mauern der Ruinen gefunden, so wie sein Vater sie zurückgelassen hatte. Er hatte sie auf Ochsenfuhrwerke geladen; und ungeachtet des Widerstandes der Matabele, die versuchten, ihn aufzuhalten, war er mit seinem Schatz nach Süden entkommen. In Kapstadt hatte ein Syndikat von Geschäftsleuten die archäologischen Funde Ralph für eine erhebliche Geldsumme abgekauft und sie dem Südafrikanischen Museum in

Kapstadt angeboten. Dort waren die sechs Steinfiguren jetzt zu besichtigen.

Jordans persönliche Geschichte war jedoch mit der Figur verknüpft, die sein Vater gefunden hatte und die während seiner ganzen Kindheit hindurch zum Beschweren der Hinterachse des Planwagens diente, in dem seine Familie auf ihren Wanderungen und Streifzügen durch das riesige afrikanische Veld hauste. Jordan hatte tausend Nächte über diesem Vogel geschlafen, und irgendwie war sein Geist in ihn eingegangen und hatte von ihm Besitz ergriffen.

Als Zouga die Familie schließlich zu den Kimberley-Diamantenminen brachte, wurde der Steinvogel vom Wagen geladen und unter dem Kameldornbaum aufgestellt, der ihr letztes Lager markierte. Kurz darauf erkrankte Jordans Mutter, Aletta Ballantyne, am tödlichen Fieber und starb. Nach ihrem Tod spielte die Steinfigur eine noch größere Rolle in Jordans Leben.

Er taufte den Vogel Panes, nach einer Göttin nordamerikanischer Indianerstämme, und las süchtig die Sage über diese große Göttin. Panes war eine schöne Frau, die in die Berge verschleppt worden war. In der Phantasie des halbwüchsigen Jordan vermischten sich Panes und der Steinvogel mit dem Bild seiner toten Mutter. Er erfand eine Beschwörungsformel für die Göttin, und nachts, wenn die ganze Familie schlief, schlich er sich zu dem Steinvogel und brachte Panes ein kleines Opfer aus gesammelten Essensresten und ehrte sie mit selbst erfundenen Ritualen.

Als Zouga finanziell am Ende und gezwungen war, den Vogel an Mr. Rhodes zu verkaufen, war der Junge verzweifelt – bis er Gelegenheit erhielt, in Mr. Rhodes' Dienste zu treten, um der Göttin nahe zu sein. Von da an erfüllte nicht nur eine, sondern zwei Gottheiten die Leere seines Lebens: die Göttin Panes und Mr. Rhodes. In Mr. Rhodes' Diensten wuchs er zum Mann heran, doch die Figur nahm weiterhin einen großen Raum in Jordans Bewußtsein ein, obschon er sich nur selten, in Zeiten tiefen seelischen Aufruhrs, wieder in die kindlichen Rituale der Götterverehrung flüchtete.

Nun hatte er den Mythos seines Lebens verloren und wurde unwiderstehlich ein letztes Mal zur Steinskulptur hingezogen.

Langsam schritt er die geschwungene Haupttreppe hinab zur hohen Eingangshalle. Der Lichtschein der Lampe in seinen Händen warf grotesk verzerrte Schatten auf den Marmorboden und an die Wände. In der Mitte der Halle stand ein schwerer Tisch mit einem getrockneten Blumengesteck, das Jordan selbst zusammengestellt hatte, daneben Silbertabletts für Visitenkarten und Post.

Jordan stellte die Lampe auf den Tisch, trat einen Schritt zurück und hob langsam den Kopf. Der Simbabwe-Steinfalke stand in seiner hohen Nische und bewachte das Eingangsportal von Groote Schuur. Unzweifelhaft ging von der Steinskulptur eine Aura magischer Kraft aus. Als hingen die uralten Gebete und Götterbeschwörungen der vor langer Zeit gestorbenen Priester von Simbabwe noch immer in der Luft, als steige die Wärme des Opferblutes hinauf, als hauchten die Prophezeiungen der Umlimo, der Auserwählten der Ahnengeister, dem Greifvogel aus Stein Leben ein.

Zouga Ballantyne hatte die Prophezeiungen aus dem Mund der Umlimo gehört und sie wortgetreu in seinem Tagebuch aufgezeichnet. Jordan hatte sie wohl hundertmal gelesen und kannte sie auswendig, hatte sie in sein Ritual der Beschwörungsformeln für die Göttin übernommen.

Es wird kein Friede herrschen in den Königreichen der Mambos und Monomatapa, bis sie zurückkehren. Der weiße Adler wird mit dem schwarzen Büffel kämpfen, bis die Steinfalken in ihren Horst zurückgekehrt sind.

Jordan betrachtete den stolzen, grausamen Kopf des Vogels, die blicklosen Augen, die leer nach Norden starrten, ins Land der Mambos und Monomatapa, das die Menschen heute Rhodesien nannten, wo der weiße Adler und der schwarze Büffel erneut im tödlichen Ringkampf lagen, und Jordan fühlte sich hilflos und leer, sah sich gefangen in den Klauen des Schicksals, aus denen er sich nicht befreien konnte.

»Erbarme dich meiner, große Panes.« Er sank auf die Knie. »Ich kann nicht gehen. Ich kann weder dich noch ihn verlassen. Ich weiß nicht, wohin ich mich wenden soll.«

Sein Gesicht im Schein der Lampe hatte einen grünlichen

Schimmer, als sei es aus Gletschereis modelliert. Er nahm die Porzellanlampe vom Tisch und hielt sie mit beiden Händen hoch über seinen Kopf.

»Vergib mir, große Panes«, flüsterte er und schleuderte die Lampe gegen die Wandtäfelung.

Einen Moment war die Halle in völlige Dunkelheit getaucht, die Flamme der zerschellten Lampe war am Ertrinken. Dann huschten gespenstisch blaue Lichter über die Oberfläche der Ölpfütze. Plötzlich schossen Flammen hoch und züngelten am Saum der langen Samtdraperien der hohen Fenster.

Jordan kniete noch immer vor der Steinskulptur, hustete bei den ersten Rauchschwaden, die ihn einhüllten. Leicht erstaunt registrierte er, daß er kaum Schmerz verspürte nach dem ersten Stechen in den Lungen. Das Bildnis des Falken hoch über ihm verschwamm hinter seinen Tränen und den dichten emporquellenden Rauchschwaden.

Mit einem satten Fauchen schlugen die Flammen an der Holztäfelung bis zur Decke hinauf. Einer der schweren Vorhänge riß ab und blähte sich im Fallen wie Flügel eines riesigen Geiers. Die feurigen Schwingen des dicken Samtes bedeckten den knienden Jordan, der durch das Gewicht mit dem Gesicht nach vorne auf die Marmorplatten sackte.

Bereits halb ohnmächtig vom dichten blauen Rauch, wehrte er sich nicht, und in Sekundenschnelle hatte sich der Samthügel in einen Scheiterhaufen verwandelt, und die Flammen leckten gierig am Sockel des Steinfalken in seiner hohen Nische.

»Bazo ist endlich vom Ort der Umlimo heruntergekommen«, sagte Isazi, und Ralph konnte nicht an sich halten.

»Bist du dessen sicher?« verlangte er aufgeregt zu wissen. Isazi nickte.

»Ich bin an den Lagerfeuern seiner *Impis* gesessen und habe ihn mit eigenen Augen gesehen, mit meinen eigenen Ohren habe ich gehört, wie er seine *Amadoda* aufstachelt, sie stählt für den bevorstehenden Kampf.«

»Wo ist er, Isazi? Sag mir, wo ich ihn finde.«

»Er ist nicht allein.« Isazi hatte nicht die Absicht, sich die Dramatik seines Berichts vorzeitig durch nackte Tatsachen zunichte machen zu lassen. »Bazo hat die Hexe bei sich, die seine Frau ist. Wenn Bazo ein Krieger ist, so ist diese Frau, Tanase, der Liebling der dunklen Geister, so kühn und unerbittlich, getrieben von solch blutrünstiger Grausamkeit.«

»Wo sind sie?« wiederholte Ralph.

»Bazo ist in Begleitung der wildesten und grausamsten der jungen Indunas, Zama und Kamuza; auch sie haben ihre *Amadoda* mitgebracht, dreitausend der grimmigsten Krieger. Mit Bazo und Tanase als Anführer sind diese *Impis* so gefährlich wie ein Löwe mit aufgeschlitztem Bauch –«

»Jetzt reicht es aber, Isazi«, knurrte Ralph. »Sag mir, wo er ist.«

Isazi machte ein schmerzliches Gesicht und nahm umständlich eine kleine Prise Schnupftabak. Seine Augen wurden wäßrig, er nieste genüßlich und wischte sich mit dem Handrücken die Nase.

»Gandang, Babiaan und Somabula sind nicht in seiner Begleitung.« Isazi setzte seinen Bericht genau an dem Punkt fort, wo Ralph ihn unterbrochen hatte. »Ich hörte zu, wie die *Amadoda* von einem *Indaba* sprachen, das vor vielen Wochen im Tal der Umlimo abgehalten worden war. Sie sagten, die alten Indunas hätten damals beschlossen, auf das göttliche Eingreifen der Geister zu warten, die Straße nach Süden offenzuhalten, damit die Weißen Matabeleland verlassen können. Die *Impis* wollten auf ihren Schilden sitzen bleiben, bis diese Dinge geschehen seien.«

Ralph machte eine Geste müder Resignation.

Isazi zupfte an seinem schütteren Ziegenbart und fuhr fort.

»Die Bäuche der alten Indunas kühlen ab, sie denken an die Shangani- und Bembesi-Schlachtfelder. Ihre Kundschafter berichten, daß das Lager hier in Bulawayo von den dreibeinigen Gewehren bewacht wird. Ich sage dir, Henshaw, Bazo ist der Kopf der Schlange. Schlage ihr den Kopf ab, und der Körper wird sterben.« Isazi nickte weise.

»Wirst du mir nun sagen, wo Bazo ist, mein tapferer und weiser alter Freund?«

»Er ist sehr nah«, sagte Isazi. »Keine zwei Stunden Fußmarsch von der Stelle, wo wir jetzt sitzen.« Er machte eine ausholende Armbewegung über das Lager. »Er liegt mit dreitausend *Amadoda* im Tal der Ziegen.«

Ralph hob den Kopf zur schmalen Sichel des abnehmenden Mondes, der tief im Himmel hing.

»In vier Tagen haben wir Neumond«, murmelte er. »Wenn Bazo vorhat, das Lager hier anzugreifen, wird er es in einer mondlosen Nacht tun.«

»Dreitausend Männer«, murmelte Harry Mellow. »Wir sind fünfzig.«

»Dreitausend.« Sergeant Ezra schüttelte den Kopf. »Wie Isazi sagte, die grimmigsten und kriegerischsten.«

»Wir kriegen sie«, sagte Ralph Ballantyne gelassen. »In zwei Nächten überfallen wir sie im Tal der Ziegen. Ich sage euch, wie wir vorgehen werden...«

Bazo schritt von einem Wachfeuer zum nächsten, neben ihm die schlanke und geschmeidige Gestalt seiner Frau Tanase.

Er trat ans Feuer und stand hoch aufgerichtet. Die Flammen erhellten seine Gesichtszüge von unten und verwandelten seine Augenhöhlen in schwarze Abgründe, in deren Tiefen seine Augen wie der Kranz eines tödlichen Reptils glühten.

Tanase stand an Bazos Schulter im Feuerschein, und ihr Blick war so grimmig wie der eines Kriegers, und als Bazo zu sprechen begann, blickte sie in wildem Stolz zu ihm auf.

»Ich stelle euch vor die Wahl«, sagte Bazo. »Ihr könnt bleiben, was ihr seid, die Hunde der Weißen. Ihr könnt als *Amaholi* leben, die niedrigsten aller Sklaven, oder ihr könnt wieder *Amadoda* werden...«

Seine Stimme war weder laut noch angespannt; sie rollte sonor aus seiner Kehle und drang deutlich bis in die obersten Reihen des natürlichen Amphitheaters aus Felsgestein, und die dunklen Massen der Krieger, die sich in dem Rund drängten, wurden unruhig und seufzten bei seinen Worten auf.

»Ihr habt die Wahl, aber ihr müßt euch rasch entscheiden. Heute morgen kamen Läufer aus dem Süden.« Bazo machte eine Pause, und seine Zuhörer reckten die Hälse. Dreitausend Krieger kauerten dicht aneinandergedrängt, und keiner gab einen Laut von sich. Sie warteten auf Bazos nächste Worte.

»Ihr habt die Zaghaften gehört, die sagten, wenn wir die Straße nach Süden nicht einnehmen, dann werden die Weißen, die sich in Bulawayo verschanzen, ihre Planwagen packen und mit ihren Frauen diese Straße zum Meer hinunterziehen.« Immer noch kein Laut von den lauschenden Kriegern.

»Sie sind im Irrtum – und das hat sich jetzt erwiesen. Lodzi ist gekommen«, fuhr Bazo fort, und ein Seufzen ging durch die Reihen wie ein Wind, der durch hohes Gras fährt.

»Lodzi ist gekommen«, wiederholte Bazo. »Und mit ihm die Soldaten und Gewehre. Sie versammeln sich nun am Kopf der Eisenstraße, die Henshaw gebaut hat. Bald, sehr bald beginnt ihr Marsch die Straße herauf, die wir für sie offengelassen haben. Bevor der neue Mond zu seiner halben Größe angewachsen ist, werden sie in Bulawayo sein, und dann seid ihr wirklich *Amaholi*. Ihr und eure Söhne und deren Söhne werden in den Minen der Weißen schuften und die Rinderherden der Weißen hüten.«

Ein Murren ging durch die dunklen Reihen, bis Bazo die Hand hob, die seinen blitzenden Assegai hielt.

»Das muß nicht sein. Die Umlimo hat uns versprochen, daß dieses Land wieder uns gehören wird, und es ist unsere Aufgabe, diese Prophezeiung wahr werden zu lassen. Die Götter sind nicht mit denen, die darauf warten, daß die Früchte in ihre offenen Mäuler fallen. Meine Kinder, wir müssen den Baum schütteln.«

»Jee!« ließ sich eine einzelne Stimme aus den Reihen vernehmen, und alle stimmten in den summenden Kriegsgesang ein.

»Jee!« sang Bazo, stampfte mit dem rechten Fuß auf und stieß die breite Klinge in den mondlosen Himmel, und seine Männer sangen mit ihm.

Tanase stand reglos wie eine Ebenholzfigur neben ihm, ihre Lippen waren leicht geöffnet, und ihre riesigen, schräggestellten Augen leuchteten wie Monde im Feuerschein.

Nach einiger Zeit breitete Bazo seine Arme wieder aus und wartete, bis Schweigen eintrat. »So soll es sein«, sagte er, und wieder reckten die Krieger die Hälse nach jedem Wort. »Als erstes werden wir uns über das Lager in Bulawayo hermachen. Seit jeher stürzen sich die Matabele in der Stunde vor Morgengrauen auf ihren Feind, und das wissen die Weißen«, fuhr Bazo fort. »Jeden Morgen in der letzten schwarzen Dunkelheit stehen sie an ihren Gewehren und warten darauf, daß der Leopard in ihre Falle geht. *Die Matabele kommen immer vor dem Morgengrauen,* sagen sie zueinander. *Immer!* sagen sie, aber ich sage euch, diesmal wird es anders sein, meine Kinder.«

Bazo machte eine Pause und schaute den Männern in der ersten Reihe in die Gesichter.

»Diesmal wird es die Stunde vor Mitternacht sein, beim Aufgehen des weißen Sterns im Osten.«

Bazo gab ihnen die Schlachtordnung bekannt, und inmitten der schwarzen Menge halbnackter Körper, Schulter an Schulter mit den *Amadoda,* das Haar unter einem Federkopfschmuck verborgen, Gesicht und Körper mit einer Mischung aus Fett und Ruß geschwärzt, hörte Ralph Ballantyne den ausführlichen Anweisungen zu.

»Um diese Jahreszeit erhebt sich der Wind mit dem Aufgehen des weißen Sterns. Er wird aus dem Osten kommen, und auch wir werden aus dem Osten kommen. Jeder von euch wird ein Bündel aus Gras und grünen Blättern des Msasabaums tragen«, sagte Bazo, und in Erwartung des Kommenden spürte Ralph ein Kribbeln in den Nervenenden seiner Fingerspitzen.

»Ein Rauchvorhang«, dachte er. »Eine Taktik der Kriegsmarine!«

»Sobald der Wind sich erhebt, errichten wir ein großes Feuer.« Da war auch schon Bazos Bestätigung. »Jeder von euch wirft sein Bündel im Vorbeigehen in die Flammen, und wir werden im Schutz von Dunkelheit und Rauch angreifen. Sie werden nicht dazu kommen, ihre Feuerwaffen abzuschießen, denn unser Rauch wird sie blind machen.«

Ralph stellte sich die Szene vor. Die Krieger, die aus der undurchdringlichen Rauchwalze auftauchen, unsichtbar bis sie in Wurfnähe gelangt sind, klettern über die Mauer der Wagenburg oder kriechen zwischen den Rädern hindurch. Dreitausend Krieger greifen lautlos und unerbittlich an – selbst wenn das Lager gewarnt würde, wäre es nahezu unmöglich, den Angreifern Einhalt zu gebieten. Die Maxim-Maschinengewehre wären im Rauch so gut wie nutzlos, die breiten Klingen der Assegais in solcher Nähe die wirkungsvollere Waffe.

Ein lebhaftes Bild des Gemetzels brannte sich in sein Hirn ein, er sah wieder Cathys verstümmelte Leiche vor sich und stellte sich die zerschundene Leiche von Jonathan daneben vor – und die von Elizabeth, ihr weißes, weiches Fleisch ebenso grausam zerstückelt. Mächtiger Zorn kam über ihn, und er starrte hinunter auf die hohe Heldengestalt mit dem zerstörten Gesicht, die die gräßlichen Einzelheiten des Massakers darlegte.

»Wir dürfen keinen einzigen von ihnen verschonen. Wir müssen alle vernichten, so daß Lodzi keinen Grund mehr hat, seine Soldaten zu bringen. Wir werden ihm nur Tote liefern, verbrannte Häuser und blitzenden Stahl, wenn er diesen Versuch unternimmt.

Das *Indaba* ist beendet«, verkündete Bazo schließlich. »Geht nun zu euren Schlafmatten, um euch für den morgigen Tag auszuruhen. Wenn ihr euch am Morgen erhebt, soll die erste Aufgabe eines jeden von euch darin bestehen, sich ein Bündel trockenes Gras und grüne Blätter zu schneiden, so viel er tragen kann.«

Ralph Ballantyne lag unter seinem Tierfell auf der geflochtenen Schilfmatte und hörte, wie das Lager um ihn herum sich zur Ruhe begab. Er sah die Wachfeuer schwächer werden, die Kreise ihres rötlichgelben Scheins schrumpfen. Er hörte, wie das Murmeln der Stimmen verebbte und wie die Atemzüge der Krieger in seiner Nähe sich veränderten, tiefer und regelmäßiger wurden.

An dieser Stelle war das Tal der Ziegen eine schmale Felseinkerbung, bewachsen mit dichtem Dornengestrüpp. Die *Impis* konnten nicht an einem Platz gemeinsam lagern. Sie lagen verteilt über das ganze Tal, etwa fünfzig Männer in jeder kleinen Lichtung.

Die Dunkelheit wirkte bedrohlicher, als die letzten Feuerstellen zu grauer Asche verglüht waren. Ralph umklammerte unter seiner Felldecke das Heft seines Assegai und wartete auf den richtigen Augenblick.

Als er gekommen war, schob Ralph sich lautlos unter dem Fell hervor. Auf allen vieren kroch er zum nächstliegenden Krieger, tastete vorsichtig nach ihm. Seine Finger berührten den nackten Arm. Der Krieger fuhr erschrocken hoch und saß kerzengerade da.

»Wer ist da?« fragte er mit schlaftrunkener Stimme, und Ralph stieß ihm den Speer in den Bauch.

Der Mann schrie. Ein gellender, von den Felswänden widerhallender Todesschrei zerschnitt die Nacht, und Ralph stimmte in den Schrei mit ein.

»Teufel! Teufel bringen mich um!« Er wälzte sich seitwärts und stach auf den nächsten Krieger ein, daß auch er vor Überraschung und Schmerz aufschrie.

»Hier sind Teufel!«

An fünfzig anderen Wachfeuern entlang des Tales stachen und schrien die Männer von Ballantynes Scouts gleichzeitig mit ihm.

»Verteidigt euch, die Geister greifen uns an!«

»*Tagati!* Hexenzauber! Wir werden von Hexen überfallen!«

»Tötet die Hexen!«

»Zauberei! Verteidigt euch!«

»Lauft! Lauft! Unter uns sind Teufel.«

Dreitausend Krieger, die Aberglauben und Hexensagen mit der Muttermilch eingesogen hatten, erwachten von den gellenden Schreien verwundeter und sterbender Männer und den panischen Warnrufen von jenen, die den »Teufelslegionen« ins Auge blickten. Sie erwachten in schwarzer, beklemmender Finsternis, tasteten nach ihren Waffen und stießen in wildem Entsetzen um sich, schrien vor Angst, und die Brüder, die sie verwundeten, schrien und schlugen zurück.

Die Nacht war erfüllt von rennenden Gestalten, die aufeinanderprallten, zustießen und grölten.

»Das Tal ist verhext!«

»Die Teufel bringen uns alle um!«

»Lauft! Lauft!«

Da erhob sich am Eingang des Tales ein monströses, dröhnendes Blöken wie aus Eisenlungen, ein so abscheulicher Mißklang, der nur die Stimme des großen Dämons selbst sein konnte: *Tokoloshe,* der Menschenfresser. Ein Höllenlärm, der die verschreckten Männer um den letzten Funken ihres Verstandes brachte und sie in wahnsinnige Raserei trieb.

Auf Händen und Knien kroch Ralph den schmalen Pfad entlang, hielt sich unter den um sich hauenden Speeren, konnte die Umrisse der verstört fliehenden Gestalten gegen den schwachen Sternenschimmer erkennen, und wenn er nach ihnen stach, zielte er auf Lenden und Bauch, ohne tödliche Stöße anbringen zu wollen. Und die von ihm verwundeten Männer stimmten mit ihren gellenden Schreien in das Gebrüll mit ein.

Vom Eingang des Tales her ließ Harry Mellow einen weiteren höllisch blökenden Stoß aus dem Nebelhorn ertönen, den die Schreie der Flüchtenden beantworteten, die die Talhänge hinauftaumelten und in das offene Grasland dahinter flüchteten.

Ralph kroch weiter, horchte auf eine einzige Stimme unter den Tausenden. In den ersten Minuten waren Hunderte flüchtender Krieger, die meisten ohne Waffen, aus dem Tal entkommen. In alle Richtungen verschwanden sie in die Nacht, und immer mehr folgten ihnen. Männer, die ohne mit der Wimper zu zucken in die rauchenden Mündungen der Maxim-Maschinengewehre gestürmt wären, waren in der Angst vor dem Übernatürlichen zu kopflosen, verstörten Kindern geworden. Ihre Schreie verhallten in der Ferne, und da endlich hörte Ralph die Stimme, auf die er gewartet hatte.

»Laßt euch nicht beirren, ihr tapferen Maulwürfe!« dröhnte sie. »Bleibt bei Bazo! Das sind keine Dämonen!« Ralph kroch der Stimme entgegen.

In der Lichtung vor ihm loderte ein neu entfachtes Feuer auf, und er erkannte die hohe Gestalt mit den breiten, knochigen Schultern und die schmale Frau an seiner Seite.

»Das ist ein gemeiner Trick der Weißen«, kreischte sie neben ihrem Herrn. »Wartet, meine Kinder.«

Ralph sprang auf und rannte durch das dichte Gestrüpp zu ihnen. *»Nkosi!«* rief er. Er mußte seine Stimme nicht verstellen. Sie war ein heiseres Krächzen vom Staub, der Anspannung und dem Blutrausch. »Bazo, Herr, ich bin bei dir! Gemeinsam wollen wir gegen diesen Verrat kämpfen.«

»Tapferer Bruder«, grüßte Bazo ihn, und erleichtert richtete er sich aus der Dunkelheit auf. »Wir stellen uns Rücken an Rücken, bilden einen Kreis und jeder verteidigt den anderen, und wir rufen andere tapfere Krieger zu uns.«

Bazo wandte Ralph seinen Rücken zu und zog Tanase an seine Seite. Sie war es, die einen Blick über die Schulter warf und Ralph erkannte, als er sich vorbeugte.

»Es ist Henshaw!« schrie sie gellend, aber ihre Warnung kam zu spät. Bevor Bazo sich zu ihm umdrehen konnte, hatte Ralph den Griff um seinen Assegai gewechselt, hielt ihn wie ein Fleischerbeil, und mit einem einzigen Hieb hackte er hinten in Bazos Beine – knapp über den Fersen. Die Achillessehnen sprangen mit einem leisen Knacken entzwei. Bazo sackte in die Knie, bewegungsunfähig wie ein aufgespießter Käfer.

Ralph packte Tanase beim Handgelenk, riß sie aus dem Lichtkreis des Feuers und schleuderte sie zur Erde. Mühelos hielt er sie fest, zerrte ihr den kurzen Lederschurz vom Leib und hielt die Spitze seines Assegai an ihren Leib.

»Bazo«, ächzte er, »wirf deinen Speer ins Feuer, oder ich schlitze deine Frau so auf, wie du es bei meiner Frau getan hast.«

Im ersten Schimmer des neuen Tages bewegten sich die Scouts in breiter Formation das Tal entlang und versetzten den verwundeten Matabele den Todesstoß. Ralph schickte Jan Cheroot zu den Pferden zurück, um die Stricke zu holen. In wenigen Minuten kam er zurück, an den Sätteln der Pferde, die er führte, hingen Rollen neuer Hanfstricke.

»Die Matabele haben sich wieder in die Berge verkrochen«, meldete er grimmig. »Es wird eine Woche dauern, bis sie sich wieder zusammengerottet haben.«

»So lange werden wir nicht warten.« Ralph nahm die Seile und begann Knoten zu machen.

Die Scouts rückten an. Sie säuberten ihre Assegai-Klingen mit Grasbüscheln, und Sergeant Ezra meldete Ralph: »Wir haben vier Männer verloren, aber wir haben den Induna Kamuza gefunden, und wir haben über zweihundert Tote gezählt.«

»Macht euch für den Abmarsch bereit«, befahl Ralph. »Was noch zu tun ist, wird nicht lang dauern.«

Bazo saß neben der Feuerstelle. Seine Arme waren mit Lederriemen auf den Rücken gebunden, seine Beine hatte er vor sich ausgestreckt. Die Füße hingen leblos herab, und aus den klaffenden Wunden über den Fersen sickerte wäßriges Blut.

Tanase saß neben ihm. Sie war nackt. Ihre Arme waren ebenfalls auf den Rücken gefesselt.

Sergeant Ezra starrte sie an und murmelte: »Wir haben die ganze Nacht hart gearbeitet. Wir haben uns ein kleines Vergnügen verdient. Laß mich diese Frau kurze Zeit in die Büsche nehmen.«

Ralph antwortete erst gar nicht darauf und wandte sich statt dessen an Jan Cheroot. »Bring die Pferde!« befahl er.

»Was machen sie mit den Stricken, Herr? Warum erschießen sie uns nicht, damit wir es hinter uns haben?« fragte Tanase Bazo.

»Das ist die Sitte der Weißen, damit bekunden sie ihre tiefste Verachtung. Sie erschießen geachtete Feinde und verwenden Stricke für Verbrecher. Sie sind jetzt fertig.« Bazo wandte ihr den Kopf zu. »Mit meinem Herzen umarme ich dich. Du warst die Quelle meines Lebens.«

»Ich umarme dich, mein Herr. Ich umarme dich, Bazo, der du der Vater der Könige sein wirst.«

Sie blickte in sein zerklüftetes, häßlich-schönes Gesicht, und sie wandte sich nicht ab, als Henshaw sich über ihnen auftürmte und mit kalter, verzerrter Stimme sagte: »Ich gebe euch einen besseren Tod, als ihr den Menschen gegeben habt, die ich liebte.«

Die Stricke waren ungleich lang, so daß Tanase etwas tiefer hing als ihr Herr. Die Sohlen ihrer nackten Füße, die in der Höhe eines mittelgroßen Mannes über dem Boden hingen, waren sehr weiß, und ihre Zehen wiesen senkrecht zur Erde wie die eines kleinen Mädchens auf Zehenspitzen. Ihr langer Reiherhals war stark nach einer Seite verdreht, und sie schien auch jetzt noch Bazos Stimme zu lauschen.

Bazos geschwollenes Gesicht war zum gelben Morgenhimmel gehoben, da der Knoten sich unter sein Kinn geschoben hatte. Ralph Ballantyne stand unter dem hohen Akazienbaum in der

Senke des Tals der Ziegen und blickte mit maskenhaftem Gesicht nach oben.

Und so kam Lodzi und mit ihm kamen Generalmajor Carrington und Major Robert Stephenson Smyth Baden-Powell, und hinter ihnen kamen die Waffen und die Soldaten. Frauen und Kinder rannten ihnen aus dem Lager in Bulawayo mit Blumensträußen entgegen und weinten vor Freude.

Betrogen um das von der Umlimo versprochene göttliche Eingreifen kühlte das Feuer in den Bäuchen der alten Indunas rasch ab, verunsichert zankten sie sich untereinander, bestaunten ehrfürchtig die Zurschaustellung militärischer Macht, die sie heraufbeschworen hatten, und zogen allmählich mit ihren *Impis* aus der Gegend um Bulawayo ab.

Die Truppen der englischen Krone schwärmten in starken Abteilungen aus, durchstreiften die Täler und das offene Land. Sie brannten die verlassenen Dörfer nieder und die Ernten auf den Feldern und nahmen die wenigen Rinder mit, die von der Rinderpest verschont geblieben waren. Sie nahmen die Berge unter Beschuß, in denen sie versteckte Matabele vermuteten, und ritten bei der Verfolgung flüchtiger schwarzer Schatten, die durch den Wald vor ihnen huschten, ihre Pferde zu Schanden.

So zogen sich die Wochen dahin und wurden zu Monaten, und die Soldaten versuchten die Matabele auszuhungern, sie zum offenen Kampf zu zwingen, doch die Indunas zogen sich zurück und suchten Zuflucht in den Matopos-Bergen, wohin die Soldaten ihnen nicht zu folgen wagten.

Gelegentlich überfielen die Matabele eine versprengte Patrouille oder einen einzelnen Reiter.

Es gab aber auch Zeiten, in denen das Glück auf seiten der Soldaten war und sie eine Gruppe Matabele auf Nahrungssuche am Fluß oder im dichten Busch aufspürten und sie an den nächsten Bäumen aufknüpften.

Es war ein unentschiedener, zermürbender Kleinkrieg, der sich endlos hinzog. Die Militärs, die den Feldzug durchführten, waren keine Geschäftsleute und dachten nicht in Begriffen von Kosten-Nutzen-Rechnung. Und die Rechnung der ersten drei

Monate belief sich auf eine Million Pfund Sterling, das waren umgerechnet 5000 Pfund pro getötetem Matabele. Zu bezahlen hatten diese Rechnung Mr. Cecil John Rhodes und seine Britisch-Südafrikanische Gesellschaft.

Den Indunas in den Matopos-Bergen drohte der Hungertod, und Mr. Rhodes in Bulawayo drohte ebenso unaufhaltsam der Bankrott.

Die drei Reiter hielten wachsamen, sich gegenseitig deckenden Abstand. Sie hielten sich in der Mitte der Fahrspur, die geladenen, gespannten Gewehre im Anschlag.

Jan Cheroot an der Spitze ritt fünfzig Meter voraus. Sein kleiner, wolliger Kopf drehte sich unablässig von einer Seite zur anderen, und seine Augen suchten den Busch zu beiden Seiten ab. Hinter ihm ritt Louise Ballantyne, beglückt über das Entkommen aus der Enge des Lagers in Bulawayo nach diesen endlos langen Monaten. Sie saß im Herrensattel mit der Sicherheit einer erfahrenen Reiterin. Die Feder ihrer kleinen, grünen Kappe wippte keck, wenn sie sich umdrehte und mit einem liebevollen Lächeln nach hinten blickte. Sie war noch nicht daran gewöhnt, Zouga wieder bei sich zu wissen, und mußte sich ständig von neuem vergewissern.

Zouga ritt fünfzig Meter hinter ihr und erwiderte ihr Lächeln in einer Weise, die ihr Inneres erbeben ließ. Er saß aufrecht im Sattel, die breite Krempe des Schlapphuts schräg über einem Auge. Die Sonne hatte die Blässe des Holloway-Gefängnisses vertrieben, und sein silbrig-goldener Bart gab ihm das Aussehen eines Wikingers.

In diesen großen Abständen ritten sie aus der Grasebene unter den hohen gebogenen Ästen der Msasabäume den ersten Hügel hinauf. Auf dem Kamm angekommen, stellte Jan Cheroot sich in den Steigbügeln auf, stieß einen Schrei der Erleichterung aus. Louise und Zouga trieben ihre Pferde an und zügelten sie, als sie neben ihm standen.

»O Gott, ich danke dir«, flüsterte Louise bewegt und streckte den Arm nach Zougas Hand aus.

»Es ist ein Wunder«, sagte er leise und drückte ihre Hand.

Vor ihnen schimmerte das helle Reetdach von King's Lynn.

»Unversehrt.« Louise schüttelte den Kopf. »Das muß das einzige Haus in Matabeleland sein, das nicht niedergebrannt wurde. Komm, Liebling, wir sind wieder daheim.«

An den Stufen der breiten vorderen Veranda hielt Zouga sie zurück. Sie mußte mit schußbereitem Gewehr im Sattel bleiben und die Pferde an den Zügeln halten, während er und Jan Cheroot das Haus nach einem Matabele-Hinterhalt absuchten.

Als Zouga wieder auf der Veranda erschien, hielt er das Gewehr mit dem Lauf nach unten und lächelte.

»Die Luft ist rein!«

Er half ihr aus dem Sattel, und während Jan Cheroot die Pferde zu den Ställen führte, um sie aus den mitgebrachten Körnersäcken zu füttern, gingen Zouga und Louise Hand in Hand die Stufen hinauf.

Das Haus war geplündert worden. Etwas anderes hatten sie nicht erwartet. Aber seine Bücher waren noch da, aus den Regalen geworfen zwar, manche mit zerrissenem Buchrücken oder beschädigtem Ledereinband, aber sie waren alle da.

Zouga sammelte seine Tagebücher ein und staubte sie flüchtig mit dem Taschentuch ab. Es gab Dutzende davon, die Aufzeichnungen seines Lebens, säuberlich handgeschrieben, mit Tuschzeichnungen und kolorierten Landkarten illustriert.

»Ihr Verlust hätte mir wirklich das Herz gebrochen«, murmelte er und stapelte sie sorgsam auf dem Bibliothekstisch. Das Familiensilber lag auf dem Fußboden des Speisezimmers verstreut, teils verbeult, aber im großen und ganzen unbeschädigt. Für die Matabele war es wertlos.

Sie wanderten durch die Räume des weitschweifigen Hauses und fanden kleine Schätze unter dem Gerümpel: einen Silberkamm, den er Louise zu ihrem ersten gemeinsamen Weihnachtsfest geschenkt hatte; die mit Email und Diamantensplittern eingelegten Manschettenknöpfe, die Louise ihm einmal zum Geburtstag geschenkt hatte.

Es gab noch Geschirr und Gläser in den Küchenregalen, aber alle Töpfe und Messer waren gestohlen und die Türen zu Speise- und Abstellkammern aus den Angeln gerissen.

»Das ist schnell repariert«, meinte Zouga. »Ich kann nicht fassen, welches Glück wir hatten.«

Louise inspizierte den Küchenhof und entdeckte vier ihrer Hühner, die im Staub scharrten. Sie rief Jan Cheroot aus dem Stall und ließ sich ein paar Handvoll Körner aus den Futtersäken der Pferde geben. Damit lockte sie die Hühner, und sie kamen flügelschlagend und gackernd herbeigelaufen.

Später saßen sie auf der vorderen Veranda. Jan Cheroot hatte Stühle und Tisch abgewischt und den aus Bulawayo mitgebrachten Picknickkorb ausgepackt. Sie tranken Wein und aßen kalte Blätterteigpasteten. Jan Cheroot erheiterte sie mit Anekdoten und Erinnerungen an die Abenteuer der Ballantyne Scouts.

»Wir waren einmalig«, erklärte er in aller Bescheidenheit. »Die Ballantyne Scouts! Wir haben es den Matabele tüchtig gegeben.«

»Wir wollen nicht mehr vom Krieg sprechen«, bat Louise.

Aber Zouga fragte mit wohlwollendem Spott: »Und was ist aus deinen Helden geworden? Der Krieg ist noch nicht zu Ende, wir brauchen noch Männer wie euch.«

»Master Ralph hat sich verändert«, sagte Jan Cheroot finster. »Einfach so.« Dabei schnippte er mit den Fingern. »Von dem Tag an, als uns Bazo im Tal der Ziegen in die Hände fiel, hatte er kein Interesse mehr. Er ist nie wieder mit den Scouts losgeritten, und eine Woche später war er wieder an seiner Baustelle, um an seiner Eisenbahn weiterzubauen. Angeblich soll noch vor Weihnachten der erste Zug nach Bulawayo fahren.«

»Genug!« erklärte Louise. »Das ist unser erster Tag auf King's Lynn seit fast einem Jahr. Ich will kein Wort mehr vom Krieg hören. Schenk uns Wein nach, Jan Cheroot, und nimm dir auch ein Glas.« Dann wandte sie sich an Zouga. »Liebling, können wir Bulawayo nicht verlassen und wieder hier draußen wohnen?«

Zouga schüttelte bedauernd den Kopf. »Tut mir leid, meine Liebe. Ich möchte dein kostbares Leben nicht aufs Spiel setzen. Die Matabele befinden sich immer noch im Aufstand, und King's Lynn liegt so abgeschieden –«

Vom hinteren Teil des Hauses hörten sie plötzlich einen Schrei und aufgeregtes Hühnergackern. Zouga sprang auf, ergriff sein

Gewehr, das an der Mauer lehnte, und sagte leise und bestimmt: »Jan Cheroot, du schleichst dich um die Stallungen nach hinten, ich komme von der anderen Seite.« Und zu Louise gewandt: »Du wartest hier. Wenn du einen Schuß hörst, rennst du zu den Pferden.« Die beiden Männer schlichen lautlos die Veranda entlang.

Zouga erreichte die Hausecke, und wieder hörte er Zetern und Gackern und heftiges Flügelschlagen. Er duckte sich um die Ecke und rannte die weißgetünchte Mauer entlang, die den Küchenhof einsäumte. Am Eingang angekommen, drückte er sich flach gegen die Mauer. Außer dem aufgeregten Hühnergackern und Flügelschlagen war jetzt eine Stimme zu hören: »Halt es fest! Und laß es nicht mehr los!«

Eine Matabele-Stimme. Beinahe gleichzeitig duckte sich eine halbnackte Gestalt neben Zouga, in jeder Faust ein Huhn. Nur eins hielt Zouga davon ab zu schießen: die nackten Hängebrüste, die gegen die Rippen der Frau baumelten. Zouga stieß ihr den Gewehrkolben zwischen die Schultern, warf sie zu Boden und sprang über sie hinweg in den Küchenhof.

Neben der Küchentür stand Jan Cheroot, das Gewehr in einer Hand und in der anderen einen abgemagerten, nackten, heftig zappelnden schwarzen Jungen.

»Soll ich ihm den Schädel einschlagen?« fragte Jan Cheroot.

»Du bist nicht mehr bei den Ballantyne Scouts«, wies Zouga ihn zurecht. »Halt ihn fest, aber tu ihm nicht weh.« Damit wandte er sich seiner Gefangenen zu.

Eine ältere Matabele-Frau, fast am Verhungern. Sie mußte einmal eine große, massige Frau gewesen sein, denn ihre Haut hing in losen Falten und Säcken an ihr herunter. Zouga packte sie am Handgelenk, zerrte sie auf die Füße und schubste sie zurück in den Küchenhof.

In diesem Augenblick trat Louise auf die Küchenschwelle, die Flinte immer noch in der Hand. Ihr Gesicht veränderte sich in dem Augenblick, als sie die schwarze Frau sah.

»Juba!« rief sie. »Bist du das, Juba?«

»Ach, Balela«, wimmerte die Matabele-Frau. »Ich habe nicht geglaubt, den Sonnenschein deines Gesichts noch einmal zu sehen.«

»Da haben wir ja einen schönen Fang gemacht«, sagte Zouga. »Die Hauptfrau des großen und edlen Induna Gandang. Und dieser Junge muß sein Enkel sein. Ich hätte die beiden nicht wiedererkannt. Sie pfeifen aus dem letzten Loch.«

Tungata Zebiwe saß auf den knochigen Knien seiner Großmutter und aß mit der Hingabe eines verhungernden Tieres. Er aß die restlichen Pasteten aus dem Picknickkorb, dann aß er die Krusten, die Zouga weggeschnitten hatte. Louise durchsuchte die Satteltaschen und fand eine zerbeulte Fleischkonserve. Das Kind stopfte sich das fettige Fleisch mit beiden Händen in den Mund.

»So ist es recht«, meinte Jan Cheroot säuerlich. »Mästet ihn nur, und später müssen wir ihn erschießen.« Er trottete beleidigt davon, um die Pferde für die Rückkehr nach Bulawayo zu satteln.

»Juba, kleine Taube, sind alle Kinder in diesem Zustand?«

»Es gibt nichts mehr zu essen«, nickte Juba. »Alle Kinder sind so, viele von den Kleinen sind schon gestorben.«

»Juba – ist es nicht an der Zeit, daß wir Frauen dem Schwachsinn unserer Männer ein Ende bereiten, bevor alle Kinder tot sind?«

»Es ist höchste Zeit, Balela«, nickte Juba.

»Wer ist diese Frau?« fragte Mr. Rhodes mit gepreßter, hoher Stimme, die seinen inneren Aufruhr verriet, und blickte Zouga an. Seine Augen traten ihm leicht aus den Höhlen.

»Sie ist die Hauptfrau von Gandang.«

»Gandang – hat er nicht die *Impis* angeführt, die Wilsons Patrouille am Shangani massakriert hat?«

»Er ist ein Halbbruder von Lobengula. Er, Babiaan und Somabula sind die obersten aller Indunas.«

»Ich glaube, es könnte nicht schaden, mit ihnen zu reden.« Mr. Rhodes zuckte die Schultern. »Diese Angelegenheit ruiniert uns noch alle, wenn das noch lange so weitergeht. Die Frau soll den Indunas eine Nachricht überbringen: Sie sollen die Waffen niederlegen und nach Bulawayo kommen.«

»Tut mir leid, Mr. Rhodes«, entgegnete Zouga. »Das werden

sie nicht tun. Sie hatten einen *Indaba* in den Bergen, bei dem alle Indunas gesprochen haben. Es gibt nur einen Weg.«

»Und der wäre, Ballantyne?«

»Sie wollen, daß Sie zu ihnen kommen.«

»Ich – persönlich?« fragte Mr. Rhodes leise.

»Wir sprechen nur mit Lodzi, und er muß unbewaffnet und ohne seine Soldaten zu uns in die Matopos-Berge kommen. Drei weitere Männer dürfen in seiner Begleitung sein, doch keiner von ihnen darf eine Waffe tragen. Tun sie es doch, töten wir sie auf der Stelle.« Zouga wiederholte die Nachricht, die Juba ihm aus den Bergen gebracht hatte, und Mr. Rhodes schloß die Augen und bedeckte sie mit der flachen Hand. Sein Atem ging pfeifend, und Zouga mußte sich vorbeugen, um seine Worte zu verstehen.

»In ihrer Macht«, sagte er. »Allein und unbewaffnet, vollkommen in ihrer Macht.«

Mr. Rhodes ließ die Hand sinken und stand auf. Mit schweren Schritten trat er an die Zeltöffnung, verschränkte die Hände auf dem Rücken und verlagerte sein Gewicht auf die Fersen. Draußen, im heißen, staubigen Mittag, rief ein Hornsignal zum Ausrücken, und die Hufschläge eines das Lager verlassenden Kavalleriezugs waren zu hören.

Mr. Rhodes drehte sich zu Zouga um. »Können wir ihnen vertrauen?« fragte er.

»Können wir uns leisten, es nicht zu tun, Mr. Rhodes?«

Sie ließen die Pferde am vereinbarten Ort zurück, in einem der unzähligen Felsentäler des Gebirges, das sich zu gezackten Gipfeln auftürmte und in steile Schluchten abstürzte wie versteinerte, sturmgepeitschte Meereswogen. Zouga Ballantyne übernahm jetzt die Führung. Er ging langsam den gewundenen, schmalen Pfad durch dichtes Gestrüpp entlang, drehte sich immer wieder nach der schwerfälligen, bärenhaften Gestalt um, die ihm folgte.

Als der Weg anstieg, machte Zouga Rast, damit Mr. Rhodes verschnaufen konnte, doch schon nach wenigen Minuten bedeutete der Zouga unwirsch, den Marsch fortzusetzen.

Dicht hinter Mr. Rhodes gingen zwei weitere Männer. Ein Journalist – Mr. Rhodes war zu sehr auf Öffentlichkeit bedacht, als daß er sich eine solche Gelegenheit hätte entgehen lassen –, der andere ein Arzt, da ihm klar war, daß die Assegais der Matabele nicht die einzige Bedrohung dieses strapaziösen Ausflugs waren.

Die sengende Hitze ließ die Luft über den Granitfelsen flimmern wie über einer heißen Herdplatte. Die Stille war erdrükkend und beinahe greifbar, und nach den seltenen, jähen Vogelrufen, die sie durchschnitten, war sie nur noch drückender.

Das Gestrüpp drängte sich immer dichter an den Pfad, und einmal sah Zouga einen Zweig erzittern, obwohl nicht der leiseste Windhauch wehte. Er schritt in gemessenen Schritten den Weg bergan, als führe er die Ehrengarde bei einem Militärbegräbnis an. Der Weg machte eine scharfe Kehre in eine senkrechte Felsspalte; hier wartete Zouga erneut.

Mr. Rhodes kam bei ihm an, lehnte die Schulter gegen die aufgeheizte Felswand und wischte sich Gesicht und Hals mit einem weißen Taschentuch. Er konnte lange nicht sprechen, und dann keuchte er: »Ob sie auch kommen werden, Ballantyne?«

Weiter unten im Tal sang ein Rotkehlchen. Zouga neigte lauschend den Kopf. Eine täuschend echte Nachahmung.

»Sie sind längst da, Mr. Rhodes. Die Berge stecken voller Matabele.« Er forschte nach Anzeichen der Angst in den hellblauen Augen. Er konnte keine finden und murmelte leise, fast scheu: »Sie sind ein tapferer Mann, Sir.«

»Ein pragmatischer Mann, Ballantyne.« Ein Lächeln breitete sich in dem von Krankheit verwüsteten Gesicht aus. »Es ist immer besser zu verhandeln, als zu kämpfen.«

»Ich hoffe, die Matabele sind ebenfalls dieser Meinung.« Zouga erwiderte sein Lächeln, und sie betraten die Felsspalte, tauchten kurz in Schatten ein, um gleich wieder in die Sonne zu treten. Unter ihnen lag, eingebettet zwischen hoch aufragenden Felswänden, ein rundes Tal.

Zouga blickte in die kleine Talsenke, und all seine Soldateninstinkte erwachten.

»Eine Falle«, sagte er, »aus der es kein Entrinnen gibt.«

»Gehen wir«, forderte Mr. Rhodes ihn auf.

In der Mitte der Senke befand sich ein flacher Ameisenhügel, eine erhöhte Plattform aus hartem, gelbem Ton. Darauf steuerte die kleine Gruppe weißer Männer instinktiv zu.

»Dann wollen wir es uns mal gemütlich machen«, keuchte Mr. Rhodes und setzte sich ächzend. Seine Begleiter nahmen links und rechts von ihm Platz, nur Zouga blieb stehen.

Sein Gesicht blieb ausdruckslos, doch seine Haut juckte von den Insekten der Unruhe, die über ihn hinwegkrochen. Dies war das Herz des Matopos-Gebirges, der heiligen Berge der Matabele – ihre Festung, wo sie am mutigsten und gnadenlosesten waren. Welche Torheit, unbewaffnet hierherzukommen, sich der Gnade des wildesten und blutrünstigsten Stammes dieses grausamen, wilden Kontinents auszusetzen. Zouga verschränkte die Hände auf dem Rücken, drehte sich langsam im Kreis und ließ den Blick über die hohen Felswände schweifen, die sie umgaben. Er war noch nicht ganz fertig mit seinem Rundblick, als er tonlos sagte: »Nun, meine Herren. Da sind sie!«

Lautlos, ohne Befehl, erhoben die *Impis* sich aus ihren Verstecken und bildeten eine lebende Mauer gegen das Blau des Himmels. In dichten Reihen, Schulter an Schulter stehend, umschlossen sie das Felstal. Unmöglich, sie zu zählen, unmöglich, ihre Zahl zu schätzen. Sie gingen in die Tausende. Standen unbeweglich in absolutem Schweigen.

»Keine Bewegung, meine Herren«, riet Zouga, und sie warteten in der Sonne. Sie warteten, bewacht von den schweigenden, reglos dastehenden *Impi*. Kein Vogel schrie, und nicht die leiseste Brise bewegte den Wald aus Federn auf den ungezählten Häuptern.

Endlich öffneten sich die Reihen, um einige Männer durchzulassen und sich hinter ihnen wieder zu schließen. Die erhabenen Prinzen von Kumalo kamen den Pfad herab – doch wie hatten sie sich verändert.

Sie waren alte Männer geworden. Der Rauhreif der Jahre schimmerte auf ihren wolligen Köpfen und in ihren Bärten. Sie waren abgemagert wie streunende Hunde, ihre Muskeln erschlafft, die Haut spannte sich ledern über ihre alten Knochen.

Manche hatten schmutzige, blutverkrustete Lappen über ihre Wunden gelegt, ihre Gliedmaßen und Gesichter waren mit Schorf und Geschwüren bedeckt, die Folgen von Hunger und Entbehrungen.

Gandang ging an der Spitze, einen Schritt dahinter seine Halbbrüder Babiaan und Somabula, gefolgt von weiteren Männern, die den Kopfring der Ehre trugen, und alle hielten die breiten glänzenden Speere und die hohen Schilde aus ungegerbter Tierhaut in den Händen, die ihnen den Namen »Matabele« gegeben hatten, »das Volk der langen Schilde«.

Zehn Schritte vor Zouga blieb Gandang stehen und senkte seinen Schild. Die beiden Männer blickten einander tief in die Augen, und beide dachten an den Tag, an dem sie einander zum erstenmal begegnet waren – das lag mehr als dreißig Jahre zurück.

»Ich sehe dich, Gandang, Sohn des Mzilikazi«, sagte Zouga schließlich.

»Ich sehe dich, Bakela, die Faust.«

Hinter Zouga ließ Mr. Rhodes sich mit ruhiger Stimme vernehmen. »Fragen Sie ihn, ob das Krieg oder Frieden zu bedeuten hat.«

Zouga hielt den Blick unverwandt auf die Augen des hochgewachsenen, ausgemergelten Induna gerichtet.

»Sind eure Augen immer noch für den Krieg gerötet?« fragte er.

Gandangs Antwort war ein tiefes Grollen, wurde von jedem der Indunas hinter ihm gehört und stieg auf zu den dichtgedrängten Reihen der Krieger auf den Felshöhen.

»Sage Lodzi, unsere Augen sind weiß«, erwiderte er, bückte sich und legte seinen Schild nebst Assegai zu seinen Füßen auf die Erde.

Zwei Matabele, nur mit Lendenschurz bekleidet, schoben die Stahllore das Schmalspurgeleise entlang. An der Kippvorrichtung schlug einer den Haltebolzen heraus, und fünf Tonnen blaue Quarzbrocken ergossen sich auf die trichterförmige Rutsche. Das grobe Gestein polterte in einen Auffangbehälter und häufte sich auf dem Eisenrost. Nun machte sich ein Dutzend Matabele mit schweren Vorschlaghämmern darüber her und zerkleinerte es, bis es durch den Rost in die darunter befindlichen Behälter der Stempelmühlen fiel.

Die Stößel aus massivem Guß, angetrieben von zischend heißem Dampf, zermahlten das Gestein in monotonem Rhythmus zu feinstem Pulver. Ein ständiger Wasserstrahl, aus dem Bach im Tal heraufgepumpt, wusch das pulverisierte Erz aus den Behältern unter den Stempelmühlen und schwemmte es in offenen Holzrinnen hinunter zu den James-Tischen.

In der flachen, an den Längsseiten offenen Hütte stand Harry Mellow über den ersten Tisch gebeugt und beobachtete den zähflüssigen Brei, der sich über die schwere Kupferplatte des Tisches verteilte; durch die leichte Schräge der Platte konnte der wertlose Lehm ablaufen. Harry schloß den Zulaufhahn und leitete die lehmige Brühe auf den zweiten Tisch um. Er warf einen Blick zu Ralph Ballantyne und Vicky, die gespannt zusahen, und hielt den Daumen siegesgewiß hoch. Dann beugte er sich wieder über die Kupferplatte, die mit einer dicken Schicht Quecksilber belegt war, begann mit einem breiten Spatel eine Schicht von der Kupferplatte zu entfernen und formte einen schweren dunklen Klumpen daraus. Quecksilber hat unter anderem die Eigenschaft, Goldpartikel zu binden, ähnlich wie Löschpapier Tinte aufsaugt.

Schließlich hatte Harry einen Amalgamklumpen, etwa zweimal so groß wie ein Baseball, geformt, der etwa zwanzig Kilo wog. Er mußte mit beiden Händen zufassen, um den Klumpen hochzuheben und in die strohgedeckte Rundhütte zu tragen, die der Harkness-Mine gleichzeitig als Labor und Endstufe der Goldgewinnung diente. Ralph und Vicky eilten hinter ihm her und nahmen in dem engen Raum hinter ihm Aufstellung.

Alle drei beobachteten fasziniert, wie der Amalgamklumpen in der Retorte über der blauen Flamme des Primuskochers zu schmelzen und zu blubbern begann.

»Wir treiben jetzt das Quecksilber destillativ ab«, erklärte Harry. »Was dabei übrigbleibt, ist das hier.«

Die brodelnde silbrige Flüssigkeit kochte merklich ein und begann die Farbe zu wechseln. Der erste Schimmer eines rötlichgelben Aufleuchtens wurde sichtbar, ein Glanz, der die Menschheit seit mehr als sechstausend Jahren verzauberte.

»Seht euch das an!« Vicky klatschte begeistert in die Hände. Die letzten Reste des Quecksilbers verdampften und hinterließen eine glänzende Pfütze aus schierem Gold.

»Gold«, sagte Ralph Ballantyne. »Das erste Gold der Harkness-Mine.« Und dann warf er den Kopf in den Nacken und lachte. Die beiden anderen erschraken. Sie hatten Ralph nicht mehr lachen gehört, seit er aus Bulawayo weggegangen war. Sie starrten ihn an, und da packte er beide, Vicky mit einem Arm und Harry mit dem anderen, und tanzte mit ihnen hinaus in die Sonne.

Sie tanzten im Kreis, und die beiden Männer johlten und grölten dazu. Die Matabele-Arbeiter unterbrachen ihre Arbeit und schauten zu, anfangs befremdet, dann mit grinsendem Verständnis.

Vicky löste sich als erste aus dem Freudentanz, keuchend hielt sie sich den Ansatz ihres schwangeren Bauches mit beiden Händen.

»Ihr seid verrückt!« lachte sie atemlos. »Verrückt! Beide! Und ich liebe euch dafür.«

Die Tonerde wurde in einer Grube neben dem Brunnenloch gemischt. Zwei Missionsbewohner kurbelten die Eimer aus dem Brunnen herauf und schütteten das Wasser in die Mischgrube, zwei andere schaufelten den Ton dazu, und ein Dutzend nackter schwarzer Kinder, angeführt von Robert St. John, trampelten vergnügt im Lehmbrei herum und vermischten ihn so zur richtigen Konsistenz. Robyn St. John half, den Ton in die rechteckigen Formen zu füllen. Eine Schlange von Missionskindern, Buben und Mädchen, trugen die gefüllten Formen zum Trockenplatz, wo sie die nassen Ziegel vorsichtig aus den Formen auf eine Unterlage aus trockenem Gras stülpten und mit den leeren Formen zurückliefen, um sie wieder füllen zu lassen.

Tausende von gelben Ziegeln trockneten bereits in langen Reihen in der Sonne. Robyn hatte ausgerechnet, daß sie allein zwanzigtausend für die neue Kirche benötigte. Dann mußten Bäume gefällt, das Holz geschnitten und getrocknet werden; und in einem Monat würde das Gras für das Dach im Vlei hoch genug stehen, um es schneiden zu können.

Robyn richtete sich auf und drückte ihre lehmgelbe Hand ins schmerzende Kreuz. Aus ihrem Kopftuch hatte sich eine graumelierte Haarsträhne gelöst, Gesicht und Hals waren mit Lehm verschmiert, und der Schweiß lief ihr in Bächen in die hochgeschlossene Bluse.

Sie schaute über die ausgebrannten Ruinen der Mission; die verkohlten Dachbalken waren eingestürzt, und die schweren Regenfälle der vergangenen Regensaison hatten die Mauern aus ungebrannten Ziegeln in unförmige Lehmhaufen aufgeweicht. Jeder Ziegel mußte neu aufgeschichtet, jeder Dachbalken hochgehievt werden. Und die Aussicht auf all die mühselige, harte Arbeit versetzte Robyn St. John in ein Gefühl tatendurstiger Hochstimmung. Sie fühlte sich so stark und energiegeladen wie die junge Ärztin, die vor so vielen Jahren diesen gnadenlosen afrikanischen Boden betreten hatte.

»Dein Wille geschehe, Herr«, sagte sie laut, und das Matabele-Mädchen neben ihr krähte fröhlich: »Amen, Nomusa!«

Robyn lächelte das Kind an und war im Begriff, sich wieder über die Ziegelformen zu beugen. Da fuhr sie hoch, beschattete ihre Augen, dann raffte sie die Röcke und rannte den Weg zum Fluß hinunter, leichtfüßig wie ein junges Mädchen.

»Juba!« schrie sie. »Wo warst du? Ich habe so lange gewartet, daß du wieder nach Hause kommst.«

Juba setzte die schwere Last ab, die sie auf dem Kopf balancierte, und humpelte auf Robyn zu.

»Nomusa!« Weinend drückte sie Robyn an sich. Dicke Tränen kullerten ihr über die Wangen und vermischten sich mit Schweiß und Lehm in Robyns Gesicht.

»Hör auf zu weinen, dummes Ding«, schalt Robyn sie liebevoll. »Gleich fang' ich auch an. Sieh dich bloß an! Wie mager du geworden bist. Wir müssen dich tüchtig füttern. Und wer ist das?«

Der schwarze Junge im schmutzigen Lendentuch trat schüchtern vor.

»Das ist mein Enkel Tungata.«

»Ich hab' ihn nicht erkannt. Er ist gewachsen.«

»Nomusa, ich bringe ihn dir, damit du ihm schreiben und lesen beibringst.«

»Nun, zuerst wollen wir ihm einen zivilisierten Namen geben. Von nun an heißt er Gideon, und wir vergessen den schrecklichen, rachsüchtigen Namen.«

»Gideon«, wiederholte Juba. »Gideon Kumalo. Und du bringst ihm Schreiben bei?«

»Zuerst haben wir eine Menge Arbeit zu tun«, sagte Robyn energisch. »Gideon kann in die Lehmgrube zu den anderen Kindern steigen, und du hilfst mir beim Ziegelformen. Wir müssen ganz von vorn anfangen, Juba, und alles wieder aufbauen.«

»Ich bewundere die Majestät und Erhabenheit der Matopos und möchte dort begraben werden, auf dem Berg, den ich erklommen habe und den ich den ›Blick in die Welt‹ genannt habe. In einem aus Felsen gehauenen Grab, bedeckt mit einer schlichten Messingplatte mit der Aufschrift: ›Hier ruht CECIL JOHN RHODES.‹ «

Und als schließlich sein krankes Herz aufgehört hatte zu pumpen, kam er noch einmal nach Bulawayo – auf den Schienen, die Ralph Ballantyne gelegt hatte. Der Salonwagen mit dem aufgebahrten Sarg war mit violettem und schwarzem Samt ausgeschlagen, und in jeder Stadt und an jedem Abstellgleis auf der Strecke brachten die Menschen, die er »meine Rhodesier« genannt hatte, Kränze, die auf den Totenschrein gelegt wurden. Von Bulawayo wurde der Sarg auf einer Lafette in die Matopos-Berge gebracht. Rabenschwarze Ochsen zogen ihn in behäbigem Trott langsam hinauf zu der abgerundeten Granitkuppe, die er sich als letzte Ruhestätte erwählt hatte. Eine große Trauergemeinde hatte sich versammelt: elegant gekleidete Herren, Offiziere in Paradeuniform, Damen mit schwarzen Bändern an den Hüten. Und dahinter erstreckte sich eine unüberschaubare Menge schwarzer, halbnackter Matabele. An die zwanzigtausend waren gekommen, um mitzuerleben, wie er in den Felsengrund gesenkt wurde. An ihrer Spitze standen die Indunas, die in der Nähe dieses Berges mit ihm Friedensverhandlungen geführt hatten. Darunter auch Gandang, Babiaan und Somabula, die sehr alte Männer geworden waren.

Am Kopfende des Grabes standen die Männer, die nun die Macht im Lande innehatten, die Direktoren der Charter Company und die Mitglieder der ersten Rhodesischen Gesetzgebenden Versammlung. Darunter auch Ralph Ballantyne mit seiner jungen Frau.

Ralph verfolgte mit ernster Miene, wie der Sarg in sein Felsengrab gelassen wurde und der Bischof mit lauter Stimme den Nachruf verlas.

Nachdem die schwere Messingplatte abgesenkt war, trat Gandang aus den Reihen der Matabele und hob eine Hand.

»Der Vater ist tot«, rief er, und dann erscholl ein Ruf wie der Donnerhall eines tropischen Gewitters. Ein Salut, den das Volk der Matabele ausbrachte und den es nie zuvor einem weißen Mann zugedacht hatte.

»Bayete!« erscholl es einstimmig aus tausend Kehlen. *»Bayete!«*

Der Gruß für einen König.

Die Trauergäste zerstreuten sich allmählich, zögernd. Die Matabele zogen sich zurück in ihre heiligen Berge, verschwanden lautlos wie Rauchschwaden, und die Weißen stiegen den Pfad von der Granitkuppel hinunter. Ralph half Elizabeth bei dem beschwerlichen Abstieg und lächelte sie an.

»Der Mann war ein Gauner, und du weinst um ihn«, neckte er sie zärtlich.

»Es war alles so bewegend.« Elizabeth tupfte sich die Augen. »Als Gandang das sagte –«

»Ja. Ihn hat er auch zum Narren gehalten, und die, die er in Gefangenschaft geführt hat. Wie gut, daß sie ihn in eine Felsgruft gelegt und mit einer Platte beschwert haben, sonst hätte er vielleicht den Teufel noch geschmiert und sich im letzten Moment davongestohlen.«

Ralph führte sie abseits vom Strom der Trauergäste.

»Isazi wartet mit der Kutsche auf der anderen Hangseite.«

Das Gestein zu ihren Füßen war von Flechten rötlichgelb gefärbt; kleine blauköpfige Eidechsen huschten in Felsspalten und äugten hervor; ihre Kehlen pochten, und die gezackten Kämme ihrer monströsen Köpfe waren hoch aufgerichtet. Am unteren Hang der Bergkuppe blieb Ralph neben einem verkrüppelten Msasabaum stehen, der mühsam Halt in einer der Felsspalten gefunden hatte, und schaute zurück zum Gipfel.

»Nun ist er also endlich tot. Aber seine B.S.A.-Gesellschaft beherrscht uns weiterhin. Vor mir liegt noch viel Arbeit, die mich vielleicht den Rest meines Lebens beschäftigen wird.«

Elizabeth drückte liebevoll seinen Arm.

TEIL II

1977

Der Landrover bog von der schwarzen Asphaltstraße auf die unbefestigte Kiesstraße ein und wirbelte helle Staubwolken auf. Der beige Lack des alten Fahrzeugs war stellenweise von Dornengestrüpp und Ästen bis zum blanken Metall abgekratzt. Geröllbrocken und Schotter hatten ganze Fetzen aus den tiefen Reifenprofilen gerissen.

Dem Vehikel fehlten Türen und Dach, und die zersplitterte Windschutzscheibe lag auf der Kühlerhaube; den beiden Männern auf den Vordersitzen blies der Fahrtwind ungehindert ins Gesicht. Das Waffengestell hinter ihren Köpfen enthielt ein ansehnliches Arsenal: zwei halbautomatische FN-Gewehre in graugrüner Tarnfarbe, eine kurze 9-mm-Uzi-Maschinenpistole, deren extra langes Magazin schußbereit eingeklickt war, und in einem Leinenschonbezug ein schwerer Colt, Sauer »Grand African«, dessen 458er-Magnum einen Elefantenbullen umwarf. Am Bügel des Waffengestells hingen Leinenbeutel mit Ersatzmunition, Munitionsgurte und eine feuchte Wasserflasche, die einträchtig bei jedem Holpern und Schlingern des Landrovers hin und her schaukelten.

Craig Mellow hatte das Gaspedal durchgetreten. Die Karosserie des Wagens war zwar zerbeult und klapprig, aber den Motor hatte er immer gut gewartet, und die Tachonadel stand am Anschlag. Es gab nur eine Methode, in einen Hinterhalt zu fahren, und das war volles Rohr. So schnell wie möglich durchbrettern; immer daran denken, daß sie ihn mindestens einen halben Kilometer tief anlegen. Selbst bei 150 Sachen bedeutete das zwölf Sekunden Beschuß. Ein Zeitraum, in dem ein guter Mann mit einem AK 47 drei Magazine zu je dreißig Schuß leerte.

Man mußte also schnell sein. Eine Mine war natürlich etwas anderes. Wenn eines dieser Schätzchen mit zehn Kilo Plastiksprengstoff unter deinem Hintern hochging, flog deine Karre zwanzig Meter senkrecht in die Luft, und deine Wirbelsäule bohrte sich durch die Schädeldecke.

Craig hockte zwar lässig hinter dem Lenkrad, aber seine Augen studierten wachsam die Straße. Um diese Tageszeit waren vor ihm bereits Fahrzeuge unterwegs gewesen, und er hielt sich an die Rautenmuster der Reifenspuren im Staub, achtete aber auf Grasbüschel, eine weggeworfene Zigarettenschachtel, ja selbst unter einem getrockneten Kuhfladen konnte sich eine Tellermine verbergen. So nah an Bulawayo drohte natürlich größere Gefahr von einem besoffenen Autofahrer als von Terroristenanschlägen, aber es konnte nicht schaden, die Gewohnheit beizubehalten.

Craig warf seinem Nebenmann einen Seitenblick zu und wies mit dem Daumen über die Schulter. Der Mann drehte sich nach hinten, griff in die Kühlbox und zog zwei kältebeschlagene Dosen Lion-Bier hervor.

Craig Mellow war neunundzwanzig Jahre alt. Seine hellbraunen Augen unter der dunklen Haarmähne hatten eine kindliche Offenheit bewahrt, und der weiche Schwung seines breiten, sanften Mundes gab ihm das Aussehen eines kleinen Jungen, der jeden Augenblick erwartet, zu Unrecht getadelt zu werden. Noch immer zierten die bestickten grünen Schulterklappen eines Rangers des Ministeriums für Wild- und Naturschutz sein Khaki-Buschhemd.

Samson Kumalo neben ihm zog die Laschen von den Bierdosen. Der große Matabele mit der hohen, intelligenten Stirn und den hohlen Wangen trug die gleiche Uniform. Er kniff die Augen zusammen, als der Schaum aus den Dosen spritzte, hielt Craig eine hin und behielt eine für sich. Craig schlürfte einen Schluck ab und leckte den weißen Schaum von der Oberlippe. Der Landrover fuhr nun die gewundene Straße in die Khami-Berge hinauf.

Bevor sie den Kamm erreichten, versenkte Craig die leere Dose in einen Plastiksack, der am Armaturenbrett hing, und nahm den Fuß vom Gas. Er hielt Ausschau nach der Abzweigung.

Das kleine, verblichene Schild war hinter hohem gelben Gras versteckt. »*Anglikanische Mission von Khami.* Wohngebiet. Keine Durchgangsstraße.«

Es war mindestens ein Jahr her, seit Craig diese Straße zum letztenmal gefahren war, und um ein Haar hätte er sie verpaßt.

»Hier rein!« rief Samson, und Craig schlug das Lenkrad scharf herum und bog in die Nebenstraße ein. Sie schlängelte sich durch den Wald, bevor sie unvermittelt in eine breite Allee von Spathodeenbäumen mündete, die schnurgerade auf die Missionssiedlung zuführte. Die Stämme waren dicker als der Brustumfang eines Mannes, und die dunkelgrünen Äste stießen in der Mitte der Straße aneinander. Am Ende der Allee, fast versteckt hinter Bäumen und hohem Gras, befand sich eine weißgetünchte Mauer mit einem verrosteten Schmiedeeisentor. Craig fuhr an den Seitenstreifen und schaltete den Motor ab.

»Wieso halten wir hier?« fragte Samson.

Wenn sie allein waren, sprachen sie immer Englisch; ebenso wie sie immer Sindebele sprachen, wenn jemand zuhörte; und Samson nannte ihn privat Craig und zu allen anderen Zeiten »Nkosi« oder »Mambo«. Es war eine stillschweigende Übereinkunft zwischen ihnen, denn in diesem gepeinigten, vom Krieg zerrissenen Land gab es Leute, die Samsons fließendes Englisch als Hinweis auf einen »unverschämten Missionsbengel« nahmen und aus dem freundschaftlichen Umgang zwischen den beiden Männern schlossen, Craig sei einer dieser zweifelhaften Kaffernfreunde*.

»Wieso hältst du am alten Friedhof?« wiederholte Samson.

»Das viele Bier.« Craig kletterte aus dem Landrover und streckte sich. »Ich muß pinkeln.«

Er erleichterte sich am Vorderrad, dann setzte er sich auf die niedere Friedhofsmauer und ließ seine langen, sonnenverbrann-

* Der Begriff Kaffer leitet sich aus dem arabischen Wort für Untreue ab. Im 19. Jahrhundert war diese Bezeichnung für alle südafrikanischen Stämme üblich. Ohne abwertende Absicht wurde der Begriff von Staatsmännern, angesehenen Schriftstellern, Missionaren und Befürwortern der Sache der Eingeborenen angewandt. Heute hat der Begriff eine ausgesprochen rassistische Bedeutung.

ten Beine baumeln. Er trug Khaki-Shorts und Velourlederstiefel ohne Socken, weil die mit Widerhaken versehenen Samen des Pfeilgrases sich gern in Wolle verfingen.

Craig blickte auf die Dächer der Khami-Mission am Fuße der bewaldeten Berge. Einige der älteren Gebäude, die noch aus der Zeit vor der Jahrhundertwende stammten, waren mit Stroh bedeckt, die neue Schule und das Hospital hatten rote Dachziegel. Die billigen Unterkünfte auf dem Gelände waren mit gewellten Asbestplatten gedeckt. Sie bildeten eine unschöne graue Anhäufung inmitten der üppig grünen, bewässerten Felder und beleidigten Craigs Schönheitssinn. Er wandte den Blick ab.

»Komm, Sam –« Craig unterbrach sich und runzelte die Stirn. »Was zum Teufel machst du da?«

Samson war durch das Schmiedeeisentor in den Friedhof gegangen und urinierte auf einen der Grabsteine.

»He, Sam, das ist Grabschändung.«

»Alte Familientradition.« Samson schüttelte sich und zog den Reißverschluß hoch. »Mein Großvater Gideon hat mir das beigebracht«, erklärte er, und dann redete er in Sindebele weiter. »Wasser geben, damit die Blume wieder blüht«, sagte er.

»Was zum Teufel soll das heißen?«

»Der Mann, der hier begraben liegt, hat ein Matabele-Mädchen umgebracht. Sie hieß Imbali, die Blume«, erklärte Samson. »Mein Großvater pinkelt jedesmal auf sein Grab, wenn er hier vorbeikommt.«

Craigs Schreck verwandelte sich rasch in Neugier. Er schwang die Beine über die Mauer und ging zu Samson.

Craig las die Inschrift laut: »Zum Gedenken an General Mungo St. John, getötet im Matabele-Aufstand von 1896. Der Mensch kennt keine größere Liebe als die, sein Leben für andere zu opfern. Kühner Seefahrer, tapferer Soldat, treuer Ehemann und liebevoller Vater. Im ewigen Angedenken seine Witwe Robyn und sein Sohn Robert.«

Craig strich sich das Haar mit den Fingern aus den Augen. »Das muß ja ein toller Kerl gewesen sein.«

»Er war ein Mörder – er hat den Aufstand provoziert.«

»Was du nicht sagst.«

Craig trat ans nächste Grab und las die Inschrift. »Hier ruhen die sterblichen Überreste von *Dr. Robyn St. John,* geborene *Ballantyne,* Gründerin der Khami-Mission, verstorben am 16. April 1931 im Alter von 94 Jahren. O Herr, gib deiner treuen Dienerin die ewige Ruhe.«

Er schaute zu Samson hinüber. »Weißt du, wer sie war?«

»Mein Großvater nennt sie Nomusa, die Tochter der Gnade. Sie war einer der wunderbarsten Menschen, die je gelebt haben.«

»Ich habe noch nie von ihr gehört.«

»Solltest du aber, sie war deine Ur-Ur-Großmutter.«

»Ich hab' mich nie für unsere Familiengeschichte interessiert. Mutter und Vater waren Cousinen zweiten Grades, das ist alles, was ich weiß. Die Mellows und Ballantynes haben seit ein paar Generationen eine gemeinsame Geschichte – hab' da nie richtig durchgeblickt.«

Sie schlenderten weiter an den alten Gräbern entlang; manche von ihnen waren mit aufwendigen Grabsteinen geschmückt, andere nur mit schlichten Platten bedeckt, deren Inschrift nahezu unleserlich geworden war. Craig las die Buchstaben, die er entziffern konnte. »Robert St. John, im Alter von 54 Jahren, Sohn von Mungo und Robyn. Juba Kumalo, im Alter von 83 Jahren. Flieg, kleine Taube.« Und dann las er seinen eigenen Nachnamen: »Victoria Mellow, geborene Codrington, gestorben am 8. April 1936 im Alter von 63 Jahren, Tochter von Clinton und Robyn, Ehefrau von Harold. – He, Sam, wenn das stimmt, was du über die anderen gesagt hast, dann muß das meine Urgroßmutter gewesen sein.«

Aus einer Ritze des Grabsteins wuchs ein Grasbüschel. Craig bückte sich und riß es aus. Und spürte so etwas wie Zugehörigkeit mit dem zu Staub zerfallenen Lebewesen unter diesem Stein. Ein Wesen, das gelacht und geliebt und Kinder zur Welt gebracht hatte, damit auch er geboren werden konnte.

»Tag, Großmama«, flüsterte er. »Wer du wohl gewesen bist?«

»Craig, es ist fast ein Uhr«, unterbrach Sam seine Grübelei.

»Okay. Ich komme.« Aber er blieb noch ein paar Minuten, gefangen in einer ungewohnten Nostalgie. »Ich werde mit Bawu reden«, entschied er und ging zum Landrover zurück.

Vor der ersten Hütte im Dorf hielt er wieder. Der kleine Hof war sauber gekehrt, und auf der Veranda standen Petunien in Blumentöpfen.

»Hör mal, Sam«, fing Craig etwas verlegen an. »Ich weiß nicht, was du jetzt tust. Du könntest zur Polizei gehen wie ich. Vielleicht könnten wir es hinkriegen, daß wir wieder zusammen sind.«

»Schon möglich«, meinte Sam ohne Begeisterung.

»Oder ich könnte mit Bawu reden, damit du einen Job auf King's Lynn kriegst.«

»Als Angestellter im Lohnbüro?« fragte Sam.

Craig kratzte sich am Ohr. »Immerhin besser als nichts.«

»Ich denk' darüber nach«, brummte Sam.

»Verdammt noch mal, ich komme mir beschissen vor. Aber du hättest nicht mit mir kommen müssen, weißt du. Du hättest dabeibleiben sollen.«

»Nicht nach dem, was sie mit dir gemacht haben.« Sam schüttelte den Kopf.

»Danke, Sam.«

Sie saßen eine Weile schweigend da, dann stieg Sam aus und griff sich seine Tasche von der Rückbank des Landrovers.

»Ich lass' von mir hören, sobald ich was weiß. Wir finden schon eine Lösung«, versprach Craig. »Bis bald, Sam.«

»Bis bald.« Sie schüttelten einander kurz die Hand.

Craig ließ den Motor an und fuhr den Weg zurück, den sie gekommen waren. In der Spathodeen-Allee warf er einen Blick in den Rückspiegel. Sam stand in der Straßenmitte, die Tasche über der Schulter, und sah ihm nach. Craig überkam ein Gefühl der Verlassenheit. Sie waren beide so lange zusammen gewesen.

»Ich finde eine Lösung«, wiederholte er entschlossen.

Oben an der Hügelkuppe nahm Craig das Gas weg, freute sich wie immer auf den ersten Blick auf das Haus. Und dann versetzte es ihm einen kleinen Stich der Enttäuschung.

Bawu hatte das Reetdach entfernen lassen und es durch häßliche, gewellte Asbestplatten ersetzt. Gewiß, es war notwendig; eine RPG-7-Rakete von außerhalb des Grundstücks abgefeuert

– und das ganze Gebäude brannte wie Zunder. Aber Craig nahm die Veränderung übel, genau wie es ihm um den Verlust der schönen Jakarandabäume leid tat. Sie waren von Bawus Großvater gepflanzt worden, dem alten Zouga Ballantyne, der King's Lynn 1890 erbaut hatte. Im Frühling bedeckte der zarte Regen ihrer Blütenblätter den Rasen. Sie mußten gefällt werden, um freie Sicht vom Haus auf das Gelände zu haben. An ihrer Stelle gab es nun den drei Meter hohen Sicherheitszaun aus Stacheldraht.

Craig fuhr auf die Gebäudekomplexe der Büros, Lagerschuppen und Landmaschinenwerkstätten zu, das Herzstück der riesigen Farm. Auf halbem Wege trat eine schlanke Gestalt in die hohe Toreinfahrt der Werkstatt und schaute ihm, die Arme in die Hüften gestemmt, entgegen.

»Hallo, Großvater!« Craig kletterte aus dem Landrover, und der alte Mann zog die Stirn in Falten, um sich seine Freude nicht anmerken zu lassen.

»Wie oft soll ich dir noch sagen, nenn mich nicht so! Willst du, daß die Leute denken, ich sei alt?« Jonathan Ballantyne war von der Sonne verbrannt und ausgetrocknet wie Biltong, die dunklen Streifen luftgetrockneten Wildfleisches, eine rhodesische Delikatesse. Aber seine Augen funkelten immer noch grün, und sein Haar war ein dichter, weißer Schopf, der ihm im Nacken bis zum Hemdkragen reichte. Eine seiner vielen Eitelkeiten. Er schamponierte sich das Haar täglich und bürstete es mit zwei Silberbürsten, die auf dem Tisch neben seinem Bett lagen.

»Entschuldige, Bawu.« Craig nannte ihn bei seinem Matabele-Namen, Viehbremse, und schüttelte die knochige Hand des alten Mannes, deren Griff noch erstaunlich fest war.

»Du bist also wieder einmal gefeuert worden«, stellte Jonathan vorwurfsvoll fest. Seine Zähne waren zwar falsch, wirkten aber natürlich und füllten seine hohlen Wangen, und er pflegte sie strahlend weiß, wie sein Haar und seinen Schnauzbart.

»Ich habe gekündigt«, korrigierte Craig.

»Sie haben dich gefeuert.«

»Beinahe«, lenkte Craig ein. »Aber ich bin ihnen zuvorgekommen. Ich habe gekündigt.«

Craig war nicht sonderlich erstaunt, daß Jonathan bereits von seinem letzten Reinfall wußte. Niemand wußte eigentlich genau, wie alt Jonathan Ballantyne wirklich war. Die höchsten Schätzungen beliefen sich auf hundert Jahre, Craigs Schätzung lag bei etwas über achtzig; aber dem Alten entging immer noch nichts.

»Ich fahr' mit dir zum Haus rauf.« Jonathan schwang sich behende auf den hohen Beifahrersitz und begann auf die neu installierten Verteidigungsanlagen des Anwesens hinzuweisen.

»Ich habe weitere zwanzig Claymores auf dem vorderen Rasen anbringen lassen.« Jonathans Claymore-Minen bestanden aus zehn Kilo Plastiksprengstoff, verpackt in einer Trommel voll Schrott und an einem Röhrenstativ aufgehängt. Er konnte sie vom Schlafzimmer aus zünden.

Jonathan litt unter chronischer Schlaflosigkeit, und Craig hatte das komische Bild des Alten vor Augen, der jede Nacht kerzengerade in seinem Nachthemd dasaß, den Finger auf dem Knopf, und betete, ein Terrorist möge vorbeikommen. Der Krieg hatte sein Leben um zwanzig Jahre verlängert. Seit seiner ersten Schlacht an der Somme hatte Jonathan sich nicht so wohl gefühlt. Damals hatte er sich an einem milden Herbsttag seine Auszeichnung verdient, weil er drei deutsche Maschinengewehrnester in rascher Folge aushob. Craig glaubte im stillen, jedem Rekruten der ZIPRA* würde in der Grundausbildung als erstes eingeschärft, um King's Lynn und den verrückten Alten, der dort lebte, einen möglichst großen Bogen zu machen.

Sie fuhren durch das Tor der Sicherheitsumzäunung und wurden von einer Meute furchterregender Rottweiler und Dobermänner umringt. Jonathan erklärte die neuesten Raffinessen seines Verteidigungsplans.

»Wenn sie von hinten, also vom Kopje angreifen, lass' ich sie ins Minenfeld laufen und kann sie mir einzeln vornehmen...«

Als sie die Stufen zur breiten Veranda hinaufstiegen, beendete er seine gestenreichen Erläuterungen mit der unheilschwangeren Eröffnung: »Ich habe eine Geheimwaffe erfunden, die ich morgen früh testen werde. Du kannst mir dabei zusehen.«

* Zimbabwe People's Revolutionary Army (Volksrevolutionsarmee).

»Gern, Bawu«, bedankte Craig sich mit gemischten Gefühlen. Bei den letzten Tests, die Jonathan durchgeführt hatte, waren alle Fenster des Wirtschaftstrakts zu Bruch gegangen, und der Matabele-Koch hatte eine stark blutende Verletzung davongetragen.

Craig folgte Jonathan die breite, schattige Veranda entlang. An der Wand hingen Jagdtrophäen, die Hörner von Büffeln, Kudus und Elen, und zu beiden Seiten der Doppelglastüren, die in das ehemalige Eßzimmer, die jetzige Bibliothek, führten, standen zwei riesige Elefanten-Stoßzähne, so lang, daß ihre Spitzen fast die Decke über dem Eingang berührten.

Im Vorbeigehen glitten Jonathans Finger gewohnheitsmäßig über einen der Elfenbeinzähne. An einer Stelle hatten die häufigen Berührungen das alte Elfenbein im Laufe vieler Jahrzehnte glänzend poliert.

»Gieß uns einen Gin ein, mein Junge.« Seit Harold Wilsons Regierung Sanktionen über Rhodesien verhängte, hatte Jonathan keinen Tropfen Whisky mehr angerührt. Seine Vergeltungsmaßnahmen im Alleingang, um der Wirtschaft Großbritanniens empfindlichen Schaden zuzufügen.

»Guter Gott, ist der wäßrig«, beklagte er sich angeekelt, nachdem er die Mischung probiert hatte, und Craig brachte sein Glas gehorsam zurück zum Barschrank und verstärkte die Ginkomponente.

»Schon besser.« Jonathan nahm hinter seinem Schreibtisch Platz. »Und jetzt beichte, was diesmal passiert ist.« Er fixierte Craig mit seinen strahlendgrünen Augen.

»Ach Bawu, das ist eine lange Geschichte. Ich will dich nicht damit langweilen.« Craig versank im Ledersessel und schien sich stark für die Einrichtung des Raums zu interessieren, die er seit seiner Kindheit kannte. Er las die Titel der ledergebundenen Buchrücken auf den Regalen und studierte die reichhaltige Sammlung blauer Seidenrosetten, mit denen die Afrikander-Zuchtstiere von King's Lynn bei jeder Landwirtschaftsausstellung südlich des Sambesi ausgezeichnet worden waren.

»Willst du wissen, was ich gehört habe? Ich habe gehört, daß du dich dem Befehl deines Vorgesetzten, des obersten Wildhüters, widersetzt, des weiteren diesen ehrenwerten Herrn tätlich angegriffen hast. Genauer gesagt, du hast ihm deine Faust ins Gesicht gesetzt, was zu deiner Entlassung führte. Vermutlich hat der Mann seit dem Tag, an dem du im Schutzgebiet aufgetaucht bist, diesen Augenblick sehnlichst herbeigewünscht.«

»Das ist eine Übertreibung.«

»Hör auf, mich so anzugrinsen. Das ist nicht zum Lachen«, wies Jonathan ihn streng zurecht. »Hast du dich geweigert, an der Elefanten-Auslese teilzunehmen, oder nicht?«

»Warst du mal bei einer solchen Auslese dabei, Jon-Jon?« fragte Craig leise. Er nannte seinen Großvater nur in Augenblikken großer Offenheit bei seinem Kosenamen. »Das Aufklärer-Flugzeug sucht sich die passende Herde von etwa fünfzig Tieren aus und weist uns über Funk ein. Die letzte Meile legen wir zu Fuß zurück. Wir gehen nah ran, auf zehn Schritt. Dann knallen wir sie mit der 458er-Magnum ab. Wir suchen uns die alten Kühe aus der Herde, weil die jüngeren Tiere an ihnen hängen und sie nicht verlassen. Zuerst erledigen wir die Kühe, mit Kopfschuß natürlich, dann bleibt uns genügend Zeit, die anderen niederzumachen. Wir haben mittlerweile eine enorme Routine darin und knallen sie unheimlich schnell ab, und die Kadaverhaufen müssen später mit Traktoren weggeschafft werden. Dann wären da noch die Kälber. Interessant zu beobachten, wie ein Kalb versucht, seine tote Mutter mit seinem kleinen Rüssel wieder auf die Füße zu stellen.«

»Aber es muß getan werden, Craig«, sagte Jonathan beschwichtigend. »Die Wildparks sind mit Tausenden von Tieren übervölkert.«

Doch Craig schien ihn nicht gehört zu haben. »Die verwaisten Kälber, die zu jung sind, um zu überleben, töten wir auch, wenn sie aber das richtige Alter haben, treiben wir sie zusammen, sie werden an einen freundlichen alten Herrn verkauft, der sie wegtransportiert und an einen Zoo in Tokio oder Amsterdam weiterverkauft, wo sie hinter einem Gitter an einem Fuß angekettet stehen und Erdnüsse fressen, mit denen sie die Zoobesucher füttern.«

»Es muß sein«, wiederholte Jonathan.

»Er ließ sich von den Tierhändlern schmieren«, sagte Craig.

»Wer? Doch nicht Tomkins, der oberste Wildhüter?« rief Jonathan empört.

»Ja, Tomkins.« Craig stand auf und ging mit beiden Gläsern zur Hausbar, um sie nachzufüllen.

»Hast du Beweise?«

»Nein, natürlich nicht«, entgegnete Craig gereizt. »Wenn ich die hätte, wäre ich damit sofort zum Ministerium gegangen.«

»Du hast dich also lediglich geweigert, an der Aktion teilzunehmen.«

Craig warf sich wieder in den Sessel, streckte die langen Beine von sich, die Haare fielen ihm in die Augen.

»Das ist noch nicht alles. Sie stehlen das Elfenbein. Die großen Bullen sollten eigentlich verschont werden, doch Tomkins gab Anweisung, jedes Tier mit gutem Elfenbein abzuknallen, und die Stoßzähne verschwinden.«

»Dafür gibt es vermutlich auch keinen Beweis«, meinte Jonathan trocken.

»Ich hab' gesehen, wie ein Hubschrauber sie hochgehievt hat.«

»Hast du die Kennzeichen?«

»Sie waren überklebt.« Craig schüttelte den Kopf. »Aber es war eine Militärmaschine. Die Sache ist organisiert.«

»Deshalb hast du Tomkins einen Fausthieb versetzt.«

»Ja. Und es hat mir großen Spaß gemacht«, sagte Craig. »Auf Knien kroch er in seinem Büro herum, um seine Zähne zusammenzusuchen, die überall herumlagen.«

»Craig, mein Junge, was wolltest du damit erreichen? Glaubst du, die hören damit auf, selbst wenn dein Verdacht sich als richtig erweist?«

»Nein. Aber ich habe mich danach wesentlich wohler gefühlt. Diese Elefanten sind fast wie Menschen. Ich mag sie ziemlich gern.«

Sie schwiegen beide, und dann seufzte Jonathan. »Der wievielte Job war das nun, Craig?«

»Ich habe sie nicht gezählt, Bawu.«

»Ich kann nicht glauben, daß ein Mann mit Ballantyne-Blut in den Adern keinerlei Talent und keinen Funken Ehrgeiz besitzt. Herrgott noch mal, Junge, wir Ballantynes sind Sieger. Schau dir Douglas an oder Roland –«

»Ich bin ein Mellow, nur ein halber Ballantyne.«

»Ja, das ist vielleicht der Grund. Dein Großvater verschleuderte seine Anteile an der Harkness-Mine, und als dein Vater meine Jean heiratete, war er ein armer Schlucker. Mein Gott, die Aktien hätten heute einen Wert von zehn Millionen.«

»Das war in der Weltwirtschaftskrise in den dreißiger Jahren – damals haben viele Leute ihr Geld verloren.«

»Wir nicht – die Ballantynes haben keinen Penny verloren.«

Craig zuckte die Schultern. »Nein, die Ballantynes haben ihren Reichtum in der Weltwirtschaftskrise verdoppelt.«

»Wir sind Sieger«, wiederholte Jonathan. »Aber was geschieht jetzt mit dir? Du kennst meinen Standpunkt. Von mir kriegst du nichts mehr.«

»Ja, ich weiß Bescheid, Jon-Jon.«

»Willst du wieder hier arbeiten? Das letztemal hat es nicht sonderlich gut geklappt, nicht wahr?«

»Du bist ein unmöglicher alter Gauner«, sagte Craig liebevoll. »Ich liebe dich, aber eher würde ich für Idi Amin arbeiten, als je wieder für dich.«

Jonathan war ungemein stolz auf sich. Sein Image als harter, rücksichtsloser, über Leichen gehender Geizhals war eine weitere seiner Eitelkeiten. Er wäre zutiefst gekränkt gewesen, hätte jemand ihn einen großzügigen Mann genannt. Die großen Summen, die er anonym für alle möglichen wohltätigen Zwecke spendete, waren stets mit den wildesten Drohungen verbunden, sollte seine Identität in der Öffentlichkeit bekannt werden.

»Was wirst du also diesmal machen?«

»Beim Wehrdienst wurde ich zum Waffenmeister ausgebildet, und bei der Polizei wird einer gesucht. So wie ich das sehe, werde ich ohnehin bald wieder einberufen, dann kann ich ihnen auch zuvorkommen und mich freiwillig melden.«

»Die Polizei hat den Vorteil«, sinnierte Jonathan, »daß sie eins der wenigen Dinge ist, die du noch nicht ausprobiert hast. Bring mir noch einen Drink.«

Craig mixte den Gin Tonic, und Jonathan setzte seine finsterste Miene auf, um seine Verlegenheit zu verbergen, und brummte: »Hör mal, Junge, wenn du wirklich knapp bei Kasse bist, kann ich ja mal eine Ausnahme machen und dir ein paar Dollar leihen, bis du aus dem Gröbsten raus bist. Allerdings nur als Darlehen.«

»Das ist sehr anständig von dir, Bawu, aber denk an deinen Grundsatz.«

»Ich stelle Regeln auf und verwerfe sie.« Jonathan fixierte ihn. »Wieviel brauchst du?«

»Erinnerst du dich an diese alten Bücher, auf die du immer so scharf warst?« murmelte Craig und stellte das Glas vor den alten Mann. In Jonathans Augen trat ein Ausdruck der Verschlagenheit, den er vergeblich zu verbergen suchte.

»Was für Bücher?« Seine Unschuld war schlecht gespielt.

»Diese alten Tagebücher.«

»Ach die!« Jonathan warf unwillkürlich einen Blick hinüber zum Bücherschrank neben seinem Schreibtisch, in dem seine Sammlung der Familienchronik stand. Sie reichte über hundert Jahre zurück, von der Ankunft seines Großvaters Zouga Ballantyne in Afrika im Jahre 1860 bis zum Tod von Jonathans Vater, Sir Ralph Ballantyne, im Jahr 1929. Dann fehlten einige Jahrgänge, drei Bände, die durch den alten Harry Mellow, Sir Ralphs Partner und besten Freund, an Craigs Familienzweig gegangen waren.

Aus einem unerfindlichen Grund, den Craig selbst nicht begriff, hatte er bislang allen Schmeicheleien und Überredungskünsten des alten Mannes widerstanden, sie ihm auszuhändigen. Vielleicht, weil sie das einzige kleine Druckmittel waren, das er gegen Jonathan hatte, seit sie an seinem einundzwanzigsten Geburtstag in Craigs Besitz übergegangen waren, weil sie den einzigen Wert aus dem Erbe seines längst verstorbenen Vaters darstellten.

»Ja, die«, nickte Craig. »Ich dachte, ich könnte sie dir überlassen.«

»Dann muß es dir ja ziemlich dreckig gehen.« Der alte Mann bemühte sich, ihn seine Schadenfreude nicht merken zu lassen.

»Ja, dreckiger als sonst«, gab Craig zu.

»Du wirfst –«

»Okay, Bawu. Das hatten wir schon«, fiel Craig ihm rasch ins Wort. »Willst du sie haben?«

»Wieviel?« erkundigte Jonathan sich argwöhnisch.

»Das letztemal hast du mir pro Band tausend geboten.«

»Ich muß verrückt gewesen sein.«

»Seitdem hatten wir eine hundertprozentige Inflation –«

Jonathan liebte es zu feilschen. Das verstärkte sein Image des harten, rücksichtslosen Mannes. Craig schätzte ihn auf zehn Millionen. Außer King's Lynn besaß er noch vier weitere Großfarmen. Die Harkness-Mine gehörte ihm, die nach achtzig Jahren Betrieb noch immer fünfzigtausend Unzen Gold im Jahr Ertrag brachte, und er hatte Vermögen im Ausland – umsichtig im Laufe der Jahre angelegt in Johannesburg, London und New York. Zehn Millionen waren wohl eine vorsichtige Schätzung, überlegte Craig und nahm sich vor, ebenso hartnäckig zu feilschen wie der alte Mann.

Schließlich einigten sie sich auf eine Summe, und Jonathan brummte: »Sie sind nicht die Hälfte wert.«

»Ich knüpfe zwei Bedingungen daran, Bawu«, sagte Craig, und Jonathan war sofort wieder argwöhnisch.

»Nummer eins, du vermachst mir den kompletten Satz in deinem Testament, die Tagebücher von Zouga Ballantyne und die von Sir Ralph.«

»Roland und Douglas –«

»Sie bekommen King's Lynn und die Harkness-Mine und dein ganzes übriges Vermögen – das hast du mir selbst gesagt.«

»Verdammt richtig«, brummte er. »Sie werfen nicht alles zum Fenster raus, wie du es tun würdest.«

»Sie können alles haben«, grinste Craig bedenkenlos. »Sie sind Ballantynes, wie du sagst, aber ich will die Tagebücher.«

»Was ist deine zweite Bedingung?« wollte Jonathan wissen.

»Ich möchte jetzt Zugang dazu.«

»Was heißt das?«

»Ich möchte sie lesen und studieren, wann immer ich Lust dazu habe.«

»Was zum Teufel soll das, Craig? Bis jetzt hast du dich einen Dreck dafür interessiert. Ich zweifle, daß du die drei, die dir gehören, je gelesen hast.«

»Ich hab' sie mal durchgeblättert«, gestand Craig beschämt.

»Und jetzt?«

»Heute morgen war ich in der Khami-Mission, am alten Friedhof. Da ist ein Grab – Victoria Mellow.«

Jonathan nickte. »Tante Vicky, Harrys Frau, weiter.«

»Als ich davorstand, hatte ich ein komisches Gefühl. Fast so, als würde sie mich rufen.« Craig zupfte an der Locke, die ihm in die Stirn fiel, und konnte seinen Großvater nicht anschauen. »Und plötzlich wollte ich mehr über sie und die andern wissen.«

Eine Weile schwiegen beide, und dann nickte Jonathan.

»Na gut, mein Junge. Ich akzeptiere deine Bedingungen. Der komplette Satz Tagebücher gehört später mal dir, und du kannst sie lesen, wann immer du willst.«

Jonathan war selten mit einen Handel so zufrieden. Nach dreißig Jahren hatte er endlich den kompletten Satz, und wenn der Junge es ernst damit meinte, sie zu lesen, sollte er ruhig. Denn weder Douglas noch Roland zeigten Interesse an der Familienchronik. Und vielleicht führten die Aufzeichnungen Craig öfter wieder nach King's Lynn. Er schrieb einen Scheck aus und unterzeichnete ihn schwungvoll, und Craig ging hinaus zum Landrover und holte die drei ledergebundenen Bücher aus seiner Reisetasche.

»Ich nehme an, du gibst alles für dieses Boot aus«, warf Jonathan ihm vor, als er das Zimmer wieder betrat.

»Einen Teil davon«, gestand Craig und legte die Bücher auf den Tisch vor den alten Mann.

»Du bist ein Träumer.« Jonathan schob den Scheck über den Tisch.

»Träume sind mir manchmal lieber als die Wirklichkeit.« Craig prüfte die Summe kurz, dann schob er den Scheck in die Brusttasche seines Hemdes und knöpfte sie zu.

»Das ist dein Problem«, sagte Jonathan.

»Bawu, wenn du anfängst, mich zu maßregeln, fahr' ich sofort wieder in die Stadt.«

Jonathan hob ergeben beide Hände. »Na schön«, schmunzelte er. »Dein altes Zimmer ist noch so, wie du es verlassen hast, wenn du bleiben willst.«

»Am Montag soll ich mich im Rekrutierungsbüro der Polizei melden, aber übers Wochenende bleibe ich gern.«

»Ich rufe heute abend noch Trevor an und mach' einen Termin für dich aus.«

Trevor Pennington war der stellvertretende Polizeipräsident. Jonathan hielt viel davon, weit oben anzufangen.

»Das möchte ich eigentlich nicht, Jon-Jon.«

»Sei nicht albern«, knurrte Jonathan. »Du mußt endlich lernen, dir Vorteile zunutze zu machen, mein Junge. Das ist eine wichtige Lebensregel.«

Jonathan nahm das erste der drei Bücher zur Hand und strich genüßlich mit seinen knorrigen braunen Fingern darüber.

»Du kannst mich jetzt eine Weile allein lassen«, ließ er seinen Enkel wissen, klappte das Drahtgestell seiner Lesebrille auf und setzte es sich auf die Nase. »Drüben in Queen's Lynn spielen sie Tennis. Ich seh' dich dann zum Drink vor dem Abendessen wieder.«

In der Tür drehte Craig sich noch mal um, aber Jonathan Ballantyne war bereits in die Chronik vertieft, deren Eintragungen in ausgeblichener Tinte ihm seine Kindheit zurückbrachten.

Queen's Lynn war eine eigenständige Ranch, hatte mit King's Lynn nur eine sieben Meilen lange Grenze gemeinsam. Jonathan Ballantyne hatte sie während der Weltwirtschaftskrise in den dreißiger Jahren seinem Besitz zugefügt und damals fünf Prozent ihres Realwertes bezahlt. Heute bildete sie den Ostteil der Rholands Ranching Company.

Hier lebten Jonathans einziger überlebender Sohn Douglas und dessen Ehefrau Valerie. Douglas war geschäftsführender Direktor sowohl der Rholands Company als auch der Harkness-Mine. Er war außerdem Landwirtschaftsminister in Ian Smiths Regierung und vermutlich wieder einmal auf einer seiner geheimnisvollen Geschäftsreisen oder in Sachen Politik unterwegs.

Douglas Ballantyne hatte Craig einmal seine ehrliche Meinung gesagt. »Im Grunde genommen bist du ein verdammter Hippie, Craig. Laß dir die Haare schneiden und arbeite was Vernünftiges. Du kannst nicht dein ganzes Leben verbummeln und erwarten, daß Bawu und der Rest der Familie ewig für dich sorgen.«

Bei der Erinnerung daran verzog Craig das Gesicht. Er fuhr an den Viehpferchen von Queen's Lynn vorbei, und der scharfe Geruch nach Kuhmist stieg ihm in die Nase.

Die großen Afrikander-Rinder waren schokoladenbraun, die Bullen hatten runde Höcker und fast bis zur Erde hängende Bauchwammen. Diese Züchtung hatte die rhodesischen Rinder berühmt gemacht. Als Landwirtschaftsminister sah Douglas Ballantyne seine Aufgabe darin, dafür zu sorgen, daß die Welt trotz Sanktionen nicht auf diese Delikatesse zu verzichten brauchte. So nahm sie den Weg zu den Tafeln der berühmten Feinschmeckerlokale in aller Welt über Johannesburg und Kapstadt, wo sie zwangsläufig eine andere Bezeichnung erhielt.

Rhodesischer Tabak sowie Nickel, Kupfer und Gold verließen das Land in gleicher Weise, während Benzin und Dieselöl eingeführt wurden. Die Aufschrift auf einem beliebten Auto-Aufkleber lautete: »Danke, Südafrika!«

Hinter den Rinderpferchen und dem Veterinärblock, auch sie geschützt durch einen Sicherheitszaun aus Stacheldraht, lagen die grünen Rasenflächen mit Inseln blühender Stauden und Blumen von Queen's Lynn. Abends, vor Sonnenuntergang, schlossen die Bediensteten die kugelsicheren Läden an den Fenstern. Doch hier waren die Sicherheitsvorkehrungen weniger prahlerisch zur Schau gestellt, wie Bawu das in King's Lynn praktizierte. Die Einrichtungen fügten sich unauffällig in die geschmackvolle Umgebung ein.

Das schöne alte Haus mit seinen roten Ziegelmauern und breiten, kühlen Veranden hatte sich seit der Zeit vor dem Krieg kaum verändert. Die Jakarandabäume an der geschwungenen Auffahrt standen in voller Blüte, als seien sie eingehüllt in einen überirdisch hellblauen Nebel. Darunter parkten etwa zwei Dutzend Autos der oberen Preisklassen, deren Lack mit einer Schicht aus rotem Staub überzogen war. Craig verbarg seinen betagten

Landrover hinter einem rotblühenden Bougainvillea-Kletterstrauch, um das harmonische Bild eines Samstagnachmittags auf Queen's Lynn nicht zu stören. Gewohnheitsmäßig schulterte er ein FN-Gewehr und schlenderte seitlich ums Haus.

Kinderstimmen, unbeschwert wie Vogelgezwitscher, wohlmeinende Ermahnungen ihrer schwarzen Kindermädchen, dazwischen das scharfe »Pock! Pock!« eines langen Ballwechsels ertönten von den Tennisplätzen her.

Craig blieb an den terrassenförmig angelegten Rasenflächen stehen. Kinder rannten, purzelten und jagten einander wie junge Hunde im Kreis herum. Näher an den Hartplätzen aus gelber Tonerde ruhten ihre Eltern auf ausgebreiteten Decken oder saßen an weißen Teetischen unter bunten Sonnenschirmen. Braungebrannte junge Männer und Frauen im weißen Tennisdreß tranken Tee oder Bier aus hohen, kaltbeschlagenen Gläsern und bedachten die Spieler auf dem Platz mit scherzhaften Bemerkungen und Kommentaren. Die einzig unpassende Note waren Maschinenpistolen und automatische Gewehre neben Silberkännchen und Buttergebäck.

Einer erkannte Craig und rief: »Hi, Craig, lange nicht gesehen«, andere winkten, und ihr Gebaren ließ nur einen Hauch von Verachtung für den armen Verwandten spüren. Sie waren Söhne und Töchter von Großgrundbesitzern, ein eingeschworener Club der Reichen, zu dem Craig nie voll Zugang haben würde.

Valerie Ballantyne kam ihm entgegen, schmalhüftig und mädchenhaft schlank in ihrem kurzen weißen Tennisrock. »Craig, du bist ja dünn wie eine Bohnenstange.« Er weckte in jeder Frau zwischen acht und achtzig Mutterinstinkte.

»Hallo, Tante Val.«

Sie bot ihm ihre weiche, nach Veilchen duftende Wange. Valerie war zwar eine zarte Erscheinung, aber sie war auch Vorsitzende des Frauenvereins, Ausschußmitglied von einem Dutzend Schulen, Wohltätigkeitsverbänden und Krankenhäusern und zu allem eine perfekte, liebenswürdige Gastgeberin. »Onkel Douglas ist in Salisbury. Smithy hat gestern nach ihm geschickt. Er wird es bedauern, dich nicht sehen zu können.« Sie nahm seinen Arm. »Wie läuft's im Wildpark?«

»Die werden wohl ohne mich auskommen müssen.«

»O nein, Craig, nicht schon wieder!«

»Ich fürchte doch, Tante Val.« Er war nicht unbedingt in der Stimmung, jetzt über seine berufliche Laufbahn zu sprechen. »Kann ich mir ein Bier holen?«

An dem langen Klapptisch, der als Bar diente, stand eine Gruppe Männer. Sie machten Platz für ihn, aber die Unterhaltung wandte sich sogleich wieder dem letzten Einfall rhodesischer Sicherheitstruppen in Moçambique zu.

»Als wir das Lager stürmten, briet das Fleisch noch über den Kochstellen, aber die Kerle waren verschwunden. Ein paar Nachzügler fielen uns in die Hände, die anderen waren gewarnt worden.«

»Bill hat recht, das hat mir ein Oberst im Geheimdienst auch angedeutet, es gibt da eine undichte Stelle. Einen Verräter ziemlich weit oben. Die Terroristen werden bis zu zwölf Stunden im voraus gewarnt.«

»Seit August letzten Jahres, als wir sechshundert von ihnen schnappten, haben wir keinen wirklich großen Fang mehr gemacht.«

Das ewige Gerede vom Krieg langweilte Craig. Er schlürfte sein Bier und beobachtete das Spiel am nächstliegenden Platz.

Ein gemischtes Doppel; in diesem Augenblick war Seitenwechsel.

Roland Ballantyne kam den Platz entlang, seinen Arm um die Mitte seiner Partnerin gelegt. Er lachte, seine Zähne blitzten weiß und ebenmäßig im tiefen Braun seines Gesichts. Seine Augen hatten das typische Ballantyne-Grün, sein kurzes Haar war dicht und lockig, von der Sonne honiggolden ausgebleicht.

Er bewegte sich wie ein Leopard mit lässig federnden Schritten. Er war in glänzender körperlicher Verfassung, die Voraussetzung jedes Mitglieds der Scouts. Er war nur ein Jahr älter als Craig, aber sein Selbstbewußtsein gab Craig stets das Gefühl, unbeholfen, linkisch und unreif zu sein. Ein Mädchen, das Craig bewunderte, eine junge Dame, die ansonsten hochmütig und durch nichts zu beeindrucken war, hatte Roland einmal den herrlichsten Hengst im ganzen Angebot genannt.

Jetzt sah Roland Craig und winkte ihm mit dem Tennisschläger zu. »Hallo, Craig!« grüßte er über den Platz hinweg, und dann flüsterte er dem Mädchen etwas ins Ohr. Sie kicherte und schaute zu Craig herüber.

Craig spürte den Schock zuerst in der Magengrube, dann setzte er sich wellenförmig nach außen fort, wie wenn ein Stein in einen stillen Teich geworfen wird. Er starrte sie an, konnte seine Augen von ihrem Gesicht nicht wenden. Sie hörte auf zu lachen und hielt seinem Blick noch einen Augenblick stand, dann befreite sie sich aus Rolands Arm, stellte sich an die Grundlinie und ließ den Ball vom Schläger federn. Craig meinte, ihre Wangen seien einen Ton rosiger geworden, als das Spiel sie ohnehin gefärbt hatte.

Er konnte seine Augen nicht von ihr wenden, der schönsten Frau, die er je gesehen hatte. Sie reichte Roland bis an die Schulter, und der war fast einsneunzig groß. Das Farbenspiel ihres glänzenden Lockenkopfs wechselte von poliertem Obsidian zum dunklen Glühen edlen Burgunders im Kerzenschein.

Ihr Gesicht war rechteckig, mit einer festen, vielleicht ein wenig eigenwilligen Kinnpartie, ihr Mund war breit, weich und heiter. Ihre weit auseinanderliegenden Augen waren schräggestellt und hatten den Hauch eines Silberblicks, was ihr etwas reizend Verletzliches gab. Doch als sie Roland einen Blick zuwarf, kam ein spöttisch freches Funkeln in sie.

»Okay, Partner, fegen wir sie vom Platz«, rief sie, und der singende Tonfall ihrer Stimme jagte Craig Gänsehaut über die Arme.

Das Mädchen drehte sich in Hüften und Schultern, streckte sich auf Zehenspitzen, spannte den Körper, holte weit aus und schlug auf. Der Ball flog von der surrenden Bespannung knapp übers Netz, und von der Mittellinie puffte weiße Kreide hoch.

Mit raschen, kleinen Schritten lief sie ins Spielfeld, nahm den Return aus der Luft und hob ihn kurz übers Netz. Dann schaute sie zu Craig herüber.

»Gut gemacht!« rief er, und seine Stimme klang ihm hohl in

den Ohren. In ihren Mundwinkeln spielte ein kleines, zufriedenes Lächeln.

Sie bückte sich nach einem verschlagenen Ball. Ihr Rücken war Craig zugewandt, ihre Füße leicht schräggestellt, und sie hielt die Knie ihrer langen, wohlgeformten Beine durchgebogen. Unter dem kurzen Faltenrock erhaschte Craig einen flüchtigen Blick auf feine Spitzenhöschen. Er senkte schuldbewußt den Blick, kam sich beinahe vor wie ein Voyeur. Er fühlte sich schwindelig und seltsam kurzatmig. Er zwang sich, nicht weiter zum Platz hinüberzusehen, aber sein Herz schlug, als habe er einen Hundertmeterlauf hinter sich. Die Gespräche um ihn schienen in einer fremden Sprache geführt zu werden. Er verstand kein Wort.

Es schienen Stunden vergangen, als ein harter, muskulöser Arm sich um seine Schultern legte und Rolands Stimme an sein Ohr drang.

»Du siehst gut aus, mein Sohn.« Da erst drehte Craig sich um.

»Na, den Terroristen immer noch nicht in die Hände gefallen, Roly?«

»Ganz sicher nicht, Sonny.« Roland drückte ihn an sich. »Darf ich dir eine junge Dame vorstellen, die mich liebt.« Nur Roland konnte eine solche Bemerkung machen und witzig und charmant klingen. »Das ist Bugsy. Bugsy, das ist mein Lieblingscousin Craig, er denkt nur an Sex und Frauen.«

»Bugsy?« Craig schaute in ihre seltsam schrägen Augen. »Das paßt nicht zu Ihnen.« Sie waren nicht schwarz, diese Augen, sondern tief indigoblau.

»Janine«, sagte sie. »Janine Carpenter.« Sie hielt ihm die Hand hin. Sie war schmal und warm und ein wenig feucht vom Spiel. Er wollte sie nicht loslassen.

»Ich habe dich gewarnt«, lachte Roland. »Hör auf, das Mädchen zu belästigen, und spiel einen Satz mit mir, Sonny.«

»Ich hab' mein Tenniszeug nicht mit.«

»Alles, was du brauchst, sind Schuhe. Wir haben die gleiche Größe. Ich lass' dir welche holen.«

Craig hatte über ein Jahr nicht gespielt, dennoch hatte er das Gefühl, noch nie so gut gespielt zu haben. Seine Bälle kamen sauber und millimetergenau bis an die Grundlinie.

Mühelos jagte er Roland in die linke und die rechte Hälfte, hob dann den Ball so knapp übers Netz, daß Roland ausgebootet auf der Mittellinie stehen blieb. Seine Aufschläge waren auf der Linie, er schaffte Returns, die er normalerweise gar nicht zu plazieren versucht hätte, rannte ans Netz und unterlief Rolands perfekte Vorhand.

Er war begeistert vom herrlichen, ungewohnten Gefühl der Macht, von seiner Unbesiegbarkeit, und es fiel ihm gar nicht auf, daß Roland Ballantynes witziges Wortgeplänkel längst versiegt war – bis er wieder einen Satz gewonnen hatte und Roland sagte: »Fünf zu Null.«

Etwas im Ton seiner Stimme erreichte Craig schließlich, und zum erstenmal, seit sie zu spielen begonnen hatten, schaute er Roland bewußt ins Gesicht. Es war gedunsen und häßlich rot angelaufen, seine Zähne waren aufeinandergebissen, die Adern am Hals traten hervor. In seinen grünen Augen stand Mord, und er wirkte gefährlich wie ein angeschossener Leopard.

Craig sah ihn beim Seitenwechsel nicht an und stellte fest, daß ihr Spiel allgemeine Aufmerksamkeit erregte. Selbst die älteren Damen hatten sich von ihren Teetischen erhoben und waren herunter zur Platzumzäunung gekommen. Er sah Tante Val mit einem nervösen kleinen Lächeln auf den Lippen. Aus bitterer Erfahrung kannte sie die Gemütsverfassung ihres Sohnes. Craig sah das schadenfrohe Grinsen auf den Gesichtern der Männer. Roland hatte in Oxford die Studentenmeisterschaften im Tennis gewonnen und war seit drei Jahren ununterbrochen Champion im Einzel in Matabeleland.

Craig war plötzlich von seinem eigenen Erfolg entsetzt. Er hatte Roland noch nie in irgend etwas geschlagen, in keinem einzigen Wettkampf, was es auch sein mochte, nicht einmal beim Monopoly oder beim Darts, kein einziges Mal in neunundzwanzig Jahren. Die Elastizität und Kraft wich aus seinen Beinen, und an der Grundlinie stand nur noch ein hoch aufgeschossener, schlaksiger Junge in ausgewaschenen Khaki-Shorts und Tennisschuhen ohne Socken. Er schluckte kläglich, wischte sich das Haar aus den Augen und duckte sich für Rolands Aufschlag.

Roland Ballantyne auf der anderen Seite des Netzes war eine große, athletische Erscheinung. Er starrte Craig an. Und Craig wußte, er sah nicht ihn, sondern einen Feind, jemand, den es zu vernichten galt.

»Wir Ballantynes sind Sieger«, hatte Bawu gesagt. »Wir gehen an die Halsschlagader.«

Roland spannte seinen Körper, wurde noch größer und schlug auf. Craig wollte nach links, sah, daß es die falsche Seite war, und wollte korrigieren. Seine langen Beine verhaspelten sich, und er lag flach auf dem gelben Hartplatz. Stand auf, hob seinen Schläger auf und wechselte zur anderen Seite. Sein Knie war blutig geschürft. Rolands nächster Aufschlag kam wie eine Rakete, und Craig hatte nicht annähernd eine Chance.

Sein eigener Aufschlag ging beim erstenmal ins Netz, beim zweitenmal ins Aus. Roland brachte sein Aufschlagspiel dreimal hintereinander durch, und so ging es weiter.

»Matchball«, sagte Roland. Jetzt lächelte er wieder, fröhlich und gutaussehend und wohlwollend, ließ den Ball vor seinen Füßen aufspringen und ging für seinen letzten Aufschlag an die Grundlinie. Craig spürte das alte bleierne Gefühl in seinen Knochen, die Hoffnungslosigkeit des geborenen Verlierers.

Er schaute über den Platz. Janine Carpenter sah ihn unverwandt an, und in der Sekunde, bevor sie ihm ermunternd zulächelte, sah Craig das Mitleid in ihren dunkelblauen Augen. Und plötzlich packte ihn die Wut.

Er knallte Rolands Aufschlag beidhändig in die Ecke, und der Ball kam ebenso hart zurück. Er nahm ihn mit der Vorhand, und Roland grinste, als er ihn zurückschlug. Wieder nahm Craig ihn perfekt an, und Roland war zu einem Lob gezwungen. Der Ball kam von hoch oben. Craig wartete auf ihn, angespannt und in kalter Wut. Er schlug ihn mit seinem ganzen Gewicht und all seiner Kraft und Verzweiflung. Es war sein bester Schlag. Dem hatte er nichts mehr hinzuzufügen. Roland nahm den Ball im Aufschlag, bevor er hochstieg, und knallte ihn nah an Craigs Hüfte vorbei zurück.

Roland lachte und setzte federnd über das Netz.

»Nicht schlecht, Sonny.« Er legte seinen Arm gönnerhaft um Craigs Schultern. »In Zukunft werde ich mich hüten, dir einen Vorsprung zu geben«, sagte er und führte Craig vom Platz.

Noch vor wenigen Minuten hatten die Zuschauer schadenfroh auf Rolands Niederlage gewartet, jetzt drängten sie sich wieder speichelleckend um ihn.

»Gutes Spiel, Roly.«

»Großartig.«

Craig verzog sich. Er nahm ein sauberes weißes Handtuch vom Stapel und trocknete sich Gesicht und Hals. Er versuchte, weniger kläglich auszusehen, als er sich fühlte, trat an die verlassene Bar und fischte sich ein Bier aus dem Behälter mit zerstoßenem Eis. Er nahm einen Schluck, und es war so kalt, daß ihm die Augen wäßrig wurden. Durch einen Schleier wurde er plötzlich gewahr, daß Janine Carpenter neben ihm stand.

»Sie hätten es schaffen können«, sagte sie leise. »Aber Sie haben einfach aufgegeben.«

»Meine Lebensgeschichte.« Es sollte lustig und witzig klingen wie bei Roland, kam aber tonlos und voll Selbstmitleid.

Sie war im Begriff noch etwas zu sagen, schüttelte aber bloß den Kopf und entfernte sich.

Als Craig aus Rolands Badezimmer kam mit einem Handtuch um die Hüften, stand sein Cousin vor dem großen Spiegel und korrigierte den Sitz seines Käppis.

Die Mütze war dunkelbraun und hatte über dem linken Ohr ein Messingabzeichen, das einen brutalen Menschenschädel darstellte mit der niederen Stirn und der breiten, flachen Nase eines Gorillas. Die Augen schielten grotesk, und aus dem Mund mit den wulstigen Lippen hing die Zunge.

»Als mein Urgroßvater Ralph die Scouts während des Aufstands gründete«, hatte Roland einmal Craig erklärt, »war eine seiner Heldentaten, den Anführer der Rebellen gefangenzunehmen und ihn an einem Akazienbaum aufzuknüpfen. Das haben wir uns als Regimentsabzeichen erwählt – Bazos Kopf am Galgen. Wie findest du das?«

»Reizend«, hatte Craig erwidert. »Du hattest ja stets einen exquisiten Geschmack, Roly.«

Roland hatte die Scouts vor drei Jahren gegründet, als die anfänglich sporadischen kriegerischen Scharmützel sich zu dem gnadenlosen, mörderischen Konflikt ausweiteten, der er jetzt war. Er hatte die Idee, eine Spezialtruppe junger, weißer Rhodesier zusammenzustellen, die fließend Sindebele sprachen, und wollte sie durch junge Matabele verstärken, die seit ihrer Kindheit im Dienst weißer Arbeitgeber standen, also Männer, deren Loyalität außer Frage stand. Er wollte schwarze und weiße Elemente in die Ausbildung dieser Elitetruppe einbringen, damit sie sich unauffällig in Stammesgebiet unter Dorfbewohnern bewegen konnten, ihre Sprache beherrschten, ihre Gebräuche kannten, in der Lage waren, unschuldige Stammesangehörige von ZIPRA-Terroristen zu unterscheiden.

Natürlich hatte Bawu seine üblichen Telefonate geführt, um ihm den Weg zu ebnen, und Rolands Vater hatte während einer Kabinettssitzung bei Smithy ein Wort für ihn eingelegt. Roland hatte grünes Licht bekommen, und die Ballantyne Scouts wurden wieder ins Leben gerufen, siebzig Jahre nachdem die ursprüngliche Truppe sich aufgelöst hatte.

In den drei Jahren seit der Neugründung hatten die Ballantyne Scouts sich einen großen Namen gemacht. Sechshundert Männer konnten sich mit zweitausend offiziell getöteten Gegnern schmücken, waren fünfhundert Meilen über die Grenze nach Sambia eingedrungen, um ein ZIPRA-Ausbildungslager zu vernichten; Männer, die an Dorffeuern in Stammesgebiet saßen, den Gesprächen der Frauen zuhörten, die gerade von einem Marsch in die Berge zurückgekehrt waren, um den ZIPRA-Kadern Getreide zu bringen, Männer, die sich in Hinterhalte legten und dort fünf Tage ausharrten, geduldig und reglos wartend wie ein Leopard neben der Wasserstelle auf Beute.

Roland wandte sich bei Craigs Eintreten vom Spiegel ab. An seinen Schulterklappen prangten die Sterne eines Colonel, und auf der linken Brust hing das Silberne Kreuz unter der Taschenklappe des gestärkten und gebügelten Khaki-Buschhemds.

»Nimm dir, was du brauchst, Sonny«, lud er ihn ein. Craig

ging an den Einbauschrank und nahm ein paar Hosen und einen weißen Kricketpullover heraus. Wieder einmal trug er Rolands ausgediente Sachen, wie es der um ein Jahr Jüngere aus seiner Kindheit gewohnt war.

»Mama sagt, du bist wieder mal gefeuert worden.«

»Richtig«, kam Craigs Stimme gedämpft unter dem über den Kopf gestülpten Pullover hervor.

»Bei den Scouts bist du stets willkommen.«

»Roly, ich halte nicht viel davon, anderen Leuten Drahtschlingen um den Hals zu legen und ihnen die Köpfe abzuhacken.«

»Das machen wir nicht jeden Tag«, grinste Roland. »Ich persönlich ziehe das Messer vor, damit kann man sein Trockenfleisch absäbeln, wenn man nicht grade Kehlen aufschlitzt. Aber im Ernst, Sonny. Wir könnten dich gebrauchen. Du redest wie einer von ihnen und würdest dich hervorragend als Spitzel eignen. Wir brauchen dringend Leute, die wir einschleusen können.«

»Als ich King's Lynn verlassen habe, habe ich mir geschworen, nie wieder für einen aus der Familie zu arbeiten.«

»Die Scouts sind nicht die Familie.«

»Du bist die Scouts, Roly.«

»Ich könnte dich zu meinem Stellvertreter machen.«

»Das würde nicht klappen.«

»Nein«, stimmte Roland zu. »Du warst schon immer ein eigensinniger Bursche. Solltest du deine Meinung ändern, laß es mich wissen.« Er schnippte eine Zigarette halb aus der weichen Packung und zog sie mit den Lippen ganz heraus. »Wie findest du übrigens Bugsy?«

»Ganz nett«, sagte Craig vorsichtig.

»Ganz nett?« entrüstete Roland sich. »Wie wär's mit phantastisch, sensationell, wundervoll, super – schließlich sprichst du von der Frau, die ich liebe.«

»Nummer eintausendundzehn auf der Liste der Frauen, die du geliebt hast«, korrigierte Craig.

»Mal langsam, mein Freund, diese werde ich heiraten.«

Craig spürte eine Kälte, die sich über seine Seele legte, und wandte sich ab, um seine nassen Haare vor dem Spiegel zu kämmen.

»Hast du gehört, was ich sagte? Ich werde sie heiraten.«

»Weiß sie davon?«

»Ich lass' sie noch ein wenig schmoren, bevor ich es ihr sage.«

»Willst du sie nicht fragen?«

»Der alte Roly sagt es ihnen, der fragt nicht. Und du solltest sagen: ›Gratuliere. Ich hoffe, du wirst sehr glücklich.‹«

»Gratuliere. Ich hoffe, du wirst sehr glücklich.«

»So ist es brav. Komm, ich lad' dich zu einem Drink ein.«

Sie gingen den langen Mittelflur entlang, der das Haus teilte, doch bevor sie die Veranda erreichten, schrillte das Telefon in der Halle, und sie hörten Tante Vals Stimme.

»Eine Sekunde bitte. Ich hole ihn« – und dann lauter: »Roland, Telefon für dich. Cheetah ist dran.«

Cheetah war der Code des Scout-Hauptquartiers. »Ich komme, Mama.« Roland durchquerte die Halle.

Als er den Flur wieder betrat, war eine Verwandlung in ihm vorgegangen. Er hatte den gleichen Gesichtsausdruck, mit dem er Craig über das Netz hinweg angesehen hatte: kalt, gefährlich und gnadenlos.

»Kannst du Bugsy in die Stadt bringen, Craig? Ich muß zum Einsatz.«

»Ich kümmere mich um sie.«

Roland ging auf die Veranda hinaus. Die letzten Tennisgäste waren unterwegs zu ihren Fahrzeugen, sammelten Kinderfrauen und Kinder ein, winkten zum Abschied, trafen letzte Verabredungen fürs kommende Wochenende. Es gab eine Zeit, da hätten solche Treffen sich nicht vor Mitternacht aufgelöst, doch heutzutage fuhr kein Mensch mehr nach vier Uhr nachmittags auf einer Landstraße, die Geisterstunde war vorverlegt.

Janine Carpenter schüttelte Hände und plauderte mit einem Paar von einer benachbarten Ranch.

»Ich komme gern«, sagte sie, und dann hob sie den Kopf und sah Rolands Gesicht. Sie eilte zu ihm.

»Was ist los?«

»Wir haben einen Einsatz. Sonny wird sich um dich kümmern. Ich ruf' dich an.« Er suchte den Himmel ab, bereits in Gedanken woanders, und dann kam das Hack, Hack, Hack der Hubschrauberrotoren aus der Luft, und die Maschine flog tief über dem Kopje ein. Sie war in brauner Tarnfarbe gestrichen, und zwei Scouts standen in der offenen Luke, ein Weißer und ein Schwarzer, beide in Tarnkampfanzügen.

Roland rannte über den Rasen der landenden Maschine entgegen, und bevor sie noch Bodenberührung hatte, sprang er hoch, wurde von dem Matabele-Sergeant am Arm gepackt und in die Kabine gezogen. Die Maschine stieg hoch und drehte mit gesenkter Schnauze über den Kopje ab.

»Roly sagte, ich soll Sie nach Hause bringen. Ich nehme an, Sie leben in Bulawayo«, sagte Craig, als der Hubschrauber verschwunden war und das Hacken der Rotorblätter verebbte. Es bereitete ihr anscheinend Mühe, ihm ihre Aufmerksamkeit zuzuwenden.

»Ja, Bulawayo. Danke.«

»Das schaffen wir heute abend nicht mehr vor der Sperrstunde. Ich übernachte bei meinem Großvater drüben.«

»Bawu?«

»Sie kennen ihn?«

»Nein, aber ich würde ihn gern kennenlernen. Roly hat mir so viel von ihm erzählt. Glauben Sie, da gibt's für mich noch ein Bett?«

»In King's Lynn gibt es zweiundzwanzig Betten.«

Sie schwang sich neben ihn auf den Beifahrersitz des alten Landrovers, und ihr schimmerndes Haar flatterte im Wind.

»Wieso nennt er Sie Bugsy?« Craig mußte laut reden, um den Lärm des Motors zu übertönen.

»Ich bin Entomologin, Insektenforscherin«, schrie sie zurück. »Bugsy, Käferchen.«

»Wo arbeiten Sie?« Der kühle Abendwind drückte ihr die Bluse an die Brust, und sie trug ganz offensichtlich keinen Büstenhalter. Sie hatte kleine, schön geformte Brüste, und in der Kühle zogen sich ihre Brustwarzen zusammen und bildeten kleine dunkle Knöpfe unter dem dünnen Stoff. Es fiel ihm schwer, nicht hinzustarren.

»Im Museum. Wußten Sie, daß wir die beste Sammlung tropischer und subtropischer Insekten besitzen, umfangreicher als das Smithsonian oder das Kensington Museum für Naturgeschichte?«

»Gratuliere.«

»Tut mir leid, ich langweile Sie.«

»Niemals.«

Sie lächelte ihn an, wechselte aber das Thema. »Wie lange kennen Sie Roland?«

»Neunundzwanzig Jahre.«

»Wie alt sind Sie?«

»Neunundzwanzig.«

»Erzählen Sie mir von ihm.«

»Was kann man schon über jemand erzählen, der perfekt ist?«

»Lassen Sie sich was einfallen«, ermunterte sie ihn.

»Bester Schüler am Michaelhouse. Rugby- und Cricket-Captain. Rhodes-Stipendium in Oxford, Oriel College. Auszeichnungen im Rudern, Cricket und Tennis, Colonel bei den Scouts, Silberne Tapferkeitsmedaille, Erbe von zwanzig Millionen Dollar oder mehr. Das wär's auch schon.« Craig zuckte die Achseln.

»Sie mögen ihn nicht«, beschuldigte sie ihn.

»Ich liebe ihn«, sagte er, »auf meine Art.«

»Sie wollen nicht mehr über ihn sprechen?«

»Ich würde lieber über Sie sprechen.«

»Das paßt mir gut, was wollen Sie wissen?«

Er wollte ihr Lächeln wieder sehen. »Fangen Sie mit Ihrer Geburt an und lassen Sie nichts aus.«

»Ich bin in einem Dorf in Yorkshire geboren, mein Vater war Tierarzt.«

»Wann? Ich sagte, Sie sollen nichts auslassen.«

Ihre schrägen Augen funkelten verschmitzt. »Wann war die Rinderpest?«

»Die war 1895.«

»Okay«, lächelte sie wieder. »Ich kam kurz nach der Rinderpest zur Welt.«

Es klappte, stellte Craig fest. Sie fand ihn nett. Sie lächelte häufiger und plauderte unbeschwert. Vielleicht bildete er sich das nur ein, aber er glaubte, erste Anzeichen sexueller Anziehung bei ihr zu entdecken, an ihrer Kopfhaltung, ihren Bewegungen, wie sie – und plötzlich dachte er an Roland und spürte den kalten Stich der Hoffnungslosigkeit.

Jonathan Ballantyne kam auf die Veranda von King's Lynn, sah sie kurz an und schlüpfte sofort in die Rolle des lüsternen Lebemanns.

Er küßte ihr die Hand. »Sie sind die hübscheste junge Dame, die Craig mir je ins Haus gebracht hat – bei weitem.«

Aus einem unerfindlichen Grund wies Craig das von sich. »Janine ist Rolys Freundin, Bawu.«

»Aha«, nickte der alte Mann. »Das hätte ich wissen müssen. Zu große Klasse für deinen Geschmack, mein Junge.«

Craigs Ehe hatte etwas länger als einer seiner Jobs gehalten, knapp über ein Jahr. Bawu war mit Craigs Wahl nicht einverstanden gewesen und hatte seine Meinung vor der Hochzeit und danach, vor der Scheidung und danach geäußert – und bei jeder sich bietenden Gelegenheit seither.

»Danke, Mr. Ballantyne.« Janines schräge Augen strahlten Jonathan an.

»Nennen Sie mich Bawu«, damit verlieh Jonathan ihr höchste Auszeichnungen, winkelte den Arm an und sagte: »Kommen Sie, meine Liebe, ich zeige Ihnen meine Claymore-Minen.«

Craig schaute ihnen nach auf ihrer Besichtigungsrunde der Verteidigungsanlagen, auch dies ein sicheres Zeichen von Bawus hoher Gunst.

»Drei Frauen hat er oben auf dem Kopje begraben«, murmelte Craig, »und ist immer noch geil wie ein alter Ziegenbock.«

Craig wurde durch die aufgerissene Schlafzimmertür und das Geschrei Jonathan Ballantynes geweckt.

»Willst du den ganzen Tag verpennen? Es ist bereits halb fünf.«

»Nur weil du seit zwanzig Jahren nicht mehr schlafen kannst, Bawu.«

»Werd nicht frech, Junge – heute ist der große Tag. Weck Rolands hübsche kleine Braut, und wir testen meine Geheimwaffe.«

»Vor dem Frühstück?« protestierte Craig, doch aufgeregt wie ein Kind vor einem Picknickausflug war der Alte bereits verschwunden.

Das Ding stand in sicherer Entfernung vom nächsten Gebäude. Der Koch hatte mit fristloser Kündigung gedroht, falls weitere Experimente in der Nähe seiner Küche durchgeführt würden. Es stand am Rand eines halbreifen Maisfeldes und war von Arbeitern, Traktorfahrern und Angestellten umringt.

»Was in aller Welt ist das?« fragte Janine verständnislos, als sie über einen brachliegenden Acker darauf zufuhren, doch bevor jemand antworten konnte, löste sich eine Gestalt im ölverschmierten Overall aus der Menge und eilte auf sie zu.

»Mister Craig, Gott sei Dank, daß Sie hier sind. Sie müssen ihn davon abbringen.«

»Sei kein verdammter alter Idiot, Okky, und halt den Mund«, bellte Jonathan. Okky van Rensburg war seit zwanzig Jahren Chefmechaniker auf King's Lynn. Hinter seinem Rücken prahlte Jonathan, daß Okky einen John-Deere-Traktor auseinandernehmen und einen Cadillac und zwei Rolls Royce Silber Clouds daraus basteln konnte. Der drahtige, ölverschmierte kleine Mann mit dem Affengesicht achtete nicht auf Jonathans Schweigebefehl.

»Bawu jagt sich damit in die Luft, wenn ihn keiner zur Vernunft bringt.« Er rang tatsächlich seine schwieligen, ölverschmierten Hände.

Jonathan setzte bereits seinen Helm auf und befestigte den Riemen unter dem Kinn. Genau diesen Stahlhelm hatte er auch 1916 getragen, als er sich seine Tapferkeitsmedaille geholt hatte; die Beule an der Seite stammte von einem Splitter eines deutschen Schrapnells. Mit funkelnden Augen näherte er sich dem monströsen Fahrzeug.

»Okky hat einen Dreitonner umgebaut«, erklärte er Janine, »und das Fahrgestell höhergesetzt.« Die Karosserie des Fahrzeugs saß wie auf Stelzen hoch über den riesigen Stollenreifen. »Und mit Panzerplatten versehen«, dabei wies er auf die massigen, keilförmigen Stahlplatten unter dem Fahrzeug, die der Explosion einer Tellermine standhalten sollten. Das Ganze sah aus wie ein Tigerpanzer mit Stahlluken, Sehschlitzen und Schießscharten. »Und seht mal, was wir da oben hingebaut haben!« Auf den ersten Blick hätte man die Konstruktion mit dem Turm eines Atom-U-Boots verwechseln können, und Okky rang immer noch die Hände.

»Er hat zwanzig Stahlrohre mit Plastiksprengstoff und je dreißig Pfund Stahlkugeln vollgestopft.«

»Guter Gott, Bawu.« Auch Craig war entsetzt. »Die verdammten Dinger können explodieren! Ein Lkw mit zwanzig Kanonen.« Craig konnte es nicht fassen.

»Wenn ich in einen Hinterhalt gerate, drücke ich bloß auf den Knopf – und wumm, eine Breitseite mit dreihundert Pfund Stahlkugeln hagelt auf die Dreckskerle«, brüstete Jonathan sich stolz.

»Damit jagt er sich zur Hölle«, stöhnte Okky.

»Ach hör auf zu jammern wie ein altes Weib«, meinte Jonathan verächtlich. »Hilf mir lieber rauf.«

»Bawu, diesmal bin ich wirklich absolut Okkys Meinung.« Craig versuchte ihn zurückzuhalten, doch der alte Mann kletterte flink wie ein Affe die Eisenleiter hinauf und stellte sich an der Einstiegsluke theatralisch in Pose, wie der Befehlshaber einer Panzerdivision. »Ich feure erst eine Breitseite, dann die andere, zuerst Steuerbord.« Dann erfaßte sein leuchtender Blick Janine. »Würden Sie gern mein Co-Pilot sein, meine Liebe?«

»Das ist wirklich sehr zuvorkommend, Bawu, aber ich glaube, vom Wassergraben da drüben habe ich eine bessere Sicht.«

»Dann alle Mann in Deckung!« Jonathan entließ die Zuschauer mit der großen Geste eines Feldherrn, und die Matabele-Arbeiter und Lkw-Fahrer, die bereits bei früheren Testversuchen Jonathans anwesend waren, fingen an zu laufen.

Okky war ein halbes Dutzend Schritte früher am Bewässerungsgraben als Craig und Janine, und dann schoben die drei vorsichtig ihre Köpfe über den Rand. In einer Entfernung von dreihundert Metern stand das monströse Panzerfahrzeug in monumentaler Einsamkeit mitten auf dem Feld, und Jonathan winkte ihnen fröhlich aus der Einstiegsluke zu und verschwand.

Sie hielten sich mit beiden Händen die Ohren zu und warteten. Nichts geschah.

»Er hat wohl doch Schiß bekommen«, sagte Craig hoffnungsvoll. Die Luke öffnete sich wieder. Jonathans behelmter Kopf tauchte auf mit vor Zorn rot angelaufenem Gesicht.

»Okky, du verdammter Hurensohn, du hast die elektrischen Leitungen abgeklemmt!« brüllte er. »Du bist entlassen, hast du verstanden? Gefeuert!«

»Das ist das drittemal in dieser Woche«, brummte Okky. »Es war mein letzter Ausweg, ihn doch noch davon abzubringen.«

Jonathan war inzwischen wieder verschwunden. Die Minuten verstrichen, jede dauerte eine Ewigkeit, und langsam stiegen die Hoffnungen der Zuschauer wieder.

»Es funktioniert nicht.«

Craig wölbte die Hände an den Mund und brüllte: »Bawu, wir holen dich raus!«

Im gleichen Augenblick verschwand das Panzerfahrzeug in einer riesigen brodelnden Wolke aus Rauch und Staub. Eine weiße Stichflamme zischte über das Maisfeld, mähte eine breite Schneise, als sei eine riesenhafte Sense hineingefahren, und der Explosionsknall war ohrenbetäubend.

In der gespenstischen Stille nach dem Höllenlärm hörten die drei im Graben nur das Sausen in ihren Ohren und das sich entfernende Japsen der Rottweiler- und Dobermann-Meute, die in heller Panik die Straße hinauf zum Haus floh. Über dem Feld lag ein dichter Vorhang aus blauem Rauch und rotbraunem Staub.

Sie kletterten aus dem Graben, starrten in den Rauch und Staub, den ein leichter Wind langsam verwehte. Das Panzerfahrzeug lag auf dem Rücken. Die vier wuchtigen Stollenreifen ragten in den Himmel wie in unterwürfiger Kapitulation.

»Bawu!« schrie Craig und rannte los. Aus den Mündungen der Eigenbaukanonen quollen immer noch dunkle Rauchwolken, sonst war keine Bewegung zu sehen.

Craig riß den Deckel der Stahlluke auf und kroch auf allen vieren hinein. In der stockfinsteren Kabine stank es nach beißendem Pulverdampf.

»Bawu!« Er fand ihn zusammengekauert in einer Ecke der Kabine und ahnte, daß es ihn böse erwischt haben mußte. Sein Gesicht war eingefallen, die Stimme ein unverständliches Lallen.

Craig bekam ihn an den Armen zu fassen und versuchte ihn ins Freie zu zerren. Aber der alte Mann setzte sich mit verzweifelter Kraft zur Wehr, und endlich begriff Craig, was er sagte.

»Meine Zähne sind rausgeflogen!« Auf Händen und Füßen kroch er herum und suchte verzweifelt danach. »So darf sie mich nicht sehen, such sie, Junge. Such sie.«

Craig fand das verlorene Gebiß unter dem Fahrersitz, und nachdem es wieder eingesetzt war, schoß Jonathan aus der Luke und stellte Okky van Rensburg wütend zur Rede.

»Du hast ihn kopflastig gebaut, schwachsinniger Vollidiot.«

»So können Sie nicht mit mir reden, Bawu. Ich arbeite nicht mehr für Sie. Ich bin gefeuert.«

»Du bist wieder angeheuert«, brüllte Jonathan. »Und jetzt stellt das Ding sofort wieder auf die Beine.«

Zwanzig schwitzende, singende Matabele hievten den Laster langsam hoch, und endlich kippte er auf seine Räder.

»Sieht aus wie eine Banane«, stellte Okky mit sichtlicher Zufriedenheit fest. »Der Rückstoß der Kanonen hat ihn glatt umgehauen. Das Fahrgestell ist völlig verzogen, das kriegen Sie nie wieder hin.«

»Es gibt nur eine Möglichkeit, es wieder geradezubiegen«, verkündete Jonathan und begann den Riemen seines Helms wieder festzuschnallen.

»Was hast du vor, Jon-Jon?« fragte Craig argwöhnisch.

»Die andere Breitseite abfeuern, was denn sonst«, antwortete Jonathan grimmig. »Damit er wieder gerade ist.«

»Stellen Sie sich vor, Bawu fährt die Hauptstraße entlang, will den Zigarettenanzünder anmachen und erwischt den falschen Knopf«, lachte Craig in sich hinein. »Und die ganze Ladung rauscht durch das Portal ins Rathaus.«

Sie kicherten den ganzen Weg in die Stadt. Und als sie an den gepflegten Grünflächen des Stadtparks vorbeifuhren, meinte Craig nebenhin: »Sonntagabend in Bulawayo kann man verrückt werden von dem hektischen Getriebe. Wie wär's, wenn ich Ihnen eine Kostprobe meiner berühmten Kochkünste auf der Jacht vorführe und Ihnen den Trubel erspare?«

»Eine Jacht?« fragte Janine höchst erstaunt. »Hier? Fünfhundert Meilen vom nächsten Küstengewässer?«

»Mehr verrate ich nicht«, erklärte Craig. »Entweder Sie kommen mit, oder Sie werden von ungestillter Neugier zerfressen.«

»Ein Schicksal, schlimmer als der Tod«, fand sie. »Und ich war schon immer ein guter Seemann. Okay!«

Craig fuhr Richtung Flughafen, doch bevor sie die Wohngebiete verließen, bog er in eines der älteren Stadtviertel ein. Zwischen zwei Abbruchhäusern war ein leerer Platz, zur Straße hin abgeschirmt vom dichten Grün einer Reihe alter Mangobäume. Craig parkte den Landrover unter einem Mangobaum und führte Janine tiefer in das Dickicht aus Bougainvillea und Akazien, bis sie plötzlich stehenblieb und rief: »Nicht zu fassen. Eine echte Jacht.«

»Echter geht es nicht«, pflichtete Craig ihr stolz bei. »Vierzehn Meter Gesamtlänge, und jede Planke von meinen eigenen, lilienweißen Händen verlegt.«

»Craig, das ist ein wunderschönes Boot!«

»Eines Tages, wenn es fertig ist, ja.«

Das Boot ruhte auf einem Holzgestell und wurde seitlich von Balken gestützt.

»Wie komm' ich denn da hoch?«

»Auf der anderen Seite gibt's eine Leiter.«

Sie kletterte an Bord und rief nach unten: »Wie heißt sie denn?«

»Hat noch keinen Namen.«

Er kletterte neben sie in das Cockpit. »Wann wird sie zu Wasser gelassen, Craig?«

»Das weiß der Himmel«, lächelte er. »Es gibt noch eine Menge Arbeit, und jedesmal wenn mir das Geld ausgeht, gibt's wieder eine Pause.«

Er schob den Riegel beiseite, öffnete die Luke, und Janine duckte sich in den Niedergang.

»Das ist ja richtig gemütlich.«

»Hier wohne ich.« Er folgte ihr in die Kajüte. »Unter Deck bin ich fertig, da drüben ist die Kombüse. Zwei Kabinen, jede mit einer Doppelkoje, Dusche und chemischem Klo.«

»Wunderschön.« Janines Finger glitten über das polierte Teakholzfurnier.

»Und ich spare Miete.«

»Was muß denn noch alles gemacht werden?«

»Nicht viel – Maschine, Winden, Takelage, Segel, an die zwanzigtausend Dollar muß ich noch reinstecken. Aber die Hälfte davon habe ich Bawu gerade aus den Rippen geleiert.« Er setzte den gasbetriebenen Kühlschrank in Gang, dann legte er eine Tonbandkassette in den Recorder.

Janine hörte ein paar Sekunden dem perlenden Klavierspiel zu und sagte dann: »Beethoven, was sonst?«

»Was sonst. Und weiter?«

Etwas unsicherer: »Die ›Pastorale‹?«

»Ah, sehr gut«, grinste er und holte eine Flasche Zonnebloem-Riesling aus einem der Hängeschränke. Er zog den Korken aus der Flasche und füllte zwei Gläser halbvoll mit hellgoldenem Wein.

Sie nippte und murmelte: »Mmmm! Der ist gut!«

»Essen!« Craig tauchte wieder in den Schrank ein. »Reis und Dosen. Kartoffeln und Zwiebeln sind drei Monate alt, die treiben bereits.«

»Makrobiotisch«, sagte sie. »Das ist gesund. Kann ich Ihnen helfen?«

Sie arbeiteten friedlich nebeneinander in der winzigen Kombüse, und jedesmal wenn sich einer bewegte, berührten sie einander. Er schaute auf ihren gebeugten Kopf hinunter, ihr gelocktes Haar glänzte so verführerisch, daß er kaum widerstehen konnte, sein Gesicht darin zu vergraben.

Sie leerten vier verschiedene Dosen in einen Topf, gaben kleingeschnittene Zwiebeln und Kartoffeln über die Mixtur und würzten mit Curry. Das ganze wurde auf einem Reisbett serviert.

»Köstlich«, erklärte Janine. »Wie nennt sich das?«

»Stellen Sie mir keine peinlichen Fragen.«

»Wenn das Boot mal fertig ist, wohin wollen Sie segeln?«

Craig griff über ihren Kopf und holte eine Seekarte des Indischen Ozeans aus dem Regal.

Er zeigte mit dem Finger auf eine Position. »Hier, in der verschwiegenen kleinen Bucht einer Seychelleninsel, liegen wir vor Anker. Wenn Sie aus dem Bullauge schauen, sehen Sie Palmen und zuckrigweißen Sandstrand. Das Wasser unter uns ist so klar, daß man meinen könnte, wir schwebten in der Luft.«

Janine schaute aus dem Bullauge. »Tatsächlich – Sie haben recht! Ich sehe Palmen und höre Gitarrenklänge.«

Nach dem Essen schoben sie die Teller beiseite und beugten sich über Bücher und Karten.

»Wohin dann? Wie wär's mit den griechischen Inseln?«

»Zu überlaufen«, schüttelte sie den Kopf.

»Australien und das Große Barrierenriff?«

»Phantastisch!«

Der Wein hatte ihre Wangen gerötet, und ihre Augen funkelten. Er wußte, daß er sie jetzt küssen könnte, aber bevor er eine Bewegung machte, sagte sie: »Roland sagte mir, Sie seien ein Träumer.«

Der Name ließ ihn erstarren. Er spürte die Kälte in seiner Brust, und plötzlich war er wütend auf sie, daß sie die Stimmung des Augenblicks verdorben hatte.

»Schlafen Sie mit ihm?« fragte er, und sie fuhr herum und starrte ihn erschrocken an. Ihre Augen wurden noch schräger, wie die einer Katze, und ihre Nasenflügel wurden weiß vor Wut.

»Was sagten Sie?«

Sein Stolz duldete nicht, daß er vor dem Abgrund zurückwich.

»Ich habe Sie gefragt, ob Sie mit ihm schlafen.«

»Sind Sie sicher, ob Sie das hören wollen?«

»Ja.«

»Na schön, die Antwort ist: ja, und ich habe enormen Spaß dabei. Okay?«

»Okay«, sagte er kleinlaut.

»Bringen Sie mich jetzt bitte nach Hause.«

Sie fuhren schweigend, außer ihren gelegentlichen, knappen Richtungsanweisungen, und als er vor dem dreistöckigen Apartmenthaus hielt, stellte er fest, daß das Gebäude »Beau Vallon« hieß – wie der Seychellenstrand, über den sie phantasiert hatten.

Sie stieg aus. »Danke fürs Heimbringen«, sagte sie und ging den mit Steinplatten belegten Weg zum Eingang hinauf.

An der Tür drehte sie sich noch mal um und kam zurück. »Wissen Sie eigentlich, daß Sie ein verzogener kleiner Junge sind?« fragte sie. »Und alles aufgeben, genau wie auf dem Tennisplatz?«

Diesmal verschwand sie im Haus, ohne sich noch einmal umzudrehen.

Zurück auf der Jacht verstaute Craig Karten und Bücher, wusch das Geschirr, trocknete es ab und ordnete es ein. Danach suchte er in einem der Schränke vergeblich nach einer Flasche Gin. Es gab auch keinen Wein mehr. Er saß in der Kajüte, die Gaslampe fauchte leise über seinem Kopf, und er fühlte sich taub und leer. Sinnlos, sich in die Koje zu legen. Schlafen konnte er doch nicht.

Er öffnete die Tasche; das ledergebundene Tagebuch, das Jonathan ihm geborgt hatte, lag obenauf. Er schlug es auf und fing an zu lesen. Die Eintragungen waren 1860 gemacht worden. Der Verfasser war Zouga Ballantyne, Craigs Ur-Ur-Großvater.

Nach einer Weile fühlte Craig sich nicht mehr taub und leer; er befand sich auf dem Achterdeck eines großen Schiffes, das im grünen Atlantik nach Süden stampfte, einem wilden, verzauberten Kontinent entgegen.

Samson Kumalo stand in der Mitte der staubigen Fahrspur und schaute Craigs zerbeultem alten Landrover nach, der die Spathodeen-Allee entlangholperte und am alten Friedhof in die Kurve bog und verschwand. Er öffnete die Gartentür, ging seitlich um das kleine Haus und blieb an der hinteren Veranda stehen.

Sein Großvater, Gideon Kumalo, saß auf einem harten Küchenstuhl. Seinen knorrigen Spazierstock hielt er zwischen den Füßen, und beide Hände ruhten auf dem Knauf. Er schlief aufrecht sitzend auf dem unbequemen Stuhl in der brütenden Sonne.

»Nur in der Sonne werde ich warm«, hatte er Samson einmal gesagt.

Sein Haar war weiß und flockig wie Baumwollflusen, der kleine Ziegenbart am Kinn zitterte bei jedem sanften Schnarchton seiner Atemzüge. Seine Haut wirkte so durchsichtig und brüchig wie altes Pergament und hatte den gleichen dunklen Bernsteinfarbton.

Vorsichtig, um den alten Mann nicht zu wecken, ging Samson die Stufen hoch und setzte sich auf das Mäuerchen ihm gegenüber. Er studierte sein Gesicht, und wieder überkam ihn das erstickende Gefühl der Liebe. Es war mehr als die Achtung, die den Kindern der Matabele für die Alten beigebracht wurde, ging über die üblichen Konventionen elterlicher Liebe hinaus; zwischen den beiden bestand eine fast mystische Bindung.

Fast sechzig Jahre war Gideon Kumalo stellvertretender Direktor in der Khami-Missionsschule gewesen. Tausende junger Matabele-Jungen und -Mädchen waren unter seiner Anleitung aufgewachsen, aber keiner war ihm so ans Herz gewachsen wie sein eigener Enkelsohn.

Plötzlich fuhr der alte Mann hoch und öffnete die Augen. Sie waren milchigblau und blind wie die eines neugeborenen Hundes. Er neigte den Kopf schräg und horchte. Samson hielt den Atem an und saß reglos, fürchtete schon, Gideon habe seinen Wahrnehmungssinn verloren, der beinahe an ein Wunder grenzte. Langsam drehte der alte Mann seinen Kopf zur anderen Seite und horchte wieder. Samson sah, wie seine Nasenflügel sich leicht blähten, als er die Luft schnupperte.

»Bist du das?« fragte er mit einer verrosteten Stimme wie ein ungeöltes Scharnier. »Ja, du bist es, Vundal.« Gideon hatte Samson nach dem lebhaften, klugen Tier genannt. »Ja, du bist es, mein kleiner Hase!«

»Baba!« Samson ließ sich vor ihm auf ein Knie nieder. Gideon tastete nach seinem Kopf und streichelte ihn.

»Du warst nie fort«, sagte er. »Denn du lebst immer in meinem Herzen.«

Samson fürchtete, die Stimme würde ihm versagen, wenn er jetzt etwas sagte. Schweigend nahm er eine magere, zerbrechliche Hand und hielt sie an die Lippen.

»Wir sollten eine Tasse Tee trinken«, murmelte Gideon. »Du bist der einzige, der ihn nach meinem Geschmack macht.«

Der alte Mann hatte eine Schwäche für Süßes, und Samson tat sechs gehäufte Teelöffel braunen Zucker in den Emailbecher, bevor er das Gebräu aus dem geschwärzten Teekessel eingoß. Gideon umfing den Becher mit beiden Händen, schlürfte geräuschvoll, dann lächelte er und nickte.

»Jetzt erzähl mir, kleiner Hase, was ist los mit dir? Ich spüre etwas an dir, eine Ungewißheit, wie ein Mann, der vom Weg abgekommen ist und versucht, ihn wiederzufinden.«

Er hörte Samson zu, schlürfte Tee und nickte. Und als Samson geendet hatte, sagte er: »Es wird Zeit, daß du wieder in die Mission zurückkommst und unterrichtest. Du hast mir einmal gesagt, du kannst junge Leute nicht über das Leben unterrichten, bevor du es nicht selbst kennengelernt hast. Hast du genug gelernt?«

»Ich weiß nicht, Baba. Was kann ich ihnen beibringen? Daß der Tod durchs Land geht, das Leben nur eine Gewehrkugel wert ist?«

»Willst du immer mit Zweifeln leben, mein lieber Enkel, mußt du immer nach Fragen suchen, auf die es keine Antworten gibt? Ein Mann, der alles in Zweifel zieht, unternimmt nichts. Die starken Männer dieser Welt sind diejenigen, die stets von der Richtigkeit ihres Handelns überzeugt sind.«

»Dann werde ich vielleicht nie stark, Großvater.«

Sie leerten die Kanne Tee, und Samson goß eine zweite auf. Bei aller Schwermut des Gesprächs hatten sie Freude aneinander und fühlten sich wohl. Gideon fragte schließlich: »Wie spät ist es?«

»Kurz nach vier Uhr.«

»Constance hat um fünf Dienstschluß. Holst du sie am Hospital ab?«

Samson zog Jeans und ein hellblaues Hemd an und ließ den alten Mann auf der Veranda allein. Er ging den Hügel hinunter. Am Tor des Hochsicherheitszauns, der das Hospital umgab, ließ er eine Leibesvisitation der uniformierten Wachtposten über sich ergehen und ging dann am Rehabilitationstrakt vorbei, wo Patienten in blauen Morgenmänteln auf dem Rasen in der Sonne saßen. Vielen von ihnen fehlten Arme oder Beine; ins Khami-Hospital wurden viele Opfer von Sprengkörper-Explosionen und mit anderen Kriegsverletzungen eingeliefert. Es waren ausnahmslos schwarze Patienten, das Khami-Hospital war eine rein schwarzafrikanische Einrichtung.

Die beiden Matabele-Schwestern am Empfang in der Eingangshalle erkannten Samson und zwitscherten vor Freude wie Spatzen. Er ließ sich von ihnen den neuesten Missionsklatsch berichten, die Hochzeiten und Geburten, die Todesfälle und Brautwerbungen dieser eng zusammengeschlossenen, kleinen Gemeinschaft. Bis eine scharfe autoritäre Stimme dazwischenfuhr.

»Samson, Samson Kumalo!« Er drehte sich um und sah die Hospitalleiterin mit energischen Schritten den breiten Korridor auf ihn zukommen.

Doktor Leila St. John trug einen weißen Kittel mit einer Reihe Kugelschreiber in der Brusttasche und ein Stethoskop um den Hals. Unter dem offenen Mantel trug sie einen formlosen braunen Pullover und einen langen Rock aus zerknautschter indischer Baumwolle mit buntem folkloristischem Muster. Ihre Füße steckten in dicken, grünen Männersocken und offenen Sandalen. Ihr dünnes, strähniges Haar war zu Zöpfen geflochten.

Ihre Haut war unnatürlich bleich, ein Erbe ihres Vaters, Robert St. John. Sie trug eine große, männliche Hornbrille, und im Winkel ihres breiten, aber dünnlippigen Mundes hing eine Zigarette. Sie hatte ein nüchternes, ernstes, etwas altmodisches Gesicht, der Blick ihrer grünen Augen war direkt und intensiv. Vor Samson blieb sie stehen und nahm seine Hand mit festem Griff.

»Der verlorene Sohn kehrt also zurück – um mir zweifellos eine meiner besten OP-Schwestern abspenstig zu machen.«

»Guten Abend, Doktor Leila.«

»Spielen Sie immer noch den *Boy* bei Ihrem weißen Siedler?« wollte sie wissen. Leila St. John hatte fünf Jahre in der Gwelo-Strafanstalt als politische Gefangene der rhodesischen Regierung verbüßt. Zur gleichen Zeit hatte Robert Mugabe dort eingesessen, der nun aus dem Exil den ZANU-Flügel der Befreiungsarmee führte.

»Craig Mellow ist seit drei Generationen Rhodesier, väterlicher- und mütterlicherseits. Und er ist mein Freund. Er ist kein Siedler.«

»Samson, Sie sind ein gebildeter und hochqualifizierter Mann. Die Welt, in der Sie leben, macht starke Veränderungen durch, die Geschichte wird auf dem Amboß des Kriegs geschmiedet. Geben Sie sich immer noch zufrieden damit, Ihre von Gott gegebenen Talente zu vergeuden und sich von anderen, weniger begabten Männern Ihre Zukunft vor der Nase wegschnappen zu lassen?«

»Ich hab' was gegen Krieg, Doktor Leila. Ihr Vater hat aus mir einen Christen gemacht.«

»Kennen Sie einen anderen Weg, um die Gewaltherrschaft des kapitalistischen, imperialistischen Systems zu brechen? Gibt es eine andere Möglichkeit, um die aufrichtigen und gerechtfertigten Ansprüche der Armen, Schwachen und politisch Unterdrückten durchzusetzen?«

Samson schaute sich rasch in der Eingangshalle um, und sie lächelte.

»Keine Sorge, Samson. Hier sind Sie unter Freunden. Echten Freunden.« Leila St. John warf einen Blick auf ihre Armbanduhr. »Ich muß gehen. Wir reden später.« Sie wandte sich abrupt ab, und die abgetretenen Absätze ihrer braunen Sandalen klapperten auf den Bodenfliesen, als sie auf die Doppelschwingtür mit der Aufschrift »Kein Zutritt für Patienten« zuging.

Samson nahm Platz auf einer der langen Bänke davor und wartete unter den Kranken und Lahmen, den Hustenden und Schniefenden, den Verbundenen und Blutenden.

Endlich kam Constance heraus. Eine der Schwestern mußte ihr wohl Bescheid gesagt haben, denn ihr Kopf drehte sich von einer Seite zur anderen, und ihre dunklen Augen blitzten erwartungsvoll, als sie nach ihm suchte. Er genoß das Vergnügen, sie noch ein paar Sekunden länger anzusehen, bevor er sich erhob.

Ihre Uniform war steif gestärkt und gebügelt, weiße Schürze auf rosa gestreiftem Kittel, die Haube saß in einem kecken Winkel. Ihre Dienstabzeichen – OP-Schwester, Geburtshelferin und andere – prangten auf ihrer Brust. Ihr Haar war fest nach oben gezurrt und zu komplizierten Mustern geflochten. Eine Arbeit, die viele Stunden der Geduld erforderte. Ihr Gesicht war rund und glatt wie ein dunkler Mond, von klassischer Nguni-Schönheit, mit großen schwarzen Augen, und ihr Begrüßungslächeln entblößte blitzend weiße Zähne.

Sie hielt sich gerade, ihre Schultern waren schmal, aber stark. Ihre Brüste unter der weißen Schürze waren straff, ihre Taille schmal und ihre Hüften breit. Sie bewegte sich in der typischen afrikanischen Anmut, als tanze sie zu Musik, die nur sie hören konnte. Sie trat vor ihn hin. »Ich sehe dich, Samson«, murmelte sie und senkte in plötzlicher Verlegenheit den Blick.

»Ich sehe dich, mein Herz«, antwortete er ebenso leise. Sie berührten einander nicht, die Zurschaustellung von Zuneigung in der Öffentlichkeit verstieß gegen die guten Sitten und wäre von beiden als geschmacklos empfunden worden.

Sie gingen langsam nebeneinander zum Haus hinauf. Constance war eine von Gideons Lieblingsschülerinnen gewesen, bevor sein nachlassendes Augenlicht ihn gezwungen hatte, in den Ruhestand zu gehen. Nachdem seine Frau gestorben war, zog Constance zu ihm, um ihn zu versorgen und ihm den Haushalt zu führen. So hatte sie Samson kennengelernt.

Sie unterhielten sich über Belangloses, was in seiner Abwesenheit alles geschehen war, doch Samson spürte eine seltsame Zurückhaltung in ihr, und zweimal blickte sie den Weg zurück mit einer unbestimmten Angst in den Augen.

»Was bedrückt dich?« fragte er, als sie am Gartentor stehenblieben.

»Woher weißt du –« fing sie an und beantwortete die Frage selbst. »Natürlich weißt du. Du weißt alles über mich.«

»Was bedrückt dich?«

»Die *Boys* sind hier«, sagte Constance bloß, und Samson begann zu frösteln. Gänsehaut rieselte ihm die Arme entlang.

Die *Boys* und *Girls* waren die Guerillakämpfer der Simbabwe-Revolutionsarmee.

»Hier?« fragte er. »Hier in der Mission?«

Sie nickte.

»Sie gefährden das Leben aller Bewohner«, sagte er bitter.

»Samson, mein Herz«, flüsterte sie. »Ich muß es dir sagen. Ich kann mich nicht länger vor der Verantwortung drücken. Ich bin jetzt bei ihnen. Ich bin eines der *Girls*.«

Das Abendessen nahmen sie im mittleren Raum des Häuschens ein, der Küche, Eß- und Wohnzimmer in einem war.

Statt eines Tischtuchs breitete Constance die Seiten des *Rhodesian Herald* auf die geschrubbte Platte des Kiefernholztisches. Zwischen den Druckspalten der Zeitung gab es Leerräume als stummer Protest der Herausgeber gegen die drakonischen Zensurmaßnahmen der Regierung. Constance stellte einen großen Topf Maisbrei in die Mitte des Tisches, daneben eine kleine Schüssel mit Kutteln und Zuckerbohnen. Sie füllte die Eßschale des alten Mannes, stellte sie vor ihn hin und gab ihm seinen Löffel in die Hand; während der Mahlzeit saß sie neben ihm, führte sanft seine Hand und wischte Verschüttetes weg.

Auf dem kleinen Schwarzweiß-Fernseher an der Wand flimmerte das undeutliche Bild einer Nachrichtensendung.

»Bei vier Zusammenstößen in Maschonaland und Matabeleland wurden in den letzten vierundzwanzig Stunden sechsundzwanzig Terroristen von Sicherheitskräften getötet. Weitere sechzehn schwarze Zivilisten kamen im Kreuzfeuer ums Leben, und acht wurden auf der Mrewa-Straße bei der Explosion einer Landmine getötet. Die Vereinigten Streitkräfte bedauern, den Verlust zweier Angehöriger ihrer Sicherheitstruppen melden zu müssen, die im Gefecht gefallen sind. Es handelt sich um Sergeant John Sinclair von den Ballantyne Scouts –«

Constance stand auf und schaltete den Fernseher aus, dann setzte sie sich wieder und häufte noch etwas Bohnen und Fleisch in Gideons Schale.

»Wie bei einem Fußballspiel«, sagte sie mit einer Bitterkeit, die Samson noch nie in ihrer Stimme gehört hatte. »Jeden Abend geben sie uns den Spielstand bekannt. Terroristen gegen Armee – zwei zu sechsundzwanzig. Wir sollten ein Lotto damit veranstalten.« Samson sah, daß sie weinte, und ihm fiel nichts ein, was er ihr hätte sagen können.

»Sie nennen die Namen und das Alter der weißen Soldaten, wie viele Kinder sie haben, aber die anderen sind nur ›Terroristen‹ oder ›schwarze Zivilisten‹. Die haben aber auch Mütter und Väter und Frauen und Kinder.« Sie schniefte ihre Tränen hoch. »Sie sind Matabele wie wir, sie sind unser Volk. Der Tod wurde so leicht, so alltäglich in diesem Land. Aber viel schlimmer dran sind die, die nicht sterben, die zu uns kommen – unsere Leute, denen die Beine vom Körper gerissen wurden, deren Gehirn verletzt wurde, die nur noch lallende Geistesgestörte sind.«

»Der grausamste Krieg ist immer der, an dem Frauen und Kinder beteiligt sind«, sagte Gideon in seiner verrosteten, alten Stimme. »Wir töten ihre Frauen, sie töten unsere.«

Ein leises Kratzen war an der Tür zu hören, und Constance stand auf und knipste das Licht aus, bevor sie die Tür öffnete. Samson sah die Silhouetten zweier Männer auf der dunklen Türschwelle. Sie drängten sich in den Raum, dann klappte die Tür zu. Constance knipste das Licht wieder an.

Zwei Männer standen an der Wand. Ein Blick genügte, und Samson wußte, wer sie waren. Sie trugen Jeans und Drillichhemden, ihre Bewegungen wirkten gehetzt, ihre Augen flackerten ruhelos.

Der ältere nickte dem anderen zu, der rasch in die restlichen Zimmer ging, sie flüchtig durchsuchte, zurückkam und die Vorhänge überprüfte, um sicherzugehen, daß kein Lichtschein nach draußen fiel. Dann nickte er dem anderen zu und schlüpfte wieder zur Tür hinaus. Der ältere Mann setzte sich auf die Bank Gideon Kumalo gegenüber. Er hatte gutgeschnittene Gesichtszüge, eine arabisch gebogene Nase, seine Haut war tiefschwarz und sein Kopf kahl geschoren.

»Ich bin Genosse Tebe«, sagte er leise. »Wie heißt du, alter Vater?«

»Ich heiße Gideon Kumalo.« Der Blinde blickte mit leicht geneigtem Kopf über die Schulter des anderen.

»Diesen Namen hat dir deine Mutter nicht gegeben, so kannte dein Vater dich nicht.«

Der alte Mann begann zu zittern, und er machte einen dreimaligen Ansatz zu sprechen, bevor die Worte herauskamen.

»Wer bist du?« stammelte er.

»Das ist unwichtig«, sagte der Mann. »Wir versuchen herauszufinden, wer du bist. Sag mir, alter Mann, hast du noch nie den Namen Tungata Zebiwe gehört? Der Sucher nach dem Gestohlenen, der Sucher nach Gerechtigkeit?«

Der alte Mann erschrak so heftig, daß er die Essensschale vom Tisch stieß, die sich in klappernden Kreisen auf dem Betonfußboden zu seinen Füßen drehte.

»Woher kennst du diesen Namen?« flüsterte er. »Was weißt du von diesen Dingen?«

»Ich weiß alles, alter Vater. Ich kenne auch ein Lied. Wir werden es gemeinsam singen, du und ich.«

Und der Besucher begann zu singen, in einem leisen, melodischen Bariton:

»Wie ein Maulwurf im Gedärm der Erde,
fand Bazo den geheimen Gang –«

Es war die alte Schlachthymne der »Maulwurf-*Impis*«, und die Erinnerungen stürmten auf Gideon Kumalo ein. Wie bei sehr alten Leuten üblich, konnte er sich in klaren Einzelheiten an die Tage seiner Kindheit erinnern, während die Ereignisse der vergangenen Woche bereits zu verlöschen begannen. Er erinnerte sich an eine Höhle in den Matopos-Bergen und an das unvergessene Gesicht seines Vaters im Feuerschein, und die Worte des Liedes kehrten in sein Gedächtnis zurück:

»Die Maulwürfe sind unter der Erde.
›Sind sie tot?‹ fragen die Töchter der Maschobane.«

Gideon sang mit seiner zerkratzten Greisenstimme, und während er sang, quollen Tränen in seine milchig blinden Augen und liefen ihm ungehindert die Wangen hinunter.

Als das Lied zu Ende war, sagte der Besucher leise: »Die Geister deiner Ahnen rufen dich, Genosse Tungata Zebiwe.«

»Ich bin ein alter Mann, blind und schwach, ich kann ihnen nicht antworten.«

»Dann mußt du jemanden an deiner Stelle schicken. Jemand, in dessen Adern das Blut von Bazo, der Axt, und Tanase, der Hexe, rinnt.« Damit wandte der Fremde sich langsam an Samson Kumalo, der am Kopfende des Tisches saß, und sah ihm direkt in die Augen.

Samson erwiderte den Blick ausdruckslos. Er war wütend. Instinktiv hatte er gewußt, warum der Fremde gekommen war. Die wenigsten Matabele hatten ein abgeschlossenes Universitätsstudium oder andere herausragende Qualitäten. Er wußte seit langem, wie dringend sie ihn haben wollten, und hatte alles getan, um ihnen aus dem Weg zu gehen. Jetzt hatten sie ihn endlich gefunden, und er war wütend auf sie und auf Constance. Das Treffen war eingefädelt. Es war ihm aufgefallen, wie Constance während des Essens immer wieder zur Tür geblickt hatte. Sie hatte ihnen gesagt, daß er hier sei.

Außer seinem Zorn spürte er verdrossene Resignation. Er wußte, daß er ihnen nicht mehr entkommen konnte. Er wußte, welche Gefahr das bedeutete, nicht nur für ihn allein. Das waren harte Männer von eiskalter, kaum vorstellbarer Grausamkeit. Er begriff, warum der Fremde zuerst mit Gideon Kumalo gesprochen hatte. Damit hatte er ihn gezeichnet. Wenn Samson sich weiterhin weigerte, drohte dem alten Mann tödliche Gefahr.

»Du mußt jemand an deiner Stelle schicken.«

Es war der uralte Tauschhandel. Ein Leben für ein anderes. Wenn Samson nicht auf den Handel einging, war das Leben des alten Mannes verwirkt, und auch das würde die Angelegenheit nicht aus der Welt schaffen. Sie wollten ihn, also würden sie ihn bekommen.

»Mein Name ist Samson Kumalo«, sagte er. »Ich bin Christ, und ich verabscheue Krieg und Grausamkeit.«

»Wir wissen, wer du bist«, sagte der Fremde. »Und wir wissen auch, daß in Zeiten wie dieser kein Platz für Milde ist.«

Der Fremde unterbrach, als die Tür sich einen Spalt öffnete; der zweite Fremde, der draußen Wache stand, steckte den Kopf zur Tür herein und zischte: *»Kanka!«* Nur dieses eine Wort »Schakale!« Und damit war er verschwunden.

Sofort stand der ältere Fremde auf, holte die 7.62-mm-Tokarew-Pistole aus dem Gürtel seiner Jeans und knipste gleichzeitig das Licht aus. In der Finsternis flüsterte er nah an Samsons Ohr. »Am Bulawayo-Busbahnhof. Übermorgen um acht Uhr morgens.«

Dann hörte Samson das Türschloß klicken, und die drei waren wieder allein. Sie warteten fünf Minuten in der Dunkelheit, bevor Constance sagte: »Sie sind fort.« Sie machte das Licht an, stellte das Geschirr zusammen und knüllte das Zeitungspapier, das als Tischtuch gedient hatte, zusammen.

»Was die *Boys* auch beunruhigt hat, es muß falscher Alarm gewesen sein. Das Dorf ist still. Keine Spur von Sicherheitskräften.«

Keiner der Männer antwortete, und sie goß Kakao in die Becher.

»Ich bin müde«, sagte Samson. Er war immer noch wütend auf sie.

»Ich bin auch müde«, murmelte Gideon, und Samson half ihm ins Schlafzimmer. In der Tür warf er einen Blick zu Constance zurück. Sie blickte ihn so flehentlich an, daß sein Zorn gegen sie verrauchte.

Er lag in dem schmalen Eisenbett an der anderen Wand neben dem alten Mann und horchte auf die kleinen Geräusche aus der Küche, wo Constance aufräumte und den Frühstückstisch deckte. Dann klappte die Tür zu ihrem kleinen Hinterzimmer zu.

Samson wartete, bis der alte Mann zu schnarchen begann, dann stand er leise auf. Er hängte die rauhe Wolldecke über seine nackten Schultern, verließ das Zimmer und ging zu Constances Tür. Sie war nicht versperrt. Und er hörte, wie sie sich schnell im Bett aufsetzte. »Ich bin es«, sagte er leise.

»Ich hatte schon gefürchtet, du würdest nicht kommen.«

Er berührte ihre nackte Haut, die sich kühl und samtweich anfühlte. Sie nahm seine Hand und zog ihn zu sich herunter, und er spürte die letzten Reste seines Ärgers schwinden.

»Es tut mir leid«, flüsterte sie.

»Macht nichts«, sagte er. »Ich hätte mich nicht ewig verstekken können.«

»Wirst du gehen?«

»Wenn ich nicht gehe, nehmen sie meinen Großvater, und damit werden sie sich nicht zufriedengeben.«

»Das ist nicht der Grund, warum du gehst. Du gehst aus dem gleichen Grund wie ich. Weil ich gehen mußte.«

Ihr schlanker langer Körper war nackt wie seiner. Ihre Brüste drängten sich an ihn, und er spürte, wie die Hitze sie durchlief.

»Nehmen sie dich mit in den Busch?« fragte er.

»Nein. Noch nicht. Ich habe Befehl, hier zu bleiben. Es gibt hier Arbeit für mich.«

»Darüber bin ich froh.« Er berührte ihren Hals mit seinen Lippen. Im Busch hatte sie nur geringe Chancen. Die Tötungsquote der Sicherheitskräfte stand bei dreißig zu eins.

»Glaubst du, sie werden dich im Busch einsetzen?«

»Ich weiß es nicht. Vermutlich werden sie mich zuerst ausbilden.«

»Das ist vielleicht für lange Zeit unsere letzte gemeinsame Nacht«, flüsterte sie. Er antwortete nicht. Seine Finger strichen ihre Wirbelsäule entlang.

»Ich möchte einen Sohn von dir«, flüsterte sie. »Ich möchte, daß du mir etwas gibst, das ich lieben kann, solange wir getrennt sind.«

»Es ist gegen Sitte und Gesetz.«

»In diesem Land gibt es nur das Gesetz der Waffe, und die Sitten, wie wir sie bestimmen.« Constance schmiegte sich an ihn. »Mitten in all dem Sterben müssen wir Leben bewahren. Gib mir dein Kind, mein Herz, gib es mir heute nacht, vielleicht sind uns nicht mehr viele Nächte gegönnt.«

Samson wurde von einem Alptraum geweckt. Licht flutete in das winzige Zimmer, drang durch den dünnen Vorhang am einzigen Fenster und warf harte, bewegliche Schatten auf die kahle, weiße Wand. Constance klammerte sich an ihn, ihr Körper noch heiß und feucht von ihrem Liebesspiel, ihre Augen weich und schläfrig. Von draußen blökte eine Megaphonstimme Befehle.

»Achtung! Hier spricht die rhodesische Armee. An alle Bewohner. Kommen Sie mit erhobenen Händen aus Ihren Häusern. Verhalten Sie sich ruhig. Versuchen Sie nicht zu fliehen oder sich zu verstecken.«

»Zieh dich an«, sagte Samson zu Constance. »Dann hilf mir, den alten Mann rauszuschaffen.«

Sie tapste schlaftrunken an den Eckschrank und zog ein glattes rosa Baumwollkleid über ihren nackten Körper. Dann folgte sie Samson barfuß in das zweite Schlafzimmer. Er trug nur ein Paar Khaki-Shorts und half Gideon beim Aufstehen.

Constance legte dem alten Mann eine Wolldecke um die Schultern. Gemeinsam führten sie ihn durch die Küche. Samson schloß die Tür auf und trat ins Freie. Dabei hielt er beide Hände mit den Handflächen nach vorn hoch. Der grelle weiße Kegel eines Suchscheinwerfers erfaßte ihn; reflexartig legte er eine Hand schützend über die Augen.

»Bring Großvater.«

Constance führte den alten Mann heraus, und die drei standen aneinandergedrängt, geblendet vom grellen Licht und verwirrt vom ständig sich wiederholenden Lautsprechergequäke.

»Keine Fluchtversuche. Keine Verstecke.«

Die Häuser der Mission waren umstellt. Die Scheinwerfer stachen durch die Dunkelheit und erfaßten die kleinen Gruppen von Lehrern und Pflegepersonal mit ihren Familien, die sich schutzsuchend aneinanderklammerten, die meisten nur in dünnen Nachthemden oder hastig umgehängten Decken.

Aus der schwarzen Finsternis hinter den Scheinwerfern tauchten Gestalten auf, bewegten sich wie Panther, wachsam und raubtierhaft. Einer setzte über die Verandabrüstung.

»Ihr seid zu dritt. Sind das alle?« fragte der sehnige Bursche im Kampfanzug und Dschungelmütze in Sindebele. Gesicht und Hände waren mit Tarnfarbe beschmiert, es war nicht festzustellen, ob er schwarz oder weiß war.

»Nur wir drei«, antwortete Samson.

Der Mann beschrieb mit dem FN-Gewehr an seiner Hüfte einen Schwenk über die drei Bewohner.

»Wenn noch jemand im Haus ist, sagt es jetzt, sonst werden sie getötet.«

»Da ist niemand.«

Der Soldat gab einen Befehl, und seine Männer drangen gleichzeitig durch Hinter- und Vordertür und Seitenfenster ein. Sie durchsuchten das Haus in Sekundenschnelle, ein eingespieltes Team, einer den anderen deckend. Nachdem festgestellt war, daß es sauber war, verstreuten sie sich wieder in der Dunkelheit und ließen die drei auf der Veranda stehen.

»Keine falsche Bewegung«, schepperten die Lautsprecher. »Stehenbleiben und ruhig verhalten.«

In der Dunkelheit unter den Spathodeenbäumen nahm Colonel Roland Ballantyne die Meldungen entgegen. Mit jeder Negativmeldung wuchs seine Enttäuschung. Ihre Informationen waren gut, und die Spur war heiß. Eine Spur, die er schon so oft aufgenommen hatte. Genosse Tebe war einer der von ihnen am meisten Gesuchten. Ein ZIPRA-Kommissar, der seit nahezu sieben Monaten in Matabeleland operierte. Schon dreimal war das Netz so eng zugezogen worden. Es lief immer nach dem gleichen Muster ab. Ein Tip von einem Informanten oder einem Scout, der getarnt unter der Zivilbevölkerung agierte. *Tebe hält sich in dem und dem Dorf auf.* Sie umstellten das Dorf lautlos, riegelten methodisch jedes Schlupfloch ab. In der Dunkelheit, mitten in der Nacht, stürmten und durchsuchten sie das Dorf. Einmal hatten sie zwei seiner Untergebenen erwischt, aber Tebe selbst war entwischt. Der Sergeant-Major der Scouts, Esau Gondele, hatte die beiden Terroristen im Beisein von Roland verhört. Beim Morgengrauen konnte keiner der beiden sich mehr auf den Beinen halten, aber sie hatten nicht geredet.

Roland Ballantynes Frustration war mörderisch. Vor einer Woche hatte Tebe einen Sprengsatz in einem Supermarkt-Wagen liegengelassen. Sieben Menschen waren dabei ums Leben gekommen: fünf Frauen und zwei zehnjährige Kinder. Roland wollte ihn dringend haben, so dringend, daß eine schwere schwarze Wolke sich über sein Gemüt legte, nachdem ihm klar wurde, daß er wieder entkommen war.

»Bringt mir den Informanten!« befahl er, und Esau Gondele gab leise Anweisungen in das tragbare Funkgerät. Wenige Minuten später hörten sie den Landrover den Hügel heraufkommen, und seine Scheinwerfer flackerten durch die Bäume.

»Gut, Sergeant-Major. Die Leute sollen nebeneinander Aufstellung nehmen.«

An die sechzig Menschen standen vor den Häusern der Mission am Straßenrand. Die Suchscheinwerfer erfaßten sie mit ihrem grellen, schonungslosen Licht. Colonel Roland Ballantyne sprang auf den Landrover und hielt das Megaphon an den Mund. Er sprach fließend Sindebele.

»Die Verbrecher waren unter euch. Sie haben den Gestank

von Tod über dieses Dorf gebracht. Sie sind gekommen, um Zerstörung zu bringen, euch und eure Kinder zu töten oder zu Krüppeln zu machen. Da ihr Angst hattet, unsere Hilfe in Anspruch zu nehmen, habt ihr alles nur noch schlimmer gemacht.«

Die lange Reihe Schwarzer – Männer, Frauen und Kinder in ihren Nachthemden – stand verstockt und reglos wie Vieh im Gewittersturm. Sie wurden zwischen den Mühlsteinen der Guerillas auf der einen Seite und der Sicherheitstruppen auf der anderen zerrieben. Sie standen im weißen Scheinwerferlicht und hörten zu.

»Die Regierung ist euer Vater. Und wie jeder gute Vater will sie ihre Kinder beschützen. Aber es gibt dumme Kinder unter euch, nämlich jene, die sich mit den Verbrechern verbünden, die ihnen zu essen geben und sie vor uns warnen. Wir kennen das. Wir wissen, wer sie gewarnt hat.«

Zu Rolands Füßen auf der Rückbank des Landrovers saß eine menschliche Gestalt, von Kopf bis Fuß in ein Tuch gehüllt, so daß niemand feststellen konnte, ob es ein Mann oder eine Frau war. In die Kapuze des Tuchs waren Augenschlitze geschnitten.

»Jetzt werden wir die Schlechten unter euch herausfinden, jene, die zu den Todbringern halten«, fuhr Roland fort.

Der Landrover rollte langsam an der Reihe der Bewohner vorbei, und jedem wurde im Vorbeifahren mit einem Scheinwerfer aus knapp einem Meter Entfernung ins Gesicht geblendet. Die auf der Rückbank sitzende maskierte Gestalt starrte aus den Sehschlitzen. In den dunklen Augen reflektierte das Scheinwerferlicht; jedes Gesicht wurde genau gemustert.

Der Landrover bewegte sich in Schrittgeschwindigkeit auf Samson und Constance zu, die den alten Mann in ihrer Mitte hielten.

Ohne die Lippen zu bewegen, fragte Samson: »Bist du in Gefahr? Kennen sie dich?«

»Weiß ich nicht«, antwortete sie.

»Was können wir tun –« Jetzt war der Landrover in ihrer Höhe, und Constance blieb keine Zeit für eine Antwort.

Die maskierte Gestalt im Fahrzeug bewegte sich zum erstenmal. Ein langer schwarzer Arm schoß unter dem Tuch hervor und wies direkt auf Constances starres Gesicht. Es wurde kein Wort gesprochen. Zwei Scouts in Kampfanzügen traten aus der Dunkelheit und packten sie an den Armen.

»Constance!« Samson wollte sie festhalten. Ein Gewehrkolben krachte ihm in Höhe seiner Nieren in den Rücken, und ein flammender Schmerz zuckte seine Wirbelsäule hinauf und drohte ihm die Schädeldecke zu sprengen. Er sackte in die Knie.

Der Schmerz verzerrte seinen Gesichtskreis, das grelle Licht stach in seine Augen und blendete ihn. Mit einem gewaltigen Ruck raffte er sich auf die Beine. Die Mündung eines FN-Gewehrs drückte sich in seine Magengrube.

»Dich wollen wir nicht, Freundchen. Misch dich nicht in Dinge, die dich nichts angehen.«

Die Scouts führten Constance ab. Sie ging willig mit. Sie wirkte sehr klein und hilflos zwischen den beiden großen Soldaten in Kampfmontur. Sie drehte sich um und blickte zu Samson zurück. Ihre großen, sanften Augen hingen an seinem Gesicht, und ihre Lippen bewegten sich.

Dann schob sich die Karosserie des Landrovers für einen kurzen Moment vor das Scheinwerferlicht. Dunkelheit hüllte die Gruppe ein, und eine Sekunde später, als die Scheinwerfer sie wieder erfaßten, hatte Constance sich losgerissen und rannte.

»Nein!« schrie Samson in furchtbarer Qual. Er wußte, was kommen mußte. »Halt, Constance, bleib stehen!«

Sie flog wie ein hübscher Nachtfalter im Licht, das rosafarbene Kleid flatterte zwischen den Spathodeenbäumen, und dann rissen die Kugeln weiße Holzfetzen aus den Bäumen um sie herum, und sie flatterte nicht mehr leicht und anmutig; als habe ein böses Kind dem Nachtfalter die Flügel ausgerissen.

Vier Soldaten trugen sie, je einen Arm und ein Bein haltend, zurück. Constances Kopf hing nach hinten, berührte fast den Boden, und das Blut, das ihr aus Nase und Mund lief, war dick wie Sirup. Sie warfen sie hinten auf den Landrover, dort lag sie mit verrenkten dunklen Gliedmaßen wie eine auf der Jagd im Veld erlegte Gazelle.

Samson Kumalo ging die Hauptstraße von Bulawayo entlang. Es war noch kühl von der Nacht, und die Schatten der Jakarandabäume warfen getigerte Streifen über den blauen Schotter. Er ließ sich im zähen Strom der Menschen auf dem Gehsteig treiben. An der Ampel wartete er und beobachtete die Gesichter um ihn herum: flache, ausdruckslose Matabele-Gesichter mit trotzig umschatteten Augen, gepflegte weiße Frauen in hübschen Kleidern, die mit einer Tasche über einer Schulter und einer Maschinenpistole über der anderen zum Einkaufen gingen. Weiße Männer in Zivil waren kaum zu sehen, die meisten davon zu alt für den Militärdienst – alle anderen waren uniformiert und bewaffnet.

Militärfahrzeuge beherrschten das Straßenbild. Seit den Wirtschaftssanktionen waren die Benzinrationen auf wenige Liter pro Monat herabgesetzt. Die Farmer, die in der Stadt etwas zu erledigen hatten, steuerten unansehnliche Fahrzeuge mit gepanzerten Karosserien und Minenschutz.

Zum erstenmal seit Constances Tod wurde Samson das wahre Ausmaß seines Hasses bewußt, als er in die weißen Gesichter blickte. Bislang hatte ihn eine lähmende Taubheit ausgefüllt, die allmählich von ihm wich.

Er trug kein Gepäck, denn ein Paket hätte sofort Aufmerksamkeit erregt und eine Leibesvisitation nach sich gezogen. Er trug Jeans, ein kurzärmeliges Hemd und Turnschuhe – keine Jacke, die eine Waffe hätte verbergen können; und wie die Gesichter seiner Landsleute war auch sein Gesicht leer und ausdruckslos. Er war nur mit seinem Haß bewaffnet.

Die Ampel sprang auf Grün, er überquerte die Straße ohne Eile und schlug die Richtung zum Busbahnhof ein. Dort herrschte bereits um diese frühe Stunde dichtes Gedränge.

Im Abstand von wenigen Minuten kamen Busse, eingehüllt in dunkle Wolken ihrer Auspuffgase, spuckten eine Ladung Passagiere aus und wurden umgehend mit Getümmel wieder gestürmt. Samson lehnte an der Mauer der öffentlichen Latrine, dem zentralsten Punkt, und daher am besten geeignet, auf jemanden zu warten.

Zuerst erkannte er den Genossen Tebe nicht. Er trug einen

schmutzigen, geflickten blauen Overall mit der Aufschrift COHEN'S FLEISCHEREI in roten Buchstaben auf dem Rücken. Seine vornüber gebeugte Haltung verbarg seine wahre Körpergröße, und ein Ausdruck gutmütigen Schwachsinns ließ ihn harmlos erscheinen.

Er ging an Samson vorbei, ohne einen Blick auf ihn zu werfen, und betrat die Latrine. Samson wartete eine Weile, bevor er ihm folgte. Das nach Urin und billigem Tabaksqualm stinkende Pissoir war überfüllt; im Gedränge wurde Genosse Tebe gegen Samson gestoßen, der gleich darauf ein Stück Papier in seiner Hand spürte.

Wieder draußen besah Samson sich das Papier: eine Busfahrkarte III. Klasse von Bulawayo nach Victoria Falls. Er stellte sich in die Schlange nach Victoria Falls fünf Plätze hinter Tebe. Der Bus hatte fünfunddreißig Minuten Verspätung; beim Verstauen des Gepäcks und bei der Suche nach einem Sitzplatz gab es das übliche Gedränge.

Tebe hatte einen Fensterplatz drei Reihen vor Samson. Er drehte den Kopf nicht, als der schwerbeladene rote Bus durch die Vororte nach Norden holperte. Sie fuhren eine lange, mit Jakarandabäumen gesäumte Allee entlang, die Cecil Rhodes angelegt hatte und die zum Parlamentsgebäude auf der Anhöhe über der Stadt führte, wo einst der königliche Kral von Lobengula, dem König der Matabele, gestanden hatte. Sie passierten die Abzweigung zum Flughafen und kamen zur ersten Straßensperre.

Alle Passagiere mußten aussteigen und ihr Gepäck an sich nehmen, das von Polizisten geöffnet und durchsucht wurde. Dann wurden Männer und Frauen nach dem Zufallsprinzip zur Leibesvisitation ausgesucht. Weder Samson noch Tebe waren darunter, und fünfzehn Minuten später wurde der Bus wieder beladen und konnte weiterfahren.

Die holprige Fahrt nach Norden führte durch akazienbestandene Savanne, die bald in dichtes Waldgebiet überging. Samson saß zusammengesunken auf der harten Bank und sah hinaus auf die vorbeifliegende Landschaft. Tebe vor ihm schien zu schlafen. Kurz vor Mittag erreichten sie die Haltestelle der Matthew-Mission am Gwaai am Rande des Sikumi-Waldreservats. Die meisten Passagiere holten ihr Gepäck vom Dachständer und begaben sich auf einen der vielen Trampelpfade, die im Wald verschwanden.

»Eine Stunde Aufenthalt«, verkündete der Fahrer. »Ihr könnt Feuer machen und eure Mahlzeit kochen.«

Tebe warf Samson einen flüchtigen Blick zu und schlenderte auf den kleinen Kramladen an der Kreuzung zu. Samson betrat die Baracke, ohne eine Spur von Tebe zu entdecken. Dann sah er, daß die Tür hinter der Verkaufstheke halb offen stand und der Ladenbesitzer ihm eine kleine Geste mit dem Kinn machte. Zwischen aufgeschichteten Maissäcken, getrockneten Häuten, Seifenkartons und Getränkekisten wartete Tebe.

Er hatte den zerschlissenen Overall abgelegt und mit ihm die Rolle des schwachsinnigen Arbeiters.

»Ich sehe dich, Genosse Samson«, sagte er leise.

»So heiße ich nicht mehr«, antwortete Samson.

»Wie ist dein Name?«

»Tungata Zebiwe.«

»Ich sehe dich, Genosse Tungata«, nickte Tebe zufrieden. »Du hast im Wildpark gearbeitet. Du verstehst doch was von Waffen, oder?«

Tebe wartete nicht auf die Antwort. Er öffnete eine der Metallkisten mit gemahlenem Maisschrot, die an der hinteren Wand standen, holte ein langes Bündel, eingewickelt in einen grünen Plastiksack für Kunstdünger, und klopfte den Mehlstaub ab. Er öffnete die Verschnürung und reichte die zum Vorschein kommende Waffe Tungata Zebiwe, der sie sofort erkannte. In den ersten Tagen des Buschkriegs hatten die Sicherheitstruppen eine Werbekampagne über Fernsehspots und Zeitungsanzeigen gestartet, um Informanten zu bewegen, Meldung über Guerilla-Waffen in ihrem Dorf zu machen. In den abgelegenen Stammesgebieten wurden große Mengen illustrierte Flugblätter abgeworfen, in denen 5000 Dollar Belohnung versprochen wurden für Informationen, die zum Auffinden einer einzigen dieser Waffen führte.

Es war ein 7.62-mm-Automatik-Kalaschnikow-(AK)-Sturmgewehr.

»Hier sind die Magazine.« Tebe demonstrierte das Laden der Magazine, indem er die kurzen, schlanken Messingpatronen mit dem Daumen in die Öffnung schob. »Probier es.« Tungata hatte den Dreh sofort raus. Beim zweitenmal lud er die dreißig Schuß in ebensovielen Sekunden in das Magazin.

»Gut«, nickte Tebe. »Jetzt zum Laden der Waffe. Das geht so.« In weniger als drei Minuten hatte er veranschaulicht, warum das AK die begehrteste Waffe bei Guerillatruppen in der ganzen Welt war. Ihre einfache Bedienung und robuste Konstruktion machten sie zur idealen Waffe für den Dschungelkrieg.

»Hebel ganz nach oben bis zum Anschlag ist gesichert«, kam Tebe zum Ende seiner Vorführung. »Ganz nach unten ist Halbautomatik. Dazwischen ist Vollautomatik.« Er reichte Tungata die Waffe und sah zu, wie der lud, den Hahn spannte und rasch und sauber entlud. »Ja, gut. Denk dran, die Waffe ist zwar schwer, verreißt aber auf Automatik leicht nach oben. Du mußt sie gut festhalten.«

Tebe wickelte die Waffe in eine billige graue Decke, aus der sie rasch hervorzuholen war.

»Der Ladenbesitzer ist einer von uns«, erklärte er dabei. »Er lädt jetzt den Bus voll mit Proviant. Es wird Zeit, daß ich dir sage, warum wir hier sind und wohin wir gehen.«

Als Tungata und Tebe den Kramladen verließen und zum Bus schlenderten, waren die Kinder bereits da, annähernd sechzig, die Jungen in Khaki-Hemden und kurzen Hosen, die Mädchen in blauen Trägerröcken und der grünen Schärpe der St.-Matthew-Missionsschule um die Taille. Alle waren barfuß. Sie schwatzten und kicherten aufgeregt über den unerwarteten Ausflug, eine willkommene Unterbrechung des langweiligen Schulunterrichts. Ihr Durchschnittsalter betrug fünfzehn Jahre. Unter der Führung ihres Klassenlehrers, einem jungen Matabele mit Brille, standen sie brav aufgereiht neben dem staubigen roten Bus. Sobald er Tebe sah, eilte der Lehrer zu ihm.

»Dein Befehl ist ausgeführt, Genosse.«

»Was hast du den Patres in der Mission gesagt?«

»Daß wir einen Schulausflug machen und nicht vor Einbruch der Nacht zurückkommen, Genosse.«

»Laß die Kinder einsteigen.«

»Sofort, Genosse.«

Der Busfahrer mit seiner gebieterischen Uniformmütze wollte gegen den Ansturm der jungen Passagiere, von denen keiner eine Fahrkarte vorzuweisen hatte, protestieren, doch Tebe trat hinter ihn und stieß ihm die Tokarew in die Rippen, worauf das Gesicht des Mannes aschgrau verfiel und er in seinen Sitz sackte. Die Kinder rangelten um die Fensterplätze, dann blickten sie mit erwartungsvoll glänzenden Gesichtern hoch.

»Wir machen eine aufregende Reise«, sagte der Lehrer mit der Brille. »Ihr tut, was euch befohlen wird. Habt ihr verstanden?«

»Wir haben verstanden«, antworteten sie brav im Chor.

Tebe klopfte dem Busfahrer mit dem Pistolenlauf auf die Schulter.

»Fahr nach Norden, Richtung Sambesi und Victoria Falls«, befahl er leise. »Sollten wir auf eine Straßensperre stoßen, bleibst du sofort stehen und verhältst dich ganz normal, wie sonst auch. Ist das klar?«

»Ja«, murmelte der Fahrer.

»Ich höre dich, Genosse, und ich werde gehorchen«, sagte Tebe ihm vor.

»Ich höre dich, Genosse, und ich werde gehorchen.«

»Wenn nicht, bist du der erste, der stirbt. Darauf gebe ich dir mein Wort.«

Tungata saß auf der letzten Bank hinten im Bus, die in die Decke gewickelte AK unter der Bank zu seinen Füßen. Er hatte die Kinder gezählt und machte eine Liste. Es waren siebenundfünfzig, siebenundzwanzig davon Mädchen. Er fragte sie nach ihren Namen, schätzte ihre Intelligenz und ihr Führungspotential und bezeichnete die besten auf der Liste mit einem Stern. Zufrieden stellte er fest, daß der Lehrer mit der Brille seine Auslese bestätigte. Er hatte vier Jungen und ein Mädchen ausgesucht. Sie war fünfzehn Jahre, ihr Name war Miriam, ein hübsches, schlankes Mädchen mit strahlendem, intelligentem Blick. Etwas an ihr erinnerte ihn an Constance. Sie saß neben ihm auf der Bank, und er beobachtete ihre Reaktion auf die erste Sitzung der Indoktrination.

Der Bus zockelte unter dem hohen, gewölbten Blätterdach des dichten Waldes auf dem schnurgeraden, glatten geschotterten Highway nach Norden. Genosse Tebe stand nebem dem Fahrersitz und blickte in die ihm zugewandten frischen, jungen Gesichter.

»Ich bin Genosse Tebe. Wie heiße ich?« sagte er.

»Genosse Tebe«, riefen sie.

»Wer ist Genosse Tebe? Genosse Tebe ist euer Freund und Führer.«

»Genosse Tebe ist unser Freund und Führer.«

Frage und Antwort wiederholten sich immer wieder.

»Wer ist Genosse Tungata?«

»Genosse Tungata ist unser Freund und Führer.«

Die Stimmen der Kinder wurden inbrünstiger, und in ihren Augen begann ein hypnotisiertes Funkeln.

»Was ist die Revolution?«

»Die Revolution ist Macht für das Volk«, kreischten sie, wie europäische Kinder gleichen Alters in einem Popkonzert.

»Wer ist das Volk?«

»Wir sind das Volk.«

»Wer ist die Macht?«

»Wir sind die Macht.«

Sie wiegten sich auf ihren Plätzen in einem Zustand der Ekstase.

»Wer ist Genosse Inkunzi?«

»Genosse Inkunzi ist der Vater der Revolution.«

»Was ist die Revolution?«

»Die Revolution ist Macht für das Volk.«

Und der Katechismus begann wieder von vorn und trug sie immer höher auf den Schwingen des politischen Fanatismus.

Tungata, selbst stark ergriffen, wunderte sich über die Technik und Mühelosigkeit der Indoktrinierung. Tebe hämmerte auf sie ein, bis auch Tungata gemeinsam mit ihnen in einer wundersamen Katharsis von Haß und Trauer schrie, die sich in ihm seit Constances Ermordung aufgestaut hatten. Er wurde wie vom Fieber geschüttelt, und als er im Schlingern und Rütteln des Busses an Miriams schlanken, knospenden Körper geworfen wurde, war er sofort und schmerzhaft sexuell erregt. Es war ein fremder, fast religiöser Wahn, der sie alle überwältigte und am Ende brachte Genosse Tebe ihnen das Lied bei.

»Das ist das Lied, das ihr singen werdet, wenn ihr in den Kampf zieht, es ist das Lied eurer Herrlichkeit, es ist das Lied der Revolution.«

Sie sangen in ihren süßen, klaren Kinderstimmen und klatschten rhythmisch in die Hände:

> »Auf der anderen Seite der Grenze starren Waffen
> Und eure ermordeten Väter drehen sich im Grab.
> Auf der anderen Seite des Flussses sind Waffen
> Und eure in der Sklaverei geborenen Kinder weinen.
> Ein blutiger Mond geht auf.
> Wie lang wird die Freiheit noch schlafen?«

Tungata spürte, wie die Tränen sich aus seinen Augen lösten und ihm in breiten Strömen übers Gesicht liefen.

Sie waren erschreckt und erschöpft wie Überlebende einer furchtbaren Katastrophe. Genosse Tebe sprach leise mit dem Fahrer, und der Bus bog von der Hauptstraße ab in eine kaum sichtbare Fahrspur in den Wald. Er kroch über den Serpentinenweg, der großen Bäumen auswich und steil abfiel in ausgetrocknete Flußläufe. Als sie anhielten, war es dunkel geworden. Die Fahrspur verlor sich, und die meisten Kinder waren eingeschlafen. Tungata ging durch den Bus, weckte sie auf und brachte sie nach draußen.

Die Jungen wurden losgeschickt, um Reisig fürs Feuer zu suchen, und die Mädchen machten sich daran, eine einfache Mahlzeit aus Maismehl und süßem Tee zu kochen. Tebe nahm Tungata beiseite.

»Wir befinden uns hier auf befreitem Gebiet, das die Rhodesier nicht mehr kontrollieren. Von hier marschieren wir zu Fuß. Bis zu den Stromschnellen sind es zwei Tagesmärsche. Du machst die Nachhut und achtest auf Deserteure. Bis wir den Fluß erreichen, müssen wir immer mit ein paar Feiglingen rechnen. Ich kümmere mich jetzt um den Fahrer.«

Tebe führte den gefügigen und verängstigten Mann aus dem Lager, einen Arm um seine Schultern gelegt. Zwanzig Minuten später kehrte er allein zurück; die meisten Kinder hatten gegessen und sich wie junge Hunde auf der blanken Erde neben die Feuerstellen zum Schlafen gelegt.

Miriam brachte den beiden Männern schüchtern eine Schale Maisbrei. Nach längerem Schweigen sprach Tebe mit vollem Mund. »Du hältst sie für Kinder.« Er deutete auf die Schlafenden. »Aber sie begreifen schnell und glauben das, was man ihnen sagt, ohne daran zu zweifeln. Sie haben keine Vorstellung vom Tod, und deshalb kennen sie keine Angst. Sie gehorchen blind, und wenn sie sterben, verlieren wir keine ausgebildeten Männer, die nicht ersetzt werden können. Die Sibas benutzten sie im Kongo, der Vietcong setzte sie gegen die Amerikaner ein, ideales Kanonenfutter für jede Revolution.« Er kratzte seine Schale aus. »Wenn dir eines der Mädchen gefällt, nimm sie dir. Das gehört zu ihren Aufgaben.«

Tebe stand auf. »Du übernimmst die erste Wache. Ich löse dich um Mitternacht ab.« Immer noch kauend entfernte er sich. Am nächsten Feuer hockte er sich neben die schlafende Miriam und flüsterte ihr etwas zu. Sie stand sofort auf und folgte ihm vertrauensselig aus dem Feuerschein.

Später, auf seinem Rundgang um das schlafende Camp, hörte Tungata ein ersticktes Jammern aus der Dunkelheit, wo Tebe und das Mädchen lagen. Dann das Geräusch eines Schlages, und das Jammern ging in leises Schluchzen über. Tungata begab sich auf die andere Seite des Lagers, wo er nichts hören mußte.

Vor der Morgendämmerung fuhr Tungata den Bus an das steile Hochufer eines Wasserlaufs, und die Jungen stießen das Fahrzeug mit begeistertem Johlen über die Klippen. Die Mädchen halfen Zweige zu sammeln, die sie auf das Wrack häuften, bis es nicht einmal von einem tieffliegenden Hubschrauber ausfindig gemacht werden konnte.

Bei Tagesanbruch marschierten sie wieder nach Norden. Tebe übernahm die Führung, hielt sich einen halben Kilometer vor der Kolonne. Der Lehrer blieb bei den Kindern und sorgte für absolutes Schweigen, das Tebe angeordnet hatte. Tungata ging als letzter, trug das AK in Hüfthöhe, mied den Fußweg, hielt sich im flirrenden Halbschatten der Bäume, blieb alle paar Minuten stehen, um zu horchen, und alle paar Stunden ging er zurück und legte sich neben dem Pfad auf die Lauer, um sicher zu gehen, daß niemand ihnen folgte.

Er hatte keine der Techniken, die er als Ranger im Wildschutzgebiet gelernt hatte, vergessen. Er fühlte sich unbeschwert und auf seltsame Weise glücklich. Die Zukunft hatte begonnen. Er hatte sich endlich gestellt. Es gab keine Zweifel mehr, kein Schuldgefühl unterlassener Pflicht, und das Kriegerblut von Gandang und Bazo strömte wild in seinen Adern.

Zur Mittagszeit rasteten sie eine Stunde. Sie machten kein Feuer und aßen kalten Maisbrei, den sie mit lehmigem Wasser aus einem Wasserloch hinunterspülten. Miriam brachte Tungatas Essensration und vermied es, ihm ins Gesicht zu sehen, und als sie wegging, bewegte sie sich vorsichtig, als habe sie eine Verletzung.

Am Nachmittag begann der Abstieg zum Sambesi. Die Vegetation veränderte sich. Der dichte Busch wich einer offenen Savannenlandschaft, in der es viele Wildfährten gab.

Tebe hielt die Kolonne plötzlich an und verkündete: »Wir werden die ganze Nacht marschieren. Ruht euch jetzt aus.«

Dann zeichnete er für Tungata mit einem Zweig eine Landkarte in den Staub.

»Das ist der Sambesi. Dahinter liegt unser Ziel: das mit uns verbündete Sambia. Im Westen liegt Botswana und wasserlose Wüstenei. Wir marschieren parallel zur Grenze, doch bevor wir den Sambesi erreichen, müssen wir die Straße zwischen Victoria Falls und Kazungula überqueren. Und zwar bei Dunkelheit, denn dort gibt es rhodesische Patrouillen. Dahinter, am Flußbett entlang, haben die Rhodesier einen Minensperrgürtel gelegt, der uns daran hindern soll, den Fluß zu durchqueren.«

»Wie kommen wir durch den Minengürtel?«

»Unsere Leute warten dort auf uns und schleusen uns durch. Ruh dich jetzt aus.«

Tungata wurde von einer Hand auf seiner Schulter geweckt und war sofort hellwach.

»Das Mädchen«, flüsterte Tebe. »Miriam. Sie ist weggelaufen.«

»Warum hat der Lehrer sie nicht aufgehalten?«

»Sie sagte, sie müsse austreten.«

»Sie ist nicht wichtig«, meinte Tungata. »Laß sie laufen.«

»Sie ist nicht wichtig«, stimmte Tebe zu. »Aber ihr Beispiel kann Schule machen. Nimm ihre Spur auf«, befahl er.

Miriam mußte diesen äußersten nordwestlichen Zipfel von Matabeleland kennen. Statt umzukehren, hatte sie sich direkt nördlich auf der beabsichtigten Marschlinie gehalten in der deutlich erkennbaren Hoffnung, die Kazungula-Straße noch bei Tageslicht zu erreichen und in eine rhodesische Patrouille zu laufen.

Das Mädchen hatte keinen Versuch gemacht, ihre Spuren zu verwischen, und Tungata folgte ihr im Laufschritt. Er war in ausgezeichneter Kondition, denn er hatte zusammen mit Craig Mellow bei den blutigen Elefantentötungskommandos gearbeitet, und zehn Meilen waren keine Entfernung, die seine Atmung beschleunigt hätte. Genosse Tebe hielt mit ihm Schritt, leopardenschnell und mit grausam leeren Augen, die das Gelände absuchten.

Zwei Meilen vor der Straße holten sie Miriam ein. Als sie die beiden hinter ihr sah, gab sie einfach auf. Sie fiel auf die Knie und zitterte so unkontrolliert, daß ihre Zähne laut aufeinanderschlugen. Die Männer standen über ihr und sie wagte nicht, sie anzusehen.

»Töte sie«, befahl Tebe leise.

Tungata hatte geahnt, daß ihm das bevorstehen würde, und doch wurde seine Seele zu Blei und Eis.

»Wir erteilen einen Befehl nie zweimal«, sagte Tebe, und Tungata veränderte den Griff um den Kolben der AK.

»Kein Schuß«, erklärte Tebe. »Die Straße liegt direkt hinter diesen Bäumen, die Rhodesier könnten in wenigen Minuten hier sein.«

Er holte ein Klappmesser aus der Tasche und reichte es Tungata. Tungata lehnte sein Gewehr gegen einen Mopanistamm und öffnete das Messer. Die Messerspitze war abgebrochen und er fuhr prüfend mit dem Daumen über die Schneide, um festzustellen, daß sie an einem Stein absichtlich stumpf gemacht worden war.

Entsetzen und Abscheu packten ihn im Wissen, was von ihm verlangt wurde, und die Art, wie er den Auftrag ausführen sollte. Er bemühte sich, seine Empfindungen zu verbergen, denn Tebe beobachtete ihn scharf. Tungata begriff, daß dies ein Test für ihn war: Seine Grausamkeit sollte auf die Probe gestellt werden. Und Tungata wußte, wenn er versagte, war ihm das gleiche Schicksal bestimmt wie dem Mädchen Miriam. Mit versteinertem Gesicht zog er den Ledergürtel aus den Schlaufen seiner Jeans und band damit die Handgelenke des Mädchens auf den Rücken.

Er stand hinter ihr, um nicht in ihre dunklen, entsetzten Augen schauen zu müssen, drückte ihr das Knie zwischen die Schulterblätter und hob ihr Kinn, damit ihre zarte Kehle sich spannte. Dann warf er Tebe einen letzten Blick zu, ohne dort Gnade zu finden, und begann seine Arbeit.

Mit der stumpfen Klinge dauerte es Minuten, und das Kind wehrte sich wild, doch schließlich platzte die Halsschlagader, das Blut spritzte, und er ließ sie nach vorn auf das Gesicht fallen. Er keuchte, in stinkenden Schweiß gebadet, und die letzten Reste seiner früheren Identität als Samson Kumalo waren ausgelöscht. Die Wandlung war vollzogen: Tungata Zebiwe, der Sucher nach dem Gestohlenen – der Rächer – war geboren.

Er brach einen Zweig von einem jungen Mopanibaum und wischte sich die Hände an den Blättern ab. Dann reinigte er die Schneide, indem er sie einige Male in die Erde steckte. Als er das Messer dem Genosssen Tebe zurückgab, sah er in dessen Augen einen Funken von Verständnis und Mitgefühl.

»Jetzt gibt es kein Zurück mehr«, sagte Tebe leise. »Jetzt bist du wirklich einer von uns.«

Sie erreichten den Sperrgürtel vor Anbruch der Morgendämmerung. Das Minenfeld war vierzig Meilen lang, aber nur hundert Meter breit. Es war bestückt mit über drei Millionen Sprengkörpern der verschiedensten Arten, von Claymores an Kontaktdrähten bis zu AP-Minen, die selten sofort töteten, meist nur ein

Bein, einen Arm abrissen, und deren Ziel es war, dem Feind einen Verwundeten zu bescheren, der versorgt und gepflegt werden mußte, einen Verwundeten, der nie wieder als kämpfender Soldat eingesetzt werden konnte.

Der Rand des Minenfeldes war mit Emailplaketten auf Pfählen und an Baumstämmen gekennzeichnet. Sie trugen das Bild eines roten Totenkopfs mit gekreuzten Knochen und die Worte »Gefahr – Minenfeld«. Tebe befahl den Kindern, sich in dem dichten braunen Gras flach hinzulegen und sich mit Gras zu bedecken, um aus der Luft nicht entdeckt zu werden. Dann warteten sie, ohne sich zu rühren, und Tebe erklärte Tungata:

»Die AP-Minen sind in einem bestimmten Muster ausgelegt. Es bedarf großer Kenntnis und ziemlicher Kaltblütigkeit, den Sperrgürtel zu betreten und das Muster zu entziffern, jeden Punkt genau zu markieren und den nächsten anzupeilen. Bei den Claymores sind wieder andere Tricks zu beachten.«

»Und welche Tricks sind das?«

»Das wirst du sehen, wenn der Spezialist kommt.«

Gegen Mittag sagte Tebe: »Wir können nur warten. Alleine in das Minenfeld zu gehen wäre Selbstmord.« Es gab weder zu essen noch zu trinken, die Kinder durften sich nicht rühren. »Das müssen sie ohnehin lernen. Geduld ist unsere Waffe.«

Der Spezialist kam am späten Nachmittag. Nicht einmal Tungata bemerkte, daß er in der Nähe war, bis er mitten unter ihnen stand.

»Wie hast du uns gefunden?«

»Ich habe mich am Rand der Straße entlanggeschlichen, bis ich die Stelle fand, wo ihr sie überquert habt.« Er war nicht viel älter als die meisten der entführten Schulkinder, doch seine Augen waren die eines alten Mannes, für den das Leben keine Überraschungen mehr bot.

»Du kommst spät«, meinte Tebe vorwurfsvoll.

»An den Stromschnellen ist ein rhodesischer Hinterhalt.« Der Führer zuckte die Achseln. »Den mußte ich umgehen.«

»Wann bringst du uns rüber?«

»Nicht bevor der Tau fällt.« Der Junge legte sich neben Tungata. »Morgen früh.«

»Erklärst du mir das Muster des Minengürtels?« fragte Tungata, und der Junge schaute zu Tebe hinüber. Der nickte sein Einverständnis.

»Stell dir die Adern im Blatt eines Mopanibaums vor«, fing der Junge an und zog Linien in den Staub. Er redete fast eine Stunde. Tungata nickte und stellte gelegentlich eine Frage. Als er seine Erläuterungen beendet hatte, legte der Junge den Kopf auf seine angewinkelten Arme und rührte sich bis zur Morgendämmerung nicht wieder. Diese Technik des sofortigen Einschlafens und Aufwachens lernten sie alle. Wer das nicht beherrschte, lebte nicht lang.

Sobald die Lichtverhältnisse es erlaubten, kroch der Minenspezialist an den Rand des Feldes, Tungata dicht hinter ihm. In seiner rechten Hand hielt der Junge eine zugespitzte Fahrradspeiche, in der anderen ein Bündel geschnittener gelber Plastikstreifen. Er kroch dicht am Boden entlang, den Kopf wie ein kleiner Vogel vorgereckt. »Der Tau«, flüsterte er. »Siehst du ihn?«

Tungata zuckte zusammen. Nur wenige Schritte vor ihm spannte sich eine Schnur glitzernder Diamantentropfen einige Zentimeter über dem Boden durch die Luft.

Der fast unsichtbare Stolperdraht einer Claymore-Mine wurde für sie von Tautropfen und den ersten schrägen Sonnenstrahlen beleuchtet. Der Führer kennzeichnete die Stelle mit einem gelben Streifen und untersuchte den Boden mit der Fahrradspeiche. Innerhalb von Sekunden stieß er auf etwas in der lockeren, krümeligen Erde und legte mit sanften Fingerstrichen den grauen, runden Deckel einer AP-Mine frei. Er stand auf und stocherte weiter. Er arbeitete mit erstaunlichem Tempo und fand drei weitere Minen.

»Wir haben den Code gefunden«, rief er über die Schulter zu Tungata, der am Rand des Minenfelds lag. »Jetzt müssen wir schnell machen, bevor der Tau trocknet.«

Der junge Minenspezialist kroch kaltblütig den Weg entlang, zu dem er den Zugang entdeckt hatte. Er markierte zwei weitere Claymore-Kontaktdrähte, bevor er die unsichtbare Biegung des Durchgangs erreichte. Hier stocherte er wieder und sobald er das Muster bestätigt wußte, nahm er die nächste Zickzacklinie.

Es dauerte sechsundzwanzig Minuten, bis er die Passage zum anderen Ende des Sperrgürtels geöffnet und markiert hatte. Dann kam er zurück und grinste Tungata an. »Glaubst du, du schaffst es allein?«

»Ja«, antwortete Tungata ohne Anmaßung, und das großspurige Grinsen wich aus dem Gesicht des Jungen.

»Ja, ich glaube, du bist dazu imstande – aber du mußt immer an die Zufälligen denken. Die haben sie absichtlich dazugelegt. Gegen die kannst du dich nur durch äußerste Vorsicht schützen.«

Er und Tungata schleusten die Kinder in Fünfergruppen an den Händen gefaßt durch. Bei jeder Claymore standen Tungata oder der Führer mit gespreizten Beinen über den Kontaktdrähten, um sicher zu gehen, daß nicht einer von ihnen versehentlich drüberstolperte.

»An einigen Furten haben sie einen Hinterhalt«, sagte der Minenspezialist, als alle den Sperrgürtel überwunden hatten. »Aber alle können sie nicht bewachen. Ich weiß, wo sie gestern morgen waren, vielleicht haben sie die Stellung inzwischen gewechselt. Wir werden sehen.«

»Geh mit ihm«, befahl Tebe, und Tungata nahm dies als Zeichen des Vertrauens.

An diesem Morgen lernte er von dem kleinen Führer, daß man zum Überleben alle Sinne geschärft haben mußte, nicht nur Augen und Ohren. Die beiden schlichen sich in Sichtweite der ersten Furt an. Sie bewegten sich zentimeterweise vorwärts, suchten und horchten, durchkämmten das dichte Ufergestrüpp und die herabhängenden Lianen unter den vom Sprühwasser nassen Baumstämmen.

Sie lagen Schulter an Schulter auf einem Bett feuchter, verrotteter Blätter, vollkommen reglos und angespannt, wie zusammengerollte Vipern. Erst Minuten später bemerkte Tungata, daß der Führer neben ihm die Luft einsog. Er beugte sich zu Tungata und legte ihm seinen Mund ans Ohr, sein Flüstern war nur ein Hauchen.

»Sie sind hier.« Langsam zog er Tungata zurück, und als sie in Sicherheit waren, fragte er ihn: »Hast du sie gerochen?«

Der Junge grinste. »Pfefferminz. Die weißen Offiziere begreifen nicht, daß der Geruch von Zahnpasta sich tagelang in der Luft hält.«

Die nächste Furt war unbewacht, und sie warteten bis es dunkel wurde, um die Kinder hinüberzubringen. Sich an den Händen haltend, bildeten sie eine lebende Kette. Am anderen Ufer angekommen, ließ der Führer sie nicht rasten. Obwohl die Kinder vor Kälte in ihren durchnäßten Kleidern zitterten, zwang er sie weiterzumarschieren.

»Wir sind zwar in Sambia, aber noch nicht in Sicherheit«, warnte er. »Die Gefahr ist hier genauso groß wie auf dem Südufer. Die *Kanka* überqueren den Fluß nach Belieben, und wenn sie uns aufgespürt haben, verfolgen sie uns gnadenlos.«

Er ließ sie die ganze Nacht und den halben nächsten Tag durchmarschieren. Die Kinder schleppten sich nur noch wimmernd, vor Hunger und Müdigkeit total geschwächt, dahin. Am Nachmittag führte der Pfad sie plötzlich aus dem Wald auf eine breite Schneise der Haupteisenbahnlinie. Neben den Schienen stand ein halbes Dutzend grob gezimmerter, mit Leinwand bespannter Pfahlhütten. Auf dem Rangiergleis standen zwei Viehwaggons.

»Der ZIPRA-Rekrutierungsposten«, erklärte der Führer. »Hier seid ihr vorerst mal sicher.«

Am nächsten Morgen, als die Kinder einen der Viehwaggons bestiegen, kam der Führer zu Tungata.

»Geh in Frieden, Genosse. Ich habe einen Instinkt für die, die überleben und für die, die im Busch sterben werden. Ich glaube, du wirst leben, um den Traum des Ruhms verwirklicht zu sehen.« Sie reichten sich die Hände, der Wechselgriff von Handflächen und Daumen, das Zeichen der Achtung. »Ich denke, wir sehen uns wieder, Genosse Tungata.«

Er irrte sich. Monate später hörte Tungata, daß der kleine Führer am Fluß in einen Hinterhalt geraten war. Mit durchschossenem Magen war er in eine Höhle gekrochen und hatte den Feind zurückgehalten, bis seine letzte Kugel abgefeuert war. Dann hatte er eine Handgranate gezündet und sie sich vor die Brust gehalten.

Das Lager lag zweihundert Meilen nördlich des Sambesi. Fünfzehnhundert Rekruten waren in den strohgedeckten Baracken untergebracht. Die meisten Ausbilder waren Chinesen. Tungatas Ausbilder war eine junge Frau namens Wan Lok. Sie war kurzbeinig, breit, von kräftig bäuerlichem Wuchs. Ihr Gesicht war flach und teigig, ihre schmalen Schlitzaugen glitzerten wie die einer Mamba, ihr Haar war unter einer Stoffmütze verborgen, und ihre ausgebeulte Baumwolluniform sah aus wie ein Schlafanzug.

Am ersten Tag ließ sie ihren Trupp mit vierzig Kilo Gepäck vierzig Kilometer in der Hitze laufen. Sie lief mit gleich schwerem Gepäck den stärksten Läufern davon. Dann rannte sie zurück, um Nachzügler zu beschimpfen und anzutreiben. Nach diesem Tag empfand Tungata es nicht mehr als Schande, von einer Frau ausgebildet zu werden.

Sie rannten jeden Tag, trainierten mit schweren Holzstöcken und lernten die Disziplin des chinesischen Schattenboxens. Sie arbeiteten mit AK-Sturmgewehren, bis sie die Waffe blind in weniger als fünfzehn Sekunden auseinandernehmen und wieder zusammensetzen konnten. Sie arbeiteten mit Raketenwerfern und Granaten. Sie trainierten mit Bajonetten und Buschmessern. Sie lernten Tellerminen zu verlegen und mit Plastiksprengstoff umzugehen, der selbst ein minensicheres Fahrzeug zertrümmert hätte. Sie lernten einen Hinterhalt auf einem Waldweg oder an der Hauptstraße zu legen. Sie lernten Kleinkriegstrategien wie plötzliches Angreifen und rasches Zurückziehen bei überlegenem Gegner. Und das alles bei einer Tagesration von einer Handvoll Maismehl und einer Handvoll getrockneter Kapenta, den stinkenden, kleinen Fischen aus dem Karibasee.

Ihr Gastland Sambia mußte einen hohen Preis für die Unterstützung ihrer Sache bezahlen. Die Bahnlinie nach dem Süden, die über Victoria Falls führte, war seit 1973 geschlossen, und rhodesische Spezialeinheiten hatten die Brücken nach Tansania und Maputo angegriffen und zerstört, die einzigen Verbindungen des Binnenlands Sambia zur Außenwelt. Die Essensrationen für die Guerillas waren verschwenderisch, verglichen mit denen eines sambesischen Durchschnittsbürgers.

Ausgehungert zur Sehnigkeit von Windhunden, gestählt vom eisernen Training verbrachten sie die Hälfte der Nachtstunden mit politischer Schulung, endlosen Gesängen und Brüllen von Parolen aus dem Politkatechismus. Nach Mitternacht durften sie sich in die strohgedeckten Baracken schleppen und schlafen – bis die Ausbilder sie um vier Uhr morgens wieder weckten.

Nach drei Wochen wurde Tungata in die düstere, abgelegene Hütte hinter der Lagerperipherie gebracht. Vor den versammelten Ausbildern und politischen Kadern wurde er nackt ausgezogen und gezwungen zu »kämpfen«. Während sie ihm die wüstesten Beschimpfungen ins Gesicht schrien, ihn einen Laufburschen der rassistischen Kapitalisten, einen Konterrevolutionär und imperialistischen Reaktionär nannten, wurde Tungata gezwungen, nicht nur seinen Körper, sondern auch seine Seele zu entblößen.

Er schrie sein Schuldbekenntnis laut hinaus, gestand, daß er für die kapitalistischen Tyrannen gearbeitet, seine Brüder verleugnet, reaktionäre und konterrevolutionäre Gedanken gehabt hatte, daß er nach Essen und Schlaf gegiert und seine Genossen verraten hatte. Völlig erschöpft und zusammengebrochen ließen sie ihn in der Hütte liegen, dann nahm Wan Lok ihn bei der Hand wie eine Mutter und führte den Taumelnden zurück zu den Unterkünften.

Am nächsten Tag durfte er bis Mittag schlafen. Als er erwachte, fühlte er sich gestärkt und gelassen. Am Abend, während der politischen Schulung, wurde er nach vorne geholt, um in der ersten Reihe unter den Sektionsführern zu sitzen.

Einen Monat später ließ Wan Lok ihn in ihre Schlafhütte im Ausbilderlager kommen. Sie stand vor ihm, eine gedrungene, stämmige Gestalt in verknitterter Baumwolluniform.

»Morgen gehst du an die Front«, sagte sie und nahm ihre Stoffmütze vom Kopf.

Er hatte nie zuvor ihr Haar gesehen. Es fiel ihr bis zur Taille, eine schwarze Fülle wie schwarzes fließendes Öl.

»Du wirst mich nicht wiedersehen«, sagte sie und knöpfte ihre Uniformjacke auf. Ihr Körper hatte die Farbe von Butter, war hart und ungemein kräftig.

»Komm«, sagte sie und führte ihn zur dünnen Matratze auf dem Lehmboden der Hütte.

Auf dem Rückweg überquerten sie den Sambesi an seiner Mündung in den Karibasee in ausgehöhlten Kanus. Im Mondschein leuchteten die nackten Silhouetten ertrunkener Bäume silbrig gegen den Sternenhimmel.

Im Kader befanden sich achtundvierzig Männer unter einem politischen Kommissar und zwei jungen, aber kampferprobten Captains. Tungata war einer der vier Sektionsführer und hatte zehn Mann unter sich. Jeder von ihnen, auch der Kommissar, trug eine Last von sechzig Kilo. In ihrem Gepäck war kein Platz für Essen, und sie ernährten sich von Eidechsen, Buschratten und angebrüteten Eiern wilder Vögel. Sie rauften sich mit Hyänen und Geiern um verwesende Fleischfetzen einer Löwenbeute, und nachts suchten sie die Krale der schwarzen Farmer auf und leerten ihre Kornsäcke.

Sie überquerten die Chizarira-Berge und zogen durch unwegsames Waldgebiet und wasserlose Wildnis nach Süden, schlugen sich bis zum Shangani durch, dem sie weiter nach Süden folgten.

Als sie das Land der weißen Farmer erreichten, begann ihre Aufgabe. Sie legten die schweren Landminen, die sie so weit auf ihren Rücken geschleppt hatten, in den unbefestigten Straßen. Befreit von der schweren Last, griffen sie die abgelegenen Häuser von Weißen an.

In einer einzigen Woche vernichteten sie vier Farmen. Ihre Vorgehensweise war dabei immer die gleiche. In der Abenddämmerung vergifteten sie die Hunde und zerschnitten den Drahtzaun. Dann feuerten sie Raketen in die Fenster und Türen und stürmten in die Breschen, die sie damit geschlagen hatten. Die Schrecken, die sie hinterließen, waren eine beabsichtigte Provokation für die Regierungstruppen, die bei Tagesanbruch zu erwarten waren. Was sie vorfanden, mochte die Soldaten dazu verleiten, ihr Entsetzen, ihre Wut und ihre Frustration an der lokalen schwarzen Bevölkerung auszulassen und diese dadurch den ZIPRA-Lagern zutreiben.

Nach sechswöchigen Aktivitäten, als Munition und Sprengstoff knapp wurden, begannen sie sich zurückzuziehen. Dabei legten sie sich immer wieder in einen Hinterhalt. Den ersten verließen sie nach zwei ergebnislosen Tagen des Wartens. Mit dem zweiten an einer abgelegenen Landstraße hatten sie Glück.

Sie griffen einen weißen Farmer an, der seine schwerkranke Frau ins nächste Krankenhaus fuhr. Als sein gepanzertes Fahrzeug an Tungatas Stellung vorbeifuhr, schnellte der hoch und rannte auf die Straße. Er traf das Heck mit einer RPG-7-Rakete aus nächster Nähe.

Der Farmer und seine älteste Tochter wurden bei der Explosion zerrissen, die kranke Frau und die jüngere Tochter waren noch am Leben. Der politische Kommissar überließ die Frauen den »Jungs«. Einer nach dem anderen vergewaltigten sie die Sterbenden neben dem Autowrack.

In dieser Nacht verließen sie die Straße und zogen sich in die Berge zurück. Die Ballantyne Scouts überraschten sie am nächsten Nachmittag. Es gab kaum eine Vorwarnung. Nur eine winzige Aufklärungsmaschine, die hoch im Himmel ihre Kreise zog. Und während der Kommissar und die Captains noch ihre Befehle brüllten, Aufstellung zu nehmen und eine Front zu bilden, waren die Scouts da.

Sie kamen in einer alten zweimotorigen Dakota, die bereits in der Wüste im Zweiten Weltkrieg Einsätze geflogen hatte. Sie war mit grauer, nichtreflektierender Tarnfarbe gestrichen, um die Infrarot-Sucher der SAM-7-Geschosse abzulenken. Sie flog so tief, daß sie die Felszacken der Kopjes zu streifen drohte.

Die olivgrünen Fallschirme öffneten sich erst Sekunden vor Bodenberührung. Die Seide blähte sich, und schon waren die Männer am Boden. Sie landeten auf den Füßen, und noch bevor die Schirme langsam in sich zusammenfielen, hatten sie das Gurtwerk ausgeklinkt und rannten schießend vorwärts.

Der Kommissar und die beiden Captains wurden in den ersten drei Minuten erschossen, die Scouts stürmten weiter, jagten die in Panik geratenen Guerillas bis zum Fuß des Kopje. Tungata, der ohne bewußt zu denken handelte, sammelte die ihm am nächsten kämpfenden Männer um sich und führte sie in einer verzweifelten Gegenattacke ein seichtes Flußbett hinunter, das die Linie der Scouts teilte.

Er hörte den Scout-Kommandierenden einen Befehl durch sein Megaphon geben. »Grün und Rot – in Stellung bleiben! Blau – die Rinne säubern!« Die verzerrte Stimme hallte von den Bergen wider, aber Tungata erkannte sie. Er hatte sie zum letztenmal in der Khami-Mission gehört – in der Nacht, in der Constance umgebracht wurde. Er wurde eiskalt und konnte wieder klar denken. Seine Ruhe ging auf die Männer in seiner Nähe über, und er leitete Angriff und Rückzug, wie Wan Lok es ihm beigebracht hatte. Das Gefecht dauerte drei Stunden, ein Gefecht mit kampferprobten Elitetruppen, und Tungata hielt seine kleine Gruppe zusammen. Sie stürmten zu Gegenattacken, legten AP-Minen hinter sich und nutzten jeden natürlichen Gefechtskopf. Bei Einbruch der Dunkelheit zog Tungata seine Männer zurück. Acht waren übriggeblieben, drei davon verwundet.

Sieben Tage später brachte Tungata seine Männer über den Sambesi. Es waren nur noch fünf. Keiner der Verwundeten hatte eine Überlebenschance gehabt, und Tungata selbst hatte ihnen mit der Tokarew des Kommissars den Gnadenschuß gegeben, um sie nicht in die Hände des Feindes fallen zu lassen.

In der Stadt Livingstone am Nordufer des Sambesi gegenüber den Victoria-Fällen machte Tungata im ZIPRA-Hauptquartier dem verblüfften Kommissar Meldung.

»Seid ihr nicht alle umgekommen? Das behaupten die Rhodesier in Fernsehmeldungen...«

Ein Fahrer in einem schwarzen Mercedes mit der Parteifahne auf dem Kühler brachte Tungata in die sambesische Hauptstadt Lusaka und dort in ein abgeschirmtes Haus in einer ruhigen Straße. Er wurde in einen sparsam möblierten Raum geführt, in dem ein Mann allein an einem schlichten Holztisch saß.

Tungata erkannte ihn sofort. »Großer Führer!« sagte er.

Der Mann lachte ein kehliges, rauhes Lachen. »So kannst du mich nennen, wenn wir allein sind, aber sonst mußt du Genosse Inkunzi zu mir sagen.«

Inkunzi war das Sindebele-Wort für Stier. Die Bezeichnung

paßte genau auf diesen Mann. Er war ein Riese, hatte einen Brustkorb wie ein Bierfaß, einen Bauch wie ein Körnersack und dichtes weißes Haar; allesamt Zeichen, die von den Matabele hoch geschätzt wurden: körperliche Größe und Kraft, das Haar des Alters und der Weisheit.

»Ich habe dich mit Interesse beobachtet, Genosse Tungata. Ja, ich habe dich kommen lassen.«

»Es ist eine große Ehre für mich, Baba.«

»Du hast meinen Glauben an dich reichlich belohnt.«

Der große Mann versank tiefer in seinen Stuhl und verschränkte die Hände über seinem fetten Bauch. Er schwieg eine Weile, studierte Tungatas Gesicht, dann fragte er unvermutet: »Was ist die Revolution?«

Die so oft wiederholte Antwort kam reflexartig über Tungatas Lippen.

»Die Revolution ist die Macht für das Volk.«

Diesmal wurde der Genosse Inkunzi von dröhnendem Gelächter geschüttelt.

»Das Volk ist hirnloses Vieh«, lachte er. »Sie würden nicht wissen, was sie mit der Macht anfangen sollten, wenn jemand dumm genug wäre, sie ihnen zu geben! Nein, Nein! Es ist Zeit, daß du die wahre Antwort erfährst!« Er machte eine Pause und lächelte nicht mehr. »Die Wahrheit ist, daß die Revolution die Macht für wenige Auserwählte ist. Die Wahrheit ist, daß ich der Kopf jener wenigen Auserwählten bin, und daß du, Kommissar Genosse Tungata, nunmehr einer von ihnen bist.«

Craig Ballantyne parkte den Landrover und schaltete den Motor ab. Er drehte den Rückspiegel zu sich und prüfte den Sitz seiner Uniformmütze. Dann blickte er an dem eleganten, neuen Museumsbau hoch. Er zögerte den Moment hinaus. Dann biß er die Zähne zusammen, stieg aus dem Landrover und ging die breite Treppe zum Museum hinauf.

»Guten Morgen, Sergeant.« Das Mädchen am Empfang erkannte ihn an den drei Streifen am Ärmel seiner Polizeiuniform. Craig war seine rasche Beförderung noch immer etwas peinlich. »Ich möchte zu Miß Carpenter.«

»Miß Carpenter? Meinen Sie Dr. Carpenter?« Craig nickte etwas linkisch. »Werden Sie erwartet?«

»Ja. Ich bin sicher, sie hat nichts dagegen, daß ich komme«, beruhigte Craig sie.

»Zimmer 211 im ersten Stock, den Flur nach links. Dritte Tür rechts.«

Craig klopfte und trat nach dem »Herein« in einen langen, schmalen, hell erleuchteten Raum. An den Wänden befanden sich bis zur Decke reichende Kästen mit flachen Schubfächern.

Janine stand an dem langen Tisch in der Mitte des Raums. Sie trug Jeans und ein buntkariertes Hemd.

»Ich wußte nicht, daß Sie eine Brille tragen«, sagte Craig. Die Brille gab ihr ein eulenhaftes, gelehrtenhaftes Aussehen.

Sie nahm die Brille ab. »Was wünschen Sie?« fragte sie kühl.

»Ich will einfach wissen, was ein Entomologe so tut. Ich hatte diese seltsame Vorstellung, daß Sie mit Tsetsefliegen kämpfen und Heuschrecken dressieren.« Er machte die Tür leise hinter sich zu und hörte nicht auf zu reden, bis er neben ihr am Tisch stand. »Das sieht aber interessant aus!«

Sie reagierte wie eine angegriffene Katze mit gekrümmtem Rücken und gesträubtem Fell und hatte Mühe, ihre Fassung zu bewahren.

»Dias«, erklärte sie widerstrebend. »Ich richte mikroskopische Aufnahmen ein.« Und dann mit erneuter Irritation in der Stimme: »Typisch diese Vorurteile eines ignoranten, ahnungslosen Laien. Sobald es um Insekten geht, denkt so jemand wie Sie sofort an Heuschreckenplage und Krankheitsüberträger wie die Tsetsefliege.«

»Ist das falsch?«

»Die Insekten sind die größte Klasse der Gliederfüßler und umfassen nahezu eine Million von Arten, die meisten von ihnen sind für die Menschheit nützlich. Seuchenüberträger sind eine lächerliche Minderheit.«

»So habe ich das nie gesehen. Was meinen Sie mit nützlich für die Menschheit?«"

»Sie bestäuben Pflanzen, sie vernichten Aas, verhindern dadurch die Verbreitung von Seuchen, und sie dienen als Nahrung –« Sie ließ sich von ihrem Redefluß mitreißen, und Craigs Interesse war nach wenigen Minuten nicht mehr gespielt. Wie jeder Fachmann sprach sie fesselnd über ihr Spezialgebiet. Und als sie feststellte, daß er aufmerksam und interessiert zuhörte, ging sie noch mehr in Einzelheiten.

Die Schubfächer enthielten die Sammlung, die sie bei ihrer ersten Begegnung als die umfassendste Sammlung der Welt gerühmt hatte. Sie zeigte Craig mikroskopisch kleine Flugkäfer, die nur ein zehntel Millimeter groß waren, und verglich sie mit den monströsen afrikanischen Goliathkäfern. Sie zeigte ihm Insekten, schön wie kostbare Edelsteine, andere von abstoßender Häßlichkeit. Insekten, die Orchideen, Baumrinden oder Schlangen ähnelten. Es gab eine Wespe, die ein Steinchen als Werkzeug gebrauchte; eine Fliege, die ihre Eier wie ein Kuckuck in das Nest anderer Fliegen legte; Ameisen, die Blattläuse als Milchkühe hielten, Pilze züchteten und ernteten. Sie zeigte ihm Insekten, die in Gletschern, und andere, die in den Tiefen der Sahara lebten. Es gab sogar Larven, die in Erdölpfützen überdauerten und sich von Insekten ernährten, die in der Giftbrühe ertranken.

Sie zeigte ihm Drachenfliegen mit zwanzigtausend Augen und Ameisen, die das Tausendfache ihres Körpergewichts schleppten; sie erklärte eigenartige Formen der Ernährung und Reproduktion und war so gefesselt von ihrem wissenschaftlichen Vortrag, daß sie ihre Eitelkeit vergaß und die Hornbrille wieder auf die Nase setzte. Sie sah hübsch aus, und Craig hätte sie am liebsten geküßt.

Nach einer Stunde nahm sie die Brille wieder ab und schaute ihm trotzig ins Gesicht. »Okay«, sagte sie, »mein Spezialgebiet sind also die *Hexapoden*, außerdem bin ich Beraterin des Landwirtschaftsministeriums, des Ministeriums für Wild- und Naturschutz und des Gesundheitsministeriums. Damit beschäftigt sich ein Entomologe, Mister – und was zum Teufel tun Sie?«

»Ich spaziere durch die Gegend und lade Entomologen zum Mittagessen ein.«

»Mittagessen?« Sie machte ein verständnisloses Gesicht. »Wie spät ist es? Mein Gott, Sie haben mich den ganzen Samstagvormittag aufgehalten!«

«T-Bone Steaks?« schmeichelte er. »Ich habe gerade Geld bekommen.«

»Vielleicht bin ich mit Roly zum Lunch verabredet«, sagte sie grausam.

»Roly ist im Busch.«

»Woher wissen Sie das?«

»Ich habe Tante Vale in Queen's Lynn angerufen, um sicherzugehen.«

»Sie hinterhältiger Kerl.« Jetzt lachte sie zum erstenmal. »Okay, ich gebe auf. Gehen wir essen.«

Die Steaks waren dick und saftig, und das Bier war eiskalt und beschlug die Gläser. Sie lachten viel, und nach dem Essen fragte er: »Was tun Entomologen an Samstagnachmittagen?«

»Was tun denn Polizei-Sergeants?« stellte sie die Gegenfrage.

»Die spüren ihren Vorfahren nach an merkwürdigen und verwunschenen Orten – wollen Sie mitkommen?«

Sie fuhren hinaus zum Rhodes-Matopos-Nationalpark, in die verzauberten Berge, wo einst die Umlimo ihre Macht ausübte und die Stammesfürsten und das Volk der Matabele Rat und Zuflucht in Zeiten der Katastrophen suchten und fanden. Die Schönheit der Landschaft berührte Janines Herz.

In den Talsenken grasten Antilopen und Kudus zahm wie Schafe. Sie hoben kaum die Köpfe, als der Landrover an ihnen vorbeifuhr.

Die Berge schienen ihnen zu gehören, denn wenige Menschen wagten das Risiko, alleine auf unbefestigten Straßen mitten durch altes Matabeleland zu fahren. Als Craig den Landrover in einem schattigen Wäldchen unter einer kahlen Granitkuppe parkte, kam ein alter Matabele-Wächter des Naturschutzparks zu ihnen und begleitete sie bis zu den Toren mit der Inschrift: »Hier ruhen Männer, die ihrem Land treu gedient haben.«

Sie kletterten zum Gipfel des Berges hinauf und standen vor dem von Granitquadern bewachten, mit einer schweren Messingplatte beschwerten Grab von Cecil John Rhodes.

»Ich weiß so wenig über ihn«, gestand Janine.

»Ich glaube, die wenigsten Menschen wissen viel über ihn«, sagte Craig. »Er war ein eigenartiger Mann. Aber bei seinem Begräbnis grüßten die Matabele ihn mit dem königlichen Salut. Er muß eine unglaubliche Macht auf andere Menschen ausgeübt haben.«

Sie stiegen den Berg am Südhang hinab und kamen zum quadratischen Mausoleum aus Steinquadern mit einem Bronzefries der Heldengestalten.

»Allan Wilson und seine Männer«, erklärte Craig. »Ihre Leichen wurden auf dem Schlachtfeld am Shangani exhumiert und hier bestattet.«

An der Nordwand der Gedenkstätte waren die Namen der Toten eingemeißelt. Craig fuhr mit dem Finger über die Schriften und hielt an einem Namen an.

»Reverend Clinton Codrington«, las er laut. »Er war mein Ur-Ur-Großvater, ein seltsamer Mann, und seine Frau, meine Ur-Ur-Großmutter, war eine höchst bemerkenswerte Frau. Die beiden, Clinton und Robyn, gründeten die Missionsstation im Khami. Wenige Monate später wurde er von den Matabele getötet, und sie heiratete den Befehlshaber der Truppe, auf dessen Befehl Clinton in den Tod gegangen war, einen Amerikaner namens St. John. Ich wette, da hat es einiges Gemauschel gegeben! Vielleicht hatten sie vorher schon ein Techtelmechtel.«

»Hat man damals so etwas schon gemacht?« fragte Janine. »Ich dachte, das sei eine Erfindung unseres Jahrhunderts.«

Sie wanderten weiter und stießen wieder auf eine Gruft. Über dem Grab stand ein verkrüppelter, mißgebildeter Msasabaum, der mühsam Halt in einer Spalte des Granits gefunden hatte. Wie das Grab auf dem Gipfel war auch dieses mit einer schweren, verwitterten Messingplatte bedeckt. Die Inschrift lautete: »Hier ruht in Frieden Sir Ralph Ballantyne, erster Premierminister von Südrhodesien. Ein treuer Diener seines Vaterlands.«

»Ballantyne«, sagte sie. »Das muß ein Vorfahre von Roly sein.«

»Ein gemeinsamer Vorfahre von uns«, sagte Craig. »Unser Ur-Großvater, Bawus Vater. Das ist der eigentliche Grund, warum wir hier herausgefahren sind.«

»Was wissen Sie von ihm?«

»Eine Menge. Ich habe gerade seine Tagebücher gelesen. Ein

außerordentlicher Bursche. Wenn man ihn nicht in den Adelsstand erhoben hätte, wäre er vermutlich am Galgen gelandet. Laut eigener Aussage war er ein ungeheurer Gauner, eine schillernde Figur.«

»Nun weiß ich wenigstens, woher ihr das habt«, lachte sie. »Erzählen Sie mir von ihm.«

»Seltsamerweise war er ein eingeschworener Feind des Gauners dort oben.« Craig deutete zur Granitkuppe hinauf, zu Cecil Rhodes' Grab. »Und da liegen sie fast Seite an Seite begraben. Ur-Großvater Ralph schreibt in seinem Tagebuch, daß er die Wankie-Kohlenminen entdeckt und Rhodes sie ihm auf hinterhältige Weise abgeluchst hat. Er schwor einen heiligen Eid, Rhodes und seine Gesellschaft zu vernichten. Das hat er tatsächlich niedergeschrieben. Ich kann es Ihnen zeigen. Und er prahlt damit, daß ihm das gelungen sei. 1923 endete die Herrschaft von Rhodes' Britisch-Südafrikanischer Gesellschaft. Südrhodesien wurde britische Kolonie, der alte Sir Ralph ihr Premierminister. Er hatte seine Drohung wahrgemacht.«

Sie setzten sich nebeneinander auf den Grabstein, und er erzählte ihr komische und interessante Geschichten aus den Tagebuchaufzeichnungen, die er gelesen hatte, und sie hörte fasziniert zu.

»Ein seltsamer Gedanke, daß die Verstorbenen Teil von uns und wir Teil von ihnen sind«, meinte sie nachdenklich. »Alles was jetzt geschieht, hat seine Wurzeln in dem, was sie taten und sagten.«

»Ohne Vergangenheit gibt es keine Zukunft.« Craig wiederholte die Worte, die Samson Kumalo einmal gesagt hatte. »Da fällt mir ein, ich möchte noch etwas erledigen, bevor wir in die Stadt zurückfahren.«

Diesmal hatte Craig keine Schwierigkeiten, die halbversteckte Abzweigung zu finden. Er bog in die unbefestigte Kiesstraße ein, fuhr am Friedhof vorbei, die Spathodeen-Allee entlang zu den weiß getünchten kleinen Häusern der Khami-Mission. Das erste Haus in der Siedlung stand leer. Es gab keine Vorhänge an den Fenstern, und als Craig die Veranda hinaufging und ins Haus spähte, sah er leere Zimmer.

»Wen suchen Sie?« fragte Janine, als er wieder zum Landrover zurückkam.

»Einen Freund.«

»Einen guten Freund?«

»Den besten Freund, den ich je hatte.«

Er fuhr weiter den Hügel hinunter und hielt vor dem Hospital. Er ließ Janine im Auto sitzen und betrat die Halle. Eine Frau in einem weißen Arztkittel kam ihm entgegen.

»Hoffentlich sind Sie nicht hergekommen, um unsere Leute zu belästigen und zu ängstigen«, fing sie an. »Bei uns bedeutet Polizei Ärger.«

»Tut mir leid.« Craig schaute an seiner Uniform hinunter. »Es ist privat. Ich suche einen Freund. Seine Familie lebte hier. Samson Kumalo –«

»Aha.« Die Frau nickte. »Jetzt erkenne ich Sie. Sie waren Sams Vorgesetzter. Also, der wohnt hier nicht mehr.«

»Was? Wissen Sie, wo er ist?«

»Nein«, erwiderte sie abweisend und schroff.

»Sein Großvater, Gideon –«

»Der ist gestorben.«

»Gestorben?« Craig erschrak. »Wieso?«

»An gebrochenem Herzen – als Ihre Leute jemand umbrachten, der ihm sehr ans Herz gewachsen war. Also, wenn das alles war – wir mögen hier keine Uniformen.«

Es war Spätnachmittag, als sie wieder in der Stadt waren. Craig fuhr direkt zur Jacht, ohne ihr Einverständnis zu erbitten, und als er unter den Mangobäumen parkte, sagte Janine nichts, stieg aus und ging neben ihm zur Leiter.

Craig legte eine Kassette in das Tonbandgerät und öffnete eine Flasche Wein, dann brachte er Sir Ralphs ledergebundenes Buch, das Bawu ihm geliehen hatte, und sie setzten sich nebeneinander auf die Bank im Salon und lasen gemeinsam darin. Die verblichene Tinte, die Tuschzeichnungen entzückten Janine, und als sie zur Beschreibung der Heuschreckenplage um 1895 kamen, war sie fasziniert.

»Der Mann hatte einen scharfen Blick.« Sie studierte die

Zeichnung einer Heuschrecke. »Die könnte ein ausgebildeter Naturforscher gemacht haben. Sehen Sie sich diese Liebe zum Detail an.«

Sie hob den Kopf zu ihm hoch. Bedächtig schloß sie den Lederband, ohne ihren Blick von ihm zu wenden. Er beugte sich näher, und sie machte keine Anstalten, sich ihm zu entziehen. Als er ihre Lippen mit seinen bedeckte, spürte er, wie ihr Mund weich wurde und sich öffnete.

Nach einer Ewigkeit flüsterte sie mit rauher Stimme: »Um Himmels willen, sag jetzt bloß nichts Dummes. Tu einfach weiter das, was du im Augenblick machst.«

Er gehorchte, bis sie wieder das Schweigen brach. Ihre Stimme klang zittrig, als sie sagte: »Ich hoffe, du warst klug genug, die Koje breit genug für zwei zu bauen.«

Er schwieg, hob sie in seine Arme und trug sie in die Kabine, damit sie sich selbst überzeugen konnte.

»Ich wußte nicht, daß es so schön sein kann.« Seine Stimme klang ganz verwundert. Er stützte sich auf einen Ellbogen und sah sie an. »Es war so natürlich und selbstverständlich und wunderschön.«

Sie strich mit einer Fingerspitze über seine nackte Brust und zeichnete kleine Kreise um seine Brustwarzen. »Ich mag eine haarige Männerbrust«, schnurrte sie.

»Ich meine – weißt du, ich fand immer, es ist eine so ernste Sache – mit Liebesschwüren und Erklärungen.«

»Und Orgelklang?« kicherte sie.

»Das ist eine andere Geschichte.«

Er wollte zu einer Erklärung anheben, doch sie sagte rasch: »Sei ein Schatz und hol uns den Wein.«

Während er im Kombüsenschrank kramte, rief sie aus der Kabine: »Leg doch die ›Pastorale‹ auf, Schatz.«

»Warum?«

»Das sag' ich dir, wenn du wieder ins Bett kommst.«

Sie saß im Lotussitz am Kopfende. Er gab ihr ein Glas in die Hand, und nach kurzem Kampf gelang es ihm, seine eigenen, langen Beine in die Lotusposition zu bringen.

»Also sag es mir«, forderte er sie auf.

»Sei nicht begriffsstutzig, Craig – es ist einfach eine hervorragende Begleitmusik.«

Und erneut fegte ein gewaltiger Sturm der Leidenschaft über sie hinweg.

Am nächsten Morgen schlüpfte sie in eines seiner alten Hemden, das ihr bis zum Knie reichte, krempelte die Ärmel hoch und begab sich in die Kombüse.

»Mit dem Vorrat an Eiern und Speck könntest du eine Kneipe aufmachen – hast du Gäste erwartet?«

»Erwartet nicht, aber erhofft«, rief er aus der Dusche, »ich will Spiegeleier!«

Nach dem Frühstück half sie ihm dabei, die verchromte Winch auf das Hauptdeck zu montieren.

»Du bist handwerklich ziemlich geschickt, wie?« sagte sie.

»Nett, daß dir das auffällt.«

»Ich kann mir vorstellen, daß du ein erstklassiger Waffenmeister bist.«

»Ich bin ganz gut.«

»Machst du das, was ich vermute? Reparierst du Waffen?«

»Das ist eine meiner Aufgaben.«

»Wie kannst du so etwas nur tun? Waffen sind etwas Furchtbares.«

»Typisch, diese Vorurteile eines ignoranten, ahnungslosen Laien«, wiederholte er ihre Worte vom Vortag. »Feuerwaffen sind einerseits äußerst nützlich und funktionell und können außerdem wunderschöne Kunstobjekte sein. Seit Urzeiten hat der Mensch seine schöpferische Kraft auf das Herstellen von Waffen verwendet.«

»Aber zu welchem Zweck die Menschen sie einsetzen!« protestierte sie.

»Beispielsweise wurden Waffen eingesetzt, um Adolf Hitler davon abzuhalten, das gesamte jüdische Volk in die Gaskammern zu schicken.«

»O Craig, ich bitte dich! Und wozu werden sie jetzt in diesem Augenblick da draußen im Busch eingesetzt?«

»Schußwaffen an sich sind nicht furchtbar, nur manche Menschen, die sie benutzen, sind es.«

Er zog die Schrauben der Winch fest. »Das reicht für heute – am siebten Tage ruhte selbst der Herr – wie wär's mit einem Bier?«

Craig hatte einen Lautsprecher im Cockpit installiert, und sie räkelten sich in der Sonne, tranken Bier und hörten Musik.

»Hör mal, Jan, ich weiß nicht, wie ich es am besten sagen soll. Aber ich möchte nicht, daß du weiterhin mit anderen ausgehst. Verstehst du, was ich meine?«

Ihre Augen verengten sich und glitzerten wie blaues Eis. »Sei bitte still, Craig!«

»Ich meine nach dem, was zwischen uns war –« Er ließ nicht locker. »Ich finde, wir sollten –«

»Hör mal, lieber Junge, du hast die Wahl: Entweder du machst mich wütend oder bringst mich wieder zum Lachen. Wofür entscheidest du dich?«

Montag mittag kam sie ins Polizeipräsidium, und sie aßen seine Schinkenbrötchen, während er ihr die Waffenkammer zeigte, und ohne es zu wollen, war sie fasziniert von den Ausstellungsstücken konfiszierter Waffen und Sprengkörper. Er erklärte ihr die Funktionsweise der verschiedenen Minen und wie man sie ausfindig machte und entschärfte.

»Das muß man den Terroristen lassen«, gab Craig zu, »die Hunde schleppen diese Dinger bis zu zweihundert Meilen auf dem Rücken durch den Busch. Versuch mal, eine hochzuheben, dann weißt du, wovon ich rede.«

Schließlich führte er sie in eine kleine Werkstatt. »Hier ist mein Sonderprojekt. Es nennt sich ›Aufspüren und Identifizieren‹.« Er wies auf die Karten an den Wänden und die großen Schachteln mit leeren Patronenhülsen neben einer Werkbank. »Nach jedem Zusammenstoß mit Terroristen durchkämmen die Waffenmeister das Gebiet und sammeln jede abgefeuerte Patronenhülse ein. Zuerst werden sie auf Fingerabdrücke untersucht. Hat ein Terrorist ein Polizeiregister, können wir ihn sofort identifizieren. Hat er seine Munition vor Gebrauch abgewischt oder wir haben seine Fingerabdrücke nicht – können wir trotzdem genau feststellen, aus welcher Waffe die Patrone gefeuert wurde.«

Er führte sie an die Werkbank und ließ sie durch ein Mikroskop schauen. »Der Bolzen jedes Gewehrs schlägt eine Kerbe in die Patronenhülse, die so einzigartig ist wie ein Fingerabdruck. Wir können den Weg jedes aktiven Terroristen verfolgen. Wir können genaue Schätzungen vornehmen, wie viele es sind und welche davon ›heiße Jungs‹ sind.«

»Heiße Jungs?« Sie hob den Kopf vom Mikroskop.

»Von hundert Terroristen im Gelände verkriechen sich etwa neunzig gut getarnt in der Nähe eines Dorfes, das sie mit Nahrung und jungen Frauen versorgt; die versuchen sich möglichst aus Zusammenstößen mit unseren Truppen herauszuhalten. Nicht so die heißen Jungs. Das sind Fanatiker, Killer. Und deren Aktivitäten registrieren wir auf diesen Karten.«

Er führte sie zur Wand.

»Zum Beispiel der. Wir nennen ihn ›Primel‹, weil sein Schlagbolzen eine Kerbe in der Form einer Blume hinterläßt. Er ist seit drei Jahren im Busch und war an sechsundneunzig Kampfhandlungen beteiligt. Das ist fast alle zehn Tage ein Zusammenstoß, der Kerl muß aus Stahl sein.«

Craigs Finger bewegte sich über die Karte.

»Hier ein anderer, den nennen wir ›Leopardenpranke‹. Warum, siehst du an der Kerbung seines Gewehrbolzens. Er ist ein Neuer, hat zum erstenmal den Fluß überquert, Anschläge auf vier Farmen verübt und war an einem Hinterhalt beteiligt. Danach hatte er eine Konfrontation mit Rolys Scouts. Das überleben nicht viele. Rolys Jungs sind unglaublich. Sie haben bei diesem Zusammenstoß die gesamte Truppe erledigt, aber Leopardenpranke kämpfte wie ein alter Hase und konnte mit ein paar seiner Leute entkommen. Laut Rolys Kampfbericht verloren die Scouts vier Männer durch AP-Minen, die Leopardenpranke auf der Flucht legte, und weitere sechs kamen im eigentlichen Kampfgeschehen um – zehn Mann. Das ist der schwerste Verlust, den die Scouts je bei einem einzigen Zusammenstoß hinnehmen mußten.« Craig tippte den Namen auf der Karte an. »Das ist ein heißer Junge. Von diesem Burschen werden wir noch mehr hören.«

Janine schauderte. »Es ist furchtbar – all dieses Töten und Leiden. Wann hat das endlich ein Ende?«

»Es fing an, als der Mensch zum erstenmal auf zwei Beinen ging, und es wird morgen nicht zu Ende sein. Aber laß uns lieber vom Abendessen sprechen. Ich hol' dich um sieben bei dir ab, einverstanden?«

Sie rief ihn kurz vor fünf an.

»Craig, hol mich heute abend nicht ab.«

»Warum?«

»Weil ich nicht zu Hause sein werde.«

»Wieso?«

»Roly ist aus dem Busch zurück.«

Craig arbeitete ein bißchen auf dem Vordeck der Jacht, brachte die Klampen für den Klüverbaum und die Vorsegel an, und als es zu dunkel wurde, ging er nach unten und wanderte unschlüssig auf und ab. Sie hatte ihre dunkle Sonnenbrille auf dem Tisch neben der Koje und einen Lippenstift am Waschbeckenrand liegengelassen. In der Kajüte hing der Duft ihres Parfums, und die zwei Weingläser standen nebeneinander in der Spüle.

»Ich glaube, ich betrinke mich«, beschloß er, aber dann besann er sich eines anderen. Er nahm Sir Ralphs ledergebundenes Tagebuch zur Hand und blätterte es durch. Er hatte es schon zweimal gelesen, aber begann es noch einmal zu lesen, und es wirkte wie ein Opiat gegen seine Einsamkeit.

Nach einer Weile suchte er in der Schublade seines Kartentisches und fand ein liniertes Notizbuch, in das er Pläne für die Innenausstattung gezeichnet hatte. Er riß die beschriebenen Seiten heraus, setzte sich an den Kajüttisch und starrte volle fünf Minuten auf das erste leere Blatt. Dann schrieb er:

»Am Horizont lag Afrika wie ein Löwe auf der Lauer, lohfarben und golden im frühen Morgenlicht.

Robyn Ballantyne stand seit Anbruch der Dämmerung an der Reling des Schiffes und starrte zur Küste –«

Craig las, was er geschrieben hatte, und eine seltsame Erregung überkam ihn, wie er sie noch nie empfunden hatte. Er konnte die junge Frau wirklich vor sich sehen. Er sah sie, wie sie mit erhobenem Kinn dastand und der Wind ihr das Haar zerzauste.

Der Bleistift flog über das Papier, die Frau bewegte sich vor seinem inneren Auge und redete laut in seine Ohren. Er blätterte um und schrieb weiter und plötzlich waren alle Seiten des Notizbuchs voll mit seiner spitzen, krakeligen Handschrift, und draußen, vor dem Bullauge über seinem Kopf, dämmerte der neue Tag.

Solange Janine Carpenter sich zurückerinnern konnte, gab es Pferde in den Ställen ihres Vaters hinter der Tierklinik. Im Alter von acht Jahren hatte ihr Vater sie zum erstenmal mit auf die Jagd genommen.

Roland Ballantyne hatte ihr eine schöne, kastanienbraune Jungstute gegeben. Ihr sorgfältig gestriegeltes Fell glänzte in der Sonne wie rote Seide. Janine hatte sie schon oft geritten. Sie war flink und stark, und die beiden verstanden sich gut miteinander.

Roland saß auf seinem Hengst. Ein großes, schwarzes Tier, das er »Mzilikazi« nach dem alten König getauft hatte. Das Pferd hatte die Ohren angelegt und fletschte die Zähne. Eine arrogante Bedrohung ging von ihm aus, die Janine ängstigte und gleichzeitig erregte. Pferd und Reiter waren perfekt aufeinander abgestimmt.

Roland Ballantyne trug braune Cord-Breeches und hohe, glänzend polierte Stiefel. Die kurzen Ärmel seines gestärkten weißen Hemdes umspannten die harten, glatten Muskelpakete seiner Oberarme. Janine war sicher, daß er nur deshalb weiße Hemden trug, um den Kontrast zum tiefgebräunten Gesicht und den Armen zu unterstreichen. Sie fand ihn wahnsinig attraktiv, und der grausame, rücksichtslose Zug an ihm machte ihn noch aufregender als das gute Aussehen alleine.

In der Nacht im Bett ihrer Junggesellenwohnung hatte sie ihn gefragt: »Wie viele Menschen hast du getötet?«

»So viele wie nötig«, hatte er geantwortet, und obgleich sie Krieg, Tod und Leiden haßte, erregte es sie in einer Form, über die sie keine Macht hatte. Hinterher hatte er unbeschwert gelacht und gesagt: »Du bist ein abartiges, kleines Biest, weißt du das?« Sie hatte ihn dafür gehaßt und war tief beschämt und so wütend, daß sie ihm am liebsten die Augen ausgekratzt hätte. Er hatte sie mühelos festgehalten und immer noch in sich hineinlachend, hatte er ihr Worte ins Ohr geflüstert, die sie wieder schwach und willenlos gemacht hatten.

Als sie jetzt zu ihm hinüberschaute, kroch wieder diese leise Angst in ihr hoch, und Gänsehaut rieselte an ihren Armen entlang, und ihr Magen verknotete sich vor Erregung.

Sie ritten die Hügelkuppe hinauf, und er zügelte seinen Hengst. Roland wies mit dem Arm in die Weite bis zum Horizont, der sich in jeder Richtung in blaue Fernen verlor.

»Alles, was du von hier sehen kannst, jeder Grashalm, jede Erdkrume, alles ist Ballantyne-Besitz. Dafür haben wir gekämpft, wir haben es uns verdient, es gehört uns – und jeder, der uns das wegnehmen will, muß mich zuerst umbringen.« Der Gedanke, daß ein Mensch so etwas vorhaben könnte, war absurd. Er war ein junger Gott, ein Unsterblicher.

Roland stieg ab und führte die Pferde zu einem der hohen Msasabäume und band sie fest. Dann hob er Janine aus dem Sattel. Er trat mit ihr an den Rand des Abgrunds und hielt sie an sich gedrückt, ihren Rücken an seine Brust geschmiegt, so daß sie einen freien Rundblick hatte.

»Dort liegt es!« sagte er. »Schau es dir an.«

Reiches, goldgelbes Gras, schlanke Bäume, Wasser, das in kleinen, klaren Bächen floß oder wie Spiegel glitzerte, wo es von Dämmen gestaut war, die gelassenen Herden der großen, roten Rinder, rot wie die fruchtbare Erde unter ihren Hufen, und darüber wölbte sich der blaue afrikanische Himmel.

»Es braucht eine Frau, die es so liebt, wie ich es liebe«, sagte er. »Eine Frau, die starke Söhne in die Welt setzt, die es hegen und es erhalten wird, so wie ich es erhalte.«

Sie wußte, was er als nächstes sagen würde, und jetzt, da es soweit war, fühlte sie sich betäubt und verwirrt. Sie spürte, wie sie zu zittern begann.

»Ich möchte, daß du diese Frau bist«, sagte Roland Ballantyne, und sie begann haltlos zu schluchzen.

Die Unteroffiziere der Ballantyne Scouts legten zusammen, um ein Fest für ihren Colonel und seine Braut zur Verlobung steigen zu lassen.

Die Party fand in der Offiziersmesse der Thabas-Indunas-Kaserne statt. Alle Offiziere und ihre Ehefrauen waren eingeladen, und als Roland und Janine im Mercedes vorfuhren, wurden sie von einer dichtgedrängten Menge auf der vorderen Veranda begrüßt. Angeführt von Sergeant-Major Gondele stimmten sie einen ausgelassenen, aber ziemlich unmelodischen Vortrag von *For they are jolly good fellows* an.

»Mann, bin ich froh, daß ihr nicht so kämpft, wie ihr singt«, war Rolands Kommentar. »Sonst wären eure Hintern durchlöchert wie die Siebe.«

Er behandelte sie mit der rauhen, väterlichen Strenge und Zuneigung, dem angeborenen Selbstverständnis eines überlegenen Mannes, und sie verehrten ihn ohne Scheu. Janine verstand das, es hätte sie erstaunt, wäre es anders gewesen. Was sie erstaunte, war der kumpelhafte Umgang der Scouts. Die Art, wie Offiziere und einfache Soldaten, Schwarze und Weiße von einem fast sichtbaren Band des Vertrauens und der Zuneigung zusammengehalten wurden.

Sie spürte, daß das stärker war als selbst die stärksten Familienbande, und als sie später mit Roland darüber sprach, antwortete er bloß: »Wenn dein Leben von einem anderen Menschen abhängt, liebst du ihn zwangsläufig.«

Sie behandelten Janine mit äußerstem, fast ehrfürchtigem Respekt. Die Matabele nannten sie »Donna«, und die Weißen nannten sie »Madam«.

Sergeant-Major Gondele brachte ihr persönlich einen Gin, der einen Elefanten umgehauen hätte, und wirkte gekränkt, als sie ihn um etwas mehr Tonicwasser bat. Er stellte sie seiner Frau vor. Sie war die hübsche, dralle Tochter eines Matabele-Stammeshäuptlings, »eine Art Prinzessin«, erklärte Roly ihr. Sie hatte fünf Söhne, genau die Anzahl, für die Janine und Roly sich entschieden hatten, und sie sprach ausgezeichnet Englisch. Janine und sie vertieften sich gleich in ein Gespräch, aus dem Janine schließlich von einer Stimme neben sich gerissen wurde.

»Frau Carpenter, ich möchte mich für meine Verspätung entschuldigen.« Janine wandte sich der eleganten Erscheinung in der Uniform eines Commanders der rhodesischen Luftwaffe zu.

»Douglas Hunt-Jeffreys«, stellte er sich vor und bot ihr eine schmale, fast feminin glatte Hand. »Ich wäre untröstlich gewesen, die schöne Braut des galanten Colonel nicht kennenzulernen.« Er hatte die kultivierten, weichen Züge eines Kunstliebhabers, und die Uniform, so perfekt sie auch geschneidert war, wirkte deplaziert an seinen schmalen Schultern.

Sie wußte instinktiv, daß er trotz seines Auftretens und seines affektierten Vokabulars nicht schwul war. Es war die Art, wie er ihre Hand hielt, und der subtile Blick, der über ihre Figur huschte und dann zu ihrem Gesicht zurückfand. Sein Interesse war angenehm prickelnd, er erinnerte sie an eine in Samt eingeschlagene Rasierklinge. Sollte es einer Bestätigung seiner Heterosexualität bedurft haben, so fand sie diese in der Tatsache, daß Roland sofort an ihrer Seite war, als er bemerkte, mit wem sie sprach.

»Dougie, alter Knabe!« Roland lächelte wie ein Hai.

»Bon soir, mon brave.« Der Commander nahm seine Elfenbein-Zigarettenspitze aus dem Mund. »Ich muß gestehen, diesen fabelhaften Geschmack hätte ich dir nicht zugetraut. Frau Doktor sind einfach entzückend. Du hast meine volle Zustimmung.«

»Dougie muß zu allem, was man tut, seine Zustimmung geben«, erklärte Roland. »Er ist unser Verbindungsmann zur Einsatzleitung.«

Janine konnte es kaum fassen, aber Roland Ballantyne war eifersüchtig auf diesen Mann. Er nahm ihren Arm knapp über dem Ellbogen und lotste sie mit leichtem Druck in eine andere Richtung.

»Wenn du uns entschuldigst, Douglas. Ich möchte Bugsy ein paar der Kameraden vorstellen –«

»Bugsy – wie entsetzlich!« Douglas Hunt-Jeffreys schüttelte den Kopf. »Diese Kolonialisten sind alle durch die Bank Barbaren.« Er schlenderte an die Bar, um sich noch einen Gin Tonic zu genehmigen.

»Du magst ihn nicht?« Janine konnte es sich nicht verkneifen, Rolands Eifersucht etwas anzustacheln.

»Er macht seinen Job gut«, sagte Roland knapp.

»Ich finde ihn ziemlich nett.«

»Er ist ein Tommy.«

»Das bin ich auch«, sagte sie mit spitzem Lächeln. »Und wenn du nur ein bißchen in der Zeit zurückgehst, bist du auch ein Tommy, Roland Ballantyne.«

»Der Unterschied ist, daß du und ich gute Tommys sind. Douglas Hunt-Jeffreys ist ein Arsch.«

»Ja, wenn das so ist!« Sie lachten beide gleichzeitig los.

Sie drückte seinen Arm zärtlich, und er führte sie zu einer Gruppe junger Männer am Ende der Bar, um sie ihr vorzustellen.

Sie verließen das Kasino um zwei Uhr morgens. Trotz des Alkohols, den er getrunken hatte, fuhr Roland wie immer schnell und gut. An ihrem Apartment angekommen, trug er sie die Treppen hinauf, ungeachtet ihrer leisen Proteste. »Du weckst das ganze Haus auf!«

»Selbst schuld, wenn die Leute einen so leichten Schlaf haben. Warte nur, bis wir oben sind.«

Nach dem Liebesakt schlief er augenblicklich ein. Sie beobachtete sein Gesicht in den gelben und roten Lichtern der Neonreklame auf dem Dach der Tankstelle auf der anderen Straßenseite. Im Schlaf sah er noch schöner aus, und doch mußte sie plötzlich an Craig Mellow denken, an seine lustige Art und seine Sanftheit.

»Wie verschieden sie sind«, dachte sie. »Und doch liebe ich beide, jeden auf seine Art.«

Dieser Gedanke beunruhigte sie so sehr, daß sie erst einschlief, als die Neonreklame auf den Schlafzimmervorhängen in der Morgendämmerung verblaßte.

»Frühstück, Weib«, weckte Roland sie. »Um neun hab' ich eine Besprechung in der Einsatzleitung.«

Sie saßen auf ihrem Balkon inmitten ihres Miniaturwaldes von Topfpflanzen und aßen Rührei mit Pilzen.

»Normalerweise ist es die Entscheidung der Braut, Bugsy, aber könnten wir den Hochzeitstermin für Ende nächsten Monats festsetzen?«

»So früh? Aus welchem Grund?«

»Ja, also – danach gehen wir nämlich in Quarantäne, und ich bin vielleicht eine Weile aus dem Verkehr gezogen.«

»Quarantäne?« Sie legte ihre Gabel beiseite.

»Wenn wir eine Spezialoperation vorbereiten, begeben wir uns in völlige Isolation. Es hat in letzter Zeit zu viele Sicherheitslecks gegeben. Unsere Jungs sind zu oft in eine Falle gelaufen. Wir planen eine große Sache, und die ganze Gruppe wird deshalb in einem Speziallager isoliert; keiner, nicht einmal ich, darf Außenkontakte haben, auch nicht mit Eltern oder Ehefrauen, bis die Operation beendet ist.«

»Und wo ist das Lager?«

»Das kann ich dir nicht sagen, aber wenn wir unsere Flitterwochen in Victoria Falls verbringen, wie du das wolltest, paßt mir das gut in den Kram. Du fliegst zurück, und ich gehe von dort gleich ins Lager.«

»Aber Schatz, das ist sehr knapp. Es müssen so viele Vorbereitungen getroffen werden. Ich weiß gar nicht, ob meine Eltern so kurzfristig kommen können.«

»Ruf sie an.«

»Na schön«, stimmte sie zu. »Aber ich hasse den Gedanken, daß du kurz nach der Hochzeit weg mußt.«

»Ich weiß. Und das wird auch nicht immer so sein.« Er blickte auf die Uhr. »Ich muß los. Heute abend wird's ein wenig später, ich möchte mit Sonny reden. Wie ich höre, lebt er wieder auf seinem Boot.«

Sie versuchte sich ihren Schreck nicht anmerken zu lassen.

»Sonny? Ach, du meinst Craig. Weswegen willst du mit ihm reden?

Als Roland ihr den Grund nannte, fiel ihr nichts dazu ein. Sie starrte ihn nur schweigend an.

Sobald sie im Museum war, rief sie Craig an.

»Ich muß dich sehen.«

»Wunderbar. Ich mache das Abendessen.«

»Nein, nein – jetzt gleich. Du mußt sofort kommen.«

Er lachte. »Wo brennt's denn?«

»Ich kann dir das am Telefon nicht sagen, Liebling.«

»Wie hast du mich genannt?«

»Ist mir so rausgerutscht.«

»Sag es noch mal.«

»Craig, sei kein Idiot.«
»Sag es.«
»Liebling.«
»Wann und wo?«
»In einer halben Stunde am Musikpavillon im Park. Und Craig: Ich habe schlechte Nachrichten.« Sie legte ohne ein weiteres Wort auf.

Sie sah ihn zuerst. Sein Gesicht war in Sorgenfalten gelegt, doch als er sie auf den Stufen des Pavillons sitzen sah, strahlte er, und seine Augen leuchteten. Es war ihr unerträglich.

»Mein Gott«, sagte er. »Ich habe vergessen, wie schön du bist.«

»Gehen wir.« Sie konnte ihn nicht ansehen, doch als er ihre Hand nahm, brachte sie es nicht über sich, sie ihm zu entziehen.

Schweigend gingen sie bis zum Fluß, standen am Ufer und sahen einem kleinen Mädchen zu, das Enten fütterte.

»Ich muß es dir zuerst sagen«, fing sie an. »Das zumindest bin ich dir schuldig.« Sie spürte, wie er neben ihr versteinerte.

»Bevor du weitersprichst, möchte ich dir noch einmal sagen, was ich dir schon mal gesagt habe. Ich liebe dich, Jan.«

»O Craig.«

»Glaubst du mir?«

Sie nickte und schluckte.

»Nun gut. Und jetzt sag mir, was du mir zu sagen hast.«

»Roland hat mich gebeten, seine Frau zu werden.«

Seine Hand begann zu zittern.

»Und ich habe ja gesagt.«

»Warum, Jan?«

Jetzt entriß sie ihm ihre Hand. »Verdammt, warum mußt du solche Fragen stellen?«

»Warum?« Er ließ sich nicht beirren. »Ich weiß, daß du mich liebst. Warum heiratest du ihn?«

»Weil ich ihn mehr liebe«, sagte sie wütend. »Wen würdest du an meiner Stelle heiraten?«

»So gesehen«, pflichtete er ihr bei, »hast du vermutlich recht.« Jetzt endlich sah sie ihn an. Er war sehr bleich. »Roly war immer der Sieger. Ich hoffe, du wirst sehr glücklich mit ihm, Jan.«

»O Craig, es tut mir so leid.«

»Ja, ich weiß. Mir auch. Können wir es bitte dabei belassen, Jan. Es gibt nichts mehr dazu zu sagen.«

»Doch. Roland kommt heute abend bei dir vorbei. Er bittet dich, sein Trauzeuge zu sein.«

Roland Ballantyne beugte sich über die große Reliefkarte von Matabeleland. Die Stellungen der Sicherheitsstreitkräfte waren durch kleine, bewegliche Markierungen und ihre Truppenstärke durch numerierte Kärtchen gekennzeichnet. Jeder Truppenzweig hatte seine eigene Farbe – die Ballantyne Scouts waren braun. Sie waren mit 250 Mann in der Thabas-Indunas-Kaserne ausgewiesen, aber es gab auch noch eine Patrouille von fünfzig Mann am Gwaai.

Auf der anderen Seite des Kartentisches schlug Commander Douglas Hunt-Jeffreys mit dem Zeigestab auf die Innenfläche seiner linken Hand.

»Gut«, nickte er. »Gehen wir die Sache noch einmal von Anfang an durch.«

Außer den beiden war niemand im Büro der Einsatzleitung, und über der schweren Eisentür war eine rote Lampe angeschaltet.

»Codename Büffel«, sagte Roland. »Operationsziel ist die Eliminierung von Josiah Inkunzi und/oder seiner Stabschefs – Tebe, Chitepo und Tungata.«

»Tungata?« fragte Hunt-Jeffreys.

»Ein Neuer«, erklärte Roland.

»Weiter, bitte.«

»Wir werden sie in dem gesicherten Haus in Lusaka überfallen. Irgendwann nach dem 15. November, wenn Inkunzi von seinem Besuch in Ungarn und der DDR zurück ist.«

»Wirst du von seiner Rückkehr unterrichtet werden?« fragte Douglas. Roland nickte. »Kannst du mir die Quelle nennen?«

»Die verrate ich nicht mal dir, Dougie, mein Junge.«

»Na schön. Solange du mit Sicherheit weißt, daß Inkunzi da ist, bevor ihr zuschlagt.«

»Wir nennen ihn von jetzt an Büffel.«

»Wie werdet ihr vorgehen?«

»Mit einer Kolonne Landrover mit sambischen Kennzeichen, die Besatzungen tragen sambische Polizeiuniformen.«

Douglas hob eine Augenbraue. »Und die Genfer Konvention?«

»Eine legitime Kriegslist«, entgegnete Roland.

»Ihr werdet auf der Stelle erschossen, wenn sie euch erwischen.«

»Das würde ohnehin passieren, mit oder ohne Uniformen. Unsere Männer dürfen sich eben nicht erwischen lassen.«

»Also gut. Welche Straße wollt ihr benutzen?«

»Die von Livingstone nach Lusaka.«

»Eine lange Strecke durch feindliches Gebiet, und unsere Luftwaffe hat die Brücken bei Kaleya zerstört.«

»Es gibt eine Ausweichroute stromaufwärts, dort wartet ein Führer, der uns durch den Busch lotst.«

»Und wie überquert ihr den Sambesi?«

»Unterhalb von Kazungula gibt es Furten.«

»Die ihr natürlich geprüft habt.«

»Bei einer Feldübung. Wir haben mit Floß und Winde ein Fahrzeug in genau neun Minuten übergesetzt. Die gesamte Spezialeinheit haben wir in weniger als zwei Stunden drüben. Es gibt eine Fahrspur, auf der wir die große Nordstraße fünfzig Kilometer nördlich von Livingstone erreichen.«

»Wie steht's mit der Versorgung?«

»Der Führer in Kaleya ist ein weißer Farmer. Er hat Treibstoff auf seiner Farm und wir Hubschrauberunterstützung.«

»Ich nehme an, die Hubschrauber werden zur Evakuierung eingesetzt, sollte die Operation abgebrochen werden müssen.«

Roland nickte. »Genau, Dougie. Bete darum, daß es nicht nötig sein wird.«

»Zur Truppenstärke. Wie viele Mann werdet ihr sein?«

»Fünfundvierzig, zehn davon Spezialisten.«

»Spezialisten?«

»Wir gehen davon aus, daß wir im Hauptquartier des Büffels auf eine Menge Dokumente stoßen. Vermutlich zuviel Material, um alles mitzunehmen. Wir brauchen mindestens vier Geheimdienstexperten, die an Ort und Stelle entscheiden, was vernichtet und was aufbewahrt werden soll. Die suchst du uns aus.«

»Und die anderen Spezialisten?«

»Zwei Ärzte. Henderson und sein Assistent. Wir haben sie schon früher eingesetzt.«

»Gut. Wer sonst?«

»Sprengstoffexperten. Um das Haus nach versteckten Bomben abzusuchen und unsere eigenen anzubringen, wenn wir es verlassen, und um hinter uns auf dem Rückzug die Brücken zu sprengen.«

»Experten aus Salisbury?«

»Ich krieg' zwei gute Burschen hier in Bulawayo, einer ist ein Cousin von mir.«

»Prima. Mach mir eine Namensliste.« Douglas nahm die Kippe aus seiner Elfenbeinspitze, drückte sie aus und drehte eine neue Zigarette hinein.

»Wo soll die Quarantäne stattfinden?« fragte er. »Hast du darüber schon nachgedacht?«

»Ich denke an das Wankie Safari Lodge im Dett Vlei. Zwei Stunden Fahrzeit vom Sambesi. Das steht zur Zeit leer.«

»Fünf-Sterne-Komfort – die Scouts werden anspruchsvoll«, grinste Douglas spöttisch. »Okay. Ich sorge dafür, daß ihr es bekommt.« Douglas machte eine Notiz und hob den Kopf. »Jetzt zum Termin. Wann könnt ihr los?«

»Fünfzehnten November. Damit bleiben uns acht Wochen, um die Ausrüstung zusammenzustellen und den Überfall zu proben –«

»Und außerdem trifft es sich gut mit deinem Hochzeitstermin, nicht wahr?« Douglas klopfte die Elfenbeinspitze gegen seine Zähne und freute sich über Roland Ballantynes aufbrausende Reaktion.

»Das Timing des Überfalls hat nichts mit meinen Privatangelegenheiten zu tun und richtet sich ausschließlich nach den Bewegungen des Büffels. Meine Hochzeit ist eine Woche vor dem Beginn der Quarantäne angesetzt. Janine und ich verbringen unsere Flitterwochen im Victoria Falls Hotel, das nur zwei Fahrstunden vom Lager im Wankie Safari Lodge entfernt ist. Sie nimmt einen Linienflug nach Bulawayo zurück, und ich begebe mich direkt von Vic Falls in die Quarantäne.«

Douglas hob abwehrend die Hand und grinste spöttisch. »Reg dich nicht auf, alter Freund. War nur eine höfliche Frage, weiter nichts. Im übrigen, meine Hochzeitseinladung scheint in der Post verloren gegangen zu sein...« Aber Roland hatte sich wieder seiner Liste zugewandt und studierte sie mit größter Aufmerksamkeit.

Douglas Hunt-Jeffreys lag auf dem breiten Bett im kühlen, abgedunkelten Schlafzimmer und musterte die nackte Frau, die neben ihm schlief. Anfangs hielt er sie für kein vielversprechendes Objekt mit ihrem blassen Gesicht und den beunruhigend starren Augen hinter der Hornbrille, ihrer schroffen, aggressiven, fast männlichen Art, der glühenden Intensität ihres politisch militanten Fanatismus. Nachdem sie ihren formlosen Pullover, den ausgebeulten Rock, die dicken Wollsocken und groben Ledersandalen ausgezogen hatte, war ein schmaler, bleicher, fast mädchenhafter Körper zum Vorschein gekommen, mit hübschen kleinen Brüsten, die Douglas sehr nach seinem Geschmack fand. Als sie die Brille abnahm, verwandelten sich ihre starren Augen in weiche, leicht verschwommene Kurzsichtigkeit, und Douglas' erfahrene Lippen und Finger entfachten einen Sturm, der ihn anfangs erstaunte und dann entzückte. Er konnte sie in brennende Leidenschaft versetzen, in einen Zustand, in dem sie zu Wachs unter seinen Händen wurde.

»Zum Teufel mit allen schönen Frauen«, lächelte er selbstgefällig in sich hinein. »Die kleinen häßlichen Entlein sind die Kanonen im Bett!«

Sie hatten sich am Vormittag getroffen, und jetzt war es – vorsichtig, um sie nicht zu wecken, warf Douglas einen Blick auf seine goldene Rolex – zwei Uhr nachmittags. Auch für Douglas ein Marathonunternehmen.

Er sehnte sich nach einer Zigarette, wollte ihr aber noch zehn Minuten gönnen. Es hatte keine Eile. Er konnte noch ein bißchen liegenbleiben und in Ruhe über diesen Fall nachdenken.

Wie viele gute Kontrollchefs hatte Douglas festgestellt, daß eine sexuelle Beziehung zu seinen weiblichen Agenten, gelegentlich auch zu einigen seiner männlichen Agenten, ein nützliches Instrument der Manipulation war, eine Beschleunigung des Prozesses der Abhängigkeit und Loyalität, die in seiner Branche so wünschenswert waren. Dieser Fall war das beste Beispiel. Ohne die körperliche Beziehung wäre Dr. Leila St. John eine schwierige und unberechenbare Mitarbeiterin gewesen, nun aber war sie eine der besten Agentinnen geworden, die er je hatte.

Douglas Hunt-Jeffreys war 1941 in Rhodesien zur Welt gekommen. Sein Vater war zu Beginn des Zweiten Weltkriegs als Kommandant der Ausbildungsstaffel der Royal Air Force ins afrikanische Gwelo versetzt worden. Dort hatte er eine Rhodesierin kennengelernt und sie geheiratet. Die Familie ging nach England zurück, und Douglas folgte der Familientradition, wurde in Eton erzogen und ging später zur Royal Air Force.

Dort ereignete sich die ungewöhnliche Abweichung in seiner Karriere, er fand sich beim Britischen Militärgeheimdienst wieder. Damals, 1964, als Ian Smith in Rhodesien an die Macht kam, zum erstenmal mit dem Säbel rasselte und drohte, sich von Großbritannien durch eine einseitige Unabhängigkeitserklärung zu trennen, war Douglas Hunt-Jeffreys der beste Agent vor Ort. Er war nach Rhodesien zurückgekehrt, hatte seine rhodesische Staatsbürgerschaft wieder angenommen, war der rhodesischen Air Force beigetreten und hatte sich augenblicklich daran gemacht, seinen Weg auf der Karriereleiter hinaufzusteigen.

Heute war er Chefkoordinator des Britischen Geheimdienstes für das gesamte Gebiet, und Dr. Leila St. John gehörte zu seinem Stab. Natürlich hatte sie keine Ahnung, wer ihr wirklicher Arbeitgeber war; die bloße Erwähnung eines Militärgeheimdienstes – welchen Landes auch immer – hätte sie den nächsten Baum hinaufgejagt wie eine verschreckte Katze. Douglas grinste träge über die Vorstellung. Leila St. John hielt sich für ein Mitglied einer kleinen, mutigen Gruppe linksgerichteter Guerillas, die die feste Absicht hatte, ihr Vaterland von den rassistisch-faschistischen Eroberern zu befreien und es den Freunden des marxistischen Kommunismus zuzuführen.

Douglas Hunt-Jeffreys und seine Regierung waren bestrebt,

eine schnelle Lösung zu erlangen, die für die Vereinten Nationen, die Vereinigten Staaten, Frankreich, Westdeutschland und die anderen westlichen Verbündeten akzeptabel war. Eine Lösung, die die unangenehme, schmutzige und kostspielige Situation mit möglichst viel Würde beendete und das Land den am wenigsten störenden afrikanischen Guerillaführern überließ.

Britischen und amerikanischen Geheimdienstberichten zufolge erwies sich Josiah Inkunzi bei aller extremistisch linksgerichteten Rhetorik und der Militärunterstützung, die er von Rotchina und den Staaten des Sowjetblocks forderte und erhielt, als Pragmatiker. Aus westlicher Sicht war er bei weitem das geringere von wesentlich größeren Übeln. Sollte er eliminiert werden, würde eine Horde radikaler, marxistischer Monster die Macht in der zukünftigen Nation Simbabwe übernehmen und das Land dem großen roten Bären in die Arme treiben.

Eine zweite Überlegung war, daß ein geglücktes rhodesisches Attentat auf Inkunzi den allmählich schwindenden Kampfgeist der rhodesischen Regierung erneut beleben und Ian Smith und seine rechtsgerichteten Kabinettsminister Vernunftgründen noch weniger zugänglich sein würden als bisher. Es war also von dringender Notwendigkeit, das Leben von Josiah Inkunzi um jeden Preis zu schützen. Douglas Hunt-Jeffreys kitzelte die schlafende Frau sanft.

»Wach auf, mein Kätzchen«, sagte er. »Wir müsen miteinander reden.«

Sie setzte sich auf und räkelte sich.

»Zünde mir bitte eine Zigarette an«, sagte er, und sie drehte eine in die Elfenbeinspitze, zündete sie an und steckte sie ihm zwischen die Lippen.

»Wann erwartet ihr den nächsten Kurier aus Lusaka?« Er blies einen Rauchring aus, der sich wabernd um ihre Brustspitze kringelte.

»Überfällig«, sagte sie. »Ich habe dir von der Umlimo erzählt.«

»Ach ja«, nickte Douglas. »Die Hellseherin.«

»Es werden Vorbereitungen für ihre Reise getroffen und Lusaka schickt einen hohen Parteifunktionär, vielleicht sogar einen

Kommissar, um den Transport zu leiten. Er muß jeden Augenblick eintreffen.«

»Ziemlich viel Wirbel um eine alte, senile Medizinfrau.«

»Sie ist der spirituelle Führer des Matabele-Volkes«, sagte Leila heftig. »Ihre Gegenwart bei der Guerilla-Armee kann von unschätzbarem Wert für die Kampfmoral sein.«

»Ja, ich verstehe. Du hast mir von dem Aberglauben erzählt.« Douglas strich ihr sanft über die Wange, und sie entspannte sich. »Sie schicken also einen Kommissar. Das ist gut. Ich frage mich immer wieder, wie die Burschen ungeschoren Grenzen überschreiten, in Städte kommen und von einem Ende des Landes zum anderen reisen.«

»Für den durchschnittlichen Weißen sieht ein schwarzes Gesicht aus wie das andere«, erklärte Leila. »Es gibt keine Passierscheine, keine Pässe, jedes Dorf ist eine Basis, fast jeder Schwarze ein Verbündeter. Solange sie keine Waffen oder Sprengkörper bei sich haben, können sie in Bussen oder Zügen fahren und ungehindert Straßensperren passieren.«

»Na gut«, meinte Douglas. »Wenn nur das, was ich dir jetzt sage, so schnell wie möglich nach Lusaka gelangt.«

»Spätestens nächste Woche«, versprach Leila.

»Die Ballantyne Scouts planen eine großangelegte Operation, um Inkunzi und seinen Stab in Lusaka zu eliminieren.«

»O mein Gott, nein!« rief Leila erschrocken.

»Ich fürchte, doch. Es sei denn, wir können ihn warnen. Hier die Einzelheiten. Merke sie dir bitte.«

Der klapprige alte Bus fuhr über die gewundene Bergstraße und hinterließ eine langgezogene Wolke stinkender, schwarzer Dieselauspuffgase, die der leichte Wind nur zögernd verwehte. Auf dem Dachständer türmten sich verschnürte Bündel, Pappkartons, billige Koffer, gackernde Hühner in Käfigen aus geflochtenen Zweigen nebst anderem, weniger leicht zu identifizierendem Reisegepäck.

Beim Anblick der Straßenblockade trat der Fahrer voll auf die Bremse. Die lärmende Unterhaltung und das Lachen seiner Fahrgäste erstarben, und beklommenes Schweigen senkte sich über die

Menschen. Sobald der Bus anhielt, strömten die schwarzen Passagiere aus dem vorderen Einstieg und teilten sich auf Anweisung der bewaffneten Polizisten in zwei Gruppen: Männer auf eine Seite, Frauen und Kinder auf die andere. Unterdessen bestiegen zwei schwarze Polizisten den Bus, um nach versteckten Flüchtlingen oder Waffen unter den Sitzen zu suchen.

Unter den männlichen Fahrgästen befand sich Genosse Tungata Zebiwe. Er trug einen Schlapphut, ein zerrissenes Hemd und kurze Khaki-Hosen, an den Füßen verdreckte Tennisschuhe, aus denen sich die großen Zehen bohrten. Einer der typischen Hilfsarbeiter, die ständig herumzogen und die Mehrheit der Arbeiterschaft des Landes stellten. Er hatte nichts zu befürchten, solange die Polizei nur flüchtig kontrollierte, aber er hatte guten Grund zur Annahme, daß sie diesmal genauer vorgingen.

Er hatte die Sambesi-Furt bei Dunkelheit passiert, danach den Minensperrgürtel, war weiter nach Süden gewandert und hatte die Hauptstraße in der Nähe der Kohlezechen von Wankie erreicht. Er war allein, trug gefälschte Arbeitspapiere bei sich, wonach er zwei Tage zuvor aus einem Arbeitsverhältnis in den Zechen entlassen worden war. Damit wäre er durch jede normale Straßensperre gekommen.

Doch zwei Stunden, nachdem er den überfüllten Bus bestiegen hatte und sie sich den Vororten von Bulawayo näherten, wurde ihm plötzlich klar, daß sich ein zweiter ZIPRA-Kurier unter den Passagieren befand. Eine Matabele-Frau, Ende Zwanzig, die mit ihm im Ausbildungslager in Sambia gewesen war. Sie war wie eine Bäuerin gekleidet und trug ein Kleinkind nach alter Tradition auf dem Rücken. Tungata beobachtete sie heimlich und hoffte, daß sie kein verdächtiges Material bei sich hatte. Wenn sie damit an einer Straßensperre erwischt wurde, mußten sich sämtliche Fahrgäste im Bus genauen Leibesvisitationen unterziehen; es wurden auch Fingerabdrücke genommen, und von ihm als ehemaligem Angestellten der rhodesischen Regierung waren die Fingerabdrücke natürlich registriert.

Die Frau stellte, obgleich seine Verbündete und Genossin, eine tödliche Gefahr für ihn dar. Er beobachtete sie weiterhin heimlich, suchte nach Hinweisen auf ihren Status, und dann plötzlich konzentrierte sich seine Aufmerksamkeit auf das Baby auf ihrem Rücken. Die Erkenntnis der schlimmsten Befürchtung traf ihn wie ein Faustschlag in den Magen. Die Frau war aktiv. Wurde sie erwischt, dann war Tungata mit an Sicherheit grenzender Wahrscheinlichkeit ebenfalls dran.

Nun stand er in einer Reihe mit den anderen männlichen Passagieren und wartete auf die Leibesvisitation. Auf der anderen Seite des Busses bildeten die Frauen eine Schlange. Polizistinnen würden sie bis auf die Haut untersuchen. Der weibliche Kurier stand an fünfter Stelle in der Schlange, sie rüttelten das schlafende Kind auf ihrem Rücken, dessen Köpfchen von einer Seite zur anderen wackelte. Tungata durfte nicht länger warten.

Ungeduldig drängte er sich bis an die Spitze der Schlange und redete hastig und mit leiser Stimme auf den schwarzen Sergeant ein, der die Aktion leitete. Dann zeigte Tungata auf die Bäuerin in der Frauenreihe. Sie sah den beschuldigenden Finger auf sich gerichtet, blickte wild um sich und rannte los.

»Haltet sie!« brüllte der Sergeant. Im Laufen löste sich die Schlaufe des Stoffbeutels, und der kleine schwarze Körper fiel zur Erde. Von ihrer Last befreit rannte die Frau auf ein dichtes Dornengestrüpp am Straßenrand zu. Die Männer der Straßensperre waren jedoch auf solche Fluchtversuche vorbereitet, und zwei Polizisten schnellten aus ihrem Versteck am Rande des Gestrüpps hoch. Die Frau machte kehrt, war aber bereits eingekreist. Nach einem dumpfen Schlag mit einem Gewehrkolben ging sie zu Boden. Sie zerrten die sich heftig zur Wehr setzende Frau nach hinten. Sie spuckte und kreischte wie eine Katze, und als sie an Tungata vorbeigeführt wurde, schrie sie ihn an.

»Verräter, wir werden dich vernichten! Schakal, du wirst sterben –«

Tungata glotzte sie einfältig dumpf an.

Einer der Polizisten hob das nackte Baby auf, das das Mädchen verloren hatte, und schrie auf.

»Es ist kalt.« Er drehte den Körper widerstrebend um, und die kleinen Gliedmaßen schlenkerten leblos. »Es ist tot!« Die Stimme des Polizisten war erschrocken, und dann fing er wieder an: »Seht! Seht euch das an!«

Der Körper des Kindes war vom Bauch bis zur Kehle aufgeschlitzt und mit groben Stichen wieder zusammengenäht worden. Der weiße Captain schnitt angeekelt die Naht auf, und die Bauchhöhle öffnete sich klaffend. Sie war vollgepackt mit braunen Plastiksprengstoff-Strängen.

Der Captain stand auf. »Wir werden jeden einzelnen der Dreckskerle genau untersuchen.«

Dann wandte er sich an Tungata. »Gut gemacht, Freund.« Er klopfte ihm auf die Schulter. »Sie können Ihre Belohnung im Polizeipräsidium abholen. Fünftausend Dollar – nicht schlecht, was! Sie müssen nur diesen Zettel abgeben.« Er schrieb etwas auf seinen Notizblock und riß das Blatt ab. »Hier, mein Name und mein Rang. In wenigen Minuten fährt einer unserer Landrover nach Bulawayo – ich kümmere mich darum, daß Sie mitfahren können.«

An den Toren des Khami-Missionshospitals ließ Tungata die obligate Durchsuchung der Wachtposten über sich ergehen. Er trug immer noch die zerschlissene Arbeiterkleidung und hatte die gefälschten Papiere der Wankie-Kohlengrube bei sich.

Einer der Wachen schaute sich die Arbeitspapiere an. »Was ist mit dir nicht in Ordnung?«

»Ich habe eine Schlange im Bauch.«

Tungata legte seine Hände auf die angeblich schmerzende Stelle. Eine Schlange im Bauch konnte alles sein: vom simplen Durchfall bis zum Zwölffingerdarmgeschwür.

Der Wachtposten lachte. »Die Ärzte werden dir die Mamba herausschneiden, geh in die Ambulanz.« Er wies auf einen Seiteneingang, und Tungata entfernte sich mit schlurfenden Schritten.

Die Matabele-Schwester am Ambulanzschalter registrierte ihn mit einem kurzen, erstaunten Blick, bevor ihre Miene wieder ausdruckslos wurde. Sie gab ihm eine Karte und wies ihn an, auf einer der Bänke neben den anderen Patienten Platz zu nehmen. Kurz darauf ging sie zur Tür mit der Aufschrift »Behandlungsraum«, trat ein und schloß die Tür hinter sich. Als sie wieder herauskam, zeigte sie auf Tungata. »Sie sind der Nächste!«

Tungata schlurfte durch den Warteraum und trat ein. Leila St.

John begrüßte ihn freudig, sobald die Tür hinter ihm ins Schloß gefallen war.

»Genosse Kommissar!« flüsterte sie und umarmte ihn. »Ich war sehr in Sorge!« Sie küßte ihn auf beide Wangen und trat einen Schritt zurück. Tungata hatte sich vom verblödeten Bauerntölpel in einen tödlichen Krieger verwandelt, hochgewachsen und kampfentschlossen.

»Haben Sie Kleider für mich?«

Hinter dem Paravent zog Tungata sich rasch um und knöpfte sich im Heraustreten den Arztkittel zu. Am Revers trug er jetzt ein Plastikschild, das ihn als *Dr. G. J. Kumalo* auswies und ihn über jeden Verdacht erhaben machte.

»Ich möchte gerne wissen, welche Vorbereitungen Sie getroffen haben«, sagte er und setzte sich Leila St. John an ihrem Schreibtisch gegenüber.

»Die Umlimo liegt bei uns auf der geriatrischen Station, seit sie von ihren Begleiterinnen vor etwa sechs Monaten aus der Matopos-Reservation gebracht wurde.«

»In welcher körperlichen Verfassung ist sie?«

»Sie ist eine sehr alte Frau – ein Fossil wäre vielleicht die bessere Bezeichnung. Sie behauptet, hundertzwanzig Jahre alt zu sein, und das könnte durchaus zutreffen. Sie war bereits eine junge Frau, als Cecil Rhodes' Freibeuter in Bulawayo einritten und König Lobengula in den Tod hetzten.«

»Ihr Zustand?«

»Sie litt an Unterernährung, aber sie wird durch Infusionen ernährt und ist bereits viel kräftiger, kann jedoch nicht gehen und weder Harn noch Stuhl halten. Hör- und Sehkraft sind sehr schlecht, aber Herz und andere Organe sind bemerkenswert funktionstüchtig für ihr Alter. Ihr Verstand arbeitet scharf und klar. Sie scheint völlig wach zu sein.«

»Demnach ist sie transportfähig?«

»Und willig. Gemäß ihrer eigenen Prophezeiung muß sie die großen Wasser überqueren, bevor die Speere der Nation siegen.«

Tungata machte eine ungeduldige Geste.

»Sie halten wohl nicht viel von der Umlimo und ihren Weissagungen, Genosse?«

»Sie etwa, Doktor?«

»Es gibt Bereiche, in die unsere Wissenschaft noch nicht eingedrungen ist. Diese Frau ist etwas Besonderes. Ich sage nicht, daß ich alles über sie glaube, aber ich bin überzeugt, daß sie eine besondere Kraft besitzt.«

»Wir sind der Meinung, daß sie als Propagandawaffe äußerst wertvoll ist. Die große Mehrheit unseres Volkes ist immer noch ungebildet und abergläubisch. Sie haben meine Frage noch immer nicht beantwortet, Doktor. Ist sie transportfähig?«

»Ich glaube, ja. Ich habe die medikamentöse Versorgung für die Reise vorbereitet. Außerdem habe ich ärztliche Bescheinigungen ausgestellt, die ausreichen müßten, um sie durch alle Sperren bis zur Grenze nach Sambia zu bringen. Einer meiner besten Sanitäter, ein schwarzer Pfleger, kommt als Reisebegleiter mit. Ich würde sie selbst begleiten, doch das würde zu großes Aufsehen erregen.«

Tungata schwieg lange, sein hartes, markantes Gesicht war gedankenversunken.

Als er dann redete, war es beinahe ein leises Selbstgespräch. »Die Frau ist tot wie lebendig wertvoll, und als Tote wäre sie leichter zu transportieren. Ich nehme an, man könnte ihren Körper in Formaldehyd oder etwas Ähnlichem konservieren?«

Leila war entsetzt und zugleich von seltsamer Ehrfurcht ergriffen. Die Gnadenlosigkeit und tödliche Entschlußkraft dieses Mannes erregte sie.

»Ich bete darum, daß es nicht notwendig ist«, flüsterte sie und starrte ihn an. Einem solchen Mann war sie noch nie begegnet.

»Ich seh' sie mir an, dann treffe ich die Entscheidung«, sagte Tungata gelassen. »Jetzt gleich.«

Vor der Tür des Privatzimmers im obersten Stockwerk des Südflügels kauerten drei seltsame Greisinnen. Sie waren in getrocknete Felle von Wildkatzen und Schakalen sowie Pythonschlangenhäute gekleidet. Um Hals und Taille hingen ihnen Flaschen, ausgehöhlte Kürbisse und Hörner, getrocknete Ziegenblasen, Knochenrasseln und Lederbeutel, die ihre Wahrsageknochen enthielten. »Die Begleiterinnen der alten Frau«, erklärte Leila St. John. »Sie weichen nicht von ihrer Seite.«

»Sie werden«, sagte Tungata leise. »Wenn ich es entscheide.«

Eine der Greisinnen hüpfte wimmernd und geifernd auf ihn zu, streckte ihre dreckverkrusteten Finger nach ihm aus. Tungata wehrte sie mit dem Fuß ab, öffnete die Tür und betrat, von Leila gefolgt, das Zimmer. Ein kleiner Raum mit gefliestem Boden, die Wände weiß gestrichen. Auf dem Nachttisch ein verchromtes Tablett mit Arzneien und Instrumenten. Das Bett auf Rollen mit einem Hebel am Fußende. Das Kopfteil des Bettgestells war hochgestellt, und die hinfällige Gestalt unter dem Bettlaken wirkte nicht größer als ein Kind. An einem Gestell neben dem Bett hing die Infusionsflasche, von der sich ein durchsichtiger Plastikschlauch nach unten schlängelte.

Die Umlimo schlief. Ihre pigmentlose Haut wies einen fahlen Grauton auf und war von dunklem Schorf verkrustet, der sich über den bleichen, kahlen Schädel zog. Ihre Kopfhaut war so dünn, daß die Knochen durchschimmerten wie glattgeschliffene Steine unter der Wassseroberfläche eines Gebirgsbachs. Von der Stirn bis zum weißen Laken unter ihrem Kinn war die Haut in tausend Falten und Runzeln geworfen, wie bei einer Mumie aus prähistorischer Zeit. Ihr Mund stand offen, die schorfigen Lippen zitterten bei jedem Atemzug, und ein einzelner gelber Zahn stand in dem blutleeren, grauen Zahnfleisch. Sie öffnete die Augen. Rosarote Augen eines weißen Hasen, tief eingesunken in graue Hautlappen.

»Sei gegrüßt, alte Mutter.« Leila trat an ihr Bett und berührte die vom Alter zerfressene Wange. »Ich bringe dir einen Besucher«, sagte sie in perfektem Sindebele.

Die alte Frau gab einen leisen, klagenden Laut von sich und begann zu zittern, ihr ganzer Körper zuckte heftig, und sie starrte Tungata an.

»Beruhige dich, alte Mutter.« Leila war besorgt. »Er tut dir nichts.«

Die alte Frau hob einen Arm unter dem Laken hervor. Ein Skelettarm, das Ellbogengelenk von Arthritis deformiert und verknorpelt, die Hand eine Kralle mit verdickten Gelenken und verkrümmten Fingern. Damit zeigte sie auf Tungata.

»Sohn der Könige«, heulte sie mit erstaunlich klarer, starker

Stimme. »Vater von Königen. König der Zukunft, wenn die Falken wiederkehren. *Bayete,* er wird der König sein. *Bayete!*« Sie grüßte ihn mit dem königlichen Salut, und Tungata erstarrte vor Schreck. Er wurde grau im Gesicht, und Schweißperlen traten ihm auf die Stirn. Leila St. John wich bis zur Wand zurück. Sie starrte die zerbrechliche, alte Frau in dem hohen Eisenbett an. Speichel schäumte auf den dünnen, schorfigen Lippen, und die rosaroten Augen rollten nach hinten in die Höhlen, aber die heulende Stimme stieg an.

»Die Falken sind weit fortgeflogen. Es wird kein Friede herrschen in den Königreichen der Mambos und Monomatopas, bis sie zurückkehren. Er, der die Steinfalken zurückbringt, wird die Königreiche regieren.« Ihre Stimme schwoll zu einem schrillen Kreischen an. »*Bayete, Nkosi Nkulu.* Heil, Mambo. Du sollst ewig leben, Monomatopa.« Die Umlimo grüßte Tungata mit allen Titeln eines alten Herrschers, dann sank sie in die weißen Kissen zurück. Leila eilte zu ihr, legte ihre Hand auf die magere Körpermitte.

»Sie beruhigt sich«, sagte sie nach einer Weile und sah Tungata an. »Was soll ich tun?«

Er schüttelte sich wie jemand, der aus tiefem Schlaf erwacht, und wischte sich mit dem Ärmel des weißen Mantels den eisigen Schweiß der Angst vor dem Übersinnlichen von der Stirn.

»Versorgen Sie die Frau gut. Morgen früh soll sie reisefertig sein. Wir bringen sie nach Norden über den großen Fluß«, sagte er.

Leila St. John fuhr ihren kleinen Fiat rückwärts auf den Parkplatz der Notarztwagen neben der Unfallstation. Tungata schlüpfte unbemerkt durch die hintere Tür und kauerte sich zwischen die Sitze. Leila breitete eine Mohair-Reisedecke über ihn und fuhr zum Haupttor. Sie sprach kurz mit einem der Wachtposten, und dann bog der Fiat in die Nebenstraße, die zum Haus des Chefarztes führte.

Sie redete, ohne nach hinten zu sehen. »Keine Spur von Sicherheitstruppen, noch nicht. Anscheinend ist Ihre Ankunft nicht bemerkt worden, aber wir dürfen kein Risiko eingehen.«

Sie fuhr in die Garage, die dem alten Steinbau angefügt worden war, und während sie ihren Arztkoffer und einen Stapel Unterlagen vom Sitz nahm, vergewisserte sie sich, daß niemand sie beobachtete. Der Garten war zur Straße und zur strohgedeckten Kirche hin durch blühende Sträucher geschützt.

Leila schloß die Seitentür auf, und Tungata huschte ins Haus. Im Wohnzimmer waren die Fensterläden geschlossen, die Vorhänge zugezogen, und es herrschte Zwielicht.

»Meine Großmutter hat dieses Haus gebaut, nachdem das erste während der Unruhen von 1896 abgebrannt war. Damals traf sie Vorkehrungen für spätere Notsituationen.«

Leila ging durch den Raum und trat an den mannshohen Kamin, dessen Boden aus Schieferplatten bestand. Mit einem Feuereisen hob sie eine an und schob sie beiseite. Als Tungata neben sie trat, hatte sie bereits einen viereckigen, senkrecht nach unten führenden Schacht aufgedeckt, in dessen eine Wand Steinstufen eingelassen waren.

»Haben Sie den Genossen Tebe in jener Nacht hier versteckt?« fragte Tungata. »Als die Scouts ihn nicht finden konnten?«

»Ja, er war hier. Sie gehen am besten gleich runter.«

Er stieg die Stufen hinunter. Leila schob die Schieferplatte über die Öffnung und folgte ihm nach unten. Sie tastete an der Wand nach einem Schalter. An der Decke der winzigen, gemauerten Zelle leuchtete eine nackte Glühbirne auf. Auf einem Holztisch lag ein Stapel abgegriffener Bücher. Ein niedriger Schemel, eine schmale Pritsche an der Wand, am Fußende eine chemische Toilette, das war das ganze Mobiliar.

»Nicht sehr komfortabel«, entschuldigte sie sich. »Aber hier findet Sie niemand.«

»Ich kenne weniger bequeme Unterkünfte«, versicherte er ihr. »Nun aber zu Ihren Vorbereitungen.«

Sie legte die Atteste auf den Tisch, setzte sich auf den Schemel und notierte die von ihm diktierten Anweisungen für den Transport der Umlimo.

Als sie damit fertig war, sagte er: »Lernen Sie das auswendig, und vernichten Sie die Notizen.«

»In Ordnung.« Sie hob den Kopf. »Ich habe eine Meldung für den Genossen Inkunzi, die Sie ihm überbringen sollen«, sagte sie dann. »Von einem Freund in hoher Position.«

»Ich höre«, nickte er.

»Die Ballantyne Scouts planen einen Spezialeinsatz. Sie wollen den Genossen Inkunzi und seinen Stab vernichten. Auch Ihr Name steht ganz oben auf der Todesliste.«

Tungatas Miene zeigte keinerlei Regung. »Haben Sie nähere Einzelheiten?«

»Ja, alle«, sagte sie und erklärte sachlich und ausführlich die Zusammenhänge. Das dauerte etwa zehn Minuten, in denen er sie kein einziges Mal unterbrach. Als sie fertig war, schwieg er lange. Auf dem Rücken liegend starrte er in die Glühbirne an der Decke. Sein Gesicht verhärtete sich, und ein roter Schleier schien sich über seine Augen gelegt zu haben. Als er sprach, war seine Stimme belegt vor Haß.

»Colonel Roland Ballantyne. Wenn wir den kriegen könnten! Er hat mehr als dreitausend Tote unseres Volkes auf dem Gewissen – er und seine *Kanka*. In den Lagern wird sein Name nur im Flüsterton ausgesprochen, als sei er eine Art Dämon. Die Erwähnung seines Namens allein verwandelt unsere tapfersten Männer in Feiglinge. Ich habe ihn und seine Schlächter bei der Arbeit gesehen. Wenn wir ihn bloß kriegen könnten.« Er setzte sich auf und starrte sie an. »Vielleicht«, seine Stimme klang erstickt und belegt vor Haß, »vielleicht ist das unsere Chance.«

Er packte Leilas Schultern. Seine Finger gruben sich tief in ihr Fleisch, und sie versuchte sich ihm stöhnend zu entziehen. Er hielt sie mühelos fest.

»Seine Frau. Sie nimmt ein Flugzeug von Victoria Falls nach Bulawayo. Besorgen Sie mir Tag, Flugnummer und Abflugzeit.«

Sie nickte, jetzt fürchtete sie sich vor ihm, war erschrocken über seine Kraft und seinen Zorn.

»Wir haben jemanden im Buchungsbüro der Fluggesellschaft«, flüsterte sie. »Ich besorge Ihnen die Daten.«

»Der Köder«, sagte er. »Das zarte Lamm, das den Leoparden in die Falle lockt.«

Sie brachte ihm zu essen und zu trinken. Eine Weile aß er schweigend, dann kam er auf die Umlimo zu sprechen. »Die Steinfalken. Haben Sie gehört, was die Alte sagte?«

Sie nickte, und er fuhr fort: »Was wissen Sie darüber?«

»Die Steinfalken sind in unserem Staatswappen. Sie sind auf den Münzen unserer Währung.«

»Ja, weiter.«

»Es sind alte, aus Stein gehauene Vogelskulpturen. Die ersten weißen Abenteurer haben sie in den Ruinen von Simbabwe entdeckt und weggeschleppt. Lobengula soll vergeblich versucht haben, sie daran zu hindern, die Vögel nach Süden zu schaffen.«

»Wo sind sie jetzt?« wollte Tungata wissen.

»Einer wurde zerstört, als Cecil Rhodes' Haus in Groote Schuur abbrannte. Die anderen sind meines Wissens in Kapstadt in einem Museum.«

Er brummte und aß weiter. Als er fertig war, schob er Schale und Becher beiseite und starrte sie wieder aus diesen rötlich verschleierten Augen an.

»Die Worte der Alten«, fing er wieder an und machte eine Pause.

»Die Prophezeiung der Umlimo«, fuhr sie für ihn fort. »Der Mann, der die Falken zurückbringt, wird dieses Land regieren – und Sie sind dieser Mann!«

»Sie sprechen mit niemandem über das, was sie gesagt hat – haben Sie mich verstanden?«

»Ich spreche mit niemandem darüber«, gelobte sie.

»Wenn sie es trotzdem tun, bringe ich Sie um, ist Ihnen das klar?«

»Das ist mir klar«, sagte sie trocken und stellte Schale und Becher auf das Tablett. »Gibt es sonst noch etwas?«

Er fuhr fort, sie anzustarren, und sie senkte die Augen.

»Wollen Sie, daß ich bleibe?«

»Ja«, sagte er, und sie griff nach dem Lichtschalter.

»Laß das Licht an«, befahl er. »Ich möchte deine weiße Haut sehen.«

Douglas Ballantyne hatte ein Dutzend der besten Schlachttiere aus den Herden von King's Lynn und Queen's Lynn ausgesucht. Die Rinderhälften hingen drei Wochen im Kühlraum, bis die Fleischqualität erstklassig war. Sie wurden im Ganzen über den offenen Kohlefeuern am Ende der Gartenanlagen gegrillt. Die Köche von Queen's Lynn lösten sich an den drehenden Spießen ab und bepinselten das goldbraun brutzelnde Fleisch mit Fett und aromatischen Gewürzen.

Drei Bands sorgten unablässig für musikalische Untermalung. Aus Johannesburg war ein Partyservice mit kompletter Ausrüstung nebst Personal eingeflogen worden, dem eine angemessene Gefahrenzulage für ihren Aufenthalt in Kriegsgebiet versprochen worden war. Im Umkreis von fünfzig Meilen war jede Gärtnerei geplündert worden, und die Tafeln in den Festzelten waren mit Blumengestecken aus Rosen, Poinsettia und Dahlien in fünfzig verschiedenen Farbtönen geschmückt.

Bawu Ballantyne hatte ein Flugzeug gechartert, das die Getränke aus Südafrika gebracht hatte. Die Fracht betrug etwas mehr als vier Tonnen Gewicht edler Weine und Spirituosen. Nach reiflicher Erforschung seines Gewissens hatte Bawu sich sogar entschlossen, seine persönlichen Sanktionen gegen Großbritannien für die Dauer der Hochzeitsfeierlichkeiten außer Kraft zu setzen, und er hatte hundert Kisten Chivas Regal bestellt.

Craig stand mit schwerem Herzen auf der vorderen Veranda und blickte auf das Gedränge der zweitausend geladenen Gäste auf den Rasenflächen. Nun war also der Tag gekommen, den er so gefürchtet hatte, der Tag, an dem er Janine unwiderruflich verlieren würde. Langsam drehte er sich um und ging ins Haus hinein.

»Mann, Sonny, wo warst du bloß? Ich dachte schon, du läßt mich alleine ins Gefecht ziehen«, rief Roland ihm entgegen. »Hast du die Ringe?«

Kurz darauf warteten sie nebeneinander unter der Laube aus frischen Blumen vor dem provisorischen, von Blüten überquellenden Altar. Roland trug seine Parade-Uniform mit dem vergoldeten, mit Quasten versehenen Schwert an der Seite.

Craig kam sich in seiner einfachen Polizeiuniform wie eine graue Hauskatze neben einem Leoparden vor, und das Warten wollte kein Ende nehmen. Während der ganzen Zeit klammerte er sich an die sinnlose Hoffnung, daß das alles nicht geschehen würde – nur so konnte er seiner Verzweiflung Herr werden.

Dann erklang die triumphierende Melodie des Hochzeitsmarsches, und in die Zuschauer, die den roten Teppich vom Haus bis zum Altar säumten, geriet Bewegung. Craig spürte, wie seine Seele in tiefe Kälte und Dunkelheit versank, er brachte es nicht übers Herz, sich umzudrehen. Er starrte geradeaus, direkt ins Gesicht des Priesters, den er seit seiner Kindheit kannte, doch nun schien er ihm fremd, sein Gesicht verschwamm wabernd vor Craigs Augen.

Dann roch er Janine; selbst durch den Duft der Altarblumen erkannte er ihr Parfum und erstickte beinahe an den Erinnerungen, die es wachrief. Er spürte, wie der Saum ihres Kleides gegen seine Knöchel raschelte, trat ein wenig zurück und drehte sich so, daß er sie sehen konnte.

Sie ging am Arm ihres Vaters. Der Schleier bedeckte ihr Haar und lag wie dünner Nebel über ihrem Gesicht. Ihre großen, schrägen Augen waren wie das dunkle Indigo eines tropischen Meeres, leuchteten weich, als sie zu Roland Ballantyne aufschaute.

»Verehrte Gäste, wir haben uns hier im Angesicht Gottes und im Angesicht der Kirche versammelt, um dieses Paar dem heiligen Sakrament der Ehe zuzuführen...«

Craig konnte seine Augen nicht von ihrem Gesicht wenden. Sie war so schön wie nie zuvor. Das Krönchen aus frischen Veilchen hatte die Farbe ihrer Augen. Er hoffte immer noch, daß es nicht passieren, daß ein Wunder geschehen würde.

»Hat einer der hier Anwesenden einen berechtigten Grund, gegen diese Eheschließung Einspruch zu erheben, so trete er vor –«

Er wollte »Halt« schreien, wollte schreien »Ich liebe sie, sie gehört mir«, aber seine Kehle war ausgetrocknet und tat so weh, daß er kaum Luft bekam.

»Ich, Roland Morris, nehme dich, Janine Elizabeth, zu meinem Eheweib, um dich in guten wie in schlechten Tagen...« Rolys Stimme tönte klar und kraftvoll und rüttelte Craigs Seele bis in ihre verborgensten Tiefen. Jetzt war alles gleichgültig geworden. Craig schien ein wenig neben dem Geschehen zu stehen, so als sei zwischen dem Lachen und der Freude und seiner Person eine Glaswand; die Stimmen klangen seltsam gedämpft, selbst das Licht schien abgedunkelt, als habe sich eine Wolke vor die Sonne geschoben.

Er beobachtete den Verlauf des Festes etwas abseits unter den Jakarandabäumen stehend. Irgendwann erschien Janine mit dem Brautstrauß auf der Veranda. Sie trug ein blaues Reisekostüm und ging Hand in Hand mit Roland. Die Frauen quietschten, als Janine sich daran machte, den Strauß nach unten zu werfen.

In dem Augenblick blickte sie über die Köpfe hinweg und sah Craig. Das Lächeln blieb auf ihren schönen vollen Lippen, aber über ihre Augen flog ein dunkler Schatten, vielleicht Mitleid, vielleicht Bedauern, dann warf sie den Strauß, und eine ihrer Brautjungfern fing ihn auf. Hand in Hand lief das Paar über den Rasen auf den wartenden Hubschrauber zu, dessen Rotorblätter sich bereits drehten. Sie lachten, Janine hielt ihren breitkrempigen Strohhut fest, und Roland versuchte sie vor dem Konfettiregen zu schützen, der auf sie herniederprasselte.

Craig wartete nicht, bis die Maschine mit dem Paar abhob. Er ging hinter die Stallungen, wo er seinen alten Landrover geparkt hatte und fuhr zurück zur Jacht. Er zog die Uniform aus, warf sie auf die Koje und schlüpfte in Shorts. Dann ging er in die Kombüse und griff sich eine Dose Bier aus dem Kühlschrank. Er schlürfte den Schaum ab und ging wieder in die Kabine zurück. Dort türmten sich mittlerweile über fünfzig Notizhefte auf dem Tisch, jedes davon angefüllt mit seiner krakeligen Bleistiftschrift. Er setzte sich, wählte einen frisch gespitzten Stift aus dem Bündel im Kaffeebecher, die ihm wie die Borsten eines Stachelschweines entgegenstarrten, und begann zu schreiben. Allmählich verebbte die zerstörerische Qual der Einsamkeit, und zurück blieb nur ein dumpfer Schmerz.

Am Montagmorgen, als Craig das Polizeipräsidium betrat

und in die Waffenkammer wollte, rief der diensthabende Offizier ihn in sein Büro.

»Craig, ich habe Versetzungspapiere für Sie. Sie werden für einen Sonderauftrag abkommandiert.«

»Und was ist das für ein Auftrag?«

»Sie sollen sich am 28. beim Gebietskommandanten in Wankie melden. Mehr weiß ich auch nicht.« Er musterte Craig. »Sie sehen ziemlich beschissen aus«, sagte er dann. »Ich sag' Ihnen mal was, wenn Sie hier am 25. verduften, können Sie ein paar Tage freimachen, bevor Sie sich zu ihrem neuen Einsatz melden. Ist das ein Angebot?«

»Sie sind der einzige Lichtblick in meinem Leben, George«, meinte Craig mit schiefem Grinsen und dachte: »Genau das brauche ich, drei Tage mit nichts anderem als meinem Selbstmitleid.«

Das Victoria Falls Hotel ist eines der prächtigen Denkmäler aus den großen Tagen des britischen Empire. Seine Mauern sind dick wie die einer Festung und von makellosem Weiß. Marmorfußböden, Säulenhallen, geschwungene Treppen, Zimmerdecken, hoch wie Kathedralen, mit reichem Stuckwerk über sanft kreisenden Ventilatoren erinnern an den Glanz vergangener Zeiten. Terrassen und Rasenflächen erstrecken sich bis an den Rand des Abgrunds, in den sich der Sambesi mit tosender Wucht hinabstürzt.

Über den Abgrund spannt sich die filigrane Stahlkonstruktion der geschwungenen Brücke, bei deren Bau Cecil Rhodes anordnete: »Der Sprühnebel der Fälle soll meinen Zug auf seiner Fahrt nach Norden benetzen.« Die Gischt hängt wie ein Schneeschleier über der Schlucht, sich bauschend und aufwallend, wenn der Wind hineinfährt. Und unaufhörlich grollt der Donner der herabstürzenden Wassermassen, der sich wie eine sturmgepeitschte Brandung anhört.

Einer der schwarzen Portiers, die das Gepäck nach oben brachten, erzählte Janine voll Stolz: »König Georgey hat hier übernachtet – und Missy Elizabeth, die heute Königin ist, und ihre Schwester Margaret, als sie noch kleine Mädchen waren.«

Roly lachte. »Na bitte! Was für König Georgey gut genug war!« Er gab den grinsenden Portiers ein übertrieben großzügiges Trinkgeld und ließ den Korken der Champagnerflasche im Silberkübel knallen.

Sie spazierten Hand in Hand den traumhaft schönen Weg am Sambesi entlang. Vor ihnen flohen Buschböcke ins dichte, tropische Pflanzengewirr, und von hoch oben aus den Bäumen schimpften Affen auf sie herab. Lachend rannten beide unter den Wolkenbrüchen der Gischt durch den Regenwald; Janines Haar schmolz in ihr Gesicht, und die durchnäßten Kleider klebten ihnen auf der Haut. Sie küßten sich am Rand des Abgrunds, wo der Fels unter ihren Füßen erzitterte, und die von den in die Tiefe stürzenden Wassermassen verdrängte Luft zerrte wie ein Sturm an ihnen und spritzte eiskalte Wassertropfen wie Nadelstiche in ihre Gesichter.

Sie machten bei Sonnenuntergang eine Bootsfahrt auf dem friedlich und behäbig dahinströmenden Fluß oberhalb der Fälle und flogen mit einer Chartermaschine die Serpentinenwindungen der Schlucht im Mittagslicht entlang. Sie tanzten zu den Klängen der afrikanischen Steelband unter den Sternen, und die Gäste, die Rolands Uniform erkannten, sahen ihnen voll Stolz und Sympathie zu. Sie schliefen lange und ließen sich das Frühstück ans Bett bringen. Sie spielten Tennis und sonnten sich am Swimmingpool mit Olympia-Ausmaßen. Sie waren herrlich gesunde, kraftvolle junge Geschöpfe, und ihre Verliebtheit verzauberte sie und hob sie aus der Masse der anderen Menschen. Abends saßen sie unter den Schirmdächern der hohen Bäume auf der Terrasse und tranken Pimms No. 1 und genossen das satte Trotzgefühl, sich den Blicken ihrer Todfeinde auf der anderen Seite der Schlucht voll preiszugeben.

Die Zeit verging wie im Flug, und plötzlich war der Tag da, an dem sie sich trennen mußten.

Der Chefportier hatte ihr gesamtes Gepäck vor das Hotelportal stellen lassen, und Roland bezahlte die Rechnung. Janine wartete unter dem Portikus auf ihn. Sie fuhr zusammen, als sie den klapprigen, alten Landrover sah, der am Ende des Parkplatzes in eine Lücke bog.

Fassungslos beobachtete sie, wie die schlaksige Gestalt die langen Beine entwirrte und beim Aussteigen die Haare mit einer Kopfdrehung aus dem Gesicht schleuderte. Ihre erste Reaktion war aufbrausender Zorn. »Das macht er absichtlich, nur um mir den Spaß zu verderben«, dachte sie.

Craig schlenderte auf sie zu, die Hände in den Hosentaschen vergraben, und erst als er auf zehn Schritt herangekommen war, erkannte er sie. Seine Verwirrung war echt.

»Jan.« Er wurde rot. »O Gott, ich wußte nicht, daß ihr hier seid.«

Ihr Zorn verrauchte. »Hallo, Craig. Ja, es war ein Geheimnis, bis jetzt.«

»Es tut mir furchtbar leid.«

»Laß nur. Wir reisen ohnehin ab.«

»Sonnyboy.« Roland trat aus dem Hotel, ging zu Craig und legte ihm brüderlich einen Arm um die Schultern. »Du bist früh dran. Wie geht's dir?«

»Wußtest du, daß ich komme?« Craigs Verwirrung steigerte sich.

»Ich wußte es«, gab Roland zu, »aber nicht, daß du so früh kommst. Du solltest dich erst in ein paar Tagen melden.«

»George gab mir frei.« Seit dem ersten erschrockenen Blickwechsel hatte Craig Janine nicht wieder angesehen. »Und ich dachte, ich mach' hier ein wenig Ferien.«

»Das wird dir sicher guttun. Zumal wir ein dickes Ding vorhaben. Was hältst du davon, wenn wir rasch einen zusammen zischen und ich dir erkläre, worum es geht.«

»Aber Liebling«, warf Janine hastig ein. »Dazu ist keine Zeit. Ich verpasse sonst die Maschine.« Sie konnte die Verletzung und Verwirrung in Craigs Augen keinen Moment länger ertragen.

»Verdammt, ich glaube, du hast recht«, meinte Roland mit einem Blick auf die Uhr. »Du mußt dich also leider gedulden, Sonny.«

Der Bus der Fluggesellschaft fuhr in diesem Moment die Hotelauffahrt herauf und Roland und Janine verabschiedeten sich von Craig.

Am Flughafen war eine fröhlich lärmende Schar junger Männer versammelt, die alle Uniform trugen. Die meisten kannten Roland und drängten ihm und Janine Drinks auf. Das machte die letzten Minuten erträglicher. Dann plötzlich standen sie am Flugsteig, und die Lautsprecherdurchsage rief die Passagiere an Bord.

»Du wirst mir fehlen«, flüsterte Janine. »Ich bete für dich.«

Er küßte sie und drückte sie so sehr an sich, daß sie fast keine Luft mehr bekam.

»Ich liebe dich«, sagte er.

»Das habe ich noch nie von dir gehört.«

»Stimmt. Ich hab' es bisher noch zu keiner Frau gesagt. Nun geh bitte, bevor ich eine Dummheit mache.«

Sie war die letzte in der weit auseinandergezogenen Schlange der Passagiere, die die Gangway zur Viscount hinaufstiegen. An der Tür der Maschine drehte sie sich um, beschattete die Augen und suchte nach Roland. Als sie ihn entdeckte, lächelte sie und winkte, bevor sie in die Maschine eintauchte. Die Tür wurde geschlossen und die Gangway weggerollt.

Roland blickte der Maschine nach, bis er sie nicht mehr ausmachen konnte. Dann betrat er das Flughafengebäude, zeigte dem Posten am Eingang seinen Ausweis und ging die Treppe zum Kontrollturm der Flugsicherung hinauf.

»Was können wir für Sie tun, Colonel?« fragte ihn einer der beiden Fluglotsen.

»Ich erwarte einen Hubschrauber aus Wankie, der mich hier abholt.«

»Ach, Sie sind Colonel Ballantyne. Ja, Ihre Maschine ist planmäßig vor zwölf Minuten gestartet. Landung in einer Stunde und zehn Minuten.«

Während ihrer Unterhaltung gab der zweite Lotse dem Piloten der abfliegenden Maschine leise seine Anweisungen. »Freigabe für Standard-Steigflug auf dreitausend Meter. Übergebe Sie nun an Bulawayo-Tower. Guten Flug!«

»Verstanden! Direkter Steigflug auf Flughöhe –«

Die leise, fast gelangweilte Stimme des Piloten stockte, und der Lautsprecher summte einige Sekunden. Dann kam die Stimme knisternd vor Aufregung wieder. Roland fuhr herum und war mit drei Sätzen am Kontrollschirm. Seine Hände umklammerten die Stuhllehne des Fluglotsen, während er durch die riesigen Glasscheiben des Towers in den Himmel starrte.

Die aufgetürmten Schönwetterwolken färbten sich rosig im einsetzenden Sonnenuntergang. Irgendwo dort draußen im Süden war die Maschine. Rolands Gesicht war verzerrt vor Zorn und Angst, während er der krächzenden Stimme des Piloten aus dem Lautsprecher zuhörte.

Tungata Zebiwe hatte seine Truppe vor vier Tagen in Stellung gebracht. Acht Männer, alle mit größter Sorgfalt von ihm selbst ausgesucht, standen ihm zur Verfügung. Alle hatten ihren Mut und ihren Kampfgeist wiederholt unter Beweis gestellt. Wichtiger noch waren ihre überdurchschnittliche Intelligenz und ihre Fähigkeit, auf eigene Initiative zu handeln. Jeder von ihnen war am SAM-7-Raketenabschußgerät ausgebildet, sowohl in der Funktion als Ladeschütze wie als Richtkanonier, und jeder trug einen Flugkörper mit Heckflossenstabilisatoren außer seinem AK-47-Sturmgewehr und der üblichen Ausrüstung an Granaten und AP-Minen mit sich.

Jeder Flug vom Victoria-Falls-Airport wurde durch die vorherrschende Windrichtung in seinem Startkurs bestimmt, und die Windgeschwindigkeit beeinflußte die Flughöhe über jedem beliebigen Punkt der verlängerten Startlinie.

Der in den vergangenen vier Tagen vorherrschende Wind aus nordöstlicher Richtung mit gleichbleibenden fünfzehn Knoten hatte Tungatas Berechnungen erfreulicherweise erleichtert.

Die Gruppe hatte sich einen kleinen, dicht bewaldeten Kopje ausgesucht, der gute Deckung bot, aber auch den Blick über die umgebenden Berggipfel nicht beeinträchtigte. In den frühen Morgenstunden, bevor Hitzedunst und Staub sich verdichteten, konnte Tungata die konstante Silberwolke aus Sprühnebel sehen, die die Viktoriafälle am nördlichen Horizont markierten.

Jeden Nachmittag hatten sie den Angriff simuliert. Eine halbe Stunde vor Start der Viscount von Victoria Falls nach Bulawayo hatte Tungata seine Leute in Stellung gebracht: Sechs Männer bildeten einen Kreis unterhalb des Berggipfels und hielten Ausschau nach eventuell überraschend auftauchenden Feinden; drei Männer auf dem Gipfel bildeten den eigentlichen Angriffstrupp.

Tungata selbst war der Raketenschütze, Ladeschütze und Reservemann hatte er beide wegen ihres scharfen Hör- und Sehvermögens ausgesucht. An jeder der drei vorangehenden Nachmittagsübungen hatten sie die Rolls-Royce-Turbo-Prop-Triebwerke wenige Minuten nach dem Start gehört. Der Düsenpfeifton der auf vollen Schub gestellten Triebwerke hatte ihre Augen prompt auf die winzige Kreuzform des Flugzeugs im Blau des Himmels gelenkt.

Am ersten Nachmittag war der Steigflug der Viscount fast direkt über ihrem Kopf in circa zweitausendvierhundert Metern Höhe verlaufen, und Tungata hatte das Ziel anvisiert und verfolgt, bis es außer Sicht- und dann außer Hörweite war. Am zweiten Nachmittag war die Maschine in etwa gleicher Höhe, aber fünf Meilen östlich von ihrer Position geflogen, für die Rakete eine extreme Reichweite. Tungata mußte sich selbst eingestehen, daß dieser Angriff vermutlich ein Fehlschlag gewesen wäre. Am dritten Tag hielt die Viscount sich wieder östlich von ihnen in einer Entfernung von drei Meilen. Das wäre ein guter Treffer gewesen; die Chancen standen demnach zwei zu eins zu ihren Gunsten.

Am heutigen, vierten Tag beorderte er seinen Angriffstrupp eine Viertelstunde früher auf den Gipfel und testete den Infrarot-Sucher der SAM-7, indem er in die sinkende Sonne zielte. Der Warnton jaulte in seinen Ohren bei dem starken Reiz der immensen Infrarotstrahlung. Dann warteten die Männer, die Gesichter zum Himmel gehoben.

»Horcht!« sagte der Ladeschütze, und Sekunden später hörte auch Tungata den schwachen Pfeifton am Himmel.

»Fertigmachen!« befahl er, brachte das Abschußgerät auf seiner Schulter in Position und schaltete das Netzteil ein. Das Audio-Warnsystem war bereits eingestellt, er überprüfte es noch einmal.

»Laden!« sagte er. Er spürte, wie der Flugkörper in die Schiene einrastete, und hörte das metallische Klicken, das den Kontakt mit der Kreisfassung herstellte.

»Geladen!« bestätigte sein zweiter Mann und klopfte ihm auf die Schulter.

Tungata schwenkte nach links und nach rechts, um sicherzugehen, daß er einen guten Stand hatte. Sein Partner wies mit dem Arm nach oben. »Da!« rief er. Tungata folgte dem ausgestreckten Zeigefinger und sah das silberne Aufblitzen des von Metall reflektierten Sonnenlichts.

»Ziel ausgemacht!« sagte er und spürte, wie die beiden Männer zur Seite traten, um dem Rückstoß der Rakete auszuweichen.

Der winzige Fleck wurde rasch größer, und Tungata schätzte, daß die Maschine diesmal weniger als eine halbe Meile westlich und mindestens dreihundert Meter tiefer als an den vorangegangenen Nachmittagen am Hügel vorbeifliegen würde. Die perfekte Angriffsposition! Er richtete das Fadenkreuz auf das Flugzeug, und das Zielgerät gab ein häßliches Geräusch in seinem Kopfhörer von sich, als die Rakete das Infrarot der Verbrennungshitze der Rolls-Royce-Triebwerke registrierte. Die Signallampe glühte wie ein feuerrotes Zyklopenauge, und Tungata drückte auf den Abzug.

Das Fauchen war ohrenbetäubend, der Rückstoß auf seiner Schulter war jedoch kaum zu spüren, als der Flugkörper über die Lafette hinausschoß. Sekundenlang war er in weißen Dampf und Staub gehüllt, der von der Wucht des Abschusses sofort verweht wurde, und dann sah er die kleine Silberrakete an einer dünnen Rauchsäule ins Blau aufsteigen. Der Flugkörper raste mit ungeheurer Geschwindigkeit und schien sich im Nichts zu verlieren; nur das Rattern der Raketenzünder war zu hören.

Tungata wußte, daß keine Zeit für einen zweiten Abschuß blieb. Bis sie neu geladen hätten, wäre die Viscount längst außer Reichweite. Sie starrten hinauf zu dem winzigen glänzenden Flugzeug, und die Sekunden flossen zäh wie Honig.

Dann blitzte es auf wie flüssiges Silber, die glatte Kreuzform des Flugzeugs verzerrte sich, die Viscount schien sich aufzubäumen. Sekunden später hörten sie den Explosionsknall, der ihnen bestätigte, was sie gesehen hatten, und aus Tungata Zebiwes Kehle löste sich ein heiserer Triumphschrei.

Er sah, wie die Maschine einen sanften Bogen beschrieb, dann plötzlich löste sich etwas Großes, Schwarzes von der linken Tragfläche und fiel zur Erde. Die Maschine kippte nach vorne, und der Motorenlärm schwoll zu einem wilden Pfeifen an.

Roland Ballantyne stand im Tower, starrte durch die vom Boden bis zur Decke reichenden, nicht reflektierenden Glasscheiben in den milden Abendhimmel und hörte dem angespannten, schnellen Dialog zwischen der Flugsicherung und dem Piloten der Viscount in gelähmter Hilflosigkeit zu.

»Mayday! Mayday! Mayday! Hier spricht Viscount 782. Hören Sie mich, Tower?«

»Viscount 782, was ist der Grund Ihres Notrufs.«

»Unsere linke Triebwerksverkleidung wurde von einer Rakete getroffen. Das Triebwerk ist ausgefallen.«

»Viscount 782, stimmen diese Angaben?«

Der Pilot verlor die Beherrschung. »Verdammt noch mal, Tower, ich war in Vietnam. Wir sind von einer Rakete getroffen worden. Ich habe die Feuerlöscher in Betrieb gesetzt. Wir haben immer noch Kontrolle über die Maschine. Ich versuche eine 180-Grad-Wende!«

»Wir leiten alle Rettungsmaßnahmen ein, Viscount 782. Geben Sie mir Ihre Position.«

»Wir haben achtzig Meilen zurückgelegt.« Die Stimme des Piloten überschlug sich. »O Gott! Das Backbord-Triebwerk ist aus der Zelle gebrochen. Wir haben es verloren.«

Es entstand eine lange Pause. Sie wußten, der Pilot kämpfte um die Kontrolle der angeschlagenen Maschine, kämpfte gegen den einseitigen Zug des verbliebenen Triebwerks, der drohte, das Flugzeug ins Trudeln zu bringen, versuchte die ungeheure Gewichtsverlagerung durch den Verlust des linken Triebwerks irgendwie auszugleichen. In der Flugsicherung standen alle in starrem Entsetzen, und dann knisterte und krachte der Lautsprecher. »Fallgeschwindigkeit tausend Meter pro Minute. Zu schnell. Ich kann sie nicht halten. Wir gehen runter. Bäume. Zu schnell. Zu viele Bäume. Das war's! O Gott, das war's!«

Dann kam nichts mehr.

»Rettungshubschrauber!« brüllte Roland.

»Es gibt nur einen Hubschrauber im Umkreis von dreihundert Meilen. Der, der für Sie aus Wankie im Anflug ist.«

»Der einzige, sind Sie sicher?«

»Sie sind alle zu einem Spezialeinsatz in die Vumba-Berge abkommandiert. Ihrer ist der einzige in unserem Gebiet.«

»Machen Sie mir eine Verbindung zu ihm«, befahl Roland und nahm dem Fluglotsen das Mikrofon aus der Hand, sobald der Kontakt hergestellt war.

»Hier spricht Ballantyne. Wir haben eine Viscount-Verkehrsmaschine verloren. Mit sechsundvierzig Menschen an Bord, einschließlich Besatzung.«

»Ich habe Ihren Funkverkehr mitgehört«, antwortete der Hubschrauberpilot.

»Sie sind die einzige Rettungsmaschine. Wann werden Sie hier sein?«

»In fünfzig Minuten.«

»Wen haben Sie an Bord?«

»Sergeant-Major Gondele und zehn Soldaten.«

Roland hatte vorgehabt, auf dem Rückflug nach Wankie Nachtsprünge zu üben. Gondele und seine Scouts mußten in voller Kampfausrüstung sein und hatten Rolands Gepäck und seine Waffen an Bord.

»Ich warte mit einem Arzt auf der Piste«, sagte er. »Hier spricht Cheetah eins auf Empfangsfrequenz.«

Janine Ballantyne hatte einen Sitz am Mittelgang in der vorletzten Reihe. Auf dem Fensterplatz saß ein Teenager mit Zahnspange und Zöpfen. Die Eltern des Mädchens hatten die Plätze vor ihr.

»Waren Sie auf der Krokodilfarm?« wollte das Mädchen von Janine wissen. »Da gibt es ein riesiges Monstrum, fünf Meter lang. Das nennen sie Big Daddy.«

Die Viscount war in normalen Steigflug übergegangen, und die Anschnallzeichen verlöschten. Die Stewardeß auf dem Platz hinter Janine stand auf und ging nach vorn.

Janine blickte über den Gang und die beiden leeren Plätze auf der anderen Seite durch das Bullauge. Die sinkende Sonne war ein großer roter Ball mit einer lila Wolke als Schnurrbart; die Baumwipfel ein dunkelgrünes Meer, das sich endlos unter ihnen ausbreitete, seine Gleichförmigkeit nur hin und wieder von einer Erhebung unterbrochen.

»Mein Papa hat mir ein T-Shirt mit einem Bild von Big Daddy gekauft, aber das ist im Koffer –«

Es gab einen ohrenbetäubenden Krach, eine dichte, wirbelnde silbergraue Wolke verdunkelte die Bullaugen, die Viscount machte einen wilden Satz, und Janine wurde schmerzhaft gegen ihren Sicherheitsgurt gedrückt. Die Stewardeß flog gegen die Decke der Kabine und fiel wie eine zerbrochene Puppe nach unten, wo sie leblos mit verrenkten Gliedern über der Lehne eines leeren Sitzes liegen blieb. Die Passagiere brachen in wildes Geschrei aus. Das Mädchen klammerte sich schrill kreischend an Janines Arm. Die Kabine ging in steile Schräglage, und plötzlich kippte die Viscount nach vorne und schlingerte heftig von einer Seite zur anderen.

Der Sicherheitsgurt hielt Janine in ihrem Sitz fest; sie befanden sich in einer verrückten Achterbahnfahrt zwischen Himmel und Erde. Janine beugte sich zu dem Mädchen, versuchte es zu beruhigen. Obwohl ihr Kopf von einer Seite zur anderen geschleudert wurde, sah Janine durch das Bullauge, daß der Horizont sich wie die Speichen eines Rades drehte, und ihr wurde schwindlig und übel. Plötzlich konzentrierte sie sich auf die silberne Tragfläche unter ihr. Wo das stromlinienförmige Triebwerk war, gähnte ein Loch, durch das sie das weiche Polster der Baumwipfel sah. Der zerfetzte Flügel verbog sich, sie konnte die Bruchstellen in der glatten Metalloberfläche erkennen, die sich wie Stoff in Falten zerknautschten. Ihr Trommelfell drohte durch den heftigen Druckabfall zu platzen, und die Bäume rasten düster grün und verschwommen auf sie zu.

Sie riß die Arme des Mädchens von ihrem Hals und drückte seinen Kopf in den Schoß. »Halt deine Knie fest!« schrie sie. »Und laß das Gesicht unten!«

Dann kam der Aufprall mit einem ohrenbetäubenden, zerreißenden, dröhnenden Krach. Sie wurde erbarmungslos in ihrem

Sitz herumgeschleudert, überschlug sich, wurde gestoßen, geblendet, betäubt und von herumfliegenden Trümmern fast erschlagen.

Es schien eine Ewigkeit zu dauern. Sie sah, wie das Dach über ihr weggerissen wurde, und einen Augenblick lang blendete sie die Sonne. Dann war sie weg, und etwas schlug ihr gegen das Schienbein. Ganz deutlich über all dem Getöse hörte sie, wie ihr Knochen brach, und der Schmerz zuckte die Wirbelsäule hinauf bis unter die Schädeldecke. Sie wurde weiter herumgewirbelt, dann spürte sie einen neuerlichen Schlag im Nacken, ihr Gesichtsfeld explodierte in Lichtfunken, dem schwarzes, singendes Nichts folgte.

Als sie das Bewußtsein wiedererlangte, war sie immer noch in ihrem Sitz, hing mit dem Kopf nach unten im Sicherheitsgurt. Ihr Gesicht fühlte sich geschwollen an vom Blutstau, und ihr Gesichtsfeld waberte und verschwamm wie eine Hitzespiegelung. Ihr Kopf schmerzte, als sei ihr ein glühender Nagel in die Schädeldecke getrieben worden.

Sie bewegte sich ein wenig und sah, daß ihr gebrochenes Bein vor ihrem Gesicht hing, die Zehen waren dort, wo die Ferse hingehört hätte.

»Ich werde nie mehr gehen können«, dachte sie, und das Entsetzen gab ihr Kraft. Sie tastete nach der Schnalle ihres Sicherheitsgurtes, doch dann fiel ihr ein, daß sich schon mancher den Hals gebrochen hatte, nachdem er sich mit dem Kopf nach unten hängend aus dem Gurtwerk befreit hatte. Sie hakte ihren Ellbogen durch die Armlehne ihres Sitzes und löste dann erst die Schnalle. Sie konnte ihren Ellbogengriff nicht halten, fiel nach unten und landete auf der Hüfte, ihr gebrochenes Bein unter ihrem Körper begrabend. Der Schmerz war überwältigend, und sie verlor wieder das Bewußtsein.

Es mußten Stunden vergangen sein, ehe sie wieder erwachte, denn es war fast dunkel. Die Stille war beängstigend. Es dauerte viele benommene Sekunden, bevor sie begriff, wo sie war. Sie lag im Gras zwischen zerfetzten Baumstrünken und sandiger Erde.

Dann begriff sie, daß der Rumpf der Viscount direkt vor ihrem

Sitz abgetrennt worden war, wie mit dem Messer abrasiert; der hintere Teil der Maschine war einigermaßen erhalten geblieben. Über Janines Kopf hing das Mädchen noch in ihren Gurten. Seine Augen waren weit aufgerissen und das Gesicht in dem Entsetzen verzerrt, in dem es gestorben war.

Janine kroch auf Ellbogen aus dem abgerissenen Rumpf, zog ihr verletztes Bein nach und spürte eine Welle von Kälte und Übelkeit über sich schwappen. Immer noch auf dem Bauch liegend, würgte sie und erbrach, bis sie zu schwach war, um etwas anderes tun zu können, als sich der Dunkelheit in ihrem Kopf zu ergeben. Irgendwann hörte sie ein Geräusch in der Stille, anfangs schwach, dann rasch anschwellend.

Das Hacken von Hubschrauberrotoren. Sie hob den Kopf, doch der Himmel war vom dichten Blätterdach der Bäume verdeckt. Das letzte Tageslicht war jetzt verlöscht, und die rasch hereinbrechende afrikanische Nacht hatte sich über die Erde gesenkt.

»O bitte!« schrie sie. »Hier bin ich! Bitte helft mir!« Doch der Lärm des Hubschraubers kam nicht näher. Er verebbte so schnell, wie die Dunkelheit hereingebrochen war, und bald war es wieder still.

»Feuer«, dachte sie. »Ich muß ein Signalfeuer anmachen.«

Sie sah sich verzweifelt um; ganz in ihrer Nähe lag der zusammengesackte Körper des Vaters der blonden Kleinen, der vor ihr gesessen hatte. Sie kroch auf ihn zu und berührte sein Gesicht, ihre Finger betasteten seine Augenlider und spürten nicht das geringste Flattern. Aufschluchzend wich sie zurück, raffte dann ihre ganze Kraft zusammen und durchsuchte die Taschen des Toten. Das Plastikfeuerzeug steckte in einer Seitentasche seiner Jacke. Beim ersten Schnipsen leuchtete eine hübsche, gelbe Flamme auf, und sie schluchzte wieder, diesmal vor Erleichterung.

Roland Ballantyne saß auf dem Platz des Co-Piloten und spähte auf die Baumwipfel nur sechzig Meter unter ihm. Es war so dunkel, daß die wenigen Lichtungen sich nur unmerklich abhoben. Selbst bei besseren Lichtverhältnissen wären die Chancen, das

Flugzeugwrack unter den Bäumen des Dschungelwaldes zu entdecken, minimal gewesen. Natürlich gab es die Möglichkeit, daß ein abgerissenes Stück Tragfläche oder ein Stück des Höhenleitwerks sich in den oberen Ästen verfangen hatte.

Anfangs suchten sie nach beschädigten Baumwipfeln, einer Schneise abgehackter Äste, nach verräterisch weißen Flecken abgeschürfter Rinde und frischem, weißen Holz. Sie suchten nach einem Leuchtsignal, Rauchzeichen oder einer zufälligen Reflexion der Spätnachmittagssonne auf blankem Metall, doch dann schwand das Licht. Jetzt flogen sie ohne Hoffnung, glaubten nicht mehr daran, daß sie ein Signal – eine Taschenlampe oder gar ein Feuer – entdecken würden.

Roland wandte sich an den Piloten und brüllte, um den Lärm in der Kabine zu übertönen.

»Landescheinwerfer. Schalten Sie die Landescheinwerfer ein!«

»Sie überhitzen sich und sind in fünf Minuten ausgebrannt«, brüllte der Pilot zurück. »Das bringt nichts.«

»Eine Minute einschalten, dann aus und abkühlen lassen«, schrie Roland. »Versuchen Sie es!« Der Pilot legte den Schalter um, und der Dschungel unter ihnen wurde von kaltem, blauweißem Licht erhellt. Der Pilot ging noch weiter nach unten.

Die Schatten unter den Bäumen waren scharf und schwarz. In einer Lichtung scheuchten sie eine kleine Elefantenherde auf. Die Tiere wirkten monströs und unwirklich in dem Flutlicht; alarmiert stellten sie ihre Ohren fächerartig auf. Der Hubschrauber passierte sie und tauchte sie wieder in schwarzes Dunkel.

Sie flogen den Korridor, den die Viscount auf ihrem Südkurs genommen haben mußte, auf und ab. Er war hundert Meilen lang und zehn Meilen breit, es galt also eintausend Meilen zu durchkämmen. Jetzt war es stockfinstere Nacht, und Roland schaute auf die Leuchtzeiger seiner Uhr. Neun Uhr, fast vier Stunden waren seit dem Absturz der Maschine vergangen. Wenn es Überlebende gegeben hatte, dann lagen sie jetzt im Sterben. Kälte und Schock, Blutverlust und innere Verletzungen würden ihnen nicht mehr lange eine Chance lassen. Und hier im Helikopter gab es einen Arzt, zwanzig Behälter Blutplasma, Decken...

Grimmig starrte Roland hinunter in den hellen Lichtkreis, der über die Baumwipfel tanzte wie ein Bühnenscheinwerfer, und kalte verzweifelte Hoffnungslosigkeit breitete sich in ihm aus, die langsam seine Gliedmaßen lähmte und seinen Kampfgeist betäubte. Sie war da unten, ganz nah, und er konnte ihr nicht helfen.

Er ballte die Faust und schlug damit gegen die Seitenwand aus Metall. Die Haut platzte von seinen Knöcheln, und der Schmerz schoß ihm den Arm hinauf bis in die Schulter. Der Schmerz wirkte stimulierend, und er fand seinen Zorn wieder. Diesen Zorn mußte er sich bewahren, mußte ihn hüten wie eine Kerzenflamme im Sturm.

Der Pilot neben ihm warf einen Blick auf seine Stoppuhr und schaltete das Landelicht aus, um es abkühlen zu lassen. Nach der gleißenden Helle wirkte die Dunkelheit noch schwärzer. Rolands Sehvermögen war gestört, Funken tanzten vor seinen nachtblinden Augen. Er war gezwungen, sie ein paar Sekunden zu schließen, um sie an die Dunkelheit zu gewöhnen.

Und so konnte er den winzigen, schwachroten Funken unter sich nicht sehen, der für den Bruchteil einer Sekunde durch die Baumwipfel blinkte. Der Hubschrauber drehte bei und begann die nächste Runde seiner Suchaktion.

Janine hatte trockenes Gras und Reisig aufgehäuft. Es war harte Arbeit gewesen. Mühsam hatte sie sich vorwärts bewegt, das gebrochene Bein nach sich schleifend, und Brennholz unter dem nächsten Gestrüpp gesammelt. Jedesmal, wenn ihr Bein sich durch eine Unregelmäßigkeit der aufgerissenen Erde verdrehte oder sich verfing, verlor sie fast das Bewußtsein vor Schmerz.

Als die Feuerstelle fertig war, sank sie erschöpft ins Gras. Die Nachtkälte drang durch ihre dünne Kleidung, und sie begann unkontrolliert zu zittern. Sie mußte all ihre Willensstärke aufbringen, sich zur nächsten Bewegung zwingen. Sie kroch noch einmal zum abgerissenen Heck der Viscount. Es war grade noch hell genug, um die Schneise der Vernichtung auszumachen, die das abstürzende Flugzeug durch den Dschungel gerissen hatte.

Auf diesem Todespfad lagen zerfetzte Metallteile, aufgeplatzte Gepäckstücke und Leichen. Der vordere Teil des Wracks war durch sein Eigengewicht weitergeschlittert und außer Sichtweite.

Wieder schrie Janine: »Ist da jemand? Ist noch jemand am Leben?« Aber die Nacht blieb still. Sie schleppte sich weiter.

Das leichtere Heckteil, in dem Janine gesessen war, mußte mit der Breitseite des Rumpfes gegen einen großen Baum geprallt sein, der ihn sauber abgetrennt hatte. Die Wucht des Aufpralls hatte den Passagieren in ihrer Nähe das Genick gebrochen. Nur weil Janine sich vorgebeugt und ihr Gesicht zwischen den Knien vergraben hatte, war sie am Leben geblieben.

Am abgerissenen Heck angekommen, zog sie sich mit den Armen hoch und spähte in die Kabine. Die Fächer der Pantry waren herausgerissen, doch trotz der Dunkelheit entdeckte Janine Dekken, Eßkonserven und Getränkedosen. Sie schob sich zentimeterweise vorwärts. Das Gefühl, eine Wolldecke um die Schultern zu haben, war wie ein Geschenk des Himmels. Gierig trank sie zwei Dosen Bitter Lemon, bevor sie in dem Chaos weitersuchte.

Sie fand einen Erste-Hilfe-Kasten, versorgte ihr Bein so gut sie konnte und spürte sofortige Erleichterung. Der Verbandskasten enthielt Einwegspritzen und ein Dutzend Ampullen Morphium. Der Gedanke an Schmerzlinderung war verlockend, doch sie wußte, daß die Droge sie betäuben würde, und langsame Reaktionen konnten eine tödliche Gefahr sein in den langen Nachtstunden, die vor ihr lagen. Immer noch unschlüssig, ob sie das Rauschgift nehmen sollte, hörte sie den Hubschrauber erneut.

Er kam rasch näher. Sie ließ die Spritze fallen und kletterte unbeholfen aus der klaffenden Rumpföffnung, stürzte nahezu einen Meter nach unten, und der Schmerz in ihrem Bein lähmte sie für ein paar Sekunden. Das klopfende Hacken des Hubschraubers kam immer näher.

Sie krallte ihre Finger in die Erde, schlug die Zähne in ihre Unterlippe, um ihren Schmerz zu betäuben und schleppte sich zu ihrem Reisighaufen. Dort angekommen, schnipste sie das Plastikfeuerzeug an und hielt die winzige Flamme an das trockene Gras. Die Flamme leckte schnell hoch.

Janine hob das Gesicht zum Himmel, Tränen liefen ihr von den geschwollenen Augenlidern über die blut- und dreckverschmierten Wangen.

»Bitte«, flehte sie. »Guter, barmherziger Gott! Bitte, laß sie mich finden.«

Das Landelicht tastete sich näher, wurde stärker, grell, blendete sie – und dann war es plötzlich weg. Die Dunkelheit traf sie wie ein Fausthieb. Das Wummern des Hubschraubers ging über sie hinweg, und sie spürte die peitschenden Windstöße der Rotorblätter. Einen kurzen Augenblick sah sie die schwarze, haifischähnliche Silhouette gegen den Sternenhimmel – und dann war er weg, und das Geräusch der Rotoren versank rasch in der Nacht.

In der Stille hörte sie ihre wilden Schreie der Verzweiflung. »Kommt zurück! Ihr könnt mich nicht hierlassen! Kommt zurück!«

Sie wußte, daß die Hysterie sie zu übermannen drohte, und stopfte sich die Faust in den Mund, um ihre Schreie zu ersticken, doch das wilde, unkontrollierbare Schluchzen schüttelte ihren ganzen Körper, und die Nachtkälte wurde durch den eisigen Griff der Verzweiflung unerträglich.

Sie kroch näher ans Feuer. Sie hatte es nur geschafft, ein paar Hände trockenen Reisigs zu sammeln. Das Feuer würde bald verlöschen, aber die gelben Flammen spendeten etwas Wärme und Trost. Sie schluchzte ein letztes Mal auf, schloß die Augen, zählte langsam bis zehn und spürte, wie sie sich etwas entspannte.

Sie machte die Augen auf und sah auf der anderen Seite des Feuers in ihrer Augenhöhe Dschungelstiefel aus Leinen. Langsam hob sie den Blick und sah eine Männergestalt – ein großer Mann, dessen Gesicht vom flackernden Feuerschein erhellt wurde. Er blickte mit einem Ausdruck auf sie herab, den sie nicht deuten konnte. Vielleicht war es Mitleid.

»O mein Gott, danke«, stammelte Janine. »Danke, danke.« Sie kroch auf den Mann zu. »Helfen Sie mir«, krächzte sie. »Mein Bein ist gebrochen – bitte, helfen Sie mir.«

Auf dem Gipfel des Kopje stehend, beobachtete Tungata Zebiwe den Absturz des Flugzeugs, das wie eine von einer Kugel getroffene Ente zur Erde torkelte. Er warf das leere Raketenabschußgerät von sich, hob beide geballte Fäuste über den Kopf und schüttelte sie triumphierend gegen den Himmel.

»Wir haben es geschafft«, brüllte er. »Sie sind tot!« Sein Gesicht war rot vor Erregung und seine Augen glühten wie Eisenschlacke, wenn sie aus dem Schmelzofen kommt.

Die Männer hinter ihm schüttelten im Triumph ihre Waffen über ihren Köpfen. Sie beobachteten, wie die Viscount in die Tiefe stürzte und im letzten Moment sich zu fangen schien. Die Schnauze der winzigen silbrigen Maschine hob sich aus ihrem tödlichen Sturzflug und schlitterte ein paar flüchtige Sekunden geradeaus. Dann berührte sie die Baumwipfel, tauchte ein und war verschwunden. Die Absturzstelle war so nah, daß sie, wenn auch schwach, den berstenden Aufprall von Metall gegen Bäume und Erde hören konnten.

Tungata schätzte die Entfernung. »Etwa sechs Meilen. Bei Dunkelheit können wir dort sein.«

Sie kamen schnell voran. Tungata hatte die Führung übernommen, blieb jede Viertelstunde stehen, kauerte sich auf ein Knie und schaute auf den Kompaß. Dann schnellte er wieder hoch und signalisierte mit erhobener Faust den Weitermarsch. Es ging weiter, rasch und unerbittlich.

Als das Licht zu schwinden begann, hörten sie den Hubschrauber. Tungata streckte den Arm seitlich aus, und die Männer warfen sich in Deckung. Der Hubschrauber passierte sie eine Meile östlich. Nach weiteren zehn Minuten Marsch ließ er den Trupp wieder anhalten.

»Wir sind da«, sagte er leise. »Die Maschine muß hier in der Nähe liegen.«

Sie schauten sich im Dschungel um, die hohen Baumstämme schienen bis in den dunkler werdenden Himmel zu reichen. Durch eine Lücke im Laubdach schimmerte der Abendstern wie eine weißglühende Nadelspitze.

»Ausschwärmen und die Absturzstelle breit gefächert durchkämmen.«

»Genosse Kommissar, wenn wir uns zu lange aufhalten, erreichen wir den Fluß morgen nicht. Die *Kanka* werden beim ersten Morgengrauen hier sein«, meldete sich ein Mann zu Wort.

»Wir müssen das Wrack finden«, sagte Tungata. »Deshalb haben wir es getan. Wir legen für die *Kanka* eine Spur, der sie folgen müssen. Jetzt beginnen wir mit der Suche.«

Sie bewegten sich wie graue Wölfe durch den Dschungel. Tungata hielt die Männer mit dem Ruf des Ziegenmelkers in einer Linie und einer Richtung. Sie marschierten zwanzig Minuten nach Süden, dann ließ er sie kehrtmachen, und sie gingen zurück, bewegten sich lautlos gebückt unter ihrem Gepäck, die AK-47-Gewehre in Brusthöhe im Anschlag.

Noch zweimal ließ Tungata seine Leute kehrtmachen und das Gelände durchkämmen. Die Minuten sickerten dahin. Es war bereits nach neun. Es gab ein Limit, wie lange er sich in der Nähe des Wracks aufhalten durfte. Sein Mann hatte recht. Beim ersten Morgengrauen würden die Rächer am Himmel kreisen.

»Noch eine Stunde«, sagte er laut zu sich. »Wir suchen noch eine Stunde.« Aber den Rückzug antreten, ohne eine heiße Spur für die Schakale gelegt zu haben, bedeutete, den wichtigsten Teil der Operation nicht durchgeführt zu haben, das war ihm klar. Er mußte Ballantyne und seine *Kanka* an den Ort locken, den er so sorgfältig ausgesucht hatte. Er mußte das Flugzeugwrack finden und etwas für die Schakale hinterlassen, das sie zum Wahnsinn trieb, das sie die Verfolgung aufnehmen ließ, ohne über Konsequenzen nachzudenken.

Da hörte er den Hubschrauber, noch weit entfernt, aber rasch näherkommend. Er sah das Licht der Landescheinwerfer auf den Berggipfeln, und er gab seinen Männern Zeichen, in Deckung zu gehen. Der Helikopter flog keinen halben Kilometer entfernt dicht über sie hinweg. Sein grelles Lichtauge jagte wirre Schatten unter den Bäumen über den Boden.

Plötzlich verlöschte das Licht. Die Männer horchten auf das sich entfernende Hacken der Maschine, dann pfiff Tungata seine Leute zum Weitermarsch, und sie rückten wieder vor. Nach zweihundert Schritten blieb Tungata erneut stehen und schnupperte die feuchtkalte Waldluft ein.

Holzrauch! Sein Herz sprang gegen seinen Brustkorb, und er ließ ein rollendes Vogeltrállern hören, einen Warnruf. Er schlüpfte aus den Schultergurten seines Rucksacks und ließ ihn geräuschlos zur Erde gleiten. Dann bewegte die Linie sich wieder vorwärts, leichtfüßig und lautlos. Vor Tungata türmte sich nun etwas Großes, Helles in der Dunkelheit auf. Er knipste seine Taschenlampe an. Es waren das Cockpit und der vordere Teil der Viscount, die Tragflächen abgerissen, der Rumpf zerschellt. Die Maschine lag auf der Seite. Er richtete den Lichtstrahl durch die Scheibe ins Cockpit. Die Crew war immer noch angeschnallt in ihren Sitzen. Die Gesichter blutleer und bleich, die Augen starr und verglast.

Die Guerillas bewegten sich rasch die Schneise entlang, die die Maschine durch den Wald gehackt hatte, in der zerfetzte Metallteile und Trümmer lagen, Kleider aus aufgeplatzten Koffern, Bücher und Zeitungen, in deren Seiten die leichte Nachtbrise fächelte. Die Leichen in all dem Chaos wirkten seltsam friedlich und entspannt. Tungata richtete den Strahl seiner Taschenlampe in das Gesicht einer grauhaarigen Frau in mittleren Jahren. Sie lag auf dem Rücken, ohne sichtbare Verletzung. Ihr Rock bedeckte züchtig ihre Knie, und die Hände lagen entspannt an ihrer Seite.

Er ging weiter. Seine Männer blieben alle paar Schritte stehen, um rasch die Kleider der Toten, eine herumliegende Handtasche oder einen Aktenkoffer zu durchsuchen. Tungata suchte nach Überlebenden. Er brauchte einen Überlebenden, aber es lagen nur Tote um ihn herum.

»Der Rauch«, flüsterte er. »Ich habe Rauch gerochen.«

Und dann sah er am Rande des Waldes ein hübsches kleines Flammenblümchen in der leichten Nachtbrise züngeln. Er wechselte den Griff des Gewehrs und drückte den Hebel auf Halbautomatik. Aus dem Schatten suchte er das Gelände um das Feuer sorgfältig ab, dann trat er vor. Seine Dschungelstiefel machten kein Geräusch.

Neben dem Feuer lag eine Frau. Sie trug einen dünnen gelben, blut- und dreckverschmierten Rock. Die Frau hatte das Gesicht im Arm verborgen. Ihr ganzer Körper wurde von Schluchzen geschüttelt. Ein Bein war vom Knie nach unten grob geschient und verbunden. Langsam hob sie den Kopf. Im fahlen Feuerschein waren ihre Augen dunkel wie in einem Totenschädel. Sie hob den Kopf sehr langsam, bis sie zu ihm hochblickte, und dann kamen die Worte stammelnd über ihre geschwollenen Lippen.

»O mein Gott, danke«, stieß sie hervor und begann auf Tungata zuzukriechen, das Bein hinter sich herziehend. »Danke, danke. Helfen Sie mir!« Ihre Stimme war heiser und krächzend, er konnte ihre Worte kaum verstehen. »Mein Bein ist gebrochen – bitte helfen Sie mir!« Sie streckte den Arm aus und umklammerte seinen Knöchel.

»Bitte«, stammelte sie, und er ging neben ihr in die Hocke.

»Wie heißen Sie?« fragte er sehr sanft, und sein Tonfall berührte sie, aber sie konnte nicht denken – konnte sich nicht mehr an ihren eigenen Namen erinnern.

Er wollte wieder aufstehen, doch sie griff nach ihm in der furchtbaren Angst, alleingelassen zu werden. Sie nahm seine Hand.

»Gehen Sie nicht weg, bitte! Ich heiße – ich bin Janine Ballantyne.«

Er tätschelte ihre Hand beinahe zärtlich und lächelte. Etwas in diesem Lächeln warnte sie. Es war ein wilder, jubelnder Triumph. Ihre Hand zuckte zurück, und sie raffte sich etwas auf. Wild schaute sie um sich. Dann sah sie die anderen dunklen Gestalten, die aus der Nacht auf sie zukamen. Sie sah ihre Gesichter, sah das Blitzen ihrer weißen Zähne, als sie auf sie herabgrinsten. Sie sah die Gewehre in ihren Händen und das Glitzern in ihren Augen. »Ihr«, keuchte sie, »ihr seid es!«

»Ja, Mrs. Ballantyne«, sagte Tungata sanft. »Wir sind es.«

Er stand auf und redete mit seinen Männern. »Ich überlasse sie euch. Nehmt sie – aber bringt sie nicht um. Bei eurem Leben, bringt sie nicht um – ich will sie lebend hier zurücklassen.«

Zwei der Männer traten vor und packten Janines Handgelenke. Sie zerrten sie weg vom Feuer hinter das Höhenleitwerk des Flugzeugwracks. Die anderen Genossen legten ihre Waffen nieder und folgten ihnen. Sie zankten sich scherzhaft leise über die Reihenfolge und begannen ihre Hosen zu öffnen.

Anfangs waren die Schreie aus der Dunkelheit so schrill und gequält, daß Tungata sich ans Feuer kauerte und es mit Zweigen anfachte, um sich abzulenken, doch bald hörten die Schreie auf, verebbten in leisem Wimmern.

Es dauerte lange. Und Tungatas anfängliche Unruhe legte sich. Bei diesem Tun war keine Leidenschaft, keine Lust. Es war ein Akt der Gewalt, der äußersten Provokation eines tödlichen Feindes, eine Kriegshandlung ohne Schuldgefühl und ohne Erbarmen; und Tungata war ein Krieger.

Einer nach dem anderen kamen seine Männer zurück ans Feuer und brachten ihre Kleidung in Ordnung. Seltsamerweise waren sie bedrückt und hatten versteinerte Gesichter.

»Seid ihr fertig?« Tungata blickte hoch. Einer von ihnen rührte sich, stand auf, warf Tungata einen fragenden Blick zu und Tungata nickte.

»Macht schnell«, sagte er. »In sieben Stunden bricht der Tag an.«

Nicht alle gingen noch einmal hinter das Flugzeugwrack. Und als sie bereit waren zum Abmarsch, ging Tungata nach hinten.

Der nackte weiße Körper von Ballantynes Frau lag zusammengekrümmt auf der Erde. Sie hatte ihre Lippen zu rohem Fleisch zerbissen und wimmerte leise.

Tungata kauerte neben ihr, nahm ihr Gesicht in seine Hände und drehte es, bis er ihr in die Augen sehen konnte. Er richtete den Strahl seiner Taschenlampe in ihre Pupillen, in die Augen eines verwundeten, zu Tode geängstigten Tieres. Vielleicht hatte sie die Schwelle zum Wahnsinn überschritten. Er konnte nicht sicher sein, deshalb sprach er langsam wie mit einem unverständigen Kind. »Sagen Sie ihnen, ich heiße Tungata Zebiwe, der Sucher nach dem Gestohlenen, der Sucher nach Gerechtigkeit, der Rächer«, sagte er und stand auf.

Sie versuchte sich von ihm wegzuwälzen, aber die Schmerzen ließen es nicht zu, und sie bedeckte ihren Schoß mit beiden Händen. Er sah ein dünnes Rinnsal hellen Blutes durch ihre Finger rieseln. Er wandte sich ab und hob ihren zerrissenen, schmutzigen gelben Rock auf, wo er über einen Strauch geworfen worden war. Auf dem Weg zum Feuer stopfte er ihn sich in die Tasche.

»*Lungela!*« sagte er. »In Ordnung. Es ist erledigt. Wir brechen auf!«

Um zehn Minuten vor fünf am folgenden Morgen, lange bevor die Sonne sich über den Horizont geschoben hatte und als es gerade hell genug war, um Konturen und Farben auszumachen, schlug Roland dem Pilot auf die Schulter und deutete nach Backbord. Der Pilot steuerte in einer scharfen Kurve in die angegebene Richtung. Ein abgebrochener Ast, dessen Unterseite der Blätter einen helleren Farbton aufwiesen, hatte Rolands Augenmerk auf sich gelenkt. Dann ein weißer Fleck: ein frischer Astbruch ragte in das frühe Morgenlicht. Der Pilot hielt den Hubschrauber schwebend in fünfzehn Metern Höhe darüber. Sie starrten hinunter auf das Blätterdach; in den Windstößen der Rotoren flatterte etwas Weißes.

»Gehen Sie runter!« schrie Roland, und als sie tiefer gingen, war plötzlich alles da: das Flugzeugwrack, die Trümmer, die Toten, über die der Sturmwind der Rotoren fegte.

»Da drüben ist eine Lichtung!« Roland riß seinen Arm hoch. Noch bevor der Helikopter den Boden berührte, sprangen die Scouts aus zwei Metern Höhe ab und gingen in Deckung. Roland ließ sie in Kampfformation ausschwärmen, und sie rückten zu der Absturzschneise vor, bereit, jede Sekunde auf feindliches Feuer zu stoßen. Innerhalb weniger Minuten hatten sie das Gebiet durchkämmt.

»Überlebende!« bellte Roland. »Sucht nach Überlebenden!«

Sie gingen die Schneise wieder zurück, und im fahlen Morgenlicht bot sich ihnen ein Bild des Grauens. Neben jeder Leiche blieb ein Scout kurz stehen, überzeugte sich, das jede Hilfe zu spät kam, und ging weiter.

»Colonel!« Vom Waldrand ertönte ein gedämpfter Ruf.

Roland rannte hinüber. Sergeant-Major Gondele stand neben dem zertrümmerten Höhenleitwerk.

»Was ist?« fragte Roland schroff, und dann sah er sie.

Esau Gondele hatte eine blaue Decke der Luftfahrtgesellschaft über Janines nackten Körper gebreitet. Sie lag zusammengekrümmt darunter wie ein schlafendes Kind, nur ihr zerzauster

Kopf war zu sehen. Roland ging auf die Knie und hob die Decke sacht an. Ihre Augen waren dunkelblau zugeschwollen und ihre Lippen eine einzige zerbissene Fleischwunde. Sekundenlang erkannte er sie nicht, und als er sie erkannte, glaubte er, sie sei tot. Er legte seine Handfläche an ihre Wange, die Haut war feucht und warm.

Sie öffnete die Augen, schmale Schlitze in den Blutergüssen. Sie blickte zu ihm hoch, und ihre dumpfen, leblosen Augen waren grauenvoller als ihr zerfetztes, zerschundenes Fleisch. Dann kam Leben in ihre Augen – nackter Terror. Janine schrie gellend, sie schrie wie eine Wahnsinnige.

»Liebling.« Roland versuchte sie zu umarmen, aber sie wehrte sich wild, ohne mit dem Schreien aufzuhören. In ihren Augen stand der Irrsinn. Frisches Blut sickerte aus dem offenen Fleisch ihrer Lippen.

»Doktor!« brüllte Roland. »Hierher! Rasch!« Er mußte all seine Kraft aufbringen, um sie festzuhalten. Sie hatte die Decke abgeworfen und schlug und boxte nach ihm.

Paul Henderson kam herbeigelaufen und riß seine Arzttasche auf. Er zog eine Spritze auf und murmelte: »Halten Sie ihr den Arm fest!« Er tupfte ihre Haut mit einem Wattebausch ab, stach die Nadel ins Fleisch und preßte die klare Flüssigkeit der Spritze in ihren Arm. Fast eine Minute fuhr sie fort, um sich zu schlagen und zu schreien, dann erst wurde sie allmählich ruhiger.

Der Arzt nahm sie aus Rolands Armen und nickte seinem Assistenten zu. Der junge Sanitäter hielt eine Decke hoch, um sie abzuschirmen, und der Arzt legte Janine auf eine zweite.

»Machen Sie, daß Sie von hier fortkommen«, fuhr er Roland an und begann seine Untersuchung.

Roland hob sein Gewehr auf und wankte zum Flugzeugwrack. Er lehnte sich an das Höhenleitwerk. Sein Atem ging rasselnd. Langsam wurde er ruhiger, und er richtete sich auf.

»Colonel, Sir.« Esau Gondele trat auf ihn zu. »Wir haben ihre Spur aufgenommen.«

»Wie lang sind sie weg?«

»Mindestens fünf Stunden, vermutlich länger.«

»Fertigmachen zum Abmarsch. Wir nehmen die Verfolgung

auf.« Roland wandte sich von ihm ab. Er mußte noch einen Moment allein bleiben, er hatte sich noch nicht vollständig unter Kontrolle.

Zwei Scouts kamen im Laufschritt vom Helikopter, trugen eine gelbe, dem Körper nachgeformte Plastikbahre.

Paul Henderson deckte Janine sorgfältig mit der blauen Decke zu, und dann hoben er und der Sanitäter sie behutsam auf die gelbe Bahre und befestigten die Haltegurte. Der Helfer bereitete den Plasmatropf vor.

»Ich habe keine guten Nachrichten«, sagte der Arzt leise zu Roland.

»Was haben sie ihr angetan?« fragte Roland, und Paul Henderson berichtete. Roland umklammerte den Kolben seines Gewehrs so fest, daß seine Arme zu zittern begannen und die Muskeln in harten Knoten hervortraten.

»Sie hat innere Blutungen«, endete Henderson, »und muß sehr schnell in einen OP. Einen OP, wo ein solcher Eingriff vorgenommen werden kann – in Bulawayo.«.

»Nehmen Sie den Helikopter«, befahl Roland schroff.

Sie liefen mit der Bahre zum Hubschrauber. Der Sanitäter hielt die Infusionsflasche hoch.

»Colonel«, rief Henderson. »Sie ist bei Bewußtsein. Wenn Sie –« Er beendete den Satz nicht. Die kleine Gruppe wartete auf Roland neben dem Hubschrauber, unschlüssig, ob sie die Bahre an Bord heben sollten.

Seltsam widerstrebend ging Roland mit schweren Schritten auf sie zu. Der Feind hatte seine Frau mißbraucht, seine Frau, die ihm heilig war. Wie viele waren es gewesen? Dieser Gedanke ließ ihn erstarren. Er mußte sich zwingen, weiterzugehen zu der Stelle, wo sie auf der Bahre lag. Er schaute zu ihr herab. Die Decke ließ nur ihr Gesicht frei. Ihr einst glänzendes Haar war mit Dreck und Blut verschmiert, aber ihre Augen waren klar. Das Beruhigungsmittel hatte den Wahnsinn vertrieben, und nun sah sie ihn an. Ihre Augen waren von unverändert dunklem Indigoblau. Mühsam versuchten ihre wunden Lippen ein Wort zu formen, aber sie brachte keinen Ton heraus. Sie versuchte seinen Namen zu sagen.

»Roland!«

In ihm wallte ein Abscheu hoch, den er nicht unterdrücken konnte. Wie viele von ihnen hatten sie mißbraucht? Ein Dutzend? Mehr? Sie war seine Frau gewesen, aber das war zerstört. Er bemühte sich, seinen Brechreiz zu unterdrücken, und kalter Schweiß überzog sein Gesicht. Er wollte sich zwingen, sich über sie zu beugen, dieses grauenhaft entstellte Gesicht zu küssen, aber er brachte es nicht fertig. Er konnte weder sprechen noch sie berühren, und allmählich schwand das Licht des Erkennens aus ihren Augen. An seine Stelle trat der dumpfe, leere Blick, den er vorher gesehen hatte, und dann schloß sie die blaurot geschwollenen Lider und drehte den Kopf langsam weg von ihm.

»Passen Sie gut auf sie auf«, murmelte Roland heiser, als die Bahre in den Helikopter gehoben wurde. Paul Henderson drehte sich noch einmal um, sein Gesicht vor Mitgefühl und hilflosem Zorn verzerrt, und legte eine Hand auf Rolands Arm.

»Roly, sie kann nichts dafür«, sagte er.

»Wenn Sie noch ein Wort sagen, bringe ich Sie um.« Rolands Stimme war belegt und rauh vor Ekel und Haß.

Paul Henderson wandte sich ab und kletterte in die Maschine. Roland gab dem Pilot in der Plexiglaskuppel ein Zeichen, und die große, schwerfällige Maschine erhob sich lärmend in den Himmel.

»Sergeant-Major«, schrie Roland, »nehmen Sie die Spur auf!« Er blickte nicht zurück zum Helikopter, der hochstieg in den rosigen Morgenhimmel und nach Süden schwenkte.

Sie marschierten in gefächerter Formation, damit die letzten im Fall eines Hinterhalts die Angreifer umkreisen und die Spitze von den Flanken her befreien konnten. Sie marschierten im Laufschritt, waghalsig schnell, fast wie Marathonläufer. Bereits nach einer Stunde hatte Roland seinen Scouts befohlen, ihr Gepäck abzuwerfen. Sie ließen alles liegen bis auf das Funkgerät, die Waffen, Wasserflaschen und Verbandszeug, und Roland verschärfte das Tempo erneut.

Er und Esau Gondele wechselten sich jede Stunde in der Führung ab. Zweimal verloren sie die Spur auf felsigem Gelände, nahmen sie aber jedesmal bei weicherem Boden rasch wieder auf. Es dauerte nicht lange, bis sie wußten, daß sie hinter neun Männern her waren, deren Spuren deutlich in eine Richtung führten. Nach zwei Stunden kannte Roland jeden einzelnen an den Abdrücken, die sie hinterließen, und er lechzte nach ihnen.

»Sie steuern die Furten an«, brummte Esau Gondele, der herangekommen war, um Roland in der Führung abzulösen. »Wir sollten einen Funkspruch absetzen und ihnen eine Patrouille entgegenschicken.«

»Es gibt auf vierzig Meilen zwölf Furten. Tausend Mann würden da nicht ausreichen.« Roland wollte sie für sich selbst haben, alle neun. Ein Blick in sein Gesicht genügte Esau Gondele, um das zu begreifen. Er nahm die Spur wieder auf. Sie überquerten eine offene Lichtung mit goldgelbem Gras. Der Feind hatte eine breite Schneise hinterlassen, die Grashalme waren noch in Fluchtrichtung geknickt. Sie folgten der Grasspur im Laufschritt. Es war noch nicht Mittag, und sie hatten mindestens schon drei Stunden des Vorsprungs der ZIPRA-Leute aufgeholt.

»Wir holen sie noch vor dem Fluß ein – wir schnappen sie uns«, dachte Esau Gondele grimmig und widerstand der Verlokkung, seine Schritte noch mehr zu beschleunigen. Würde er das Tempo nur um eine weitere Sekunde beschleunigen, konnten die Männer nicht durchhalten, aber in diesem Tempo würden sie bis ans Ende der Welt laufen.

Um zwei Uhr nachmittags verloren sie die Spur erneut auf einem langgezogenen, flachen Kamm aus schwarzem Gestein, auf dem es keine Abdrücke gab. Der ganze Trupp blieb stehen und ging in Verteidigungsstellung. Nur Roland schloß auf und kniete an Esaus Seite nieder.

»Wie sieht's aus?« Roland wischte sich die winzigen Mopanibienen von Augen und Nasenflügeln. Lästige Viecher in ihrer Gier nach Flüssigkeit.

»Ich glaube, sie halten diese Richtung.«

»Wenn sie einen Haken schlagen wollen, wäre das hier die richtige Stelle«, meinte Roland und wischte sich mit dem Unterarm übers Gesicht. Die fettige Tarnfarbe ging in einer schmutzigen, braungrünen Schmiere ab.

»Das Gelände auszukundschaften kann uns eine halbe Stunde kosten«, sagte Esau Gondele.

»Wenn wir blind drauflosrennen, verlieren wir vielleicht mehr als das. Vielleicht treffen wir nie wieder auf ihre Spur.« Roland blickte nachdenklich über den Mopaniwald, der den Hang säumte. »Mir gefällt das nicht«, meinte er schließlich. »Wir kundschaften das Gelände aus.«

Die beiden gingen in verschiedene Richtungen um den Kamm. Wie Esau Gondele vorausgesagt hatte, kostete es sie eine halbe Stunde, ohne daß sie auf die Spur stießen. Es gab auch keine Spur in der Fortsetzung der Richtung, aus der sie gekommen waren. Die Flüchtenden hatten einen Haken geschlagen.

»Sie können nur dem Kamm gefolgt sein. Die Chance steht eins zu eins. Nach Osten würde es sie von den Furten wegführen. Darauf werden sie sich meiner Meinung nach nicht einlassen. Wir gehen also nach Westen«, entschied Roland, und sie marschierten los, schneller als zuvor. Sie waren ausgeruht und hatten eine halbe Stunde aufzuholen.

Roland schaute auf die Uhr – seit achtundvierzig Minuten marschierten sie auf dem Kamm. Er rechnete die Zeit in Entfernung um, als er die Vögel sah.

Zwei Sandhühnerpaare strichen mit heftigem Flügelschlag, der ihre Absicht unmißverständlich machte, in der Ferne über die Bäume.

»Sie gehen auf Wasser nieder«, sagte Roland laut und merkte sich die Stelle, wo sie hinter den Baumwipfeln verschwanden, bevor er Esau Gondele ein Zeichen gab.

Es war ein Wasserloch, das von den letzten Regenfällen übriggeblieben war. Zwanzig Meter im Durchmesser, vorwiegend schwarzer Lehm, zertrampelt von Wildtieren. Die Abdrücke der neun Männer waren deutlich zu sehen. Sie führten zur Wasserpfütze in der Mitte und dann nach Norden zum Fluß. Sie hatten die Spur wieder, und Rolands Haß flammte wieder hell auf.

»Trinkt eure Flaschen leer«, befahl er. Es hatte wenig Sinn, den Rest guten Wassers mit dieser schmutzigen braunen Brühe in der Pfütze zu mischen. Sie tranken gierig, dann sammelte ein Mann ihre Flaschen ein und ging an die Pfütze, um sie zu füllen.

Roland konnte nicht mehr als das Leben eines Mannes aufs Spiel setzen an dem ungeschützten Wasserloch.

Es war fast vier Uhr, als sie wieder aufbruchbereit waren, und nach Rolands Schätzung lagen noch zehn Meilen bis zum Fluß vor ihnen.

»Sie dürfen den Fluß keinesfalls überqueren, Sergeant-Major«, sagte Roland leise. »Ab jetzt gibt es kein Erbarmen. Wir müssen das letzte aus den Leuten herausholen.«

Das Tempo war zu hart, auch für extrem durchtrainierte Soldaten, die sie waren, aber sie erreichten schließlich die Straße nach Kazungula.

Den Schotterbelag hatte seit mindestens vier Stunden keine Sicherheitspatrouille betreten. Sie fanden die Stelle, wo die Terroristen die Vorsichtsmaßnahme getroffen hatten, die Straße auszukundschaften und ihre Spuren nach der Überquerung zu verwischen. Das hatte wertvolle Zeit gekostet. Die Scouts konnten nur noch Minuten von ihnen entfernt sein. Die Stelle, wo einer der Terroristen uriniert hatte, war noch naß. Die Pfütze war nicht in die sandige Erde eingedrungen, noch hatte die Sonne sie getrocknet. Es war Wahnsinn, sie im Laufschritt zu verfolgen, doch als sie die Straße überquert hatten, befahl Roland: »Ausschwärmen!« Und als er beim Umdrehen das Funkeln in Esau Gondeles Augen sah, setzte er hinzu: »Sie gehen an zweiter Stelle, ich übernehme die Führung.«

Er stürmte im Laufschritt voran, trampelte ein flaches Dorngestrüpp auf seinem Weg nieder, verließ sich nur auf seine Geschicklichkeit, die erste Geschoßsalve zu überleben, wenn sie Kontakt bekamen, und wußte, wenn die Terroristen ihn umlegten, konnte er sich auf Esau Gondele und seine Kameraden verlassen. Das Überleben war für Roland nicht mehr wichtig, alles was zählte, war, sie aufzuspüren und zu vernichten, so wie sie Janine vernichtet hatten.

Als er die Bewegung und den Farbfleck vor sich im Gestrüpp sah, warf er sich flach auf die Erde und brachte sich mit zwei Rollen seitwärts aus der Schußlinie. Gleich darauf hatte er seine Waffe im Anschlag und feuerte eine kurze Salve. Eine leichte Berührung des Abzugs, und der Kolben der FN hämmerte gegen seine Schulter. Das Echo verhallte, und es herrschte tiefe Stille. Sein Feuer wurde nicht erwidert. Die Scouts lagen hinter ihm in Deckung.

Er gab Esau Gondele ein Zeichen. »Geben Sie mir Deckung!« Dann war er auf den Beinen, rannte gebückt im Zickzack vorwärts.

Neben einem Gestrüpp warf er sich zur Erde. In den Dornenzweigen über ihm war das Ding, das ihn zu feuern veranlaßt hatte. Es fächelte leise in der warmen, leichten Brise, die vom Fluß kam. Ein Frauenrock aus feiner Baumwolle, leuchtend gelb, mit Blut und Dreck verschmiert.

Roland riß den Rock von den Dornen, zerknüllte ihn in der Faust und barg sein Gesicht in dem Stoff. Der Duft ihres Parfums hing noch darin, ganz zart, aber unverkennbar. Roland war wieder auf den Füßen und rannte weiter, getrieben von einem Irrsinn, über den er keine Kontrolle mehr hatte.

Vor ihm durch die Bäume sah er die Warntafeln am Rand des Minensperrgürtels. Die kleinen roten Totenköpfe schienen ihn zu verhöhnen, ihn voranzutreiben. Er blieb nicht stehen, rannte daran vorbei, nichts konnte ihn jetzt mehr stoppen, vor ihm erstreckte sich das Minenfeld. Etwas schlug ihm in die Kniekehlen, und er wurde zu Boden geworfen, die Luft wich keuchend aus seinen Lungen, doch er versuchte sich sofort wieder hochzurappeln. Esau Gondele warf sich erneut auf ihn, zerrte ihn zurück an den Rand, und die beiden Männer standen Brust an Brust und rangen miteinander.

»Loslassen!« keuchte Roland. »Ich muß –«

Esau bekam seinen rechten Arm frei und stieß ihm die Faust mitten ins Gesicht. Rolands Kopf flog nach hinten, und Esau nutzte den Moment der Benommenheit, drehte ihm blitzschnell den Arm nach hinten und schob ihn vor sich her aus dem Minenfeld. Auf sicherem Gebiet warf er Roland wieder zu Boden, ließ sich neben ihn fallen und hielt ihn mit seinem kraftvollen schwarzen Arm fest.

»Sie Wahnsinniger. Sie bringen uns alle um«, fletschte er in Rolands Gesicht. »Sie waren schon im Minengürtel – noch einen Schritt weiter...«

Roland starrte ihn verständnislos, wie aus einem Alptraum erwacht, an.

»Die Terroristen haben es geschafft«, zischte Esau. »Sie sind durch. Es ist vorbei. Sie sind entkommen.«

»Nein«, Roland schüttelte den Kopf, »sie sind nicht entkommen. Wo ist das Funkgerät? Wir dürfen sie nicht entkommen lassen.«

Roland benutzte die Spezialfrequenz, Kanal 129,7 Megahertz. »An alle Einheiten – hier spricht Cheetah eins – bitte melden«, rief er. Seine Stimme war ruhig, aber am Rande der Verzweiflung. Das tragbare Gerät hatte nur eine Stärke von vier Watt, und Victoria Falls lag etwa dreißig Meilen flußabwärts. Er bekam nur atmosphärische Geräusche zur Antwort.

Er ging auf die Frequenz des Flugverkehrs und versuchte Vic Falls Flughafen auf 126,9. Immer noch keine Antwort. Er schaltete um auf Tower und stellte das Mikrofon lauter.

»Tower – hier spricht Cheetah eins – bitte kommen.«

Dann kam ein Flüstern, verkratzt und schwach.

»Cheetah eins – hier ist Victoria Falls Tower.«

»Ich brauche einen Helikopter, der uns über den Minensperrgürtel bringt. Haben Sie eine Maschine zur Verfügung?«

»Negativ – Cheetah eins. Nur Tragflächenmaschinen.«

»Bleiben Sie dran.«

Roland ließ das Mikrofon sinken und starrte über den Minengürtel. Es war so nah. In zwanzig Sekunden könnten sie drüben sein, und doch war er so unüberwindlich wie die Sahara.

»Wenn sie uns ein Fahrzeug schicken – wir könnten von Vic Falls fliegen und auf der anderen Seite mit Fallschirmen abspringen«, murmelte Esau Gondele an seinem Ohr.

»Das bringt nichts. Dauert zwei Stunden –« Roland unterbrach sich. »Ich hab's!« Er drehte mit dem Daumen das Mikrofon laut.

»Tower – hier spricht Cheetah eins. Im Victoria Falls Hotel befindet sich ein Polizeiwaffenmeister. Name Sergeant Craig Mellow. Ich möchte, daß er so schnell wie möglich an meiner Position abspringt, um uns durch den Minengürtel zu bringen. Rufen Sie im Hotel an.«

»Bleiben Sie dran.« Das dünne Wispern des Towers versickerte. Sie lagen in der Hitze und schwitzten, die Sonne und ihr Haß verbrannten sie.

»Cheetah eins – wir haben Mellow. Er ist bereits zum Flugfeld unterwegs. Absprung erfolgt aus einer silbergrauen Beechcraft Baron. RUAC-Kennzeichen. Geben Sie mir Ihre Position und ein Erkennungszeichen.«

»Wir liegen am Sperrgürtel, etwa dreißig Meilen stromaufwärts von den Wasserfällen. Wir lassen eine weiße Phosphorgranate hochgehen.«

»Roger – Cheetah eins. Weißes Rauchsignal. Wegen Gefahr durch SAM-Beschuß nur einmaliges Überfliegen in tiefer Höhe möglich. Absprung in etwa zwanzig Minuten.«

»Tower. Das Tageslicht schwindet. Sie sollen sich um Gottes willen beeilen. Diese Schweinehunde gehen uns sonst durch die Lappen.«

Sie hörten das schwache Geräusch einer zweimotorigen Maschine näher kommen, und Roland berührte Esaus Arm.

»Fertig?« fragte er.

Der Motorenlärm schwoll rasch an. Roland ging in die Knie und spähte nach Osten. Er sah ein silbernes Aufblitzen knapp über den Baumwipfeln und klopfte Esau auf die Schulter.

»Jetzt!«

Der Platzpatronenschuß löste sich in einem Knall, die Granate schoß in die Höhe und beschrieb einen weiten Bogen, weg vom Minenfeld in Richtung Kazungula-Straße. Dann explodierte sie, und eine weiße Rauchsäule stieg über dem braunen, sonnenverbrannten Buschwald auf. Die kleine zweimotorige Maschine legte sich sanft in eine Kurve und steuerte die Markierung an.

Die Passagiertür war entfernt worden, und über dem Tragflächenansatz befand sich eine viereckige Öffnung, in der ein schlaksiger Mensch mit umgeschnalltem Fallschirm kauerte. Er trug Helm und Schutzbrille, doch seine braunen Beine waren nackt, und die Füße steckten in normalen Wildlederstiefeln.

Die Beechcraft flog sehr tief – zu tief. Roland spürte einen Stich der Unsicherheit. Sonny war kein Scout. Er hatte seine acht

Pflichtsprünge absolviert, doch das waren Standardsprünge aus zwölfhundert Metern Höhe. Die Beechcraft war keine siebzig Meter über dem Buschwald. Der Pilot wollte offensichtlich keinen SAM-Beschuß riskieren.

»Fliegt noch mal an«, schrie Roland, »ihr seid zu tief!«

Er kreuzte die Arme über dem Kopf, winkte sie weiter. Doch da ließ sich die Gestalt schon Hals über Kopf aus der offenen Luke der Beechcraft fallen. Einen Augenblick sah es aus, als würde die Heckflosse ihr das Rückgrat abschlagen, die lange Reißleine flatterte hinter ihr her, immer noch mit der nun beschleunigten Maschine wie durch eine Nabelschnur verbunden.

Craig fiel wie ein Stein zur Erde, und Roland blieb für einen Moment die Luft weg. Dann floß die Seide aus dem Fallschirmsack, blähte sich mit einem hörbaren Schnappen, und Craig wurde gewaltsam in die Gerade gerissen. Eine lange Sekunde hing er wie ein Mann am Galgen, dann kam er auf, überschlug sich zweimal und war wieder auf den Beinen. Er riß an den Leinen und klappte den geblähten Seidenpilz zusammen.

Zwei der Scouts packten Craig links und rechts am Arm und zwangen ihn in gebückter Haltung zu laufen. Neben Roland warf er sich zur Erde. »Du mußt uns rüberbringen, Sonny, so schnell du kannst.«

»Roly, war Janine in der Viscount?«

»Ja, verdammt! Und jetzt bring uns rüber.«

Craig hatte bereits seinen leichten Rucksack aufgemacht und setzte seine Werkzeuge zusammen.

»Ist sie am Leben?« Craig konnte Roland nicht ins Gesicht blicken und begann zu zittern, als er die Antwort hörte.

»Sie hat es überlebt – mit knapper Not.«

»Gott sei Dank! Oh, Gott sei Dank«, flüsterte Craig, und Roland musterte ihn nachdenklich.

»Ich habe gar nicht bemerkt, daß du so für sie empfindest, Sonny.«

»Du hast noch nie viel bemerkt.« Jetzt hob Craig trotzig den Kopf. »Ich habe sie von dem Augenblick an geliebt, als ich sie zum erstenmal gesehen habe.«

»Gut. Dann willst du diese Schweine ebenso dringend erledi-

gen wie ich. Entschärfe dieses Minenfeld und beeil dich damit.«
Roland gab ein Zeichen, und seine Scouts rückten rasch an den Rand des Minengürtels vor. Dort blieben sie mit den Gewehren im Anschlag liegen. Roland wandte sich an Craig.

»Fertig?«

Craig nickte.

»Dann also los, Sonny, hinein mit dir.«

Craig betrat den Minengürtel und begann mit Sonde und Bandmaß zu arbeiten.

Roland hielt seine Ungeduld weniger als fünf Minuten zurück, dann rief er: »Herrgott, Sonny, wir haben nur noch zwei Stunden Tageslicht. Wie lange soll das denn dauern?«

Craig schaute sich nicht einmal um. Er ging gebückt wie ein Kartoffelleser und steckte die Sonde immer wieder vorsichtig in die Erde. Der Schweiß hatte den Rücken seines Khaki-Hemds in einem langen, dunklen Fleck durchnäßt.

»Kannst du dich nicht beeilen?«

Mit der Konzentration eines Chirurgen, der eine Arterie abklemmt, schnitt Craig den Kontaktdraht einer Claymore-Mine durch, trat einen Schritt vor und legte ein farbiges Band auf die Erde hinter sich. Es war der rote Faden durch das Labyrinth, den Craig auslegte.

Erneut benutzte er die Sonde. Er hatte eine ungünstige Stelle erwischt, war an der Überlappung zweier getrennter Systeme angelangt. Normalerweise wäre er zurückgegangen und hätte an einer anderen Stelle noch einmal begonnen, doch das hätte ihn kostbare Zeit gekostet, zwanzig Minuten vielleicht.

»Craig, steh nicht rum!« schrie Roland. »Mann, verdammt noch mal, hast du die Nerven verloren?«

Craig zuckte zusammen. Er hätte das Muster zu seiner Linken überprüfen müssen, dort müßte eine AP-Mine im Dreißig-Grad-Winkel zu der sein, die er zuletzt gefunden hatte; dazwischen eine fünfzig Zentimeter breite Lücke, wenn er das Muster richtig gelesen hatte. Die Überprüfung würde zwei Minuten dauern.

»Beweg dich, verdammt noch mal, Mellow!« Rolands Stimme trieb ihn an. »Steh nicht rum! Vorwärts!«

Craig gab sich einen Ruck. Die Chancen standen drei zu eins

zu seinen Gunsten. Er machte einen Schritt nach vorn und verlagerte behutsam das Gewicht auf den linken Fuß. Der Boden war fest. Er machte noch einen Schritt, setzte den rechten Fuß mit der Vorsicht einer Katze auf, die sich an einen Vogel schleicht. Wieder fester Boden. Jetzt wieder der linke Fuß. Der Schweiß lief ihm von der Stirn in die Augen, machte ihn halbblind. Er blinzelte die brennende Flüssigkeit weg und führte den nächsten Schritt aus. Wieder sicher.

Jetzt mußte eine Claymore-Mine rechts von ihm sein. Seine Knie zitterten, als er in die Hocke ging. Der Draht. Der Draht war nicht da! Er hatte das Muster falsch gelesen. Er war mitten im Minengürtel – ohne Orientierung, dem Zufall überlassen. Er blinzelte heftig, und dann entdeckte er mit unendlicher Erleichterung den fast unsichtbaren Draht genau an der Stelle, wo er sein mußte. Der Draht schien vor Spannung zu beben wie seine eigenen Nerven. Er wollte ihn gerade durchschneiden, als er Rolands Stimme direkt hinter sich hörte.

»Beeil dich!«

Craig fuhr heftig zusammen und riß seine Hand vom tödlichen Draht zurück. Er blickte über die Schulter. Roland war den bunten Bändern gefolgt und kauerte nur einen Schritt hinter ihm auf einem Knie, das FN-Gewehr quer über den Schenkeln. Mit der Tarnfarbe im Gesicht sah er aus wie ein primitiver Krieger aus längst vergangenen Zeiten, wild und grausam.

»Ich gehe so schnell ich es verantworten kann.« Craig wischte sich mit dem Daumen die großen Perlen Angstschweiß aus der Stirn.

»Das tust du eben nicht«, widersprach ihm Roland. »Du bist jetzt seit fast zwanzig Minuten hier drin und noch keine zwanzig Schritt weit gekommen. Es ist dunkel, bevor wir durch sind, wenn du dir vor Angst in die Hose scheißt.«

»Du verdammter Idiot!« krächzte Craig heiser, drehte sich nach vorn und schnitt den Stolperdraht durch. Er sprang mit einem leisen, bebenden Sington entzwei, wie eine Gitarrenseite, die ein Fingernagel streift.

»So ist es gut, Sonny. Vorwärts!« Rolands Stimme blieb ihm im Nacken, eine leise, monotone Litanei.

»Denk an diese Schweine, Sonny. Sie sind da drüben. Denk daran, daß sie uns nicht entkommen dürfen.«

Craig ging weiter, jeder seiner Schritte wurde fester.

»Sie haben alle Passagiere in der Viscount umgebracht, Craig. Alle, Männer, Frauen und Kinder. Alle, nur sie nicht.« Roland sprach ihren Namen nicht aus. »Sie haben sie am Leben gelassen, aber als ich sie fand, war sie nicht in der Lage zu sprechen, Sonny. Sie konnte nur schreien und um sich schlagen wie ein wildes Tier.«

Craig blieb wie angewurzelt stehen und blickte über die Schulter nach hinten. Sein Gesicht war von eisiger Blässe.

»Bleib nicht stehen, Sonny. Mach weiter.«

Craig bückte sich und stach die Sonde rasch in die Erde. Die AP war genau da, wo sie sein mußte. Er rückte weiter vor, mit schnellen, kurzen Schritten, Rolands trockenes, kaltes Flüstern ständig im Ohr.

»Sie haben sie vergewaltigt, Sonny. Alle. Bei dem Absturz hat sie sich das Bein gebrochen, aber das hat die Dreckskerle nicht abgehalten. Sie haben sie mißbraucht wie brünftige Tiere. Einer nach dem anderen.«

Craig nahm den unsichtbaren Korridor im Laufschritt, zählte nur seine Schritte, benutzte nicht mehr das Maßband, um die Länge zu überprüfen, schaute nicht mehr auf den Kompaß, um den Winkel zu bestimmen. Rolands Stimme blieb hinter ihm.

»Als sie alle mit ihr fertig waren, fingen sie von vorn an«, flüsterte er. »Aber diesmal haben sie sie von hinten genommen, Sonny...«

Craig traf auf den Mantel einer Mine, die dicht unter der Oberfläche lag, ließ die Sonde fallen und kratzte mit den Fingern den Deckel frei. Er hob die Mine aus ihrem Loch, legte sie beiseite und arbeitete weiter. Rolands heiseres Flüstern verfolgte ihn gnadenlos.

»Einer nach dem anderen machte sich über sie her, Sonny, alle – bis auf den letzten. Der schaffte es nicht zweimal und rammte ihr statt dessen das Bajonett hinein.«

»Hör auf, Roly! Um Gottes willen, hör auf!«

»Du sagst, du liebst sie, Sonny? Dann beeil dich, ihr zuliebe!«

Craig fand die zweite AP-Mine, scharrte sie aus der Erde und warf sie weit von sich in das Minenfeld. Sie hüpfte und rollte wie ein Gummiball, bevor sie in einem Grasbüschel verschwand. Ohne zu explodieren. Craig kroch weiter, stieß die Sonde in den Boden, fand die dritte Mine, die letzte in dem Neunzig-Grad-Winkel des Korridors.

Er sprang auf und lief, fast blind vor Tränen, weiter, seine Füße nur wenige Zentimeter entfernt vom gewaltsamen Tod. Er erreichte das Ende des Korridors und blieb stehen. Nur noch die Stolperdrähte, nur die Kontaktdrähte der zwei Claymore-Minen, und dann waren sie durch den Sperrgürtel.

»Gut gemacht, Sonny.« Rolands Stimme war dicht hinter ihm. »Gut gemacht. Du hast uns rübergebracht.«

Craig machte noch einen Schritt – und spürte, wie die Erde unter seinem rechten Fuß nachgab, als sei er auf einen unterirdischen Maulwurfsgang getreten, der nun einstürzte. Er hörte das Klicken des Zünders. Wie ein Kameraauslöser. Gedämpft durch die dünne, darüberliegende Sandschicht.

»Das ist der Joker«, dachte er, und die Zeit schien stillzustehen. »Das ist der Joker im Muster.« Doch nichts passierte nach dem Klicken. Er spürte einen Funken Hoffnung. Ein Blindgänger. Er schaffte es doch noch.

Dann explodierte die Mine unter seinem rechten Fuß. Er verspürte keinen Schmerz, nur einen ungeheuren Schlag gegen die Fußsohle, der sich seine Wirbelsäule hinauf fortsetzte, bis seine Kieferknochen aufeinanderkrachten. Er spürte, wie seine Zähne glatt durch die Zunge bissen.

Kein Schmerz, nur die ohrenbetäubende Implosion der Schockwelle in seinen Trommelfellen, als habe jemand eine doppelläufige Flinte nah an seinem Kopf abgefeuert.

Kein Schmerz, nur die Wolke aus Rauch und Staub, die ihm ins Gesicht schlug, ihn fast blind machte, und dann wurde er wie das Spielzeug eines grausamen Riesen in die Luft geschleudert und landete bäuchlings auf der Erde. Die Luft wurde aus seinen Lungen gepreßt, und er rang nach Atem. Sein Mund füllte sich mit Blut von der durchgebissenen Zunge. Seine Augen brannten vom hochgeschleuderten Sand und vom Rauch. Er wischte sich über die Augen und sah Rolands Gesicht vor sich, verschwommen und flimmernd wie eine Fata Morgana. Rolands Lippen bewegten sich, aber Craig konnte seine Worte nicht verstehen. Seine Ohren dröhnten noch von der Explosion.

»Nichts passiert, Roly«, sagte er und konnte seine eigene Stimme kaum hören. »Mir ist nichts passiert«, sagte er noch einmal.

Er richtete sich in Sitzposition auf. Sein linkes Bein war gerade ausgestreckt, die Innenseite der Wade war aufgerissen und von der Explosion schwarzrot gefärbt. Aus seinen Shorts sickerte Blut, ein Schrapnell mußte ihn an der Hüfte getroffen haben, aber der linke Fuß steckte noch in dem Wildlederstiefel. Er versuchte den Fuß zu bewegen, und er reagierte sofort und wackelte ihm ermunternd entgegen.

Aber irgend etwas stimmte nicht. Er war benommen und schwindlig, und er spürte, daß etwas Grauenhaftes passiert war – und dann dämmerte es ihm allmählich.

Sein rechtes Bein war weg, aus seiner kurzen Hose ragte nur ein Stumpf. Die Hitze der Explosion hatte das zerfetzte Fleisch zu totem, blutleerem, weißem Gewebe verätzt. Er starrte auf das zerrissene Fleisch hinunter. Es mußte eine Täuschung sein, denn er *spürte* sein Bein. Er versuchte seinen fehlenden Fuß zu bewegen, und er *spürte*, wie er sich bewegte. Aber er war nicht da!

»Roly!« Durch das Sausen in seinen Ohren vernahm er den gellenden Ton seiner Stimme. »Roly, mein Bein! O Gott, mein Bein! Es ist weg!«

Dann endlich kam das Blut, sprudelte in hellem Strahl aus dem verätzten Gewebe.

»Roly, hilf mir!«

Roland stellte sich mit gegrätschten Beinen über ihn, wandte ihm den Rücken zu und schirmte ihn so vor dem Anblick seiner Verstümmelung ab. Er entrollte eine Leinentasche, die Notverbandszeug enthielt, und legte eine Aderpresse um den Stumpf. Die Blutung ließ nach, und er wickelte einen Notverband um den Stumpf. Roland arbeitete rasch und geschickt. Als er fertig war, drehte er sich um und schaute in Craigs bleiches, staubiges, von Schweißbächen durchzogenes Gesicht.

»Sonny, die Claymores. Kannst du die Claymores noch entschärfen? Um ihretwillen. Versuch es, Sonny. Probier's!«

Craig starrte ihn an. »Sonny – für Janine«, flüsterte Roland und zog ihn in die Sitzposition hoch. »Versuch's! Ihr zuliebe – versuch's!«

»Die Zange!« krächzte Craig und starrte mit großen, gepeinigten Augen auf den blutdurchtränkten Turban um seinen Stumpf. »Wo ist die Schere?«

Roland drückte ihm das Werkzeug in die Hand.

»Dreh mich auf den Bauch.«

Roland rollte ihn vorsichtig herum, und Craig begann sich nach vorne zu schieben. Er robbte auf den Ellbogen über die aufgerissene Erde, zog sein verbliebenes Bein über den flachen Krater, den die explodierte Mine hinterlassen hatte, hielt inne und tastete nach vorne. Wieder ertönte der Gitarrenton, als der erste Kontaktdraht von der Zange durchtrennt wurde. Mühsam wie ein halbzertretenes Insekt schleppte Craig sich an den Rand des Minenfeldes. Zum letztenmal streckte er den Arm aus. Seine Hand zitterte so stark, daß er die andere Hand zu Hilfe nehmen mußte. Keuchend vor Anstrengung durchschnitt er den Draht und ließ das Werkzeug fallen.

»Okay, der Weg ist frei.« Roland zog die Kordel aus seinem offenen Hemdkragen und setzte die Pfeile an die Lippen. Er ließ einen einzigen, schrillen Pfiff ertönen und winkte seinen Männern auf der anderen Seite zu.

»Vorwärts!«

Die Scouts kamen im Laufschritt durch den Minengürtel, dabei folgten sie dem Zickzack des Bandes, das Craig ausgelegt hatte, um sie zu führen. Der Reihe nach passierten sie die Stelle, wo Craig immer noch auf dem Bauch lag, sprangen federnd über ihn hinweg und tauchten hinter dem Sperrgürtel in breiter Formation in den Buschwald ein. Roland blieb noch eine Sekunde bei Craig.

»Ich kann keinen Mann entbehren, der bei dir bleiben könnte, Sonny.« Er legte die Verbandstasche neben seinen Kopf. »Hier ist Morphium drin, wenn es zu schlimm wird.« Dann legte er noch etwas hin: eine Handgranate. »Vielleicht finden dich die

Terroristen früher als unsere Jungs. Laß dich nicht gefangennehmen. Eine Granate ist zwar eine Schweinerei, aber wirkungsvoll.« Dann beugte Roland sich herab und küßte Craig auf die Stirn. »Gott segne dich, Sonny!« In wenigen Sekunden hatte ihn der dichte Busch verschluckt, und Craig vergrub sein Gesicht in der Armbeuge.

Dann setzte der Schmerz ein, überfiel ihn wie ein reißender Löwe.

Tungata Zebiwe kauerte im Graben und horchte auf die rauchige Stimme aus dem tragbaren Funkgerät.

»Sie sind durch den Sperrgürtel und kommen zum Fluß herunter.«

Seine Kundschafter lagen am Nordufer des Sambesi in sorgfältig vorbereiteten Stellungen, von wo aus sie das gegenüberliegende Ufer und die kleinen, bewaldeten Inseln in dem seichten, breiten Flußbett überblicken konnten.

»Wie viele sind es?« fragte Tungata ins Mikrofon.

»Noch unklar.«

Tungata schaute in den Himmel; keine Stunde mehr bis zum Einbruch der Dunkelheit, und erneut befielen ihn Zweifel wie in dem Augenblick, als er seine Männer vor beinahe drei Stunden durch die Furt gebracht hatte.

Schaffte er es, die Verfolger dazu zu verleiten, den Fluß zu überqueren? Gelang ihm das nicht, so war die Vernichtung der Viscount und alles andere, was er bisher erreicht hatte, nur die Hälfte wert. Er mußte die Scouts herüberlocken auf den sorgfältig vorbereiteten Kampfplatz. Genau aus diesem Grund hatte er den Rock der Frau mitgenommen und ihn am Rand des Sperrgürtels an ein Gestrüpp gehängt – um sie weiterzulocken.

Ihm war klar, daß dieser Schritt das völlig irrationale Handeln eines Führers voraussetzte: einen kleinen Trupp über die natürliche Grenze, wie der Sambesi sie darstellte, kurz vor Einbruch der Nacht in feindliches Gebiet gegen einen Feind von unbekannter Stärke zu führen, der sein Kommen erwarten mußte und sich auf die Begegnung in aller Ruhe hatte vorbereiten können. Tungata konnte nicht erwarten, daß sie kamen – er konnte es bloß hoffen.

Es hing also hauptsächlich davon ab, wer die Verfolger anführte. Der Köder, den er ausgelegt hatte, würde nur auf einen ganz bestimmten Mann Wirkung haben. Die vielfache Vergewaltigung und Verstümmelung der Frau und der blutverschmierte Rock würden nur bei Colonel Roland Ballantyne selbst volle Wirkung zeigen. Tungata versuchte sich objektiv die Chancen auszurechnen, ob Ballantyne der Anführer der Verfolger sein würde.

Er war im Victoria Falls Hotel gewesen, ZIPRA-Agenten hatten ihn eindeutig identifiziert. Die Frau hatte ihren Namen als Ballantyne angegeben, die Scouts waren die nächst erreichbare und schlagkräftigste Truppe in der Region. Sicher waren sie die ersten an der Absturzstelle des Wracks, und gewiß war Ballantyne bei ihnen.

Die erste Bestätigung, daß die Verfolger nah waren, bekam Tungata kurz vor vier Uhr nachmittags, als am Südufer ein kurzer Feuerstoß aus einer automatischen Waffe abgegeben wurde. Tungatas Leute hatten gerade den Fluß überquert. Die Männer lagen durchnäßt und keuchend wie Jagdhunde nach einer mörderischen Hetzjagd am Ufer, und Tungata lief ein eisiger Schauer den Rücken hinunter, als er begriff, wie nah die Scouts ihnen auf den Fersen waren. Hätte er nur zwanzig Minuten länger gebraucht, die Begegnung hätte am Südrand des Sperrgürtels stattgefunden, und Tungata machte sich keine Illusionen darüber, was das bedeutet hätte. Seine Männer waren die Elite der ZIPRA-Streitkräfte, aber sie waren den Ballantyne Scouts weit unterlegen. Am Südrand wären sie verloren gewesen, doch nun hatten sie den Sambesi überquert, und das Blatt hatte sich dramatisch gewendet. Tungatas Vorbereitungen für den Empfang des Verfolgertrupps hatten ganze zehn Tage gedauert und waren mit voller Unterstützung der sambischen Armee und Polizei durchgeführt worden.

Das Funkgerät knisterte wieder, und Tungata hob das Mikrofon an den Mund. Die Stimme des Kundschafters war leise, als fürchte er, die gefährliche Beute am anderen Flußufer könne sie hören. »Sie haben die Überquerung nicht versucht. Entweder warten sie auf die Dunkelheit, oder sie kommen nicht.«

»Sie müssen kommen«, flüsterte Tungata in sich hinein.

»Schießt die Leuchtrakete ab«, befahl er dann laut.

»Bleiben Sie dran«, antwortete der Kundschafter, und Tungata ließ das Mikrofon sinken und schaute erwartungsvoll in den lila und rosa gefärbten Abendhimmel. Es war riskant, aber alles war riskant von dem Augenblick an, als sie den Sambesi mit der SAM-7-Rakete überquert hatten.

Die Leuchtrakete stieg hoch in den Sonnenuntergang. Zweihundert Meter über dem Fluß zerplatzte sie in einen roten Feuerball. Tungata beobachtete, wie sie anmutig wieder zur Erde schwebte. Er umklammerte das Mikrofon so fest, daß seine Fingernägel sich tief ins Fleisch seiner Handfläche bohrten.

Das Leuchtzeichen, so nah am Flußufer abgefeuert, konnte zweierlei bewirken. Es konnte sie abschrecken, sie dazu bewegen, die Verfolgung aufzugeben. Es konnte aber auch die Wirkung haben, die Tungata sich erhoffte: Es konnte sie davon überzeugen, wie nah sie ihrer Beute waren, und Reflexe wie bei einer Katze auslösen, die allem hinterherrennt, was sich bewegt.

Tungata wartete. Die Sekunden floßen zäh dahin. Er schüttelte den Kopf, sah sich dem Mißerfolg ausgesetzt, und Kälte breitete sich von seiner Magengrube aus. Dann knisterte das Funkgerät, und die Stimme des Kundschafters klang angespannt und heiser: »Sie kommen!«

Tungata riß das Mikrofon an die Lippen. »An alle Einheiten, Schießbefehl abwarten. Hier spricht Genosse Tungata. Schießbefehl abwarten.«

Er mußte eine Pause einlegen, in seine Erleichterung mischte sich Angst, daß in diesem letzten Augenblick einer seiner nervösen Guerillas die Falle vorzeitig zuschnappen ließ. Er hatte sechshundert Männer auf dem Schlachtfeld verteilt. Nur Regimentsstärke war ausreichend für ein Sonderkommando der *Kanka*. Tungata hatte sie mit eigenen Augen kämpfen sehen, und ein geringeres Verhältnis als zwanzig zu eins zu seinen Gunsten war nicht akzeptabel.

Er hatte die zahlenmäßige Überlegenheit erreicht, aber in der großen Zahl lagen auch gewisse Gefahren. Die Kontrolle war schwieriger, und nicht alle diese Männer waren qualifizierte

Krieger. Viele von ihnen waren nervös und empfänglich für die mysteriöse Aura, die beinahe abergläubische Ehrfurcht, die von den sagenhaften Ballantyne Scouts ausging.

»An alle Abschnittskommandeure«, wiederholte er ins Mikrofon. »Nicht schießen. Hier spricht Kommissar Genosse Tungata. Nicht schießen.« Dann ließ er das Mikrofon sinken und studierte ein letztes Mal lange und sorgfältig das Gelände vor sich.

Das Nordufer des Flusses war fast eine Meile von dem Punkt entfernt, wo er lag, gekennzeichnet durch eine Reihe hoher Bäume, die sich scharf gegen den roten Abendhimmel abzeichneten. Die undurchdringliche Mauer aus üppiger Dschungelvegetation ließ keinen Blick auf den Fluß zu.

Der Wald endete abrupt an der weiten Ebene unter ihnen. In der Regenzeit, wenn der Fluß über die Ufer trat, stand sie unter Wasser und bildete eine seichte Lagune, in der Wasserlilien und Schilf wuchsen. Jetzt war sie ausgetrocknet, das Schilf verdorrt und abgeknickt. Sie bot weder Flüchtenden noch Verfolgern Schutz.

Eine von Tungatas größten Sorgen war es gewesen, die weiche Oberfläche der breiten Ebene von Spuren und Fußabdrücken freizuhalten. Seit zehn Tagen lagerte das Regiment an ihren Rändern, ein Regiment, das ein Grabensystem aushob und Geschütze in Stellung brachte. Ein einziger Mann, der durch die Ebene gegangen wäre, hätte die Verfolger gewarnt, aber sie hatten sich davon ferngehalten.

Da draußen waren nur die Spuren von wilden Büffelherden und zierlichen roten Puku-Antilopen sowie die Fußabdrücke von neun Männern. Die gleichen Spuren, die von der Absturzstelle der Viscount wegführten und die Tungata und seine Leute erst vor drei Stunden gelegt hatten. Die Abdrücke führten vom Rand des Ufergebüschs durch die Mitte der freien Schwemmebene bis zur erhöhten, bewaldeten Böschung auf dieser Seite.

Tungatas Funkgerät begann zu rauschen, und der Außenposten raunte: »Sie sind halb durch den Fluß.«

Tungata stellte sich die Reihe dunkler Köpfe über der vom Sonnenuntergang rosig gefärbten Wasseroberfläche vor.

»Wie viele?« fragte Tungata.

»Zwölf.«

Er war enttäuscht. Er hatte sich mehr erhofft. Er zögerte einen Herzschlag lang, bevor er fragte: »Ist ein weißer Offizier darunter?«

»Nur ein Mann mit Tarnfarbe, er führt den Trupp an.«

»Das ist Ballantyne«, dachte Tungata. »Es ist der große Schakal persönlich, er muß es sein.«

Wieder meldete sich die Stimme im Funkgerät. »Sie sind jetzt im Wald. Wir haben keinen Sichtkontakt mehr.«

Würden sie sich verleiten lassen, die Schwemmebene zu durchqueren? Tungata richtete sein Nachtfernrohr auf die Bäume. Die Speziallinse erlaubte auch noch Sicht bei spärlichsten Lichtverhältnissen, doch auch durch die Nachtlinse waren die Formen der Bäume und des Gebüschs darunter nur undeutlich zu erkennen. Die Sonne war gesunken, und die letzten Farben des Abendrots verblichen, die ersten Sterne blitzten im dunklen Gewölbe des Nachthimmels.

»Sie sind immer noch im Wald.« Eine andere Stimme hatte den Funkverkehr aufgenommen, einer aus der zweiten Linie der Beobachtungsposten, die den südlichen Rand der Ebene im Visier hatte.

Tungata erteilte wieder einen Befehl über Funk.

»Das Feuer aufdecken«, sagte er leise, und Sekunden später leuchtete in der Ferne der winzige, gelbe Schein eines Lagerfeuers zwischen den Bäumen. Tungata spähte durch das Nachtglas und sah, wie ein Mensch sich vor der niedrigen Flamme bewegte. Die perfekte Inszenierung eines Camps zwischen Bäumen, an dem ahnungslose Opfer sich ausruhten und Essen bereiteten. War der Köder nicht zu auffällig, fragte Tungata sich unsicher. Baute er nicht zu sehr auf die blinde Wut der Verfolger?

Seine Selbstzweifel wurden umgehend beantwortet. Die knappe Stimme meldete sich wieder über Funk. »Sie haben den Wald verlassen und überqueren die Ebene.«

Es war jetzt zu dunkel, um irgend etwas auf diese Entfernung auszumachen, und er mußte sich ganz auf seine Vorposten verlassen. Er knipste das Licht des Ziffernblatts seiner Armbanduhr an, um den Sekundenzeiger sehen zu können. Die Ebene hatte einen Durchmesser von eineinhalb Kilometern, im Laufschritt würden die Scouts etwa drei Minuten brauchen, um sie zu durchqueren.

Ohne den Blick vom Zifferblatt zu wenden, sprach Tungata ins Mikrofon. »Minenwerfer, Leuchtmunition – fertigmachen.«

Der Sekundenzeiger vollendete seine Runde und begann die nächste.

»Leuchtmunition – feuern!«

Die Leuchtkugeln hingen an ihren kleinen Fallschirmen und verbreiteten grelles blaues Licht. Die offene Schwemmebene war wie ein riesiges Sportstadion erleuchtet. Die kleine Gruppe rennender Männer in ihrer Mitte war gefangen im nackten Licht, und ihre Schatten ragten schwarz und schwer über die schutzlose Fläche.

Sie warfen sich augenblicklich hin, aber es gab keine Deckung. Sie lagen flach auf der Erde, doch ihre Körper zeichneten sich als scharf umrissene Hügel ab. Gleich darauf wurden sie von berstendem Staub und fliegenden Erdklumpen zugedeckt, die sie einhüllten wie eine helle, brodelnde Nebelwand. Tungata hatte sechshundert Männer unter den Bäumen am Rand der Senke in Stellung gebracht. Sie alle feuerten jetzt, und das Feuer aus den automatischen Geschützen brach wie ein Orkan über die geduckt liegenden Menschen in der Mitte der offenen Fläche herein.

Das Granatwerferfeuer bildete einen scharfen Kontrapunkt zu dem hämmernden Lärmteppich der Maschinengewehre.

Da draußen konnte es kein Leben mehr geben. Die Scouts mußten längst von Schüssen und Schrapnellen in Stücke zerfetzt sein, doch der Beschuß dauerte an, Minute um Minute, und weitere Leuchtmunition zerplatzte in gleißendem Licht über dem Massaker.

Tungata schwenkte das Fernglas langsam über die wirbelnde Wand aus Staub und Rauch. Er sah kein Lebenszeichen – und schließlich hob er das Mikrofon an die Lippen, um den Befehl zur Einstellung des Feuers zu geben. Doch bevor er sprechen konnte, nahm er eine Bewegung wahr, und keine zweihundert

Schritte entfernt tauchten plötzlich aus dem Staubvorhang zwei Gestalten auf.

Sie rannten nebeneinander, kamen wie Phantome aus dem zähen Nebel von Geschützrauch und Staub. Einer war ein riesiger Matabele. Er hatte seinen Helm verloren, und sein Kopf war rund und schwarz wie eine Kanonenkugel. Er brüllte wie ein Stier und übertönte damit sogar das Gewitter des Kugelhagels. Der andere war ein Weißer. Das Oberteil seines Kampfanzugs hing ihm in Fetzen herunter, gab das helle Fleisch seiner Brust und seiner Schultern frei. Sein Gesicht war mit grünbrauner Tarnfarbe beschmiert.

Die zwei feuerten im Laufen, und Tungata spürte einen Stich abergläubischer Angst, die er bei seinen Leuten so verachtete, denn diese beiden Männer schienen unverletzbar durch den Kugelhagel zu stürmen.

»Tötet sie!« brüllte Tungata mit sich überschlagender Stimme. Eine Salve FN-Feuer von einem der beiden Herausstürmenden spritzte in das lockere Erdreich seines Grabens.

Tungata rannte gebückt zum Schützen hinter dem schweren MG am Ende des Laufgrabens.

»Ziel genau!« schrie er, und der Schütze feuerte eine lange donnernde Salve, aber die zwei Männer rannten unangefochten weiter auf sie zu.

Tungata stieß den Mann vom MG weg und nahm dessen Platz ein. Unendlich lange Sekunden visierte er, machte eine winzige Korrektur in der Höheneinstellung der Waffe und feuerte.

Der riesige Matabele wurde nach hinten gerissen, als pralle er gegen ein mit Vollgas fahrendes Auto. Dann löste er sich auf wie eine Strohpuppe im Sturm, als die Geschosse ihn in Stücke rissen. Er verschmolz mit der Oberfläche der Senke.

Der zweite Mann rannte weiter, feuerte und brüllte unverständliche Drohungen. Tungata schwenkte das MG in seine Richtung, wartete eine Sekunde, um sein Ziel sicher anvisieren zu können. Er sah das feste weiße Fleisch durch das Zielfernrohr und die teuflisch angemalte Fratze darüber.

Tungata feuerte, und die schwere Waffe hämmerte kurz in seiner Hand, klemmte und verstummte.

Tungata erstarrte, gefangen von einer übernatürlichen Macht, denn der Mann rannte immer noch weiter. Er hatte sein FN-Gewehr verloren, seine halbe Schulter war weggeschossen. Der verwundete Arm baumelte unbrauchbar an ihm herunter, aber er war noch auf den Beinen und stürmte direkt auf Tungata zu.

Tungata sprang auf und zog die Tokarew-Pistole aus dem Halfter an seiner Hüfte. Der Mann hatte nun beinahe den Graben erreicht, war keine zehn Schritte entfernt. Tungata richtete die Pistole auf ihn. Er feuerte, und die Kugel traf mitten in die nackte, helle Brust. Der Mann fiel auf die Knie, endlich im Lauf aufgehalten, aber er wollte noch weiter, streckte seinen unverletzten Arm nach seinem Feind aus.

Aus dieser Nähe erkannte Tungata ihn trotz der dicken Maske aus Tarnfarbe aus jener nie vergessenen Nacht in der Khami-Mission. Die zwei Männer starrten einander eine Sekunde an, dann fiel Roland Ballantyne nach vorn auf sein Gesicht.

Langsam verebbte und erstarb der ungeheure Gewittersturm des MG-Beschusses vom Rand der Senke. Tungata kletterte steifbeinig aus dem Graben und trat an Roland Ballantyne heran. Mit dem Fuß rollte er ihn die flache Böschung hinunter auf den Rücken, und ungläubig sah er, wie die Augenlider des Mannes flatterten und sich langsam öffneten. Im grellen Licht starrten ihn die grünen Augen an, immer noch lodernd vor Zorn und Haß.

Tungata ging neben dem Mann in die Hocke und sagte leise in Englisch zu ihm: »Colonel Ballantyne, ich freue mich, Sie wiederzusehen.«

Dann drückte er die Mündung der Tokarew gegen die Schläfe, zwei Zentimeter über der Ohrmuschel, und feuerte die Kugel durch Roland Ballantynes Gehirn.

Das St. Giles Hospital war ein sicherer Hafen, eine Zufluchtstätte, in die Craig Mellow sich dankbar zurückgezogen hatte.

Er war besser dran, als manch anderer der Patienten. Er wurde nur zweimal in den OP mit seinem Gestank nach Anästhesie und Asepsis geschoben, wo die unpersönlichen Gesichter der OP-Schwestern hinter grünen Masken über ihm schwebten.

Beim erstenmal hatten sie ihm einen ordentlichen Stumpf mit einem dicken Polster aus Fleisch und Haut verpaßt, damit er die Prothese tragen konnte. Das zweitemal hatten sie die größeren Splitter des Schrapnells entfernt, das seinen Unterleib, das Gesäß und die untere Rückenpartie durchlöchert hatte. Und sie hatten ohne Erfolg nach der mechanischen Ursache für die totale Lähmung der unteren Hälfte seines Körpers gesucht.

Sein zerfetztes Fleisch heilte nach der Operation schnell wie bei einem gesunden, jungen Tier, doch das Bein aus Plastik und Chromstahl stand ungenutzt neben seinem Nachttisch, und seine Armmuskulatur kräftigte sich zusehends durch das Hochhieven am Bettgalgen und den Umgang mit dem Rollstuhl.

Den Großteil des Tages verbrachte er in der Werkstatt des Beschäftigungstherapiezentrums, wo er vom Rollstuhl aus arbeitete. Er nahm seinen alten Landrover völlig auseinander, überholte den Motor, rüstete den Wagen auf Handbedienung um, brachte neue Hebel an, veränderte den Fahrersitz so, daß er mit seinem gelähmten Körper leichter ein- und aussteigen konnte. Er baute ein Gestell für den zusammenklappbaren Rollstuhl und lackierte schließlich die Karosserie neu – in glänzendem Kastanienbraun.

Als er mit den Arbeiten am Landrover fertig war, begann er Armaturen aus Chromstahl und Messing für die Jacht zu entwerfen und zu bauen, arbeitete Stunde um Stunde an den Drehbänken und Bohrmaschinen. Wenn er sich handwerklich betätigte, konnte er den quälenden Erinnerungen entkommen, und er widmete sich mit Hingabe und völliger Konzentration seiner Aufgabe und schuf kleine Meisterwerke aus Holz und Metall.

Die Abende verbrachte er mit Lesen und Schreiben, nahm jedoch nie eine Zeitung zur Hand und setzte sich nie vor den Fernseher im Aufenthaltsraum. Er beteiligte sich nie an Diskussionen oder Streitgesprächen anderer Patienten über die komplizierten Friedensverhandlungen, die mit hochfliegenden Hoffnungen begannen und regelmäßig zusammenbrachen. Auf diese Weise konnte Craig sich vorgaukeln, das Land werde nicht mehr vom Krieg heimgesucht.

Nur nachts hatte er keine Kontrolle über die Streiche, die sein

Gedächtnis ihm spielte. Dann stand er wieder schweißtriefend in einem endlosen Minengürtel, Rolys Stimme raunte ihm Obszönitäten ins Ohr; er sah das grelle Licht der Leuchtraketen am Nachthimmel über dem Fluß und hörte den Orkan des Geschützfeuers. Dann erwachte er schreiend, und die Nachtschwester hatte Mühe, ihn zu beruhigen.

Tante Valerie schrieb ihm. Der Tod Rolands hatte sie und Onkel Douglas furchtbar getroffen. Und nun hatte ihnen der Geheimdienst der Sicherheitskräfte noch eine wahre Horrorgeschichte mitgeteilt. Rolands von Kugeln durchsiebter Leichnam sei in Sambia öffentlich zur Schau gestellt worden, und die Guerillas in den Ausbildungslagern wären aufgefordert worden, ihn anzuspucken und anzupissen, um sich davon zu überzeugen, daß er wirklich tot sei. Später sei der Leichnam in einer der Latrinen des Guerilla-Ausbildungslagers versenkt worden.

Sie hoffte auf Craigs Verständnis, daß weder sie noch Onkel Douglas sich imstande sahen, ihn gegenwärtig zu besuchen, aber wenn er etwas brauchte, sollte er ihnen nur schreiben.

Jonathan Ballantyne kam jeden Freitag zu Besuch und brachte einen Picknickkorb mit. Der enthielt jedesmal eine Flasche Gin und ein halbes Dutzend Flaschen Tonicwasser. Die teilten sich er und Craig in einer abgeschirmten Ecke hinten im Klinikgarten. Der alte Mann wollte wie Craig der schmerzhaften Gegenwart entfliehen, und beide flüchteten sich in die Vergangenheit. Jede Woche brachte Bawu eine der alten Familienchroniken mit, und sie diskutierten ausgiebig darüber, und Craig wollte jede Kleinigkeit jener längst vergangenen Tage aus dem Gedächtnis des alten Mannes hervorholen.

Nur zweimal brachen sie ihr Abkommen des Vergessens. Einmal fragte Craig: »Bawu, was ist aus Janine geworden?«

»Valerie und Douglas wollten, daß sie zu ihnen nach Queen's Lynn ziehe, nachdem sie aus der Klinik entlassen worden war, doch sie weigerte sich. Soviel ich weiß, arbeitet sie immer noch im Museum.«

In der Woche darauf blieb Bawu beim Einsteigen am Wagenschlag des Bentley stehen und sagte: »Als sie Roly umbrachten, war mir zum erstenmal klar, daß wir diesen Krieg verlieren.«

»Verlieren wir ihn wirklich, Bawu?«

»Ja«, sagte der alte Mann. Und Craig schaute dem abfahrenden Wagen aus dem Rollstuhl nach.

Am Ende des zehnten Monats in St. Giles mußte Craig sich einer Reihe von Untersuchungen unterziehen. Sie machten Röntgenaufnahmen und befestigten Elektroden auf seiner Haut, sie prüften seine Sehschärfe und Reaktionen auf verschiedene Reize, sie maßen die Temperaturschwankungen seiner Hautoberfläche, die auf eine Störung des Nervensystems schließen ließen, schließlich wurde ihm Rückenmarkflüssigkeit entnommen.

Am nächsten Tag eröffnete ihm sein behandelnder Arzt: »Sie haben phantastisch in den Untersuchungen abgeschnitten, Craig. Wir sind wirklich stolz auf Sie. Sie erhalten nun eine andere Behandlung, Dr. Davis wird Ihren Fall übernehmen.«

Dr. Davis war ein junger Mann von eindringlichem Wesen und beunruhigend direktem Blick. Craig konnte ihn vom ersten Augenblick an nicht leiden, spürte irgendwie, daß der Mann versuchte, den Kokon des Friedens zu zerstören, in den Craig sich eingesponnen hatte. Erst nach zehn Minuten im Sprechzimmer begriff Craig, daß der Mann Psychiater war.

»Hören Sie, Doktor. Ich bin kein Fall für die Klapsmühle.«

»Nein, das sind Sie nicht. Aber wir glauben, Sie können etwas Hilfe gebrauchen, Craig.«

»Ich bin in Ordnung. Ich brauche keine Hilfe.«

»Mit Ihrem Körper und mit Ihrem Nervensystem ist alles in Ordnung. Wir wollen herausfinden, warum der untere Bereich Ihres Körpers bewegungsunfähig ist.«

»Hören Sie, Doktor, ich kann Ihnen eine Menge Mühe ersparen. Der Grund, warum ich meinen Stumpf und mein linkes Bein nicht bewegen kann, ist der, daß ich auf eine AP-Mine gelatscht bin, die Stücke von mir in der Gegend verspritzt hat.«

»Craig, es gibt einen Befund, früher nannte man das Bomben-Neurose –«

»Doktor«, unterbrach Craig ihn. »Sie sagen, mir fehlt nichts?«

»Körperlich sind Sie völlig geheilt.«

»Prima. Wieso hat mir das noch niemand gesagt?«

Craig fuhr mit seinem Rollstuhl den Korridor entlang zu seinem Zimmer. Es dauerte fünf Minuten, bis er seine Bücher und Papiere gepackt hatte, dann fuhr er zu seinem blitzenden, kastanienbraunen Landrover, warf seinen Koffer nach hinten, zog sich auf den Fahrersitz, lud den Rollstuhl in das Gestell dahinter und fuhr zur Jacht hinaus.

In der Krankenhauswerkstatt hatte er einen Flaschenzug und Handkurbeln entworfen und gebaut, womit er mühelos an Deck gelangen konnte. Nun nahmen die Umbauten an der Jacht all seine Energie und sein Geschick in Anspruch. Zuerst brachte er Haltegriffe an Deck, im Cockpit und unter Deck an, an denen er sich hochziehen konnte. Er nähte Lederflecken an die Böden seiner Hosen und rutschte auf dem Hintern herum und baute Kombüse, Koje und den Kartentisch auf seine neuen Bedingungen um. Er arbeitete bei Musik, die aus den Lautsprechern dröhnte, und einem Becher Gin in greifbarer Nähe – Musik und Schnaps halfen ihm, unerwünschte Erinnerungen zu verdrängen.

Die Jacht war eine Festung. Er verließ sie nur einmal im Monat, wenn er in die Stadt fuhr, um seinen Pensionsscheck abzuholen, seine Speisekammer aufzufüllen und sich mit Nachschub an Schreibpapier zu versorgen.

Auf einem dieser Ausflüge erstand er eine gebrauchte Schreibmaschine. Er verschraubte die Maschine an einer Ecke des Kartentisches, wo sie auch bei stürmischer See sicher war, und begann die handgeschriebenen Notizbücher in die Maschine zu übertragen; mit zunehmender Übung wurde sein Tempo rascher, und bald konnte er im Rhythmus der Musik tippen.

Der Psychiater Dr. Davis machte ihn schließlich ausfindig, und Craig rief vom Cockpit der Jacht zu ihm hinunter: »Hören Sie, Doc. Mir ist klar geworden, daß Sie recht hatten. Ich bin ein gefährlicher Psychopath. An Ihrer Stelle würde ich meinen Fuß nicht auf diese Leiter setzen.«

Nach diesem Zwischenfall brachte Craig ein Gegengewicht an der Leiter an, so daß er sie hinter sich wie eine Zugbrücke hochziehen konnte. Sie wurde nur noch für Bawu runtergelassen. Jeden Freitag tranken sie Gin und bauten sich eine kleine Phantasiewelt, in der sich beide verkriechen konnten.

Dann kam Bawu an einem Dienstag. Der alte Mann stieg aus dem Bentley, und Craigs fröhlicher Begrüßungsruf erstarb ihm auf den Lippen. Bawu schien eingeschrumpft zu sein. Er wirkte alt und gebrechlich. Im Fonds des Bentley saß der Matabele-Koch von King's Lynn, der seit vierzig Jahren im Dienste des alten Mannes stand. Unter Bawus Anleitung lud der Matabele zwei große Kisten aus dem Kofferraum und stellte sie in den Lastenaufzug.

Craig kurbelte die Kisten hoch und ließ den Lift wieder hinunter, um den alten Mann heraufzuholen. In der Kajüte goß er Gin in zwei Gläser und vermied es, seinen Großvater anzusehen.

Bawu war ein alter Mann geworden. Seine Augen waren wäßrig, sein Blick leer, seine Mundwinkel hingen schlaff herab, und er nuschelte und schmatzte geräuschvoll. Er kleckerte Gin über seine Hemdbrust und bemerkte es nicht. Sie saßen lange schweigend da, der alte Mann nickte unablässig und brummelte unverständliches Zeug. Dann plötzlich sagte er: »Ich habe dir dein Erbe gebracht.« Craig begriff, daß die Kisten an Deck die Familienchroniken enthielten, über die sie gefeilscht hatten. »Douglas könnte ohnehin nichts damit anfangen.«

»Danke, Bawu.«

»Hab' ich dir je von den Zeiten erzählt, als ich auf Mr. Rhodes' Schoß gesessen habe?« fragte Bawu, das Thema abrupt wechselnd. Craig hatte die Geschichte schon fünfzigmal gehört.

»Nein, hast du nicht. Ich würde sie gern hören, Bawu.«

»Das war bei einer Hochzeitsfeier draußen in der Khami-Mission...« Der Alte nuschelte zehn Minuten vor sich hin, verlor dann den Faden der Geschichte völlig und versank wieder in Schweigen.

Craig schenkte die Gläser nach. Bawu starrte auf das gegenüberliegende Schott, und plötzlich bemerkte Craig, daß Tränen über das runzelige, alte Gesicht liefen.

»Was ist los, Bawu?« fragte er erschrocken. Es war ihm furchtbar, diese Tränen ansehen zu müssen.

»Hast du keine Nachrichten gehört?« fragte der alte Mann.

»Du weißt, ich höre nie Nachrichten.«

»Es ist vorbei, mein Junge. Alles ist vorbei. Wir haben verloren. Roly, du, all die anderen jungen Männer, es war alles umsonst – wir haben den Krieg verloren. Alles, wofür wir und unsere Väter gekämpft haben, alles, was wir gewonnen und aufgebaut haben, alles ist weg. Wir haben alles an einem Tisch verloren an einem Ort, der Lancaster House heißt.«

Bawus Schultern wurden leise geschüttelt, die Tränen strömten ihm immer noch übers Gesicht. Craig rutschte durch die Kajüte und hievte sich auf die Bank neben ihn. Er nahm Bawus Hand und hielt sie fest. Die Hand des alten Mannes war mager und leicht und trocken. Die beiden, der Alte und der Junge, saßen nebeneinander und hielten sich an den Händen – wie verängstigte Kinder in einem leeren Haus.

Am nächsten Freitag kroch Craig früh aus der Koje und machte die Hausarbeiten in Erwartung von Bawus gewohntem Besuch. Am Tag zuvor hatte er ein halbes Dutzend Flaschen Gin verstaut, es bestand also keine Gefahr, daß eine Dürre ausbrach. Eine davon öffnete er und stellte sie neben die zwei auf Hochglanz polierten Gläser. Dann legte er die ersten dreihundert Seiten des getippten Manuskripts neben die Flasche.

Es hatte Monate gedauert, bis er den Mut aufgebracht hatte, Bawu davon zu erzählen. Nun da er sich durchgerungen hatte, sein Manuskript einen anderen lesen zu lassen, wurde Craig von widersprüchlichen Gefühlen geplagt: einmal von der Angst, daß seine Schreiberei als wertlos abgetan werden könnte, daß er Zeit und Hoffnung an eine sinnlose Arbeit vergeudet hatte, zum anderen war da die starke Abneigung, einen Fremden in seine private Welt, die er auf diesen Seiten erschaffen hatte, eindringen zu lassen, selbst wenn es sich dabei um seinen geliebten Bawu handelte.

»Egal, jemand muß es irgendwann lesen«, beschwichtigte Craig sich und rutschte zum Bug vor.

Er saß auf der chemischen Toilette und erblickte sein Gesicht im Spiegel über dem Handwaschbecken. Zum erstenmal seit Monaten sah er sich wirklich an. Er hatte sich eine Woche nicht rasiert, und der Gin hatte weiche Säcke unter seine Augen geschwemmt. Sein Blick war gequält und von grauenhaften Erinnerungen gehetzt, sein Mund verzerrt wie der eines verirrten Kindes am Rand der Tränen.

Er rasierte sich und setzte sich unter die Dusche – genoß das fast vergessene Wohlbehagen heißen Wassers. Danach kämmte er sich das nasse Haar ins Gesicht und schnitt es mit der Schere knapp über den Augenbrauen ab. Er fand ein sauberes Hemd und zog es an. Später hievte er sich aufs Deck, ließ die Bordleiter hinunter und setzte sich, den Rücken an die Kabinenwand lehnend, in die Sonne und wartete auf Bawu.

Er mußte eingedöst sein, denn beim Geräusch eines Automotors fuhr er hoch. Aber es war nicht das Flüstern von Bawus Bentley, sondern das unverkennbare Geräusch eines Volkswagenmotors. Craig kannte weder das grüne Fahrzeug, noch die Fahrerin, die unter den Mangobäumen parkte und zögernd auf die Jacht zukam.

Es war eine plumpe Person unbestimmbaren Alters. Sie ging leicht vornübergebeugt, als wolle sie ihre Brüste verbergen und die Tatsache, daß sie eine Frau war. Ein weiter Rock wallte um ihre formlose Taille, sie trug flache Gesundheitsschuhe.

Im Gehen verschränkte sie die Arme über der Brust, als sei ihr kalt in der heißen Sonne. Kurzsichtig äugte sie durch eine Hornbrille auf den Weg, und ihr langes Haar hing ihr strähnig und glanzlos ins Gesicht. Dann stand sie neben der Jacht und blickte zu Craig hoch. Sie hatte unreine Haut wie ein Mädchen in der Pubertät, ihr Gesicht war rund und von ungesunder Blässe.

Sie nahm die Hornbrille ab. Der Rahmen hinterließ kleine rote Einbuchtungen zu beiden Seiten des Nasenrückens. Ihre Augen – große, schräge Katzenaugen, Augen von dunklem Indigoblau, daß sie fast schwarz wirkten – waren unverkennbar.

»Jan«, flüsterte Craig. »Mein Gott Jan. Bist du das?«

Mit einer herzzerreißenden Geste weiblicher Eitelkeit strich sie sich eine Haarsträhne aus dem Gesicht und senkte die Augen.

Ihre Stimme war so leise, daß er sie kaum verstand. »Tut mir leid, dich zu belästigen. Ich weiß, wie du über mich denken mußt. Kann ich raufkommen?«

»Bitte Jan, bitte komm.« Er rutschte an die Reling und hielt ihr die Leiter.

»Hallo«, grinste er ihr schüchtern entgegen, als sie an Deck kletterte.

»Hallo, Craig.«

»Tut mir leid, daß ich nicht aufstehen kann. Du mußt dich eben daran gewöhnen, auf mich herabzuschauen.«

»Ja«, sagte sie. »Ich hab' davon gehört.«

»Gehen wir runter in die Kajüte. Ich warte auf Bawu. Dann machen wir es uns gemütlich.«

Sie wandte den Blick. »Du hast viel gearbeitet, Craig.«

»Ich bin fast fertig«, sagte er stolz.

»Sie ist schön geworden.« Janine ging in die Kajüte hinunter, und er folgte ihr.

»Wollen wir auf Bawu warten?« meinte Craig und legte eine Kassette ein. Etwas Heiteres von Debussy. »Oder trinken wir gleich ein Gläschen?« grinste er, um seine Verlegenheit und sein Unbehagen zu verbergen. »Offen gestanden, *ich* brauche jetzt einen.«

Janine rührte ihr Glas nicht an.

»Bawu sagte mir, du arbeitest noch im Museum.«

Sie nickte, und Craig spürte, wie seine Brust sich in hilflosem Mitleid für sie zusammenzog.

»Bawu muß bald kommen –« er suchte verzweifelt nach Gesprächsstoff.

»Craig, ich bin gekommen, um dir etwas zu sagen. Die Familie hat mich darum gebeten. Es sollte jemand sein, den du kennst, der dir die Nachricht überbringt.« Jetzt hob sie den Kopf. »Bawu kommt heute nicht«, sagte sie. »Er kommt überhaupt nicht mehr.«

Nach langem Schweigen fragte Craig leise: »Wann ist es passiert?«

»Letzte Nacht, im Schlaf. Es war das Herz.«

»Ja«, murmelte Craig, »das Herz. Es war gebrochen – ich wußte es.«

»Das Begräbnis findet morgen nachmittag auf King's Lynn statt. Sie möchten, daß du kommst. Wir könnten zusammen rausfahren, wenn du nichts dagegen hast.«

Während der Nacht wechselte das Wetter, und der Wind aus Südosten brachte dünnen, kalten Nieselregen.

Sie begruben den alten Mann neben seinen Ehefrauen und seinen Kindern und Enkelkindern auf dem kleinen Friedhof in den Bergen. Im Regen sah die frisch aufgeworfene rote Erde neben dem Grab aus wie eine tödlich blutende Wunde.

Hinterher fuhren Craig und Janine im Landrover nach Bulawayo zurück.

»Ich wohne immer noch in der alten Wohnung«, sagte Janine, als sie durch den Park fuhren. »Setzt du mich dort bitte ab?«

»Wenn ich jetzt allein bleibe, betrinke ich mich sinnlos«, sagte Craig. »Würdest du mit mir auf die Jacht kommen, nur kurz, bitte?«

»Ich fühl' mich nicht mehr besonders wohl unter Leuten«, sagte sie.

»Ich auch nicht. Aber du und ich sind nicht nur Leute, oder?«

Craig machte Kaffee, und sie saßen einander gegenüber, und es fiel ihm schwer, sie nicht anzustarren.

»Ich muß furchtbar aussehen«, sagte sie plötzlich, und er wußte nicht, was er darauf antworten sollte.

»Für mich bist und bleibst du immer die schönste Frau, die ich je gekannt habe.«

»Craig, hat man dir gesagt, was mir passiert ist?«

»Ja.«

»Dann mußt du wissen, daß ich eigentlich keine richtige Frau mehr bin. Ich werde nie mehr zulassen, daß ein Mann mich berührt.«

»Das verstehe ich.«

»Das ist einer der Gründe, warum ich nie den Versuch gemacht habe, dich wiederzusehen.«

»Welches sind die anderen Gründe?« fragte er.

»Daß du mich nicht sehen wolltest, nichts mit mir zu tun haben wolltest.«

»Das versteh' ich nicht.«

Janine schwieg wieder.

»Bei Roly war es so«, platzte sie dann heraus. »Als er mich neben der abgestürzten Maschine fand, als er begriff, was mir angetan worden war, konnte er mich nicht einmal mehr anfassen, nicht einmal mehr mit mir sprechen.«

»Jan –« fing Craig an, aber sie fiel ihm ins Wort.

»Es ist in Ordnung, Craig. Ich sag' das nicht, um von dir eine Entschuldigung zu hören. Ich sage das, damit du über mich Bescheid weißt. Damit du weißt, daß ich einem Mann in der Hinsicht nichts mehr zu bieten habe.«

»Dann kann ich dir sagen, daß ich einer Frau nichts mehr zu bieten habe – in der Hinsicht.«

In ihre Augen trat ein schmerzlicher Ausdruck. »O Craig – ich wußte nicht – ich dachte, es sei nur das Bein –«

»Andererseits kann ich jemandem Freundschaft und Zuneigung und fast alles andere auch bieten«, grinste er. »Ich habe sogar einen Schluck Gin anzubieten.«

»Ich dachte, du wolltest dich nicht betrinken«, lächelte sie ihn sanft an.

»Ich sagte sinnlos betrinken. Ich finde, wir sollten ein Glas auf Bawu erheben. Es würde ihm bestimmt gefallen.«

Sie saßen einander am Kajüttisch gegenüber, redeten nicht viel, aber beide begannen sich entspannter zu fühlen. Der Gin wärmte sie, und nach und nach stellte sich die verlorene Vertrautheit, die sie einmal empfunden hatten, wieder ein.

Janine erklärte, warum sie der Einladung von Douglas und Valerie, auf Queen's Lynn zu leben, nicht gefolgt war. »Sie sehen mich mit solchem Mitleid an, daß ich alles wieder durchlebe. Es wäre, als würde ich mich in einen immerwährenden Zustand der Trauer begeben.«

Er erzählte ihr über St. Giles, und wie er sich heimlich davongemacht hatte. »Die Ärzte sagen, es sind nicht meine Beine, die mich davon abhalten, wieder zu gehen, sondern mein Kopf. Entweder die sind verrückt, oder ich bin es – mir gefällt der Gedanke besser, daß die es sind.«

Er hatte zwei Steaks im Kühlschrank, und er briet sie, während Jan die Salatsoße anrührte.

Nach dem Essen begutachtete sie seine Musikkassetten. Dabei fiel ihr Blick auf die sauber gestapelten Manuskriptseiten im Regal daneben.

»Was ist das?« Sie drehte die erste Seite um und schaute zu ihm hinüber. Ihre blauen Augen in dem ehemals schönen, nun aufgedunsenen Gesicht zu sehen, zerriß ihm das Herz.

»Was ist das?« wiederholte sie. Und als sie sein Gesicht sah, setzte sie hastig hinzu: »Oh, tut mir leid. Es geht mich nichts an.«

»Nein!« sagte er schnell. »Das ist es nicht. Ich weiß nur selbst nicht genau, was es ist.« Er konnte es kaum ein Buch nennen, und von einem Roman zu sprechen wäre anmaßend gewesen. »Damit habe ich mir nur die Zeit vertrieben.«

Janine riffelte durch die Seiten. Der Stapel war zwanzig Zentimeter hoch. »Das sieht nicht nach Zeitvertreib aus«, lachte sie leise. Zum erstenmal hörte er sie lachen – seit damals. »Für mich sieht das nach tödlichem Ernst aus.«

»Es ist eine Geschichte, die ich aufzuschreiben versucht habe.«

»Darf ich sie lesen?« fragte sie, und Craig spürte Panik in sich hochsteigen.

»Ach, es wird dich nicht interessieren.«

»Woher willst du das wissen?« Sie beförderte den dicken Stapel auf den Tisch. »Darf ich es lesen?«

Er zuckte hilflos die Achseln. »Ich glaube nicht, daß du weit kommen wirst, aber wenn du es versuchen willst...«

Sie setzte sich und las die erste Seite.

»Es ist eine Rohfassung, sei bitte nachsichtig«, bat er.

»Craig, du weißt immer noch nicht, wann du deinen Mund halten sollst, nicht wahr?« erwiderte sie, ohne den Kopf zu heben, und blätterte die Seite um.

Er brachte Teller und Gläser in die Kombüse, wusch ab, machte Kaffee und brachte die Kanne herein. Janine schaute nicht hoch. Er goß ihr eine Tasse ein, doch sie schien es gar nicht wahrzunehmen.

Nach einer Weile ließ er sie allein und kroch in seine Kabine, streckte sich auf der Koje aus und nahm das Buch zur Hand, das er gerade las: Crawfords *Navigieren nach Gestirnen.*

Er wachte auf und spürte Janines Hand an seiner Wange. Ihre Finger zuckten zurück, als er sich hastig aufsetzte.

»Wie spät ist es?« fragte er benommen.

»Es ist Morgen. Ich muß gehen. Ich habe nicht geschlafen. Wie ich den Tag durchstehen soll, weiß ich nicht.«

»Kommst du wieder?« fragte er jetzt hellwach.

»Ich muß wohl. Ich muß dein Manuskript zu Ende lesen.«

Sie blickte mit einem seltsamen Ausdruck in ihren schrägen, dunkelblauen Augen auf ihn herab.

»Es ist schwer zu glauben, daß das jemand geschrieben hat, den ich zu kennen glaubte«, sagte sie nachdenklich. »Jetzt ist mir klar, daß ich in Wahrheit sehr wenig über dich weiß.« Sie schaute auf ihre Uhr. »O Gott! Ich muß gehen!«

Kurz nach fünf Uhr nachmittags parkte sie den VW unter den Mangobäumen neben der Jacht.

»Ich habe Steaks mitgebracht«, rief sie, »und Wein!« Sie kam die Leiter herauf. »Aber du mußt sie braten. Ich habe leider keine Zeit.« Als er vom Cockpit nach unten in die Kajüte kam, war sie bereits in das umfangreiche Manuskript vertieft.

Erst lange nach Mitternacht legte sie das letzte Blatt beiseite und blickte eine Weile stumm auf den Papierstapel vor sich.

Dann sah sie ihn endlich an, ihre Augen glänzten feucht.

»Es ist phantastisch«, sagte sie leise. »Ich brauche eine Weile, um es zu verdauen, um vernünftig mit dir darüber reden zu können, und dann werde ich es noch mal lesen.«

Am nächsten Abend fragte sie beim Essen nach den Figuren seines Manuskripts.

»War Mr. Rhodes wirklich homosexuell?«

»Es scheint keine andere Erklärung dafür zu geben«, meinte er. »Viele große Männer wurden von ihren Unzulänglichkeiten zu großen Taten angespornt.«

»Und Lobengula? War seine erste Liebe wirklich eine gefangengenommene Weiße? Hat er Selbstmord begangen? Und Robyn Ballantyne – erzähl mir mehr über sie. Hat sie sich wirklich als Mann verkleidet, um Medizin studieren zu können? Wieviel ist von der ganzen Geschichte wahr?«

»Ist das wichtig?« lachte Craig. »Es ist doch nur eine Geschichte – so wie es passiert sein könnte. Ich habe versucht, ein Zeitalter zu porträtieren und die Stimmung dieses Zeitalters wiederzugeben.«

»O ja, es ist wichtig«, sagte sie ernsthaft. »Mir ist es sehr wichtig. Du hast es wichtig gemacht. Es ist, als sei ich ein Teil davon – du hast mich zum Teil des Ganzen gemacht.«

Später am Abend sagte Craig einfach: »Ich habe die Koje in der Bugkabine hergerichtet, ich halte es für albern, wenn du jetzt noch nach Hause fährst.«

Sie blieb, und am nächsten Abend brachte sie einen Koffer, dessen Inhalt sie in der Bugkabine verstaute, und allmählich begann Alltagsroutine in ihr Leben einzukehren. Er versorgte den Haushalt, sie kaufte ein und erledigte in ihrer Mittagspause andere Besorgungen für ihn. Wenn sie abends zurückkam, zog sie Jeans und T-Shirt an und half ihm bei den Arbeiten an der Jacht. Sie war besonders gut im Abschleifen und Lackieren, hatte mehr Geduld und Geschick als er.

Am Ende der ersten Woche meinte Craig: »Du könntest einen Haufen Geld sparen, wenn du deine Wohnung aufgeben würdest.«

»Dann zahl' ich dir Miete«, meinte sie, und als er das ablehnte: »Okay, dann bezahle ich Essen und Trinken – einverstanden?«

In der Nacht, kurz nachdem sie das Licht in ihrer Kabine ausgemacht hatte, rief sie durch die Kajüte in seine hintere Kabine: »Craig, weißt du eigentlich, daß ich mich zum erstenmal sicher fühle, seit –« sie beendete den Satz nicht.

»Ich weiß, wie du dich fühlst«, antwortete er.

»Gute Nacht, Skipper.«

Ein paar Nächte danach wurde er durch ihr Schreien geweckt. Es klang so gequält und herzzerreißend, daß er sich sekundenlang nicht bewegen konnte; dann schwang er sich aus der Koje, tastete nach dem Neonlichtschalter in der Kajüte und rutschte zu ihrer Kabine.

Im Widerschein des Lichts von der Kajüte sah er sie zusammengekrümmt in einer Ecke kauern. Das Bettzeug hing wirr aus der Koje, ihr Nachthemd hatte sich nach oben geschoben und gab ihre Schenkel frei, und ihre Finger krallten sich um ihr verzerrtes, entsetztes Gesicht.

Er näherte sich ihr. »Jan, es ist alles in Ordnung. Ich bin hier!«

Er schlang beide Arme um sie und versuchte sie zu beruhigen. Die Berührung verwandelte sie in ein wildes Tier. Sie schlug nach ihm, ihre Fingernägel zerkratzten ihm die Stirn, und wäre er nicht blitzschnell zurückgewichen, hätte sie ihm ein Auge ausgekratzt. Der Wahnsinn verlieh ihr unerhörte Kräfte. Er konnte sie nicht halten, und je mehr er es versuchte, desto wilder kämpfte sie gegen ihn. Sie grub ihre Zähne in seinen Unterarm und hinterließ einen halbmondförmigen, blutigen Abdruck in seinem Fleisch.

Er rollte sich von ihr weg, und sie kroch augenblicklich in ihre Ecke und drückte sich leise wimmernd an die Wand, von wo sie ihn mit glühenden Augen anstarrte, ohne ihn zu erkennen. Craig schauderte vor Entsetzen. Er versuchte noch einmal sich ihr zu nähern, doch bei der geringsten Bewegung fletschte sie die Zähne wie ein tollwütiger Hund und knurrte ihn an.

Er rutschte aus der Kabine in die Kajüte. Verzweifelt fingerte er durch seine Tonbandkassetten, bis er Beethovens »Pastorale« fand. Er legte sie ein und drehte auf volle Lautstärke. Die Musik erfüllte die Jacht.

Langsam versiegte das Schluchzen, und dann kam Janine zögernd in die Kajüte. Sie hatte die Arme über der Brust verschränkt; der Irrsinn war aus ihren Augen gewichen.

»Ich hatte einen Traum«, flüsterte sie und setzte sich an den Tisch.

»Ich mach' uns Kaffee«, sagte er.

»Die Musik –«, fing sie an, und dann sah sie die Kratzer in seinem Gesicht. »Habe ich das getan?«

»Nicht der Rede wert«, sagte er.

»Tut mir leid, Craig«, flüsterte sie. »Aber du darfst mich nicht anfassen. Ich bin nämlich auch ein bißchen verrückt. Du darfst mich nicht anfassen!«

Genosse Tungata Zebiwe, Minister für Handel, Tourismus und Information im Kabinett der neu gewählten Regierung von Simbabwe, ging eilig einen schmalen Kiesweg entlang, der sich durch die Gartenanlagen des Parlamentsgebäudes wand. Seine vier Leibwächter folgten ihm in respektvollem Abstand. Allesamt ehemalige Mitglieder seines alten ZIPRA-Kaders, kampferprobte Veteranen, die ihre Loyalität hundertmal unter Beweis gestellt hatten. Die Kampfanzüge aus dem Dschungelkrieg hatten sie gegen dunkle Anzüge und Sonnenbrillen vertauscht, die neue Uniform der politischen Elite.

Der Weg, auf dem Tungata sich befand, gehörte zu seinem täglichen Ritual. Als eines der hohen Kabinettsmitglieder bewohnte er eine Luxuswohnung in einem der Seitenflügel des Parlamentsgebäudes. Von dort war es ein angenehmer Spaziergang durch den Garten, am eigentlichen Kapitol vorbei, zum *Indaba-Baum*.

Der Regierungssitz war nach Entwürfen des Erzimperialisten Cecil John Rhodes erbaut. Seine Vorliebe für das Bombastische zeigte sich im Baustil und sein Geschichtsbewußtsein in der Wahl der Stätte. Das Regierungsgebäude war an der Stelle erbaut worden, wo einst Lobengulas Kral gestanden hatte, bevor Rhodes' Truppen ihn zerstört und das Land in Besitz genommen hatten.

Hinter dem großen Haus, keine zweihundert Schritte von der breiten Veranda entfernt, stand ein knorriger, alter Pflaumenbaum, umgeben und geschützt von einem Staketenzaun aus Eisen. Dieser Baum war das Ziel von Tungatas Spaziergang. Er blieb vor ihm stehen, während seine Leibwache sich im Hintergrund hielt, um den Augenblick der Besinnlichkeit nicht zu stören.

Tungata stand mit leicht gespreizten Beinen, die Hände auf dem Rücken verschränkt. Er trug einen dunkelblauen Nadelstreifenanzug. Bei seinem letzten Besuch in London hatte er sich ein halbes Dutzend schneidern lassen. Der Maßanzug unterstrich seine breiten, muskulösen Schultern, verjüngte sich leicht in der Taille und betonte seine langen Beine. Dazu trug er ein schneeweißes Hemd und eine braune Krawatte mit dem diskret eingestickten Markenzeichen eines berühmten italienischen Hauses. Seine Schuhe kamen ebenfalls aus diesem Haus. Er trug westliche Maßanzüge mit der gleichen Selbstverständlichkeit wie seine Vorväter blaue Reiherfedern und königliche Leopardenfelle getragen hatten.

Er nahm die goldgefaßte Pilotenbrille ab und las die Inschrift auf der Plakette, die an dem Zaun angebracht war. Auch das gehörte zum Ritual.

»Unter diesem Baum hielt der letzte König
der Matabele hof, hier saß er zu Gericht.«

Dann blickte er in die Äste hinauf, als suche er den Geist seines Vorfahren. Der Baum war kurz davor einzugehen, einige der mittleren Äste waren schwarz und ausgetrocknet, aber aus der reichen roten Erde schossen neue Triebe.

Tungata nahm das als Symbol und murmelte in sich hinein: »Sie werden so stark werden, wie der große Baum es einst war – auch ich bin ein Nachkomme aus dem Blute des alten Königs.«

Hinter ihm knirschten leichte Schritte im Kies. Er wandte sich stirnrunzelnd um, doch seine Falten glätteten sich sofort, als er sah, wer sich näherte.

»Genossin Leila«, begrüßte er die weiße Frau mit dem blassen, angespannten Gesicht.

»Es ist mir eine Ehre, daß Sie mich so nennen, Genosse Minister.« Leila kam auf ihn zu und streckte ihm die Hand entgegen.

»Sie und Ihre Familie waren immer aufrechte Freunde meines Volkes«, sagte er und nahm ihre Hand. »Unter diesem Baum hat sich Ihre Großmutter, Robyn Ballantyne, oft mit Lobengula, meinem Ur-Großonkel, getroffen. Sie kam auf seine Einladung, und er beratschlagte sich mit ihr.«

»Nun komme ich auf Ihre Einladung, und Sie dürfen mir glauben, daß ich immer zu Ihrer Verfügung stehe.« Er ließ ihre Hand los und wandte sich wieder dem Baum zu, seine Stimme war leise und versonnen.

»Sie waren dabei, als die Umlimo, das Geistmedium unseres Volkes, ihre letzte Weissagung machte. Ich hielt es für richtig, daß Sie anwesend sein sollen, wenn diese Weissagung sich erfüllt.«

»Die Steinfalken sind zurückgekehrt«, bestätigte Leila St. John leise. »Aber das ist noch nicht die ganze Prophezeiung der Umlimo. Sie hat vorausgesagt, daß der Mann, der die Falken nach Simbabwe zurückbringt, das Land regieren wird wie einst die Mambos und Monomatopas, wie einst Ihre Vorfahren Lobengula und der große Mzilikazi.«

Tungata wandte ihr langsam noch einmal sein Gesicht zu.

»Das ist ein Geheimnis, von dem nur wir beide wissen, Genossin Leila.«

»Es wird unser Geheimnis bleiben, Genosse Tungata.«

Tungata schwieg. Er blickte in die Äste des alten Baumes, und seine Lippen bewegten sich in einer lautlosen Beschwörungsformel. Dann setzte er die goldgeränderte Brille auf und wandte sich Leila zu.

»Der Wagen wartet«, sagte er kurz.

Der schwarze, kugelsichere Mercedes 500 wurde von vier Polizisten auf Motorrädern eskortiert, dahinter folgte der kleinere Mercedes der Leibwächter.

Ein roter Teppich lag auf den Steinstufen des modernen, dreistöckigen Museumsgebäudes, auf deren unterster eine kleine Abordnung von Würdenträgern wartete, angeführt vom Bürgermeister von Bulawayo, dem ersten Matabele auf diesem Posten.

»Ich heiße Sie, Genosse Minister, zu diesem denkwürdigen Augenblick historischer Bedeutung willkommen.«

Sie geleiteten ihn den langen Korridor bis zum großen Auditorium entlang. Der Saal war bis auf den letzten Platz gefüllt. Bei Tungatas Eintreten erhoben sich die Versammelten und klatschten Beifall. Die Weißen klatschten lauter als die Matabele, um ihren guten Willen zu demonstrieren.

Tungata wurde den anderen Honoratioren auf dem Podium vorgestellt. »Doktor Van der Walt, Direktor des Südafrikanischen Museums.«

Er war ein hochgewachsener Mann mit Stirnglatze und schwerem südafrikanischem Akzent. Tungata schüttelte ihm ohne zu lächeln die Hand. Dieser Mann vertrat ein Land, das sich aktiv gegen den Vormarsch der volksrepublikanischen Armee gestellt hatte. Tungata wandte sich dem nächsten Anwärter in der Reihe zu.

Eine junge weiße Frau, die ihm irgendwie bekannt vorkam. Er fixierte sie scharf, aber ihm fiel nicht ein, wo er sie unterbringen sollte. Sie war sehr blaß geworden unter seinem prüfenden Blick, ihre Augen waren dunkel und voll Entsetzen, wie die eines gejagten Tieres. Ihre Hand lag leblos und kalt in seiner, dann begann sie heftig zu zittern. Tungata wußte immer noch nicht, woher er sie kannte.

»Doktor Carpenter ist die Leiterin der entomologischen Abteilung unseres Museums.« Der Name sagte Tungata gar nichts, und er wandte sich von ihr ab, immer noch irritiert. Er nahm in der Mitte des Podiums Platz, und der Direktor des Südafrika-Museums erhob sich, um die Versammlung zu begrüßen.

»Den erfolgreichen Abschluß der Verhandlungen unserer beiden Institutionen haben wir allein den Bemühungen des Herrn Ministers zu verdanken, der uns heute mit seiner Gegenwart beehrt.« Er las den getippten Text ab und sehnte sich sichtlich danach, seine Rede zu beenden und sich wieder setzen zu können. »Minister Tungata Zebiwes Initiative ist es zu verdanken, daß Wege gefunden wurden, er sorgte dafür, daß Schwierigkeiten ausgeräumt wurden in Augenblicken, da wenig bis gar kein Fortschritt zu erzielen war. Unser großes Problem bestand darin, einen gemeinsamen Nenner für zwei so verschiedene Themenkreise zu finden. Einerseits eine der umfassendsten Sammlungen tropischer Insekten, die viele Jahrzehnte hingebungsvoller wissenschaftlicher Arbeit und Klassifizierung erforderte, andererseits die einzigartigen Kunstgegenstände einer verschollenen Kultur.« Van der Walt schien sich in seinem Vortrag soweit sicher zu fühlen, daß er den Kopf von seinem Manuskript zu heben wagte. »Der Herr Minister war fest entschlossen, seiner jungen Nation einen unbezahlbaren Schatz ihrer Vergangenheit zurückzugeben, und es ist ausschließlich ihm zu verdanken, daß wir heute hier versammelt sind.«

Als Van der Walt schließlich wieder Platz nahm, wurde ihm spärlicher Applaus zuteil, und dann entstand eine erwartungsvolle Pause, in der Tungata Zebiwe sich erhob. Der Minister hatte eine starke Präsenz, und bevor er noch ein Wort gesprochen hatte, zog er die Zuschauer mit seinem Blick in seinen Bann.

»Es gibt eine Prophezeiung, die von den Weisen unseres Stammes überliefert ist und in unserem Volk fortlebt«, begann er mit seiner tiefen, volltönenden Stimme. »Sie lautet folgendermaßen:

›Der weiße Adler hat sich auf die Steinfalken gestürzt und sie zu Boden gezwungen. Der Adler wird sie hochheben und sie werden weit weg fliegen. Es wird kein Friede herrschen in den Königreichen der Mambos und Monomatapa, bis sie zurückkehren. Der weiße Adler wird mit dem schwarzen Büffel kämpfen, bis die Steinfalken in ihren Horst zurückgekehrt sind.‹ «

Tungata machte eine Pause, um die symbolträchtigen Worte auf seine Zuhörer wirken zu lassen. Dann fuhr er fort: »Sie alle, meine Damen und Herren, kennen die Geschichte, wie die Steinvögel von Simbabwe von Rhodes' Plünderern gestohlen wurden und trotz der Bemühungen meiner Vorfahren, dies zu verhindern, nach Süden über den Limpopo verschleppt wurden.«

Tungata verließ das Rednerpult und trat an einen Trennvorhang. »Meine Freunde, meine Genossen«, wandte er sich erneut an die Zuhörer, »die Steinfalken sind in ihren Horst zurückgekehrt!« Damit zog er den Vorhang auf.

Es entstand ein langes, atemloses Schweigen, und das Publikum starrte gebannt auf die nebeneinander aufgereihten sechs großen Skulpturen aus Speckstein, die Ralph Ballantyne aus dem alten Steintempel geholt hatte. Der, den sein Vater bei seinem ersten Aufenthalt in Simbabwe dreißig Jahre zuvor weggeschafft hatte, war beim Brand von Groote Schuur zerstört worden.

Einige der sechs Skulpturen wiesen starke Beschädigungen auf, nur der Vogel in der Mitte war nahezu unbeschädigt. Ein stilisierter Greifvogel, dessen lange, schwertgleiche Schwingen im Rücken gekreuzt waren, die blinden Augen starrten hochmütig und grausam. Ein Meisterwerk primitiver Kunst. Das Publikum erhob sich geschlossen und zollte spontanen Beifall.

Tungata Zebiwe berührte die Vogelskulptur in der Mitte. Er stand mit dem Rücken zu seinem Publikum und niemand sah, wie er die Lippen bewegte, sein Flüstern ging im Applaus unter.

»Willkommen daheim«, flüsterte er. »Willkommen in Simbabwe, du Vogel meines Schicksals.«

»Du willst also nicht hingehen!« Janine bebte vor Wut. »Nach all der Mühe, die es mich gekostet hat, dieses Treffen zu arrangieren. Jetzt willst du einfach nicht hingehen!«

»Jan, es ist Zeitverschwendung.«

»Vielen Dank!« Sie brachte ihr Gesicht näher an seines. »Dafür danke ich dir. Ist dir eigentlich klar, was es mich kostet, diesem Monstrum noch einmal zu begegnen, aber ich würde es für dich tun. Und jetzt ist alles nur Zeitverschwendung.«

»Jan, bitte –«

»Verdammt, Craig Mellow, du bist eine Zeitverschwendung, du und deine grenzenlose Feigheit.« Er schnappte nach Luft und zuckte zurück. »Feigheit«, wiederholte sie. »Genau das ist es. Du hast dir in die Hosen gemacht, dein verdammtes Buch einem Verlag anzubieten. Ich mußte es dir förmlich aus der Hand reißen und abschicken.« Sie keuchte vor Wut, suchte nach Worten, die ihrem Zorn gerecht wurden und die Craig verletzten.

»Du hast Angst, dich dem Leben zu stellen, Angst, diese Höhle, die du dir gebaut hast, zu verlassen, Angst, daß man dein Buch ablehnen könnte, Angst, irgendwas zu tun, damit dieses Ding zu Wasser gelassen wird. Jetzt weiß ich wenigstens Bescheid, du willst gar nicht aufs Meer damit, du versteckst dich lieber hier, läßt dich mit Gin vollaufen und flüchtest dich in deine Träume. Du willst nicht gehen, du rutschst lieber auf deinem Hintern herum – es ist deine Entschuldigung, dein hieb- und stichfestes Alibi, das Leben zu verneinen, deine Weltflucht.«

Wieder mußte sie Luft holen, und dann fuhr sie fort: »Ja gut, setz dein Kindergesicht auf, mach diese großen, traurigen Augen, das hat bisher jedesmal geklappt, nicht wahr? Aber diesmal nicht, Junge, diesmal nicht. Man hat mir den Job des Kurators im Südafrika-Museum angeboten, und ich sage zu. Hörst du, Craig Mellow? Ich lass' dich hier auf dem Fußboden herumkriechen, weil du verdammte Angst hast aufzustehen.« Sie rauschte aus der Kajüte in ihre Kabine, zerrte ihre Kleider aus dem Stauraum und warf sie auf die Koje.

»Jan«, sagte er hinter ihr.

»Was gibt's denn noch?« Sie drehte sich nicht um.

»Wenn wir um drei Uhr dort sein wollen, sollten wir jetzt los«, sagte Craig.

»Du fährst«, sagte sie, schob sich an ihm vorbei, rannte zum Cockpit hinauf, und er folgte ihr so schnell er konnte.

Sie fuhren schweigend, bis sie die lange, schnurgerade Jakaranda-Allee erreichten, an deren anderem Ende die weißen Tore des Parlamentsgebäudes waren. Janine starrte geradeaus.

»Es tut mir leid, Craig. Ich habe Sachen gesagt, die hart zu sagen und noch härter anzuhören waren. In Wahrheit habe ich genau solche Angst wie du. Ich muß wieder dem Mann begegnen, der mein Leben zerstört hat. Wenn ich es überstehe, kann ich vielleicht etwas von mir aus den Trümmern aufsammeln. Als ich sagte, es sei für dich, habe ich gelogen. Es ist für uns beide.«

Der Wachtposten kam an die Fahrerseite des braunen Landrovers, und Craig gab ihm wortlos seine Einladung. Der Posten verglich sie mit seinen Unterlagen und forderte Craig auf, seinen Namen, seine Adresse und den Grund seines Besuches in ein Buch einzutragen.

Craig stellte den Landrover auf dem öffentlichen Parkplatz ab und setzte sich in den Rollstuhl. Sie folgten den Hinweisschildern, bis sie die Tür des Vorzimmers erreichten. Ein Leibwächter durchsuchte Janines Handtasche, tastete Craig rasch und fachmännisch ab, bevor sie in einen großen, hellen Raum gelassen wurden.

An den Wänden waren helle Vierecke, wo früher die Porträts ehemaliger weißer Staatsmänner und Regierungsbeamter gehangen hatten. Jetzt gab es als einzigen Wandschmuck zwei Fahnen: die Fahne der ZIPRA und die neue Nationalflagge von Simbabwe.

Craig und Janine warteten fast eine halbe Stunde, dann öffneten sich die Türen, und ein Leibwächter im dunklen Anzug trat ein.

»Der Genosse Minister wird Sie jetzt empfangen.«

Craig fuhr seinen Rollstuhl durch die Doppeltür. An der gegenüberliegenden Wand hingen die Porträts der Führer der Nation – Robert Mugabe und Josiah Inkunzi. In der Mitte des mit Teppich ausgelegten Büros saß hinter einem riesigen Schreibtisch Tungata Zebiwe.

Craig stoppte seinen Rollstuhl auf halbem Wege.

»Sam?« flüsterte er. »Samson Kumalo? Ich wußte nicht – es tut mir leid –«

Der Minister stand abrupt auf. Craigs Erschrecken spiegelte sich in seinem Gesicht wider.

»Craig«, flüsterte er, »was ist mit dir passiert?«

»Der Krieg«, antwortete Craig. »Ich fürchte, ich habe auf der falschen Seite gekämpft, Sam.«

Tungata faßte sich rasch und setzte sich wieder. »Diesen Namen solltest du am besten vergessen«, sagte er leise. »Ebenso das, was wir uns einmal bedeutet haben.« Und in förmlichem Ton fuhr er fort: »Sie haben über Doktor Carpenter einen Gesprächstermin mit mir vereinbart. Worum geht es?«

Tungata hörte Craigs Ausführungen aufmerksam zu und lehnte sich dann zurück.

»Wie Sie sagen, haben Sie bereits einen Antrag bei der Devisenabteilung des Handelsministeriums auf Freigabe Ihres Bootes eingereicht. Wurde dieser Antrag abgelehnt?«

»Richtig, Genosse Minister«, erwiderte Craig.

»Und was veranlaßt Sie dann zur Annahme, ich könnte diesen Bescheid aufheben?« fragte Tungata.

»Das habe ich nicht wirklich geglaubt«, gab Craig zu.

»Genosse Minister.« Nun ergriff Janine zum erstenmal das Wort. »Ich habe Sie um diese Unterredung gebeten, da ich glaube, daß es sich um einen Sonderfall handelt. Mr. Mellow ist schwerbehindert, und dieses Boot ist sein einziger Besitz.«

»Dr. Carpenter, da hat er noch Glück gehabt. Der Dschungel und die Wildnis dieses Landes sind übersät mit namenlosen Gräbern junger Männer und Frauen, die mehr für die Freiheit gegeben haben als Mr. Mellow. Sie müßten bessere Argumente anführen.«

»Das kann ich, glaube ich«, sagte Janine leise. »Genosse Minister, wir sind einander schon einmal begegnet.«

»Ihr Gesicht kommt mir bekannt vor«, stimmte Tungata zu. »Aber ich erinnere mich nicht –«

»Es war im Dschungel – nachts, neben einem zerschellten Flugzeugwrack...« Sie sah das Erkennen in den verschleierten Augen aufleuchten, die sich in ihre Seele zu bohren schienen. Das Entsetzen schwappte wieder in erstickenden, überwältigenden Wogen über sie. Der Boden unter ihren Füßen schwankte, und sie sah nur noch sein Gesicht. Es kostete sie unendliche Mühe und Kraft weiterzusprechen. »Sie haben ein Land gewonnen, haben Sie dabei Ihre Menschlichkeit verloren?«

Sie sah die Veränderung in seinem dunklen, hypnotischen Blick, den kaum merklich weicheren Zug um den Mund. Dann senkte Tungata Zebiwe den Blick auf seine kräftigen Hände auf der weißen Löschunterlage vor sich.

»Sie sind eine überzeugende Anwältin, Doktor Carpenter«, sagte er, nahm den goldenen Füller zur Hand und schrieb eine kurze Notiz auf einen Block mit seinem Monogramm, riß das Blatt ab und erhob sich. Er kam um den Schreibtisch auf Janine zu.

»Im Krieg begehen auch anständige Menschen Greueltaten«, sagte er leise. »Der Krieg macht uns alle zu Ungeheuern. Ich danke Ihnen, daß Sie mich an die Menschlichkeit erinnert haben.« Er reichte ihr das Blatt Papier. »Legen Sie das dem Direktor der Devisenkontrolle vor«, sagte er. »Dann bekommen Sie die Exportgenehmigung für die Jacht.«

»Danke, Sam.« Craig schaute zu ihm hoch, und Tungata beugte sich über ihn und umarmte ihn kurz und innig.

»Geh in Frieden, alter Freund«, sagte er in Sindebele, bevor er sich wieder aufrichtete. »Bringen Sie ihn hier raus, Doktor Carpenter, bevor ich schwach werde«, befahl Tungata Zebiwe schroff und trat an die breiten Schiebefenster.

Er blickte über die grünen Rasenflächen, bis er hörte, wie die Doppeltüren hinter ihm ins Schloß fielen, seufzte leise und begab sich an seinen Schreibtisch zurück.

»Eigenartig, wenn man bedenkt, daß schon Robyn und Zouga Ballantyne diesen Blick auf Afrika hatten, als sie vor über hundert Jahren mit dem Sklavenklipper *Huron* ankamen.« Craig deutete über das Heck nach hinten auf das große Massiv des Tafelbergs, der seit ewigen Zeiten die Südspitze des Kontinents bewachte, die kahlen Felswände silbern umwölkt. Unten an den Berg schmiegten sich wie eine Halskette die weißen Häuser, deren Fenster im frühen Sonnenlicht funkelten wie zehntausend Leuchttürme.

»Hier hat es begonnen, das große afrikanische Abenteuer meiner Familie, und hier wird alles enden.«

»Es ist ein Ende«, stimmte Janine zu, »aber auch ein neuer Anfang.« Sie trug ein dünnes T-Shirt und Shorts aus abgeschnittenen Jeans, die ihre langen braunen Beine zeigten. In den Monaten, die das Boot für die letzten Arbeiten im Hafen des Royal Cape Yacht Club ankerte, hatte sie sich eine strikte Diät verordnet: kein Wein, kein Gin, kein ›weißes‹ Essen. Ihre Taille war wieder schmal geworden, ihr von der Sonne gebräuntes Gesicht strahlte wieder die Schönheit aus, die Craig vom ersten Tag an fasziniert hatte. Jetzt drehte sie sich langsam dem weiten Horizont vor ihnen zu.

»Der Himmel ist so weit, Craig«, sagte sie. »Hast du keine Angst?«

»Und wie«, grinste er. »Keine Ahnung, welches Land wir als nächstes sichten werden – Südamerika oder Indien. Auf jeden Fall wird es aufregend werden.«

»Ich mach' uns eine Tasse Kakao«, sagte sie.

»Widerlich, diese Trockenperiode.«

»Du selbst hast die Regel aufgestellt: kein Schnaps an Bord. Du mußt also schon bis Südamerika oder Indien fahren, oder wo immer uns der Wind hintreiben wird.« Sie bückte sich in den Niedergang. Noch bevor sie die Kombüse erreichte, quäkte das Funkgerät über dem Kartentisch.

»Zulu Romeo Foxtrot. Hier ist Seefunk Kapstadt. Bitte melden.«

»Jan, das sind wir. Geh ran!« brüllte Craig. »Vermutlich will sich einer vom Jachtclub verabschieden.«

»Seefunk Kapstadt, hier ist Zulu Romeo Foxtrot auf Kanal zehn.«

»Ist dort die Jacht *Bawu*?« Die Funkstimme war klar und unverzerrt.

»Richtig. Hier ist die *Bawu*.«

»Wir haben ein Funktelegramm für Sie. Sind Sie aufnahmebereit?«

»Ja, geben Sie durch, Kapstadt.«

»Folgender Inhalt: ›An Craig Mellow Stop Betrifft Veröffentlichung Ihres Manuskripts *Der steinerne Vogel* Stop Bieten £ 5000 Vorauszahlung und 12,5 Prozent Tantiemen auf Weltrechte Stop Erwarten baldigst Antwort Stop Glückwünsche Pick, Vorsitzender William Heinemann Verlag, London.‹ «

»Craig«, schrie Janine hinauf, »hast du gehört? Hast du das gehört?«

Er konnte nicht antworten. Seine Hände lagen wie festgeschraubt am Steuer, und er starrte geradeaus über den Bug der *Bawu*, der sich sanft in den Wogen des Atlantiks hob und senkte.

Nach zwei Tagen auf hoher See kam der Sturm ohne Vorwarnung. Er drückte die *Bawu* auf die Seite, bis schwere grüne Brecher über die Reling gingen und Janine aus dem Cockpit spülten. Nur ihre Sicherheitsleine rettete sie, und Craig kämpfte zehn Minuten, bis er sie wieder an Bord hatte. Die Jacht sauste die Wellentäler hinauf und hinunter, und das Focksegel barst mit einem Knall wie ein Kanonenschuß, bevor sie es bergen konnten.

Der Sturm dauerte fünf Tage und fünf Nächte. Es gab keinen Unterschied mehr zwischen sturmgepeitschtem Himmel und brodelnder See. Der Sturm trieb die Wassermassen mit ohrenbetäubendem Getöse gegen den Rumpf der *Bawu*, die Atlantikwogen stürmten in unablässiger Kampfformation gegen die Jacht an. Die Kälte drang ihnen in die Knochen, die Nässe durchweichte sie bis auf die Haut, ihre Hände waren klamm und verschrumpelt, die weiche Haut wurde von Nylonleinen und steifen Segeln durchschnitten. Gelegentlich stärkten sie sich mit trockenen Keksen oder einem Löffel kalter Bohnen aus der Dose, die sie mit Süßwasser hinunterspülten, bevor sie wieder an Deck krochen. Sie schliefen abwechselnd ein paar Minuten auf den zusammengefalteten Segeln in der Kajüte, die sie den Niedergang hinuntergeschafft hatten.

Bei Beginn des Unwetters waren sie blutige Anfänger, und als der Sturm sich legte, so plötzlich, wie er sie überfallen hatte, waren sie Seeleute – völlig erschöpft und ausgezehrt von den Schrecken, die sie durchlebt hatten, aber erfüllt von einem neuen Stolz auf sich und das Boot, das sie getragen hatte.

Craig hatte nur noch so viel Kraft, um die Jacht beizudrehen und sie der zwar nachlassenden, aber immer noch starken Dünung zu überlassen. Dann schleppte er sich auf seine Koje, zog seine stinkenden, durchnäßten Sachen aus, warf sie auf den Boden und sank nackt auf die rauhe Decke. Er schlief achtzehn Stunden lang.

Er erwachte durch einen neuen Aufruhr der Emotionen, wußte nicht, was Phantasie und Realität war. Der untere Bereich seines Körpers, in dem er keinerlei Empfindungen gehabt hatte, befand sich in einem qualvollen Krampfzustand. Er spürte jeden einzelnen Muskel, als seien sie bis zum Zerreißen angespannt. Von der Fußsohle bis in die Magengrube fühlten seine Nervenwurzeln sich an, als seien sie wundgescheuert. Er schrie auf, der Schmerz drohte ihn zu übermannen, und dann plötzlich spürte er in dem Schmerz den Anfang eines wunderbaren, überwältigenden Glücksgefühls.

Er schrie auf, und sein Schrei wurde wie von einem Echo erwidert. Er öffnete die Augen, und Janines Gesicht war nur wenige Zentimeter über ihm. Ihr nackter Körper preßte sich von der Brust bis zu den Schenkeln an ihn. Er wollte etwas sagen, doch sie erstickte seine Worte mit ihren Lippen. Und plötzlich wurde ihm klar, daß er tief in ihrer Hitze und seidigen Weichheit begraben war, und beide wurden hochgetragen auf einer Woge des Triumphs, einer Woge, die höher und stärker war als die Brecher des Atlantiks, die sie während des Sturms herumgeschleudert hatten.

Sie klammerten sich aneinander, sprachlos und kaum fähig zu atmen.

Sie brachte ihm einen Becher Kaffee, sobald die *Bawu* wieder Segel gesetzt hatte, und hockte sich auf die Kante des Cockpits mit einer Hand auf seiner Schulter.

»Ich zeig' dir was«, sagte er.

Er deutete auf sein nacktes Bein, das vor ihm auf dem Deckkissen lag. Er wackelte mit seinen Zehen: vor und zurück, dann von links nach rechts.

»O Liebling«, sagte sie mit rauher Stimme, »das ist das Großartigste, was ich je gesehen habe.«

»Wie hast du mich genannt?« fragte er.

»Weißt du was?« Sie überging seine Frage. »Ich glaube, du und ich, wir beide schaffen es.« Erst dann legte sie ihre Wange an seine und flüsterte: »Ich habe Liebling gesagt. Bist du einverstanden?«

»Und ob ich einverstanden bin, Liebling!« antwortete er und schaltete auf Autopilot, um sich ihr mit beiden Händen widmen zu können.

Ein Spannungsroman aus Südafrika – Der Kampf einer schönen Frau um Gerechtigkeit

Die schöne Tara stellt sich in den südafrikanischen Wirren auf die Seite der unterdrückten Schwarzen. Eine Familiensaga vor einem großen zeitgenössischen Hintergrund.

592 Seiten, gebunden
ISBN 3-552-04211-3

PAUL ZSOLNAY VERLAG

INTERNATIONALE THRILLER

Michael Hartland
Die Stunde der Falken
9364

Jack Cannon
Der Heckenschütze
9371

Jeffrey Archer
Ein Mann von Ehre
9436

Sol Stein
Ein Hauch von Verrat
9599

Martin Cruz-Smith
Los Alamos
9606

Jack Curtis
Die Spur der Krähe
9618

GOLDMANN

INTERNATIONALE THRILLER

Stephen Becker
Leben und leben lassen
9179

Nelson DeMille
An den Wassern von
Babylon 9647

Clive Cussler
Um Haaresbreite
9555

Dale Brown
Höllenfracht
9636

Martin Cruz-Smith
Sing, Zigeuner sing...
9575

John Trenhaile
Die Mah-Jongg Spione
9596

GOLDMANN

Goldmann Taschenbücher

Allgemeine Reihe
Unterhaltung und Literatur
Blitz · Jubelbände · Cartoon
Bücher zu Film und Fernsehen
Großschriftreihe
Ausgewählte Texte
Meisterwerke der Weltliteratur
Klassiker mit Erläuterungen
Werkausgaben
Goldmann Classics (in englischer Sprache)
Rote Krimi
Meisterwerke der Kriminalliteratur
Fantasy · Science Fiction
Ratgeber
Psychologie · Gesundheit · Ernährung · Astrologie
Farbige Ratgeber
Sachbuch
Politik und Gesellschaft
Esoterik · Kulturkritik · New Age

Goldmann Verlag · Neumarkter Str. 18 · 8000 München 80

Bitte
senden Sie
mir das neue
Gesamtverzeichnis.

Name: ____________________

Straße: ____________________

PLZ/Ort: ____________________